NORMAN MAILER

FEINDE

DAS EPOS DER GEHEIMEN MÄCHTE

Die Nackten und die Toten

Am Rande der Barbarei

Der Hirschpark

Reklame für mich selber

Deaths for the Ladies (and Other Disasters)

The Presidential Papers

Der Alptraum

Cannibals and Christians

Am Beispiel einer Bärenjagd

Heere aus der Nacht

Nixon in Miami und die Belagerung von Chicago

Auf dem Mond ein Feuer

Gefangen im Sexus

Und nichts als die Wahrheit

S(ankt)t Georg und Luzifer

Marilyn Monroe

Der Kampf

Genius und Lust

Gnadenlos

Ich, Marilyn M.

Pieces and Pontifications

Frühe Nächte

Harte Männer tanzen nicht

Die Sprache der Männer

Gespenster – Das Epos der geheimen Mächte

NORMAN MAILER

FEINDE

DAS EPOS DER GEHEIMEN MÄCHTE

Ins Deutsche übertragen von
Dirk Muelder

NORMAN MAILER

FEINDE

DAS EPOS DER GEHEIMEN MÄCHTE

ZWEITER RING

HERBIG

Titel der Originalausgabe:
Harlot's Ghost (Random House, New York)
Zweiter Teil der amerikanischen Originalausgabe

Umschlaggestaltung: Wolfgang Heinzel, München
Produktion: VerlagsService Dr. Helmut Neuberger
& Karl Schaumann GmbH, Heimstetten
Satz: Filmsatz Schröter GmbH, München
Gesetzt aus der 10/12 Punkt Palatino
Druck und Binden: Mohndruck,
Graphische Betriebe GmbH, Gütersloh
Printed in Germany 1992
ISBN 3-7766-1736-5

FÜR JASON EPSTEIN

Denn wir haben nicht mit Fleisch
und Blut zu kämpfen,
sondern mit Mächtigen und Gewaltigen,
nämlich mit den Herren der Welt,
die in dieser Finsternis herrschen,
mit den bösen Geistern unter dem Himmel.

EPHESER 6, 12

INHALT

VORBEMERKUNG

Dieses Buch ist die Lebensbeichte eines Mannes, dessen Welt die Welt der Geheimdienste und dessen Heimat der CIA ist.
Dieses Buch ist der Aufschrei eines Gejagten, den die dunklen Mächte der Vergangenheit eingeholt haben und der verzweifelt versucht, seinem Schicksal zu entrinnen.
Denn aus den Feinden, die wir heute vernichten – ob aus dem Gefühl des Rechts oder im Bewußtsein des Unrechts –, erwachsen uns die Gespenster, die uns morgen unbarmherzig verfolgen.

FÜNFTER TEIL

DIE SCHWEINEBUCHT

MAI 1960 – APRIL 1961: MIAMI

1

Der Grat heißt Knife Edge, Messerschneide. Es ist kein großes Kunststück, ihn zu begehen, aber bis zum Gipfel sind es siebzehnhundert Meter, und auf beiden Seiten gähnt ein Abgrund von tausend Fuß Tiefe. Der Weg ist nirgendwo breiter als ein oder zwei Meter, und im Mai ist das Eis noch nicht überall geschmolzen. Wenn man über die Nordflanke absteigt, geht man schon um drei Uhr nachmittags im Schatten. Ich schleppte mich durch schneegefüllte Spalten und kam mir vor, als sei ich nicht nur allein auf diesem Berg, sondern eine Art einsamer Wolf unter den Menschen dieses Landes. Mir wurde dramatisch klar, daß ich über das weite und allgemeine Themenfeld der internationalen Politik nichts, aber auch überhaupt nichts wußte. Ob das den anderen in der Agency auch so ging? In Berlin, meiner ersten Auslandsstation, hatten mich politische Zusammenhänge nicht berührt, und in Uruguay, einem Land, dessen Politik ich nicht begriff, war ich aktiv geworden, ohne so recht zu wissen, was ich tat.

Und jetzt bereitete ich mich auf Kuba vor. Dazu mußte ich recherchieren. Ich kehrte also nach New York zurück, fand ein preiswertes Hotel am Times Square und verbrachte eine Woche im Lesesaal der New York Public Library. Ich stürzte mich in die Literatur, um mich mit unserem Nachbarn in der Karibik vertraut zu machen, las ein, zwei Geschichtsbücher, behielt kaum etwas und – schlief schließlich über meinen Büchern ein. Ich wollte Castro stürzen, die Vorgeschichte interessierte mich nicht. Ich begnügte mich mit dem Studium dessen, was ich in den alten Heften des Time-Magazins zum Thema fand, und das auch nur, weil Kittredge mir einmal gesagt hatte, daß Mr. Dulles oft aus dieser Zeitschrift zitierte, wenn er einen Standpunkt der Agency verdeutlichen wollte. Und außerdem war Time-Verleger Henry Luce oft zum Dinner im »Stall« bei Kittredge und Hugh Montague erschienen.

Es war gar nicht so leicht, Castros erstem Jahr als »Führer der Nation« zu folgen. Es gab so viele Streitigkeiten in Kuba. Dauernd schienen die Minister irgendwelcher neuen Gesetze wegen en bloc zurückzutreten. Bald erregte indes etwas anderes meine Aufmerksamkeit. Senator John F. Kennedy von Massachusetts gab am 21. Januar 1961 bekannt, daß er sich um das Präsidentenamt bewerben wolle. Ich fand, daß er ziemlich jung aussah. Er war nicht einmal zwölf Jahre älter als ich, und ich kam mir sehr jung vor. Die beiden Urlaubswochen hatten mich fast geschafft. Trotzdem sah ich jeder scharfen Frau nach, die mir in New York über den Weg lief.

Schließlich lud ich meine Mutter zum Lunch ein. Ich war lange unschlüssig gewesen, ob ich mich mit ihr treffen sollte. Mein ausgeprägter Mangel an Gefühl für sie ließ kein Bedürfnis aufkommen, sie zu sehen. Ich konnte ihr nicht verzeihen und wußte doch nicht einmal genau, was. Aber es ging ihr nicht gut. Vor meiner Abreise aus Montevideo hatte ich einen Brief von ihr erhalten. Darin hatte sie beiläufig erwähnt, daß sie operiert worden war. Dann hatte sie von ihren Verwandten berichtet, von Leuten, mit denen ich seit Jahren nicht mehr zusammengekommen war. Darauf folgte ein Wink mit dem Zaunpfahl: »Ich habe jetzt eine schöne Masse Geld und weiß gar nicht, was ich damit tun soll – natürlich haben sich schon ein paar Stiftungen bei mir gemeldet.« Es bedurfte keines besonderen Scharfsinns, ihre Botschaft zu verstehen: »Paß bloß auf, daß ich nicht den ganzen Kram verschenke.«

Wenn ich schon nichts von Politik verstand, so machte ich mir damals sogar noch weniger aus Geld. Ich setzte meinen Stolz darein, ihrer Drohung mit Gleichgültigkeit zu begegnen.

Aber da war die letzte Seite ihres Briefs mit dem sehr großen P. S. Was sie zunächst nur beiläufig erwähnt hatte, las sich in ihrer Handschrift weit dramatischer: »O Harry, es ist mir wirklich schlecht ergangen. Bekomm keinen Schreck, mein Junge, aber sie haben mir die Gebärmutter entfernt. Es ist alles heraus. Ich will nie wieder darüber reden.«

Die ganze Zeit, während ich die frühlingswarmen, bewaldeten Bergflanken mit tausend unterdrückten Gewissensbissen hinaufstieg und in der für den Mai ungewohnten Kälte am Spätnachmittag wieder herunterkam, während ich schläfrig an den Bibliothekstischen hockte, immer war dieses mächtige Schuldgefühl da, das wegen meiner Gleichgültigkeit meiner Mutter gegenüber an mir nagte. Nun ließ es mir keine Ruhe mehr, bis ich sie endlich anrief. Ich lud sie zum Lunch ins Colony ein. Sie wollte statt dessen lieber in das mehr von Männern frequentierte Twenty-One – um meinen Vater wieder in Besitz zu nehmen?

Sie mußte ihre Totaloperation als vollständigen Verlust ihrer Weiblichkeit empfinden. Das sah ich, als ich sie begrüßte. Sie sah entsetzlich aus. Sie war noch nicht einmal fünfzig, und schon hing die Niederlage wie ein bleicher Schatten über ihrem Gesicht und begann sich in die Falten einzugraben. Als sie im Vorraum am Eingang des Twenty-One auf mich zukam, wußte ich sofort, daß sie in der Tat alles verloren hatte. Auch mit dem Liebesspiel, auf das sie sich dreißig Jahre lang so gut verstanden hatte, war es offenbar vorbei. Und für die Nischen ihres Herzens, die davon erfüllt gewesen waren, gab es keine rechte Verwendung mehr.

Natürlich hing ich nicht lange solchen Gedanken nach. Sie war schließlich meine Mutter, auch wenn meine Gefühle nicht die eines liebenden Sohnes waren. Ich umarmte sie bei der Begrüßung, und mir war tatsächlich, als ob ich diese kleine, lederartige, ältliche Frau beschützen müsse, die sie seit unserer letzten Begegnung vor drei Jahren im Plaza geworden war. Aber ich mißtraute diesen zärtlichen Regungen. Allzuoft hatten die Huren von Montevideo in mir eine ähnliche Empfindung geweckt, und ich hatte sie ebenfalls umschlungen. Als ich meine Mutter in den Armen hielt, klammerte sie sich so begierig an mich, daß es mir bald ziemlich unangenehm war und ich gar keinen Wert mehr auf ihre körperliche Nähe legte.

Beim Lunch kam sie auf meinen Vater zu sprechen. Sie wußte damals viel mehr als ich über sein Leben. »Seine Ehe ist schlecht«, versicherte sie mir.

»Glaubst du das nur, oder ist es eine Tatsache?«

»Er ist in Washington, ja, er ist wieder da, und sehr mit einer Unternehmung beschäftigt – oder wie auch immer man diese Dinge nennt – und er ist allein.«

»Woher weißt du das? Das weiß nicht einmal ich.«

»In New York gibt es zahllose Quellen. Er ist in Washington, ich sage es dir doch, und sie hat es vorgezogen, in Japan zu bleiben. Mary, der dicke, weiße, pflichtbewußte Fettkloß. Sie ist nicht der

Typ, der es allein in einem fremden Land aushält. Sie muß einen Liebhaber haben.«
»Ach Mutter, Cal war doch ihr ein und alles. Sie könnte ihn nie aufgeben.«
»So eine Frau kann sich plötzlich in einen ganz anderen Mann verlieben. Ich wette, sie hat sich einen kleinen, respektablen, sehr reichen Japaner geangelt.«
»Ich glaube dir kein Wort.«
»Nun, sie haben sich getrennt. Du wirst das bald genug selbst feststellen, nehme ich an.«
»Ich wollte, er hätte sich bei mir gemeldet«, platzte ich heraus, »wenn er wieder hier ist.«
»Ach, das wird er schon noch – das heißt, sobald er Zeit dazu hat.« Sie brach ein Stück vom Stangenbrot ab und gestikulierte damit herum, als ob sie mich in ein Geheimnis einweihen wollte. »Wenn du deinen Vater siehst«, sagte sie verschwörerisch, »möchte ich, daß du ihm Grüße von mir ausrichtest. Und wenn du kannst, dann deute an, Herrick, daß meine Augen gestrahlt hätten, als ich von ihm sprach.« Sie gluckste und schüttelte den Kopf. »Nein, vielleicht sagst du das lieber nicht«, und murmelte dann: »Oder vielleicht doch. Ich überlasse es dir, Rickey.«
Ich hatte diesen Kosenamen seit Jahren nicht mehr gehört. Dabei sah sie mich zärtlich an und fügte hinzu: »Du siehst sogar noch besser aus als früher.« Was man von ihr in diesem Augenblick gewiß nicht sagen konnte. Die Operation belastete sie wie eine gesellschaftliche Demütigung, die sie aus eigener Kraft nicht abschütteln konnte. »Rickey, du erinnerst mich langsam an den jungen Gary Cooper, den ich einmal zum Lunch einladen durfte.«
Ich empfand bei diesen Worten eine leise Anwandlung von Zärtlichkeit, aber wenigstens war das Gefühl echt. Nachdem wir uns voneinander verabschiedet hatten, saß ich noch allein bei einem Drink in einer Bar, genoß es, daß sie zu dieser Stunde leer war und dachte über die Liebe nach. Ja, liebten die meisten Liebenden nicht nur mit ihrem halben Ich? Konnten sich Alpha und Omega je einigen? Daß ein Teil von mir zärtliche Gefühle für meine Mutter hegte, ließ den anderen kälter denn je werden. Wie konnte man Jessica verzeihen, daß ihre Schönheit verblaßte?
An jenem Abend war ich sehr deprimiert. Ich erkannte, daß ich meine Identität als Agentenführer in Montevideo aufgegeben

hatte, ohne den Verlust ersetzen zu können. Man reift innerhalb einer Identität und entwickelt sich ohne sie zurück. Ich hob den Telefonhörer ab und rief Howard Hunt in Miami an. Er sagte: »Wenn du deinen Urlaub um ein paar Tage abkürzen willst – ich könnte dich, zum Teufel, gut gebrauchen. Ich kann dir ein paar wunderbare und ein oder zwei abscheuliche Sachen erzählen.«

2

Howard wirkte dynamisch und sportlich und schien sehr in seinem Element. Da es draußen warm war, aßen wir abends in einem kleinen Restaurant an der Southwest 8th Street im Freien – einer Verkehrsader, die, wie er mich sogleich informierte, bei den hier ansässigen Exilkubanern *Calle Ocho* hieß. In unserem Restaurant, das nur aus einer Markise, vier Tischen und einem schwarzen Kohlengrill bestand, kochte eine kleine, dicke Kubanerin, während deren großer, fetter Ehemann servierte, aber das Essen – schwarz gebrutzeltes Rindersteak, Paprika, Bananen, Bohnen und Reis – schmeckte um einiges besser als der uruguayische Fraß.
Hunt war gerade zur Erkundung auf Kuba gewesen, um ein Gefühl für das Land zu bekommen. Er hatte sich die erforderlichen Papiere besorgt, seinen Reisekostenvorschuß kassiert und war nach Havanna geflogen. Dort war er im Hotel Vedado abgestiegen. »Woraufhin ich«, berichtete Hunt, »mein äußerst trostloses Zimmer abklopfte und, nachdem ich zu meiner Zufriedenheit festgestellt hatte, daß keine Mikros in der Matratze und keine Wanzen im Telefon saßen, zu einem Rundgang durch die kubanische Hauptstadt aufbrach. Überall *Barbudos*. Harry. Gott, ich hasse diese Hundesöhne mit ihren verschwitzten Gesichtern und den dreckigen Bärten. Diese schmutzigen Kampfanzüge! Alle tragen sie tschechoslowakische MPs, und wie so ein Schlägertyp angibt, wenn er so ein neues Spielzeug in den Pfoten hat. Dieser billige Machostolz! Harry, du kannst die Mentalität dieser billigen Killer und Ganoven an der Art *riechen*, wie sie sich diese Schießprügel über die Schulter

werfen. Egal wie sie's machen. Du fragst dich dabei immer, ob sie wenigstens wissen, wie so ein Ding gesichert wird.
Und erst die Weiber. Eine Kakophonie wie bei einer Ziegenherde. Abscheulich sehen sie aus, wenn du sie in ihren Uniformen siehst. Du kannst dich nur wundern, wieviel von den alten Huren jetzt in der *Milicia* sind, und überall auf den Straßen marschieren sie herum, haben nichts besseres im Kopf, als einem mit ihrem ›*Uno, dos, tres, cuatro, viva Fidel Castro Ruz!*‹ auf die Nerven zu fallen. Humorlos, diese Frauen! Ein scheußliches Gekreisch!«
»Klingt ja fürchterlich.«
Er nahm einen feierlich-ernsten Schluck aus seinem Bierkrug. »Es war sogar noch schlimmer, als ich es mir vorgestellt hatte. Die halbe Bevölkerung von Havanna will weg. Lange Schlangen von Leuten an unserer Botschaft, die nach Visa anstehen, weil sie in die USA wollen. Sie reißen vor diesen Rüpeln und dem Pöbel aus, den die Ereignisse nach oben geschwemmt haben.
»Ich war auch im Sloppy Joe's«, fuhr er fort. »Ich gehe jedesmal hin, wenn ich in Havanna bin. Früher war's eine Pilgerreise, die man leichten Herzens unternahm. Mein Vater war schließlich vor dreißig Jahren dort auf seine dramatische Weise aufgetaucht, um sich das Geld zurückzuholen, mit dem sein Partner durchgebrannt war. Für mich ist das Sloppy Joe immer ein lustiger, lauter Bumsladen gewesen, wo man am einen Ende der Bar Hemingway treffen konnte, aber der alte Ernie läßt sich dort auch nicht mehr oft sehen. Ich war auch im Floridita, aber da hatte ich genausowenig Glück. In beiden Läden sah es trostlos aus. Mürrische Barkeeper, keine Atmosphäre, tot. Das einzige, was noch läuft, ist das Bordello über dem Mercedes-Benz-Showroom. Soviel zu Castros pompösen Erklärungen über die ›nationale Reinheit‹. Heute gibt es mehr Prostituierte und Zuhälter auf den Straßen als zu Batistas Zeiten. Der alte Fulgencio wußte wenigstens, wie er mit seiner Polizei in Havanna Ordnung zu halten hatte. Aber jetzt kommen die Huren wie Kakerlaken hervorgekrochen in der Hoffnung, daß sie irgendwo einen Touristen auftreiben können, der ihnen ein paar Brosamen hinwirft.«
»Hast du ihnen welche hingeworfen?« war ich versucht zu fragen – und dann fragte ich ihn zu meiner Überraschung wirklich. In Uruguay hätte ich es nicht gewagt, aber in jener Nacht war mir, als ob für Howard und mich ein neues Zeitalter begänne.

Hunt lächelte. »Du sollst einen glücklich verheirateten Mann nicht so was fragen«, sagte er, »aber wenn jemals irgend jemand von dir wissen will, weshalb du glaubst, für die Spionagearbeit qualifiziert zu sein, dann gibt es nur eine richtige Antwort: Du siehst ihm fest in die Augen und sagst: ›Jeder Mann, der schon einmal seine Frau betrogen hat und damit durchgekommen ist, ist qualifiziert.‹«

Wir kicherten gemeinsam. Ich weiß nicht, ob es der Fleischgeruch des Bratöls war, der aus der Küche kam, oder der Tropenhimmel über unserer Markise, der so düster und anziehend zugleich wirkte, aber ich konnte die Nähe Havannas spüren. Schon an meinem ersten Abend in Miami, als ich Exilkubaner die Calle Ocho auf- und abflanieren sah, empfand ich dieses unheimliche Prikkeln. Vor mir lag eine berauschende Zeit mit viel Rum und finsteren Taten.

»Jede Nacht«, erzählte Hunt, »konnte ich draußen unter meinem Hotelzimmer im Vedado die Barbudos auf der Straße gackern hören – und all die Geräusche, die für Straßenbanden typisch sind. Der schlimmste Abschaum aus den Slums von Havanna. Nur daß sie jetzt in Polizeiwagen herumstreifen. Ich konnte hören, wie sie in Häuser einbrachen – Bumbumbum an die Tür, wenn sie sich nicht schnell genug öffnete –, stell dir vor, wie das hallt – diese massiven alten Holztüren in diesen großartigen alten Mauern von Havanna. Das weckt doch sämtliche Gespenster der Karibik auf. Dann kommen diese Barbudos mit irgendeinem armen Kerl heraus, und alle nehmen ihre MP von der Schulter, um die Leute einzuschüchtern, bevor sie mit heulender Sirene und rotierendem Blitzlicht davonfahren. Es ist zum Heulen! Früher haben die Nächte in Havanna in einem Mann ganz andere, sinnliche Gefühle geweckt. Da hatte diese Schwüle ihren Reiz. Diese wundervollen steinernen Arkaden auf dem Malecon. Aber jetzt ist alles revolutionäre Gerechtigkeit. Du kannst keine Straße in Havanna entlanggehen, ohne diese Lautsprecher zu hören, die stundenlang mit ihrer widerlichen Propaganda auf die unwilligen Ohren der Massen eintrommeln. Die Menschen sind niedergeschlagen und lustlos.«

»Hast du mit vielen Kubanern gesprochen, während du dort warst?«

»Mein Auftrag lautete: ein paar Leute aufsuchen, die auf einigen geheimen Listen standen. Sie erzählen einem alle dieselbe traurige Geschichte: Sie haben mit Castro zusammengearbeitet, mit ihm

zusammen gekämpft, und jetzt möchten sie ihn am liebsten massakrieren.«
Er sah sich in unserem Restaurant um, als ob er sich vergewissern wollte, daß wir ganz unter uns waren – eine reine Formalität, nicht mehr. Es war inzwischen elf Uhr abends, und wir waren die einzigen Gäste. Die Köchin hatte ihren Grill geschlossen, und ihr Mann, der Kellner, war eingenickt.
»Sofort nach meiner Rückkehr in die Staaten«, sagte Hunt, »habe ich Quarters Eye in Washington empfohlen, Fidel Castro vor oder gleichzeitig mit einer Invasion zu liquidieren. Das sollten die kubanischen Patrioten übernehmen.«
Ich hörte mich pfeifen. »Eine ganz schön starke Empfehlung.«
»Tja, ich habe damals in Uruguay nicht nur Phrasen gedroschen, daß etwas getan werden muß. Das Problem ist: Wie wird man Castro los, ohne daß hinterher ein Verdacht auf uns fällt? Gar keine so leichte Aufgabe, würde ich sagen.«
»Wie hat denn Quarters Eye auf deinen Vorschlag reagiert?«
»Ich würde sagen: Man hat ihn mit offenen Ohren aufgenommen.« Hunts Stimme klang geradezu ehrerbietig. »Ja, ich muß sagen, dein Vater selbst beschäftigt sich gerade damit.«
»Mein Vater?« fragte ich naiv.
»Hat dir denn niemand gesagt, was für eine wichtige Rolle dein Vater in alledem spielt?«
»Nein, glaube ich nicht.«
»Ich bewundere es, wie er sich nach allen Seiten hin absichert.«
Ich bewunderte es nicht. Daß ich von meinem Vater ein Jahr lang nichts gehört hatte, war eine Sache. Demütigend aber war es, auf diese Art und Weise zu erfahren, daß er in der Operation Kuba eine führende Rolle spielte. Ich wußte nicht, ob ich traurig oder pikiert sein sollte. Ich fühlte mich in jedem Falle gedemütigt.«
»Wie gut kommst du denn mit meinem Vater aus?« fragte ich Hunt.
»Wir kennen uns aus alten Zeiten. Ich habe in Guatemala für ihn gearbeitet.«
»Das habe ich nicht gewußt.« Warum konnte ich meine qualvollen Familiengeschichten nicht für mich behalten? »Mein Vater hat mir gegenüber immer nur von seiner Arbeit in Ostasien gesprochen.«
»Da war er ja auch. Außer bei der Guatemala-Operation, die er für Richard Bissell geleitet hat. Mach dir nichts draus! Unsere Sicher-

heit sieht aus wie einer von diesen englischen Irrgärten. Man kann ganz dicht aneinander vorbeigehen, ohne zu merken, daß ein guter Freund hinter einer der Hecken steht. Dein Vater muß eines von unseren Assen sein, was Sicherheit angeht.«

Mir ging ein bitterer Gedanke durch den Kopf: Cal hatte mir nur deshalb nie etwas von sich erzählt, weil es mir nie gelungen war, ihn lange genug auf mich aufmerksam zu machen, daß er mir etwas anvertrauen konnte. »Ja«, sagte Hunt. »Ich habe immer gedacht, wir sprächen deshalb nicht über deinen Vater, weil du mich damit beeindrucken wolltest, wie peinlich genau du es mit den Sicherheitsvorschriften nahmst.«

»Runter mit dem Zeug«, sagte ich und leerte mein Bierglas in einem Zug.

Ich war entsetzt und erregt zugleich. Meine Beziehung zu allen anderen Mitarbeitern an der Kuba-Operation, nicht zuletzt zu Howard Hunt selbst, war nun völlig auf den Kopf gestellt. Ich hatte angenommen, Hunt habe mich ausgewählt, weil ich mich in Uruguay als erstklassiger junger Offizier erwiesen hatte. Wenigstens ein Teil meiner Zuneigung zu ihm beruhte auf dieser Annahme. Konnte es sein, daß er mich nur als eine Art Sprosse auf seiner Erfolgsleiter betrachtete?

Andererseits durchströmte mich ein Gefühl des Stolzes auf meine Herkunft. Schließlich hatten sie für ein so schwieriges und gefährliches Projekt meinen Vater gewählt. Ich hatte das Bedürfnis, mich mit schwarzem Rum zu betrinken, und war gleichzeitig beeindruckt von meiner grimmigen Entschlossenheit, selbst einen Mord zu begehen, wenn es unsere Mission erforderte. Ja, diese Bereitschaft zu töten fiel mir leichter, als ich je gedacht hatte. Ja, ich war Feuer und Flamme für diesen Auftrag: wild auf Rum und finstere Taten und den Rausch der Karibik.

3

Hunt hatte von einem Motel draußen an der Calle Ocho erzählt, in dem sich einst ein paar verruchte Exilkubaner versteckt hatten, nachdem ihre Attentatsversuche auf die früheren Präsidenten Prio und Batista fehlgeschlagen waren. Da es den Namen *Royal Palms* trug, erwartete ich ein modernes Haus mit drei oder mehr Stockwerken und Panoramafenstern in Aluminiumrahmen. Statt dessen fand ich einen feuchten, tropischen Innenhof vor, umgeben von schäbigen, einstöckigen Unterkünften. Man hatte den Stuck dunkelgrün übermalt, damit man die Wasserflecken nicht sah. Auf den schuppigen Stämmen der schimmligen Palmen wimmelte es von Insekten. Ich war nie ein Freund von verkümmerten Palmen, vertrockneten Farnen und fauligem Unterholz, und der Hof war derart voll von allen möglichen Fahrzeugen, daß ich draußen um die Ecke herum parken mußte. Obwohl sämtliche an diesem Innenhof gelegenen Zimmer im Dauerschatten lagen, mietete ich mich trotzdem, wenn auch zögernd, in einem davon ein. Feuchte Unterkünfte dieser Art schienen mich irgendwie anzuziehen. Nachts schlief ich mit dem Gedanken an all die verzweifelten kubanischen Pistoleros ein, die auf derselben Matratze geschwitzt hatten.

Während ich meine Tage an diesem sagenumwobenen Ort verbrachte, den Raymond Chandler für Marlowe hätte wählen können, der an eine der vergammelten Türen klopfen würde – mehr wohl nicht –, erfuhr ich freilich nicht annähernd soviel, wie ich erwartet hatte. In den meisten Zimmern hausten alleinstehende Männer, in anderen ganze Familien, ausschließlich Kubaner. Die Leitung des Unternehmens befand sich in den Händen einer alten Dame, deren rechtes Auge infolge eines grünen Stars erblindet war, und ihres finster vor sich hinbrütenden Sohnes. Dieser hatte einen Arm verloren, wußte aber trotzdem mit einem Besen umzugehen, indem er das Ende des Stiels in die Achselhöhle steckte. Nachts plärrte kubanische Musik aus den Kofferradios, begleitet vom Lärm zahlloser Streitereien, und das Dröhnen der Trommeln hätte mich sehr wohl um den Schlaf bringen können, wenn ich nicht aufgrund meiner Lektüre gewußt hätte, daß die Afrokubaner glaubten, mit ihrem Getrommel direkt zu den Göttern – den afrikanischen Göttern und allen ihnen hinzugesellten Heiligen der katholischen Kirche – zu reden. Während meine Nachbarn also ihre Radios aufdrehten, schlief ich im Dunst von Knoblauch und Bratöl ein. Mein Schlaf war unbeschwert. Ich war glücklich und zufrieden, wenn ich mich müde auf meinem Lager ausstreckte.

Am Anfang meiner Tätigkeit in Miami lernte ich eine erstaunliche Vielzahl von Gesichtern und Örtlichkeiten kennen. Obwohl ich mich eigentlich noch immer als Büromenschen betrachtete, verbrachte ich nun doch schon oft die Hälfte des Tages unterwegs in meinem von der Agency zur Verfügung gestellten Chevrolet Impala und raste mit Vollgas über die endlosen Boulevards und Schnellstraßen von Miami und Miami Beach, von den Ausflügen hinaus in die Everglades und die Keys genannten Riffe oder niedrig im Wasser liegenden (Halb-)Inseln gar nicht zu sprechen. Wir schufen die Grundlagen zu einem Unternehmen, in dessen Entwicklung wir uns von einem Punkt nördlich der Stadt Fort Lauderdale bis zweihundert Meilen südlich davon nach Key West und von Dade County quer durch den Big Cypress Swamp bis Tampa und zum Golf von Mexiko, mit einem Wort, über den ganzen südlichen Teil des Staates Florida ausbreiten würden. Denn da wir gegebenenfalls in der Lage sein mußten, die ganze Operation zu dementieren, brauchten wir zahlreiche ›sichere Häuser‹ – Treffpunkte, die man als solche nicht würde identifizieren können, und so mieteten wir denn eine Menge Villen von wohlhabenden Amerikanern oder Kubanern an, die nur einen Teil des Jahres in Miami verbrachten. Später erfuhr ich, daß die Company sogar Burgen am Rhein, Schlösser an der Loire und Tempel in Kyoto gemietet hat, aber das waren Ausnahmen: Die größte Sicherheit boten, so besagte die Standardregel, nüchterne, zweckmäßige, unauffällige Unterschlupfe.

In Florida jedoch hat man immer wieder gegen diese Regel verstoßen. Ich habe weiß Gott eine Menge schäbige Hotelzimmer und schmierige Apartments gesehen, aber ich traf mich auch mit Kubanern, die in Häusern mit großen Rasenflächen und Swimmingpool residierten. Und durch das Panoramafenster sah man draußen am Dock vertäut die Barkasse liegen, die zu diesem Haus gehörte. Die Villa stand leer, und das halbe Dutzend Kubaner, das man jeweils zu einem solchen Treffen zusammentrommelte,

pflegte diese Aura außerordentlichen Reichtums mit ihren permanent brennenden Zigarren geradezu auszuräuchern.
Wegen der Unberechenbarkeit unserer kubanischen Freunde sah ich diesen Begegnungen nicht ohne Sorge entgegen. Manche von ihnen trugen Schnurrbärte, wie sie Piraten zu Gesicht gestanden hätten, andere waren kahlköpfig wie gereifte Politiker. Eine meiner Aufgaben bestand darin, sie in irgendwelche eleganten Safe houses in Key Biscayne, Coconut Grove oder Coral Gables hinauszuchauffieren, die Hunt für die politische Zusammenkunft ausgewählt hatte. Später fuhr ich sie dann zu ihren Behausungen zurück, die fast ebenso miserabel wie meine eigene waren, und zerbrach mir den Kopf darüber, weshalb ich sie, wenn auch nur vorübergehend, in ein so piekfeines Ambiente hatte schaffen müssen.
Hunt belehrte mich alsbald. »Wenn wir sie zu gut unterbringen würden, wären sie innerhalb einer Woche vor Aufgeblasenheit nicht mehr zu genießen. Du mußt dich mit der kubanischen Mentalität gründlich vertraut machen«, sagte er. »Kubaner sind nicht so wie die Mexikaner, und mit den Uruguayern lassen sie sich schon gar nicht in einen Topf werfen. Sie sind völlig anders als wir. Wenn ein Amerikaner so depressiv wird, daß er anfängt, an Selbstmord zu denken, dann bringt er sich vielleicht wirklich um. Aber wenn ein Kubaner die Nase voll hat, dann sagt er seinen Freunden Bescheid, gibt eine Party, betrinkt sich und legt jemand anderen um. Sie sind sogar Verräter, was ihren eigenen Selbstmord angeht. Ich glaube, das hat mit den Tropen zu tun. Der Dschungel brütet Hysterie aus. Du folgst einem wunderschönen Dschungelpfad und plötzlich trittst du auf einen Skorpion. Von einem Ast über dir kann eine Raupe herabfallen und dir einen Stich versetzen, durch den du fast ohnmächtig wirst. Die Kubaner spielen den Macho, um diese Hysterie unter Kontrolle zu halten. Unsere Aufgabe besteht darin, ihrem emotionalen Ungleichgewicht einen gezielten Schlag zu versetzen, und ich sage dir, mein Junge, das läßt sich machen. Genau mit dieser Methode haben wir Arbenz in Guatemala ausgeknockt.«
Er hatte mir die Geschichte in Montevideo erzählt, aber ich konnte nicht genug davon bekommen. »Harry, wir hatten nur dreihundert Mann, drei zusammengeflickte Flugzeuge und« – er hob den Zeigefinger in die Höhe – »einen Sender, der jenseits der Grenze in

Honduras stationiert war, aber wir funkten dauernd mit einem Code, der so einfach war, daß wir wußten, Arbenz und seine Leute würden ihn knacken können, Anweisungen an nicht vorhandene Truppen hinaus. Und es dauerte nicht lange, bis er auf unsere Falschmeldungen reagierte. Wir erwähnten Einheiten, die Arbenz loyal ergeben waren, und unterhielten uns im Code darüber, daß sie sich verschworen hätten, von ihm abzufallen. Es dauerte keine Woche, und Arbenz hielt seine Bataillone in ihren Kasernen unter Verschluß. Er dachte, sie würden sonst schnurstracks zu uns überlaufen. Wir ließen den Umfang unserer Streitmacht auch permanent anwachsen. ›Kann euch im Augenblick keine zweitausend Mann schicken, aber zwölfhundert marschieren noch heute los. Morgen könnt ihr die anderen achthundert haben.‹ Alles zielte darauf ab, auf der anderen Seite ein Höchstmaß an Hysterie zu erzeugen. Arbenz verließ Guatemala, bevor die dreihundert Mann, die wir tatsächlich hatten, in Guatemala Stadt einziehen konnten, und alle Commies flüchteten in die Berge. Eines unserer Meisterstücke!

Und jetzt werden wir Castro mit so vielen Meldungen über gleichzeitige Landungen zusetzen, daß er nicht wissen wird, auf welches Ende von Kuba wir es wirklich abgesehen haben.«

»Darf ich mal den Advocatus diaboli spielen?«

»Das ist ein Grund, weshalb du hier bist.«

»Castro«, sagte ich, »weiß inzwischen, wie es in Guatemala gelaufen ist. Che Guevara war schließlich damals bei Arbenz in der Regierung.«

»Ja«, sagte Hunt, »aber Guevara ist nur eine von vielen Stimmen. Unser Vorteil besteht unter anderem darin, daß die Kubaner wie kein anderes Volk der Welt ihre Energien auf das Verbreiten von Gerüchten verschwenden. Dieses kleine Laster ist unser großer Vorteil. Im Augenblick haben wir hier in Miami über dreihunderttausend Kubaner, die schon vor Castro Reißaus genommen haben: eine riesige Gerüchteküche, die wir mit unseren Falschmeldungen versorgen werden, und die werden wieder allesamt auf Castros Schreibtisch landen. Da wir im Zentrum dieses ganzen Bienenkorbs der Flüsterpropaganda sitzen, können wir Castro in jede beliebige Richtung lenken.«

»Kann uns Castro nicht ebenso mit Falschmeldungen in die Irre führen?«

Hunt zuckte die Achseln. »Nennen wir es eine Schlacht der Desinformation. Ich werde dafür sorgen, daß wir als Sieger daraus hervorgehen. Wir sind schließlich und endlich weniger hysterisch.«

Hunt hatte Romane geschrieben, bevor er zur Company gestoßen war, daran mußte ich immer denken. Ich spürte, daß ein Romantiker in ihm steckte, der vielleicht noch verrückter war als ich selbst. Daß er sich andererseits aber auch peinlich genau an Vorschriften halten konnte, mußte wohl etwas mit Alpha und Omega zu tun haben, und solche Gedankengänge waren mir peinlich. Ich wollte mich nicht herumquälen. Die Erinnerung an Kittredge war überaus schmerzlich.

Noch am gleichen Tag ertappte ich mich dabei, daß ich mit dem Kopf auf dem Lenkrad meines Wagens lag und fast losgeheult hätte. So plötzlich hatte mich die Sehnsucht nach ihr überfallen. Ich hatte am Straßenrand anhalten müssen, da mich ein tropischer Regenguß am Weiterfahren hinderte.

Derartige Anwandlungen überkamen mich oft. Mit einem Mal schlug meine Stimmung um und ich war völlig verzweifelt. Kittredge fehlte mir. Ich litt unsäglich darunter, daß ich ihr nicht mehr schreiben konnte. Dabei schrieb ich ihr in Gedanken einen Brief nach dem anderen. An jenem Abend würde ich mir vielleicht wieder einen ausdenken, bevor ich einschlief. Nun aber startete ich, da der Regen nachgelassen hatte, meinen Wagen und rauschte wieder die Schnellstraße entlang, die blaß wie Elfenbein in der Sonne schimmerte. Ich hatte sogar das Glück, einen weißen Silberreiher zu erblicken, der auf einem Bein in einem schwarzen Sumpf am Rand der Straße stand.

4

In dieser Nacht trieb ich es sogar so weit, daß ich den gedachten Brief zu Papier brachte. Dazu mußte ich mein Bewußtsein auf eine merkwürdige Art und Weise ausschalten, denn mir war ja klar, daß ich ihn nicht absenden würde.

Miami
15. Juni 1960

Liebe Kittredge,
wie kann ich Dir erklären, was ich jetzt treibe? Ich habe vielerlei kleine Aufgaben und weiß gar nicht, wie ich meine Tätigkeit einordnen soll. Schlimmstenfalls bin ich ein Lakai von Howard Hunt und tanze nach seiner Pfeife. Im besten Fall bin ich Roberto Charles, Adjutant des legendären Eduardo, eines Political Action Officers der bevorstehenden Operation Kuba, der permanent zwischen Miami, New York und Washington hin- und herfliegt, während ich hierbleiben und unsere Legende intakt halten muß, der zufolge es sich bei Eduardo um einen bedeutenden Geschäftsmann aus der Stahlbranche handelt, der in der Karibik gegen den Kommunismus kämpft und den Leute, die über politische Beziehungen zu höchsten Stellen verfügen, gebeten haben, sich dieser Sache anzunehmen. Natürlich lassen sich unsere Kubaner kaum von so etwas hinters Licht führen, aber es feuert sie an. Sie wollen ja, daß die Company bei dieser Sache mitmacht.

Trotzdem kommt Howard manchmal auf ziemlich verrückte Ideen. Zum Beispiel schlug er vor, daß ich »Robert Jordan« als Decknamen benutzen sollte. »Ein paar von den Kubanern«, erklärte ich ihm, »könnten *Wem die Stunde schlägt* gelesen haben.«

»Niemals«, widersprach er. »Nicht unsere Typen.«

Wir einigten uns auf Robert Charles. Tascheninhalte, Kreditkarten und ein Bankkonto wurden umgehend auf diesen Namen abgestimmt. Unser Büro in Miami ist bestens gerüstet, um solche Aufträge zufriedenstellend auszuführen; so kann ich jetzt jederzeit beweisen, daß ich Robert Charles bin. Ich fürchte, die Kubaner werden mich nun *El joven Roberto* nennen.

Was den Arbeitsplatz angeht, so stehen unsere Schreibtische in der Firma Zenith Radio Technology and Electronics, Inc. in Coral Gables gleich südlich vom South Campus der Miami University. Nachdem ich so lange Jahre in Montevideo verbracht habe, kann ich Dir gar nicht beschreiben, wie sonderbar ich mir vorkomme, seit ich über keine berufliche Tarnung seitens der amerikanischen Botschaft mehr verfüge. Aber jetzt bin ich ein Vertreter in der Verkaufsabteilung von Zenith, dem geräumigen Hauptquartier für all unsere Operationen. Zenith! Von außen sieht's so aus wie das, was es einmal gewesen ist: ein langes, flaches Bürohaus mit

dazugehörigen Hallen, in denen Leuchtkörper produziert werden. Drinnen ist es allerdings völlig unseren Bedürfnissen entsprechend umgebaut worden. Wir können sogar den Drahtzaun und die Hochsicherheitskontrollen an den Eingängen damit begründen, daß wir, Zenith, für die Regierung arbeiten.
Innerhalb des Hauses haben schon über dreihundert von unseren Leuten einen Arbeitsplatz gefunden. Wenn man die Schreibtische auf die Quadratmeterzahl umrechnet, herrscht bei uns sogar ein noch größeres Gedränge als damals im I-J-K-L – allerdings funktioniert wenigstens die Air Condition, sonst wär's ja auch nicht auszuhalten, wir sind schließlich in Miami! Und in der Empfangshalle haben wir sogar zur Tarnung Tafeln mit unseren angeblichen Produktionsziffern und Verdienstplaketten unserer »Mitarbeiter« aufgehängt.
Hinter dieser Fassade arbeitet hier jeder für sich, total von den anderen abgeschottet. Ich könnte nicht einmal sagen, womit sich die meisten anderen beschäftigen, aber ich bin ja auch meistens außer Haus tätig. Ich verbringe sehr viel Zeit mit Eduardos Exilkubanern, und an zwei Tagen in der Woche gilt es neue Kubaner für unser Projekt in Empfang zu nehmen. Jeder Exilkubaner in Miami scheint mittlerweile zu wissen, daß Trainingslager in Mittelamerika eingerichtet werden. So bin ich denn jeden Dienstag morgen in einem unserer Läden im Zentrum, während ich am Freitag nach Opa-Locka hinauffahre. An beiden Orten überwache ich Gespräche mit kürzlich eingetroffenen und auch mit schon lange bei uns ansässigen Exilkubanern, die zur kämpfenden Truppe wollen. Mein kubanischer Assistent redet dabei so schnell, daß ich mit meinen Spanischkenntnissen gewöhnlich hinterher fragen muß, worüber sie gesprochen haben. Es ist absurd! Es ist überhaupt kein Geheimnis, daß die Agency hinter alledem steckt. Es wird zwar behauptet, die Kosten würden von wohlhabenden Bürgern der großzügigen Vereinigten Staaten von Nordamerika bestritten, aber ein Achtjähriger würde merken, daß die Company ihre Hand im Spiel hat. Ich nehme an, daß man die Sache in Quarters Eye in Washington folgendermaßen sieht: Sobald die Exilbewegung Castro überwältigt hat, werden die Sowjets ohnehin schreien, wir steckten hinter alledem, und das sollen sie uns erst einmal beweisen.
Jedenfalls werden wir jedesmal, wenn der *Miami Herald* berichtet,

daß sich eine größere Anzahl von Russen auf Castros Inseln aufhält, von Freiwilligen belagert. Natürlich haben diese Kubaner keine Ahnung, worauf sie sich einlassen. Sie wissen nicht, ob sie Teil einer Invasionsstreitmacht werden sollen oder ob man sie als Guerilleros zurück nach Kuba bringt, damit sie sich dort in den Bergen festsetzen. Ich bin jedenfalls auf der Suche nach Bewerbern, die sich für beides eignen. Ich sitze nicht nur während der Befragung dabei, sondern ich studiere auch die Fragebögen und treffe eine erste, vorläufige Auswahl. Abgesehen davon, daß wir Männer ablehnen, an deren Geschichte irgend etwas faul zu sein scheint, haben wir generell mehr Vertrauen zu Kubanern, die aus den studentischen Gruppen der Katholischen Aktion stammen als zu Einzelgängern, die einfach so bei uns hereingeschneit kommen. Als allererstes obliegt mir die Aufgabe, den lokalen Hintergrund des Bewerbers zu überprüfen. Fast all unsere Freiwilligen müssen nachweisbare Referenzen in ihrer Heimatgemeinde angeben können, und wir besitzen bei Zenith einen »genealogischen Computer«, mit dem wir feststellen können, ob die Angaben über die Herkunft des Betreffenden mit dem bei uns vorhandenen Material übereinstimmen. Es ist kein sehr anstrengender Job. Wer bei mir durchkommt und dann die Computerüberprüfung besteht, muß immer noch den Lügendetektor passieren, bevor wir ihn nach Fort Myers zur Grundausbildung schicken.
Ich studiere allerdings sehr genau die Gesichter derer, die an mir vorbeiziehen. Viele von ihnen wirken edel und verdorben zugleich – eine höchst sonderbare Mischung von Eigenschaften. Ich gebe zu, daß mich dieses Problem persönlich berührt. Es hat etwas mit ihrer dunklen Haut und einer gewissen Kombination aus Stolz und Lasterhaftigkeit zu tun. Dieser Kubaner sind so anders als ich, so sehr auf ihre Ehre versessen. Und doch lassen sie sich gern auf sogenannte Kavaliersdelikte ein, die ich als äußerst unmoralisch empfinden würde, wenn ich sie beginge. Mir ist auch aufgefallen, daß sie genauso stolz auf ihre Namen sind wie ein eitles, hübsches Mädchen auf sein Gesicht. Zwar meldet sich bei uns von Zeit zu Zeit auch mal ein José López oder Luis Gómez, ein Juan Martinez und ein Rico Santos, aber derartige Alltagsnamen werden von unseren wirklich orchideenhaften Beispielen in den Schatten gestellt: Cosmé Mujal; Lucilo Torriente; Armengol Escalante; Homoboro Hevía-Balmeseda; Innocente Conchoso; Angel Fejardo-Men-

diéta; German Galíndez-Migoya; Eufemio Pons; Aurelio Cobían-Roig.

Du verstehst gewiß, was ich meine. Viele sehen aus wie Don Quichote; ein paar wie Sancho Pansa. Es gibt unter ihnen Rechtsanwälte mit gestärktem Kragen und gezwirbeltem Schnurrbart. Manche von ihnen sind solche Snobs, daß sie direkt einem Roman von Proust entstiegen sein könnten, junge, gefährliche *señoritos*, andere so bedrohlich, so voll *gangsterismo*, daß ein State trooper ihre verrostete Karre auf der Stelle beschlagnahmen würde. Alle kommen sie zu uns – Schüler voller Aknenarben, bleich und versteinert auf Grund ihrer höchst ehrenhaften, aber erschreckenden Entscheidung, ihr Leben aufs Spiel zu setzen, und dann gibt's da noch die alten Hasen mit der Speckschwarte unterm Gürtel, die aber trotzdem etwas von ihrer Jugend zurückgewinnen möchten. Echte Schwächlinge kommen an mir vorbei, glühend vor Fieber, Feiglinge, die die Verachtung ihrer Genossen zu uns treibt. Auch drei oder vier Betrunkene finden sich für gewöhnlich ein und ein oder zwei Berufssoldaten, die Batista bis zum Ende treu geblieben sind und deshalb nicht für uns in Frage kommen. Alle kommen sie zu uns hereinmarschiert – enthusiastisch und/oder paranoid, manche tapfer, andere schüchtern.

Natürlich geht es bei meiner Arbeit auch um ein paar praktische Dinge. So muß ich mich unter anderem mit den fünf politischen Parteien beschäftigen, mit denen Hunt und ich zusammenarbeiten: der Christlich-Demokratischen Bewegung (MDC), der AAA, den Monti-Cristi, Rescat und der Bewegung der Revolutionären Errettung (MRR).

Alle diese Gruppen verstehen sich mehr oder weniger entweder als liberale Kapitalisten oder als Sozialdemokraten und hassen Batista nicht weniger als Castro. So führt die Legende, mit der wir uns zu tarnen wähnen – sofern man sie uns überhaupt glaubt –, nur dazu, daß man uns verdächtigt, Hunt und seine »reichen Amerikaner« wollten Batista wieder an die Macht bringen. Böse Anschuldigungen werden geäußert. Ich kann kaum fassen, über welch ein Temperament diese Kubaner verfügen. Dabei handelt es sich ja doch schließlich um die Führer! Sie leiten die fünf Exilgruppen, die Frente Revolucionario Democrático, kurz »Front« genannt. Man hat diese Koalition etwas links von der Mitte gewählt, weil Washington es sich nicht mit jenem großen Teil Lateinamerikas verderben wollte, der zur marxistischen Seite der Straße tendiert. Andererseits stehen sie auch nahe genug an der Mitte – glaubt man wenigstens –, daß Eisenhower, Nixon und Company nicht zu zetern anfangen. Ich muß wiederholen, daß Politik nicht meine starke Seite ist, Deine wohl auch nicht, aber mir ist klar geworden, daß heute ein großer Teil unserer Außenpolitik das Ziel verfolgt, das alte Image zu zerstören, das Joe McCarthy hinterlassen hat. Wir müssen den Rest der Welt davon überzeugen, daß wir fortschrittlicher als die Russen sind. Dadurch geraten wir hier unten in eine paradoxe Situation: Hunt ist auf jeden Fall noch konservativer als Richard Nixon und würde unsere Koalition nicht ungern gegen eine ganz rechte austauschen. Aber mit diesem Team hier soll er nun einmal arbeiten, und je erfolgreicher er ist, um so besser wird es der Agency ergehen.

Keine leichte Aufgabe! Es verwundert mich immer wieder, wie klein das Land ist, mit dem wir uns beschäftigen. Kuba mag vielleicht achthundert Meilen lang sein, aber alle hier scheinen im gleichen Viertel von Havanna gelebt zu haben. Diese Männer haben nicht nur seit Jahren schon miteinander zu tun, sondern sie behaupten auch, Castro persönlich gekannt zu haben. Es ist also nicht unmöglich, daß der eine oder andere von ihnen ein kommunistischer Agent ist. Doch, selbst wenn man ihnen vertrauen könnte – sie kommen ungefähr so gut miteinander aus wie die typische lateinamerikanische Familie: Unsere fünf Frente-Führer geraten ständig böse aneinander, und das seit dreißig Jahren. Hunt obliegt die wenig beneidenswerte Aufgabe, sie zu einem Team zusammenzuschmieden, anzutreiben und trotzdem gegeneinander auszuspielen.

Und das sind die Führer unserer Kohorten: Einer ist ein ehemaliger Vorsitzender des kubanischen Senats (bevor Batista ihn abgeschafft hat), ein anderer war Außenminister unter Präsident Carlos Prio Socarras; ein dritter Direktor der Bank für Industrielle Entwicklung. Trotzdem machen sie auf mich keinerlei Eindruck, und manchmal kann ich mir kaum vorstellen, daß sie so hohe Positionen bekleidet haben.

An dieser Stelle legte ich den Füllhalter zur Seite. Da ich diesen Brief niemals abschicken würde, kam ich mir so jämmerlich vor wie ein Mann, der allein auf einer leeren Tanzfläche tanzt.

Kittredge, ich habe gerade versucht, ins Bett zu gehen, aber es war unmöglich. Ich glaube, ich muß Dir gestehen, wie einsam ich im Augenblick bin. Ich lebe allein in einem elenden Motelzimmer, und es ist absurd: mit dem, was ich hier fürs Zimmer ausgebe, könnte ich mir ein kleines möbliertes Apartment in einer anständigen Gegend weiter draußen am Stadtrand leisten, und trotzdem sträube ich mich genauso dagegen, wie ich mich gegen jede Art von Einladung seitens meiner Kollegen bei Zenith gesträubt habe, so unbedeutend sie auch sein mochte. Ich verkehre mit niemandem, und der Fehler liegt bei mir. Es macht mir einfach keinen Spaß, mir Mühe zu geben und nett zu anderen Leuten zu sein. In Uruguay war es leichter. Dort drehte sich das ganze gesellschaftliche Leben um die verschiedenen Botschaftsempfänge, und man nahm automatisch daran teil. Hier, wo das Personal von allen Stationen der Welt nach Miami hereinkommt und weit und breit keine Botschaft zu sehen ist, geht's zu wie auf einem Bahnhof. Morgens tritt alles bei Zenith an und verstreut sich dann des Abends wieder über die ganze Stadt und kehrt in das Zuhause zurück, das der oder die Betreffende sich von seinem Gehalt gerade noch leisten kann. Ich habe nur die Wahl, mich entweder an die Verheirateten anzuschließen oder mich jeden Abend mit anderen Junggesellen zu betrinken. Ich möchte keins von beidem. Die Verheirateten haben natürlich irgendwo eine Freundin der Ehefrau, die zufällig nur auf mich wartet, und/oder sie brauchen jemanden, der das Plastikfahrrad der Kinder repariert. Die unverheirateten Offiziere erinnern mich meist an die Paramilitärs auf der Farm – mit denen beim Saufen mitzuhalten könnte härter werden als die ganze Tagesarbeit.

Natürlich gibt es immer noch Howard Hunt. Er und Dorothy haben mich in Montevideo oft zu sich eingeladen. Aber jetzt bleibt Dorothy in Montevideo, bis die Kinder das Schuljahr abgeschlossen haben und Hunt pendelt zwischen Washington und Miami hin und her. Ich treffe mich meist einmal pro Woche mit ihm zum Abendessen, und jedesmal hält er mir dann einen Vortrag über die Ehe. Doch er ist nicht mehr wie früher der Mittelpunkt meines Lebens. Unter diesem heißen Himmel von Florida mit seinen Oleander- und Bougainvillea-Nächten habe ich mehr und mehr das Gefühl, als wartete ich – so deprimierend es auch ist – auf eine dieser billigen Liebesromanzen, wie man sie in den miesesten aller miesen Hollywood-Schinken vorgesetzt bekommt.

An dieser Stelle brach ich endgültig ab und ging schlafen. Am Morgen erwachte ich mit der bitteren Erkenntnis, daß ich einen solchen Brief nicht in meinem Motelzimmer aufbewahren konnte, und so mußte ich zu meinem Safe gehen, um dieses nicht abgesandte Schreiben dort zu verbergen.
Bei Zenith erhielt ich am selben Tag – als hätte mein Brief ein kleines Wunder bewirkt – einen offenen Anruf von Harlot. Er wollte mich sprechen. Ob ich mir irgendeinen Vorwand ausdenken könnte, um nach Washington zu kommen. Das könnte ich, sagte ich. Howard hatte davon gesprochen, daß er mich hinschikken wollte.
»So schnell wie möglich! Also wann?«
»Morgen.«
»Wir treffen uns zum Lunch. Um eins. In Harvey's Restaurant.«
Das Telefon klickte in meinem Ohr.

5

Es überrascht mich«, sagte Hugh Montague zur Begrüßung, »daß Howard Hunt dir erlaubt, an seiner Stelle nach Washington zu kommen. Er läßt sich doch so gern hier sehen.«
»Mein Auftrag ist nicht nach seinem Geschmack«, erwiderte ich. »Ich komme her, um ein bißchen Sozialhilfe für die Frente aufzutreiben. Das kostet Zeit, und man erreicht nicht viel.«
»›Kanonen, nicht Butter!‹ höre ich unsere Leute sagen. Wieviel brauchst du?«
»Zehntausend wären gut für die Moral der Frente. Mit dem Geld könnten unsere Chefs ein paar von ihren notleidenden Leuten helfen.«
»Die Moral der Frente ist mir scheißegal. Ich möchte Howard nur gern mit deiner Fähigkeit, Geld aufzutreiben in Erstaunen verset-

zen. Dann schickt er dich öfter her, und wir können unsere etwas eingerostete Beziehung erneuern.«
Während der Drinks und des Entree war er sehr liebenswürdig. Wir sprachen weder über Kittredge noch über seinen Sohn Christopher, aber davon abgesehen war es so, als ob wir einander so oft wie früher gesehen hätten.
»Ja«, sagte er. »Ich besorge dir das Geld.«
Ich brauchte nicht zu fragen, wie. Man sprach überall davon, daß Allen Dulles in allen Abteilungen und Direktoraten Geld versteckt hatte. Harlot, dessen war ich sicher, wußte, wie man an diese Depots herankam.
»Es ist sehr angenehm, jemanden zu besuchen, der die Probleme mit einem Anruf lösen kann«, sagte ich, aber er überhörte meine plumpe Schmeichelei.
»Warum hast du dich zu diesem Kuba-Abenteuer gemeldet?« fragte er.
»Ich glaube daran«, erklärte ich. Doch meine Stimme klang zaghaft – leider. »Es ist ein Weg, um den Kommunismus unmittelbar zu bekämpfen.«
Er schnaubte verächtlich. »Unser Ziel ist es, den Kommunismus zu unterminieren und nicht, ihm zum Martyrium zu verhelfen. Wir brauchen nicht gegen sie zu *kämpfen*. Ich bin sehr enttäuscht. Hast du denn gar nichts von mir gelernt?«
»Ich habe eine Menge gelernt«, wandte ich ein. »Eine Menge. Doch dann hatte ich keinen Kontakt mehr zu meinem Lehrer.«
Harlot hatte den Vorteil, daß man ihm geradewegs in die Augen sehen konnte. Doch von Zuneigung war darin nichts zu erkennen.
»Nun«, sagte er, »du bist ein komplizierter Fall. Ich möchte dich nicht kaputtmachen, aber ich weiß auch nicht, was ich mit dir anfangen soll. Deshalb habe ich dich hängen lassen.« Er räusperte sich. »Aber ich habe durchaus noch Hoffnung. In letzter Zeit habe ich ein- oder zweimal an dich denken müssen.«
Auf dem Flug nach Washington hatte ich reichlich Zeit gehabt, darüber nachzudenken, was es mich gekostet hatte, so lange ohne Kontakt zu ihm zu sein. »Nun«, erwiderte ich, »ich höre.«
»Noch nicht«, sagte er und schob das Dessert von sich, um sich eine Zigarre anzustecken. Nach dem ersten Zug faßte er noch einmal in seine Brusttasche, um mir auch eine anzubieten. Seine »Churchill« war sicher eine der besten Havannas, die je gedreht

worden ist. Und während ich sein Geschenk paffte, begriff ich Kuba besser – parfümierte Fäkalien vermischt mit Ehre und eisernem Willen –, ja, Alchemie lauerte hier im Nikotin.
»Noch nicht«, wiederholte er. »Ich möchte noch ein wenig beim Thema Kuba bleiben. Kannst du dir vorstellen, was für eine Komödie da am Brodeln ist?«
»Nein, ich hoffe, daß es keine Komödie ist.«
»Bereite dich trotzdem auf eine Farce vor. Kuba wird unsere Strafe für Guatemala sein. Daran läßt sich nichts mehr ändern. Der liebe Eisenhower hat Martin Buber nicht gelesen.«
»Ich genausowenig.«
»Lies ihn! Lies Bubers *Chassidische Geschichten*. Perfekt! Damit kannst du Besucher vom Mossad durcheinanderbringen. Diese israelischen Perlenaugen werden feucht, wenn ich ihnen aus den Werken ihres Martin Buber zitiere.«
»Darf ich fragen, was Buber mit Kuba zu tun hat?«
»Er hat etwas damit zu tun. Es gibt da bei ihm eine hübsche Geschichte über eine arme, unfruchtbare, verheiratete Frau, die so besessen vom Wunsch nach einem Kind ist, daß sie durch die halbe Ukraine wandert, um einen umherreisenden Wanderrabbi zu treffen. Gegen Ende des achtzehnten Jahrhunderts waren diese Chassidim Wanderprediger, die unseren heutigen Evangelisten ähnelten – sie befanden sich andauernd auf Tournee durchs russische Hinterland. Begleitet von einer Horde von Jüngern marschierte so ein chassidischer Rabbi von einem ›Schtetel‹ zum anderen und das stets in Gesellschaft einer strahlend schönen, verführerischen Ehefrau. Die jüdischen Frauen fühlen sich, ganz anders als unsere eher heidnischen Cheerleadergirls, nämlich stets von der Kraft des Intellekts angezogen, die unter diesen fast mittelalterlichen Verhältnissen natürlich dem Rabbi innewohnte. In unserer Geschichte muß die traurige, unfruchtbare jüdische Dame Werst um Werst durch ein primitives Land reisen, in dem es von allen Arten menschlichen Abschaums nur so wimmelt, aber sie erreicht doch am Ende ihr Ziel, woraufhin unser Wunderrabbi sie segnet und zu ihr spricht: ›Kehre heim zu deinem Mann, und du wirst ein Kind zur Welt bringen.‹ Sie kehrt glücklich nach Haus zurück, wird schwanger, und neun Monate darauf gebiert sie ein prachtvolles Baby. Natürlich beschließt nun eine andere Frau in ihrem Dorf, die dasselbe Ergebnis erzielen will, im folgenden Jahr die gleiche Reise

zu unternehmen. Doch diesmal sagt der Rabbi: ›Leider kann ich nichts für dich tun, meine liebe Frau. Du kennst die Geschichte schon.‹ Moral: Wir werden Kuba nicht auf die gleiche Art erobern, in der wir die guatemaltekischen Kommunisten aufgerollt haben.«

»Das habe ich auch zu Hunt gesagt.«

»Ein Jammer, daß du dich nicht an deine Worte hältst.« Er roch genüßlich am Rauch seiner Zigarre. »Ich kann verstehen, daß Eisenhower den Überblick verloren hat. Diese Geschichte mit der U 2 letzten Monat, als Gary Powers über der Sowjetunion abgeschossen wurde. Da haben sie den lieben Ike mit den Fingern in der Schokoladendose erwischt, und Chruschtschow kann ihn vor der ganzen Welt ausschimpfen. Dann diese Neger-Sit-ins. Das muß ihm ganz schön auf die Nerven gegangen sein.«

Ein Restaurantbesuch mit Harlot hatte gewissen festgefügten Regeln zu folgen: Die Kosten wurden stets genau zwischen uns aufgeteilt. Das Essen schloß immer mit Kaffee und Hennessy ab, und Hugh schien sich stets unglaublich viel Zeit für den Lunch zu lassen. Ich hatte Kittredge einmal darauf angesprochen, und sie hatte traurig gelacht und gesagt: »Hugh arbeitet an solchen Tagen bis Mitternacht.« An der gelassenen Art, in der er jetzt das Zigarrenende im Aschenbecher herumdrehte, konnte ich erkennen, daß sich der Lunch bei Harvey's noch eine Weile hinziehen würde. Wieder einmal waren wir die letzten Gäste in unserem Teil des Restaurants.

»Was hältst du von diesem Lokal?« fragte mich Hugh.

»Angemessen.«

»Es ist J. Edgar Buddhas Lieblingskneipe, also kann man sich wohl kaum vorstellen, daß es etwas Besseres gibt, aber trotzdem habe ich mich vor kurzem entschlossen, die Mittagszeit anderswo zu verbringen. Dadurch macht man's den anderen schwerer, unserem Gespräch zu folgen. Und ich muß mit dir über eine wichtige Sache reden.«

Er kam also endlich aufs Thema unserer Zusammenkunft zu sprechen. Gute Leute kommen nicht gleich zu Anfang mit ihren besten Argumenten.

»Ich möchte«, sagte er, »sofort zur Sache kommen. Was würdest du davon halten, aus dem CIA auszuscheiden?«

»Nichts!« Ich erinnerte mich schmerzlich an den Augenblick, in dem er mir gesagt hatte, ich sollte die Kletterei aufgeben.

»Geh nicht über die Straße, bevor du sie überblicken kannst. Ich schlage dir ein Unternehmen vor, das so geheim ist, daß du zuviel wissen wirst, wenn ich mich in deiner Zuverlässigkeit getäuscht haben sollte. Also vergiß mal all unsere Vorschriften über Geheimhaltung. Die läßt sich nämlich durch all die eingezäunten Krals und Taubenschläge gar nicht erreichen. Da sickert es überall heraus. Aber hier und da gibt es einen Tresor, in dem wir unser wichtiges Material aufbewahren. Vom Anfang unseres Unternehmens an. Allen hat in engem Zusammenwirken mit ein paar von uns eine Operation absolut geheimgehalten. Wir haben ein paar Offiziere, deren Name auf keiner 201-Akte erscheint. An sie wurde niemals ein Dollar ausgezahlt, und es existiert kein Papier, das auf ihr Vorhandensein hinweisen könnte. Es sind *die ganz besonderen Kollegen*. Die Bezeichnung stammt von Allen. Ich möchte, daß du *ein ganz besonderer Kollege* wirst.« Während er mir die letzten Worte zuflüsterte, trommelte er mit den Fingernägeln leise auf seinem Glas herum.

»Wenn sich zum Beispiel«, fuhr er auf diese Weise flüsternd fort, »unser Harry jetzt aus der Agency zurückzöge, könnte man einen Zwölfmonatskurs mit einer höchst respektablen Bezahlung bei einem sehr angesehenen Börsenmakler in der Wall Street arrangieren, gefolgt von einer Arbeit, bei der man mit einigen sehr guten Kunden zu tun hat. Der ganz besondere Kollege würde dann unter der Anleitung einiger alter Füchse einige ausgewählte Vermögen verwalten, bis er das Geschäft schließlich selbst beherrscht. Damit stände ihm dann für den Rest des Lebens eine Karriere als aufstrebender Börsenmakler offen. Und in dieser Position würde er für die Agency tätig sein. *Ganz besondere Kollegen* brauchen während ihrer langen Karriere nur selten gewisse Weichen zu stellen. Ich verspreche dir aber, daß man bei jenen besonderen Anlässen, wenn die Arbeitskraft gebraucht wird, ganz Außerordentliches leisten kann. Du könntest da draußen in den riesigen Kesseln der internationalen Finanzen herumrühren und wärest dabei durch eine so gut wie undurchdringliche Tarnung abgeschirmt.«

Ich traute ihm nicht. Ich war sicher, daß er mir auf diese raffinierte Weise nur beibringen wollte, daß ich meinen Job bei der Agency aufgeben sollte. Er muß meine Gedanken erraten haben, denn er fügte hinzu: »Wenn du noch ein bißchen Begleitmusik für dieses Angebot brauchst, dann will ich dir eins sagen: Wir bieten so etwas nur jungen Männern an, die wir für ungewöhnlich begabt halten, die aber« – er hob mahnend den Zeigefinger – »zugleich nicht über die bürokratischen Eigenschaften verfügen, die für eine zufriedenstellende Tätigkeit innerhalb der formalen Strukturen wichtig sind. Allen braucht ein paar von unseren besten Leuten dort draußen, die bereit sind, kräftig mit anzupacken, damit der finanzielle Karren der Firma nicht im Dreck steckenbleibt. Würdest du dich freundlicherweise von der Ernsthaftigkeit geehrt fühlen, mit der ich dir dieses Angebot unterbreite.«

»Ich fühle mich geehrt«, sagte ich langsam, »aber du weißt nicht, wieviel Spaß mir die tägliche Routine bei der Agency macht. Ich glaube nicht, daß ich mich im Handel mit Wertpapieren und beim Berechnen von Rentabilitätsgrenzen bewähren würde. Ich bleibe lieber bei dem, was ich im Augenblick tue.«

»Vielleicht ist deine Leistung dabei aber nicht so besonders hoch. Deinem Temperament entsprechend arbeitest du besser auf dich allein gestellt als in einem Team.«

»Es kommt mir wirklich nicht darauf an, wie hoch ich auf der Karriereleiter klettere. Ich glaube, ich bin nicht besonders ehrgeizig.«

»Was interessiert dich denn dann bei uns?«

Ich dachte einen Augenblick lang nach. »Irgendeine ausgefallene Aufgabe würde mich reizen, die ich ganz allein lösen könnte.« Ich war selbst überrascht, als ich mich so reden hörte.

»Du fühlst dich zu einer ganz besonderen Aufgabe berufen?«

Ich nickte einfach. Ob es wirklich so war oder nicht, spielte keine Rolle. Er war so undurchschaubar wie immer, aber ich glaube, er wußte von vornherein, daß ich kein Börsenmakler werden wollte. Vielleicht hatte er dieses Wegwerfszenario nur inszeniert, um meine Widerstandskraft zu schwächen.

Der nächste Vorschlag folgte prompt auf dem Fuße. »Ich habe noch einen anderen *inoffiziellen* Job für dich«, sagte er, »und den wirst du, hoffe ich, nicht ablehnen. Du mußt ihn natürlich zusätzlich zu all deinen Aufgaben im Dienst Howard Hunts übernehmen.«

»Ich nehme an, ich soll nur dir allein Bericht erstatten.«

»Worauf du dich verlassen kannst. Du wirst keine offiziellen Akten darüber anlegen.« Während er die Zigarre wie einen Billardqueue zwischen drei Fingern hielt, tippte er mit dem Mittelfinger sanft auf das Tischtuch, so sanft, daß die Asche sich nicht bewegte. »Du verstehst natürlich, daß Allen mich als Hans-Dampf-in-allen-Gassen der Firma einsetzt, damit ich nach dem Rechten sehe, und daß man auf diese Art und Weise überall herumkommt.«

»Hugh«, sagte ich etwas zu ehrerbietig, »alle wissen doch, daß du überallhin deine Drähte gezogen hast.«

»Darüber wird sicher mehr erzählt als wirklich dahintersteckt.« Er zuckte die Achseln und seine Finger tippten leicht auf die Zigarre, bis die Asche sich zu lösen begann, worauf er sie elegant auf seinen Teller abstreifte. »Natürlich habe ich GHOUL.« Das war ihm eine Kunstpause wert. »Und GHOUL bleibt dem FBI auf den Fersen. Manchmal weiß ich ziemlich genau, was J. Edgar Buddha in seinen privateren Aktenordnern ablegt.«

Ein seltsames Gefühl überkam mich. Mir sträubte sich das Nackenhaar vor Erregung, und ich kam mir vor wie ein Priester, dem sein Abt den Schlüssel zum Reliquienschrein zeigt. Ich wußte nicht, ob er mit seiner Vertraulichkeit gegen die geheiligte Ordensregel verstieß, aber ich fand es großartig und irgendwie angenehm aufregend. Er hatte mir einen geheimen Wunsch erfüllt: etwas zu erfahren, von dem andere nichts ahnten.

»Ich werde dir«, sagte Harlot, »mehr mitteilen, sobald du den ersten Teil deiner Aufgabe erfüllt hast.«

»Ich bin bereit«, sagte ich entschlossen.

»Du wirst mit einer ganz bestimmten jungen Dame Bekanntschaft schließen, die derzeit rund um die Uhr vom FBI überwacht und abgehört wird. In Anbetracht der Offenheit, mit der sie sich am Telefon äußert, ist sonnenklar, daß sie keine Ahnung hat, wie sehr sie in dem Schatten sitzt, den Buddhas riesiger Hintern wirft. Man könnte meinen, daß dieses Dämchen in Schwierigkeiten steckt, aber das ist gar nicht der Fall. Es hat nur mit ihrer Promiskuität zu tun.«

»Ein Callgirl?«

»O nein. Nur eine Stewardeß. Aber sie hat sich mit ein paar prominenten Herren in Beziehungen eingelassen, die irgendwie nicht so recht zusammenpassen.«

»Ist einer dieser Herren Amerikaner?«

»Beide sind Amerikaner.«

»Beide? Darf ich fragen, wieso die Agency sich dann damit beschäftigt.«

»Das tut sie ja gar nicht. Nur GHOUL tut das. Sagen wir: GHOUL

interessiert sich dafür, weil Buddha sich dafür interessiert. Es kann noch einmal der Tag kommen, an dem Buddha für diese Nation so bedrohlich werden wird, wie es Josef Stalin gerne gewesen wäre.«
»Du willst doch nicht etwa behaupten, Hoover sei ein sowjetischer Agent?«
»Himmel, nein. Nur, daß er viel zu sehr auf eigene Rechnung arbeitet. Ich verdächtige ihn, das ganze Land seiner totalen Kontrolle unterwerfen zu wollen.«
Ich erinnerte mich an einen Abend im »Stall«, an dem mir Harlot einen Eindruck von dem vermittelt hatte, was er als unsere Pflicht und Aufgabe ansah: Wir müßten Geist, Gefühl, Bewußtsein, Hirn und Herz Amerikas werden.
»Ich sehe, daß ich mich ganz auf das verlassen muß, was du sagst und wie du es interpretierst.«
»Für den Augenblick ja. Aber sobald du diese Stewardeß kennengelernt hast, werde ich dir Zugang zum Material verschaffen. Ich habe die Tonbänder des FBI und weiß, was sie für eine Geschichte erzählen. Ich verspreche dir, daß du sie bekommst, sobald du die Nixe kennengelernt und an der Angel hast.« Als hätte ich nicht verstanden, wovon er sprach, fügte er hinzu: »Je tiefer du den Haken hineinbohrst, um so besser.«
»Wie sieht sie aus?«
»Es wird dich keine große Überwindung kosten.« Er griff in die Brusttasche und nahm einen farbigen Schnappschuß heraus, den man wahrscheinlich aus einem fahrenden Auto heraus geknipst hatte. Die Gesichtszüge waren ein bißchen undeutlich. Alles, was ich erkennen konnte, war ein hübsches Mädchen mit einer properen Figur und schwarzen Haaren.
»Ich weiß nicht, ob ich sie an Hand dieses Fotos erkennen würde«, sagte ich zweifelnd.
»Das Foto reicht völlig. Du wirst sie nämlich auf deinem Rückflug nach Miami kennenlernen. Sie betreut die erste Klasse beim Flug von Eastern um 4 Uhr 50 heute nachmittag, und ich werde sehen, wie ich die Extrakosten irgendwo unterbringe.«
»Sie wohnt in Miami?«
»Das ist das Schöne an der ganzen Geschichte.«
»Und wenn ich sie gut kennenlerne?«
»Wirst du ebenso verwundert über unser Land sein, wie ich es bin.«

»Was meinst du damit?«
»Nun, wir werden alle mit diesen unglaublichen Liebesromanzen aus Radio und Fernsehen vollgestopft, lesen diese Schundromane. Nicht *wir* natürlich, aber *sie,* unsere amerikanischen Mitbürger. Vollgestopft mit diesem Liebesdramazeugs. Aber wenn du dir mal das wirkliche Leben anguckst, ich sage dir: Unser Herrgott ist ein besserer Romancier als die Lohnschreiber der Regenbogenverlage. Es ist eine höllisch gute Story. Überrascht sogar mich.«
Er erzählte mir noch mehr darüber, bevor wir gegen 3 Uhr 30 nachmittags die Tafel aufhoben. Die junge Dame hieß Modene Murphy, Spitzname »Mo«, ihr Vater war halb Ire, halb Deutscher, und ihre Mutter stammte von Franzosen und Holländern ab. Sie war dreiundzwanzig Jahre alt, und ihre Eltern hatten ein bißchen Geld.
»Womit haben sie's verdient?«
»Ach«, sagte Harlot, »ihr Vater war ein geschickter Techniker, der sich gleich nach dem Krieg irgend so ein Einlaßventil für Motorräder hat patentieren lassen, das Patent verkauft und sich zur Ruhe gesetzt hat.« Modene, so erzählte er weiter, sei in einem wohlhabenden Viertel von Grand Rapids aufgewachsen. Man respektierte ihre Familie zwar nicht, akzeptierte sie aber, weil sie Geld hat. »Sie ist eine Art Debütantin minderen Ranges«, sagte Harlot, »wie es sie im Mittelwesten häufig gibt. Ich vermute, sie sieht ihre Tätigkeit als Stewardeß als eine Art gesellschaftlicher Aufwertung an.«
»Wie kommst du auf den Gedanken, daß ich mich mit Modene Murphy anfreunden könnte?«
»Ich habe keine Ahnung, ob du sie vernaschen wirst. Aber dein Vater, erinnere dich, war in seinen alten OSS-Tagen ein ziemlich großer Liebhaber. Vielleicht hast du ein bißchen was von seinem Talent geerbt. Und noch etwas. Ich würde die Sache gern möglichst wenig komplizieren, aber ich fürchte, wir werden dir einen anderen Namen geben müssen. Wir können dir auch keine richtigen Papiere verschaffen, da definitiv nichts von alledem in unseren Akten erscheinen wird, aber ich kann dir ein paar rudimentäre Tascheninhalte besorgen, ein paar Papiere, das muß reichen und, ja, sogar eine Kreditkarte. Du wirst sie brauchen, wenn du die Dame ausführen willst.«
»Laß mich den Vornamen Harry behalten«, sagte ich. »Es ist mir lieber, wenn ich mich ihr gegenüber natürlich verhalten kann.«

»Ja«, sagte er. »Harry. Wie lautet der Mädchenname deiner Mutter? Silverfield? Gilt er als jüdisch?«
»Nein«, sagte ich.
»Nun, dann nennen wir dich jedenfalls Field. Harry Field. Solltest dich ziemlich leicht dran gewöhnen können.«
Ich wußte nicht, ob ich mich geschmeichelt oder erniedrigt fühlen sollte, da ich nun drei Namen hatte.

6

Den ersten Teil meiner Aufgabe konnte ich nur mit sehr viel Glück lösen. Während ich nach dem Einchecken auf den Aufruf meines Fluges wartete, lief mir ein alter Klassenkamerad von St. Matthews namens Sparker Boone über den Weg – keine große Leuchte, ein Mann mit birnenförmiger Gestalt und vorstehenden Zähnen. Nun wies sein Hinterkopf auch noch eine kahle Stelle in seinem dünnen, fahlen Haar auf. Natürlich wünschte ich nicht in Gesellschaft von Bradley »Sparker« Boone nach Miami zu fliegen, da ich mich doch als Harry Field ausgeben wollte, aber beim Einsteigen fand ich keine Möglichkeit, seine Aufforderung auszuschlagen, neben ihm zu sitzen, da die Erste Klasse halb leer war. Wenigstens gelang es mir, den Platz zum Gang hin zu erwischen.
Er berichtete mir alsbald, daß er als Fotograf für das *Life*-Magazin arbeite und sich auf dem Weg nach Miami befände, um einige der führenden Exilkubaner abzulichten. Bevor ich diese Nachricht, die für die Agency zu einigen Sorgen Anlaß gab, verdauen konnte (*Life* – auch Kittredge hatte mich dessen versichert – galt bei uns im Vergleich zu *Time* als unzuverlässiger), fügte er hinzu. »Und du bist, wie ich höre, beim CIA.«
»Gott, nein«, sagte ich. »Wie kommst du denn auf diese Idee?«
»In unserer alten Alma Mater, St. Matt's, wird so etwas gemunkelt.«
»Da erlaubt sich wohl jemand auf meine Kosten einen dummen Witz«, erklärte ich ihm abweisend. »Ich vertrete die Verkaufsabteilung einer Elektronikfirma.« Ich war so verwirrt, daß ich ihm schon

meine Visitenkarte überreichen wollte, als mir im letzten Moment einfiel, daß darauf der Name Robert Charles stand. Denn zu meinem nicht geringen Entsetzen paßte Harlots Beschreibung auf beide Stewardessen in der ersten Klasse: Sie hatten dunkles Haar und waren sehr attraktiv. Ich konnte mich auf keinerlei Diskussion mit Sparker einlassen, bevor ich nicht festgestellt hatte, welche von den beiden Modene Murphy war.

Jedoch brauchte ich nicht lange auf Antwort zu warten. Die eine Stewardeß wirkte äußerst gepflegt und hatte ein schönes Gesicht; die andere sah so aufregend aus, daß sie ein Filmstar hätte sein können. Während sie den Gang auf und ab ging, um die Sicherheitsgurte und Gepäcknetze zu überprüfen, schien sie ungewöhnlich selbstbewußt, ja sie behandelte die Passagiere mit so subtiler Verachtung, als empfände sie es als ungehörig, sie mit irgendwelchen Wünschen zu behelligen. Sie machte den Eindruck, als spielte sie nur die Stewardeß. Das Schlimmste aber war, daß ich sie wirklich hinreißend fand. Ihr Haar war ebenso schwarz wie das von Kittredge, und ihre Augen strahlten unverschämt grün. Es würde verdammt schwer werden, diese Frau zu beeindrucken. Sie hatte eine Figur, die Sparker so ins Schwärmen brachte, daß er behauptete, »Morde für einen solchen Körper begehen zu wollen« – ausgerechnet Sparker mit seiner Frau und zwei Töchtern – deren Fotos hatte er mir schon gezeigt – und der kahlen Stelle am Kopf, ja, daß Sparker, mit seinem Haus in Darien bereit war, jemanden umzubringen, wenn er dadurch an Modene Murphy herankam, bewies mir: Ich hatte das richtige Mädchen erwischt. Als ich dann das an ihrer Brust befestigte Namensschild aus der Nähe betrachten konnte, was mir gelang, als sie stehenblieb und mich anwies, den Sicherheitsgurt zu schließen, fand ich meine Vermutung bestätigt.

Ich schlüpfte rasch aus meiner Jacke. »Könnten Sie sie aufhängen, Miss?« bat ich.

»Legen Sie das Jackett erst mal auf den Schoß«, sagte sie ungerührt. »Wir heben gleich ab.« Und ohne mich auch nur eines Blickes zu würdigen, begab sie sich zu ihrem Klappsitz.

Als wir dann in der Luft waren, mußte ich nach ihr läuten. Sie nahm wortlos meine Jacke und verschwand. Sparker aber gelang es, ihr Interesse zu wecken. Mit einem zufriedenen Grinsen, als sei dieses Verfahren schon mehrfach erprobt, griff er nach unten, hob

seine Kameratasche auf den Schoß und fing an, Filme einzulegen, zuerst in eine Leica, dann in eine Hasselblad. Prompt tauchte sie auf, bevor er fertig war.
»Darf ich fragen«, wollte sie wissen, »für wen Sie arbeiten?«
»*Life*«, sagte Sparker lapidar.
»Ich hab's doch gewußt«, rief sie und winkte ihre Kollegin herbei. »Was hab' ich gesagt, Nedda, als der Herr hier« – und sie deutete auf Sparker – »eingestiegen ist?«
»Du hast gesagt: ›Das ist ein Fotograf von *Life* oder *Look*.‹«
»Wie haben Sie das gemerkt?« fragte Sparker scheinheilig.
»Ich sehe so etwas immer.«
»Haben Sie mir auch meinen Job angesehen?« mischte ich mich ein.
»Hab' ich nicht drüber nachgedacht«, entgegnete sie unwirsch und beugte sich über mich, dem *Life*-Fotografen Boone entgegen. »Wie lange werden Sie in Miami sein?« säuselte sie ihm zu.
»Ungefähr eine Woche.«
»Ich möchte mit Ihnen reden. Ich bin immer unzufrieden mit dem Ergebnis, wenn ich fotografiert werde.«
»Da kann ich Ihnen sicher helfen«, nickte er.
»Sie scheinen sich sehr ernsthaft für Fotografie zu interessieren«, warf ich ein.
Sie sah mich zum ersten Mal an, antwortete aber nicht, sondern kräuselte ein wenig die Lippen.
»Wo wohnen Sie denn in Miami?« erkundigte sie sich bei Sparker.
»Im Saxony«, sagte dieser. »In Miami Beach.«
Sie nickte anerkennend und wiederholte: »Im Saxony.«
»Sie kennen all diese Hotels?« fragte er.
»Natürlich.«
Als sie zurückkam, steckte sie ihm einen Zettel zu. »Sie können mich unter dieser Nummer erreichen. Oder vielleicht rufe ich Sie auch im Saxony an.«
Sparker pfiff hörbar durch die Zähne, sobald sie wieder den Gang hinuntergewandert war. Ich konnte beobachten, wie sie sich angeregt mit einem Geschäftsmann im Seidenanzug unterhielt, dessen manikürte Fingernägel bis zu mir herüberglänzten. Ich war tief deprimiert. Seit Harlots Ankündigung beim Lunch hatte ich mich auf diese Begegnung vorbereitet, doch ich hatte noch nie ein Mädchen aufgerissen. Die eiserne Hand von St. Matt's hatte mich

wieder beim Genick. Ich kam mir in Gegenwart dieser Modene Murphy geradezu hilflos vor. Auf mich wirkte sie unglaublich blasiert und unendlich dumm – kaum die passende Frau für mich.
»Sparker, gib mir ihre Telefonnummer«, sagte ich rauh.
»Hör mal, das kann ich doch nicht tun«, protestierte er.
Damals in St. Matt's war es stets ein leichtes gewesen, ihn zusammenzustauchen, und ich mußte in diesem Moment daran denken, wie oft ich seinen Kopf im Schwitzkasten gehalten hatte. Und jetzt, da wir uns als Erwachsene wiedertrafen, wurde er aufmüpfig.
»Ich brauche ihre Nummer aber«, beharrte ich.
»Warum?«
»Ich hab' so das Gefühl, daß mir gerade ein Mensch begegnet ist, der mir sehr viel bedeuten wird.«
»Meinetwegen«, sagte er schließlich, nachdem ich ihn eine Weile angestarrt hatte. »Du kannst sie haben. Das ist kein Mädchen für mich.« Sein Atem war sauer, als er mir ins Ohr flüsterte. »Sie sieht furchtbar teuer aus.«
»Meinst du, sie läßt sich bezahlen?«
Er schüttelte den Kopf. »Das nicht, aber diese Stewardessen wollen sich verdammt gut amüsieren, wenn sie sich mit dir verabreden. Ich kann's mir nicht leisten, dafür einen Haufen Geld auszugeben, das meiner Frau und meinen Kindern fehlt.«
»Das ist allerdings ein Grund«, nickte ich.
»Ja«, sagte er. »Aber was bietest du dafür?«
»Was verlangst du?«
»Ich möchte eine gute kubanische Hure kennenlernen. Sie sollen sagenhaft sein.«
Schau an: der biedere Sparker Boone wollte etwas Außergewöhnliches erleben.
»Wie kommst du darauf, daß ich dir eine solche Frau besorgen könnte?« fragte ich.
»Du bist beim CIA. Du hast für solche Sachen deine Kontakte.«
Da war in der Tat etwas dran. Ich konnte ein oder zwei von den Exilführern fragen. Jeder von ihnen hatte mindestens einen Freund im Bordellgeschäft.
»Na gut, ich werde mich darum kümmern«, sagte ich. »Du hast mein Wort. Aber du mußt noch etwas anderes für mich tun.«
»Was? Du machst doch sowieso schon ein gutes Geschäft.«
»Überhaupt nicht«, sagte ich. »Bei den kubanischen Huren muß

man sich nämlich höllisch in acht nehmen. Es gibt sehr korrupte und bösartige Weiber darunter. Ich muß das sorgfältig vorbereiten. Ich werde mir Mühe geben und dich dieser Kubanerin als ›Freund eines sehr einflußreichen Mannes‹ vorstellen. Auf diese Weise wirst du am besten bedient.«

»Einverstanden«, nickte er. »Und was soll ich noch für dich tun?«

»Wenn du mit Modene Murphy redest, sprich gut von mir. Sie gibt ja offensichtlich etwas auf deine Meinung.«

Er runzelte die Stirn. »Du bist nicht so leicht zu verkaufen.«

»Warum? Warum nicht?«

»Weil sie sich in deinem Fall schon eine Meinung gebildet hat.«

»So? Und zu welchem Ergebnis ist sie gekommen?«

»Daß du kein Geld hast.«

Ich kam mir wieder sehr klein vor, wenn ich an Modene Murphy dachte.

»Sparker«, sagte ich betont forsch. »Dir wird schon was einfallen, wenn du mit ihr sprichst.«

Er dachte so lange nach, als erinnerte auch er sich an meinen Würgegriff von einst. »Ich glaube, ich weiß, wie ich es anstelle«, sagte er.

»Ja?«

»Ich werde ihr erzählen, daß du ein CIA-Agent bist, daß du es aber nicht zugeben willst.«

»Das ist der verdammteste Blödsinn, den ich je gehört habe«, platzte ich heraus. »Wieso könnte sie das interessieren?« Aber ich kannte die Antwort.

»Wenn es nicht ums Geld geht«, meinte er, »dann muß es etwas Aufregendes, Abenteuerliches sein. Ich kenne diesen Typ. Für Frauen ihrer Art gehören das *Life*-Magazin und der CIA in dieselbe Kategorie.«

Nun fiel mir wieder ein, daß mein Flugticket auf den Namen Harry Field ausgestellt war. Ich mußte ihr unter diesem Namen vorgestellt werden.

Die Geschichte schlug mir auf den Magen. Schlimm genug, daß Sparker überzeugt war, ich sei beim CIA. Nun mußte ich es auch noch demonstrieren. Doch die Faustregel bei der Agency lautet: Aushalten! Aushalten, was es auch kosten mag.

»Boone«, sagte ich. »Ich muß dir etwas gestehen. Ich arbeite zwar in der Elektronikbranche, aber nicht in Miami. Meine Firma ist in

Fairfax, Virginia. Und ich fliege nach Miami, um mich mit einer verheirateten Frau zu treffen, deren Mann sehr eifersüchtig ist.«
»O je!«
»Ja. Und meine Freundin, diese Dame, hat mich gewarnt, unter meinem richtigen Namen anzureisen. Ihr Mann arbeitet bei einer Fluglinie und hat Zugang zu den Passagierlisten. Sie sagt, es würde ein Unglück geschehen, wenn er es herausbekäme, daß ich nach Miami geflogen bin. Also habe ich mich als Harry Field eingetragen. Harry Field«, wiederholte ich.
»Warum, zum Kuckuck, willst du die Telefonnummer der Stewardeß, wenn du schon eine Frau in Miami hast?« Er tastete in der Innentasche seiner Safarijacke nach dem Zettel, um ihren Namen vorzulesen: »Warum diese Modene Murphy?«
»Weil ich sie überwältigend finde. Ich sage dir, so ist es mir noch nie zuvor gegangen.«
Er schüttelte den Kopf. »Welchen Namen soll ich ihr nennen?«
Er genoß es sichtlich, mich buchstabieren zu lassen. »H-a-r-r-y F-i-e-l-d« hörte ich mich sagen.
Es wurde ein stürmischer Flug. Während der nächsten Stunde konnte niemand seinen Platz verlassen. Als wir endlich einen klaren Nachthimmel bekamen, war es nur noch eine halbe Stunde bis zur Landung. Sparker stand nun auf, ging zur Galley, und ich sah, wie er mit Modene Murphy redete. Sie lachten ein paarmal, und einmal sah sie zu mir herüber. Dann kam er zurück, nahm wieder Platz, und wir bereiteten uns zur Landung vor.
»Auftrag vollständig ausgeführt«, sagte er nach einer Weile.
»Was hast du ihr gesagt?«
»Das willst du doch nicht hören. Du würdest es nur wieder abstreiten.« Er lächelte auf eine Art, als ob er mir sagen wollte: Wenn ich etwas mache, dann gleich richtig. »Ich habe ihr zu verstehen gegeben«, sagte er schließlich, »daß Harry Field der beste aller Agenten ist.«
»Hat sie es geglaubt?«
»Sobald man auch nur andeutungsweise über geheimdienstliche Arbeit redet, glaubt jeder sofort alles.«
Er hatte recht. Nachdem wir gelandet waren, kam sie mit meinem Jackett zu mir und reichte es mir ohne ein Wort. Doch ihre Augen strahlten. In diesem Augenblick begriff ich, welche Kraft

in einem Klischee steckt, und ich spürte, wie mein Herz in der Brust einen vergnügten Sprung machte.
»Darf ich Sie anrufen?« raunte ich ihr an der Tür des Flugzeugs zu.
»Sie haben meine Telefonnummer doch gar nicht«, flüsterte sie zurück.
»Die bekomm' ich schon heraus«, sagte ich und trat hinaus auf die Gangway.
Sparker wartete in der Halle, um seine Rechnung zu kassieren. »Wie heißt diese Kubanerin, mit der du mich bekannt machen willst?«
Erst nachdem ich ihm geschworen hatte, daß ich am nächsten Tag im Saxony eine Nachricht für ihn hinterlegen würde, lieferte er mir Modenes Adresse aus. Sie wohnte im Fontainebleau.
»Jemand«, versicherte er mir bedeutungsvoll, bevor wir auseinandergingen, »muß die Rechnung für sie bezahlen.«
Ich sah ihn eine Weile an. Paßte auch der Elektronikvertreter nicht sehr gut zu mir, so war er als *Life*-Fotograf jedenfalls eine echte Fehlbesetzung. Nachdem wir uns getrennt hatten, kaufte ich mir noch am Flugplatz eine Ausgabe dieses Magazins und warf einen Blick ins Impressum. Er stand nicht unter den Fotografen, sondern unter den Fotoredakteuren, hatte sich also nur wichtig gemacht. Das heiterte mich auf. Modene Murphy hatte doch keinen so sicheren Blick.
Dieser Gedanke stärkte am nächsten Morgen mein Selbstvertrauen, so daß ich sie in ihrem Zimmer im Fontainebleau anrief. Sie war aber genauso lieb und freundlich wie an der Tür des Flugzeugs, als sie sich von mir verabschiedet hatte.
»Ich bin froh, daß Sie anrufen«, sagte sie. »Ich möchte tatsächlich gern mit Ihnen reden. Ich brauche nämlich einen klugen Mann, dem ich mich anvertrauen kann.« Bei diesen Worten lachte sie leise. »Sie wissen schon, einen Experten.« Sie hatte ein munteres kleines Lachen, das angenehm klang, aber auch so, als ob etwas Ungebildetes in ihr noch sehr der Entwicklung harrte.
Letzte Nacht sei sie noch ziemlich lange aus gewesen, erklärte sie, und nun würde sie den ganzen Tag lang einkaufen gehen. Abends sei sie schon verabredet, aber »von fünf bis halb sieben bin ich noch frei, und da kann ich Sie unterbringen«.
Wir verabredeten uns also in einer Cocktail Lounge des Fontainebleau.

Bevor ich mich mit ihr traf, hatte ich nachmittags allerdings noch ein paar Schweißausbrüche durchzustehen, als ein Lunch-Meeting mit der Frente in einem Safe house sich bis Mitternacht hinzuziehen drohte. Schon deutete alles darauf hin, daß ich meine Verabredung mit Modene verpassen würde.
Wir waren in einen munteren Streit über finanzielle Fragen verwikkelt, und je öfter ich auf meine Armbanduhr sah, desto mehr mißfiel mir der Mann, der am längsten redete. Er war der ehemalige kubanische Senatspräsident, Faustino »Toto« Barbaro, der für dieses Treffen einen Budgetvorschlag für die Frente ausgearbeitet hatte. Dieser belief sich auf »lächerliche« 745000 Dollar im Monat für »elementare Bedürfnisse«. Unsere Buchhalter, erwiderte Hunt, seien bereit, 115000 Dollar pro Monat zu zahlen.
Das Gespräch artete aus, und man schrie uns an. »Sagen Sie Ihren reichen Geizkrägen, daß wir ihre Ausflüchte und Vorwände durchschauen«, brüllte Toto Barbaro. »Wir wollen keine Almosen. Wir sind Manns genug, unsere Politik selbst zu bestimmen. Ich darf Sie daran erinnern, Señor Eduardo, daß wir Batista ohne Ihre Hilfe gestürzt haben. Also, geben Sie uns Geld für Waffen. Um den Rest kümmern wir uns schon.«
»Um Gottes willen, Toto«, sagte Hunt. »Sie wissen doch, daß unser Neutrality Act uns das verbietet.«
»Sie verschanzen sich hinter banalen Legalismen! Ich habe einem Senat vorgestanden, in dem lauter Anwälte saßen, *kubanische* Anwälte wohlgemerkt. Wenn es zu unserem Vorteil war, bedienten wir uns der Legalität, um einen Antrag abzuwürgen, aber wenn wir Fortschritte erzielen wollten, dann umgingen wir ebendiese Gesetze. Sie wollen sich über uns lustig machen!«
»Rede du mit ihm«, sagte Hunt wütend und verließ den Raum. Howard wußte, wann er sein Temperament einsetzen mußte. Die Rechnungen der Frente wurden fällig, und der einzige Amerikaner, der zu verhandeln bevollmächtigt war, suchte das Weite. In Anbetracht dieser ungünstigen Situation wurden die 115000 Dollar *vorläufig* akzeptiert, und ich konnte die Sitzung schließen. Es gelang mir sogar, von Barbaro den Namen einer jungen kubanischen Witwe zu erfahren, die, so versprach er, meinen alten Schulkameraden Sparker leidlich gut bedienen würde.
Es war dies eine weitere politische Lektion; denn mittels dieser Gefälligkeit angelte mich Barbaro zu einer Dinnerverabredung

gegen Ende der Woche. Die Politik, so stellte ich fest, war die schnellste Methode, die Zukunft zu verpfänden.
Doch ich sollte ja nun gleich Modene wiedersehen, und so befand ich mich noch vor dreiviertel fünf auf der Schnellstraße nach Miami Beach und konnte meinen Wagen Punkt fünf dem Hausdiener am Fontainebleau übergeben.

7

Als wir uns mit unseren Drinks in der Mai-Tai-Lounge gegenübersaßen, meine Stewardeß und ich, wagte ich kaum, ihrem Blick zu begegnen. Ich wußte nicht, was ich mit ihr reden sollte. Sally Porringer war das einzige Modell, das mich inspirieren konnte, wenn ich mit Modene sprach, und bei Sally hatte es nie Probleme mit der Konversation gegeben: Man drückte auf den Knopf, und schon ging die Unterhaltung los: wie sehr sie ihre Kinder liebte; wie sehr sie ihren Mann haßte; wie sehr sie ihren ersten Freund, den Football-Spieler, geliebt hatte; wie sehr sie mich liebte; was für ein schäbiger Typ ich sei und wie verantwortungslos; wie nah sie dem Selbstmord sei.
Sally hatte ihre offenen Wunden gehabt und ihre unbändige Wut, Modene Murphy aber hatte, wenn man ihr glauben durfte, an den Dingen des Lebens nur Freude. Sie mochte den Strand, weil er so sauber war. »Sie kümmern sich drum.« Sie mochte den Pool am Fontainebleau, weil »der Barman die besten Planter's Punches in Miami Beach« macht, und die Mai-Tai-Lounge, »weil ich mich hier so gern betrinke«. Sie fand sogar die Eastern Airlines in Ordnung, weil »sie jetzt absolut nach meiner Pfeife tanzen. Man quält sich«, erklärte sie mir, »durch die ersten Jahre bei der Airline hindurch, weil sie einen einfach überall einsetzen können, wo es ihnen gerade paßt, aber jetzt habe ich es im Griff. Ich suche mir nicht nur die Routen, sondern sogar die Tage aus, an denen ich fliege.«
»Wie sind Sie denn zu diesem großen Einfluß gelangt?«
»Reden wir über Sie«, lenkte sie ab.
»Ich bin uninteressant«, erklärte ich. »Jedenfalls ist die Elektronik

kein interessantes Geschäft. Nicht wenn man sie verkauft, so wie ich. Nichts als Drähte!«

Besonders unbehaglich war mir, weil in meinem Diplomatenkoffer, den ich an diesem Tag bei mir trug, ein Tonband lief (das neueste Spielzeug, das Zenith gerade von Quarters Eye in Washington erhalten hatte) und ich mir deshalb später meine eigenen Bemerkungen anhören mußte.

»Sie mögen ja ein Experte sein«, sagte sie. »Aber nicht in Elektronik.«

»Worin denn dann?«

»Sie verstehen es, Sachen über Leute herauszukriegen, von denen diese Leute nichts wissen wollen.«

»Nun gut, das stimmt. Ich bin ein Privatdetektiv.«

»Sie gefallen mir«, sagte sie. Und dann lachte sie. »Ich mag Ihre Art. Sie sind so beherrscht.«

»Beherrscht? Wieso? Ich zucke doch jedesmal zusammen, wenn ich Sie auch nur anschaue.«

Sie gab mir einen kleinen Klaps auf den Handrücken.

»In Wirklichkeit«, fuhr ich fort, »bin ich verrückt nach Ihnen.« Ich stotterte ein bißchen bei diesen Worten und wußte sogleich, daß man es anders auch gar nicht sagen konnte. In meinen Ohren klang es echt. »Ich habe natürlich schon früher Frauen gekannt, die mir sehr viel bedeutet haben, und es gibt da eine Frau, die habe ich jahrelang geliebt, aber sie ist verheiratet.«

»Ich weiß, was Sie meinen«, nickte Modene weise.

»Aber ich habe noch nie . . . diese starke Empfindung verspürt wie in dem Augenblick, in dem ich Sie zum erstenmal gesehen habe.«

»Oh, Sie wollen mir den Hof machen. Seien Sie vorsichtig! Als ich Sie zum erstenmal ansah, saßen Sie in der ersten Klasse und hielten den Kopf gesenkt. Und alles, was ich sah, war, daß Sie sich mehr um Ihre Kopfhaut kümmern sollten.«

»Wie bitte?«

»Schuppen«, erklärte sie mir ernst und brach angesichts meiner verblüfften Miene in ein helles Gelächter aus. »Vielleicht waren es auch nur Fusseln«, sagte sie, »aber Sie haben bestimmt keine Frau, die sich um Sie kümmert.«

»So wie Sparkers Frau sich um ihn kümmert?«

»Wer?«

»Bradley Boone, der *Life*-Mann.«

»Ach, der. An dem bin ich nicht interessiert.«
»Weshalb haben Sie dann den Eindruck erweckt, daß Sie es wären?«
»Weil ich möchte, daß mir jemand das Fotografieren beibringt.«
»Haben Sie deshalb so getan, als ob Sie ihn begehrten?«
»Ich suche mir immer das aus, was ich haben will und umgarne es dann.« Wieder folgte dieses unbekümmerte Gelächter, das so klang, als fände sie sich selbst unglaublich toll.
»Ich finde, Sie sind wundervoll«, bemühte ich mich weiter. »Sie haben mir richtig den Kopf verdreht. Das habe ich noch nie erlebt. Nicht mal mit der Frau, die ich liebe.«
Ich sah ihr schmachtend in die Augen, nahm einen großen Schluck von meinem Drink, und beschloß, das Originalmanuskript dieses Gesprächs nicht an Harlot weiterzugeben.
»Ich möchte Sie küssen«, sagte sie zu meiner Überraschung.
Sie tat es. Es war nur ein leichter Kuß, aber ihre Lippen waren weich, und ich versuchte nicht, sie an mich zu ziehen.
»Du bist urig«, sagte sie, als sie den Kopf zurückzog.
»Ich hoffe, das ist etwas Gutes.«
»Ich scheine urige Leute anzuziehen.«
Meine Lippen spürten noch den Druck ihrer Lippen, und ich atmete tief durch. Als urig hatte mich noch niemand bezeichnet.
»Wen findest du denn sonst noch urig?«
Sie drohte mir mit dem Finger. »Das geht dich nichts an. Aber man kann es nur beim Küssen feststellen.«
»Ist mir auch egal.«
»Mir aber nicht. Mein Privatleben geht mir über alles.«
»Weiß denn niemand von Ihren Freunden irgend etwas über dich?«
»Laß uns über etwas anderes reden«, sagte sie mir. »Ich weiß, warum ich mich mit dir verabreden wollte, aber warum wolltest du dich mit mir verabreden?«
»Weil ich schon beim ersten Mal, als ich dich sah, von dir überwältigt war. Ich habe so was noch nie erlebt. Es ist die Wahrheit.«
War es die Wahrheit? Schon seit so langer Zeit mußte ich so viele Leute anlügen, daß ich mir selbst nicht mehr traute. War ich ein Ungeheuer oder steckte ich nur in der Patsche?
»Ich glaube«, sagte ich zu ihr, »daß man diese überwältigende Anziehungskraft verspürt, wenn man jemandem begegnet, der hundertprozentig zu einem paßt.«

Sie schien das zu bezweifeln. Dachte sie an meine Kopfhaut?

»Ja«, sagte sie schließlich und gab mir sehr behutsam einen zweiten Kuß, als ob sie das Terrain sondierte.

»Können wir irgendwo hingehen?« fragte ich.

»Nein. Es ist zehn nach sechs, und ich muß in zwanzig Minuten gehen.« Sie seufzte. »Außerdem kann ich sowieso nicht mit dir ins Bett gehen.«

»Warum nicht?«

»Weil ich meine Quote erreicht habe.« Sie legte ihre Hand auf die meine. »Ich bin für ernsthafte Liebesaffären. Deshalb erlaube ich mir jeweils nur immer zwei gleichzeitig: eine solide und eine romantische.«

»Und jetzt bist du völlig ausgebucht?«

»Ich habe in Washington einen wunderbaren Mann, der sich um mich kümmert. Er beschützt mich.«

»Du siehst aber gar nicht so aus, als ob du Schutz brauchtest.«

»Schutz ist das falsche Wort. Er ... kümmert sich darum, daß in meinem Job alles so läuft, wie ich es möchte. Er ist ein leitender Angestellter bei Eastern, und er achtet darauf, daß ich die Flüge kriege, die ich haben will.«

Ihr »leitender Angestellter« klang etwas kleiner als die Giganten, die Harlot versprochen hatte.

»Liebst du ihn?«

»Würde ich nicht sagen. Aber er ist ein guter Mann, und er ist absolut zuverlässig. Ich weiß, daß er versucht, mich glücklich zu machen.«

»Du sprichst ganz anders als die Mädchen, die ich bisher gekannt habe.«

»Ich bin ganz gern ein bißchen einmalig.«

»Das bist du. Das bist du ganz gewiß.«

Sie klopfte mit einem sehr langen Fingernagel auf den Bartresen. »Aber Miami Beach ist meine Wahlheimat.«

»Du hast sehr lange Fingernägel«, sagte ich. »Wie schaffst du es, daß sie dir bei der Arbeit nicht abbrechen?«

»Indem ich ständig aufpasse«, sagte sie. »Und trotzdem habe ich mir schon mal den einen oder anderen abgerissen. Das ist schmerzhaft, und es ist teuer. Ich gebe die Hälfte meines Gehalts für Nagelschienen aus.«

»Ich könnte mir vorstellen, daß auch dieses Hotel nicht billig ist.«

»Nicht so schlimm. Es ist ja Sommer. Da ist es billiger.«
»Ist es von hier nicht weit zum Flughafen?«
»Ich wohne nicht gern mit den anderen Mädchen und den Piloten zusammen. Lieber verbringe ich meine Zeit im Hotelbus.«
»Bist du nicht gern mit deiner Crew zusammen?«
»Nein«, sagte sie, »das ist witzlos, wenn man nicht gerade einen Piloten heiraten will, und die sind unglaublich geizig. Wenn drei Stewardessen, der Pilot und der Copilot sich eine Taxifahrt zu einem Dollar und achtzig Cent teilen, dann kannst du Gift darauf nehmen, daß der Pilot von jedem der Mädchen danach einen Anteil von sechsunddreißig Cent abkassiert.«
»Na«, sagte ich. »Das sind aber doch keine großen Summen.«
»Ich habe dir noch immer nicht erzählt, worum ich dich bitten wollte.«
»Nein, das hast du nicht.«
»Magst du Frank Sinatra?« fragte sie.
»Hab' ihn noch nicht kennengelernt.«
»Ich meine, ob dir gefällt, was er singt.«
»Er wird überschätzt«, erwiderte ich.
»Du weißt gar nicht, was du da sagst.«
»Warum fragst du, wenn du die Antwort nicht respektierst?«
Sie nickte, als hätte sie diese Redensart schon oft gehört. »Ich kenne Frank«, sagte sie.
»Tatsächlich?«
»Ich bin eine Zeitlang mit ihm zusammen gewesen.«
»Wie hast du denn den bloß kennengelernt?«
»Im Flugzeug.«
»Und er hat sich deine Telefonnummer geben lassen?«
»Und ich mir seine. Ich würde niemandem etwas so Privates wie meine Telefonnummer verraten, wenn der prominente Mann mir nicht zuerst seine gäbe.«
»Und wenn es sich herausstellte, daß sie falsch ist?«
»Dann wäre sofort Schluß.«
»Du hast Sinatra wohl sehr gut kennengelernt?«
»Ich wüßte nicht, was das dich angeht. Aber vielleicht werde ich es dir eines Tages erzählen.«
Wir waren nun bei unserem dritten Drink, und halb sieben rückte immer näher. Ich betrachtete die Pastellkringel und -wirbel der Mai-Tai-Lounge, die an die Kurvenschablonen eines Zeichners

erinnerten. Durch eine Fensterscheibe blickte ich auf einen amöbenförmigen, riesigen Swimmingpool. An einem Arm dieser künstlichen Lagune entdeckte ich eine künstliche Grotte und dort hatte man eine weitere Bar installiert, an der die Gäste in Badekleidung einen Drink nehmen konnten. Und jenseits eines Bürgersteigs sowie eines breiten Strandes, dessen fester Sand sorgfältig gewalzt zu sein schien wie ein Tennisplatz, schimmerten die Wellen des lauwarmen Meeres.
Ich wußte nicht, wie ich das Thema Frank Sinatra weiterverfolgen sollte. War er etwa einer der beiden prominenten Herren, die nicht zusammenpaßten?
»Was möchtest du über Frank Sinatra herausbekommen?« fragte ich.
»Darum geht es gar nicht«, erwiderte sie. »Frank Sinatra interessiert mich im Augenblick nicht.«
»Obwohl du ihn doch mal auserwählt hast.«
»Du kannst ganz schön gemein sein«, maulte sie. »Was vielleicht ganz gut ist. Denn falls wir uns je wiedersehen sollten, wirst du vielleicht feststellen, daß ich dir sehr ähnlich bin.«
»Nichts könnte für mich gemeiner sein, als dich nicht wiederzusehen. Entschuldige bitte.«
»Ich möchte, daß du klarsiehst. Ich habe jemanden hier in Miami. Er lebt oben in Palm Beach, wenn er da ist. Und ich liebe ihn.« Sie dachte so ernsthaft darüber nach, als ob sie in der Tat dem Klopfen ihres Herzens lauschte, und sagte: »Ja, ich liebe ihn, wenn ich mit ihm zusammen bin.«
»Und weiter?« fragte ich.
»Aber ich bin nicht oft mit ihm zusammen. Er ist ein sehr beschäftigter Mann. Ja, im Augenblick ist er sogar unglaublich beschäftigt.«
»Ja, und was kann ich da für dich herausbekommen?«
»Nichts. Du wirst sogar niemals erfahren, wer er ist.«
Ich trank mein Glas leer. Es war 6 Uhr 28, und ich beschloß, so wahr die Anstalt von St. Matthews mich zu ihren Schülern gezählt hatte, mich Punkt 6 Uhr 30 zu erheben. »Dann nehme ich an, daß ich doch nichts für dich tun kann.«
»Du mußt noch eine Minute bleiben«, beharrte sie.
»Wozu?«
»Soviel Zeit hast du schon.«

Irgendwie ähnelte sie meiner Mutter, schoß es mir durch den Kopf. Geben herrische Frauen in den Falten nächtlicher Seiden Fingerzeige aneinander weiter? »Ich sehe diesen Mann in der letzten Zeit so selten, daß ich mir überlege, ob ich mich nicht verändern sollte. Ein anderer Mann bemüht sich gerade sehr um mich.«

Ich stand auf. »Und er ist ein Freund von Sinatra.«

»Ja.« Sie sah mich an. »Du verstehst dein Geschäft, wie?«

Ich wußte nicht, ob das stimmte, aber ihre Feststellung tat mir wohl. »Ja«, sagte ich, »aber ich kann nichts für dich tun, wenn du mir nicht seinen Namen sagst.«

»Ich kann dir seinen Namen sagen, aber es wird wohl nicht sein richtiger sein. Jedenfalls bin ich ziemlich sicher, daß es nicht sein richtiger Name ist.«

»Wäre aber schon mal ein Anfang.«

»Ich weiß, daß es nicht sein richtiger Name ist. Sam Flood. Er nennt sich so, aber ich habe den Namen noch nie in der Zeitung gelesen, und er ist ein Mann, der so respektiert wird, daß er prominent sein muß.«

»Bist du sicher, daß er wirklich so bedeutend ist, wie du denkst?«

»Ja, denn Sinatra respektiert niemanden aus seiner Umgebung, aber er respektiert Sam Flood.«

»Wir sehen uns morgen abend«, sagte ich, »um die gleiche Zeit. Hier. Bis dahin werde ich wissen, wer Sam Flood ist.«

»Ich kann nicht kommen. Morgen abend muß ich um 6 Uhr fliegen«, erklärte sie mir.

»Warum sorgst du nicht dafür, daß dein leitender Angestellter in Washington dich noch einen Abend hier festhält? Ich dachte, du hast die Sache im Griff.«

Sie sah mich jetzt mit ganz anderen Augen an. »Ja, gut«, sagte sie. »Du kannst morgen bis zwei Uhr nachmittags eine Nachricht für mich hinterlassen, wenn du die wahre Identität von Sam Flood festgestellt hast. Dann sorge ich dafür, daß ich an einem anderen Tag fliegen kann.«

Wir gaben einander die Hand. Ich wollte sie noch einmal küssen, aber ein Glitzern in ihrem Blick hielt mich davon ab.

8

Da ich einen verschlüsselten Bericht über Hunts Lunch mit der Frente zu Quarters Eye nach Washington schicken mußte, hatte ich ohnehin bei Zenith zu tun. Dort brauchte ich nur den Gang weiterzuwandern, um nach Mr. Flood zu suchen.

Im I-J-K-L in Washington gab es einen Riesencomputer namens PRECEPTOR, in dessen Datenbank sich fünfzig Millionen Namen befinden sollten. Deshalb war ich nicht überrascht, daß mir der Drucker auf meine Anfrage sechzehn verschiedene Eintragungen unter Sam Flood lieferte. Fünfzehn davon kamen aber nicht in Frage: ein in Japan stationierter Major der Luftwaffe, ein Klempner in Lancashire, England, ein königlicher Mountie in Edmonton, ein auch unter dem Namen Aqmar Aqbal bekannter Schwarzmarkthändler in Beirut und so fort. Interessant war nur die Eintragung »Flood, Sam, lebt in Chicago und Miami – *siehe* WINNOW.«

WINNOW war ein Computer einer höheren Geheimhaltungsstufe als PRECEPTOR, und um ihn zu befragen, brauchte man einen Code. Die nötigen Informationen lagen in Hunts Safe unter Verschluß. Da ich aber nicht bis zum nächsten Morgen warten wollte, entschloß ich mich, Rosen anzurufen. Er war mit Sicherheit im Besitz von vierzig oder fünfzig Zugangscodes, die er eigentlich gar nicht haben durfte.

Zu meiner angenehmen Überraschung war Rosen nicht nur da, sondern er hatte sogar Besuch. Ich brauchte ihm deshalb nicht lange zu erzählen, warum ich den Code haben wollte.

»Ich gebe nicht gern einen Zugang heraus, ohne zu wissen, was du vorhast«, beklagte er sich.

»Hunt möchte von einem bestimmten Exilkubaner wissen, ob ein Strafregister vorliegt, wie wir vermuten.«

»Ah ja, ich verstehe!« sagte Rosen. »Gut, daß du mir das sagst. Durch WINNOW kommst du weiter zu den VILLAINS. Du brauchst wahrscheinlich beide Rufgruppen. Augenblick mal. Hier ist es. Du mußt folgendes eingeben: XCG-15 und XCG-17A, siebzehn A mit großem A wohlgemerkt.«

»Danke vielmals, Arnie.«

»Laß uns mal reden, wenn ich nicht so beschäftigt bin«, sagte er, »und keine Freunde und Säufer bedienen muß.«

Rosen wußte in der Tat, wo man Karteileichen finden konnte. Durch WINNOW kam ich zu den VILLAINS und fand dort Mr. Flood. Der Drucker lieferte mir dann folgende kurzgefaßte Information:

SAM FLOOD *(einer von zahlreichen* ALIASSEN*) für* MOMO SALVATORE GIANGONO, *geboren am 24. Mai 1908 in Chicago. Besser bekannt als* SAM GIANCANA.

Über 70 Festnahmen wegen Verbrechen seit 1925. Wurde festgenommen wegen tätlicher Bedrohung und Körperverletzung, versuchtem Totschlag, Verdacht auf Bombenanschlag, Verdacht auf Einbruch, Glücksspiel, Diebstahl, Mord.

Zwei Verurteilungen: 1927 Autodiebstahl – 1 Jahr. 1930 Betrieb einer Schnapsbrennerei – 4 Jahre. 1943 von der US-Army abgelehnt als »veranlagungsbedingter Psychopath, mangelhafte Persönlichkeit, starke antisoziale Eigenschaften«.

1928: Machine Gun Jack McGurn als Chauffeur und Leibwächter gedient.

1936: Police Dept. Chicago bezeichnet Giancana und Tony Tony Accardo alias »Big Tuna« als Hauptverdächtige für das St. Valentine's Day Massacre.

1948: Wird in den Akten des Police Dept. Chicago als von Tony »Big Tuna« Accardo mit »brutalen Aufgaben betraut« charakterisiert.

1952: große Beteiligung an Spielbanken in Havanna (1952–1959).

1956: Accardo krönt Giancana zum Boss aller Bosse in Chicago. (Akten Police Dept. Chicago.)

G's Mitarbeiterstab jetzt auf 1000 »Soldaten« in Chicago geschätzt. G. übt auch beherrschende Stellung über locker assoziiertes Kleine-Fische-Personal wie Einbrecher, Sammler, korrupte Bullen, freundliche Richter, freundliche Gewerkschaftsführer und Geschäftsleute, Glücksspieler, Entführer, Hit Men (Mörder), Geldhaie, Drogenhändler, Einflußagenten etc. aus, zusammen auf 50 000 geschätzt.

Jährlicher Umsatz in Cook County geschätzt auf 2 Milliarden Dollar.

ANMERKUNG*: Obiges durch Chicagos oder Miamis Polizeidaten nicht verifiziert.*

FBI-Bewertung: Giancana ist nachweislich der Boss des Chicago-Syndikats, Interessen erstrecken sich von Miami, Havanna (jetzt defunkt), Cleveland, Hot Springs, Kansas City, Las Vegas, Los Angeles bis Hawaii. Giancana ist eine der größten Verbrecherfiguren in Amerika (FBI-Schätzung).

Nachdenklich ging ich zu Bett. Join the Agency und entdecke die Unterwelt! Ich erwachte um vier Uhr morgens mit einer quälenden Vorstellung, die mir nicht aus dem Kopf ging: Giancana ist die Inkarnation des Bösen! Der Gedanke war aufdringlich wie der schrille Ton einer Trillerpfeife. Worauf ließ ich mich da ein? Ich dachte an meine erste Klettertour vor über zehn Jahren. Ja, ich dachte genau wie damals: Ich mußte ja nicht!
Es stand mir frei, Modene Murphy anzurufen und ihr zu gestehen, daß ich nichts herausgefunden hätte. Sie würde um 6 Uhr nachmittags ihren Flug antreten und mich nicht wiedersehen. Dann konnte ich Harlot ein negatives Ergebnis melden und war mit ihm ebenfalls fertig. Wenn ich dagegen weitermachte wie vorgeschlagen und die Nixe an den Angelhaken nahm, konnte das zu einer Katastrophe führen. Es war klar, daß Modene gern tratschte. Was mir noch ein paar Stunden zuvor am meisten an ihr gefallen hatte – daß sie indiskret war und es mir so ermöglichte, mit meiner Arbeit weiterzukommen –, empfand ich jetzt als äußerst bedrohlich. Wenn wir eine Liebesbeziehung anfingen und sie erzählte Sam Flood davon, konnte ich schon einmal anfangen zu raten, welcher von seinen fünfzigtausend Gangstern oder seinen eintausend Soldaten mir die Knochen brechen würde. Ehrliche Angst, stark und bohrend wie Zahnschmerzen, ließ mich aufspringen: Ich mußte etwas trinken. Ich versuchte die Gefahr nüchtern einzuschätzen. Realistisch betrachtet: Was konnte schon geschehen? Ich hörte Harlot voller Verachtung sagen: »Mein lieber Junge, fang nicht gleich an zu heulen. Du bist kein Mitglied von Mr. Giancanas Mob, und er wird dich nicht zerstückeln. Erinnere dich – du gehörst ins Lager des Großen Weißen Volkes; Sam kam im Schoß der dreckigen Rabauken zur Welt. Solche häßlichen Menschen fühlen sich geehrt, wenn wir uns überhaupt mit ihnen abgeben.«
Nach einem zweiten Drink schlief ich tatsächlich wieder ein. Als ich um sieben erwachte, war es ein neuer Tag und ich selbst fast ein neuer Mensch. Ich befand mich in einem für mich völlig neuen Zustand ebenso gespannter wie banger Erwartung. Wenn meine Nerven auch noch immer flatterten, freute ich mich doch zugleich auf das Abenteuer, das mir nun bevorstand. Man hätte es als »Schiß erster Klasse« bezeichnen können. Ich dachte wieder an die Kletterei und an die alten Zeiten mit Harlot, als ich jeden Morgen im vollen Bewußtsein des Lebens aufwachte, da ich stets fürchtete,

daß es schließlich mein letzter Tag auf der Erde sein konnte. Ich erinnerte mich, daß dieses Gefühl des Bedrohtseins und das Bewußtsein des eigenen Werts nicht das schlechteste war.
Ich erwachte auch mit einer großen Sehnsucht nach Modene und hatte beim Gedanken an sie eine monumentale Erektion. Meine Liebe zu Kittredge, so großartig sie sein mochte, konnte nicht in alle Ewigkeit von selten geschriebenen und niemals abgeschickten Briefen fortexistieren. Trotzdem kam ich mir dabei seltsam untreu vor.

9

Ich wußte es«, sagte Modene. »Ja, ich habe es gewußt. Sam konnte kein gewöhnlicher Mensch sein.«
Sie las den Computerausdruck zum drittenmal. »Das paßt scheinbar alles zusammen«, sagte sie, »aber es stimmt trotzdem nicht.«
»Wieso nicht?«
»Weil ich mich bei Sam sicher fühle.«
Ich überlegte einen Augenblick lang, ob ich sie mit den paradoxen Möglichkeiten von Alpha und Omega bekannt machen sollte, aber dann dachte ich daran, daß mir Fidel Castro vielleicht auch gefallen würde, wenn ich ihn träfe, und schließlich hatten Stalin und Hitler auch eine Menge Leute bezaubert. Auch echte Monster konnten sicherlich ein ganz und gar charmantes Alpha zur Schau tragen.
»Weißt du«, sagte sie. »Sam ist ein vollendeter Gentleman.«
»Das würde man nach diesem Dossier jedenfalls nicht erwarten.«
»Ja, natürlich hatte ich den Vorteil, nicht zu wissen, wer er in Wahrheit ist. So konnte ich mir den Mann an sich ansehen. Er geht sehr behutsam mit Frauen um.«
»Glaubst du, daß er Angst vor ihnen hat?«
»O nein. Nein, nein. Er *versteht* Frauen. Er versteht sie so gut, daß er vorsichtig ist. Du solltest ihn sehen, wenn er mit mir einkaufen fährt. Er weiß genau, was ich will und wieviel es kosten darf. Zum Beispiel hat er sofort erkannt, daß ich kein Geschenk annehmen würde, das über fünfhundert Dollar kostet.«

»Warum ist das die Grenze?«
»Weil das Geschenk dann immer noch bescheiden genug ist, daß ich ihm nichts schulde. Ich gebe ihm schließlich auch nichts.«
»Weil du mit deinen anderen beiden Männern ausgelastet bist?«
»Willst du mich provozieren?«
»Nein«, sagte ich. »Ich bin wütend.«
»So?« meinte sie belustigt. »Du sitzt, nuckelst an deinem Pimm's Cup, siehst genauso cool aus wie dieses lächerliche Stück Gurke, das sie hineintun, und behauptest, du wärst wütend.«
Sie trug grüne Schuhe und ein grünes Seidenkleid, so grün wie ihre Augen. Das war die einzige sichtbare Veränderung gegenüber dem Tag davor. Wir saßen an demselben Cocktailtisch in derselben fast leeren Lounge am selben Fenster und sahen hinaus auf denselben Pool, und es war wieder sechs Uhr nachmittags. Draußen ging ein langer, heißer Sommernachmittag in Miami dem Abend entgegen, wir aber waren in die zeitlose Labsal des Trinkens vertieft, das auf die Dämmerung zusteuerte, und die vierte Morgenstunde in der vergangenen Nacht war schon weit. Ich beugte mich vor und küßte sie. Ich weiß nicht, ob es mein Lohn für die pünktliche Lieferung war oder ob sie sogar darauf gewartet hatte, mich wieder zu küssen, aber ich kam mir dabei ein wenig gefährdet vor. Es mochte nicht unmöglich sein, sich in Modene Murphy zu verlieben. Vielleicht war ihre Oberflächlichkeit nur ein Kleid, das man abstreifen konnte. Darunter mußte, ungeschützt, warm und süß, heiß und unbeherrschbar, die Begierde warten. Ich wußte jetzt, was sie mit »urig« meinte.
»Es ist genug«, sagte sie. »Das genügt jetzt aber.« Und sie rückte die kritischen paar Zentimeter von mir ab. Ich wußte nicht, ob ich mehr von ihr oder von mir selbst begeistert war, und mir schien, als hätte ich noch nie eine solche Wirkung auf eine Frau gehabt, nicht einmal auf Sally. Ich fragte mich schon, wo ich sie nehmen sollte. Würde sie mich vielleicht gar mit auf ihr Zimmer nehmen? Sie würde nicht! Sie saß da, dicht neben mir und erklärte mir, ich müßte ihre Regeln beachten, und ob ich einen Füllhalter hätte. Ich hatte einen. Sie zeichnete einen kleinen Kreis auf eine Serviette und teilte diesen mit einem senkrechten Strich in zwei Hälften. »So führe ich mein Leben«, sagte sie. »Ich habe einen Mann in jeder Hälfte des Kreises, und das muß genügen.«
»Warum?«

»Weil außerhalb dieses Kreises das Chaos ist.«
»Woher willst du denn das wissen?«
»Ich weiß nicht, woher ich das weiß, aber es ist mir klar. Kannst du dir vorstellen, ich könnte jetzt jeden so küssen, wie ich dich gerade geküßt habe?«
»Ich hoffe nicht. Darf ich dich noch einmal küssen?«
»Nicht hier. Die Leute sehen immer noch zu uns herüber.«
Drei Touristenehepaare mittleren Alters saßen in beträchtlichem Abstand voneinander an drei verschiedenen Tischen. Sommer in Miami. Armes Fontainebleau! »Wenn du«, sagte ich, »deinen Mann in Washington nicht aufgeben willst, warum läßt du dann nicht den in Palm Beach sausen?«
»Ich wollte, ich könnte dir sagen, wer das ist. Dann würdest du es verstehen.«
»Wie hast du ihn kennengelernt?«
Sie war offensichtlich stolz auf sich. Ich sah deutlich, daß sie sich gern damit gebrüstet hätte, aber sie schüttelte den Kopf.
»Ich glaube dir das mit deinem Kreis nicht«, sagte ich.
»Nun, ich habe auch nicht mein ganzes Leben so verbracht. Zwei Jahre lang war Walter der einzige Mann.«
»Walter aus Washington?«
»Bitte rede nicht so über ihn. Er ist immer nett zu mir gewesen.«
»Aber er ist verheiratet.«
»Das spielt keine Rolle. Er hat mich geliebt, und ich liebe ihn nicht. Das ist auch nicht unfair. Denn ich wollte niemanden sonst. Ich war noch Jungfrau, als ich ihn kennenlernte.« Sie lachte wieder ihr munteres Lachen, als ob der ehrlichste Teil von ihr von Zeit zu Zeit nach außen drängte. »Nun, natürlich hatte ich dann bald von Zeit zu Zeit mal einen anderen Freund nebenher, aber meistens blieb die zweite Hälfte des Kreises leer. Damals hättest du kommen sollen.«
»Küß mich noch einmal.«
»Laß das.«
»Als nächstes kam dann Sinatra in den Kreis.«
»Woher weißt du das?«
»Vielleicht weil ich mich dir nah fühle.«
»Du bist auf irgend etwas aus«, sagte sie. »Du willst mich vielleicht haben, aber du hast auch irgend etwas vor.«
»Erzähl mir von Sinatra«, sagte ich.

»Ich kann es jetzt nicht, und ich will es auch nicht. Er hat es kaputtgemacht.«
»Wirst du mir je davon erzählen?«
»Ich glaube nicht. Ich habe beschlossen, daß das Leben nie über den Kreis hinausgehen sollte.«
Verliebte ich mich gerade wieder in eine Frau, die nur in einem selbstgeschaffenen Jargon von sich selbst reden konnte?
»Warum gibst du Walter nicht auf«, fragte ich direkt, »und nimmst mich in den Kreis auf?«
»Er ist schon so lange drin«, sagte sie.
»Dann gib dem Kerl in Palm Beach den Laufpaß. Du siehst ihn ja ohnehin nie.«
»Was würdest du sagen, wenn er wiederkäme«, fragte sie, »und ich sagte dir good bye?«
»Ich würde vielleicht versuchen, den neuen Status quo zu halten.«
Ihr Lachen klang so, als ob sie mich wirklich nett fände, und trotzdem war ich, wie man es auch betrachtete, in einer lächerlichen Lage.
»Wie heißt denn dein Junge in Palm Beach mit Vornamen?« fragte ich. »Ich kann ihn doch nicht immer nur ›Palm Beach‹ nennen.«
»Das kann ich dir sagen, weil es dir nichts nützen wird. Er heißt Jack.«
»Walter und Jack.«
»Ja.«
»Nicht Sam und Jack?«
»Bestimmt nicht.«
»Und auch nicht Frank und Jack.«
»Nein.«
»Aber du hast Jack durch Sinatra kennengelernt?«
»O mein Gott«, staunte sie, »du hast schon wieder richtig geraten. Du mußt wahnsinnig gut in deinem Beruf sein.«
Dabei war es ganz einfach: Ich hatte so wenig Auswahl, daß es nur Sinatra sein konnte.
»Jetzt mußt du gehen«, sagte sie.
»Nein, muß ich nicht. Ich bin heute abend frei.«
»Aber ich bin wieder verabredet. Mit Sam«, sagte sie.
»Versetz ihn.«
»Das kann ich nicht. Wenn ich mich mit jemandem verabrede, ist

das ein Vertrag. Daran muß man sich eisern halten. So sehe ich das.« Sie warf mir wortlos aus einem Meter Entfernung einen Kuß zu, aber mit diesem Kuß kam eine Welle der Zärtlichkeit herüber geweht. »Ich fliege morgen früh um acht los«, sagte sie, »und komme erst nach über einer Woche wieder.«

»Über eine Woche?«

»Wir sehen uns wieder«, sagte sie, »wenn ich aus Los Angeles zurück bin.«

»Außer wenn du mit Jack zurückkommst.«

»Das werde ich bestimmt nicht. Ich weiß es.«

»Warum«, fragte ich, »fliegst du nach L. A.?«

»Weil Jack mich eingeladen hat«, sagte sie. »Ich habe für diese Zeit Urlaub genommen.«

Ich kehrte zur Firma Zenith zurück. Als ich PRECEPTOR nach SINATRA, FRANK befragte, druckte er fünf Seiten aus. Unter *Freunden und Bekanntschaften* hatte er eine lange Liste, aber mit nur einem Jack, *Jack Entratter, Sands Hotel* und dazu die Anmerkung: *könnte ein Mitglied des Clans sein*. Darauf folgte ein Hinweis: *wegen des Clans, siehe* WINNOW.

Ich brauchte nicht bis zu den VILLAINS zu gehen. WINNOW enthielt unter *The Clan* die folgenden Namen: *Joey Bishop, Sammy Cahn, Sy Devore, Eddie Fisher senior, John Fitzgerald Kennedy, Pat Lawford, Peter Lawford, Dean Martin, Mike Romanoff, Elizabeth Taylor, Jimmy Van Heusen*.

Ich schickte ein nicht signiertes Telegramm an Harlot in Georgetown. DA ES SICH BEI UNSEREN FREUNDEN UM JUAN FIESTA KILLARNEY UND SONNY GARGANTUA HANDELT SOLLTEST DU VIELLEICHT DEINE WARE AUSLIEFERN.

Ich hielt es eigentlich für unmöglich, daß es sich bei diesem Jack aus Palm Beach um John Fitzgerald Kennedy handeln könnte, der sich gerade auf dem Parteitag der Demokraten in Los Angeles zum Präsidentschaftskandidaten küren lassen wollte, und trotzdem hatte schon William Ockham gesagt, daß die einfachste Erklärung für alle vorhandenen Fakten die richtige sein muß. Ich hatte nicht viele Fakten, aber die wenigen deuteten auf John (»Jack«) Fitzgerald Kennedy hin. Das Einschlafen fiel mir nicht schwer, weil ich es gar nicht erst versuchte. Harlot rief mich um sechs Uhr früh im Motel an.

»Schicke mir keine offenen Telegramme, wenn es sich vermeiden

läßt«, waren seine ersten Worte. »Der Erfolg hat dich wohl größenwahnsinnig gemacht.«
Er brauchte nicht lange, um mir zu erklären, was er von mir wollte. Ich sollte sofort nach Washington kommen.

10

Aber vormittags und nachmittags war ich mit zwei Exilkubanern in unseren Diensten in zwei verschiedenen, zwanzig Meilen voneinander entfernten Safe houses verabredet, wo sie mir über die vor uns verheimlichten Aktivitäten ihrer politischen Gruppen berichten sollten. Da ich den zweiten Agenten nicht mehr rechtzeitig erreichen konnte, mußte ich Harlot sagen, daß ich erst am späten Nachmittag fliegen könnte und daß er sich solange gedulden müßte. Als ich auf dem National Airport in Washington eintraf, nahm ich ein Taxi zu seinem Haus in Georgetown, und im antik eingerichteten Eßzimmer aßen wir Hamburger und Pommes frites aus dem Tiefkühlfach – er schüttete sie selbst in die Pfanne. Die Köchin hatte an diesem Abend frei, und Harlot erklärte, als Junge damals in Colorado hätte er selten etwas anderes zu Abend gegessen. Es war dies eine der seltenen Bemerkungen über seine Kindheit, die er sich mir gegenüber erlaubt hat.
»Mit wem zusammen hast du gegessen?«
Er zuckte die Achseln. »Ich habe allein gegessen.«
Er erhob sich, führte mich in sein Büro, öffnete einen prall gefüllten Aktenkoffer, zeigte auf den etwa zehn Zentimeter dicken Packen, schloß den Koffer wieder ab und überreichte mir den Schlüssel. »Das alles gehört jetzt vorläufig dir«, sagte er, »und du mußt diese Papiere in deinem Safe bei Zenith aufbewahren.«
»Yessir.«
»Ich möchte nicht, daß du den Tag über irgend etwas davon auf deinem Schreibtisch herumliegen läßt oder auch nur einen einzigen Zettel in deinem Motel aufbewahrst.« Im Laufe unseres bescheidenen Essens hatte er mich über die Sicherheitsvorkehrungen bei Zenith und die Art meiner Unterkunft im Royal-Palms-Motel ausgefragt.

»Nun«, fragte er mich jetzt, »wie würdest du die Situation charakterisieren?«
»Unglaublich.«
»Kennedys Rolle ist mir ziemlich klar. Falls er gewählt werden sollte, wird er unser erster priapischer Präsident seit Grover Cleveland sein. Aber was geht eigentlich mit dem anderen Knaben vor sich, diesem Gargantua, wie du ihn in deinem verrückten Telegramm genannt hast?«
»Ich bin unvorsichtig gewesen.«
»Du warst von dir selbst berauscht. In unserem Beruf ist das so, als ob man Typhus bekommt.«
»Wer außer dir hätte denn verstehen können, wen ich meinte?« fragte ich.
»J. Edgar Buddha zum Beispiel. Du verfügst einfach nicht über die nötige Erfahrung, als daß du ein offenes Telegramm losschicken könntest.«
»Yessir.«
Er räusperte sich, als ob er ein neues Thema anschneiden wollte. »Kommen wir also auf die Hygiene zu sprechen. Wir werden unser Vorhaben HEEDLESS (unvorsichtig) nennen. Giancana wird RAPUNZEL heißen. Kennedy – IOTA. Sinatra soll STONEHENGE heißen. Das Mädchen sollte einen Männernamen bekommen. Wie wäre es mit BLAUBART?«
Ich nickte unglücklich.
»Ihre alte Schulfreundin Wilma Raye, mit der sie, wie du bald merken wirst, andauernd plaudert, wird AURAL heißen. AURAL mit AU, nicht mit O.«
»Yessir.«
»Ich habe noch keine Zeit gehabt, den verdammten zehn Zentimeter dicken Packen mit den Abschriften ihrer Telefongespräche durchzulesen. Ich hab's nur mal durchgeblättert. Du wirst alles, was in diesem Aktenkoffer ist, verdauen und mir eine Zusammenfassung davon liefern. Laß nichts Wesentliches aus. Es ist ein FBI-Erzeugnis, aber das Transkript ist trotz der elektronischen Finessen noch immer nicht ganz vollständig. Typisch für den FBI. Also bring es für mich in Ordnung. Ich möchte das Wesentliche wissen. Wenn die Abschriften zu diffus sind, fasse das Ganze zusammen. Arbeite aus diesem Wust die Konturen heraus, was dieser unternehmungslustige Blaubart so alles treibt.«

Er betrachtete mich prüfend. »Wirst du es schaffen, das Mädel ins Bett zu kriegen?«

»Fifty-fifty.« Die Antwort platzte so aus mir heraus. »Ich muß erst mal sehen, ob ich dazu qualifiziert bin.«

»Ich bin sicher, daß die sowjetischen Joy-boys das auch alle sagen, bevor der KGB sie hinausschickt. Ich rate dir: Werde ihr Vertrauter. Natürlich mußt du aufpassen, daß deine Stimme nicht auf die FBI-Bänder kommt. Geh mit ihr jedesmal in ein anderes Hotelzimmer.«

»Das ist verdammt teuer.«

Sein Gesichtsausdruck zeigte, daß er mich wieder einmal für einen hoffnungslosen Fall hielt.

»Erlaubst du mir die Benutzung von ›Safe houses‹?« fragte ich. »Es gibt da mehrere in Miami, die gar nicht schlecht sind.«

»Herrgott, wir treten da jetzt wirklich auf die Torah, nicht wahr?« Er sann über die möglichen Gefahren nach. »Fangen wir erst einmal mit Hotelzimmern an«, entschied er. »Wenn die Kosten explodieren sollten, kommen wir auf die Safe-house-Option zurück.«

»Yessir.« Ich machte eine Pause. »Angenommen, wir stellen die Verbindung her. Dann bekommen wir es doch mit ganz neuen Schwierigkeiten zu tun.«

»Als da wären?«

»Da der FBI ihr Telefon im Fontainebleau abhört, müssen sie doch früher oder später den Namen Harry Field aufschnappen, wenn sie sich mit Freunden unterhält. Möglicherweise verdächtigt sie diesen Field sogar, für die Agency zu arbeiten. In Miami ist so eine Vermutung nichts Ungewöhnliches. Der FBI könnte auf mich aufmerksam werden.«

Er nickte. »Gibt es irgendeine Möglichkeit, dafür zu sorgen, daß das Mädel nicht über dich redet?«

»Vielleicht kann ich sie davon überzeugen, daß RAPUNZEL mir die Knochen brechen wird, wenn sie mich nicht beschützt.«

»Nein, das würde ihre Redseligkeit erst recht beflügeln.« Er zwinkerte mir zu. »Weißt du, wenn ich nicht der Agency gegenüber zum Schweigen verpflichtet wäre, würde ich vielleicht ebensoviel reden wie sie.«

»Du?« fragte ich entgeistert. »Wie sie?«

»In unserem Beruf ist der Drang, Geheimnisse zu verraten, mit der starken sexuellen Begierde von Priestern vergleichbar.« Er klopfte mir belustigt auf den Rücken, als ob ich wieder einmal nicht merkte, ob er sich über mich lustig machte oder nicht. »Alter Junge«, sagte er, »um Mitternacht gibt es einen Flug nach Miami. Den mußt du schaffen.«

Er fuhr mich zum Flughafen, was bei ihm eine seltene Gefälligkeit war. Unterwegs nahm ich mir ein Herz und fragte nach Kittredge und Christopher.

»Ich treffe sie in einem Monat«, antwortete er zögernd, als überlege er, ob er mir trauen könnte. »Wir feiern dann und wann ein Wiedersehen in Maine. Aber es ist einsam, Harry. Leider muß es sein. Sie arbeitet an einem Buch.«

»Kommt sie vorwärts damit?«

»Der Teil, den Kittredge mir gezeigt hat, ist meiner Ansicht nach bemerkenswert: Was sie über den Narzißmus geschrieben hat, ist großartig. Sie hat eine neue Theorie, die mir noch nicht untergekommen ist. Narzißten sind, so wie sie es darstellt, Menschen, bei denen sich die wichtigsten menschlichen Beziehungen im eigenen Innern abspielen. Es ist glänzend beschrieben, und ich hoffe, andere sehen das auch so. Sie braucht diese Anerkennung, unser Mädchen.« Dabei starrte er stur geradeaus, seine Hände lagen auf dem Lenkrad. »Kittredge ist auch eine bemerkenswert gute Mutter für Christopher. Er ist ein prächtiger Bursche, und er fehlt mir mehr, als ich mir je hätte vorstellen können.«

Wir waren am Eingang zum Flughafen vorgefahren, und er schüttelte mir die Hand. »Laß uns die Sache mit Freude angehen. Unsere Arbeit ist grausam, bis wir begreifen, wieviel Spaß drinstecken kann.«

Ich schlief im Flugzeug ein. Ich war so müde, daß ich nach meiner Ankunft in Miami gleich hätte weiterschlafen können, aber ich ging zuerst ins Büro, legte den Inhalt meines Aktenkoffers in den Safe und schlief dann noch ein paar Stunden auf dem Schreibtisch, der als Bett leider etwas zu kurz war. Ich träumte von RAPUNZEL: Fünfzigtausend von seinen Trollen fesselten meine Beine mit Spinnenfäden.

11

Weil Harlot und ich innerhalb der Vereinigten Staaten miteinander kommunizierten, konnte ich ihm lange Fernschreiben in eine spezielle Codebox von GHOUL schicken. Das war genauso sicher wie ein Gespräch über das abhörsichere Telefon. Da GHOUL in puncto Sicherheit absolut dicht war, brauchte ich dabei nicht übermäßig auf Vorsichtsmaßnahmen zu achten. Mein Gefühlsleben aber befand sich in Aufruhr. Wie sollte ich mich auf eine Beziehung mit Modene einstellen, wenn ich sie BLAUBART nennen mußte? Daß Harlot auf diesen häßlichen Decknamen verfallen war, kam mir vor wie eine Strafe für das offene Telegramm. Natürlich, Hughs Urgroßvater mütterlicherseits war ein Maultierschinder gewesen, und da sich die niedrigen Gene wohl am hartnäckigsten weitervererben, wollte mir Harlot vielleicht das Gefühl geben, auch so ein Maultier zu sein, indem er mich zwang, solche Kryptonyme zu verwenden. Es fiel mir schon schwer genug, mich in Modenes Beziehungen zu Sinatra, Kennedy und Giancana zu vertiefen, und nun sollte ich auch noch die Umwandlung ihres Namens in BLAUBART ertragen. Wie gesagt, es war eine harte Zeit für mein Gefühlsleben. Eine Frau, die ich nicht verstand – wie sollte ich da feststellen, ob sie nur eine Palastmieze oder ein sehr leidenschaftlicher Engel war? –, sollte nun kartiert werden wie ein Zugvogel, dem man einen Ring mit einer Nummer ans Bein heftet. Alle vielversprechenden Jobs stellen sich früher oder später als grausam heraus, sagte ich mir.

SERIE: J/38.741.651
ROUTE: LEITUNG/GHOUL – SPEZIALANSCHLUSS
AN: GHOUL-A
VON: FIELD — 10. Juli 1960, 10 Uhr
THEMA: HEEDLESS

DA DIE SICHERHEIT IN DIESEM SCHRIFTWECHSEL, WIE DU AUCH SAGEN WIRST, KEIN THEMA IST UND IN DEN FBI-ABSCHRIFTEN DIE RICHTIGEN NAMEN STEHEN UND UMGEWANDELT WERDEN MÜSSTEN, FRAGE ICH MICH, OB ES NICHT AUCH OHNE DIE KRYPTONYME GEHT. BLAUBART et cetera wirkt hochgradig irritierend.

Erwarte Deine sofortigen Instruktionen.

FIELD

Sie kamen eine Stunde später, und zwar über die einfache Leitung, wodurch man mich daran erinnerte, daß der Spezialanschluß sich an Harlots Empfänger befand und daß ich nicht über die Mittel verfügte, einen Spezialcode zu dechiffrieren. Sie waren auch mit GAINSBOROUGH signiert, einem Ersatznamen für GHOUL. Jedes Wort, das mit einem G anfing und mindestens zwei der verbleibenden vier Buchstaben H, O, U und L enthielt, kam dafür in Frage.

SERIE: J/38.742.308
ROUTE: LEITUNG/ZENITH – OFFEN
AN: ROBERT CHARLES
VON: GAINSBOROUGH 11 Uhr 03, 10. Juli 1960
THEMA: SICHERES TELEFON
Ruf mich sofort an.

GAINSBOROUGH

Ich brauchte eine Stunde, um durchzukommen. »Ich bin ausnahmsweise bereit, dir nachzugeben«, fing Harlot an. »Es wird damit allerdings ein gefährlicher Präzedenzfall geschaffen. Richtige Namen verzerren unser Urteil, verstehst du? Vor allem bei großen Tieren. Bei ihnen hat sich aus all den alten Zeitungsmeldungen nämlich bereits ein Sediment in unserer Einschätzung gebildet. Dagegen kann ein schlecht passendes Kryptonym neue Einsichten stimulieren, indem es uns aus unseren gewohnten Gedankenbahnen aufschreckt.«

»Yessir.« Es kam mir vor, als ob ich wieder an einem Niedrigen Donnerstag in der Klasse vor ihm säße. In der stickigen Sperrholzkabine, in der ich an unserem sicheren Telefon hockte, brach mir der Schweiß aus.

»Ich sehe allerdings auch deine Argumentation ein«, fuhr er fort. »Es ist, als ob man sich in einer fremden Sprache unterhalten soll, nicht wahr?«

»In diesem Fall ja.«

»Na gut, lernen wir also voneinander. Dies hier ist etwas Ungewöhnliches. Die erste Frage lautet: Handelt es sich um ultrasensitives oder um farcenhaftes Material? Schreibe deine Berichte also mit

Kryptonymen oder ohne. Alterniere zwischen beiden Formen, so wie es dir gerade richtig scheint. Wir wollen herausbekommen, wer was mit wem macht, nicht wahr?«

»Ich bin dir für deine Flexibilität sehr dankbar«, sagte ich.

»Gut. Nun sei bitte ebenso offen.«

»Yessir.«

Er zögerte, als suchte er nach einer Möglichkeit, einem Verb ein Kryptonym zu geben. »Würdest du meinen, Harry, daß das Mädchen ganz gut im Bett sein könnte?«

Ich ließ mir Zeit mit der Antwort. »Hugh«, sagte ich schließlich, »auf Grund der bisherigen Daten würde ich annehmen, daß das Bett der positivste Faktor in ihren Beziehungen ist.«

»Gut, mein Junge. Dann geh an die Arbeit«, sagte er und legte auf.

SERIE: J/38.749.448
ROUTE: LEITUNG/GHOUL – SPEZIALANSCHLUSS
AN: GHOUL-A VON FIELD 20 Uhr 47, 10. Juli 1960
THEMA: HEEDLESS

Die Schlüsselfrage ist BLAUBARTS Wahrheitsliebe. Sie wirkt arglos und offen. Sie redet ungezwungen von Dingen, die andere vielleicht für sich behalten würden. Aber man stellt bald fest, daß sie eine begabte Lügnerin ist. Zum Beispiel hatte ich ihre persönliche Situation zuerst so verstanden, daß ihr Intimleben sich innerhalb von zwei jeweils in sich abgeschlossenen Hälften abspielte – erstens mit einem Mann in Palm Beach, dessen Namen sie nicht nennen wollte (IOTA), zweitens mit einem leitenden Angestellten ihrer Fluglinie, Walter.

Dieses beträchtliche Mißverständnis, das auf ihren eigenen Angaben beruhte, dauerte an, bis ich aus den Telefongesprächen, die sie Anfang dieses Jahres, am 3. und am 5. Januar 1960 mit AURAL geführt hat, erfuhr, daß sie Walter, kurz nachdem STONEHENGE in BLAUBARTS Leben eintrat, aufgefordert hat, in den Wind zu schießen. BLAUBART hat zweifellos die Vorteile genossen, die sich aus ihrer Beziehung zu Walter wegen dessen Position in ihrer Firma ergaben, STONEHENGE aber muß ihr klargemacht haben, daß er ihr aufgrund seiner weitreichenden Beziehungen auch ohne ihren verheirateten Freund ein angenehmes Betriebsklima garantieren könne. Also scheidet Walter aus. Wenn das den Eindruck einer

gewissen Kaltblütigkeit erweckt, so nehme ich an, daß dieser Eindruck richtig ist.
Ich selbst habe aber weiterhin an diese Fiktion geglaubt, daß BLAUBARTS Beziehung zu Walter andauerte. Vielleicht erfüllt sie im täglichen Umgang mit so unbedeutenden Verehrern wie FIELD einen vernünftigen Zweck. Es läßt sich daraus also mit Sicherheit nur dies folgern: daß sie überzeugend zu lügen versteht.
Nun zu unserer Chronologie. Ich werde mich auf die Periode vom 10. Dezember 1959 bis zum 10. Januar 1960 als Hoch-Stonehenge-Zeit beziehen. Modene lernte Sinatra am 10. Dezember während eines Flugs von Washington nach Miami kennen. In Anbetracht ihrer Fähigkeit, Aufmerksamkeit zu erregen, können wir annehmen, daß Sinatra sie einlud, das folgende Wochenende als sein Gast in Las Vegas zu verbringen.
In ihren zahlreichen Telefongesprächen mit AURAL während dieser Periode zeichnet sie ein Bild des STONEHENGE-Milieus. Sinatra hatte für sie eine Suite im Sands Hotel reserviert und als sie wegen der Kosten Bedenken äußerte und erklärte, sie könne sich das nicht leisten und von ihm auch keine so großzügige Einladung annehmen, lachte er und sagte: »Süße, das Hotel gehört ja mir. Unsere Buchhaltung wird's schon verkraften.«
Las Vegas, 17.–19. Dezember 1959. Sinatra hat sich auf dem Gelände seines Hotels einen Bungalow reserviert, der von einer Gruppe ähnlicher Bungalows umgeben ist. Sie sind für seinen Clan vorgesehen. Wir wissen, daß er Tag und Nacht trinkend in dem Innenhof (Patio) neben dem Pool verbracht hat, der nur von ihm selbst und dem Clan benutzt wird. (Derzeit Mitglieder sind: Joey Bishop, Sammy Cahn, Sammy Davis junior, Eddie Fisher, Peter Lawford, Dean Martin.) Wie Modene es Willie Raye (AURAL) gegenüber ausdrückt: Der Clan beeindruckt sie wegen der großen Namen.
Während eines Telefongesprächs mit Willie (siehe Transkript) sagt Modene: »Der erste Tag am Pool war so schrecklich wie der erste Tag in einer neuen Schule. Sie reden in einem bestimmten Code miteinander. Jemand sagt zum Beispiel: ›Ring-a-ding‹, und alle fangen an zu lachen. Das heißt alle außer mir wußten, wann man lachen mußte.

Aus: *Transkript vom 21. Dezember 1959*:
WILLIE: Ich hätte meine Sachen gepackt und wäre gegangen.
MODENE: Das hätte ich auch fast getan. Wenn Frank nicht gewesen wäre, hätte ich es getan.
WILLIE: Hat er dir gefallen?
MODENE: Nein, zuerst nicht. Ich muß dir sagen: Es war ein Schock, als ich ihn in Vegas wiedersah. Er trug seine Lieblingsfarben. Orange und schwarz. Er hat überhaupt keinen Geschmack. Er hält sich Paradiesvogelblumen in seiner Suite. Falls du es nicht weißt: Sie sind orange und schwarz.
WILLIE: Echt?
MODENE: Er mag Mädchen, die orangene Bikinis tragen.
WILLIE: Aber so schlimm kann das doch nicht gewesen sein.
MODENE: Nein, das war es auch nicht. Aber nur darum nicht, weil sie am Pool dauernd seine Songs gespielt haben. Seine Freunde kaufen seine Schallplatten und spielen sie für ihn. Ich bin in einen Plattenladen gegangen und habe »Come Fly with Me« und »Just in Time« gekauft.
WILLIE: Hat es geklappt?
MODENE: Doch. Wir sind zusammengekommen.

Ich muß zugeben, daß ich an diesem Punkt meiner Arbeit – irgendwann nach zehn Uhr abends – in der zirkulierenden, wegen der Klimaanlage kalten Nikotinluft der leeren Zenith-Büros ein einziges Mal mit den Zähnen geknirscht habe. Mochten diese Einzelheiten für Hugh Montague auch so faszinierend wie erste Berichte über ein Leben auf dem Uranus sein – in mir selbst besudelte ich damit irgendwelche schwer zu definierenden Gefühlsfäden. Dieses Mädchen, diese Frau, die so eitel war wie ein Pfau, die es fertigbrachte, in der Gesellschaft von königlichen Gorillas und einem echten Präsidentschaftskandidaten zu reisen, hatte trotz alledem bis zu einem gewissen Grad auf mich reagiert. Ich wollte einfach daran glauben, daß wir, wenn wir jemals zusammen ins Bett gingen, vielleicht doch jeder für sich einen Ausweg aus den Labyrinthen der Vergangenheit finden würden. War nicht jede Liebesaffaire der Versuch, aus einem Gefängnis auszubrechen? Ich saß mit reglosen Fingern über meiner Schreibmaschine und fragte mich, ob diese trockene Abhandlung des Verhaltens von Modene nicht etwas zerstören würde.

Aus: *Transkript vom 21. Dezember 1959* (Fortsetzung):

WILLIE: War Frank wirklich so gut, wie man sagt?

MODENE: Er war verdammt gut.

WILLIE: Er sieht gar nicht so gut gebaut aus.

MODENE: Frank hat das nicht nötig.

WILLIE: Ich schätze, er weiß, wie man die entsprechende Stimmung schafft.

MODENE: Er ist aufmerksam. Er weiß, wie wichtig Kleinigkeiten sind.

WILLIE: Und was ist mit dem orangenen Hemd und den schwarzen Hosen?

MODENE: Das ist nur seine Schale. Darunter ist er ein zärtlicher und sinnlicher Mann. Er bittet einen nicht mal um irgend etwas. Er ist der aktive Teil.

WILLIE: Wer hätte so etwas gedacht.

MODENE: Gar nicht egoistisch.

WILLIE: Du beschreibst einen Ausbund an männlicher Tugend.

Zehn Tage später verbringt Modene das Neujahrswochenende in Sinatras Haus in Palm Springs. Es kommt zu ähnlichen Gesprächen mit Willie – »Ich liebe ihn, wenn er Liebe macht. Er kennt so viele Finessen.«

WILLIE: Gibt es irgend etwas, das du nicht an ihm magst?

MODENE: Spaghetti! Iß bei ihm zu Haus, und du bekommst Spaghetti. Es gibt für mich bei einem guten Gespräch nichts Irritierenderes als wenn ich mich ständig darauf konzentrieren muß, daß mir nicht ein Tropfen Tomatensoße auf die Seidenbluse fällt. (4. Januar 1960)

Tagsüber, während Modene im Living-room sitzt, probiert Frank mit einer Pianistin zusammen neue Songs aus. Sinatra geht im Zimmer herum, wiederholt ein paar Takte und drückt ihr jedesmal, wenn er vorbeikommt, den Arm oder die Schulter. Stunden vergehen. »Frank«, erklärt Modene Willie, »steht so oft auf der Bühne, daß er am allerliebsten zu Haus bleibt, wenn er frei ist. Dort erholt er sich.«

WILLIE: Klingt ja himmlisch.

MODENE: Ich liebe Palm Springs.

WILLIE: Wie ist sein Haus eingerichtet?
MODENE: Es ist klein. Orientalische Motive.
WILLIE: Orange und schwarz?
MODENE: Schlimmerweise ja.
WILLIE: Dieser kleine Italiener muß sich für einen Teufelskerl halten.
MODENE: Er weiß, wie man mächtig wird. (4. Januar 1960)

Aber als sie sich am 17. Januar in Palm Springs wieder trafen, kam es zu einem Vorfall. Auszug aus dem Transkript vom 20. Januar:

MODENE: Es ist aus.
WILLIE: Im Ernst?
MODENE: Ich werde mir nie wieder eine so tiefe Beziehung zu einem Mann erlauben.
WILLIE: Was ist denn passiert?
MODENE: Er hat alles kaputtgemacht.
WILLIE: Wie denn?
MODENE: Ich kann nicht darüber sprechen.
WILLIE: Das ist grausam von dir. Erst machst du mich neugierig, und dann enttäuschst du mich.
MODENE: Er wollte mich in eine ganz unmögliche Situation bringen, die für mich völlig unakzeptabel ist.
WILLIE: Nun spann mich nicht so auf die Folter!
MODENE: Er hat versucht, ein anderes Mädchen zu uns ins Bett zu holen.
WILLIE: Was?
MODENE: Ich hatte ein bißchen zuviel Champagner getrunken und war früh schlafen gegangen. Als ich aufwachte, war ein großes schwarzes Mädchen im gleichen riesigen Bett wie wir. Sie machte Du-weißt-schon-was bei ihm. Er winkte mir zu, ich solle mitmachen.
WILLIE: Und was hast du getan?
MODENE: Es ist so albern. Ich fing an zu weinen.
WILLIE: Na ja, natürlich.
MODENE: Ich weine nur selten, aber wenn ich es tue, ist es wie ein Ausbruch. Ich kann dann nicht mehr aufhören. Ich bin einfach ins Bad gegangen und habe eine halbe Stunde geheult, und als ich zurückkam, war das Mädchen fort, und Frank entschuldigte sich

immerzu. Ich sagte ihm, es wäre ein bißchen spät am Tag für Gewissensbisse. Ich habe ziemlich aufgetrumpft, aber es war mir egal. Meine Eitelkeit ist noch nie so sehr verletzt worden. Schließlich zuckte er die Schultern und sagte: »Du bist toll, du funkelst sogar irgendwie, aber, Süße, sehen wir die Dinge so, wie sie sind, du bist vielleicht etwas zu spießig für mich.« »Frank«, erwiderte ich ihm darauf: »*Ich* werde nicht diejenige sein, die sich entschuldigt.«
WILLIE: Du hast ziemlich heftig darauf reagiert.
MODENE: Na, ich bin gewiß nicht prüde. Aber glaub mir, ich habe noch niemals so etwas gemacht, obwohl ich es unter den richtigen Umständen vielleicht sogar könnte.
WILLIE: Modene!
MODENE: Doch, durchaus. Wenn ich einen Mann nicht liebte, sondern nur auf die urige Art Spaß mit ihm hätte und wenn mich dann ein ganz eigenartiges Verlangen überkäme und ich nicht annehmen müßte, daß ich damit irgend jemandem weh täte, nun, dann könnte ich wohl bei einem Dreier mittun, oder vielleicht auch nicht.
WILLIE: Konntest du das Frank nicht sagen?
MODENE: Das habe ich getan. Am nächsten Morgen. Ich habe im Gästezimmer übernachtet und die Tür abgeschlossen. Aber am Morgen habe ich ihm gesagt, was ich denke. Er meinte: »Na also, warum regst du dich denn auf? Du bist halt doch keine totale Spießerin.« »Nein«, sagte ich ihm, »du hast mich gar nicht verstanden.« »Was habe ich nicht verstanden?« fragte er. »Frank«, sagte ich. »Ich war hingerissen von der Liebe und Zärtlichkeit, mit der du mich glücklich gemacht hast. Es war himmlisch. Du warst so aufmerksam. Und ich habe den Fehler gemacht zu glauben, daß diese Intimität nur mir allein galt. Letzte Nacht habe ich begriffen, daß du allen Frauen gegenüber solche Gefühle hegst. Sie sind ein Teil deiner Musik. Du liebst alle Frauen. Es hat mir nur das Herz gebrochen, als ich mit meinen eigenen Augen sah, daß du außer mir auch andere Frauen hast.«
WILLIE: Modene, ich habe mich immer darüber gewundert, daß du nie danach fragst, was am Ende für dich dabei herauskommt, was Gutes oder was Schlechtes.
MODENE: Nun, er hat dann etwas Ähnliches gesagt. Er hielt mich ein bißchen von sich entfernt, faßte mich bei den Unterarmen und sagte: »In zwei Wochen werde ich mich umbringen, wenn ich

merke, daß du die Richtige für mich warst.« Ich fing an zu lachen. Ich mußte es einfach tun. Er war in diesem Augenblick wie ein kleiner Gnom, wirkte fast wie ein Idiot. Aber er spielte diese Rolle ganz bewußt, er versuchte mich wieder zurückzugewinnen. Ich sagte: »Frank, laß uns Freunde bleiben.« Weißt du, was dann passiert ist?
WILLIE: Natürlich nicht.
MODENE: Es trat ein Ausdruck in sein Gesicht, wie ich ihn vorher noch nie bei ihm gesehen hatte. Ich habe mitbekommen, wie er wütend und häßlich zu einigen von seinen Dauergästen war, und gegenüber Fremden, die ihm in der Öffentlichkeit in die Quere kommen und ihm die Stimmung verderben, kann er abscheulich sein, aber ich habe ihn noch nie berechnend gesehen. Er sagte: »Also gut, wir werden Freunde sein. Du wirst einen wertvollen Freund in mir haben«, und es kam mir so vor, als hätte er mich so einfach von einem Teil seines Gehirns in einen anderen expediert.
WILLIE: Klingt unheimlich.
MODENE: Na ja, ich übertreibe. Aber mit Sicherheit war das so ein Augenblick, wo es im Kopf klick macht. (20. Jan. 1960)

Dies könnte der Auslöser gewesen sein, daß sie bald darauf IOTA vorgestellt wurde. Jetzt ist es 1 Uhr früh, und ich will das, was ich hier habe, absenden und die Arbeit am morgigen Nachmittag fortsetzen, den ich mir für diese Aufgabe reserviert habe.

FIELD

SERIE: J/38.759.483
ROUTE: LEITUNG/GHOUL – SPEZIALANSCHLUSS
AN: GHOUL-A
VON: FIELD — 15 UHR 11, 11. JULI 1960
THEMA: HEEDLESS

Zwei Wochen später, am 5. Februar 1960, rief STONEHENGE BLAUBART in Miami an. Ob sie nach Palm Springs hinauskommen könnte. »Es trifft sich die Crème de la crème«, erklärte der Sänger, ein Hinweis auf IOTA.
»Was ist, wenn dein Freund nicht erscheint?« fragt Modene.
»Dann kannst du mit dem nächsten Flugzeug wieder nach Haus fliegen.«

Modene schildert AURAL ein typisches Palm-Springs-Wochenende mit Sinatra: berühmte Leute, Freunde und Geschäftspartner in Los Angeles, Las Vegas und La Jolla. Aber Modene verlangt, daß Sinatra sie im Desert Door unterbringt (einem in seinen Augen zweitklassigen Hotel). Sie verbringt die ersten vierundzwanzig Stunden in Palm Springs, indem sie mit dem Taxi zu Sinatras Haus hinaus und dann wieder zum Desert Door zurückfährt. IOTA hat sich ihr noch nicht genähert, und sie ist schon soweit, daß sie nach Miami zurückfliegen will. »Bin ich nicht gut genug für dich?« fragt Sinatra sie höhnisch und versichert ihr dann, daß sie etwas verpassen würde – Jack Kennedy käme ganz bestimmt. (Als sie es Willie erzählt, gesteht Modene, daß sie am Freitagabend das Gefühl gehabt habe, nicht mehr Herrin ihrer Sinne zu sein. Sie habe fest geglaubt, Sinatra werde sich dadurch an ihr rächen, daß er sie Kennedy nicht vorstellt.)
Kennedy trifft aber am nächsten Tag tatsächlich mit seinem Gefolge ein. Er mietet eine Suite in Modenes Hotel. »Ich hatte alles falsch verstanden«, erklärt er. »Ich dachte, Sie würden im Ingleside Inn wohnen, aber jetzt weiß ich, daß Frank mich im exklusivsten Hotel der Stadt untergebracht hat, da Sie hier wohnen.«

Obiges ist dem FBI-Transkript ihres Telefongesprächs mit AURAL vom 17. Februar 1960, ein paar Tage nach dem Wochenende, entnommen.

WILLIE: Ist Jack wirklich so unglaublich hübsch?
MODENE: Ich glaube, er hätte ein Filmstar werden können.
WILLIE: Was hatte er an?
MODENE: Graue Flanellhosen und eine dunkelblaue Sportjacke. Er sah sehr gepflegt aus. Seine Erscheinung ist wirklich fabelhaft. Seine Zähne sind so weiß, wie Zähne nur sein können und sein Gesicht so sonnengebräunt, daß seine Haut einen interessanten Kontrast zu seinen hellen Augen bildet. Um die Augen herum hat er lauter kleine Fältchen. Es sind irische Augen, die einem da zuzwinkern, als ob sie nur für einen selbst lächeln.
WILLIE: So stark hast du auf ihn reagiert, obwohl du Senator Kennedy nur die Hand geschüttelt hast?
MODENE: Nun, mehr habe ich zunächst nicht von ihm gehabt. Zwei seiner Schwestern waren in der Gruppe und eine Schar von

Leuten, die ich nicht kannte und die haben ihn unglaublich geschickt abgeschirmt. Ich wollte nicht riskieren, daß mir einer den Ellbogen in die Titten stößt, nur weil ich diesem Mann ein bißchen näherkommen wollte. Ich zog mich also zurück. Und tatsächlich: Zehn Minuten später fand er mich in der Lobby und verabredete sich mit mir für den nächsten Tag zum Lunch. Er entschuldigte sich sogar dafür, daß er sich noch nicht am gleichen Abend mit mir treffen könnte. Er müßte ein Dinner geben, um Geld für die Wahlen aufzutreiben, erklärte er mir.

WILLIE: Frank hat dich nicht dazu eingeladen?

MODENE: Sie haben hier einen Ausdruck für Leute, die eine Menge Geld spenden: »heavy hitters«. Ich nehme an, daß nur heavy hitters eingeladen sind. Obwohl ich das Frank wirklich übelnehme: Erst holt er einen her, dann stößt er einen zurück, und dann lockt er einen wieder herbei. Willie, es ist viel einfacher, mit Frank eine Liebesromanze zu erleben, als nur mit ihm befreundet zu sein.

WILLIE: Das klingt, als ob du einen schlimmen Abend erlebt hättest.

MODENE: Ein paar von den politischen Assistenten des Senators versuchten mich abzuschleppen, aber ich habe allein auf meinem Zimmer gegessen. Das war, gelinde gesagt, nicht das, was ich erwartet hatte. Wenn nicht die Verabredung zum Lunch gewesen wäre, die er mir versprochen hatte, wäre ich am Morgen abgereist.

WILLIE: Aber am nächsten Tag hast du dich mit ihm allein getroffen?

MODENE: Ja. Er schlug mir vor, den Lunch in meinem Patio und nicht in seinem einzunehmen, so daß man uns nicht stören würde.

WILLIE: Hatte er keine Angst, daß über ihn geklatscht wird?

MODENE: Ach, es sind so viele Frauen hinter ihm her, daß man gar nicht wüßte, wo man mit dem Klatschen anfangen sollte.

WILLIE: Und worüber habt ihr gesprochen? Ich wäre völlig gelähmt gewesen.

MODENE: Ich kann nicht behaupten, daß ich die Situation im Griff gehabt hätte, als wir uns hinsetzten, nur wir beide allein. Aber er ist ein ausgezeichneter Politiker. Er hat es sogar geschafft, den Eindruck zu erwecken, als würde er sich ernsthaft für das interessieren, was ich zu sagen hatte. Er versteht es, einem das Gefühl zu geben, daß man genausoviel wert ist wie er selbst. Wenn er dich etwas fragt, hört er sich aufmerksam die Antwort an. Er möchte alles über seine Gesprächspartner wissen. Ich habe später erfahren, daß er, abgesehen von seiner Zeit bei der Marine, ein sehr privilegiertes Leben geführt hat, und ich nehme an, er sucht Kontakt zur normalen Bevölkerung. Ich glaube, er will mehr darüber erfahren, wie die einfachen Leute denken. Er fand es faszinierend, daß ich in der Highschool Cheerleader gewesen bin, auch daß ich ein Einzelkind bin. Er kommt aus einer großen Familie. Und natürlich dachte er, daß ich auch katholisch wäre. Ich habe ihm allerdings erklärt, daß nur die Familie meines Vaters katholisch war und daß das lange vorbei ist und in meiner Familie längst keiner mehr in die Kirche geht. »Was empfinden Sie denn, wenn Sie einen Katholiken wählen sollen?« fragte mich Jack. Ich wollte ihm sagen, daß mir das egal ist, aber ich wußte, daß er mehr hören wollte. Und so erzählte ich ihm, daß ich jemanden kenne, der geschworen hat, daß er niemals einen Katholiken wählen wird, weil er die Kirche so sehr haßt. Und dabei ist er selbst einmal Katholik gewesen. Nun wollte der Senator wissen, wer denn dieser jemand sei und ob ich ihn beschreiben könnte. Schließlich gab ich zu, daß es mein Vater ist. »Ist er Republikaner?« »In letzter Zeit vielleicht ja«, erzählte ich ihm, »aber früher war er in der Gewerkschaft und Demokrat.« Kennedy seufzte, als ob er genau an diesen Wählern scheitern könnte, an all den verbitterten ehemaligen Katholiken, die gegen ihn stimmen werden, aber dann lächelte er und sagte: »Nun, ich frage mich, wie viele Leute wie Ihr Vater denken.«

WILLIE: Ich hätte ihm niemals die Wahrheit gesagt.

MODENE: Im Gegenteil, damit habe ich das Eis gebrochen. Ich durfte ihm doch keine allgemeine, nichtssagende Antwort geben, weil er sich dann nicht länger für mich interessiert hätte. Willie, in dieser einen Beziehung ist er fast wie eine Frau. Ich hatte das Gefühl, daß meine Gedanken ihn genauso interessierten wie mein Gesicht und meine Figur. Als er mich fragte, was ich von der Kandidatur eines so jungen Mannes hielte, meinte ich, daß das bei den Stammwählern bestimmt ein Hindernis sein wird, aber Stammwähler haben eher die Republikaner. Bei den anderen könnte seine Jugend sogar von Vorteil sein. Denn in Amerika gehört der Präsident sozusagen zur Familie, Eisenhower zum Beispiel ist ganz einfach »Uncle Ike«. »Nun«, wollte Senator Ken-

nedy wissen, »wie passe ich dann in dieses Bild? Soll ich den Neffen spielen?« »Nein«, sagte ich, »Ihre Rolle müßte die des attraktiven jungen Mannes sein, der in die Familie einheiratet. Wenn die Leute das Gefühl haben, der paßt zu uns, wird man Sie akzeptieren und wählen.«
WILLIE: Das alles hast du ihm gesagt? Du erstaunst mich. Ich habe gar nicht gewußt, daß du über solche Dinge nachdenkst.
MODENE: Hab' ich ja auch noch nie. Er hat es aus mir herausgeholt. In seiner Gegenwart komme ich mir furchtbar schlau vor. Schon allein deswegen hätte ich mich in ihn verknallen können. Wir haben wirklich eine Menge geredet.
WILLIE: Ich hätte aufgehört, solange ich noch im Vorteil war.
MODENE: Ich nicht. Er fragte mich, was ich von Nixon hielte, und du weißt ja, daß ich ihn nur vom Fernsehen her kenne. Aber Jack ermutigt einen zu instinktiven Reaktionen, wenn man mit ihm zusammen ist. Also sagte ich: »Ich glaube, Vizepräsident Nixon ist unser größter Vorteil. Denn im Grunde mögen ihn die Leute nicht.« »Warum nicht?« fragte er. »Weil er so hungrig aussieht«, sagte ich. »Die Leute mögen niemanden, der immer hungrig ist. Es macht sie unruhig.« »Aber warum?« wollte er wissen. »Weil nur satte Menschen friedlich sind.« »Wenn Sie mit Nixon recht haben, wäre das ganz bestimmt günstig für mich«, sagte er, und als wir beide lachten, setzte er hinzu: »Dieser Lunch hat mir riesig Spaß gemacht. Ich wollte, ich könnte den Rest des Nachmittags mit Ihnen verbringen, aber ich werde in einer Stunde im Flugzeug sitzen. Ich möchte Sie aber auf alle Fälle wiedersehen. Ich habe viele Leute getroffen, aber Menschen wie Sie sind selten. Sie gehören nur sich selbst.«
WILLIE: Ich würde das ein vollendetes Kompliment nennen.
MODENE: Ich war in diesem Moment bereit, ihm die Schuhe zu putzen. Er ließ sich meine Telefonnummer geben und meinte, er würde mir gern auch die seine überlassen. Doch sei das gegenwärtig ziemlich sinnlos, weil er jede Nacht in einer anderen Stadt schliefe. So würde es die nächsten Monate auch bleiben. Er meinte aber, er würde mich sehr bald anrufen. (17. Februar 1960)

In dieser Situation erweist sich IOTA als ein Mann, der Wort hält. Vom 16. Februar bis zum 3. März 1960 haben wir die Abschriften von acht Telefongesprächen, die er mit BLAUBART geführt hat. Am

25. Februar, während IOTA in Denver ist, schlägt er ihr eine Begegnung am Abend des 3. März im Waldorf-Astoria vor. Sie ist einverstanden, und die Protokolle der Anrufe aus Madison, Chicago, Wheeling und Baltimore (26. und 28. Februar, 1. und 2. März) zeigen eine zunehmende Vorfreude.
In Anbetracht Deiner arbeitsmäßigen Überlastung biete ich hier nur zwei Auszüge an – einen aus Charleston, West Virginia, vom 20. Februar und den anderen aus Baltimore vom 2. März, dem Abend vor ihrem Treffen im Waldorf.

BLAUBART: Ihre Rosen sind angekommen. Woher wissen Sie, daß rote Rosen meine Lieblingsblumen sind?
IOTA: Machen sie sich gut in Ihrer Vase?
BLAUBART: Sie sind sehr üppig.
IOTA: Ich bin immer froh, wenn etwas klappt. Heute in Virginia hat uns Hubert Humphrey auf dem falschen Fuß erwischt. Er sagte, wir würfen das Geld zum Fenster hinaus. Darauf ist uns in dem Moment nichts eingefallen. West Virginia ist ein sehr armer Staat.
BLAUBART: Es muß ein Irrenhaus sein bei Ihnen dort.
IOTA: Sie können sich nicht vorstellen, wie sehr ich mich auf die Anrufe bei Ihnen freue. Den ganzen Tag weiß ich, daß mich noch etwas Angenehmes erwartet. Wenn Sie nicht zu Haus sind, bin ich ehrlich enttäuscht. (20. Feb. 1960)

Das Telefongespräch vom 2. März aus Baltimore, bevor sie sich am 3. März in New York trafen:

IOTA: Der morgige Abend wird wunderbar werden.
BLAUBART: Sie haben mein Leben völlig durcheinandergebracht. Ich weiß gar nicht, was mit mir los ist.
IOTA: Sie versprechen mir, daß Sie morgen da sein werden?
BLAUBART: Ich bin da. Ich habe eine bestätigte Reservierung. Ich werde warten, bis Sie an die Tür klopfen.
IOTA: Bitte enttäuschen Sie mich nicht.
BLAUBART: Gewiß nicht. (2. März 1960)

Am dritten März hat ihr Verhältnis begonnen. Wir wüßten mehr darüber, wenn die von Buddhas Technikern in ihrem Zimmer installierte Wanze richtig funktioniert hätte, aber ich nehme an, daß sie unter ungünstigen Bedingungen eingebaut werden mußte. (Die private Sicherheit in den Waldorf Towers gilt als exzellent.) Die Aufnahmen sind so undeutlich, daß wir auf BLAUBARTS Beschreibung zurückgreifen müssen, die sie am 6. März AURAL gegenüber telefonisch abgab.

WILLIE: Warum willst du nicht zugeben, daß du mit ihm geschlafen hast?
MODENE: Natürlich habe ich das. Darum geht es auch nicht.
WILLIE: War es denkwürdig?
MODENE: Laß mich in Ruhe.
WILLIE: Bist du verliebt?
MODENE: Wahrscheinlich.
WILLIE: Ist er es?
MODENE: Sind Männer nicht immer eine Zeitlang in Frauen verliebt, wenn sie mit ihnen ins Bett gehen?
WILLIE: Ich wollte, ich könnte das sagen.
MODENE: Es hat keinen Sinn, darüber zu reden. Du und ich, wir haben ganz verschiedene Vorstellungen vom Leben.
(Schweigen)
WILLIE: Was ist denn los?
MODENE: Ich weiß nicht. Ich habe Angst, daß er mir weh tun wird. Er sieht jeden Tag tausend Leute.
WILLIE: Aber das tust du doch auch, jedenfalls an einem Arbeitstag. Ein paar Hundert bestimmt.
MODENE: Aber ich denke nur an ihn.
WILLIE: Ist er besser im Bett als Frank?
MODENE: Darüber kann ich nicht reden. (6. März)

So geht es mehrere Transkriptseiten weiter, bis die Dame endlich etwas aussagt.

MODENE: Manchmal komme ich mir vor wie ein Auto mit zwei verschiedenen Motoren: Der eine kommt sofort auf Touren; der andere hat eine ausgebrannte Kupplung und kommt nicht von der Stelle. Entweder kriege ich mein Make-up hin, ruckzuck, und es stimmt, oder, Vorhang – ich wische es dauernd wieder ab und lege es neu auf. Und immerzu überlegte ich, ob ich nicht lieber doch ein anderes Kleid anziehen sollte. Als er endlich an die Tür klopfte, war ich völlig erschöpft und wollte ihn eigentlich gar nicht mehr sehen. Es kam mir vor wie eine Gespenstergeschichte. Das Mädchen ist wahnsinnig verliebt, aber er weiß es nicht, ob es den Mann wirklich gibt.

WILLIE: Er kommt mir aber ziemlich real vor.

MODENE: Versuche mich zu verstehen. Ständig hatte ich seine Stimme im Ohr. Drei Wochen lang habe ich mich in den Schlaf gewiegt, indem ich auf seine Stimme hörte. Und jeden Morgen waren achtzehn langstielige rote Rosen da. Ich stach mir einmal in den Finger, als ich sie ordnete, und der kleine Dorn schmerzte mich so, als hätte Jack ohne vorherige Warnung etwas Grausames gesagt. Jetzt waren wir allein, und ich war zu schüchtern, ihn zu küssen. Dann küßten wir uns trotzdem, und mein Lippenstift verschmierte seinen Mund, und seine Lippen fühlten sich an wie Sandpapier. Wir wußten nicht, was wir reden sollten. Wir waren wie Vetter und Cousine dritten Grades, denen man gerade gesagt hat, daß sie heiraten sollen. Er kam mir auch lange nicht mehr so attraktiv wie in Palm Springs vor. Sein Gesicht wirkte aufgedunsen. »Ich sehe fürchterlich aus, nicht wahr?« fragte er mich. »Fürchterlich ist übertrieben«, war alles, was ich darauf erwidern konnte. »Bei einem Wahlkampf«, sagte er, »muß man so vielen Leuten die Hand schütteln, die man eigentlich gar nicht mag, und man ißt so viele Male im Stehen, daß sich das irgendwann auf die Verdauung auswirkt. Darum haben Politiker während des Wahlkampfs immer diesen komischen Ausdruck im Gesicht. Sie sind ständig im Begriff, Wind abzulassen.«

WILLIE: Wind ablassen? Was heißt denn das schon wieder?

MODENE: Wenn du es nicht weißt, kann ich es dir auch nicht erklären. Ich müßte ein unfeines Wort benutzen.

WILLIE: Ich verstehe schon. Was wird das für ein verrückter Präsident werden!

MODENE: Das hab' ich ihm auch gesagt. Ich hab' angefangen zu lachen. »Du wirst ein hervorragender politischer Führer«, habe ich zu ihm gesagt. »Weil du dich selbst nicht zu wichtig nimmst.« Er hat darauf erwidert: »Wichtig ist nur, daß man dabei bleibt.« Plötzlich habe ich mich bei ihm wieder wohl gefühlt. Er ist mir sehr ähnlich.

WILLIE: Dir sehr ähnlich? Modene! Jetzt nimmst du dich selbst zu wichtig.

MODENE: So meine ich das nicht – nicht ganz jedenfalls. Ich bin nur sehr vielschichtig, und er auch. Ich glaube, er versucht sich ebenso selbst zu entdecken wie ich. Ich frage mich stets: Wer bin ich? Darum kann man auch nie damit aufhören. Weißt du, es war fast eine Erlösung, als wir endlich im Bett waren.
WILLIE: Wer ist besser, Jack oder Frank?
MODENE: Du hättest Zeitungsreporterin werden sollen. Jack sagt mir, sie reagieren alle auf einen bestimmten Knopfdruck: Neugier. Du brauchst nur ihre Neugier zu wecken, sagt Jack, und dann kannst du sie stundenlang martern. Du wirst die Antwort nicht bekommen.
WILLIE: Nun, ich weiß schon, wer besser ist.
MODENE: Ich werde dich nicht fragen. (6. März 1960)

In einer Bemerkung AURAL gegenüber (9. März 1960) kommt BLAUBARTS Einsamkeit zum Ausdruck, die von einer geradezu körperlichen Intensität ist – »Jetzt, wo er nicht mehr hier ist, fühle ich mich, als hätte man mir meine Seele genommen.« Ihr ganzes Glück und ihre ganze Verzweiflung scheinen von ihrer Beziehung zu IOTA abzuhängen.
STONEHENGE ist ein anderer Fall – wenn ich eine Beurteilung hinzufügen darf. Die Abschriften ihrer ersten Gespräche mit AURAL (25. Dezember 1959; 4. Januar 1960) deuten auf eine Beziehung, die sich mit derjenigen zwischen Lady Chatterley und dem Wildhüter Mellors vergleichen läßt. Die Aufmerksamkeiten, die STONEHENGE ihr zuteil werden läßt – die Vielzahl der oralen Geschenke, mit denen er sie, wie es scheint, beglückt –, müssen auf sie wie eine Droge wirken und eine Sucht bei ihr hervorrufen. Soll ich fortfahren? Erwarte Deinen Kommentar.

FIELD

13

Erwarte Deinen Kommentar. Harlots Antwort auf diese Frage traf schon am nächsten Morgen ein. Und sie kam mir höchst ungelegen, denn ich litt unter einem mächtigen Kater. Am Abend hatte ich nach dem Absenden des Telegramms an GHOUL-SPEZIAL Toto Barbaro zu dem schon lange versprochenen Dinner eingeladen und dabei den Fehler gemacht, beim Trinken mit ihm mitzuhalten. Nun bestand mein einziger Trost darin, daß die Getränke mich nichts gekostet hatten. Howard erklärte sich zu meinem Erstaunen bereit, das Dinner auf dem Spesenkonto zu verbuchen.

»Ich bin froh, daß du dich um Barbaro gekümmert hast und daß ich es nicht tun mußte«, gab er zu. »Lade ihn ein, laß ihn essen, laß ihn trinken, forsche ihn aus, soweit es dir möglich ist, aber versprich ihm nichts.«

Ich war schon müde, als ich mich mit Barbaro zum Essen hinsetzte. Ich hatte inzwischen zwei Nächte hintereinander auf meinem Schreibtisch geschlafen und war nur abends kurz zum Royal-Palms-Motel zurückgefahren, um mich umzuziehen.

Toto erwartete mich in dem Restaurant, das er ausgesucht hatte: ein spanisches Lokal mit einer Einrichtung, die mit ihrem dunklen Holz wie aus dem Mittelalter wirkte. Es war auch ungefähr so teuer, wie ich erwartet hatte. El Rincon de Cervantes hieß es, und Barbaro empfing mich mit einer heftigen Umarmung, als ich an seinen Tisch trat. Er war ein Hüne von einem Mann. Ich begann zu begreifen, wieviel »Kommunikation« man in eine solche Umarmung hineinlegen konnte, denn er stand an jenem Abend oft auf, um hereinkommende Kubaner mit diesem seinem *Abrazo* willkommen zu heißen. Ich nutzte diese Unterbrechungen zur Erholung. Nach manch einem *Golpe* kubanischen Rums und einer einzigartigen Vielfalt von Aalen und tintenfischartigen *Tapas* (Appetithäppchen), kam Barbaro immer wieder auf das Budget zu sprechen.

Was für eine gewaltige Erscheinung! Er hatte einen großen, runden Kopf, der bis auf einen Kranz kurzgeschnittenen grauen Haars von einem Ohr zum anderen kahl war. Da dieser Kopf praktisch ohne Hals auf seinen Schultern saß, hätte er wie ein Wildschwein gewirkt, wäre die Stahlrahmenbrille nicht gewesen, die ihm ein gelehrtenhaftes Aussehen verlieh. Seinen beträchtlichen Körperumfang zwängte er in schwarze Rollkragenhemden, und wenn er einen weißen Stehkragen hinzugefügt hätte, wäre er als fetter Priester durchgegangen – kein angenehmer Gesellschafter also. Der kubanische Humor kam mir zeitweise so schwarz vor wie der kubanische Rum. Ununterbrochen kehrten wir zum Budget zurück, und nach einer Weile begriff ich, daß er mich mit seinen Argumenten nicht zu überzeugen, sondern niederzuwalzen versuchte. Wenn es ihm gelang, mich weichzuklopfen, würde ich ihm morgen in einer anderen Frage nicht mehr so viel Widerstand entgegensetzen.

»Ihr Eduardo ist nicht großzügig«, erklärte er mir.

»Die Entscheidung wird auf höherer Ebene getroffen«, erwiderte ich. »Sie bringen Eduardo nur in eine peinliche Situation.«

»Das ist eine kleine Unbequemlichkeit für ihn und eine große für mich. Sie bieten einhundertfünfzehntausend Dollar pro Monat an! Das ist eine Beleidigung. Unser Geldbedarf ist eine ernste Sache. Können Sie sich vorstellen, wie viele arme Kubaner in Miami unter uns sind? Manche sind zu alt, um eine neue Sprache zu lernen und auf das außerordentlich schnelle Leben hier überhaupt nicht vorbereitet.«

»Ich habe Ihnen zehntausend Dollar aus Washington mitgebracht.«

»Geteilt durch fünf waren das zweitausend für jeden der Frente-Führer. Eine mehr als kümmerliche Summe.«

»Nehmen wir an«, sagte ich, »wir würden Ihnen die siebenhundertfünfundvierzigtausend Dollar pro Monat geben, die Sie verlangen. Sie sind ein Mann guten Willens. Sie würden zu wählen haben, ob Sie es für gute Schiffe oder für mehr Brot für Ihre Armen ausgeben wollten, und ich glaube, Sie würden sich für das Brot entscheiden. Dann hätten Ihre militärischen Vorhaben keine Chance. Denn Ihre Soldaten wären nicht entsprechend ausgerüstet. Also würde der Mann, der Ihnen Ihre Summe genehmigt hätte, die Folgen zu tragen haben. Eine vielversprechende Laufbahn käme so vielleicht zu einem abrupten Ende. Wer in Washington ist schon bereit, ein solches Risiko für seine Karriere einzugehen?«

Er beugte sich zu mir vor und tippte mit zwei Fingern auf die Brust. »Da Sie jung sind, Chico, werde ich Ihnen nicht erklären, wie sehr

Sie es anderen gegenüber an Diskretion mangeln lassen. Aber Sie haben gerade verraten, daß es sich bei Ihren sogenannten wohlhabenden Amerikanern in Wirklichkeit um Bürokraten und CIA-Offiziere handelt.«

»Ich habe mich nicht richtig ausgedrückt.«

»Sprechen Sie so, wie Sie es wünschen, aber versuchen Sie mich nicht zu überzeugen, daß Ihr Geldgeber nicht der CIA ist. Ich kann euch CIA-Leute riechen.«

»Ich bin keiner.«

»Sie, Chico? Nein, überhaupt nicht. Und ich bin kein Kubaner, sondern eine Kakerlake.« Er spazierte mit den Fingern über die Tischplatte wie ein Tausendfüßler im vollen Galopp und brüllte vor Lachen über seinen Scherz.

»Eine Rose, die man anders nennt, kann genauso süß duften«, warf ich ein, und darüber mußte er wieder lachen. Als er auf das Budget zurückkam, war er nicht mehr so feindselig gesonnen. »Ihr wohlhabender Amerikaner« – *El Americano opulento de Usted* waren seine Worte – »muß viel über das kubanische Volk lernen. Ohne Freiheit entarten wir. Wir werden all das Schlechte, das wir Ihrer Meinung nach sind. Unter dem Absatz eines Herrn reagieren wir mit der Gemeinheit eines Sklaven. Wir sind korrupt, ineffizient, unzuverlässig und dumm. Kein menschliches Wesen ist schlimmer als ein unglücklicher Kubaner. Lassen Sie uns aber selbst über unser Schicksal entscheiden, finden Sie keine Nation, die einfallsreicher, tapferer, loyaler und begeisterter in den Kampf zieht. Unsere Geschichte beweist, daß wir mit nur ein paar hundert Mann erfolgreiche Revolutionen machen. Wie José Marti einmal gesagt hat: ›Freiheit ... das Wesen des Lebens. Alles, was ohne sie getan wird, ist unvollkommen.‹«

»Hört, hört«, sagte ich, während der Rum mein Gehirn benebelte.

»Auf Ihre amerikanische Demokratie«, rief er, hob sein Glas und trank aus. Ich folgte seinem Beispiel.

»Ja«, setzte Toto hinzu, »Ihre amerikanische Demokratie mag versuchen, unsere kubanische Demokratie zu verstehen, aber sie kann es nicht. Denn Ihre beruht auf der Gleichheit der Stimmen. Aber in der unseren zählt auch die Intensität unserer Gefühle. Wenn ein Mann ein größeres Verlangen danach hat, die Geschichte zu verändern, als ein anderer Mann, sollte seine

Stimme mehr zählen. So stimmen wir in Kuba ab. Mit unseren Gefühlen! Geben Sie mir das Geld, und Sie werden eine kubanische Demokratie haben. Ihr Geld, unser Blut.«
»Das ist eine großartige Prämisse«, sagte ich. »In meinem Land sind das Themen für Schulaufsätze an der Highschool.«
»Sie sind so jung«, sagte Toto mißbilligend, »daß Sie mein Sohn sein könnten. Aber weil Sie für diesen wohlhabenden Amerikaner arbeiten, verhöhnen Sie mich. Ich aber brauche immer noch Ihr Geld, um Waffen kaufen zu können, also werde ich mich darum bemühen, daß Sie mein Land besser verstehen lernen. Kuba ist ein Land mit einer Monokultur. Manche sagen, wir hätten zwei Erzeugnisse und sprechen von unserem Tabak, aber in Wirklichkeit leben wir nur vom Zucker. Das ist alles, was wir zu unserem Vorteil kultivieren. Da der Zuckerpreis auf dem Weltmarkt ständig schwankt, haben wir unser Schicksal niemals selbst in der Hand gehabt. Unser Zucker ist in diesem Jahrhundert schon für einen Penny und auch schon für zwanzig Cent das Pfund verkauft worden. Das ist wie ein Roulette.« Er seufzte und legte seine schwere Hand auf meinen Unterarm. »Wirtschaftlich gesehen sind wir der Schwanz, mit dem die anderen Völker wackeln. Deshalb liegt uns auch ganz besonders viel daran, unser Schicksal selbst in die Hand zu nehmen. Wir sind wie Glücksspieler. Wir vertrauen unseren Gefühlen.«
Allmählich verbesserte sich meine Situation. Ich weiß nicht, ob es von den Getränken kam, aber ich konnte seinem Spanisch folgen, und er erging sich wortgewaltig in den Unterschieden zwischen unserer und der kubanischen Politik. »Der Preis, den ein amerikanischer Politiker für einen Mißerfolg zahlt«, so versicherte er mir jetzt, »ist dessen persönliche Demütigung. Ihr Volk mißt seinen Wert an seinem Ego. Wenn ein Amerikaner in der Politik verliert, bekommt sein Ego ein Loch. Aber in Kuba kann eine politische Niederlage den Tod bedeuten. Die Ermordung ist für uns eine der grundsätzlichen Formen der Ablehnung, verstehen Sie? Ein interessanter Unterschied.«
»Ich bin ganz Ihrer Meinung.«
»Fidel ist ein guter Kerl, wenn Sie ihm begegnen, verstehen Sie?« fragte er.
»Aha.«
»Und er ist aus einem ganz einfachen Grund der Führer Kubas.

Cajones. Sie finden keinen Mann mit mehr männlicher Ausstrahlung.«

»Warum hassen Sie ihn dann?«

»Ich hasse ihn nicht. Ich erkenne ihn nur nicht an. Als ich in den dreißiger Jahren studierte, unterstützte ich Ramón Grau San Martin. Das war für Ramón durchaus wertvoll. Ich galt als der härteste Bursche meines Jahrgangs, und an der Universität von Havanna war nicht die Intelligenz der Maßstab, sondern die *Cajones*, die Eier. Wir waren die härtesten Studenten der Welt. An der Universität von Havanna galt nur der etwas, der eine Waffe trug. Ich war die Nummer eins meines Jahrgangs, und ich setzte all meinen Ehrgeiz darein, unseren korrupten und kompromittierten Präsidenten aus dem Weg zu räumen, einen Mann namens Machado. Ich hätte es getan, aber unser politischer Führer, Ramón Grau San Martin, hatte nicht die *Cajones*. Als er mir sagte, daß er ein solches Vorhaben nicht unterstützen würde, habe ich mit bloßen Händen seinen Schreibtisch zertrümmert. Roberto, ich habe ihn hochgehoben und so heftig zu Boden geschmettert, daß er auseinanderbrach. Man hat mich damals geachtet. Doch Fidel war zu seiner Zeit ebenso geachtet.« Toto machte eine kleine Pause, ehe er fortfuhr. »Ich erinnere mich, daß er sich eines Tages Ende der vierziger Jahre spontan mit einem anderen Studenten auf eine völlig verrückte Mutprobe einließ. Dabei mußte man mit dem Motorrad gegen eine Mauer rasen. Mit ziemlich hoher Geschwindigkeit. Keiner von den anderen Studentenführern brachte das fertig. Im letzten Augenblick wichen sie zur Seite aus. Fidel dagegen donnerte voll gegen die Mauer. Dann brachten ihn seine Freunde ins Krankenhaus. Er kam eine Stunde später mit einem Verband um den Kopf und einer gebrochenen Nase wieder zurück und hielt eine Rede.«

»Warum erkennen Sie ihn nicht an?«

»Er ist verantwortungslos. Er hätte Bandit werden sollen wie Ihr Raufbold im Wilden Westen, Billy the Kid. Er gehört zu den Kerlen, die nie umkehren. Je größer die Gefahr ist, um so wohler fühlt er sich. Obwohl der Kommunismus eigentlich nicht seinem Temperament entspricht, reagiert er darauf, weil der Kommunismus sagt: Der Wille des Volks ist verkörpert im Willen des Führers. Das ist die einzige Rolle, die groß genug ist für Fidels Willen. Also nimmt er den Kommunismus in Kauf. Folglich ist er auch die schlimmste Art von Führer für Kuba.«

»Wer wäre die beste Art von Führer?«
»Oh, Chico, ich würde sagen, es muß ein weiser Mann sein, ein Demokrat mit Respekt für die ewige kubanische Balance. Dieses Gleichgewicht findet man in meinem Land irgendwo zwischen Mitleid und Korruption.«
»Toto, das paßt wirklich auf Sie.«
»Ich nehme das nicht als Beleidigung. Verständnis für vernünftige Formen von Korruption ist genau das, was Fidel fehlt. Und Guevara ist noch schlimmer. Sie begreifen beide nicht die fließende Natur der Korruption.«
»Fließend? Wieso fließend?«
»Ja, wie ein Fluß! Hören Sie mir zu! Ich bin gegen gieriges Ausplündern. Exzessive Habgier sollte nicht belohnt werden. Aber sympathische Korruption – das ist eine andere Sache. Verantwortliche Positionen müssen auf Geschenke reagieren können. Ein bescheidener Strom hilft den Schmutz wegschwemmen und erhellt zugleich die Verführung des Lichts. Fidel ist ein Mann, der den Wert der Korruption nicht verstehen kann. Er ist zu finster in seinem Herzen. Deshalb unterlaufen ihm so viele Fehlurteile. Ich könnte Namen Ihrer amerikanischen Gangsterorganisationen nennen.« Er hielt inne.
»Gangster?«
»Ja. Männer Ihrer Banden. Sehr große Figuren. Sie verzeihen Castro nicht, daß er ihnen ihre Spielkasinos weggenommen hat. Ein kapitaler Fehler. Fidel hat den Zorn dieser Leute erregt, und man schneidet solche Männer nicht von ihren Einkommensquellen ab, wenn man nicht bereit und fähig ist, sie zu töten.«
Wir hatten über zwei Stunden lang gegessen und getrunken. Sein Gesicht war gerötet, und sein Atem rasselte. Jedesmal, wenn er seine Zigarre paffte, brodelte es beängstigend in seinem Brustkorb. Er sprach immer noch. Die Kellner standen an der Rückwand des Raums. Es war spät, aber Barbaro rief sie herbei, um noch einen *Golpe* zu bestellen. Mir wurde allmählich unbehaglicher zumute, obwohl es dafür eigentlich keinen Grund gab.
»Wir Kubaner behaupten gern, daß das Wasser des Hafens von Havanna am Abend alle Farben eines Pfauenschwanzes aufweist. Sie können sich den Anblick nicht vorstellen, wenn Sie diese Buntheit nicht gesehen haben. Hier, in Ihrer Biscayne Bay, gibt es zwar Andeutungen dieser tropischen Pracht, aber ihr Wasser

schaut nach dem Osten. So weist es nicht den abendlichen Zauber unseres kubanischen Universums auf. Diese Farben! Diese Enthüllung himmlischer und teuflischer Lichter! In Havanna sehen wir im Meer des Hafens die Reflexion all unserer Gefühlstöne. Wir werden uns dessen bewußt, was edel ist an unserer Existenz und was besudelt, wir sehen das Prächtige, das Leuchtende, das Schmutzige, das Verräterische. Wir blicken in die Farben des Hasses.« Er stand abrupt auf und sagte: »Es hat mich schon wieder beim Wickel«, und während ich noch etwas überrascht zu ihm hochsah, denn ich hatte eigentlich auf eine Fortsetzung seiner Rede gewartet, tastete er hastig nach seiner Pillenschachtel. Doch obwohl es daraus in all den geschilderten Farben der abendlichen Gewässer schillerte, fand er nicht, was er suchte. Er beschrieb mit der Hand einen Kreis, um anzuzeigen, daß er die Mahlzeit und den Abend für beendet ansah und daß ich dem Kellner das Geld für die Zeche auf den Teller legen sollte. »Raus hier«, stammelte er.

Schwankenden Ganges und trotzdem gebieterischer denn je nahm er meinen Arm, als führte er eher mich, als daß er sich auf mich stützte. Wir verließen das Restaurant in einer beherrschten Gangart und bewegten uns auf meinen Wagen zu, der sich in Anbetracht der fortgeschrittenen Stunde allein auf dem Parkplatz befand.

»Fahren Sie mich zu meinem Hotel.«

Er wohnte in einem *Motor court* nicht weit von meinem. Während ich fuhr, rechnete ich jeden Augenblick damit, daß er zusammenbrechen würde. Als ich an einer Verkehrsampel hielt, winkte er mir weiterzufahren.

»Sie haben einen Herzanfall?« fragte ich.

»Si.«

»Fahren wir in ein Krankenhaus.«

»Zu weit.« Er hustete. »Meine Medizin genügt.«

Bevor wir sein Zimmer erreichten, war er so naßgeschwitzt wie ein überstrapaziertes Pferd. Offenbar litt er große Schmerzen, denn als wäre ich sein Bruder, rief er aus: *»Aiiiiihh, hermano!«* und schlug mit der Stirn gegen meine Schulter.

In seinem Zimmer brach er auf dem Bett zusammen, hielt Daumen und Zeigefinger hoch, um mir zu zeigen, wie groß das Fläschchen war – es war wirklich klein – und ächzte: *»Nitroglycerina.«*

Ich fürchtete, die Medizin im Durcheinander seines Schränkchens nicht zu finden, doch zum Glück fiel mir das Nitroglyzerin-Etikett sofort ins Auge. Das Fläschchen stand neben sechs weiteren Arzneien in Reih und Glied auf einem kleinen Glasbord wie eine Schachfigur in der letzten Reihe.

Ich konnte nicht fassen, was als nächstes geschah. Er legte zwei kleine weiße Pillen unter die Zunge, entschuldigte sich, schloß die Tür zum Badezimmer und kam, nachdem er sich erbrochen und auf andere Weise erleichtert hatte, hinreichend erholt wieder heraus, um eine Flasche *Anejo* anzubrechen und auf einem weiterem *Golpe* zu bestehen. Dabei nahm er den ersten Drink zusammen mit einer weiteren Nitroglyzerinpille.

»An einem solchen Tag werde ich an einem Herzanfall sterben«, sagte er mir. »Und es wird der Lohn für meine Völlerei sein. Diese Völlerei, Chico, ist offensichtlich mein Ersatz für die Habgier« – *voracidad prodigiosa* nannte er es –, »der mich hinzugeben ich als Senatspräsident zu ehrenhaft gewesen bin.«

»*Olé*«, sagte ich und hob mein Glas.

»An einem solchen Tag«, wiederholte er, »werde ich an einem Herzanfall sterben. Wenn ich es tue, werden Sie eine Autopsie verlangen.«

»Warum?«

»Um festzustellen, ob man mich vergiftet hat.«

Ich versuchte höflich zu lächeln. Ich hörte in mir den alten Hubbardschen Familien-Imperativ: Reagiere niemals zu schnell auf eine extravagante Behauptung. »Nun«, antwortete ich, »könnten Sie sich etwas genauer ausdrücken?«

»Ich werde an einem Herzanfall sterben«, stellte er noch einmal fest. »Durch eine Autopsie kann man feststellen, ob er auf chemischem Wege ausgelöst worden ist oder nicht.«

Ich seufzte. Unter diesen Umständen mag es ein unpassendes Geräusch gewesen sein, das ich da hervorbrachte, aber ich wollte keinen Eid auf mich nehmen, den ich vielleicht nicht halten konnte oder wollte. »Nur die Polizei«, erklärte ich ihm, »oder Ihre Angehörigen, Toto, können eine solche Autopsie verlangen. Ich passe in keine der beiden Kategorien.«

»In diesem Augenblick sind Sie mir physisch näher als mein eigener Sohn. Und Sie stehen mit Sicherheit über der Polizei. Sie können ihr sogar Weisungen erteilen.«

»Ich kann nicht mal ein Strafmandat aus der Welt schaffen.«

»Chico, Sie brauchen mir gegenüber niemals zuzugeben, daß Sie beim CIA sind, aber bitte fühlen Sie sich nicht verpflichtet zu dementieren. Ich werde Sie nicht mehr als unbedingt nötig in Verlegenheit bringen. Eines aber ist sehr wichtig. Eine Nachricht muß nach oben geschickt werden.« Er streckte einen Finger aus und zeigte nach oben. »Zu Ihrem Vater«, sagte er, und einen Augenblick lang dachte ich, er spräche von unser aller Vater, aber dann fügte er mit seltsam verzerrten Lippen hinzu: »Zu unserem Vater, der *Ihr* Vater ist.«
»Sie kennen ihn nicht einmal«, sagte ich.
»Ich weiß von seiner Position. Es ist wichtig, daß Ihr Vater und ich miteinander reden.«
Nun wußte ich endlich, warum Faustino Barbaro meine Gesellschaft suchte. Obwohl ich nicht behaupten konnte, daß mir Toto sehr nahe stand, kam ich mir trotzdem betrogen vor.
»Ich werde nicht versuchen, mit meinem Vater Kontakt aufzunehmen, bevor ich nicht mehr weiß.«
»Es geht um sein Wohlergehen.«
»Wie wollen Sie etwas für das Wohlergehen meines Vaters tun?«
»Zwei Männer haben mich angesprochen. Schlechte Kerle. Sie behaupten, sie arbeiteten für ihn.«
»Wer sind *sie*?«
Eine unangenehme Ausdünstung ging von ihm aus, und mir war, als könnte ich seine Angst förmlich riechen. »*Sie* haben ihren Besitz verloren.«
»Arme Leute? Kubaner?«
»Nein. Amerikaner. Reiche Amerikaner.« Er sah unglücklich aus. »Denken Sie nach! Es ist recht naheliegend.«
»Castro hat ihnen ihre Kasinos weggenommen?« fragte ich.
Er nickte kaum merklich.
»Lassen Sie mich folgendes klarstellen«, sagte ich. »Die Gruppe, die ich vertrete, hat Kontakte mit vielen Leuten. Ich sehe nichts Ungewöhnliches in dem, was Sie mir mitteilen.«
»Das«, sagte er, »kommt daher, daß Sie das Äußerste nicht in Erwägung ziehen, das daraus folgen kann. *El último*, Chico.«
In diesem Augenblick wurde meine Angst so groß, als käme ein Krankenwagen mit heulender Sirene um die Ecke gerast. Erstmals kam es mir in den Sinn, daß Faustino Barbaros Zimmer sicher mit Wanzen gespickt war. Dieses Gespräch konnte eine Falle sein.

»Ich versichere Ihnen«, sagte ich, »daß mein Vater in keiner Weise mit einem solchen Vorhaben etwas zu tun haben kann, und deshalb ist es unsinnig, weiter darüber zu sprechen.«
Ich weiß nicht, wieso meine Feststellung nicht glaubwürdig wirkte. Ich brachte sie klar und deutlich heraus, und in meinen Ohren klang sie überraschend authentisch. Aber Barbaro lehnte sich in seinem Sessel zurück, zeigte mit schlaffem Finger auf eine der Lampen, als ob er sagen wollte: »Wer weiß, wo *sie* ihre Wanzen installiert haben?« und ließ eine schamlose Geste folgen. »In diesem Fall, Chico«, sagte er, »rufst du deinen Vater eben nicht an.« Dabei sah er so zufrieden aus, als wüßte er die ganze Zeit, daß ich es dennoch tun würde, auch wenn mir überhaupt nicht wohl dabei war.
In dieser Nacht schlief ich tief und traumlos. Nur fünf Minuten nach meiner Rückkehr ins Royal-Palms-Hotel sorgte der Alkohol in Verbindung mit den Ereignissen des Abends für den Knockout.

14

Als ich aufwachte, fühlte ich mich erbärmlich und litt noch unter meinem Kater, als Harlots Antwort auf meine Nachricht vom Vortag um 10 Uhr 32 über die offene Leitung hereinkam. Ob Kater oder nicht, es war jedenfalls gut, daß ich da war, um sie persönlich in Empfang zu nehmen.

SERIE: J/38.761.709
ROUTE: LEITUNG/ZENITH – OFFEN
AN: ROBERT CHARLES — 10 Uhr 29, 24. Juli 1960
VON: GALILEO
THEMA: BABYLON-BASAR

Gestatte mir die Bemerkung: Deine Babylonier sind mir so fremd wie Kwakiutl-Insulaner. Vielzahl oraler Geschenke, die Suchtverhalten bewirkt? Ich habe das Orale immer unter das Verbale subsumiert. Meine Erfahrung besagt, daß verantwortungsbewußte Leute sich nur eine Abweichung vom Wege der Zeugung gestatten, nämlich die uralte Praktik des Analverkehrs. So läßt sich durch vorübergehende Verschmutzung gedankliche Kraft gewinnen. (Alte agrikulturelle Gleichung.) Offensichtlich bewohnen Deine Babylonier eine andere tierra. Für mich ist ein orales Geschenk immer ein Erdbeereisbecher gewesen. Erhalte diese ansonsten fruchtbare Zusammenarbeit aufrecht. Laß alles hoch in den Betten hergehen. Werden sie Prunkbett für Miss Betthupfer aufstellen, wenn Fältchenauge großes weißes Herrenhaus betritt?

GALILEO

Ich saß eine volle halbe Stunde an meinem Schreibtisch und fand nicht die Kraft, mich zu bewegen. Aus dem Nebel meines Gehirns stieg ein Bild auf, das nicht mehr weichen wollte. Kittredge auf den Knien hingekauert vor der priapischen gedanklichen Kraft von Hugh Montague. Ich wußte nicht, ob ich wütend sein, mir über Hughs Geisteszustand Sorgen machen oder mich geschmeichelt fühlen sollte, daß mein Agentenführer sich mir gegenüber zu dem herabgelassen hatte, was er unter einem Witz verstand.

Vor mir lagen noch ein voller Arbeitstag und abends die Fortsetzung von HEEDLESS. Ich entschloß mich, Harlots Botschaft zu ignorieren. Man mußte mit dem Gedanken leben, daß er nun auf einer fernliegenden Wippe herumbalancierte, ja, Hugh Montague, mein Führer zu Seelenstärke, Geist, Christus, Gnade, Hingabe, der Meister der seltenen Kunst der geheimdienstlichen Tätigkeit, war auch ein priapischer Bock!

Außerdem erfüllte mich eine maßlose Wut über Modenes sexuelle Zügellosigkeit. Wie armselig kam mir demgegenüber meine eigene Vergangenheit vor. Was hatte ich schon aufzuweisen außer den armseligen Huren von Montevideo und einer schmutzigen Affaire mit Sally Porringer. Modenes Beschreibung von Sinatra – »sanft, aktiv, urig« – verwundete mich wie der Stich eines Stiletts und in mir bohrte eine Frage, die ich mir selbst kaum zu stellen wagte: Konnte ich als Liebhaber gegen diese Konkurrenz bestehen? Die Antwort mußte lauten: Unwahrscheinlich! Nicht mit den Hubbardschen Hemmungen.

In den folgenden Minuten gab ich mich einer bewährten Übung hin, um meine Konzentration wiederherzustellen. Ich beschrieb mir selbst meine unmittelbare Umgebung: Die Wände unseres

Büros waren weiß, grauweiß, gelb oder blaßgrün. Die Einrichtung bestand aus kanonenbootgrauem Blechmobiliar. Die Schreibtischsessel waren weiß, braun, grau oder schwarz, verfügten über Sitzkissen und ließen sich drehen. Der Besuchersessel war aus Plastik: gelb, rot, orange oder schwarz, der Fußboden mit grauem Linoleum, bisweilen auch grauem oder braunem Teppichbelag ausgelegt. Die Möglichkeit, Fotos anzubringen, war inoffiziell beschränkt. Jedenfalls hätte ich einen guten Schnappschuß von Modene gewiß nicht auf meinen Schreibtisch gestellt. Ein solches Bild wäre auffälliger als eine Ketchupflasche gewesen. Statt dessen hing an der einen Wand eine Landkarte von Südflorida und an der gegenüberliegenden eine von Kuba, dazwischen ein Kalender mit Fotos von zwölf Häfen in Maine. Ich hatte einen dunkelgrünen Papierkorb, einen kleinen Beistelltisch aus Eichenholz mit einem Aschenbecher darauf, einen Spiegel in der Nähe der Tür, ein Buchregal aus Metall mit vier Fächern und einen kleinen gußeisernen Safe. Neben einer Neonröhre an der Decke sorgte eine Schreibtischlampe für die nötige Beleuchtung. Bei Zenith arbeiteten wir in einem Großraumbüro, einem Saal mit einer hohen Decke, in dem sich achtzig solcher Arbeitsplätze befanden.

Manchmal glaubte ich zu begreifen, daß diese triste Einrichtung dazu dienen sollte, die geistige Arbeitsdisziplin auch noch in Situationen aufrechtzuerhalten, in denen man den Verstand zu verlieren drohte. Meine grauen Stellwände sahen mich an wie eine bleiche Schultafel, auf der man die Schrift gelöscht hatte. Ich machte mich wieder an die Arbeit. Erst gegen Abend sandte ich meine Antwort an Montague ab.

SERIE: J/38.762.554
ROUTE: LEITUNG/GHOUL – SPEZIALANSCHLUSS
AN: GHOUL-A
VON: FIELD 23 Uhr 41, 12. Juli 1960
THEMA: HEEDLESS

Deiner Reaktionen bewußt, werde ich versuchen, mich kürzer zu fassen.

Am 4., 5., 8., 11. und 14. März finden Telefongespräche von IOTA mit BLAUBART aus Concord, New Hampshire, Harrisburg, Penn-

sylvania, Indianapolis und Detroit statt. Buketts zu je achtzehn langstieligen Rosen werden jeden Tag angeliefert. Die Gespräche sind herzlich und handeln vom nächsten Zusammentreffen.
Am 17. März allerdings ist der Ton ein anderer. Ein Anruf von IOTA bei BLAUBART wird im Willard Hotel in Washington empfangen. Die Aufnahme ist leider lückenhaft.

IOTA: Hat Frank dich angerufen?
BLAUBART: In letzter Zeit nicht.
IOTA: Ich habe dich gestern abend in Miami Beach zu erreichen versucht.
BLAUBART: Wie schade. Ich war zufällig aus.
IOTA: Ich hoffe in netter Gesellschaft.
BLAUBART: Ach, nur mit einer Kollegin.
IOTA: (unverständlich)
BLAUBART: (unverständlich)
IOTA: (unverständlich)
BLAUBART: (unverständlich)
IOTA: Ja, natürlich. Warum solltest du denn nicht zur Premiere von Franks Show im Fontainebleau gehen?
BLAUBART: Ich habe mich darauf gefreut.
IOTA: Wie lange wird Frank in Miami bleiben?
BLAUBART: Zehn Tage.
IOTA: Das ist ja eine gute Gelegenheit, dich mit ihm zu treffen.
BLAUBART: (unverständlich)
IOTA: Ich möchte dich am 26. im Waldorf treffen. Kannst du deinen Flugplan dementsprechend einrichten?
BLAUBART: Natürlich. Aber ...
IOTA: Ja?
BLAUBART: Es ist noch lange hin.
IOTA: (unverständlich)
Der Rest ist unverständlich. (17. März 1960)

Vom 18. zum 31. März, während Sinatra im Fontainebleau auftritt, fliegt BLAUBART viermal von Miami nach Washington und zurück. Wenn sie nicht arbeitet, wohnt sie im Fontainebleau. Aus dieser Zeit sind keine Abschriften von Telefongesprächen mit dem Kandidaten vorhanden, aber wir erfahren aus dem Gespräch von BLAUBART mit AURAL am 31. März, daß STONEHENGE bald nach

BLAUBARTS Ankunft einen (Exterminator genannten) Mann zu ihr aufs Zimmer geschickt hat, der ihr Telefon zerlegt und wieder zusammengesetzt hat. Von BLAUBART dazu befragt, erwidert STONEHENGE: »Ich werde vorsichtig auf meine alten Tage.« Wir können annehmen, daß eine Wanze der Buddhisten im Telefon gefunden und entfernt worden ist. Das würde auch das Fehlen von Transkripten der Gespräche zwischen BLAUBART und IOTA in der Zeit von 18. bis zum 31. März erklären.
Trotzdem besitzen wir zwei Telefongespräche (vom 21. und 31. März) zwischen BLAUBART und AURAL. Vermutlich haben Buddhas Leute nun eine andere Abhöranlage in AURALS Wohnung in Charlevoix, Michigan, installiert. Ein Teil ihrer Unterhaltung vom 21. März lohnt eine nähere Betrachtung.

MODENE: Ich weiß vorher nie, ob ich Dr. Jekyll oder Mr. Hyde begegne, wenn ich mich mit Frank treffe, aber wenn er sich dazu entschließt, nett zu sein, kann man wirklich sagen: Die Sterne fallen auf Alabama. Ich muß sagen, daß ich es nach dem wochenlangen Versteckspiel wegen Jack richtig genieße, wieder einmal im Rampenlicht zu stehen. Ich bete Jack an, aber Frank ist, wenn er auf der Bühne steht, ein ganz anderer Mensch. Es ist überwältigend. Während der Dinner-Show saß ich an einem Tisch mit ein paar von seinen Freunden, und aller Augen waren auf ihn gerichtet.
WILLIE: Wer saß mit dir am Tisch?
MODENE: Ach, Dean Martin und Desi Arnaz sind die, die du kennst. Aber wen interessiert das schon? Alle sahen sie zu Frank hinauf. Er schnippt den Takt mit den Fingern, und ein Höllenlärm bricht los. Alle Ehefrauen im Publikum wären bereit gewesen, mit ihm durchzubrennen. Und während er seine Liebessongs singt, sind es die Ehemänner, die zu weinen anfangen.
WILLIE: Was hat er gesungen?
MODENE: Ich kann's nicht alles aufzählen. »Love Letters in the Sand«, »Maria«, »How Deep Is the Ocean«, »Just in Time«. Es hätte nicht besser sein können. Am Schluß sang er: »He's Got the Whole World in His Hands«.
WILLIE: Hast du wieder mit Frank angefangen?
MODENE: Miss Allwissend, zufällig irrst du dich. Er ist momentan verrückt nach Juliet Prowse. Sie ist dauernd bei ihm.

WILLIE: Das wird ihn kaum davon abhalten, euch wenn möglich gleichzeitig zu vernaschen. (21. März)

An diesem Punkt legt Modene plötzlich auf. Es gibt noch ein Transkript, das eine Minute später datiert ist: Willie ruft im Fontainebleau an. Am Empfang teilt man ihr mit, daß Miss Murphy keine Anrufe entgegenzunehmen wünsche.
Das ist alles, was wir haben, bis es am 31. März zu einem langen, von Modene initiierten Gespräch mit Willie kommt. Vieles davon verdient es meiner Ansicht nach, hier aufgeführt zu werden.

WILLIE: Wo ist der Kandidat dieser Tage?
MODENE: Weg. Beim Wahlkampf.
WILLIE: Hast du ihn nicht in New York getroffen?
MODENE: Nein.
WILLIE: Ich dachte, du wärst mit ihm am 26. März verabredet gewesen.
MODENE: Aber ich habe mich nicht mit ihm getroffen.
WILLIE: Hat er dich versetzt?
MODENE: Ich habe das Flugzeug verpaßt.
WILLIE: Was hast du?
MODENE: Ich habe das Flugzeug verpaßt.
WILLIE: Was hat er gesagt?
MODENE: Er hat mich nach dem Grund gefragt, und ich habe ihm nur gesagt: »Es kommt eben gelegentlich vor, daß ich ein Flugzeug verpasse. Ich muß wegen meines Jobs andauernd pünktlich sein, so daß ich mir privat die Freiheit nehme, Flugzeuge zu verpassen.«
WILLIE: Das war bestimmt das Ende eurer Beziehung.
MODENE: Überhaupt nicht. Jack und ich haben uns am Tag danach gesprochen, und wir werden uns nach der Primary am 5. April in Wisconsin, am 9. April in Washington treffen.
WILLIE: Dann war er nicht wütend.
MODENE: Er hat sich deswegen nicht aufgeregt. Aber ich glaube, er denkt genau wie du, daß ich wieder mit Frank angefangen habe. Manchmal frage ich mich, ob er sich vielleicht nur deshalb für mich interessiert hat, weil er ausprobieren wollte, ob es ihm gelingt, Frank ein Mädchen auszuspannen.
WILLIE: Worauf willst du schwören, daß du nicht zu Frank zurückgekehrt bist?

MODENE: Es ist die Wahrheit.
(Schweigen)
WILLIE: Was hast du am Abend bei der Abschiedsparty für Frank im Fontainebleau getragen?
MODENE: Ein türkisblaues Abendkleid.
WILLIE: Oh, mein Gott, mit deinem schwarzen Haar! Du mußt umwerfend ausgesehen haben. Ich sehe deine grünen Augen förmlich vor mir und den Kontrast, den sie zu dem Türkisblau abgeben.
MODENE: Ich habe auch lange überlegt.
WILLIE: Ich beneide dich so. Hast du bei der Party wieder interessante Leute kennengelernt?
MODENE: Frank hat mich einem Mann namens Sam Flood vorgestellt, der ungeheuer selbstsicher wirkte. Alle an seinem Tisch waren äußerst ehrerbietig ihm gegenüber. Mir hat der Tisch gefallen, denn die Männer um ihn herum sahen alle aus, als ob sie in einem Musical aufträten.
WILLIE: Waren sie so hübsch?
MODENE: Nein. Ich meine ein Musical wie *Guys and Dolls*. Einer von ihnen muß knapp zwei Meter groß gewesen sein und wog bestimmt hundertfünfzig Kilo. Ein anderer mit einer widerlichen Visage war kleiner als ein Jockey. Der Rest lag irgendwo dazwischen. Aber von dem Augenblick an, da Sam Flood mich an seine Seite bat, wagten die anderen kaum mehr von ihren Tellern aufzublicken. Dann kam der ganze Clan spontan zu unserem Tisch herüber. Alle drängten sich danach, diesen Mann, Sam Flood, zu begrüßen. Er war wie ein König. Manchmal machte er sich nicht einmal die Mühe, einen Gruß zu erwidern. Sammy Davis junior kam mit einem breiten Lächeln, und Sam Flood winkte ihm mit dem Handrücken zu gehen. Sammy ergriff einfach die Flucht. »Wissen Sie nicht, wer das ist?« fragte ich Mr. Flood. »Ich weiß schon«, antwortete er, »wer *das* ist. *Das* ist die Pik-Zwei. Vergiß ihn.«
WILLIE: Wie sieht dieser Sam Flood denn aus?
MODENE: Mittelgroß, beinahe häßlich, aber irgendwie attraktiv. Er ist gut angezogen und braungebrannt. Er wirkt sehr männlich, wenn auch auf eine stille Art und Weise. Er könnte zum Beispiel Präsident von General Motors sein.
WILLIE: Ha, ha.
MODENE: Wenn Frank einen Raum betritt, springen alle auf. Aber

Sam ist wie der Papst. Ich will sagen: Etwas sehr Ernstes geht von ihm aus. Er wirkt attraktiv und abstoßend zugleich.
WILLIE: Faszinierend.
MODENE: Genau.
WILLIE: Hat er sich mit dir verabredet?
MODENE: Er hat es versucht, und ich habe ihm erklärt, ich könnte nicht, weil ich um elf Uhr früh beruflich nach Washington fliegen müßte. Er sagte: »Ich lasse das ändern, Sie bekommen einen anderen Flug.« Ich sagte, ich würde mich brav nach dem Flugplan richten. Ich konnte ihm ja nicht gut erzählen, daß jetzt schon alle bei Eastern wegen meiner Privilegien auf mich wütend sind. Sam merkt sich alles. Er grinst gern, wenn er einen zu ködern versucht. »Modene«, sagte er, »ich fliege morgen zusammen mit Ihnen nach Washington.« »Oh«, entgegnete ich, »solche Verabredungen erlauben uns unsere Vorschriften nicht.«
WILLIE: Und wie hat er die Ablehnung aufgenommen?
MODENE: Er hat gesagt: »Man hat mir schon manch einen Korb gegeben, aber noch nie so einen netten.« Dann hat er über seinen eigenen Witz gelacht. Ich schwöre dir, Willie, dieser Sam Flood ist ein Gentleman, wenn auch ein ziemlich selbstgefälliger.
WILLIE: Danach hast du ihn nicht mehr gesehen?
MODENE: Das, fürchte ich, ist nur der Anfang. Als ich zwei Tage später nach Miami zurückkam, waren zwölf Dutzend gelbe Rosen in meinem Zimmer, sechs Dutzend für den Tag meiner Ankunft, sechs Dutzend für den Tag davor.
WILLIE: Sind gelbe Rosen nicht ein Symbol für Eifersucht?
MODENE: So ist es, und er drückt sich ziemlich unmißverständlich aus. Seither sind jeden Tag sechs Dutzend gelbe Rosen gekommen.
WILLIE: Glaubst du, daß Frank ihm von Jack erzählt hat?
MODENE: Genau das ist die Frage.
(31. März 1960)

Dein
FIELD

Ich kehrte nach der Arbeit ins Royal Palms zurück. Es war kurz vor Mitternacht, und ich hatte den schlimmsten Teil meines Katers überwunden, fing aber trotzdem an, über Giancana und seine gelben Rosen nachzugrübeln. Die riesige alte Klimaanlage lief wie ein Nilpferd, das sich träge aus dem Schlamm aufrappelt und sich sofort wieder grunzend niederlegt. Die Hitze vertrieb sie nicht. Schwitzend und fröstelnd zugleich döste ich vor mich hin und erwachte am Morgen mit einem unangenehmen Gefühl, denn jetzt mußte ich wohl meinen Vater anrufen.

15

Ein Teil des Problems war, daß ich nicht wußte, wie ich ihn erreichen sollte. Ich kannte weder seine Telefonnummer noch seinen Decknamen. Ich war aber sicher, daß er Richard Bissell direkt unterstellt war. Es gab in Quarters Eye gewiß nicht mehr als zwei oder drei Offiziere seines Ranges. Als ich dann später am Morgen zu Zenith kam, studierte ich den Stellenverteilungsplan unserer Organisation und fand auf der entsprechenden Ebene die Kryptonyme SPINE, GUITAR und HALIFAX.

Man sollte sich seinen Decknamen nicht nach dem Wohlklang wählen, aber mein Vater setzte sich zweifellos über dieses Gebot hinweg. Mit siebzehn Jahren hatte er eine Segelregatta für Junioren von Bar Habor nach Halifax (in Neuschottland) gewonnen und das war mir Bezug genug.

Innerhalb des geschlossenen Telefonsystems von Quarters Eye war es kein Problem, zu HALIFAX vorzudringen. Ich brauchte nur die entsprechende Durchwahl anzutippen, und schon antwortete mir die Sekretärin meines Vaters, Eleanor. Ich erkannte sie sogleich an der Stimme. Ich war ihr nur wenige Male begegnet – einer adretten, wenn auch etwas martialischen Jungfer, die in seinem Dienst gereift war und ihr Haar in einem strengen Knoten trug. Sie hatte ihn getreulich durch alle Stationen seiner Karriere – Wien, den Nahen und Fernen Osten, und soweit ich wußte, auch Honduras während der Guatemala-Operation – begleitet, und man munkelte, wie Kittredge mir einmal berichtet hatte, daß sie meines Vaters Mätresse sei.

Ich hatte mir Eleanor deshalb bei der nächsten Begegnung genauer angesehen. Sie war nicht besonders freundlich. Ihre Lippen waren verkniffen, und in ihren Augen glühte ein merkwürdiges Feuer. Diese Frau nahm Geheimnisse mit ins Grab. Als ich ihre Stimme in der Leitung hörte, fiel mir ein, daß ich nicht einmal wußte, ob Eleanor ihr richtiger Vorname oder vielleicht auch ein Deckname der Firma war.

»Guten Morgen, Eleanor«, sagte ich, »hier ist Robert Charles unten in HAWTHORNE. Wenn Sie es mit dem Verzeichnis von Quarters Eye vergleichen, werden Sie mir, denke ich, telefonischen Zugang zu HALIFAX gewähren.«

»Wir können uns das Verzeichnis sparen«, antwortete sie. »Ich weiß, wer Sie sind, Robert Charles.«

»Dann sparen wir Zeit.«

»Lieber Junge, denken Sie, ich laufe jedesmal, wenn eine neue Stimme von Zenith erklingt, den Korridor hinunter zur Schautafel? Es ist viel leichter, eure Namen auswendig zu lernen.«

Welch eine zweite Gattin, dachte ich.

»Nun«, fragte ich, »ist die Zielperson da?«

»Kommen Sie über die *offene*, die *vertrauliche* oder die *Suchleitung*? Sie müssen das spezifizieren, Robert«, erklärte sie mir mit unverhohlener Freude.

»Suchleitung!« Das war das abhörsichere Telefon.

»Er ruft Sie in einer Stunde zurück«, erklärte sie und hängte auf.

Währenddessen saß ich an meinem Schreibtisch und arbeitete Aktennotizen auf. Seit ich mit den Transkripten für Harlot angefangen hatte, war mein Schreibtisch bei Zenith zu einem Engpaß geworden, in dem sich die Notizen stauten. Gelegentlich lagen bis zu fünfzig Bogen vor mir, die der Bearbeitung harrten. Während ich die Hälfte davon nur abzuheften brauchte oder sogar wegwerfen konnte, duldeten manche keinen Aufschub. Wenn ich nach einem Tag im Rekrutierungsbüro an meinen Schreibtisch zurückkehrte, wußte ich nie, was noch alles auf mich wartete. Ich blätterte gerade in meinem Aktenberg herum, als der Summer ertönte und die Sekretärin unseres Großraumbüros mich ans abhörsichere Telefon rief.

Die Telefonkabine bei Zenith war ein Schwitzkasten. Die Suchleitung funktionierte nur bei geschlossener Tür, und dann war die Klimaanlage abgeschaltet. Wenn man lange genug telefonierte, wurde sie zur Sauna. »Robert Charles«, klang es aus dem Hörer. Ich glaubte, die laute, kräftige Stimme meines Vaters zu erkennen, aber durch den Scrambler-Descrambler, der die Töne zerhackte und wieder zusammenfügte, klang es wie aus einer Gruft. »Bist du der Typ, von dem Eleanor gesprochen hat?«

»Definitiv, zu Befehl, Sir.«

»Ha, ha. Hast du gedacht, ich wüßte nicht, wo du steckst?«

»Ich habe nichts anderes erwartet.«

»Eduardo hat mich unterrichtet. Mein Sohn, du wirst's vielleicht nicht glauben, aber ich wollte mit dir, wenn ich das nächste Mal da unten bin, ohnehin einen Kanten Brot kauen. Vielleicht brechen wir sogar einer Flasche den Hals.«

»Ich freue mich drauf.«

»Okay, was gibt's denn?«

Ich kannte ihn gut genug, um in drei Sekunden zur Sache zu kommen. »Hier heißt es«, sagte ich, »du hättest vor, ein gewisses großes Tier zu übermangeln.« Diesen familieninternen Begriff hatten wir einst in den Sommerferien geprägt, da in dieser Zeit regelmäßig eine große Anzahl von Feldhasen plattgefahren wurde.

»Ich möchte den Stümper«, sagte er, »der dir das erzählt hat, der Vergessenheit anheimfallen lassen.« Dieser Wortwechsel wiederum stammte direkt aus St. Matthew's. »Wir haben jedenfalls keine Wassersportfeste geplant.«

»Meine Quelle«, sagte ich, »ist von der Frente.«

»Mein Junge, dies ist ein sicheres Telefon. Würdest du mir verdammt noch mal sagen, von welchem dieser Windbeutel du das gehört hast.«

»Faustino Barbaro.«

»Der Gentleman ist mir ein Begriff. Ein Fettsack von einem Gib-mir-Gib-mir-Politiker.«

»Yessir.«

»Was hat er dir gesagt?«

»Daß er mit dir reden will.«

»Das wollen viele, unter anderem auch mein eigener Sohn. Aber ich rede nicht mit jedem.«

Es war niemals angenehm gewesen, den Zorn meines Vaters zu erregen. Trotzdem mußte ich meine Nachricht loswerden.

»Barbaro hat Beziehungen zum Mob«, sagte ich, »und behauptet, dort ginge das Gerücht, du hättest ihnen den Auftrag erteilt, Fidel Castro zu eliminieren.«

»Kein wahres Wort daran«, erwiderte er sofort. Dann folgte eine

Pause, und schließlich fragte er mich: »Seit wann lebst du mit diesem üblen Gerücht?«
»Ich habe es vorgestern nacht gehört. Wie du sehen kannst, habe ich es nicht für so glaubwürdig gehalten, daß ich sofort ans Telefon gerannt bin.«
»Nun, du solltest eigentlich wissen, daß das nicht mein Stil und auch nicht der von Mr. Dulles oder Mr. Bissell ist, sich um jeden Dreck zu kümmern.«
»Gewiß nicht.«
»Wer sind diese Burschen, von denen Barbaro gesprochen hat?«
»Er wollte mir keine Namen nennen, bestand aber darauf, daß er mit dir reden müsse.«
»Verdammt, ich werd's vielleicht doch nachprüfen müssen.« Er hustete. Er war wohl gerade im Begriff aufzulegen, als er sich erinnerte, daß ich schließlich sein Sohn war. »Hast du einen angenehmen Job erwischt?«
»Yessir.«
»Gehst hart ran?«
»Ich weiß, wie man arbeitet.«
»Das habe ich gehört. Hunt hat dir während der Zeit in Montevideo ein paar gute Noten gegeben – außer für diese KGB-Provokation, mit der dich irgendein Witzbold hereinzulegen versucht hat. Hunt hat sich darüber ganz schön aufgeregt.«
»Auch Howard Hunt ist nicht vollkommen.«
»Ha, ha. Wir werden uns ein bißchen früher sehen, als du denkst. Mach's gut!« sagte er und legte auf.

16

SERIE: J/38.767.859
ROUTE: LEITUNG/GHOUL-SPEZIALANSCHLUSS
AN: GHOUL-A
VON: FIELD 10 Uhr 54, 13. Juli 1960
THEMA: HEEDLESS

Der 12. April ist eine Goldgrube. In einem langen Gespräch erzählt BLAUBART AURAL von einem Treffen mit IOTA am 8. April, einem darauf folgenden Besuch bei RAPUNZEL in Chicago am 9. und 10. April, ihrer Rückkehr nach Miami am 11. April in Gesellschaft von Rapunzel und einem weiteren Rendezvouz mit IOTA im Fontainebleau am gleichen Tag. Während BLAUBART keine direkte Begegnung zwischen IOTA und RAPUNZEL erwähnt, kann ein solches Treffen sehr gut ohne ihr Wissen stattgefunden haben: RAPUNZEL ist in der Tat am 11. April in Fontainebleau eingetroffen.

Auf die Gefahr hin, deine Geduld übermäßig zu strapazieren, habe ich hier viel von dem aufgenommen, was man als nebensächliche Details bezeichnen könnte. Aber ich finde sie einfach faszinierend.

Transkript vom 12. April:

MODENE: Jack hat gerade die Primary in Wisconsin gewonnen, also dachte ich, er wäre gut aufgelegt, aber er war sehr ernst, als ich bei ihm zu Hause eintraf.

WILLIE: Er hat dich zu sich nach Haus eingeladen? Oh, mein Gott, was dieser Mann riskiert. Wo war seine Frau?

MODENE: Na ja, sie ist oben in Cape Cod, also ist er allein in Washington. Ich hatte sehr das Gefühl, daß ich nicht die erste Frau bin, die er zu einem kleinen Abendessen eingeladen hat.

WILLIE: Wie sieht sein Haus aus?

MODENE: Es liegt in Georgetown, an der N Street – N Street 3307.

WILLIE: Ich kenne Georgetown, aber ich kann mir das Viertel gerade nicht vorstellen.

MODENE: Hohe, schmale Häuser, die sich weit nach hinten erstrekken. Ich war überrascht, wie klein die Zimmer sind.

WILLIE: War es nicht luxuriös ausgestattet?

MODENE: Na ja, die Couchen und Sessel sind sehr weich gepolstert. Für meinen Geschmack ist alles zu vollgestellt. Es ist nicht sein Stil, würde ich sagen, sondern der ihre.

WILLIE: Ha, ha.

MODENE: Es stehen und hängen genug Fotos von ihr herum, um sich ein Bild von der Dame zu machen. So eine Art hypernervöse Aristokratin. Auf mich wirkt sie sehr steif. Jemand, der sich nicht auf den Topf setzt, wenn die Brille nicht aus Mahagoni ist.

WILLIE: Was für Antiquitäten hat sie?

MODENE: Wirklich erlesene Stücke. Französisch. Klein und elegant.

Müssen ein Vermögen gekostet haben. Ich glaube, es macht ihr Spaß, das Geld ihres Schwiegervaters auszugeben.
WILLIE: Würde es dir keinen Spaß machen?
MODENE: Ich habe noch nicht darüber nachgedacht.
WILLIE: Und was habt ihr gegessen?
MODENE: Ich muß dir sagen, das war eine große Enttäuschung. Jackie Kennedy pflegt vielleicht die feine französische Küche, aber wenn sie nicht da ist, fällt ihr Mann in seine alten Gewohnheiten zurück: Irischer Fraß! Fleisch und Kartoffeln.
WILLIE: Wie schade.
MODENE: Mir war es gleich. Mir war ohnehin nicht nach Essen zumute. Wir waren zu dritt beim Dinner. Es war noch ein großer, dicker, trauriger Bursche namens Bill da, ein politischer Troubleshooter, nehme ich an, und er und Jack diskutierten beim Essen die Aussichten in West Virginia. Die Bevölkerung ist zu 95 Prozent protestantisch, und Bill wiederholte immer wieder: »Humphrey ist es gelungen, die Leute zu überzeugen, daß Sie reich sind und daß er arm ist so wie sie.« »All right«, sagte Jack. »Und was schlagen Sie vor?« »Einen altmodischen Grabenkrieg. Gehen Sie ran an die Leute, Jack. Schmeißen Sie sich ran, je dreckiger, desto besser. Kassieren Sie ein.« Jack fing an zu lachen. Ich merkte, daß er nicht sehr viel von diesem Burschen hielt. »Ich weiß schon, Bill«, sagte er. Und wie er's sagte, Willie, das zeigte mir, daß er ein zäher Kerl ist. Ich spürte sein Selbstvertrauen.
WILLIE: Hast du ein Glück, so einen Mann zu kennen!
MODENE: Als Bill weg war, nahmen Jack und ich langsam einen netten Drink und er beteuerte mir, wie sehr ich ihm gefehlt hätte. Behaupte niemand, der Mann wisse nicht, wie man mit einer Frau redet. Er hatte eine interessante Geschichte über einen Stamm in Afrika. Diese Schwarzen glauben, daß alles beseelt ist, sogar Gegenstände wie zum Beispiel ein Kleid. Wenn eine schöne Frau ein schönes Kleid anzieht, sieht sie also nicht wegen des Kleides schöner aus, sondern wegen des *Kuntu*, also dieses Geistes. Der Geist des Kleides befinde sich in Harmonie mit dem *Kuntu* der Frau. So wird die Wirkung vergrößert, weil die Geister an einem Strang ziehen. Ich sei die erste Frau in seinem Leben, die diese Auffassung bestätige.
WILLIE: Du hast recht, Jack Kennedy weiß wirklich, wie man mit einer Frau reden muß.

MODENE: Dann zeigte er mir das Haus. Beim Dinner hatte ich nur zwei Angestellte gesehen, aber wie viele es im ganzen auch sein mögen, sie waren aus oder in ihren Zimmern und wir beide wanderten allein durch viele Räume und kamen schließlich ins eheliche Schlafzimmer. Dort setzten wir uns auf eines der nebeneinanderstehenden Betten und fingen an zu reden.
WILLIE: Im ehelichen Schlafzimmer! Das darf doch nicht wahr sein! Ich würde meinen Mann umbringen, wenn er mir so etwas antäte.
MODENE: Nun, ich hatte wirklich auch zwiespältige Gefühle dabei. Aber ich sagte mir, daß er mit seiner Frau sehr unglücklich sein muß. Und ich muß dir die Wahrheit sagen – diese Nacht hat meine Moralbegriffe verändert. Anfangs hatte ich vielleicht ein etwas schlechtes Gewissen, aber ich war ganz gewiß bereit. Es kam alles ganz sanft, und es war wie ein Rausch. Es war einfach wundervoll, ihn zu lieben. Ich wurde dabei viele Zweifel los. Er ist einfach da, und er ist so dankbar. Ich wollte alles für ihn tun und vielleicht habe ich es getan. Er ist nicht so leidenschaftlich wie Frank, aber, weißt du, das spielt keine Rolle. Wenn ich Angst vor etwas habe, dann davor, daß ich mich zu sehr in ihn verliebe.
WILLIE: Nimm dich bloß in acht.
MODENE: Ja, ich muß mich wirklich in acht nehmen. Er sagte zu mir, als wir fertig waren: »Du weißt gar nicht, wieviel du mir gibst. Wenn wir uns geliebt haben, weiß ich, daß mir auch eine Niederlage nichts mehr ausmachen wird.« »Hör auf, so zu reden«, sagte ich ihm. »Das paßt nicht zu dir.« »Nein«, sagte er. »Aber auch wenn sie mich nicht aufstellen – aber ich weiß, sie werden es tun –, dann könnte ich das verkraften. Ich habe eine Alternative. Ich werde dich auf irgendeine private Insel in einem großen, blauen Meer entführen. Nur du und ich und die Sonne und der Mond. Wir werden dort leben, als ob wir nackt geboren wären, und ich verspreche dir, ich werde mich nicht verändern.« »Mach langsam«, lachte ich. »Du versuchst mich meines *Kuntu* zu berauben. Aber ich werde dir alles opfern außer meiner Garderobe.« Willie, wir haben gelacht, daß das Haus dröhnte. Die Dienstboten müssen uns gehört haben, und mir war, als wären sie eingeweiht.
WILLIE: Hast du dort übernachtet?
MODENE: Nein. Den Morgen danach hätte ich nicht ertragen. Er ist schließlich verheiratet. Ich mußte gegen den Drang ankämpfen, mich in ihn zu verlieben. Und ich glaube, ihm ging etwas Ähnli-

ches durch den Kopf. Denn als wir unten auf das Taxi warteten, drückte er mir einen Umschlag in die Hand und sagte: »Keine Widerrede. Ich möchte dich das nächste Mal in einem Pelzmantel sehen und mit nichts darunter.«

WILLIE: Was für eine grobe Art, es auszudrücken.

MODENE: Nein. Er wollte wirklich, daß ich einen Pelzmantel bekam, also sagte er es leichthin. Das ist so seine Art. Er schenkt nicht mir etwas – er schenkt *uns* etwas.

WILLIE: Du hast noch nie *so* nett über einen Mann gesprochen.

MODENE: Ja, Willie, aber warum schließlich nicht?

WILLIE: Wann hast du ihn wiedergesehen?

MODENE: Ein paar Tage später, am 11. April. Im Fontainebleau. An den Tagen dazwischen ist er im ganzen Land herumgereist. West Virginia, Arizona, ich weiß nicht mal mehr, wo überall.

WILLIE: Wußte Jack von deinem Trip nach Chicago?

MODENE: Ich habe ihm davon erzählt.

WILLIE: Du hast ihm von Sam Flood erzählt?

MODENE: Jack kann denken, was er will. Wenn er mir nicht glaubt, daß auf mich Verlaß ist, dann soll er ruhig leiden.

WILLIE: Ich glaube dir nicht. (12. April 1960)

Ich unterbreche an diesem Punkt das Transkript. BLAUBART erscheint hier in der Tat nicht glaubwürdig. Die objektive Situation sieht anders aus als die Geschichte, die sie erzählt. Wir wissen, daß ihre Begegnung mit RAPUNZEL arrangiert war und daß die Situation in West Virginia energische Maßnahmen erforderlich macht. Hat man RAPUNZEL aufgefordert, sich für den Kandidaten einzusetzen? IOTA gibt ihr einen Umschlag mit genug Geld darin, um einen Pelzmantel zu kaufen. Könnte es sich auch um einen geheimen politischen Dienst handeln?

FRAGE: HAST DU INFORMATIONEN, DIE DIESE THESE ERHÄRTEN?

FIELD

SERIE: J/38.770.201
ROUTE: LEITUNG/ZENITH – OFFEN
AN: ROBERT CHARLES
VON: GALLENSTEIN 10 Uhr 57, 14. Juli 1960
THEMA: CHICAGO

Illegales Glücksspiel sehr verbreitet bei den 95-Prozentern. Lokale Sheriffs weitgehend mit Statthaltern von Robert Apthorpe Ponsell affiliiert. Lokale Sheriffs verlangen aber Futtersäcke, um die Pferde zu bewegen. Großer Vorrat an Hafer soll vorhanden sein. Quelle: Jebbies.

GALLENSTEIN

Die *95-Prozenter* waren offenbar ein Hinweis auf West Virginia, aber um *Jebbies* zu entschlüsseln brauchte ich ziemlich lange. Ich hatte bei Jebbies immer an Jesuiten gedacht. Dann versuchte ich J. E. B., was mich auf J. Edgar Buddha brachte. Ich war wieder beim FBI. Robert Apthorpe Ponsell mußte RAPUNZEL sein.

SERIE: J/38.771.405
ROUTE: LEITUNG/GHOUL – SPEZIALANSCHLUSS
AN: GHOUL-A
VON: FIELD 12 Uhr 32, 15. Juli 1960
THEMA: HEEDLESS
Fortsetzung des Transkripts vom 12. April:

WILLIE: Willst du mir erzählen, daß du achtundvierzig Stunden lang in Gesellschaft dieses Herrn Flood warst und daß er nicht einen einzigen Annäherungsversuch unternommen hat?
MODENE: Er hat mich überallhin mitgenommen. Zu Meetings mit seinen Leuten, in Restaurants. Überallhin. Da er mich am Arm hatte, dachten alle, ich wäre sein Mädchen. Das hat ihm genügt.
WILLIE: Aber wie hast du ihn dir vom Hals gehalten?
MODENE: Ich habe ihm einfach gesagt, ich wäre in Kennedy verliebt und ich wäre eine Ein-Mann-Frau. Er sagte, er hätte nichts dagegen einzuwenden. Er sei mit einer Sängerin liiert, einer Blondine. »Sie ist berühmt«, sagte er. »Wenn du ihren Namen hörtest, wärst du platt.« Dann fügte er hinzu, er wäre ihr treu. Ich habe versucht, ihren Namen zu erfahren, aber er wollte ihn mir nicht verraten.
WILLIE: Wie konnte er in deiner Gegenwart geschäftliche Sitzungen leiten?
MODENE: Er und seine Freunde unterhalten sich auf Sizilianisch, glaube ich. Es muß jedenfalls ein spezieller Dialekt sein, denn als ich sagte, ich würde Italienisch lernen, so daß ich den Gesprächen folgen könnte, da lachte er, wie ich ihn noch nie habe lachen hören. »Süße«, sagte er zu mir, »du könntest zwanzig Jahre lang zur

Schule gehen und würdest nicht ein einziges Wort in meiner Sprache verstehen. Da mußt du hineingeboren sein.« Ich wurde wütend. Sam kann mich mehr in Rage bringen als irgend jemand sonst, und so sagte ich zu ihm: »Sei dir da bloß nicht so sicher. Ich kann alles lernen.«

WILLIE: Du bist ganz schön naiv. Dieser Mann ist ein Gangster.

MODENE: Na, glaubst du etwa, daß ich das nicht auch schon längst gemerkt habe?

WILLIE: Weißt du überhaupt, worauf du dich da einläßt?

MODENE: Ich müßte ja blind sein, um das nicht zu sehen. Manche seiner Leute haben Schultern so breit wie ein Lastwagen, und gebrochene Nasen, so platt wie Eskimos. Und Namen haben die! Scroonj, Two-toes, Wheels, Gears, Mustard, Maroons, Tony Tits, Brunzo. Sie wundern sich immer, wenn du dich an ihre Namen erinnerst. Aber wie kann man die vergessen?

WILLIE: Du warst die ganze Zeit in Chicago mit diesen Leuten zusammen?

MODENE: Ich war überall. In so vielen Nachtklubs. Er ist so mächtig. Wir gingen in ein Restaurant, und es war proppenvoll. So hoben die Kellner einfach einen Tisch mit all dem halbverzehrten Essen und den Tellern für sechs Personen darauf hoch und trugen ihn in irgendeinen Flur. Die sechs Leute mußten aufstehen und sich da draußen hinsetzen. Dann brachten sie einen neuen Tisch mit nur zwei Gedecken für Sam und mich herein. Er hat nicht mal genickt. Er könnte einen Finger heben, und das Restaurant würde geschlossen. Die Leute, denen man so einfach sagte, sie sollten verschwinden, taten mir schrecklich leid.

WILLIE: Wirklich?

MODENE: Ja, wirklich. Aber ich stehe wahnsinnig gern im Mittelpunkt, und Sam sorgt dafür. Ich kam mir wie Frank Sinatra vor. Alle in dem Restaurant haben auf mich geblickt, als ich die Gabel zum Mund führte, und so etwas mag ich. Ich spiele gern mit der Gabel herum, wenn alle mir zusehen.

WILLIE: Du hättest ein Modell werden sollen.

MODENE: Ich hätte ein Modell werden können.

WILLIE: Und du behauptest immer noch, Sam sei für dich nicht gefährlich?

MODENE: Sagen wir mal so: Wenn ich je einen über den Durst trinken würde, könnte ich schon einmal schwach werden. Aber ich zähle meine Drinks. Und Sam ist ein Gentleman. Wir haben aber eine Menge über die Kennedys geredet. Er haßt Jacks Vater und meint: »Joe hat mehr Geld im Schnapsgeschäft gemacht als ich. Bei dem kannst du lernen, wie man einen Freund hereinlegt. Ja, wirklich, der hat mich hereingelegt!« Und dann fing er wieder so verrückt zu lachen an. Danach wischte er sich die Lippen sorgfältig ab und erklärte: »Jack ist der einzige gute Kerl in der Familie. Er hat auch keine Angst, mit den richtigen Leuten zu reden. Aber Nixon! Zu hart, als daß man ihm trauen könnte. Tricky Dick steckt mit der Nase tief in den gestärkten Hemdbrüsten drin: den reichen Leuten, Tycoons wie Howard Hughes und den Ölleuten. Diese Superreichen tun gern so, als ob es Typen wie mich gar nicht gäbe. Also kann ich eher mit Jack Geschäfte machen als mit Nixon. Nur werd' ich auch das schön bleibenlassen. Denn dieser Bruder von ihm, Bobby, wollte mich in der Öffentlichkeit zum Narren halten. So was kann ich nicht verzeihen. Das Leben dauert ziemlich lange, und ich will Ihnen mal ein altes italienisches Sprichwort verraten: ›Rache ist eine Speise.‹ Wenn ich Sie besser kenne, werde ich Ihnen die zweite Hälfte auch noch sagen.« Und er lachte wieder. Ich sagte: »Es sieht aus, als ob Sie Probleme hätten.« »Ich?« lachte er. »Ich habe kein Problem, für das ich nicht auch eine interessante Lösung habe.«

(FRAGE. FIELD AN GHOUL-A – WIE HAT BOBBY KENNEDY SAM FLOOD ZUM NARREN ZU HALTEN VERSUCHT? ZWEITE FRAGE: WIE LAUTET DIE ZWEITE HÄLFTE VON »RACHE IST EINE SPEISE«?)

MODENE: Sam und ich flogen früh am Montagmorgen nach Miami zurück, und Sam bestand darauf, mit mir auszugehen und bis zum Abend einzukaufen, wenn Jack zum Fontainebleau kommen würde. Ich sage dir: Sam versteht etwas vom Einkaufen. Er kann auf 10 Meter Entfernung Brillanten von Glasperlen unterscheiden.

WILLIE: Nun, das kann ich ebenso – auch wenn ich keine Brillanten habe. (12. April 1960 – Fortsetzung folgt)

Will für heute Schluß machen und den Bericht, wenn möglich, morgen abend beenden. Antworte bitte so bald wie möglich auf die Fragen.

FIELD

17

SERIE: J/38.776.214
ROUTE: LEITUNG/ZENITH – OFFEN
AN: ROBERT CHARLES
VON: GESCHWÄTZIG — 11 Uhr 37, 15. Juli 1960
THEMA: SPEISEN

Antwort auf erste Frage: Zitat: Select Committee on Improper Activities in the Field of Labor Management, Vorsitzender: Senator McClellan, 86. Kongreß, 9. Juni 1959, Zeilen 18.672–18.681:

MR. KENNEDY: Sie können doch jemanden, der zu Ihnen in Opposition steht, nicht einfach in einen Koffer stopfen lassen! Oder halten Sie das so, Mr. Giancana?
MR. GIANCANA: Ich lehne die Beantwortung der Frage ab, weil ich der Meinung bin, daß sie nur gestellt wurde, um mich zu inkriminieren.
MR. KENNEDY: Würden Sie uns irgend etwas über Ihre anderen Geschäfte sagen, oder wollen Sie nur jedesmal kichern, wenn ich Ihnen eine Frage stelle?
MR. GIANCANA: Ich lehne die Beantwortung der Frage ab, weil ich der Meinung bin, daß sie nur gestellt wurde, um mich zu inkrimieren.
MR. KENNEDY: Ich dachte, nur kleine Mädchen kicherten, Mr. Giancana.

Antwort auf zweite Frage: OSS lernte bei geheimer Tätigkeit in Italien 1943 in der Tat folgende sizilianische Weisheit kennen: »Rache ist eine Speise, die Leute von gutem Geschmack kalt genießen.«

GECHWÄTZIG

SERIE: J/38.780.459
ROUTE: LEITUNG/GHOUL – SPEZIALANSCHLUSS
AN: GHOUL-A
VON: FIELD — 23 UHR 44, 15. JULI 1960
THEMA: HEEDLESS

Danke Dir für prompte Beantwortung der Fragen. Fortsetzung des Transkripts AURAL–BLAUBART, 12. April:

MODENE: Eigentlich hätte ich mit Sam weiter einkaufen können, statt zurück ins Fontainebleau zu eilen, denn ich mußte sehr lange auf Jack warten. Als er endlich doch noch kam, dachte ich, man hätte ihm vielleicht irgendwelche starken Mittel gegeben. Sein Gesicht war aufgedunsen und geschwollen. Er lächelte und sagte: »Es ist passiert. Meine Füße beginnen zu schmerzen.« »Schon gut«, beschwichtigte ich ihn, »ich finde, du siehst immer noch gut aus.« Aber als wir uns küßten, merkte ich, daß er nicht in der Stimmung war, mich zu lieben.
WILLIE: Warst du sehr enttäuscht?
MODENE: Ich fühlte mich ihm nahe. Was für ein Kompliment für mich, unsere Verabredung einzuhalten, obwohl er völlig fertig war. Er hatte nur Sandwiches und Wein zu sich genommen. Und er fing wieder an, von der einsamen Insel zu sprechen.
WILLIE: Ich frage mich, ob er und seine Frau zusammenbleiben werden, wenn er nicht Präsident wird.
MODENE: Nun, du kannst dir vorstellen, daß ich auch ein bißchen darüber nachgedacht habe.
WILLIE: Baust du irgendwelche Erwartungen auf?
MODENE: Ich kann nur sagen, daß ich mich Jack noch nie näher gefühlt habe. Es war Abend, und wir saßen schweigend beisammen. Dann mußte er gehen. Er sagte mir, es könnte für eine Weile unser letztes Treffen gewesen sein, weil er sich jetzt mit aller Kraft auf West Virginia konzentrieren muß, und selbst wenn er dort gewinnt, wird es nonstop, Tag und Nacht, mit den Vorbereitungen auf den Konvent im Juli weitergehen. Er schien sehr traurig bei dem Gedanken, daß wir uns lange nicht sehen werden, und wir saßen im Zimmer und hielten uns die Hände, und er sagte: »Ich glaube nicht, daß es in meinem Leben je eine Zeit gegeben hat, die ungünstiger für dich und mich war, als diese wahnsinnigen Wochen, aber wenn uns wirklich was dran liegt, werden wir es aushalten. Wir werden es aushalten, nicht wahr?« fragte er noch einmal, und ich mußte mich sehr anstrengen, um nicht zu weinen.
WILLIE: Mir ist auch schon fast zum Heulen.
MODENE: Mein Problem ist, daß ich nicht weiß, wie ich zum Alltag

zurückkehren soll. Wenn du mit Leuten wie Frank und Jack und Sam verkehrt hast, mit wem sollst du dann noch anfangen?
WILLIE: Ich glaube, daß Sam in der nahen Zukunft eine sehr große Rolle spielen wird.
MODENE: O nein. Während wir einkaufen waren, hat er mir den Namen seiner Freundin genannt. Es ist Phyllis McGuire von den McGuire Sisters. Er ist gerade in diesem Augenblick in Las Vegas und trifft sich mit ihr. Ich bin ganz allein am Telefon. (12. April 1960)

Von Zeit zu Zeit gibt es während der nächsten beiden Monate Anrufe bei AURAL und Hinweise auf Ferngespräche mit IOTA und RAPUNZEL. Es wird aber deutlich, daß diese Gespräche immer seltener werden. Nach der Entscheidung in West Virginia am 10. Mai rief IOTA sie jedoch an. BLAUBARTS folgende Unterhaltung mit AURAL (11. Mai) ist es wohl wert, hier aufgeführt zu werden.

BLAUBART: Nun, er hat mich noch am selben Abend angerufen. Ich konnte seine Wahlhelfer im Hintergrund feiern hören. Er sagte mir, daß er nun wohl nicht mehr aufzuhalten wäre und daß er an der Vision – er benutzte genau dieses Wort, *Vision* – unserer »Wiedervereinigung« in Los Angeles festhalten würde, nachdem er die Nominierung auf dem Konvent dort gewonnen hätte. Und er lud mich ein, wenn der Konvent stattfindet, eine Woche nach L. A. zu kommen.
AURAL: Bist du schon recht aufgeregt?
BLAUBART: Ich war sehr glücklich, als er das sagte. Und ich habe jetzt meinen Frieden. Ich weiß, daß ich diese nächsten beiden Monate warten kann. Ich bin wieder unheimlich selbstsicher. (11. Mai 1960)

18

Ich lebte schließlich so sehr in Modenes Glamourwelt, daß ich kaum bemerkte, wie es Sommer wurde. Ich folgte ihr auf ihren Reisen zwischen Miami, Chicago und Washington. Tatsächlich wurde mir erst so richtig klar, wie weit ich mich von meinem eigenen Leben entfernt hatte, als ich eines Juliabends die Offiziersmesse von Zenith betrat und im Fernseher John Fitzgerald Kennedy in einer Pressekonferenz vor dem Demokratischen Parteikonvent sprechen hörte! Ich sah mir die Szene so erschüttert an, als ob es eine okkulte Erfahrung wäre. Es kam mir so ähnlich vor, als hätte ich ein Buch gelesen und eine der Figuren träte plötzlich heraus in mein Leben. Die Tatsache, daß Modene jetzt bei dem Konvent in Los Angeles weilte, war für mich weniger real als der Bericht ihrer vorangegangenen Aktivitäten, den ich Nacht für Nacht an Hugh Montague hinausgeschickt hatte.

Als ich Jack Kennedys quäkende Stimme im Fernseher hörte, erkannte ich, daß die Zeit kein ungehindert dahinströmender Fluß ist, sondern ein Medium mit Schleusen und Ventilen, die man erst überwinden muß, bevor man in die Gegenwart eintreten kann. Es dauerte noch einen Tag, bis ich fähig war, das Fontainebleau alle paar Stunden anzurufen, um festzustellen, ob Modene zurückgekehrt war. Als sie schließlich am Abend des neunten Tages in ihr Zimmer trat, läutete gerade das Telefon. Ich bin sicher, sie nahm es als ein Omen, und sie muß gemeint haben, daß ich über beträchtliche mediale Kräfte verfügte, denn sie brach sogleich in Tränen aus.

Nur vierzig Minuten später begann unser Verhältnis. Die Nixe hatte angebissen – eine seltsam schiefe Metapher! Denn wenn hier jemand am Angelhaken hing, dann ich. Ich war noch nie mit einem so schönen Mädchen ins Bett gegangen. Gewiß hatte es auch in den Bordells von Montevideo Nächte gegeben, die ich nicht so leicht vergessen würde, aber sie hatten auch die Öde hinterlassen, die im kommerziellen Vergnügen verborgen liegt; während mein Körper neue sinnliche Erfahrungen machte, brach mein übriges Ich gleichsam moralisch in Panik aus. Wie weit war ich doch damals mit Mädchen gegangen, an denen mir nichts lag! Dafür bedurfte es nur einer einzigen Nacht, um meine Liebe zu Modene zu wecken. Und wenn meine eine Hälfte sie mehr liebte als meine

andere, so bewegte ich mich doch ingesamt in die gleiche Richtung. Ich wußte nicht, ob ich je von dieser Miss Modene Murphy genug bekommen würde, und diese meine Leidenschaft war sogar größer als meine Angst, das von Harlot auferlegte erste Gebot zu brechen. Wenn man ihr Zimmer während ihrer Abwesenheit verwanzt hatte, so zeichnete das FBI nun meine Stimme auf. Sogar noch während unserer ersten Umarmung redete ich mir immer wieder ein, daß sie meinen Namen Harry Field jedenfalls nicht erfahren würden. Denn nach unserem Telefonat und noch bevor ich zu ihr ins Hotel eilte, hatte ich einen Zettel vorbereitet, auf dem geschrieben stand: »Nenne mich Tom, nenne mich Dick, aber niemals Harry.« Natürlich umarmten wir uns, als die Tür hinter mir zufiel, und hielten ein, um Luft zu holen und küßten uns wieder, und dann weinte sie, als wir innehielten, und so kam ich während der ersten fünf Minuten nicht dazu, ihr den Zettel zu überreichen, und dann, als sie nicht mehr weinte, sondern vielmehr lachte, las sie meine Botschaft und lachte noch mehr.
»Wieso?« flüsterte sie.
»Die Wände deines Zimmers haben Ohren«, flüsterte ich zurück.
Sie nickte, und ihr Gesicht nahm einen lüsternen Ausdruck an. Trotz der zerflossenen Wimperntusche und des verschmierten Lippenstifts sah sie entzückend aus. Ihre Schönheit hing von ihrem Selbstbewußtsein ab, und das war soeben zurückgekehrt. Wenn es Wanzen in ihrem Zimmer gab, dann bekamen ihre Überwacher jedenfalls allerhand zu hören.
»Komm, Tom«, sagte sie laut, »laß uns vögeln.«
Ich mußte sie erst besser kennenlernen, um zu erfahren, daß dieser Begriff üblicherweise nicht zu ihrem Wortschatz gehörte.
Je mehr Modene und ich in jener Nacht voneinander erfuhren, desto mehr gab es für uns zu entdecken. Ich war diese Unersättlichkeit nicht gewöhnt, aber ich hatte ja auch noch nie zuvor die Geliebte eines künftigen Präsidenten der Vereinigten Staaten, noch ein Mädchen, das eine Affäre mit dem bekanntesten Sänger Amerikas gehabt hatte, noch eine Frau, die Mätresse des brutalsten Gangsterchefs sein konnte, im Bett gehabt. Und ich war nicht auf der Schwelle ihres Zimmers ohnmächtig geworden – welch ein Monster an Entschlossenheit war ich doch! Ich konnte nicht genug von ihr bekommen.
Als alles vorbei war und wir endlich wieder ein bißchen zu uns

kamen und nachdem wir Arm in Arm zusammen geschlafen hatten, flüsterte sie mir beim Erwachen um zwei Uhr morgens ins Ohr: »Ich habe Hunger, Tom.«
In einem All-night-Diner am südlichen Ende von Miami Beach an der Collins Avenue, inmitten der Tag und Nacht geöffneten Kinos und Stripper-Bars und Stundenmotels mit grellen Neonreklamen, aßen wir Sandwiches, tranken Kaffee und versuchten uns zu unterhalten. Ich war wie berauscht. Noch nie in meinem Leben hatte ich mich so entspannt gefühlt. Erst als der Überschwang abebbte und mein Pflichtgefühl zurückkehrte, konnte ich sie mit dem Gedanken vertraut machen, daß wir einen privaten Code brauchten. Sie war sofort einverstanden. Die Aussicht, sich an einer Verschwörung zu beteiligen, schien sehr verlockend für sie, und sie strahlte, als sie meine Bitte vernahm. Wir vereinbarten, uns in den Bars verschiedener Hotels nahe dem Fontainebleau zu treffen, aber deren Namen auszutauschen. Wenn ich also »Beau Rivage« sagte, hieß das: im Eden Roc; »Eden Roc« bedeutete Deauville und »Deauville« Roney Plaza. Wenn ich von »acht Uhr abends« sprach, würden wir uns schon um sechs am späten Nachmittag treffen. Ich schrieb ihr diesen unseren Code auf zwei kleine Zettel, die ich ihr überreichte.
»Bin ich in Gefahr?« fragte sie besorgt.
»Noch nicht.«
»Noch nicht?«
Ich wußte nicht, ob ich überhaupt in irgendeine Welt zurückkehren wollte. »Mr. Flood macht mir Sorgen«, sagte ich schließlich.
»Sam würde nicht mal meinen Fingernagel anrühren«, sagte sie liebevoll.
»In dem Fall«, sagte ich, »könnte er mich anrühren.« Ich bedauerte sofort, daß mir dieser Satz herausgerutscht war.
»Weißt du«, sagte sie, »ich fühle mich wunderbar. Mein Vater hat Motorradrennen gefahren, und ich glaube, sein Blut ist in dieser Nacht in mir. Ich bin richtig high.«
Ein schwarzer Zuhälter am anderen Ende des Lokals versuchte mit ihr anzubändeln und als sie auf seine anzüglichen Blicke nicht reagierte, fixierte er mich haßerfüllt. Ich fühlte mich plötzlich sehr unwohl, und mir war, als wäre ich an einen Ort gekommen, von dem ich mein Leben lang gewußt hatte, daß ich ihn einmal betreten würde.

19

Ich brauchte zwei Wochen, um herauszufinden, weshalb sie bei ihrer Rückkehr so verzweifelt gewesen war. Nun, nachdem unsere Liebesbeziehung begonnen hatte, erzählte mir Modene weniger von sich als damals bei unseren beiden kurzen Zusammenkünften am Cocktailtisch. Wir redeten über unsere Kindheit, über Sänger und Bands, Filme und die wenigen Bücher, die sie gelesen hatte. Sie fand, daß *»Der große Gatsby«* sehr überschätzt würde (»Der Autor versteht überhaupt nichts von Gangstern«) und daß *Vom Winde verweht* ein Klassiker sei, »obwohl ich erst den Film sehen mußte, um mich davon zu überzeugen.«

Mir war das gleich. Wenn wir verheiratet gewesen wären, hätte ihr Geschmack einige Probleme aufgeworfen, aber dann fiel mir ein, daß ich mir die Frage, inwieweit ich den *Großen Gatsby* (Roman) bewunderte, auch selbst noch nie gestellt hatte. Von einem Yale-Studenten wurde nicht erwartet, daß er sich solche Fragen stellte. Das war auch schon genug, was Bücher anging. Wir aßen gut, und wir tranken gut. Sie kannte alle guten Restaurants im südlichen Florida. Immer wenn ich einen freien Tag hatte – und die gab es nun häufiger, nachdem HEEDLESS up to date war –, fuhren wir (trotz ihrer langen Fingernägel) Wasserski oder tauchten in den Keys und tanzten in den Bars von Key West. Ich wunderte mich selbst, daß ich dabei nie in eine Schlägerei verwickelt wurde. Denn als Begleiter eines so unglaublich schönen Mädchens fühlte ich mich so unsicher, daß ich automatisch in Kampfbereitschaft war, wenn irgend jemand sie auch nur ansah. Durchaus nicht sicher, ob ich die asiatischen Kampfsportarten hinreichend beherrschte – die Ausbildung auf der Farm war viel zu kurz gewesen –, maß ich mich insgeheim mit jedem denkbaren Gegner, bis ich allmählich begriff, daß man kaum in eine Schlägerei gerät, wenn einen die Frau, mit der man ausgeht, nicht dazu provoziert. Modene kam solchen Möglichkeiten zuvor. Ich weiß nicht, wie sie es genau anstellte, aber es mag damit zu tun gehabt haben, daß sie zehntausend oder mehr Leute pro Jahr auf ihren Flügen abfertigte. Sie war fremden Männern gegenüber freundlich, aber nicht entgegenkommend, und machte ihnen deutlich, daß sie an diesem Abend mit mir verabredet war und mit niemandem sonst. So hatte ich nie Schwie-

rigkeiten und vielleicht habe ich dabei sogar eine bessere Figur gemacht, als ich dachte.
Wir fuhren nach Tampa und nach Flamingo in den Everglades, und wenn wir einen Tag zusammen verbrachten als Vorbereitung auf unsere Nacht, waren die Autofahrten unser größtes Vergnügen. Modene liebte Kabrioletts, und bald mietete ich mir einen solchen Wagen. Ich besaß ein Kapital, über das ich aber erst verfügen konnte, wenn ich vierzig war. Es bestand aus Schuldverschreibungen der »City of Bangor« (in Maine) von 1922, die ich von meinem Großvater väterlicherseits geerbt hatte. Immerhin durfte ich die Zinsen abheben, obwohl ich es, wie das Familienprotokoll vorschrieb, nicht sollte. Aber wer wußte schon, warum unsere Familie tat, was sie tat? Ich als guter Hubbard hatte jedenfalls dafür gesorgt, daß auch die Zinsen sofort wieder angelegt wurden. Nun schrie der Geiz bei jedem Ausflug in die teure Luxuswelt der Modene Murphy gellend in mir auf. Hin- und hergerissen zwischen Liebe und Geiz vergriff sich *Tom* Field schließlich an Harry Hubbards angesammelten Zinsen, um sie für teure Mahlzeiten und ein gemietetes weißes Kabriolett zu vergeuden.
Und wie Tom und Mo diese Autofahrten genossen! Das Wetter war heiß, die Regenzeit war da, und ich fing an, den Himmel über Südflorida zu schätzen. Einen strahlenden Morgen lang mochte er sich schwerelos, leer und blau über den Everglades wölben wie das große Empyreum des amerikanischen Westens, nur daß Florida so flach ist wie eine Wasseroberfläche. Dafür besaß der Himmel eine eigene gebirgige Topographie. Regenstürme näherten sich so unvermittelt, wie der Schatten der Berggipfel auf sonnenbeschienene Täler fällt. Man mußte deshalb ständig darauf achten, wie die Wolken ihre Gestalt veränderten, sonst bekam man das Verdeck nicht mehr rechtzeitig zu. Einige Kumuli kamen den Blasebälgen eines tropischen Regengusses vorausgeflogen; andere ineinander verwundene Wolkenkissen schalteten das Himmelslicht aus, und unter der schwarzen Decke atmosphärischen Zorns türmten sich Sturmwolken in Bergketten und Graten übereinander, wie sie das darunterliegende Land niemals bieten konnte, und Insekten wurden vom Fahrtwind wie schwarzer Auswurf gegen die Windschutzscheibe gepeitscht und ihre winzigen, geplatzten Leichen bedeckten das Glas auch noch, nachdem der Regen geendet hatte. Wie das Wasser im südlichen Florida fallen konnte! Eben noch

mochte ich doppelt so schnell wie erlaubt über die Landstraße dahinjagen, da tauchten die Wolken auf wie Kapuzen tragende Monster. Zehn Minuten später zwangen mich Regenvorhänge an den Straßenrand. Eine himmlische Wut, so vertraut wie elterlicher Zorn, aber allmächtig, schlug auf die metallene Haut des Wagens. Wenn der Regen aufhörte, fuhr ich mit ihrem Kopf auf meinem Arm durchs südliche Florida.

Wir sprachen nie über das, was in Los Angeles geschehen war. Kein Wort mehr von Jack oder von Sam. Sie schienen verschwunden zu sein, und angesichts der Größe der Wunde, die sie hinterlassen hatten, wollte ich ihr keine Fragen stellen. Bekümmert und schweigend ertrug sie ihr Los, und ich, der ich Kittredges wegen im Trauern geübt war, konnte ohne ein Wort eine Stunde lang neben ihr im Wagen sitzen. Ich lebte in der Hoffnung des Liebenden, daß uns die Stille einander näherbringen würde. Erst als ich merkte, daß sie mit ihren Gedanken fern war, wenn wir uns liebten, begriff ich, wie sehr der geliebte Kandidat noch immer bei uns war. Manchmal spürte ich mitten im Akt, wie ihre Gedanken sich weit von mir entfernten und ein leichtes Gefühl der Langeweile ergriff mich wie bei einer Party, die ihren Höhepunkt gerade überschritten hat und die Ehrengäste zum Aufbruch rüsten.

In dieser Zeit erreichte mich direkt von Quarters Eye ein Brief meines Vaters mit unserer Agency-eigenen »Diplomatenpost«. Es war charakteristisch für ihn, daß er sich trotz der Vielzahl der ihm zur Verfügung stehenden Kanäle – verabredeter Anruf von einer öffentlichen Telefonzelle in einer anderen Zelle, Encoder-Decoder-Verkehr, Code-Leitung über Spezialanschluß, abhörsicheres Telefon, Agency-Standardtelefon und eine Anzahl weiterer Möglichkeiten, die technisch zu kompliziert sind, als daß ich sie hier aufzählen möchte – einer alten OSS-Methode bediente. Er schrieb einen Brief, verschloß ihn in einem Umschlag, sicherte ihn kreuz und quer mit einem dreiviertel Zoll breiten Klebeband (halb so fest wie Stahl), steckte ihn in den täglich abgehenden Postbeutel zu dem jeweiligen Empfängerort und hatte die Sache hinter sich. Zwar mochte es zwei Spezialisten in einer halben Woche Arbeit gelingen, das Klebeband zu entfernen und den Umschlag zu restaurieren, aber es gab ja auch brutalere Methoden, ihn abzufangen. Der Brief wirkte an sich auffällig, und so konnte er einfach gestohlen werden. Doch nicht ein einziges Mal, so pflegte mein

Vater sich zu rühmen, sei ihm je auf diesem Versandweg eine Nachricht verlorengegangen – nein, korrigierte er sich dann, einmal sei es doch geschehen: Das Flugzeug, in dem der Sack sich befand, stürzte ab – und deshalb sei er, verdammt noch mal, nicht bereit, diese seine Methode des Versendens aufzugeben. So schrieb er weiter seine Botschaften mit eigener Hand und dem Füllfederhalter.
Ich las:

Lieber Sohn,
ich werde am Sonntag in Miami sein, und diese abgekürzte Kommunikation soll bedeuten, daß ich ihn gern mit Dir zusammen verbringen würde. Da ich unser Gespräch nicht mit einer schlechten Nachricht beginnen möchte, laß mich die traurige Botschaft vorausschicken, daß meine Ehefrau Mary und ich, ein Jahr vor unserem silbernen Hochzeitstag, nach sechsmonatiger Trennung die Scheidung vorbereiten. Die Zwillinge haben sich, wie ich fürchte, auf ihre Seite geschlagen. Ich habe Roque und Toby versichert, daß das Schisma in Anbetracht der Umstände relativ freundlich ausfällt, aber es scheint sie zu verbittern. Sie ist letzten Endes ihre Mutter.
Wir brauchen uns während meines Aufenthalts in Miami nicht mit dieser Neuigkeit aufzuhalten. Ich wollte es Dir nur vorher schreiben. Reißen wir uns kräftig zusammen und lernen wir einander wieder kennen.

Dein dich liebender
Cal

Ich hatte mich schon auf einen Tag mit Modene gefreut und dachte unter den veränderten Umständen sogar daran, sie meinem Vater vorzustellen, nur war ich erstens besorgt, er könnte sie mir ausspannen und zweitens glücklich, daß er soviel von seiner privaten Zeit mit mir verbringen wollte. Ich erinnerte mich nicht, jemals so viele Stunden mit ihm zusammengewesen zu sein.
Dann löste Modene mein Problem, indem sie beschloß, an dem fraglichen Sonntag zu arbeiten, und so konnte ich ihn allein begrüßen, als er aus dem Flugzeug stieg. Er wirkte grau unter der Sonnenbräune und sprach während der ersten Stunde kaum ein Wort. Es war erst zehn Uhr früh, und er wollte direkt zum Strand

fahren. »Ich brauche meinen Dauerlauf«, sagte er, »um den Bürokrampf loszuwerden.«

Ich nickte bedrückt. »Wir tun, was du willst«, sagte ich und wußte, daß er mich zu einem Wettrennen zwingen würde. Er tat das immer. Seit ich vierzehn war, hatte er mich jedesmal, wenn wir zusammentrafen, zu Wettläufen aufgefordert, und jedesmal hatte ich verloren. Manchmal hatte ich das Gefühl, daß mein Vater ungeachtet seiner Erfolge beim OSS oder in der Agency davon zehrte, daß ihn Associated Press 1929 als linken Halfback im Zweiten All-American Footballteam aufgestellt hatte. Dabei verzieh er es sich niemals, daß er es nicht bis ins Erste All-American geschafft hatte, aber so war mein Vater nun einmal.

Ich hatte mich mit dem Bademeister des Fontainebleau angefreundet, also brachte ich Cal dorthin. Er zog sich in einer leeren Cabana um – geistesgegenwärtig hatte ich Badehosen mitgebracht – und dann gingen wir zum Strand hinaus, um zu laufen.

Ich war Modene ungeheuer dankbar. Zu ihren charmanten Widersprüchen gehörte es ja, daß sie zwar ihre langen, silbernen Fingernägel, aber auch den sportlichen Wettstreit liebte. Wenn ich mit ihr Segeln ging oder ihr ein paar Tennisfinessen beibrachte, lernte sie rasch, und im Turmspringen und Wettschwimmen wies sie beeindruckende Leistungen auf. Immer, wenn es uns unsere Zeit erlaubte, liefen wir auf ihren Wunsch hin gemeinsam den Strand hinunter. Trotz meines Schlafdefizits und von meinen alkoholischen Exzessen wie immer etwas mitgenommen, war ich zu diesem kleinen Turnier mit meinem immerhin dreiundfünfzigjährigen Vater bereit. Dabei wies er, was mich zugleich erleichterte und traurig stimmte, um die Taille herum einige Extrazentimeter auf.

»Wir wollen uns nicht ganz verausgaben«, sagte er. »Nur eine Zeitlang joggen.«

Also trabten wir auf dem endlosen Sand von Miami Beach nach Norden. Er war so breit und voller Menschen und bereits viel zu heiß. Links von uns, auf der Landseite lagen monolithisch die großen Hotels, weiß, leuchtend, monumental und monoton. Schon drehte sich der Himmel ein wenig in der Hitze angesichts der unmenschlichen Anstrengungen, denen ich meinen verwöhnten Körper aussetzte, und das Blut hämmerte in meinem Schädel; doch weiter joggten wir Seite an Seite, eine volle Meile weit, schwer hörte ich ihn keuchen, der Schweiß rann ihm in Strömen

über den mächtigen haarigen Brustkorb, und ich hielt Schritt mit ihm. Denn an diesem Tag war ich, von der unsichtbaren Gegenwart Modenes gestärkt, entschlossen, ihn endlich zu besiegen.
Nach eineinhalb Meilen kehrten wir um, beide erschöpft und ächzend. Wir liefen nebeneinander im gleichen Takt und ohne ein Wort. Er fragte mich nicht mehr, wie Tarpon und Sailfish bei den Kreuzfahrten der Sportfischer anbissen, und er erwähnte nicht einmal mehr den siebenhundertachtzig Pfund schweren Thunfisch, den er bei seinem Urlaub vor acht Jahren schon am ersten Tag draußen vor Key West gefangen hatte, nein, jetzt war er stumm, und ich war stumm, und der ebene Sand kam mir vor wie eine endlose Steigung. Ich wußte, daß wir weiterlaufen würden, bis einer von uns hinfiel, oder bis wir wieder beim Fontainebleau waren, und da weder er noch ich aufgeben wollte, liefen wir auf diese Weise weiter nebeneinander den endlosen Sand entlang und keiner von uns wagte es, davonzuziehen aus Angst, dann keine Reserven mehr zu haben – vielleicht schaffte man einen Vorsprung von drei Schritten und brach dann zusammen. Als wir uns den letzten paar hundert Metern näherten, die lange Kurve des Fontainebleau lag noch drei Hotels entfernt, dann nur noch zwei, dann noch eins, setzten wir zum Spurt an, das heißt wir trabten geringfügig schneller durch den Sand, immer in Gefahr, daß uns schwarz vor Augen wurde. Mit letzter Kraft gewann ich einen Vorsprung von viereinhalb Metern und schlug als erster am Geländer der Strandpromenade an.
Wir brauchten eine Viertelstunde, bis wir Kraft genug zum Schwimmen hatten, und als wir aus dem Wasser kamen – über unseren Wettlauf hatten wir noch immer nicht gesprochen –, fing mein Vater an, mit mir zu boxen. Er tat es mit offenen Händen und es war sicher nicht ernst gemeint, aber mein Vater war furchtbar, wenn man mit ihm boxen sollte. Er war plump, er war unorthodox, er war schnell für ein Schwergewicht seines Alters, und er verstand es nicht, verhalten zuzuschlagen. Ich hatte auf der Farm genug gelernt, um schnell zu reagieren und den meisten Schlägen auszuweichen, mit denen er mich bearbeitete, obwohl einem die Zähne klapperten, wenn er einen mit einem seiner offenen Schläge erwischte, und als ich den Fehler beging, mit einer offenen Geraden darauf zu reagieren, kam er mir mit einer Reihe von rechten Haken. Er war nur ziemlich langsam und ein altmodischer Boxer,

so daß ich jedesmal rechtzeitig gewarnt war – zu meinem Glück, denn er verstand es noch immer, seine ganze Körperkraft in seinen Hieb zu konzentrieren, und jede seiner Rechten, vor denen ich mich duckte oder denen ich auswich, ging schwer wie ein Güterzug an mir vorbei. Ich mußte mich damit begnügen, ihm mäßig feste Antworten in den Solarplexus zu stoßen, bis er – und das überraschte mich und machte mich glücklich – schließlich die Hände emporstreckte und mich an sich drückte, daß mir Hören und Sehen verging. »Junge, du hast boxen gelernt, ich liebe dich«, sagte er, und wenn er auch unter seiner Sonnenbräune sehr blaß aussah, schien er doch ehrlich glücklich.
Wir schlossen mit Armdrücken auf einem der Picknicktische an der Strandpromenade. Mit der rechten Hand war er nicht zu schlagen. Niemand in unserer Familie, im Kreis unserer Bekannten oder in der Agency hatte ihn je geschlagen. Ich fragte mich allerdings oft, ob er nicht in Dix Butler seinen Meister gefunden hätte.
Nun, mich besiegte er mit der rechten und mit der linken Hand. Wir wiederholten es, und er schlug mich mühelos mit der rechten und brauchte etwas länger mit der linken. Beim drittenmal gelang mir bei dem linken Arm ein Unentschieden.
»Ich bin stolz auf dich«, sagte er.
So, nahe dem Hitzeschlag und kurz vor dem Erbrechen, gingen wir noch einmal ins Wasser, um ruhig eine Runde zu schwimmen, kehrten zu meinem Company-Wagen zurück – das Kabrio, das ich von den Zinsen der Bangor-Schuldverschreibungen gemietet hatte, wagte ich ihm nicht zu zeigen – und fuhren hinunter zu den Keys, und kamen bis Islamorada, bevor sich unsere Mägen hinreichend beruhigt hatten, daß wir Hunger bekamen. In einem Fischrestaurant, von dessen Terrasse man auf der einen Seite auf den Golf von Mexiko, auf der anderen auf den Atlantik blickte, nahmen wir Platz, bestellten Steinkrabben und Bier, und dann begriff ich, daß diese vier gemeinsam verbrachten Stunden nicht nur die Fähigkeiten des ältesten und bis zu diesem Tag drittliebsten Sohnes, sondern auch die des Agencymitarbeiters hatten erproben sollen. Wir aber sahen einander nur dauernd an und lächelten, schlugen einander mit der Hand auf die Schulter, schluckten unser Bier und bohrten genüßlich die zweizinkigen Gabeln in das Krabbenfleisch, bevor wir es in die Mayonnaise tunkten. Gott, wie hatten wir uns doch gern!

»Diese verdammte Agency hat ebensoviel für dich getan wie ich selbst«, sagte mein Vater.
»No, Sir«, sagte ich. »Mein Vater Cal Hubbard ist kein Blödmann!« Und die Erinnerung an den Tag, an dem ich mir beim Skilaufen das Bein gebrochen hatte, überwältigte uns fast. Da strahlten wir uns gegenseitig an wie Entdecker, die soeben gemeinsam einen Kontinent durchquert haben und nun auf einen jungfräulichen Ozean hinausschauten.
»Rick, ich brauche hier unten dringend einen Assistenten«, sagte mein Vater. »Und ich glaube, daß du richtig bist. Ich hatte gehofft, daß du es sein würdest, und jetzt glaube ich, daß du es bist.«
»Ich glaube das auch«, sagte ich, und dachte dabei an Modene. Ich hatte sie noch nie inniger geliebt als in diesem Augenblick. Ich betete sie an, und sie hatte mir eine Kraft gegeben, die ich vorher noch nie so richtig gespürt hatte. »Gib mir einen harten Job«, bat ich. »Und ich werde ganz für dich da sein.«
»Dieser ist wirklich hart«, erwiderte er. »Erstens ist die Sache streng vertraulich. Also fangen wir an. Ich mag alles an dir, nur eins nicht.«
»Und das wäre?«
»Deine Freundschaft mit Hugh Montague.«
Das überraschte mich nicht. »Ich bin nicht sicher, ob wir noch so gute Freunde sind.«
»Wieso habt ihr dann in Harvey's Restaurant zusammen gegessen?«
»Ich brauchte seine Unterstützung wegen der Sozialhilfe für die Kubaner.« Ich trug ihm meine Gründe vor und die ganze Zeit über musterten mich die Augen meines Vaters so unerbittlich, wie sie während unseres Boxkampfs meine Bewegungen verfolgt hatten. Ich weiß nicht, ob er ganz zufrieden mit mir war, als ich zum Schluß kam. Jedenfalls belastete es mich, daß er so einfach den Washingtoner Gerüchten glaubte. Ich kannte meinen Vater gut genug, um zu wissen, daß er jetzt einen Schwur von mir verlangen würde. »Ich werde nichts von alledem, was du mir sagst, Hugh Montague verraten oder in irgendeiner Weise darauf hindeuten«, erklärte ich.
Er streckte die Hand aus, ergriff meine Hand und schüttelte sie, als ob er mir das Knochenmark herauspressen wollte. »Einverstanden«, sagte er. »Ich will dir nur folgendes über Hugh sagen. Er ist

ohne Zweifel ein großer Mann. Aber zur Zeit mache ich mir seinetwegen höllische Sorgen. Ich kann es nicht beweisen. Aber Allen hat vielleicht ein ähnliches Gefühl. Bissell dagegen kann Hugh ganz einfach nicht ausstehen. Zwischen den beiden findet eine Art Hahnenkampf statt. Das Problem ist: Hugh weiß zuviel über alles, was in der Firma vorgeht. Schließlich sitzt er ja in allen Schaltstellen drin. Das ist Allens Schuld. Er hat von Anfang an darauf bestanden, daß einer von uns unabhängig von allen anderen den gesamten Laden im Auge behalten und ihm laufend berichten sollte, was vor sich geht. Allen wollte sich damit gegenüber seiner eigenen Bürokratie absichern und verhindern, daß sie etwas unternahm, wovon er nichts wußte. Aus diesem Grund kann sich Hugh über sämtliche Sicherheitsbestimmungen hinwegsetzen und überall einmischen, wo er will. Inzwischen ist sein Lehen ein richtiges Spinnennetz, ein Imperium innerhalb des Imperiums geworden. Und Hugh ist gegen die Kuba-Operation.«
»Ja, aber ich bin dafür.«
»Das möchte ich auch verdammt hoffen.«
Ich überlegte, ob ich meinem Vater von dem Job erzählen sollte, den ich für Hugh übernommen hatte, ließ es aber sein. Ein neuerwachter Instinkt sagte mir, daß es besser war, für beide zugleich zu arbeiten – natürlich streng voneinander getrennt. So würde ich vielleicht zum erstenmal in meinem Leben etwas selbst bestimmen können. Die Größe meines Wagnisses erschreckte mich zwar, aber zugleich lockten mich die Möglichkeiten, die es mir eröffnen mochte.
»In der Tat«, erklärte mein Vater, »sind unsere Auffassungen einander so diametral entgegengesetzt, daß ich Allen klipp und klar erklärt habe, als er mich diese spezielle Aufgabe zu übernehmen bat: Ich mache es nur unter der Bedingung, daß Hugh nichts davon erfährt. Und genau das hat mir Allen versprochen.«
Ich nickte.
»Die Kommunikationsline verläuft von Allen über Bissell zu mir«, fuhr mein Vater fort. »Und nun geht sie weiter bis zu dir hinunter. Ich habe bereits einen Agentenführer, der in New York und Washington arbeitet, aber jetzt brauche ich einen in Miami. Ich werde dich in mein Team aufnehmen. Alles klar?«
»Yessir.«
Er kniff die Augen zusammen und sah zu einem Fischerboot

hinaus, das im Kanal zwischen zwei weit entfernten Keys auf den Wellen tanzte. »Rick, ich muß zugeben, daß ich sehr großen Respekt vor dieser Operation habe. Seit ich vierzehn war und wußte, daß ich zum erstenmal in der Schulmannschaft in St. Matthew's Football spielen sollte – als jüngster Schüler, der dort je in die erste Mannschaft aufgenommen worden ist –, habe ich nicht mehr so schlecht geschlafen. Ja, und so wache ich mitten in der Nacht auf, ich erzähle dir das jetzt, und es bleibt unter uns – ja, und ich schnappe nach Luft. Denn der Kern der Kuba-Operation ist – und ich kann dir das in einem Satz sagen – Allen hat jetzt entschieden, daß Castro definitiv zu eliminieren ist.«
Hatte er meinen Anruf über das abhörsichere Telefon vergessen?
»Darüber wird hier allgemein geredet«, sagte ich vorwurfsvoll.
»Ja«, nickte mein Vater, »du hast es mit Kubanern zu tun. Ein Gerücht kann gar nicht so makaber oder extravagant oder sensationell sein, daß es bei ihnen nicht sofort zum täglichen Klatsch und Tratsch gehört. Aber im Grunde glaubt kein Kubaner, daß er Castro den Hut vom Kopf hauen kann. Wir können es aber. Wir können es, und wir werden es tun.«
»Was ist mit Toto Barbaro?«
»Kümmere dich vorläufig nicht mehr um ihn. Er hat schon den richtigen Riecher, daß er Kontakt mit mir aufnehmen möchte. Laß dich mit ihm auf nichts ein. Nimm an, daß er ein Doppelagent ist – was wahrscheinlich sogar stimmt.«
»Yessir.« Ich zögerte. »Gibt es einen Zeitplan?«
»Castro muß bis Anfang November aus dem Weg sein.«
»Vor den Wahlen?«
Er sah mich an. »So ist es.«
»Kann ich fragen, bis wie weit das hinaufgeht?«
Er schüttelte den Kopf. »Mein Sohn, es ist die Arbeit eines Lebens, diese Company zu verstehen. Du wirst wahrscheinlich niemals aufhören zu lernen, wie die Zahnräder ineinandergreifen. Aber ein bestimmtes Gefühl muß du in dir entwickeln. Wir reden alle ein bißchen mehr, als wir eigentlich sollten, und wir gestatten es uns bisweilen, verbal Möglichkeiten auszutesten, um zu sehen, wie sie in den Ohren der Leute ankommen. Nur dürfen gewisse Nachforschungen nicht angestellt werden. Die Sicherheit hängt von einem ganz einfachen Schlüssel ab: Wenn man dir nicht sagt, von wo ein Vorhaben gestartet wird – such niemals nach der Quelle. Du darfst

so etwas nicht wissen wollen. Denn wenn du ehrlich bist, mußt zu zugeben: Wir können uns selbst nicht trauen. Versuche also niemals zu erfahren, ob diese Operation von Präsident Eisenhower oder Richard Milhous Nixon oder von Allen selbst ausgeht. Es steckt soviel Nachdruck dahinter, daß ich glaube, Allen kann nicht der Initiator sein, und daß es nicht von Bissell ausgeht, kann ich so ziemlich garantieren. Der nimmt lieber eine klare Anordnung entgegen und arbeitet dann die Einzelheiten aus. Wenn sie von November reden, muß es also Nixon sein. Er ist Action Officer für Kuba, und er wird die Wahlen gewinnen, wenn Castro bis dahin vom Brett ist und unsere Kubaner in den Bergen kämpfen. Trotzdem: Wir stellen keine Fragen. Denn es könnte auch Eisenhower sein. Als Patrice Lumumba letzten Monat nach Washington kam, hat ihn das State Department wie Mr. Afrika behandelt. Sie haben Eisenhower beschwatzt, Lumumba im Blair House unterzubringen – wollten ihn damit beeindrucken, daß er sich im Schatten des Weißen Hauses aalen durfte –, aber Mr. Lumumba ist ein Revolutionär, und er war davon gar nicht so sehr beeindruckt. Er und seine Leute haben ständig Marihuana geraucht und ihre Kippen überall in den Aschenbechern auf dem Siegel des State Department ausgedrückt. Dann haben Lumumba und seine Handlanger einige Hexenmeisterzeremonien zelebriert – mit einer Menge Hühnerfedern und Blut, wie ich gehört habe –, woraufhin er die unglaubliche Frechheit hatte, das State Department zu fragen, ob man ihm eine weiße, am besten eine blonde Nutte besorgen könnte. Er wünsche ein bißchen weibliche Gesellschaft im Blair House. Nun, Eisenhower soll gesagt haben: ›Eigentlich müßten Castro und Lumumba sofort unschädlich gemacht werden. Kann da jemand etwas tun?‹«
Mein Vater zuckte nun die Schultern. »So eine Bemerkung mag sehr wohl ausgereicht haben, um unsere Castro-Operation in Gang zu bringen. Ja, es könnte mit dem alten Ike angefangen haben oder damit, daß Nixon Ikes Feststellung als Aufforderung verstand. Aber alles, was ich von Allen erfahren habe, ist, daß man Bissell gesagt hat, es könne losgehen. Und von letzterem konnte ich nur soviel erfahren, daß eine Entscheidung getroffen worden sei, mit Unterweltfiguren zusammenzuarbeiten: mit den Leuten, die ihre Kasinos in Havanna verloren haben. Top-Gangster mit Investitionen in Kuba werden sich wahrscheinlich für einen solchen Job interessieren, und niemand würde bezweifeln, daß diese Revol-

vermänner auf eigene Rechnung handeln. ›Na bitte‹, sagt Bissell, ›machen wir es ebenso.‹ ›Würden Sie mir freundlicherweise einen Tip geben, wie ich das anfangen soll?‹ frage ich. ›Bleibt Ihnen überlassen‹, sagt Bissell. ›Sie kennen eine Menge Leute.‹ In der Tat, das tue ich, aber in der Kategorie? Ich habe ein paar harte Tage durchgemacht, Rick. Ich bin so lange im Fernen Osten gewesen, daß ich dir einen Mechaniker in Hongkong nennen kann, der sich darauf versteht, Fußnägel millimeterweise herauszureißen, aber betrüblicherweise habe ich erbärmlich wenig Kontakte zu geschickten Leuten in der Unterwelt der USA. Ich wußte nicht, wo ich anfangen sollte. Als ich es mir richtig überlegte, wurde mir klar, daß ich nicht die richtigen Amerikaner kannte. Ich dachte sogar daran – ich werde dich enterben, wenn du das je irgend jemandem erzählst –, daß ich meine alte Freundin Lillian Hellman anrufen könnte. Sie hatte vor Jahren eine Affaire mit Frank Costello, worauf sie noch immer sehr stolz ist, und ich dachte, sie würde mich möglicherweise mit dem alten Gangsterboss bekanntmachen. Zum Glück habe ich mich erst mal informiert. Costello ist heutzutage ziemlich out. Ungefähr zum gleichen Zeitpunkt rief mich Bissell zu sich und gab mir nähere Instruktionen. Ich soll mit Bob Maheu arbeiten, sagt er. Na ja, das ist eine andere Sache. Du wirst Maheu in Miami kennenlernen, nehme ich an. War früher beim FBI, jetzt ist er die rechte Hand von Howard Hughes. Ist auch schon für uns tätig gewesen. Ich habe vor Jahren mit ihm im Fernen Osten zusammengearbeitet – ein unglaublicher Bursche.« Mein Vater verbrachte eine Weile damit, seine Handflächen zu betrachten. »Organisatorisch trage ich die gesamte Verantwortung. Operativ sitze ich am Rande des Spielfelds und warte ab, was Maheu mir berichtet. Das ist eine Situation, vor der mich mein Instinkt warnt. Und was die Frage angeht, wo alles begonnen hat – ja nun, da fällt mir Hughes genauso schnell wie Nixon ein. Aber ich kann nicht sagen, daß ich darüber glücklich bin. Zum Teufel, laß uns zahlen und wieder zurückfahren.«
Als wir uns wieder auf der Straße nach Miami befanden, kam er auf Einzelheiten zu sprechen. »Bald wird es ein paar Meetings geben«, sagte er. »Ich nehme vielleicht daran teil, vielleicht aber auch nicht. Maheu hat so seine Kontakte zur Unterwelt, aber ich muß natürlich ein bißchen auf Hygiene achten.«
»Und wo ist meine Rolle?« fragte ich.

»Harry, ich kann dir nicht im voraus sagen, ob dieser Job dich eine Stunde oder eine Woche beschäftigen oder ob er dich auffressen wird. Ich habe ehrlicherweise nicht das Gefühl, daß ich ihn schon im Griff habe.«

»Ich habe dich noch nie so deprimiert erlebt«, sagte ich. Es war eine gewagte Äußerung, aber sein trüber Blick verleitete mich dazu.

»Es ist fürchterlich, mit Mary Schluß zu machen«, sagte mein Vater.

Wir fuhren eine Weile schweigend dahin.

»Es ist alles meine Schuld«. sagte er. »Mary hatte es gelernt, mit meinen Seitensprüngen zu leben, aber sie konnte es mir nicht verzeihen, daß ich eines schönen Nachmittags in Tokio, als ich dachte, sie wäre bis zum Abend zum Einkaufen aus, eine Freundin in ihrem Bett vernascht habe.«

»Allmächtiger Christus«, sagte ich. »Warum hast du denn das gemacht?«

Er seufzte. »Wahrscheinlich, weil Sex ohne Risiko eine unangenehm langweilige Sache werden kann. Außerdem sind alle Hubbards zum Teil verrückt. Weißt du, worauf ich am stolzesten bin? Am Silvesterabend 1946, vor vierzehn Jahren, am ersten Silvesterabend nach dem Krieg, kurz vor meinem vierzigsten Geburtstag, habe ich ein Mädchen, das ich am gleichen Abend bei einer Party im Knickerbocker Club kennenlernte, im Stehen gevögelt.« Er zögerte, voll aufgestautem Selbstvertrauen, um meine Reaktion zu hören.

»Ja? Was ist denn so Besonderes daran?«

»Wir taten es um vier Uhr früh am oberen Ende der Park-Avenue-Insel, und ungefähr zweitausend Fenster sahen auf uns herab und Autos fuhren vorbei und so ein Ire hielt an und steckte den Kopf aus dem Fenster und rief: ›Was, zum Teufel, tut ihr da eigentlich‹, und ich antwortete: ›Wir treiben Unzucht, Officer. Wir treiben Unzucht, bis die Kühe nach Haus kommen und ein glückliches neues Jahr auch.‹«

»Was hat er getan?«

»Er hat uns nur einen angeekelten Blick zugeworfen – echt New Yorker Cop! – und ist weitergefahren.« Mein Vater fing vor Freude über diese Erinnerung zu lachen an, und als er aufhörte, erstreckte sich die Straße noch immer weiter geradeaus von den

Keys nach Norden, und ich konnte ihn wieder über seiner zerbrochenen Ehe brüten sehen. Als er dann aber sprach, war es von etwas anderem.

»Weißt du, mein Sohn«, sagte er, »ich fühle mich dem, was dieser Job verlangt, gewachsen. Beim OSS mußte ich einmal einen Partisanen beseitigen, der uns verraten hatte. Es lief schließlich darauf hinaus, daß ich ihn mit bloßen Händen umbringen mußte. Ein Schuß wäre zu laut gewesen. Ich habe es bis heute noch niemandem erzählt.« Er sah mich an. »Aber heute ist der Tag. Vielleicht habe ich eine Frau verloren und einen Sohn gewonnen.«

»Ja, vielleicht.« Ich wagte nicht mehr zu sagen.

»Was ich damit meine, daß ich es nie jemandem erzählt habe, ist, daß ich noch nie von dem Gefühl der Verwirklichung gesprochen habe, das dich beschleicht, wenn du einen Menschen umbringst. Ich wußte danach lange nicht, ob ich noch ein guter oder nunmehr ein schlechter Mensch war. Aber schließlich begriff ich, daß es keine Rolle spielte – ich war nur ein dummer Bengel. Heute beschäftigt mich nicht, was ich zu tun habe, sondern das, was ich nicht im Griff habe – noch nicht.«

20

Nachdem mein Vater nach Washington zurückgeflogen war, holte ich Modene vom Flughafen ab. Sie kam mit der Abendmaschine nach Miami zurück, und wir fuhren zu einem Safe house. Sie mochte keine Hotels. »Miami Beach ist ein Dorf für die, die hier wohnen, und ich falle überall auf«, hatte sie mir erklärt.

So wählte ich ein kleines, aber elegantes Haus in Key Biscayne, das ein reicher Kubaner, der den Sommer in Europa verbrachte, an Zenith vermietet hatte. Ich war bereit, das Wagnis einzugehen, und nahm an, daß es keine Probleme mit sich bringen würde, wenn wir uns ein paarmal dort trafen. Wir fuhren dann immer in meinem weißen Kabriolett vom Flugplatz den Rickenbacker Causeway entlang zur Biscayne Bay und zur Villa am North Mashta Drive. Wir verbrachten unsere Nächte im großen Schlafzimmer, und wenn wir morgens aufwachten, erblickten wir drau-

ßen königliche Palmen, weiße Häuser, die Mangrovenküste und Vergnügungsschiffe im Hurricane Harbor.
Ich jonglierte natürlich mit einer Reihe von Unwahrheiten, die ich zwischen Harlot und der Safe-house-Abteilung bei Zenith ausbalancieren mußte, aber das Risiko erschien mir vertretbar. Schließlich war Hunt der einzige Geheimdienstoffizier in Südflorida, der das Recht hatte, mich zu fragen, wofür ich das Safe house benutzte, und während er routinemäßig jedesmal davon unterrichtet wurde, wenn ich einen Beleg für Safe-house-Benutzung unterschrieb (und Hunt war ein Mann, der eine gute Adresse am Namen erkannte – North Mashta Drive würde bestimmt seine Aufmerksamkeit erregen), war ich andererseits durch die Beschränkungen unserer Bürokratie geschützt. Wenn ich den Beleg unterzeichnete, war darauf nur das Kennwort Property 30G vermerkt. Wenn ich dieses Haus oft benutzte und Hunt darauf aufmerksam wurde, mußte er dessen Adresse und Eigentümer immer noch in einem als geheim eingestuften Buch nachschlagen – und wozu sollte er sich diese Mühe machen? Angesichts der Horden von Kubanern, die wir betreuten, benutzten wir andauernd sichere Häuser. So hatte ich wenig zu befürchten. Einmal glaubte ich im Traum Hunts Sprungschanzennase um die Schlafzimmertür herumlinsen zu sehen, um Modene und mich in fleischlicher Verklammerung zu betrachten, aber es war ja nur ein Traum. Es beeindruckte mich selbst, wie wenig ich mir über das alles Gedanken machte verglichen mit dem, was ich etwa im ersten Jahr in der Agency ausgestanden hätte. Vielleicht fing ich an, mit Harlots Diktum zu leben, daß wir in unserem Beruf allmählich lernen, mit instabilen Fundamenten zurechtzukommen.
So konnte ich auf meine unerlaubte Benutzung der Villa Nevisca stolz sein. Die Stuckmauern strahlten in blendendem Weiß, und die Übersetzung des Namens – »Haus des leichten Schneefalls« – wurde von Modene mit geradezu kindlicher Freude aufgenommen, so daß ich mich manchmal fragte, wie lange ihr Vater wohl gebraucht haben mochte, sich an sein Geld zu gewöhnen. Manchmal, wenn ihre akzentuierte Sprechweise – Ergebnis jahrelangen Unterrichts – mich zu langweilen begann, amüsierte ich mich insgeheim über die Sachlichkeit der Leute im Mittleren Westen. Modene war hingerissen von jedem Bauwerk, das ein wenig Charme ausstrahlte und älter als ein paar Jahrzehnte war. Sie liebte ausge-

fallene Fensterformen, Veranden mit hölzernem Filigran, pastellfarbene Gebäude ganz allgemein – und romantische Namen: La Villa Nevisca war perfekt! Sogar die plumpen Nachahmungen der Herrenhäuser aus den Südstaaten, die man in Key Biscayne so häufig findet, imponierten ihr. Nein, ich durfte sie einfach in keiner Hinsicht mit Kittredge vergleichen. Trotzdem konnte ich nicht aufhören, mir Modenes Kindheit auf gutbürgerlichen Grand-Rapids-Straßen vorzustellen, und folgerte, daß ihre Verachtung für meine bescheidene Stellung in der Gesellschaft – »Ich glaube, du bist der ärmste Mann, mit dem ich je gegangen bin« – von ihrer tiefen Ehrfurcht vor meinen Leistungen: Yale und ein Beruf, über den ich mit ihr nicht reden durfte – mehr als ausgeglichen wurde. Von St. Matthew's mußte ich ihr nicht einmal erzählen.

Ich bin unfair. Sie wußte, was sie wußte, und in gewissen Dingen war ihr Selbstbewußtsein unangreifbar. Sie tanzte zum Beispiel gern. Nachdem wir allerdings ein paar Abende in einem Nachtklub verbracht hatten, gaben wir es weitgehend auf. Ich war auf dem Tanzboden gewiß nicht schlecht, doch sie hätte den Beruf einer Tänzerin ausüben können. Wenn sie mir Variationen des Samba und des Meringue, des Cha-cha-cha und des Madison zeigte, wenn sie von einem Doppel-Lindy zu einem Triple-Lindy übergehen konnte, tat sie es nur, um ihr Können zu demonstrieren. Sie war nicht darauf aus, meine Fähigkeiten durch Zusammenarbeit auszubilden – dabei käme sie sich albern vor, erklärte sie. In ihrer Ablehnung steckte die elitäre Exklusivität einer Künstlerin: Man möchte sein Talent nicht abstumpfen. Dann lieber der Kunst abschwören.

Andererseits merkte ich, daß meine Aussprache sie faszinierte. Sie erklärte, sie könne mir deswegen eine ganze Nacht lang mit ebensolchem Vergnügen zuhören, als wenn Cary Grant spräche. Cary Grant war ihr absoluter Maßstab, was Vornehmheit anging, und irgendwann begriff ich auch, wieso sie aus mir keinen guten Tänzer machen wollte. Auch ich hätte ja keine Zeit darauf verschwendet, ihr eine gepflegte Ausdrucksweise beizubringen. Sie sprach gut genug, und wenn es in meinen Ohren bisweilen langweilig klang, so hatte sie doch genügend andere Vorzüge.

Einmal sagte sie zu mir (und ich hörte Sally Porringer reden: »Du bist so ein Snob.«

»Weißt du«, sagte ich, »das ist auch dein lieber Freund Jack Kennedy.« Und ich konnte nicht umhin, infamerweise hinzuzusetzen: »Wo auch immer er sein mag.«
»Er versucht eine Wahl zu gewinnen«, antwortete sie leise. »Wie könnte er also Zeit für mich haben? Natürlich hat er keine Zeit.«
»Nicht mal für einen Anruf.« Eifersucht wallte in mir auf wie eine kochende Suppe.
»Er ist kein Snob«, widersprach sie. »Er interessiert sich intensiv für alle Menschen, die um ihn sind. Ich bin noch nie jemandem begegnet, der so gut zuhören kann. Er ist ganz anders als du.«
Das stimmte. Sie redete, und ich stellte mir währenddessen ihre fleischlichen Vorzüge vor. Ich sah sie nie anders denn als Objekt meiner sexuellen Begierde. Ich brauchte ihr nicht zuzuhören – sie war soviel mehr als das, was sie sagte. Bald würden wir ins Bett gehen, und dann würde ich sie wieder wundervoll finden und entzückend, tief und wild, ja, gierig, großzügig und liebevoll. Dann brauchte ich mir keine Sorgen zu machen, ob ich gut genug tanzen konnte.
Libido ist vielleicht innere Überzeugung, aber wilde Libido ist Größenwahn. Ich hegte keinerlei Zweifel, daß ich der beste Liebhaber war, den sie je gehabt hatte. Nachdem aber meine Libido verbraucht war, wurde ich wieder zu dem Mann, der nicht gut tanzen konnte. Sinatra konnte tanzen. Jack auch. Sie konnten es.
»Du bist verrückt«, sagte sie zu mir. »Jack Kennedy hat einen kaputten Rücken. Den hat er sich im Krieg geholt. Wir haben überhaupt nie getanzt. Es war nicht wichtig. Ich wollte ihm zuhören, wenn er sprach, und ich habe wahnsinnig gern geredet, wenn er mir zuhörte.«
»Und Frank? Frank tanzt nicht?«
»Es ist sein Beruf.«
»Zu tanzen?«
»Nein, aber er kann es.«
»Und ich nicht.«
»Komm her.« Wir lagen im Bett, und sie küßte mich, und wir fingen wieder an. Ich opferte ihr den Rest meiner Libido. Am nächsten Mogen litt ich unter einer fürchterlichen Depression. Es schien mir, als wäre ich für sie nichts als ein kleiner Boxenstop in einem Autorennen. Kennedy würde wiederkommen, Sinatra konnte sich jeden Tag erneut einfinden, und Giancana wartete.

Wie gering waren doch meine Aussichten, wenn ich sie nüchtern betrachtete!
Deshalb traf mich eine Nachricht, die mich am 1. August über die offene Leitung von Harlot erreichte, ganz unvorbereitet.

SERIE: J/38.854.256
ROUTE: LEITUNG/ZENITH – OFFEN
AN: ROBERT CHARLES
VON: GLADIOLUS 10 Uhr 05, 1. August 1960
THEMA. BABYLONISCHE PARTOUSE
Ruf mich an über SUCHLEITUNG.

GLADIOLUS

Seine Botschaft war knapp. »Harry, es hat mich höllische Anstrengungen gekostet, dieses Transkript an Land zu ziehen. Es ist das Gespräch zwischen BLAUBART und AURAL am 16. Juli über die Konventwoche in Los Angeles. Buddha hat es nicht nur in seiner Spezialablage, sondern auch unter Select Entry gehabt. Trotzdem hab' ich's mir geholt. Alte Beziehungen zahlen sich aus, wenn man über Druckmittel verfügt.«
»Wie schnell«, fragte ich, »kannst du es mir übermitteln?«
»Bist du heute um vier Uhr bei Zenith?«
»Läßt sich einrichten.«
»Erwarte meinen Mann Punkt vier an deinem Schreibtisch.«
»Yessir.«
»Bist du bei der Nixe schon am Ball?«
»Nein, Sir«, log ich, »aber auf dem Weg dahin.«
»Wenn's zu lange dauert, wird nicht mehr soviel dabei herausspringen.«
»Sir?«
»Ja?«
»›Partouse.‹ Das ist Pariser Argot, nicht?«
»Wirst du früh genug sehen.«

Um 16 Uhr 00 kam ein Mann, in dem ich einen der beiden Gorillas wiedererkannte, die Harlot vor vier Jahren in Berlin begleitet hatten, in mein Büro, nickte kurz, händigte mir einen Umschlag aus und verschwand, ohne meine Unterschrift zu verlangen.

»17. Juli 1960. AIRTEL AN DIREKTOR VON FAC SPOONOVER, Thema SELECT, Transkript von Gespräch zwischen *Person* und *Freundin*, 16. Juli, aufgenommen 7 Uhr 32 bis 7 Uhr 48 Pazifikzeit.«

MODENE: Willie, ich brauche dich. Bitte hör zu. Das mit Jack ist gerade geplatzt.
WILLIE: Ist gerade geplatzt? Hier ist es halb zehn Uhr morgens. Also muß es bei dir halb acht sein. Was ist passiert? Nicht ein Anruf von dir die ganze Woche.
MODENE: Es ist so, wie ich gesagt habe: Es ist letzte Nacht um drei Uhr morgens geplatzt, und ich habe seither nicht geschlafen. Ich will gleich abfliegen. Ich bin am Flugplatz. Ich habe nicht geschlafen.
WILLIE: Was hat er getan?
MODENE: Ich kann es dir nicht sagen. Bitte! Ich muß mich so zusammennehmen.
WILLIE: Du bist ja ganz durcheinander!
MODENE: Er hat mich die ganze Woche lang im Beverly Hilton untergebracht und gesagt, ich wäre sein Gast, aber ich kam mir schrecklich abgeschoben vor. Mein Zimmer war nicht perfekt, und ich wußte nie, ob er mich allein lassen oder spät abends herausrufen würde.
WILLIE: Bist du zum Parteikonvent gegangen?
MODENE: Ja. Er ließ mich in einer Loge warten. Ich glaube, es war die Loge Nummer vier. Die Kennedyfamilie war in der ersten Loge, und Angehörige und Freunde waren in einer anderen, und dann gab es noch eine dritte, in der sah ich ziemlich viele wichtig aussehende Leute, die war gleich neben meiner, aber meine war das Letzte. Ein paar von Franks Freunden waren da drin, aber Frank selbst war in der der Kennedyfamilie. In meiner waren nur zweitklassige Leute. Ich weiß nicht, wie ich sie beschreiben soll. Politiker aus Boston vielleicht, Goldzähne, na, nicht ganz so schlimm. Und ein, zwei Frauen, deren Aussehen mir überhaupt nicht gefallen hat. Sehr teure Frisuren, so ungefähr: »Fragen Sie mich nicht, wer ich bin, ich bin die Geheimnisvolle Frau.«
WILLIE: Aber du hast dich doch mit ihm getroffen.
MODENE: Natürlich. Fast jede Nacht.
WILLIE: Wie viele Nächte nicht?
MODENE: Drei Nächte von den sieben war er nicht bei mir. Ich habe

mich gefragt, ob er mit einer der Frauen in meiner Loge zusammengewesen ist.
WILLIE: Er muß sich wie Dynamit gefühlt haben.
MODENE: In einer Nacht war er so müde, daß ich ihn nur in den Armen gehalten habe. Eine wundervolle Glut ging von ihm aus. Er war so ungeheuer müde, aber so glücklich. Eine andere Nacht dagegen war er wundervoll. Voller Energie. Sein Rücken, der ihm üblicherweise zu schaffen macht, war völlig entspannt. Jack Kennedy ist ein Mann, der mit einem gesunden Rücken herumlaufen sollte. Eine Verkrüppelung paßt nicht zu ihm.
WILLIE: Er hat sich wahrscheinlich eine Spritze gegen die Schmerzen geben lassen. Ich habe davon gehört.
MODENE: Es war eine vollendete Liebesnacht, und ich habe ihm alles gegeben. Aber dann habe ich ihn in den nächsten Nächten nicht mehr gesehen. Dann, an dem Tag, als sie Lyndon Johnson zum Vizepräsidenten gewählt haben, war Jack sehr müde, und ich hielt ihn nur in den Armen, aber letzte Nacht . . . (Pause) Willie, ich will nicht zu heulen anfangen.
WILLIE: Wenn du dich nicht einmal bei mir ausheulen kannst, dann bist du echt schlimm dran.
MODENE: Ich bin in einem Lokal. An einem öffentlichen Telefonapparat. O verdammt, die Vermittlung ist drin.
VERMITTLUNG: Bitte werfen Sie fünfundsiebzig Cents für die nächsten drei Minuten ein.
WILLIE: Vermittlung, ich übernehme den Anruf. Hier ist Charlevoix, Michigan. C-H-A-R-L-E-V-O-I-X, Michigan, 629-9269.
MODENE: In der letzten Nacht dauerten die Parties endlos. Schließlich fuhr Jack mit einer Gruppe zur Suite von Freunden im Beverly Hilton und flüsterte mir zu, ich solle bleiben. Also lungerte ich am Rande herum, und das ist eine peinliche Situation. Ich hielt mich, solange ich konnte, im Badezimmer auf und kämmte mich, bis nur noch ein paar von seinen Top-Wahlhelfern und er selbst und ich da waren. Dann ging ich langsam ins Schlafzimmer, und er kam herein und seufzte und sagte: »Wenigstens sind sie alle weg«, und ich ging wieder ins Badezimmer, um mich auszuziehen. Als ich herauskam, war er im Bett, und – ich konnte es nicht glauben – da war auch noch eine andere Frau, eine von denen, die ich in der Loge auf dem Konvent gesehen hatte. Sie hatte sich gerade ausgezogen.

WILLIE: Mein Gott, nimmt er bei Frank Unterricht?

MODENE: Ich bin sofort zurück ins Badezimmer gegangen und habe mich angezogen, und als ich herauskam, war die andere Frau weg. Ich habe am ganzen Leib gezittert. »Wie hast du bloß die Zeit gefunden, das alles zu arrangieren?« habe ich ihn gefragt. Es fehlte nicht viel, und ich hätte ihn angeschrien. Ich konnte es nicht ertragen, daß er so ruhig war. Und als er sagte: »Ich habe ein bißchen herumjonglieren müssen«, hätte ich ihm fast eine Ohrfeige gegeben. Er muß den Zorn in meinen Augen gesehen haben, denn er sagte, er hätte es nicht getan, um mich zu kränken, er hätte nur geglaubt, eine solche Nummer wäre eine Bereicherung. »Eine Bereicherung«, schrie ich. »Ja«, sagte er, »es ist eine Bereicherung für die, die es zu schätzen wissen.« Dann erzählte er mir, er hätte einmal eine Französin sehr geliebt, die an solchen Arrangements ihre Freude gehabt habe. Sie habe sogar einen Namen dafür gewußt: *la partouse*. P-A-R-T-O-U-S-E. Wenn du dazu bereit bist, ist nichts Schlimmes dabei, sagte er, obwohl er natürlich an meiner Reaktion sehen konnte, daß er einen gewaltigen Fehler gemacht hatte.

WILLIE: Einen gewaltigen Fehler.

MODENE: Ja. Ich sagte: »Jack, wie konntest du? Du hast alles ...«, und er unterbrach mich: »Es ist alles so schnell vorbei, und wir fangen so wenig mit unserem Leben an.« Ist das zu fassen? Er ist ein echter Ire. Sobald die sich mal etwas in den Kopf gesetzt haben, brauchst du eine Spitzhacke, um durch den Beton zu kommen. Er fing an, mich zu streicheln, und ich sagte: Laß mich los, oder ich fange an zu schreien. Ich ging in mein Zimmer und trank Jack Daniel's bis zum Morgengrauen. Ich bin nicht ans Telefon gegangen.

WILLIE: O Modene.

MODENE: Ich bin nicht mal mehr betrunken. Ich bin stocknüchtern. Eisig. Es ist viel zuviel Adrenalin in mir. Er hatte auch noch die Frechheit, mir durch einen Pagen achtzehn rote Rosen aufs Zimmer schicken zu lassen, kurz bevor ich ausgezogen bin. Es war eine Karte dabei: »Bitte verzeih die größte Dummheit meines Lebens!« Nun, ich will dir was sagen: Ich habe über hundert Dollar ausgegeben und ihm sofort sechs Dutzend gelbe Rosen schicken lassen, Absender: Modene. Er wird verstehen, was das bedeutet.

WILLIE: Weiß er von Sams gelben Rosen?

MODENE: Mit Sicherheit. Ich hab's ihm ausdrücklich erzählt. Es hat mir Spaß gemacht, ihn damit aufzuziehen.
WILLIE: Es kommt mir so vor, als ob du es auf Sam abgesehen hast.
MODENE: Ich weiß es nicht. Ich muß sehen, in welcher Stimmung ich bin, wenn ich nach Miami zurückkomme.
WILLIE: Wenn dieser Kerl zum Präsidenten gewählt wird, brechen schlimme Zeiten an.
MODENE: Willie, ich lege auf. Ich will nicht zu heulen anfangen.
(16. Juli 1960)

Meine Reaktion auf diese Nachricht war eigenartig. Ich fragte mich, ob ich je versuchen würde, eine andere Frau mit zu Modene ins Bett zu bringen, und ich wußte, daß ich es nicht tun würde, aber nur aus Angst davor, sie zu verlieren. Wenn sie hingegen jemals eine weitere Frau zu uns ins Bett bringen würde, dann würde mir das vielleicht sehr gefallen. Es gab Zeiten, vor allem später, in denen ich dachte: Zum Teufel mit St. Matthew's! Wir sind auf der Welt, um so viele außerordentliche Gefühle zu empfinden, wie möglich; vielleicht müssen wir sogar darüber Bericht erstatten, wenn man uns später deswegen im Himmel ausquetscht.
Aber es dauerte nicht lange, bis eine siedende Wut in mir aufstieg. Ich gab Sinatra die Schuld, und ich konnte meines Vaters Neigung verstehen, jemanden mit bloßen Händen zu erwürgen. Schade, daß Sinatra nicht in diesem Augenblick durch die Tür in mein Büro bei Zenith trat – es juckte mich in den Fingern, ihm den Hals umzudrehen. »Modene, wie konntest du uns das antun?« murmelte ich vor mich hin, als ob sie für ihre Vergangenheit genauso verantwortlich wäre wie für ihre Gegenwart mit mir.
Aber die Zeit schritt fort, und es änderte sich nichts: Wir liebten uns, und wir taten so, als ob es Jack Kennedy gar nicht gäbe. Es schien fast alles in Ordnung zu sein. Ich wußte nicht, ob sie sich nur mit mir tröstete, um in Ruhe ihre Wunden lecken zu können, bis sich neue Perspektiven ergeben mochten, oder ob sie mich auf eine magische Art liebte, das heißt am Abend ihrer Rückkehr nach Miami wirklich in Liebe zu mir entbrannt war und ob sie mich nun als ihren Mann betrachtete. Sie sprach immer wieder von meinem guten Aussehen, bis ich anfing, mein Gesicht mit dem kritischen Interesse eines Spekulanten im Spiegel zu betrachten.

Dabei war ich die ganze Zeit von meiner Arbeit in Beschlag genommen, und ich fürchtete den Tag, an dem der Gorilla mit neuen Transkripten von Harlot an meinem Schreibtisch auftauchen und an dem ich erfahren würde, daß sie sich wieder mit Jack Kennedy traf.

21

Ungefähr Mitte August führte Hunt einen Plan aus, an dem er schon seit einiger Zeit gearbeitet hatte: Unsere Frente-Führer verlegten ihre Operation nach Mexiko. Man hielt das in Quarters Eye für eine notwendige Tarnungsmaßnahme im Hinblick auf das Vorhaben, und Hunt begrüßte sie. Seine Kinder, die ihr Schuljahr in Montevideo beendet hatten, würden bald mit Dorothy in die Staaten zurückkommen, und ich glaube, er hatte große Probleme im extrem teuren Miami eine anständige Behausung zu finden. Nun konnten er und Dorothy sich eine Villa in Mexico City mieten. Außerdem würde er wieder einmal wie in Montevideo das Gefühl genießen, selbst über alles zu bestimmen.

Ich blieb bei Zenith, übernahm die Abteilung Politische Aktionen und zog sogar innerhalb des Hauses in ein größeres Büro mit einem eigenen Fenster um. Wenn ich daraus auch nur über eine gemähte Wiese auf unseren Drahtzaun, unser Wärterhaus und unser Tor blicken konnte, so hatte ich damit jedenfalls die erste, unterste Sprosse auf der Karriereleiter erklommen.

Ansonsten war der neue Job kein Zuckerlecken. Ich mußte mich jetzt außer um meine eigene Arbeit auch noch um Hunts unerledigte Unternehmungen kümmern. Das schloß auch die täglichen PR-Aktionen über die Kuba-Flüchtlinge ein, die täglich mit allen denkbaren Booten und Schiffen eintrafen. Dank der Verbindungen, die wir zu einigen Reportern der Zeitungen von Miami aufgebaut hatten, konnten wir nun alle paar Wochen mit einem Feature über Exilkubaner rechnen, die gerade auf Flößen von Havanna herübergekommen waren, über deren äußerst primitive Konstruktion es zu berichten lohnte. Manche bestanden nur aus einfachen Planken, die man mit Tauen auf zusammengeschweißte Ölfässer gebunden hatte. Sensationsmeldungen über eine Seereise von einhundertundachtzig Meilen offenen Meeres vom Hafen von Havanna bis Miami lenkten von der weniger spektakulären Tatsache ab, daß die große Mehrheit unserer »Exiles« noch immer per Flugzeug von Mexico und Santo Domingo zu uns kam. Dann konnte ich einmal mitten in einer mondlosen Nacht vom Patio unserer Villa La Nevisca aus beobachten, wie ein Motorschiff eine volle Menschenladung und zwei Flöße hinaus aufs Meer schleppten, und siehe da, am Morgen waren die Flöße mit der Strömung wieder hereingekommen, und man rief die Presse herbei, und einer der jungen Leute, den ich zwei Wochen zuvor persönlich in Opa Locka registriert hatte, ein besonders sympathischer Lockenkopf von einem Kubaner, grinste mich am folgenden Tag von der Titelseite der Zeitung als kühner Seefahrer an. Natürlich fand ich das moralisch unbedenklich – ich wünschte nur, Hunt hätte mich besser unterrichtet. Der Vorzug militärischer Operationen, so stellte ich fest, liegt darin, daß man nicht viel fragt, sondern einfach gewinnen will.

Inzwischen blieb Hunt per Telegraf und Telefon mit mir in Kontakt. Über den Golf von Mexiko hinweg versuchte er noch immer die Arbeit zu kontrollieren, die er mir übergeben hatte. Ich war jetzt nominell für seinen Bereich der Agentenanwerbung verantwortlich, aber viele unserer Aktivitäten brachten keine zuverlässigen Ergebnisse. Es war leicht, Agenten zu finden, die unser Geld nahmen, aber wie viele der von uns engagierten Gerüchteköche, Idealisten ohne Ausbildung, Kleinkriminellen, verkrachten Zuhälter, Gelegenheitsgeschäftemacher, neuen kubanischen Ladenbesitzer, Schiffsbesatzungen aller Schattierungen, Exilanten, die darauf warteten, daß man sie zur militärischen Ausbildung fortbrachte, Exsoldaten aus der kubanischen Armee und Amerikaner kubanischer Abstammung aus der US-Army, plus einem Überbau aus kubanischen Journalisten, Anwälten, respektablen Geschäftsleuten und Berufsrevolutionären konnte uns schon mit präzisen Informationen versorgen?

»Unsere Agenten«, so stellte Hunt fest, »sagen uns das, was wir ihrer Ansicht nach hören wollen.«

Mittlerweile war es August, und Wirbelstürme zogen über der Karibik auf. In der Calle Ocho breiteten sich die Neonreklamen in

spanischer Sprache aus, Neuankömmlinge schliefen auf der Veranda unseres Rekrutierungsbüros im Zentrum von Miami, und Quarters Eye brachte ein Handbuch für das Zenith-Personal mit einem Verzeichnis der hundert und mehr Exilorganisationen in und um Miami heraus – eine überflüssige Arbeit, da wir bei Zenith schon genau die gleiche Zusammenstellung produziert hatten. Ich saß nun auch mit anderen Agentenführern zusammen in Ausschußsitzungen, wo wir ein operatives Verfahren erarbeiten wollten, um für die Exilkubanergruppen eine Art Selbstkontrolle zu entwickeln, die die Castro-Agenten in der Exilgemeinde ausschalten sollte. In FBI-Berichten, die wir auch bei Zenith herumgehen ließen, war von zweihundert kubanischen Geheimdienstagenten (Castros DGI) die Rede – ein Witz, wie wir fanden. Doch drei Monate zuvor hatte Hoovers Büro schon genau die gleiche Zahl genannt. Alles deutete darauf hin, daß das FBI auch in weiteren drei Monaten wieder von zweihundert DGI-Agenten sprechen würde, die in Miami ihr Unwesen trieben.
Anfang September kam schließlich ein weiterer mit Klebeband gesicherter Brief per Postsack in Quarters Eye an.
Darin hieß es:

»Ich lege einen Brief von Bob Maheu bei. Wenn Du ihn nicht an einem sicheren Ort begraben kannst, vernichte ihn. Ich habe eine Kopie.

Lieber Mr. Halifax,
hiermit möchte ich Sie davon unterrichten, daß ich mich mit einem mir wärmstens empfohlenen Oberganoven von der Mafia getroffen habe, der sich Johnny Ralston nennt. Da er seine eigenen enteigneten Investitionen zurückzugewinnen sucht, ist er – gelinde gesagt – hochmotiviert.
Natürlich habe ich mich ihm bei unserem Lunch, wie Sie es mir vorschlugen, als Repräsentant einiger reicher Privatpersonen vorgestellt, die für einen entscheidenden Schlag eine Summe von $ 150000 zu zahlen bereit sind. Nun, dieser Gentleman Ralston benutzt manchmal eine recht scharfe Ausdrucksweise. Er warf mir den Namen Meyer Lansky (des führenden Ganoven von Miami) an den Kopf. »Meyer«, sagte er, »bietet eine Million Dollar für den gleichen Job.«

»Ja, gewiß«, versicherte ich ihm. »Aber wenn Sie erfolgreich waren, müssen Sie das Geld erst noch kassieren. Möchten Sie der Mann sein, der Meyer Lansky um eine solche Summe erleichtern will?«
Da ich das Gespräch aufgenommen habe, lassen Sie mich den Rest wörtlich wiedergeben:
R: Wie kann ich Ihren Leuten trauen, daß die einsfünfzig abdrükken?
M: Wir hinterlegen das Geld bei einem Notar.
R: Echt? Wieso machen Sie da eigentlich mit?
M: Weil ich mich diesem Land ernsthaft verpflichtet fühle. Man hat mir gesagt, daß Sie ähnlich patriotische Gefühle hegen.
R: Ich liebe dieses Land.
M: Nun, jetzt haben Sie Gelegenheit zu beweisen, daß Sie es ernst damit meinen.
R: Passen Sie mal auf: Ich fühle mich so patriotisch, daß ich gern die Staatsbürgerschaft erwerben würde. Ihre hundertfünfzigtausend Eier können Sie behalten – ich will diese Papiere, ich will Staatsbürger werden. Ich habe es satt, mit sogenannten Pseudonymen herumzureisen und eingesperrt und allgemein von sogenannten Einwanderungsbehörden mißhandelt zu werden.
M: Das mit Ihrer Staatsbürgerschaft läßt sich arrangieren.
R: Ja, und man hat mich schon mal hereingelegt. Ich möchte, daß das sofort erledigt wird.
M: Es gibt keine Möglichkeit, so ein Arrangement im voraus zu versprechen. Hinterher hätten Sie alle Hebel in der Hand, um das gewünschte Ergebnis zu erzielen. Und außerdem noch hundertfünfzigtausend Dollar.
An diesem Punkt der Unterhaltung mit Ralston versagte das Aufnahmegerät. Wahrscheinlich habe ich mich zu fest gegen das Kissen in meinem Rücken gelehnt – ein bedauerlicher Fehler, der nächstesmal zu vermeiden sein wird.
Ich kann mich zwar nicht mehr im einzelnen an das erinnern, was während dieses Zeitraums gesprochen wurde, darf Ihnen aber trotzdem versichern, daß ich mein Bestes getan habe, ihn davon zu überzeugen, daß er sich auf »meine Leute« verlassen könne, um das zu bekommen, was er haben will.
Mein Sohn, laß mich hierzu feststellen: Verlaß Dich niemals ganz auf Maheu. Er ist ein alter Hase und weiß genau, wie er seinen Hintern halten muß, wenn er einen Recorder im Kreuz hat. Ich

vermute, er hat ein Stück von dem Band herausgeschnitten. Ich nehme an, daß es eine Passage enthält, in der er Ralston gegenüber zugibt, daß die ›wohlhabende Privatperson‹, die er repräsentiert, die Agency ist. Natürlich ist es für Maheu taktisch vorteilhaft, Ralston in solche Dinge einzuweihen, weil die Company selbstverständlich eher als eine wohlhabende Privatperson in der Lage ist, dieser zweifelhaften Figur die US-Staatsbürgerschaft zu verschaffen (obwohl auch wir da weiß Gott bei der Einwanderungsbehörde ein paar Schwierigkeiten kriegen könnten). Jedenfalls ist Ralston, als Maheu zum Tonband zurückkehrt, viel umgänglicher und erklärt sich im Prinzip bereit, an Bord zu kommen. Er verlangt von Maheu allerdings, er müsse ›den Gentleman treffen, mit dem Sie reden. Ich möchte dem wahren Macker die Hand schütteln.‹

Beiliegendes soll Dich nur in die Materie einführen. Sollte Dir dazu irgend etwas einfallen – laß es mich wissen. Ich frage mich echt, wie Ralstons richtiger Name lauten könnte.«

HALIFAX

Am nächsten Morgen erhielt ich über eine Leitung mittlerer Sicherheitsstufe eine verschlüsselte Nachricht von Harlot.

Buddhisten berichten, daß sich ein gewisser Johnny Roselli, der enge Vertraute eines Freundes von Deinem Blaubart, mit Maheu beim Brown Derby in Beverly Hills zum Lunch getroffen hat. Zuverlässige Quellen standen leider nicht zur Verfügung. Das höchst seltsame Meeting läßt mich deshalb im Garten der Nachdenklichkeit zurück.

GEWÄCHSHAUS

In der beschönigenden Ausdrucksweise des FBI bedeutete der Terminus »zuverlässige Quellen« schlicht, daß eine Tonbandaufnahme zur Verfügung stand. Offenbar war es dem FBI nur gelungen, von dieser Begegnung Notiz zu nehmen. Hugh aber hatte mir meinem Vater gegenüber zu einem Vorteil verholfen. Wieder eilte ich den Korridor hinunter und verschaffte mir Zugang zu VILLAIN, um mich nach Johnny Roselli zu erkundigen. Es kam eine Menge dabei heraus.

JOHNNY ROSELLI *alias Johnny Ralston, alias Rocco Racuso, alias Al Benedetto, alias Filippo Sacco. Geboren 1905 in Italien (Esteria), 1911 in die US eingewandert, in Boston aufgewachsen, illegaler Lotteriehandel, soll im Alter von 12 Jahren einem Verwandten geholfen haben, ein Haus niederzubrennen, um die Versicherung zu kassieren.*
Erste Verhaftung 1921: Rauschgifthandel.
1925 wird aus Filippo Sacco Johnny Roselli. Behauptet in Chicago geboren zu sein. Arbeitet gemeinsam mit Al Capone bei Schnapstransporten mit.
Dem Vernehmen nach ein Fachmann für Schutzgelderpressung, illegales Glücksspiel, kriminelle Gewerkschaftsorganisation, wird Roselli an der Westküste zu einem Helfershelfer von Willy Bioff und George Brown von der international Alliance of Theatrical Stage Employees and Motion Picture Machine Operators. Anfang des II. Weltkriegs wurde Roselli ein guter Freund von Harry Cohn, dem Chef der Columbia Pictures. Cohn lieh Roselli zinslos Geld, damit R. Anteil an Trabrennbahn in Tiajuana erwerben konnte, Roselli kaufte aus Dankbarkeit zwei große Rubine und ließ sie in zwei gleich aussehende Ringe für Cohn und sich selbst fassen. Beide Männer sollen diese Ringe immer noch tragen.
Als Sammy Davis junior eine »heiße« Affaire mit Kim Novak hatte, soll Roselli den schwarzen Sänger Cohn zuliebe davon überzeugt haben, daß er von Cohns damaliger Nummer-eins-Blondine fortan die Finger lassen sollte. Es heißt, Roselli hätte dem auf einem Auge blinden Sammy Davis junior gesagt: »Nimm die Pfote von der Dame, oder du verlierst das andere Auge auch noch.« Davis gehorchte.
1943 trat Roselli eine Haftstrafe von 3 Jahren, 8 Monaten von einem Urteil von insgesamt zehn Jahren an wegen angeblicher Schutzgelderpressung von über zwei Millionen von der Filmindustrie. Nach seiner Entlassung wurde er der Top Coordinator der Syndikate von Las Vegas und Südkalifornien. Seine Ernennung erfolgte unter Aufsicht von Sam Giancana, der Vorsitzender des Großen Rats der Mafia sein soll.
Man nennt Roselli heute den Don Giovanni der Mafia. Sieht aus wie ein Botschafter. Spitzname: ›Silberfuchs‹. Ein Einzelgänger, wie es heißt. Hat Familie, aber besucht sie nie. Hat aber seinen jüngeren Schwestern Collegeausbildung bezahlt.
Aussehen: Schlank. Mittelgroß. Ebenmäßige Gesichtszüge. Silbergraues Haar. Sein Motto soll lauten: »Drohen Sie mir nicht. Ich habe nichts zu verlieren.«

Ich schickte diesen Ausdruck per SPEZIALANSCHLUSS/HALIFAX an meinen Vater und fügte eine Notiz hinzu, daß ich RALSTON in VILLAINS gesucht, nichts gefunden, aber zufällig auf ROSELLI ALIAS RALSTON gestoßen wäre, ein Zufall, weil es Tausende von Eintragungen unter R. gab und Namen, auf die Hinweise vorhanden waren, oft nicht drinstanden.

Am nächsten Tag kam ein Anruf von meinem Vater über das offene Telefon. »Sei um 16 Uhr im Nonnenkloster« war alles, was er sagte, und das hieß: »Ruf mich um 13 Uhr von irgendeinem anderen Apparat über meine private Leitung an.«

Als ich ihn während meiner Lunchpause erreichte, war er so geschwätzig, als hätte er gerade drei Tassen Kaffee getrunken.

»Danke vielmals«, sagte er. »Das nenne ich einen ergänzenden Bericht von der besten Sorte. Ich bin sofort hinüber ins K-Building, um Bissell von dem Meeting zwischen Maheu und – jetzt, da wir wissen, wer es war – Roselli zu unterrichten. Also nochmals: Vielen Dank! Ich hatte nämlich wenig Lust, Bissell zu erzählen, daß Maheu sich mit jemandem getroffen hat, den ich nicht identifizieren kann. Nun, bei Bissell im Büro war zufällig gerade Allen Dulles, und natürlich konnte er der Versuchung nicht widerstehen und wollte auch gleich sehen, was ich über Johnny R. gebracht hatte. Ich merkte, daß Allen den Ausdruck las, ohne ihn umzudrehen, so wie er vor ihm lag – auf dem Kopf stehend. Und Bissell schob ihn vorwärts auf dem Schreibtisch, damit Allen ihn gut lesen konnte.« Mein Vater fing an zu kichern. »Hast du in letzter Zeit Auf-dem-Kopf-Lesen geübt?«

»Nicht täglich«, sagte ich.

Mein Vater lachte sogar noch lauter. »Mein Sohn, damals beim OSS dachten wir, das wäre das einzige, was man außer einem bißchen Schneid braucht.«

»Yessir.«

»Allen hat uns noch mal deutlich erklärt, daß er von der ganzen Geschichte eine wasserdichte Abteilung weit entfernt bleiben möchte, aber trotzdem konnte er sich eine Bemerkung nicht verkneifen. ›Das sind ja wirklich trübe Gewässer, Cal‹, sagte er zu mir. ›Verdammt trübe Gewässer, Sir‹, habe ich ihm darauf geantwortet. Und er hat gelächelt. ›Cal, ich möchte nur eins dazu sagen: Überleg dir alles genau. Überleg dir alles genau, Cal, denn so hast du dich immer aus dem größten Schlamassel heraushalten können,

stimmt's?‹ ›No, Sir‹, habe ich erwidert und wir haben beide lachen müssen.«
Mein Vater grunzte zufrieden. »Harry, was meinst du?«
»Wenn irgend etwas schiefgeht, klebt der Teer an deinen Fingern.«
»Trotzdem gefällt mir diese Aufgabe. Ziemlich riskant, aber endlich wieder was im großen Stil, hab' ich recht?« fragte er und fügte hinzu: »Vielleicht kannst du noch herausbekommen, wo der Lunch stattgefunden hat. Maheu hat im Beverly Hills Hotel gewohnt, also könnte es in der Polo Lounge gewesen sein.«
»Ich will sehen, ob ich das feststellen kann«, erklärte ich ihm.

SERIE: J/38.961.601
ROUTE: LEITUNG/QUARTERS EYES – OFFEN
AN: HALIFAX
VON: ROBERT CHARLES 10 Uhr 46, 6. Sept. 1960
THEMA: RESTAURANTS

Ich erlaube mir Company-Zeit und Encoder ausreichend in Anspruch zu nehmen, um Dir Restaurants in Los Angeles zu nennen, die Dir zusagen könnten. Romanoff's, Brown Derby und Beachcombers sind die drei Hauptkandidaten, und wenn Du meinen Spitzenreiter wissen willst – ich würde aufs Brown Derby setzen. Ich höre über meine alten Verbindungen aus Yale-Zeiten – ein damaliger Kommilitone von mir arbeitet ausgerechnet für Harry Cohn –, daß die Eingeweihten dort verkehren.

ROBERT CHARLES

Am nächsten Morgen lag ein weiterer mit Klebeband versiegelter Brief für mich im Postsack:

7. September 1960

Mein Sohn:
Dein Restaurantführer ist äußerst nützlich. Er hilft ein Transkript verlebendigen. Ich will annehmen, daß es das Brown Derby ist (das ich gut kenne), aber zum Zweck der Tarnung werden wir es La Scala nennen, weil das der Badeplatz ist, der mir in der Gegend von Beverly Hills am besten gefällt.
Na, dieses Vorwort soll wohl meine leichte väterliche Verlegenheit bemänteln, daß ich Dich nicht in alle Einzelheiten über Maheus

erstes Treffen mit Roselli eingeweiht habe. Diese Anmerkung ist pro forma, da Du es nicht unbedingt wissen mußtest, aber angesichts Deiner guten Arbeit ist es mir doch ein großes Vergnügen, Dir mehr mitzuteilen. Roselli hat einen Freund namens Sam Gold, den er für das Projekt hinzuziehen muß. Gold verfügt über ausgezeichnete Kontakte zu unserem Zielland. Die nächste Frage ist, ob Sam Gold zufällig mit Meyer Lansky oder mit Sam Giancana identisch ist. Ich habe mit dem Agentenführer gesprochen, den ich mit dieser Arbeit in Washington und New York beauftragt habe, einem verdienten alten FBI-Mann, den Du, so meine ich, kennst. Er sagt, Du seiest bei ihm in der Ausbildung gewesen. Ein sturer, aber äußerst fähiger Mann namens Raymond Burns, Bullseye Burns. Ray sagt, diese Mafia-Knaben hätten die Angewohnheit, ihre Vornamen beizubehalten, wenn sie sich ein Pseudonym mit demselben Anfangsbuchstaben zulegen, also Johnny Ralston für Johnny Roselli. Sam Gold bringt uns auf die Spur von Sam Giancana. Maheu allerdings warnt mich, ja nicht anzunehmen, daß Lansky aus dem Spiel sei – Sam Gold könnte auch der gefürchtete Meyer sein. Um wen es sich auch immer handelt, jedenfalls ist Gold bereit mitzumachen. Ich nehme an, daß der Gangster, der die Spielcasinos zurückerobert, dann eindeutig eine Führungsrolle im Syndikat einnehmen wird.
Vorläufig wurde für den 14. September ein erstes Meeting im Plaza Hotel in New York beschlossen, an dem Maheu, Roselli und Bullseye Burns teilnehmen werden. Da Roselli auf der Anwesenheit eines »Spitzenvertreters« von unserer Seite besteht, kommt es auf Bullseye selbst an, ob er sich der Situation gewachsen zeigt. In Maheus Terminkalender steht für danach bereits ein Treffen in Miami mit Sam Gold. An letzterem möchte ich in meiner Funktion als Gesprächsleiter selbst teilnehmen. Werde als Freund von Maheu hereinplatzen und mit seinen Freunden einen Drink zur Brust zu nehmen.
Verzeih diesem geschwätzigen alten Bock, aber nach beinah zwanzig Jahren Codegruppen und Suchleitungen macht's mir mal Spaß, mich auszuweinen. Halte die Hubbardsche Fortüne in Ehren, mein Junge. Dein Dich liebender

Dad

Am nächsten Tag kam noch eine Botschaft von Dad:

8. September 1960

Mein lieber Sohn:
wenn Deine literarischen Ambitionen intakt bleiben sollten und Du eines Tages eine Geschichte dieser Epoche schreibst, vergiß nicht diesen 7. August. Es ist der Tag, an dem Castro den amerikanischen Besitz in Kuba enteignet hat. Der gute alte Fidel. Er hätte ebensogut auf Dwight D. Eisenhowers kahler Platte eine Biene totschlagen können. Ach, diese rüden schwärzlichen Burschen mit ihren Bärten! Da Fidel ja doch wohl genügend marxistische Traktate gelesen hat, um zu wissen, was das für Folgen haben wird, hält er sich offensichtlich für einen Retter; das würde seine übermäßige Arroganz erklären.
Zum Geschäftlichen: Ich lege eine Kopie von Maheus Bericht über das Plaza-Meeting im Trader Vic's bei.

Lieber Mr. Halifax,
wenn Sie Ralston bei Laune halten wollen, füttern Sie ihn mit Rippchen und Ami-Tai-Drinks. Aufgrund des Lärmpegels im Restaurant sind unsere Aufnahmen allerdings von minderer Qualität. Weder Mr. Burns noch meine eigene Aufnahme hat sich als zufriedenstellend erwiesen. Ich bin zum Glück seit langem darin geübt, mir ein Gespräch zu merken, wenn eine brauchbare Aufnahme nicht möglich ist. Also kann ich Ihnen hier nur meine Erinnerungen an diese Diskussion anbieten. Ich bewerte deren Zuverlässigkeit, was den Inhalt angeht, mit 90, was die wörtliche Wiedergabe betrifft, mit wenigstens 60 Prozent. Andererseits sieht es so aus, daß unsere Freunde vom FBI in Anbetracht des Lärms unmöglich etwas mitgeschnitten haben können.
Ralston sah Agentenführer Burns ganz kurz von oben bis unten an und war, obwohl er ruhig sprach, derart direkt, daß es an Unverschämtheit grenzte. Ralston sagte: »Nehmen Sie's nicht persönlich, mein Freund, aber ich kann sehen, daß Sie da, wo Sie herkommen, der letzte Arsch sind. Das reicht nicht für diese Operation. Sagen Sie Ihrem Boss, er soll nicht versuchen, mich zu verarschen, sondern sich mit mir treffen.«
Ich muß sagen, daß diese Worte geradezu schockierend wirkten, weil Ralstons Erscheinung so seidenweich und gepflegt wie die eines Filmstars.
Burns bemühte sich, Ralston zu versichern, daß das nächste Mee-

ting auf einer »höheren Ebene« stattfinden würde. Er hat sich tapfer zusammengerissen, aber von den alten Zeiten her, die wir zusammen beim FBI verbracht haben, wußte ich, daß er innerlich kochte. Raymond Burns hat einen tiefsitzenden Haß auf große und kleine Gangster. Ich möchte dem alten »Bullseye« nicht Unrecht tun, weil ich seine bulldoggenhafte Zähigkeit und seine anderen unschätzbaren Vorzüge kenne, aber als Verbindungsmann zu Ralston können wir künftig nicht auf ihn setzen.

Beispiel: »Einen schönen Ring haben Sie da«, sagt Raymond Burns.

»Sind Sie im Juwelengeschäft tätig?« fragt Ralston.

»Ich tue nur meine Arbeit«, gibt »Bullseye« zurück.

»Denken Sie dran«, sagte Ralston, »es dreht sich alles um Nasenlöcher. Sie sollen nicht in der Nase bohren und Ihre Finger nicht in meine Nase stecken. Es geht Sie überhaupt nichts an, was ich trage.«

Raymonds Disziplin war bewundernswert. Er hat den Mund gehalten und ich habe das Hauptthema erörtert. Auf meine Frage hin hat Ralston schließlich festgestellt, daß unsere nächste Zusammenkunft am 25. September im Fontainebleau in Miami Beach stattfinden würde.

»Geht es nicht schneller?« fragte ich.

»Unmöglich«, sagte Ralston. »Ich muß zwei kräftige Kerle engagieren.«

Wir kamen dann auf Arbeitsweisen und Methoden zu sprechen. Ralston sagte: »Sie wollen ja keine Jammerlappen für den Job. Das kann auch kein Silvesterfeuerwerk werden.«

»Warum nicht?« fragte ich.

»Weil wir uns so nicht vor einen Karren spannen lassen.«

Dieser Widerstand könnte Ihnen zu denken geben. Von unserem ersten Meeting her hatte ich Sie so verstanden, daß die Aktion die Handschrift der Mafia tragen soll. Fünf Gangster mit Maschinenpistolen würden der Welt eine klare Botschaft vermitteln, daß es das Werk von kriminellen Elementen ist.

Diese Leute wollen das aber nicht. Ich glaube, wir müssen auf die günstigste Option verzichten. Deshalb könnte sich die Frage stellen, ob wir immer noch mit diesen speziellen Elementen zusammenarbeiten wollen. Ich kann hier natürlich keine Empfehlungen aussprechen, doch es ist klar, daß Ralston auch schon derartige

Überlegungen angestellt hat, denn er sagte: »Wir haben alle Kontakte, die wir brauchen, um an El Supremo heranzukommen.«
»Welche Methode schlagen Sie vor?« fragte ich.
»Pillen«, sagte Ralston. »Pulver in sein Futter. Er wird drei Tage krank sein, bis er so krank wird, daß er den Priester ruft. Wir kamen überein, daß Ralston die Pillen am 25. September erhalten sollte, und Sie sollten sich mit ihm an diesem Tag treffen.

Mit freundlichem Gruß
R. M.

Auch diesem Memorandum folgte eine Anmerkung meines Vaters:

Ich mache mir natürlich Gedanken. Wir müssen uns beeilen, um es bis zum 25. zu schaffen. Der Auftrag wurde von geeigneten Mittelsmännern an das Büro für Medizinische Dienste weitergeleitet, und dort wird daran gearbeitet. Die Medizinischen Dienste werden sich wahrscheinlich an eines von den exotischeren Labors innerhalb des Technischen Dienstes wenden müssen, und es wird sich nicht vermeiden lassen, daß Hugh jedenfalls teilweise Wind davon bekommt. Die Frage ist, wieviel er erschnüffeln wird.

HALIFAX

22

Mitte September – inzwischen hatte ich ein Apartment gemietet – erlebten Modene und ich unsere erste Krise.
Es fing mit einer Veränderung in ihrem Flugplan an. Aufgrund einer zeitweiligen Knappheit an Stewardessen im Südwesten, so erklärte sie mir, würde ihre Basis für ein paar Tage nach Dallas verlegt und, sie würde sich für vier Nächte hintereinander von Miami absentieren müssen.
Wenn ich auch das Gefühl hatte, daß sie log, so ließ ich es doch nicht zu nahe an mich heran. Sie rief mich jeden Abend gegen acht in meiner neuen Wohnung an und lieferte detaillierte Berichte über

den Flug des Tages. Einmal telefonierte sie aus New York, am folgenden Abend aus Dallas, einmal flog sie am gleichen Tag von Dallas nach Memphis und wieder zurück. Sie erzählte dazu Geschichten von Fluggästen, die sich besonders aufmerksam oder abscheulich verhalten hatten.

Am vierten Tag konnte ich ihr nicht mehr glauben und prüfte ein paar von unseren Passagierlisten. Angesichts der zahlreichen Exilkubaner, die im Auftrag der Company nach New York, Washington, New Orleans, Mexico City und südlich davon gelegenen Punkten flogen, von der ständigen Alarmbereitschaft in Miami wegen Castros Agenten, die nach Südflorida kamen, gar nicht zu reden, hatte die Agency gute Kontakte mit dem Flugplatz. Unsere Sekretärin brauchte nur fünfzehn Minuten und zwei Anrufe, bis sie mir mitteilen konnte, daß die Stewardeß M. Murphy von Eastern Airlines sich auf einem Viertageurlaub befand und heute abend, am 14. September, nach Miami zurückkehren würde.

Die Eifersucht lebt von Fakten. Als ich Modene in Miami-City wiedersah, stand mir mein Ziel deutlich vor Augen. Es war spät, und wir fuhren sofort zu meinem neuen Apartment in der Cocoanut Grove im ersten Stock eines kleinen, umgebauten Hauses im spanischen Kolonialstil. Ich liebte sie, bevor wir irgend etwas besprochen hatten – ein taktischer Schachzug gemäß dem militärischen Grundsatz, daß man neue Pontons über den Fluß bekommen muß, wenn die Brücken gesprengt sind. Ich wußte ja, was es bedeutete, verzweifelt verliebt zu sein. Ich vögelte sie hastig. Da, in meinem modernen möblierten Apartment, das ich mir eigentlich gar nicht leisten konnte, war ich mit einer Hälfte meines Ego verzweifelt verliebt, und diese Hälfte wiederum konnte von Modene auch nur eine Hälfte finden. Ich erinnere mich, haßerfüllt ihre langen Fingernägel betrachtet zu haben. Diese darüberlackierten – sogar eleganten – darunter aber geflickten und geschienten Fingernägel hatten schon manch einen unserer Abende ruiniert. Diese Fingernägel gehörten zu ihrer Vorstellung von einer echten Lady, der sie in Wahrheit so wenig entsprach und die schon gar nichts mit jenem anderen Mädchen gemein hatte, das wütend aufstampfte, wenn es mich nicht beim Tennis besiegen konnte – armes Alpha-Girl mit ihrem Handicap. Alpha mußte beim Sport Handschuhe tragen, um die Nägel zu schützen, und zahlte infolge der vielen Heftpflaster und Kittfüllungen an den Fingerspitzen mit ungefähr zwei Spielen pro Satz und riß sich trotzdem immer noch die Nägel ein. Ich nehme an, daß sie darüber mehr weinte, als sie meinetwegen je weinen würde. Denn sie vergoß wütende Tränen über die mit diesen mandarinenhaften Nägeln vergeudeten Stunden, aber wie gut wirkten sie abends beim Licht einer Kerze in einem Restaurant, wie perfekt war die Haltung ihrer Zigarette in ihrer Spitze – ja, Modenes geistige Wurzeln, so fand ich, lagen so weit auseinander wie Orchidee und Unkraut.

Als sie an diesem Abend heimkehrte, sagte ich kein Wort darüber, daß ich ihr Spiel durchschaute. Ich hätte sie umbringen können, wußte aber zugleich, daß ich es nie fertigbringen würde.

Sie machte sich nicht einmal die Mühe, mir zu erklären, weshalb sie nach vier Tagen und Nächten harten Dienstes keinen freien Tag hatte, sondern im Gegenteil schon am nächsten Tag wieder von Miami nach Washington und zurück fliegen mußte – ein unerhörter Marathon von sieben Arbeitstagen hintereinander!

Nein, sie muß gewußt haben, daß ich mir einiges dabei denken konnte. Trotzdem erfuhr ich nichts, bis GHOULS Gorilla mir eine Woche später ein BLAUBART-AURAL-Transkript zu Zenith lieferte. Modene hatte die vier Tage bei Sam Giancana in Chicago verbracht. Während ich das Transkript aufpolierte, mußte ich trotz meiner Eifersucht darüber schmunzeln, daß Willie mindestens ebenso neugierig gewesen war wie ich. Hatte Modene mit Giancana geschlafen?

Nein, erklärte Modene, sie sei nicht mit Sam ins Bett gegangen. Sie habe ihn aber inzwischen gern. »Ehrlich, Willie, er ist auch nur ein Mensch.«

»Hast du Mitleid mit ihm?«

»Nein. Dafür ist er zu stark. Aber es gibt auch Trauriges in seinem Leben.«

»Zum Beispiel?«

»Hör auf mit diesem Kreuzverhör.«

Die Worte gingen hin und her, sie wiederholten sich. Ich komprimierte ihr Gespräch auf eine erträgliche Länge und bot Harlot ein Portrait von Giancana an.

WILLIE: Hat er dich mit zu sich nach Haus genommen?
MODENE: Klar!
WILLIE: Und? Ist es ein richtiger Palast?

MODENE: Nein, aber es wirkt von außen elegant und sehr massiv. Wie ein Fort. Eine Menge Felsgestein! Und es liegt weit draußen in Oak Park.

WILLIE: Nördlich von Chicago?

MODENE: Ja. Oak Park. Ich habe Sam beeindruckt, als ich ihm sagte: »Das ist die Kleinstadt, in der Ernest Hemingway aufgewachsen ist.« »Wer ist dieser Hemingway?« fragte Sam. »Einer von deinen Boyfriends?« Und natürlich habe ich darauf erwidert: »Das möchtest du wohl gerne wissen!« Und Sam sagte: »Du meinst wohl, ich habe von nichts eine Ahnung, was? Aber wir haben hier draußen auch Zeitungen. Dieser Hemingway und ich, wir sind die beiden berühmtesten Leute in Oak Park«, und er fing an zu lachen. Er lacht immer am lautesten über seine eigenen Witze. Ich glaube, er lebt schon sehr lange allein.

WILLIE: Das Haus. Was ist mit dem Haus?

MODENE: Nun warte doch mal. Drinnen gibt es nichts Berauschendes: Kleine Räume, schwere italienische Möbel. Unten im Keller ist ein fensterloser Raum. Das ist sein Büro – mit einem langen Tisch für Besprechungen, glaube ich. Aber er hat auch einen Vitrinenschrank mit geschweiftem Mittelteil da unten und erstaunlichen Glasarbeiten. Er ist Sammler. Wenn er da hineinlangt und ein Stück herausholt, ist er ein anderer Mensch. Seine Fingerbewegungen sind so fein. Willie, wenn ich jemals Sex mit Sam habe, dann wird er es auf diese Weise erreichen.

WILLIE: So führte also doch eins zum anderen?

MODENE: Hör auf.

WILLIE: Warum willst du's mir nicht erzählen?

MODENE: Gibt nichts zu erzählen.

WILLIE: Was habt ihr abends gemacht?

MODENE: Er liebt Piano-Bars. Je verräucherter, desto besser. Er verlangt eine Nummer, und dann singt er los, vom Pianisten begleitet. Nur verändert Sam dann immer die Texte. Der arme Pianist! Sam kräht wie ein zerbrochenes Nebelhorn. Nicht zu fassen! Ich hab mich selten so amüsiert.

WILLIE: Hat er auch ernste Sachen gesagt?

MODENE: Ja. Er hat mir vom Tod seiner Mutter erzählt. Ich fand das rührend. Sie hat ihr Leben geopfert, um ihn zu retten, weißt du. Als er etwa fünf war und in den italienischen Slums von Chicago aufwuchs, hörte sie einen Wagen um die Ecke kommen, und ihr

Sam spielte in der Gosse. Seine Mutter sprang hin, um ihr Kind auf den Bürgersteig zurückzuholen und wurde von dem Wagen erfaßt. Sie starb bei dem Unfall. Sam tat mir so leid. Dann hat er mir von seiner Frau erzählt. Sie muß sehr zart gewesen sein. Sie hatte von Geburt an ein schwaches Herz, und ihre Familie, obwohl es auch eine italienische Einwandererfamilie war, war wohl was Besseres als seine eigene. Denn sie haben alle auf ihn herabgesehen. Und dann kam er auch noch wegen Autodiebstahls ins Gefängnis. Als er herauskam, waren er und seine Frau so arm, daß sie in einer Wohnung lebten, in der es nur kaltes Wasser gab. Sie saßen um den Ofen herum und hielten ihre beiden kleinen Mädchen und rösteten ihnen Orangenschalen, weil sie sich keine Süßigkeiten leisten konnten. Und eins von den kleinen Mädchen hatte auch ein schwaches Herz. Es war alles ziemlich rührend. Sams Frau hatte einen Verlobten gehabt, als sie Sam kennenlernte, aber der war früh gestorben. Und sie trauerte noch immer um den toten Verlobten. Sam hat lange gebraucht, bis er sich wie der richtige Ehemann vorkam.

WILLIE: Das ist ein schlauer Bursche.

MODENE: Wieso?

WILLIE: Er gibt dir damit zu verstehen, daß er mit dem Gedanken an Jack Kennedy fertigwerden kann.

MODENE: Er nennt mich immer Miss Classy.

WILLIE: Ich frage mich, ob er vielleicht Angst davor hat, sich dir zu nähern – wegen Frank Sinatra. Was ist, wenn der Vergleich zu seinen Ungunsten ausfällt?

MODENE: Willie, das täte doch gar nichts zur Sache. Erstens weiß Sam, daß ich es Frank nie erzählen würde – zweitens wäre Sam eine ganz andere Art von Liebhaber. Viel emotionaler.

WILLIE: Tut mir leid, aber Sam kommt mir schwermütig vor.

MODENE: Ist er aber nicht. Er kann dich zum Lachen bringen, bis du nicht mehr aufhören kannst. Er hat mir eine Geschichte über Bobby Kennedy erzählt, als Bobby sich vor ein paar Jahren darauf vorbereitete, Sam vor das McClellan Committee zu zitieren. Erinnerst du dich ans McClellan Committee?

WILLIE: Ja. Sie haben die organisierte Kriminalität untersucht.

MODENE: Nun, und Sam hat sich extra wie der billigste Chicagoer Straßengangster angezogen, du weißt schon, Anzug und Hemd alles in Schwarz, mit einem Silberschlips, und in dem Augenblick, als er in Kennedys Büro kam, hat er sich niedergekniet und den Spannteppich bis zur Wand betastet und gesagt: »Das wäre gut für ein Crap-Spiel.« Gerade da kam ein Anwalt herein, und Sam packte ihn, klopfte ihm Rücken und Oberschenkel ab und rief: »Kommen Sie Mr. Kennedy nicht zu nahe! Wenn Bobby umgebracht wird, geben alle mir die Schuld.«

WILLIE: Ein richtiger Clown.

MODENE: Absolut. Ich habe mal eine Abwechslung gebraucht.

WILLIE: Entschuldige, daß ich frage, aber was ist denn mit Tom los?

MODENE: Gar nichts. Ich möchte nicht über Tom reden.

WILLIE: Wirst du ihm erzählen, daß du dich mit Sam getroffen hast?

MODENE: Ganz sicher nicht.

WILLIE: Weißt du bestimmt, daß du's nicht tun wirst. Du sagtest, je eifersüchtiger Tom würde, um so besser wäre er als Liebhaber.

MODENE: Dieses Thema ist ab jetzt erschöpft.

Über die offene Leitung traf am nächsten Tag eine Nachricht von GLAUCOMA ein, ich sollte über das abhörsichere Telefon anrufen.

»Diese Mädchen, Harry«, waren Harlots erste Worte, »schlafen überall herum, aber das erweist sich als nützlich. Ich weiß, daß Mr. Giancana ein perfekter Lügner ist. Ich habe mich ein bißchen erkundigt. Er wurde nie von seiner Mutter gerettet. Es war seine Stiefmutter, die bei dem Autounfall getötet wurde, und sie rettete ihren eigenen Sohn, Sams kleinen Stiefbruder Charles. Giancanas richtige Mutter ist Jahre zuvor einen etwas weniger heroischen Tod gestorben: Infektion des Uterus.«

»Ja, er ist ein Lügner.« In der Tat fand ich seine Gefühle unglaubwürdig. Ein Mann, der bereit ist, anderen die Knochen zu brechen, sollte keine Lügen über seine Mutter erzählen.

»Außerdem«, fuhr Harlot fort, »hat nicht Giancana den Mumpitz in Bobby Kennedys Büro angestellt, sondern ein Gentleman namens Joey Gallo. Einer meiner Leute hat das mit einem früheren Mitarbeiter aus dem Stab McClellans verglichen. Sam hat sich die Geschichte nur angeeignet.«

»Ja, ein Dieb ist er auch noch.«

»Nun, und wer ist dieser Tom, auf den sich diese kleine Miss Blaubart bezieht? Ist er womöglich einer aus der unter dem Namen Field bekannten Tom-Dick-und-Harry-Bruderschaft?«

»Yessir.«

»Du willst damit sagen, daß du dir die Nixe geangelt hast?«
»Es ist erst ganz kürzlich geschehen.«
»Warum hast du mir nicht davon erzählt? Warum gibt es kein Material darüber?«
»Weil unsere Dame bisher überhaupt nicht mitteilsam ist, Sir, und ich nicht ihr Mißtrauen wecken möchte.«
»Nun, fang mal an, Junge. Giancana benutzt sie womöglich als Kurier, um mit Kennedy Kontakt zu halten. Sei ein guter Tom, und versuch mal herauszufinden, ob das Mädchen irgendwelche Botschaften hin- und herträgt.«
»Ich werd's versuchen«, sagte ich.
»Nicht nur versuchen!«
»Ich werd's versuchen«, sagte ich. »Es wird Zeit kosten, und ich werde Glück brauchen.«
»Und eine kalte Titte«, knurrte er und legte auf.

23

Was sollte ich Harlot schon von dieser Liebschaft erzählen? Ich konnte ihm doch nicht gut gestehen, daß es nur gute Orgasmen waren, auf die es Tom und Modene abgesehen hatten? Modene hatte mir erzählt, daß es ihr noch nie zuvor gelungen sei, gleichzeitig mit einem Mann zum Orgasmus zu kommen, und ich hatte ihr geglaubt. Konnte ich das nicht? Und wie sie kam! Ich weiß nicht, welche Mischung aus ihrem Alkoholikervater und ihrer von gesellschaftlichem Ehrgeiz getriebenen Mutter eine solche Explosion auslöste, aber jetzt ahnte ich, weshalb Frauen mir in solchen Augenblicken immer Angst machten. Wenn gewisse Damen, vor allem Sally Porringer, ihren Leib wie einen Vorschlaghammer einsetzten, der eine Wand bearbeitet, kam Modene von ihren Fingern und von ihren Zehen, ihren Schenkeln und ihren Armen aus. Erde und Meer vereinigten sich in solchen Augenblicken in meinem schönen, athletischen und von seinen Fingernägeln gemarterten Mädchen. Ich spürte, wie ihr Körper durch mich hindurchging so real wie meine eigene Existenz, und ich genoß es. So schloß ich einen Pakt mit ihren Lügen. Doch als ich schon daran verzweifeln wollte, Modene je ein Geständnis entlocken, abtrotzen oder durch anderweitige Mittel wie Einschüchterung, Tricks usw. abpressen zu können, bot sie mir ganz von selbst eines an. Es war das erste von mehreren, die aufeinander folgten, und es erinnerte mich an unsere erste Begegnung.

»Erinnerst du dich an Walter?« fragte sie mich eines Tages.

»Ja.«

»Ich habe das Gefühl, daß ich dir von Walter erzählen sollte.«

Ich war nicht so dumm, das Gespräch gleich auf Jack zu bringen. Statt dessen nickte ich. Wir lagen im Bett, ganz gemütlich; wir konnten also vertraulich reden.

»Triffst du dich immer noch mit Walter?« fragte ich.

Gewiß würde sie mir erzählen, daß sie es nicht täte, aber statt dessen sagte sie: »Ich treffe mich ab und zu mit ihm.«

»Auch jetzt noch?«

Sie nickte stumm. Konnte sie nicht sprechen, um nicht angesichts meines entgeisterten Blickes loszulachen?

»Nachdem ich letztens Jack getroffen habe«, sagte sie schließlich, »nach dem Parteikonvent habe ich Walter wiedergesehen.«

»Aber wieso denn? Bin ich dir denn nicht genug?«

»Das bist du.« Sie zögerte einen Augenblick. »Aber du weißt ja, daß es immer zwei Männer in meinem Leben geben muß«, sagte sie. Sie schien über diese Tatsache so erfreut, als habe sie damit eine Art Pannenversicherung gegen jedes denkbare emotionale Unglück gefunden.

»Dann hast du dich die ganze Zeit über, während du mit mir zusammen bist, mit Walter getroffen?«

»Nein, nur ein paarmal. Nur damit ich das Gefühl habe, daß es noch jemand anderen in meinem Leben gibt. Dadurch kann ich das Zusammensein mit dir noch mehr genießen.«

»Ich weiß nicht, ob ich das auf Dauer ertragen kann«, sagte ich.

»Nun, ich konnte mich mit Jack nicht treffen. Er hat etwas getan, das mir nicht gefallen hat. Wäre es dir lieber, wenn ich mich statt dessen mit Jack getroffen hätte?«

»Ja«, nickte ich und wußte in dem Augenblick, weshalb die Eifersucht ein so perverses Gefühl ist: Sie schärft den Verstand wie kein anderes Empfinden. – »Ja«, wiederholte ich, »mir wäre es lieber, wenn du dich mit Jack getroffen hättest.«

»Du lügst«, sagte sie.
»Nein«, sagte ich. »Dann könnte ich mich wenigstens mit jemandem vergleichen, mit dem es sich zu vergleichen lohnt.«
»Nun, vielleicht läßt sich da was tun«, sagte sie. »Soll ich wieder mit ihm anfangen?«
»Das könntest du gar nicht. Ich weiß nicht, weshalb du mit ihm Schluß gemacht hast, aber ich weiß, daß er deinen Stolz verletzt hat.«
»Ja, ich könnte niemals wieder zu ihm zurück«, sagte sie, »außer wenn ich dazu aufgefordert würde und es gäbe dafür irgendeinen triftigen Grund.«
»In diesen Dingen gibt es keine triftigen Gründe«, erklärte ich.
»Doch, ja, die gibt es. Nimm an, ein guter Freund bittet dich um einen großen Gefallen. Würdest du ihm den Gefallen tun?«
»Du bist schrecklich abstrakt«, sagte ich.
»Nimm an, dieser gute Freund möchte, daß du jemandem, mit dem du nicht mehr redest, eine Nachricht bringst.«
»Der Empfänger würde immer noch denken, du suchtest nur einen Grund, um dich ihm wieder zu nähern.«
»Ja«, sagte sie, »das stimmt, ausgenommen er war schon zuvor mit dem anderen in Kontakt.« Sie gähnte ausgiebig und zog mich an sich. »Laß uns etwas Besseres machen.«
Ihre Geständnisse hatten damit für diese Nacht ein Ende gefunden.
Am nächsten Morgen schickte ich eine Nachricht an GHOUL-SPEZIALANSCHLUSS. Sie lautete:

Alles deutet darauf hin, daß RAPUNZEL und IOTA über BLAUBART miteinander in Kontakt stehen. Werde den Inhalt dieser Kommunikationen aufzudecken versuchen. Sehe implizite Hindernisse voraus.

FIELD

Harlots Antwort:

Wenn es Wochen dauert, nun, du hast mich ja daran gewöhnt, immer in denselben alten Sachen herumzulaufen.

GLOCKENSPIEL

24

Am Sonntag, dem fünfundzwanzigsten September, kam mein Vater morgens früh mit dem ersten Flugzeug aus Washington nach Miami, und ziemlich aufgeregt begleitete ich ihn zu einem Meeting mit Maheu im Fontainebleau. Ich war so nervös, weil Maheu in der Agency zu einer Legende geworden war. In Anbetracht unserer strikten gegenseitigen Abschottung war das keine geringe Leistung. Als Ex-FBI-Mann, der nun sein eigenes privates Detektivbüro besaß und den berühmten Howard Hughes in seiner Kundenkartei führte, blickte Maheu auf eine ganze Reihe von beruflichen Glanzleistungen zurück.

Unter uns genoß Maheu einen phänomenalen Ruf wegen eines Pornofilms, den er mit zweien seiner Mitarbeiter, einem Mann und einer Frau aus seinem Büro, auf Schwarzweißmaterial gedreht hatte und in dem die beiden Darsteller als Doubles von Marschall Tito von Jugoslawien und dessen großbusiger blonder Freundin auftraten. Das Material war ausgesprochen grobkörnig, Lichtstreifen deuteten auf Überlagerung hin, und die Aufnahmen sahen tatsächlich so aus, als seien sie unter fürchterlichen Bedingungen gedreht worden. Niemand konnte mit Gewißheit ausschließen, daß es sich bei dem geilen Bock tatsächlich um Josip Broz alias Tito handelte – ein höchst wirkungsvolles Stück politischer Agitation, weil wir das Resultat – ein paar Standfotos oder Einzelaufnahmen – in sorgfältig ausgewählten politischen Kreisen in Europa zirkulieren ließen, um Tito zu diskreditieren.

Bei unserer Begegnung erwies sich Maheu als der eleganteste Privatdetektiv Amerikas. Er trug einen Nadelstreifenanzug, einen steifen Kragen, und sein Windsorknoten war so makellos, daß ich ihn für einen europäischen Bankier gehalten hätte, der sich eine besonders teure Freundin leistet.

»Ich werde in ein paar Minuten in die Halle hinuntergehen und mit unseren neuen Freunden palavern«, sagte Maheu, »und nach dem, was sie mir mitgeteilt haben, wird Santos Trafficante heute zusammen mit Sam und Johnny anwesend sein.«

»Guter Gott«, sagte mein Vater. »Trafficante aus Tampa?«

»Sam hat ihn hinzugezogen. Sagt, wir kommen nicht ohne ihn aus. Von den dreien verfügt Santos über die größten Ressourcen.«

Mein Vater nickte. »Wie sieht's aus«, fragte er, »können wir unser Gespräch aufzeichnen?«
»Mr. Halifax, vor ein paar Wochen hätte ich es vielleicht noch geschafft. Aber nun, nach mehreren Zusammenkünften, habe ich mich mit diesen Kerlen zu sehr angefreundet. Ich sage Ihnen das nicht, um meine Loyalität zu unserer Sache in Frage zu stellen, sondern aus rein praktischen Gründen. Es geht einfach nicht. Giancana und Roselli sind Spürnasen. Sie klopfen einen ab bei der Begrüßung – drücken einem auf den Bizeps, streichen einem mit der Hand den Rücken hinunter. Nein, man kann ihnen nicht die Hände schütteln, ohne daß sie einen filzen.«
»Ein Diplomatenkoffer«, fragte mein Vater, »wäre zu auffällig?«
»Sie machen den Mund nicht auf«, sagte Maheu, »wenn sie einen Koffer sehen. Ich muß sauber hineingehen. Aber Sie wissen ja, daß ich ein gutes Gedächtnis habe. Ich kann mir die wichtigsten Punkte für Sie merken.«
Vielleicht hat er es getan. Als er zwei Stunden später zu meinem Vater ins Zimmer zurückkam, sagte er, Giancana wäre bereit.
»›Robert‹, hat er zu mir gesagt, ›ich habe in meinem Leben eine ganze Menge Namen getragen. Unter ihnen auch Cassro. Sam Cassro. Ich habe den Namen Cassro schon benutzt, bevor ich je von Castro gehört habe.‹ Roselli hat dann sogar gepfiffen. ›Du mußt vom Schicksal dazu bestimmt sein‹, sagte er. Und Giancana erwiderte: ›Mir ist schon derselbe Gedanke gekommen: Schicksal, Robert!‹ sagte er zu mir. ›Ich hasse Castro. Ich hasse den syphilitischen, mörderischen Hundesohn. Ich bin bereit, es zu tun.‹
›Gut‹, habe ich gesagt.
›Ich bin bereit; nur noch eine ganz praktische Sache.‹ Dann zögerte er einen Augenblick«, erzählte Maheu, »und sah mich ganz verstohlen an. ›Vielleicht‹, sagte Sam, ›ist der Job gar nicht nötig. Ich habe es aus interner Quelle: Der Kerl mit dem Bart hat Syphilis. Er wird kein Jahr mehr leben.‹
Trafficante schaltete sich in diesem Augenblick ein«, sagte Maheu. »Es war das erstemal, daß er etwas sagte, aber ich hatte den Eindruck, daß sogar Giancana auf das hörte, was er zu sagen hatte. ›Castro‹, sagte Trafficante, ›sieht alles. Er hat einen Gesichtskreis von 360 Grad. Mit allem schuldigen Respekt Sam gegenüber: Ich glaube nicht, daß Fidel Castro so schwer von Syphilis geplagt ist, weil sein Gehirn zur Zeit anscheinend ganz gut funktioniert.‹

Giancana wußte darauf nichts zu erwidern. Schließlich kennt Trafficante Castro persönlich.«

»Woher«, fragte mein Vater, »kennt er ihn persönlich?«

»Castro hatte ihn letztes Jahr in einem Gefängnis in Havanna eingesperrt. Luxusunterbringung soweit ich gehört habe«, sagte Maheu. »Giancana wechselte also das Thema. Er hielt eine Ausgabe der Parade von heute, Sonntag, in der Hand, in der sie ein altes Kopfbild von ihm aus dem Verbrecheralbum abgebildet hatten, und sagte: ›Ist das zu fassen? So eine Sch . . .! Wie häßlich die mich da gemacht haben!‹ Roselli ging natürlich sofort darauf ein: ›Allerdings! Eine Verschwörung!‹ Giancana: ›Ha-ha-ha.‹ Dann steht er auf und stößt Roselli mit dem Zeigefinger gegen den Brustkorb. ›Die Sache ist die‹, sagt Sam. ›Die haben einen Kerl bei diesen Illustrierten, einen Wurm, den sie sich in irgendeinem Wandschrank halten, und der kommt heraus und kriecht über fünfzig Sch . . . fotos, die sie von mir haben, und wenn er das schlimmste findet, pißt der Wurm darauf. Dann kommen diese anderen Zeitungsschleimscheißer an und riechen an seiner Pisse: Ja, hier, das Foto, das wollen wir haben! Und das drucken sie dann ab. Immer das schlimmste Foto‹, sagte Sam.«

»Sie haben ein phantastisch gutes Gedächtnis«, sagte mein Vater.

»Es geht«, sagte Maheu. »Ich mag die Burschen in dieser Hinsicht. Sie sind so komisch. Trafficante unterbricht Giancana und sagt: ›Stell dir vor, wie die Leute von dir beeindruckt sind, Sam, wenn sie dann schließlich einen gutaussehenden Herrn wie dich kennenlernen.‹«

»Unterhaltend ist es, gebe ich zu«, sagte mein Vater. »Aber was ist inhaltlich dabei herausgekommen?«

»Sehr wenig. Diese Leute schlängeln sich ganz langsam an unseren Vorschlag heran. Sie legen sich auf nichts fest.«

»Wir haben eine Deadline Ende Oktober, allerspätestens Anfang November.«

»Ist mir klar. Die Ware, über die wir gesprochen haben, befindet sich jetzt in ihren Händen. Sie versichern mir, daß sie die Sache in Angriff nehmen werden. Sie weigern sich aber, Einzelheiten bezüglich ihres Plans preiszugeben. Es war die Rede von einer jungen Dame, der Freundin eines Waffenschmugglers namens Frank Fiorini, der in der kubanischen Exilbewegung aktiv gewesen ist. Offenbar hat sie vor einem Jahr mit Castro eine Affaire gehabt, und Fiorini versucht sie jetzt dazu zu bewegen, daß sie nach Havanna zurückgeht, zu Fidel ins Bett springt und ihm ein Pulver ins Wasser schüttet. Außerdem war von einem Restaurant die Rede, in dem Castro öfter mal ißt. Der Oberkellner dort sympathisiert mit uns. Allerdings haben sie sich auf nichts festnageln lassen, womit ich hätte zufrieden sein können. Uns bleibt keine Wahl – wir sind auf Leute angewiesen, die so zuverlässig oder unzuverlässig sein können, wie sie wollen. Ich kann nicht sagen, daß mir diese Operation gefällt.«

»Wann kann ich mir Ihre Freunde mal anschauen?« fragte mein Vater.

Es wurde verabredet, daß er am nächsten Tag kurz vor Mitternacht im Boom-Boom-Boom-Room aufkreuzen sollte. Richard Nixon und John Fitzgerald Kennedy würden bis dahin ihre erste Fernsehdebatte hinter sich haben, und Maheu würde mit Giancana speisen.

»Fein«, sagte mein Vater. »Ich habe morgen in Miami eine Menge zu erledigen.«

Was es war, verriet er mir allerdings nicht.

Sehr spät am Montagabend – so spät, daß es schon Dienstagfrüh war und Modene und ich in unserem Riesenbett schliefen, erhielt ich einen Anruf von meinem Vater. »Ich frage mich gerade, wie es im Fontainebleau mit der Hygiene aussehen mag, weil ich dich nämlich von meinem Zimmer aus anrufe.«

»Wenn du deinen eigenen Wanzenkiller nicht mitgebracht hast, geh davon aus, daß du mitten in einem Seuchenherd hockst.«

»Oh, damit werden wir schon fertig«, sagte mein Vater. Aber ich merkte, wie betrunken er war. »Es ist leichter als aufzustehen und zu einem Münztelefon zu marschieren.«

»Könnten wir nicht morgen zusammen frühstücken.«

»Ich fliege schon bei Tagesanbruch, alter Junge.« Er hustete krampfhaft. »Ich schick' dir was rüber.«

Es war auch ganz gut so. Als ich das Klebeband entfernte, las ich:

Mein lieber Sohn,

ich wurde Seiner Hoheit als ein Sportsfreund von Bob Maheu vorgestellt. »Sportsmann, hä«, fragte G. »Was treiben Sie denn für'n Sport?«

»Großwildjagd«, sagte ich ihm.

»Wie Hemingway«, sagte er.
»Ja«, nickte ich.
(Muß Dir sagen: Wir belauerten einander nach allen Regeln der Kunst)
»Mr. Halifax ist ein alter Freund von Ernest Hemingway«, sagte Bob.
Giancana schluckte das. »Ich würde Ihren Freund gern kennenlernen«, sagte er. »Hemingway und ich haben Gemeinsamkeiten. Ich kenne das Nest, in dem er aufgewachsen ist.«
»Ja«, sagte ich, »Oak Park.«
Er streckte die Hand aus, als könnte er mir nun trauen. »Oak Park«, sagte er. »Genau.«
Ich fragte ihn nach seiner Meinung über die Wahlkampfdebatte Nixon–Kennedy. »Ein Reicher gegen einen Speichellecker bei den Reichen. Sie haben die Wahl, Mr. Halifax.«
Bob sagte: »Mr. Gold ist für Jack Kennedy.«
»Zum Teil«, sagte Giancana. »Aus einem Reichen holt man mehr Kilometer raus.«
Nachdem ich ihnen gute Nacht gesagt hatte, war ich noch eine Zeitlang auf: am anderen Ende des Hotels, in der Poodle Lounge – fürchterlicher Name für einen Ort, an dem man sich betrinken will. Jedenfalls kam Maheu zu einem Mitternachtsbecher herein und erzählte mir, Giancana wäre fasziniert von der Art, in der Castro an dem Tag – am selben Tag zufällig, an dem unsere Präsidentschaftsdebatte stattfand! – vier Stunden lang in der UNO gesprochen hätte. Giancana fragte Maheu – und ich weise auf sein phänomenales Gedächtnis hin –, »Wie wollen Sie einen Kerl umlegen, der geschlagene vier Stunden reden kann? Wenn Sie ihm eine Schrotflinte in den Arsch stecken und abdrücken«, sagte Giancana, »wird er nicht mal furzen.«
Mein Sohn, da konnte ich mich nicht mehr halten vor Lachen. Wenn Du Dich erinnerst, ich habe Dich angerufen. Fünf Minuten lang muß ich's für wahnsinnig wichtig gehalten haben, Dir diese erhabene Gangsterweisheit zu vermitteln. Herrgott! War ich doch besoffen! Die Knochen halten's nicht mehr aus.
Es ist schwer zu erklären, aber irgendwie mag ich diesen Giancana. Ich habe bei ihm den Eindruck – natürlich ohne daß ich meine Hand dafür ins Feuer legen würde –, daß er von seinem Geschäft ebensoviel versteht wie ich von meinem. Hoffen wir, daß ich mich

nicht täusche. Ich wollte, die Sicherheitsrichtlinien gestatteten es mir, mich ein bißchen enger mit ihm anzufreunden.

Dein Vater

P. S. Wie Du inzwischen gemerkt haben magst, kümmere ich mich nicht gern selbst um jeden Dreck. Ich kann Dir gar nicht sagen, wie oft am Tag ich Segenswünsche zu Tracy Barnes und Dick Bissell hinaufschicke, da sie ja den ganzen administrativen Ärger dieses Unternehmens abkriegen. Trotzdem verbringe ich jeden Morgen sechzig Minuten mit Telegrammlesen und noch einmal dreißig Minuten für das Absenden von Telegrammen – jeden gesegneten Arbeitsmorgen und am Montag doppelt so lange. Ich glaube, aus diesem Grund schreibe ich so gern Briefe, und das am liebsten spät mitten in der Nacht, wenn all die alten Dämonen und Gespenster meines Lebens darüber streiten, wer mir den Schlaf rauben darf. Ich erzähle Dir das für den Fall, daß Du ähnliche Probleme hast. Mit einem guten Brief ordnet man die Gedanken. Wenn Dich also eine solche Stimmung anwandeln sollte, schildere mir mal, was sich bei Dir so tut. In Anbetracht unserer größeren Vorhaben konnten wir uns am letzten Wochenende nicht über solche Fragen unterhalten – etwa Deine alltägliche Beschäftigung bei Zenith betreffend, nun, da Howard Hunt in Mexiko ist. Mehr noch: beschreibe mir doch bitte, was Howard da draußen wirklich vorhat. Bei Quarters Eye heißt es, Hunt sei zu ehrgeizig und schicke deshalb niemals schlechte Nachrichten, bevor er nicht absolut dazu verpflichtet ist.
Übrigens: Benutze unseren Postsack. Adresse ist: EYES ONLY, HALIFAX. Kleb's mit dem richtigen Band zu! Brauch ich Dir ja nicht zu sagen.

DAD

Ich dachte darüber nach, ob ich mich bereits in einem Loyalitätskonflikt befand. Mein Vater wollte, daß ich ihm schrieb. Weil ich den Verdacht hatte, daß er auch prüfen wollte, wie ich mich als Geheimdienstoffizier entwickelte, beschloß ich, das Risiko einzugehen und Howards Situation in Mexiko zu analysieren, so gut ich konnte.

25

28. September 1960

Von: Charles an Halifax:
Seit seiner Abreise von Miami am 15. August versucht Hunt nach Kräften die Frente in Mexico City zu etablieren, hat aber Schwierigkeiten. Die politischen Fakten, soweit ich darüber per Telegramm oder Telefon von Howard erfahre, werden Dir inzwischen zweifellos ebenfalls bekannt sein. Ich glaube aber dennoch, daß ich Dir noch einige Neuigkeiten berichten kann.
Der Kern des Problems ist Win Scott. Ich weiß, Mr. Scott ist einer unserer höchstgeachteten Stationschefs, aber ich schätze, Howards Handicap Numero eins ist, daß er eine Operation nach Mexico City hineingetragen hat, die nicht direkt Scotts Jurisdiktion unterlag. Zweitens ist die mexikanische Regierung – wiederum beruht meine Einschätzung auf dem, was Howard selbst sagt – übermäßig beeindruckt von Castros Fähigkeiten, die revolutionären Gefühle der Bevölkerung zu wecken, so daß ihr kubanische Exilbewegungen nicht allzu willkommen sind. Howard hat ganze Arbeitstage darauf verwenden müssen, die offiziellen Vertreter der Frente durch den mexikanischen Zoll zu schleusen.
Noch so ein Detail: Die Frente hat ein Büro nahe dem Zócalo gemietet, um eine Wochenzeitung zu starten: *Mambí*. Sie waren täglich neuen Schikanen ausgesetzt: Brandschutzverordnungen, unzumutbare Arbeitsbedingungen, Arbeitsverbot für Ausländer, Strafmandate wegen Abfallbeseitigung – das Übliche.
Inzwischen muß Hunt, der ja einen gepflegten Lebensstil zu schätzen weiß, für ein kleines möbliertes Haus in Lomas de Chapultepec eine Miete akzeptieren, die er für »völlig überzogen« hält. Seinen alten Freunden erzählt er, er sei wegen seiner Unzufriedenheit mit den linken Tendenzen unserer Politik in Lateinamerika aus dem Dienst ausgeschieden und arbeite nun angestrengt an einem Roman. Beim Auffrischen alter Freundschaften ist es Howard auch gelungen, einen amerikanischen Geschäftsmann mit alten Agency-Verbindungen anzuwerben, der für ihn auf Kontraktbasis arbeitet. Dieser Cut-out-Mann hat ein paar sichere Häuser gemietet, in denen Howard mit der Frente zusammenkommen kann. Unter keinen Umständen dürfen die Kubaner aber erfahren,

wo Don Eduardo wohnt. Da Howard hier von früher unter seinem eigenen Namen bekannt ist, muß er ihn natürlich wieder benutzen, um seine Legende abzusichern, und so dürfen die separaten Lebensgeschichten von Don Eduardo und E. Howard Hunt nicht zusammenprallen. Das zwingt ihn täglich zu weiten Fahrten. Hunt hat darauf geachtet, daß die sicheren Häuser auf der seinem Wohnsitz in Lomas de Chapultepec entgegengesetzten Seite von Mexico City liegen.

Es erübrigt sich die Bemerkung, daß die Frente eher noch schizophrener geworden ist. Den USA gegenüber sind sie ausgesprochen mißtrauisch. Die Führer mögen sich auf unser Verlangen hin in Mexico befinden, aber die große Masse ihrer Anhänger ist nach wie vor in Südflorida; deshalb behaupten die Führer, wir wollten sie als Aushängeschilder gegenüber der Weltöffentlichkeit benutzen und gleichzeitig immer weiter von ihrer militärischen Basis isolieren. So würden sich die Kommandeure der Invasionsstreitmacht zu den künftigen Führern Kubas aufschwingen. Wegen dieser Auffassung hatte Howard einige häßliche Situationen durchzustehen. Außerdem ist von den fünf Frente-Führern ausgerechnet Barbaro nicht in Mexiko. Er ist vor einem Monat nach Miami zurückgekehrt, um etwas zu erledigen, und die anderen rätseln darüber, wieso er nicht schon längst wieder in Mexiko ist. Hunt wiederum behelligt mich dauernd mit Bitten, ich solle mich an Totos Fersen heften.

Wenn mir Barbaro zufällig doch mal übern Weg läuft, weicht er mir seltsam aus. Ich sage ›seltsam‹, weil er nicht nur schwört, er werde sofort nach Mexiko zurückgehen, sobald er seine Angelegenheiten geordnet hätte, sondern auch seltsam wehmütig wirkt. Ich habe den Eindruck, daß er es wirklich gern tun würde, aber nicht kann, sondern in einer Falle sitzt. Howard ist inzwischen fest davon überzeugt, daß Barbaro an einem kriminellen Unternehmen beteiligt ist, bei dem es ums große Geld geht. Howard sagt, wir brauchen einen in Miami wohnhaften Agenten, der rauskriegt, was Toto treibt, und ich habe stapelweise Karteikarten durchgeblättert. Trauriges Ergebnis: Der verheißungsvollste Kandidat – wenn ich ihn denn rekrutieren kann – ist nicht einmal Kubaner, sondern ein früherer uruguayischer Kommunist, der in Montevideo für mich gearbeitet hat. Ich habe ihm geholfen, rechtzeitig dort wegzukommen, bevor die dortige Polente und seine ehemaligen

Parteigenossen ihn sich schnappten. Er heißt Eusebio »Chevi« Fuertes und arbeitet jetzt in Miami in einer Bank, die einen Teil unserer Gelder für die Exilkubaner wäscht. Barbaro bedient sich bei derselben Bank, und dadurch bin ich auf den Gedanken gekommen, ihn einzubeziehen.

Ich muß Dir gestehen, daß ich zögere, ihn zu beauftragen. Ich habe mich gestern abend mit Chevi getroffen, und das gab mir zu denken. Er steht Castro beinahe positiv gegenüber. Wenn ich ihn nicht sehr gut kennen würde, käme er nicht in Frage. Aber schon in Montevideo hat er nur gespottet, wenn ich versuchte ihm zu erklären, daß das kapitalistische Amerika durchaus auch ehrenwerte Motive haben könnte. Trotzdem hatten wir in Uruguay nie einen wertvolleren Agenten im Kampf gegen die Kommunistische Partei. Letzten Endes haßte er die Kommunisten sogar noch mehr als uns. Wenn Du aber einen Agenten kennst, der Dir lieber wäre als Fuertes, hätte ich nichts dagegen.

Nebenbei hat mir Fuertes schon eine außerordentlich interessante Information gegeben: Anscheinend hat die gesamte Frente einschließlich Barbaro einen Heidenrespekt vor einem kubanischen Millionär namens Mario García Kohly, einem devoten Batista-Anhänger, der Castro für den Satan persönlich, die Frente-Führer aber für dessen Agenten und darum für austilgenswertes Gesindel hält. Kohly steht in Verbindung mit einem früheren kubanischen Senator namens Rolando Masferrer, der noch aus Batistazeiten eine Truppe von Kriminellen und Killern unterhält. Sie kampieren an einem Ort, der No Name Key heißt und Kohly gehört. Über Fuertes erfahre ich, daß einige unserer Agencyleute (die mir allerdings nicht bekannt sind) versucht haben sollen, eine private Invasionsstreitmacht für Kohly zusammenzustellen und Boote zu beschaffen. Wenn das gelänge, wäre es nach meinem Dafürhalten eine Katastrophe, weil Kohlys Sieg einen Bürgerkrieg auslösen würde. (Natürlich sehe ich vielleicht nur einen zu kleinen Ausschnitt des gesamten Bildes.) Fuertes, der mir jede Art von Klatsch mitteilt, fügt hinzu, dem neuesten Gerücht nach werde Kohly vom Weißen Haus unterstützt. Nicht von ganz, aber von weit oben.

Ich hoffe, daß Du mit diesem Brief doch etwas anfangen kannst. Man freut sich auf Deinen nächsten Besuch.

Auf Deine Gesundheit,
Harry

26

29. September 1960

Lieber Dad,
es macht mir richtig Spaß, Dir zu schreiben, und so kommt nach dem gestrigen schon wieder ein Brief. Ich lasse dafür sogar meine Dame – von der ich Dir irgendwann einmal berichten werde – warten, und das will etwas heißen, weil sie keine Dame ist, die gern wartet.

Aber ich möchte noch etwas über mein Treffen mit Fuertes berichten. Was seine Vertrauenswürdigkeit angeht, brauche ich Deinen Rat.

Zuerst ein Wort zu Fuertes' Erscheinung. Als wir ihn vor drei Jahren in Montevideo anwarben, war er ein ausnehmend hübscher Kerl, schlank, ziemlich muskulös und bei den Damen begehrt. Als er unser Agent wurde, hat ihn das drastisch verändert. Er ist aufgeschwemmt, fett, hat sich einen komischen, extralang herunterhängenden Schnauzbart wachsen lassen und wirkte auch sonst ungeheuer fies.

Hier in Miami hat er immer noch Übergewicht, kleidet sich aber jetzt wie ein Dandy. Er trägt dreiteilige pastellfarbene Anzüge und Panamahüte, raucht Havannazigarren wie ein Kubaner und wirkt kubanischer als ein Kubaner.

Ich will nicht behaupten, daß ich so ein phänomenales Gedächtnis wie Maheu besitze, aber ich glaube, was ich Dir hier anbieten werde, ist zu 90 Prozent inhaltlich präzise. Ich habe mir Notizen gemacht, während Fuertes sprach.

Ich muß sagen, daß es beunruhigend ist, wieviel er über uns und unser Vorhaben weiß. Er ist ein geborener Kaffeehaustyp und verkehrt in allen kubanischen Restaurants vom Versalles bis zu den verrufensten Spelunken in der Calle Ocho. Er rührt nicht nur im Klatsch herum, sondern versteht ihn als geborener Geheimdienstmann, der er ist, auch auszuwerten. An dem Tag, an dem ich ihn in ein Safe house einlud, wußte er zum Beispiel, daß unser Trainingscamp in Guatemala am 19. September stehen soll, daß es den Codenamen TRAX trägt und daß dort eine Brigade von 400 Exilkubanern ausgebildet werden soll. Hier hat er sich um dreißig verschätzt: Es sind 370 nach meiner und wie ich annehme Deiner

Rechnung – aber dann, sagt Fuertes, können ja noch welche hinzukommen.
Auch die soziale Zusammensetzung der Brigade hat er durchaus richtig erkannt. Neunzig Prozent der Auszubildenden bei TRAX, erklärte er mir, seien Studenten und Akademiker aus der Mittelschicht, zehn Prozent Arbeiter, Bauern und Fischer. (Das ist mit Sicherheit korrekt – ich bin in den Rekrutierungsstationen gewesen.) Er kann sogar genau angeben, wie sie gekleidet sind und welche Waffen sie tragen, nämlich Kampfanzüge mit schwarzen Baseballmützen und Maschinenpistolen. Alles richtig, Chevi. Aber woher hast du das? – Wir wissen das einfach. Für die Kubaner ist die Revolution eine Familienangelegenheit, und jeder spricht mit jedem in der Familie.
Mit seiner nächsten Feststellung hat er mich wirklich überrascht. »Ich schätze«, so erklärte er mir, »daß es am Tag der Invasion nicht mehr als 1500 Mann sein werden.«
Ich lächelte ihn an. Ich hatte ja selbst keine Ahnung. Dann beschloß ich aber, den Advocatus diaboli zu spielen und sagte: »Völlig unmöglich. Mit so wenigen Leuten kann man Kuba nicht erobern.«
»Man könnte«, lächelte Fuertes, »wenn Castro bei den Massen wirklich verhaßt wäre. Batista zum Beispiel hat man gehaßt, und Castro brauchte nicht einmal tausend *Barbudos*. Aber jetzt sind die Realitäten natürlich andere.«
Dann hielt er mir einen Vortrag. Als Castro noch in den Bergen war, kam ein Arzt auf je zweitausend Kubaner. »Es gibt eine alte kubanische Redensart«, informierte er mich: »Nur das Vieh wird geimpft.«
Es folgte eine etwas linkslastige Argumentation. Ich glaube zwar, daß seine Zahlen korrekt waren, mißtraue aber etwas der liturgischen Aufbereitung. Trotzdem haben mich die Daten, die er nannte, erstaunt. Unter Batista hätten nur 4 Prozent der kubanischen Bauern regelmäßig Fleisch gegessen, 2 Prozent aßen Eier, 3 Prozent Brot, 11 Prozent tranken Milch. Keine grünen Gemüse. Überall nur Reis und Bohnen. Die Hälfte der Häuser auf der Insel besaßen keine Toilette. Trotzdem gab es in Havanna Verkehrsstauungen und Fernsehapparate. Ein Habanero sein, hieß daran glauben, daß Kuba ein fortgeschrittenes lateinamerikanisches Land war.

»Havanna, nicht Kuba«, erklärte er mir, »ist das spirituelle Zentrum unserer Exilkubaner. Sie gehören alle zur Mittelschicht.«
»Was du sagst, klingt, als ob du für Castro wärst«, warf ich ihm vor.
»Nein«, sagte Fuertes, »wie immer ist mein Herz gespalten.« Man muß bei ihm vorsichtig sein. Er hat einen Hang zur Angeberei. »Der Mann, dessen rechte und linke Hand ein Leben lang miteinander kämpfen, erstickt innerlich«, erklärte er in feierlichem Ernst.
»Wieso bist du nicht für Castro?« fragte ich.
»Weil er die Freiheit zerstört hat. Ein Mann wie ich in Havanna wäre entweder tot oder im Untergrund.«
»Warum bist du dann nicht gegen ihn?«
Auf diese Frage hin begann er eine interessante, wenn auch langatmige Abhandlung über die Natur von Revolution und Kapitalismus, die Dir unter Garantie höllisch auf die Nerven gegangen wäre.
Der Kapitalismus, sagt Fuertes, ist seinem Wesen nach eine Psychopathie. Er lebt nur für den Augenblick. Jede sinnvolle Planung widerspricht seinem Charakter und ethische wie sittliche Fragen reicht er einfach an den Patriotismus, an die Religion oder die Psychoanalyse weiter. Ich bin ein Kapitalist«, sagt er. »Weil ich ein Psychopath bin, weil ich habgierig bin, weil ich Konsument bin und meine Konsumwünsche sofort befriedigen will. Wenn ich seelische Probleme habe, gehe ich entweder zu meinem Priester und bekomme die Absolution, oder ich bezahle einen Psychoanalytiker, der mich mit den Jahren davon überzeugt, daß meine Habgier meine Identität ist, und damit gehöre ich wieder zur Gesellschaft.
Meine Selbstsucht bereitet mir vielleicht mal Kopfschmerzen, aber ich komme darüber hinweg. Mit dem Kapitalismus läßt sich eine entwickelte Gesellschaft aufrechterhalten. Er erkennt den Willen zur Macht in uns allen an.«
Wie Du inzwischen schon gemerkt haben wirst, fühlt er sich am wohlsten, wenn er auf einem Stuhl sitzen, *Añejo* trinken und dozieren kann. So stellte er eine Dichotomie auf, an die ich noch nie zuvor gedacht hatte – den Unterschied zwischen dumm und doof. »Es ist ein riesiger Unterschied«, sagte er. »Die Dummen sind geistig schwach, und das ist traurig, aber da läßt sich nichts machen. Die Doofen aber haben beschlossen, daß sie doof sein

wollen. Sie strahlen vorsätzlich eine negative Intelligenz aus. Ihr Wille zur Macht wird am leichtesten durch die Behinderung der Wünsche anderer befriedigt. Unter dem Kommunismus, in dem die Gegenwart ja angeblich der Zukunft geopfert wird, verstopfen die Doofen alle Kanäle der Industrie. Ihre negative Intelligenz produziert Schlamperei und Ineffizienz. Unter dem Kapitalismus steht ein habgieriger, aber doofer Mann vor einem schmerzlichen Dilemma: Solange er doof bleibt, kann er seine Habgier nicht befriedigen. Oft sieht er sich darum gezwungen, sein Bewußtsein so weit zu öffnen, bis er eine Möglichkeit findet zu gedeihen. So werden Männer, die unterm Kommunismus die Produktion und Distribution behindern, unter dem Kapitalismus erfolgreiche Männer, aber reiche Scheißkerle.«

Ohne auch nur einen Augenblick innezuhalten, fuhr Fuertes fort: »Andererseits kann Castro auf die kommunistischen Kader nicht verzichten. Ohne sie wäre seine Revolution ein völliges Chaos. Mit ihnen verfügt er über eine Bürokratie, die bis zu einem gewissen Grade fähig ist, das Land zu regieren.«

»Dann sagst du also nicht, daß der Kommunismus schlecht für Kuba ist?« Wie schwer war es doch, ihn festzulegen.

»Nein«, sagt er. »Ich bin nicht sicher. Ich habe Kuba vor sechs Monaten besucht. Die Frauen haben mich beeindruckt. Du solltest sie mal sehen in ihren roten Blusen und schwarzen Röcken, wenn sie im Gleichschritt marschieren und im Chor singen. Für sie ist der Kommunismus gleichbedeutend mit Solidarität.«

Ich kann nicht verhehlen, daß mir in diesem Augenblick Howards Beschreibung derselben Damen durch den Kopf schoß. Wenn ich mich richtig erinnere, hatte er von einer »Kakophonie wie bei einer Ziegenherde«, gesprochen.

»In der Tat«, sagte Chevi, »ich finde den Anblick dieser Frauen tief bewegend. Sie haben ein Gefühl für ihre eigene Existenz entwikkelt, das sie nie zuvor besessen haben. Castro weiß instinktiv, wie er ein Theater für die Massen – ein großartiges, grandioses politisches Theater – inszenieren muß. Als Batista Ende 1958 aus Kuba floh, ist Castro nicht gleich nach Havanna geeilt. Er ist von der Sierra Meastra gekommen und hat unterwegs in jeder größeren Stadt eine vier Stunden dauernde Rede gehalten. Über ihm flog ein großer, schwarzer Hubschrauber. Das war eine sensationelle Inszenierung. Der Todesengel darüber – gleich mit der Befreiung.

Der Tod war ein fundamentales Element seiner Revolution. Natürlich, die Frauen haben das verstanden. Die spanische Mentalität sieht uns hier auf Erden, um zu bluten und zu sterben. Wenn es mehr Ärzte, mehr Schulen, mehr soziale Gerechtigkeit gibt, na – was für eine Dreieinigkeit – Blut, Tod und Fortschritt: für Lateinamerikaner ein revolutionäres Programm.«
»Warum«, frage ich ihn, »sollte man das mit den Exilführern nicht ebenso erreichen können? Sie sind weit links von Batista, aber sie sind auch für Freiheit.« (Da ich mich bei der Frente ja umgehört hatte – kamen mir meine eigenen Worte recht unaufrichtig vor.)
»Vielleicht«, sagte Fuertes. »Aber läßt sich irgendeine radikale Verbesserung ohne eine Schreckensherrschaft durchsetzen? Castros Antwort heißt nein. Das einzige menschliche Motiv, das stärker als Habgier ist, ist nach seiner Ansicht die Angst vor dem Terror. Wenn die Exilführer Kuba zurückerobern, werden die korrupten unter ihnen – und das ist die Mehrheit, sage ich dir – das Land ausplündern. Sie werden über die Idealisten triumphieren.«
»So bist du also wieder bei Castro?«
»Ich bin bei niemandem. Ich bin auf beiden Seiten. Ich bin allein für mich selbst.«
Wir sprachen über die Bezahlung. Er will eine Menge: 300 Dollar pro Woche plus Zulagen. Ich glaube, er ist es wert. Fuertes bewohnt offensichtlich gern zwei Welten gleichzeitig, aber ich glaube, ich komme mit ihm klar, auch wenn er es sich einfallen läßt, ein doppeltes Spiel zu spielen.
Was rätst Du mir?

HARRY

Die Antwort meines Vaters kam am nächsten Tag. Auf dem Umschlag stand: EYES ONLY ROBERT CHARLES.

Nachricht vom 29. September erhalten:
Deine uruguayische Goldader kommt mir wie ein raffinierter Kommunist und notorischer Betrüger vor. Er ist aber so korrupt, daß er vielleicht aus Geldgründen bei der Stange bleibt. Ich werde die Zusammenarbeit mit ihm gutheißen, wenn Du gewisse einfache Vorsichtsmaßregeln beachtest:

1. Keine politischen Diskussionen mehr mit ihm. Er könnte Dich aushorchen und Deine Ansichten weitergeben.
2. Halte Dich immer an begrenzte Ziele. Ich werde Dir konkrete Aufgabenstellungen zukommen lassen. Weiche nicht davon ab. Er wird Dir eine Geschirrspülmaschine verkaufen wollen, während Du nur ein Spülbecken willst. Handele ihn herunter auf das Spülbecken. Ich werde natürlich das, was er berichtet, von hier aus prüfen.
3. Freunde Dich niemals zu sehr mit dem Kerl an. Mir ist es egal, ob Du ihm das Leben gerettet hast.
4. Absolutes Agentenführer-Protokoll. Bringe ihn *niemals* ohne Abstimmung mit mir mit irgend jemandem bei Zenith oder in Quarters Eye in Kontakt.
5. Die erste Zielperson, auf die Du ihn ansetzen solltest, ist der dicke Kubaner, den Du zum Dinner eingeladen hast. Nenne den dicken Kubaner RETREAT.
6. Wählen wir GOLDADER als Satteltasche für unseren Windbeutelfreund.

HALIFAX

27

Noch bevor ich zu einem weiteren Gespräch mit Chevi kam, flog Howard Hunt überraschend nach Washington und erhielt von Quarters Eye die Genehmigung, die Frente zurück nach Miami zu verlegen. Da mein Vater diesen Umzug genehmigt hatte, nahm ich an, daß mein Brief einer der Gründe für diese Entscheidung war. Allerdings erfuhr ich dann, daß die mexikanische Polizei eines unserer Safe houses entdeckt hatte, und in Anbetracht des Dilettantismus der Frente-Führer beim Abhängen von Beschattern würden auch unsere anderen Safe houses dort bald ziemlich nutzlos sein.

Also brachte Howard die Gang nach Miami zurück. Seine Stimmung war auf dem Tiefpunkt. Er mußte mit einer negativen Eintragung in seiner nächsten Beurteilung rechnen, und Dorothy war keineswegs erfreut über die Störung, die der neuerliche Umzug für das Leben ihrer Kinder mit sich brachte. Schon wieder mußten sie die Schulen wechseln. Außerdem mußte Howard in Miami sein Haus als Büro nutzen. Sollte Don Eduardo, um seine Tarnung aufrechtzuerhalten, nun auch seinen Töchtern zumuten, einen anderen Familiennamen anzunehmen? Es war unmöglich! Die Hunts mußten sich vorübergehend trennen, und Dorothy mietete ein Haus in der Nähe von Washington, während Howard sein Apartment in Miami behielt. Natürlich mußten sie sich nun neue Erklärungen für ihre Verwandten in Amerika ausdenken, weshalb sie getrennt lebten.

Seinen Verdruß ließ er unter anderem auch an mir aus. Wenn ich geglaubt hatte, daß ich während seiner Abwesenheit ein effizienter, ja brillanter Stellvertreter gewesen war, so versetzte er meiner Eitelkeit alsbald einen empfindlichen Schlag. Meine Aktenhaltung wurde als das entlarvt, was sie in der Tat war: bestenfalls passabel. Aber was das Waschen der Exilgelder anging, bemängelte Howard die viel zu große Anzahl der Transaktionen, die ich über Kuriere abgewickelt hatte. Ich rechtfertigte mich mit der Begründung, daß durch Barauszahlung Banküberweisungen vermieden werden und Rückschlüsse auf die Geldquellen besser vereitelt werden konnten.

Doch das Problem war natürlich, daß wir nur über wenige Kuriere verfügten, denen wir große Summen anvertrauen konnten. Es blieb mir gewöhnlich nichts anderes übrig, als selbst diese Aufgabe zu übernehmen, und es hatte mir auch Spaß gemacht, Geldgürtel mit bis zu hunderttausend Dollar herumzutragen. Einmal leistete ich mir sogar das Vergnügen, den Geldgürtel anzubehalten, als ich mich für Modene entkleidete. Das Wissen, daß ihr etwas mysteriöser Geliebter dicke Packen Cash am Leib trug, ließ die Fackel unserer Leidenschaft erneut ein wenig auflodern – ja, ich genoß es, den Kurier zu spielen.

Hunt wollte davon nichts wissen. Es sei gefährlich und nicht zu verantworten. Wenn es bekannt wurde, konnte ich beraubt oder ermordet werden. Es gab schließlich auch Möglichkeiten für schriftliche Anweisungen, die eine Zurückverfolgung ausschlossen. Dafür hatte er einen erfahreneren Fachmann an der Hand, einen Mann namens Bernard Barker. Er würde mich mit ihm bekannt machen.

Ich hatte mir aber auch noch andere Fehler zuschulden kommen lassen. Die unbedeutenderen Mitglieder der Frente, mit denen ich während Howards Abwesenheit zusammengekommen war, hatten bereits mit der Ausarbeitung von militärischen Plänen begonnen. Sie waren schon bis zu den Detailfragen vorgedrungen – mögliche Landeplätze, Neigungswinkel des Ufers, zu erwartende Verluste, und im Verlauf dieser Diskussionen hatte ich manche Karte von Kuba studiert und die Diskussionen über die verschiedenen logistischen und strategischen Probleme sehr genossen. Hunt aber erklärte mir, daß militärische Erörterungen mit der Frente nicht ernstgenommen werden dürften und allenfalls als amüsante Sandkastenspiele anzusehen waren. »Ich verstehe sehr wohl«, sagte Hunt, »daß die mangelnde Einsicht gewisser Kubaner in ihre taktische Unfähigkeit für sie tragisch ist und es wird mir kein Vergnügen bereiten, ihnen dieses Faktum zu erklären, wenn die Zeit reif ist, aber, Harry, denk doch mal nach: Unser eigentliches Problem sind die DGI-Agenten, die Castro eingeschleust hat. Erinnerst du dich noch an unsere allerersten Gespräche? Diese DGI-Agenten erfahren alles, was bei der Frente besprochen wird, und leiten es nach Havanna weiter. Dein Beitrag bei diesen Diskussionen sollte also hauptsächlich aus Desinformation bestehen. Diese Operation ist zu wichtig, als daß wir sie kubanischen Generälen überlassen könnten.

»Ich weiß, daß du recht hast«, sagte ich. »Aber es stimmt mich trotzdem traurig.«

»Die Ethik, Harry, muß sich dem Zweck unterordnen.«

Ich dachte an die Bootsbesatzungen. Ein Teil meiner Arbeit hatte darin bestanden, verschiedene Bootswerften von Maryland im Norden bis Key West an der Südspitze Floridas und von Galveston im Westen bis Tampa im Osten des Golfs zu konsultieren. Wir kauften überall gebrauchte Motorboote auf. Jede Nacht fuhren Boote mit Exilkubanern hinaus, um Sprengstoffanschläge durchzuführen oder ein paar Leute zurück nach Kuba einzuschleusen, damit sie sich dort mit Untergrundorganisationen in Verbindung setzen konnten. Gerade in diesem Augenblick konnte jemand von einer dieser Bootsbesatzungen ums Leben kommen. Ich seufzte. Die Geschichte ist keine Seekarte, die man studieren kann, sondern wohl eher ein Naturgesetz wie Ebbe und Flut.

Eines Morgens, nicht lange nach Hunts Rückkehr, rief mich Dix

Butler an. Er käme zu einer Stipvisite nach Miami und ob wir zusammen zu Abend essen könnten.
Mein erster Gedanke war, daß Modene und Dix einander nicht begegnen durften. Die Liebe, so stellte ich fest, brachte allemal die Unerschrockenheit eines Menschen an den Tag oder die Feigheit. Ich verschob sogar eine Verabredung mit Modene zum Abendessen auf einen späteren Zeitpunkt, um sie von Dix fernzuhalten.
Butler aber wirkte lustlos, als er aus dem Flugzeug stieg, und beeilte sich keineswegs, den Zweck seiner Mission in Miami zu erklären. Wir fuhren auch nicht einmal in die Stadt, sondern setzten uns in der nächsten Lounge zu einem Drink zusammen.
»Wie lange bist du hier?« fragte ich.
»Zwei Tage. Ich sehe mir ein paar Leute an.«
»Darf ich fragen, für wen du arbeitest?«
»Negativ.«
Wir tranken eine Zeitlang ohne ein Wort. Keiner von uns wollte von Berlin reden. Wir benahmen uns wie Männer, zwischen denen niemals irgend etwas Nennenswertes vorgefallen war. Trotzdem lag seine Lustlosigkeit wie eine Drohung in der Luft.
Ich beschloß, den Stier bei den Hörnern zu packen: »Bist du noch immer bei Bill Harvey.«
»Kann sein.« Und nach einer Pause: »Kann auch nicht sein.«
»Was hat Bill vor?«
»Verlaß dich drauf«, sagte er. »Was auch immer es sein mag, es ist verrückt genug für King William.«
Wir lachten, aber es war ein gezwungenes Lachen.
»Ich nehme an«, sagte ich, »er ist jetzt in Washington.«
»Logische Vermutung.«
»Arbeitest du für ihn?«
»Heißt du Arnie Rosen?«
Ich hatte vergessen, was für eine Kraft hinter Dix Butlers Faustschlag saß.
»Ja«, nickte Dix. »So habe ich es auch herausgekriegt. Über Arnie Rosen. Frag ihn, was ich tue. Er weiß es wahrscheinlich.«
»Ich nehme an, du arbeitest für Bill Harvey.«
»Vielleicht würde ich mit nein antworten. Meine Arbeit ist sehr wandlungsfähig.«
Er trug eine teure goldene Armbanduhr und einen Tropenanzug

aus Seide, der an die fünfhundert Dollar gekostet haben mußte, und auch seine Schuhe waren kaum billiger gewesen.
»Kannst du mir sagen, wo du in den letzten drei Jahren gewesen bist?«
»Laos.«
»Im Goldenen Dreieck?«
»Nur ein Arschloch stellt immerzu blöde Fragen«, knurrte Dix.
»Wenn du mir erzählen würdest, weshalb du hier bist«, bohrte ich weiter, »könnte ich dir vielleicht behilflich sein.«
»Kannst du nicht«, sagte er. »Ich suche ein paar Kubaner, die mit Waffen umgehen, ein Boot steuern, im Dschungel überleben, sich daraus ernähren können, vor nichts Angst haben, ihren Rum saufen und im Dreck gedeihen. Hast du Kandidaten für mich?«
»Du wirst hier bestimmt welche finden.«
»Hören wir mit diesen Redereien auf.« Er wischte sich mit der Hand über das Gesicht, als ob er unsere Unterhaltung auslöschen wollte und sagte etwas gleichmütiger: »Ich habe noch ein paar Verabredungen.«
»Gut«, sagte ich.
Er streckte die Hand aus. Ich schüttelte sie. Er versuchte nicht, meine Mittelhandknochen zu zermalmen, sondern begnügte sich damit, mir in die Augen zu starren. Ich nahm an, daß er seit dem frühen Morgen getrunken hatte. »Wir stecken alle zusammen in der Scheiße, richtig?«
»Ja«, sagte ich.
»Respektierst du Castro?« fragte er.
»Ich glaube ja.«
»Ich hasse den Hundesohn«, sagte er.
»Warum?«
»Er ist ein Jahr jünger als ich und hat bisher mehr als ich geleistet.
Ich wollte schon einen Witz reißen, aber er war viel zu ernst. »Schau mal«, sagte er. »Es gibt zu jedem beliebigen Zeitpunkt immer ungefähr zwanzig Leute auf der Welt, die den anderen überlegen sind. Castro ist einer von ihnen. Ich bin auch einer. Gott – oder wer's auch immer sein mag – hat uns zwanzig hier auf der Erde eingesetzt.«
»Warum?« fragte ich. »Um euch zu quälen?«
Darüber lachte er, und einen Augenblick lang schien er so vergnügt, so wie ein Löwe vergnügt sein mag, wenn ihm der Wind

unerwartet den Geruch einer prächtigen Beute zuträgt. »Du«, sagte er, »strengst dich ja ordentlich an, nicht doof zu sein.«
Nun, ich war in der Tat froh, daß ich Modene nicht mitgebracht hatte.
»Trotzdem«, sagte er, »siehst du das nicht richtig. Wir sind hier auf Erden eingesetzt, um die Götter zu unterhalten: durch unsere Wettkämpfe. Ich respektiere Fidel Castro, aber ich bin nicht übermäßig von ihm beeindruckt oder gar eingeschüchtert. Ich bete jeden Tag zu Gott: Steck Fidel und mich zusammen in den Dschungel, und ich werde derjenige sein, der lebend herauskommt.«
Danach wurde er still. Als ich mein Glas austrank und aufstand, nickte er kaum.
Vom nächsten Münzfernsprecher rief ich Rosen an und weckte ihn auf. Er war an diesem Abend früh schlafen gegangen, und ich weckte ihn auf, aber er beklagte sich nicht. Nein, wußte wohl von Butlers Visite, denn er fragte sofort: »Hat dich Dix der Große aufgesucht?«
»Darauf kannst du Gift nehmen. Und es gibt eine Menge, worüber er nicht reden will.«
»Ja«, sagte Rosen schlicht.
Als nach einer Weile immer noch nichts kam fragte ich direkt: »Könntest du mich einweihen?«
»Könnte ich«, sagte Rosen. »Aber warum sollte ich? Unsere Beziehungen, Harry, entwickeln sich allmählich zu einer Einbahnstraße.«
Ich war betrunkener, als ich gedacht hatte. Denn ich ertappte mich dabei, daß ich beinahe eine lange Rede gehalten hätte. Rosen, wollte ich ihm sagen, es ist doch im Grunde eine Form von Respekt, daß wir dich ständig anrufen, um etwas zu erfahren. Aber nach einer vielleicht nicht ganz wirkungslosen Pause murmelte ich nur: »Wenn du es mir nicht sagst, Arnie, werde ich nicht so gut schlafen wie du.«
»Also hast du statt dessen mich aufgeweckt.« Darüber mußte er lachen, und als Gegenleistung für seine Heiterkeit ließ er sich dann herab, mir ein paar Brocken hinzuwerfen: Dix der Große mußte Berlin unter unerfreulichen Vorzeichen verlassen.«
»Wegen Eisenarsch Bill?«
»Nein. Wegen eines Generalinspektors. Eisenarsch hat ihn gerettet und seine Versetzung nach Laos erreicht.«

»Und das ist alles?«
»Das ist alles, was ich weiß.«
»Das glaub ich nicht.«
»Was soll das heißen?«
»Weil ich dann genausoviel weiß wie du. Ich weiß nämlich auch, daß er in Laos war.«
Rosen fand das auch komisch. »Gott, bist du besoffen«, sagte er.
»Ja, ich habe Bourbon auf Bourbon mit Butler getrunken.«
»Das solltest du nicht tun. Leute wie Butler sind notorische Ladestöcke, wenn du weißt, was ich meine.«
»Was ich meine, ist: Was macht der große Bursche jetzt?«
»Das sage ich dir nicht – nicht unter diesen Auspizien. Aber damit du nicht die ganze Nacht an deinem Daumen nuckeln mußt: er ist wieder mit King William zusammen. Es ist aber streng geheim. Bitte, frage mich nichts mehr.«
»Tu ich auch nicht mehr, vor allem, weil du nicht viel zu bieten hast.«
»Da hast du absolut recht.«
»Dann erzähl mir also vom Generalinspektor, der nach Berlin gekommen ist.«
Ich konnte seine Erleichterung spüren. Diese Information konnte er schließlich gefahrlos herauslassen. »Nun, Dix der Große hatte einen deutschen Agenten, dem er nicht mehr vertraute. Also fesselte er den Kerl und goß ihm Terpentin auf seine edelsten Teile. Sagte, er hätte es getan, um der Wahrheit ein bißchen näherzukommen.« Rosen fing an zu lachen. »Es ist gar nicht komisch, ich weiß, es ist sogar ziemlich schmerzhaft, aber ich muß lachen, weil Dix der Große so rüde auf eine eher unbedeutende Gaunerei reagiert hat. Aber schließlich ruiniert Terpentin nicht die Eier, es beißt nur auf der Haut. ›Also hab ich den Kraut hopsen lassen‹, sagte unser Bursche, ›na und? Denk mal an all die Juden, Rosen, die dieser Nazi mal hat hopsen lassen.‹ Und es stimmte. Dix sagt, er persönlich hätte immer mit zweierlei Maß gemessen. Also weniger Mitleid mit unartigen Ex-Naziagenten. Nur hat Dix einen Fehler begangen. Die Exnazis haben ein wohlfunktionierendes Netzwerk. Das Terpentinopfer beklagte sich bei einem einflußreichen Freund im BND. Pech für Dix! Da war gerade in dieser Woche ein Generalinspektor in Berlin, dessen eine Gesichtshälfte verbrannt ist. Man erzählt sich, daß er wegen der Narbe nie zum

General befördert worden ist. Lausiges Pech, aus kosmetischen Gründen von der Agency abgelehnt zu werden.« Natürlich war das Terpentinverbrennungsopfer dem Inspektor sympathisch. Dix steckte in der schlimmsten Bredouille seines Lebens, bis Bill Harvey seinen Einfluß geltend machte und unseren großen Helden nach Laos versetzen ließ.« Rosen nieste. »Du hast's mal wieder geschafft. Ich habe dir alles erzählt.«

»Gesundheit!« sagte ich.

Als ich Modene später in der Nacht ein paar bescheidene Einzelheiten über Dix mitteilte und gestand, daß ich sie nicht mit ihm zusammenbringen wollte, war sie angenehm berührt. »Du hast von einem Mann wie ihm nichts zu befürchten«, sagte sie. »Ich würde mich nie von ihm angezogen fühlen.«

»Und warum?«

»Wenn er so ist, wie du ihn beschreibst, dann ist er auf seine Lebensweise fixiert, und ich könnte ihn niemals ändern. Ich finde einen Mann nicht attraktiv, den ich nicht ändern kann.«

Ich wollte schon fragen: »Kannst du Jack Kennedy oder Sam Giancana ändern?«, aber ich ließ es bleiben. Statt dessen fragte ich sie: »Glaubst du, daß du mich ändern kannst?«

»Oh«, sagte sie. »Es ist schwierig genug, um mich zu interessieren.«

28

Am 12. Oktober zog Nikita Chruschtschow in der UNO einen Schuh aus und fing an, damit auf dem Pult herumzuhämmern. Dies war der dröhnende Auftakt für ein paar schlimme Wochen für meinen Vater, Maheu und mich. Am gleichen Tag früh morgens bekam Maheu die Nachricht, daß die Pillen, mit denen Fidel Castro vergiftet werden sollte, ihren endgültigen Bestimmungsort in Havanna erreicht hätten. Meine Reaktion darauf war eigenartig: Ich begann mich zu fragen, ob Chruschtschow eventuell über telepathische Fähigkeiten verfügte und deshalb in Wut geraten war, ohne genau zu wissen weshalb. Bei meinem Vater liefen solche

Spekulationen unter dem Titel »Freistildenken – kostet nichts und bringt nichts«, aber mir ging das Klopfen dieses Schuhs nicht aus dem Kopf. Es schien mir wie eine Totenglocke für Castro; im voraus beklagte ich sein Ableben. Wenn man so über seine Feinde nachsinnt, verfällt man einer merkwürdigen Melancholie.
Natürlich war Castro nicht tot, noch nicht, und meine Arbeiten fanden ebenso ihre Fortsetzung wie meine Nächte mit Modene. Ich schlief in diesen Wochen immer mit der Erwartung ein, daß mich das Telefon mit der Nachricht von Castros Tod aufwecken würde. Aber das Telefon blieb stumm.
Am Ende der dritten Oktoberwoche kam per Kurier ein Brief von meinem Vater. Es war eigentlich nicht Hunts Angewohnheit, in aller Frühe an meinem Schreibtisch zu erscheinen, aber vielleicht war es der Instinkt des alten Stationschefs, der ihn anlockte. Ja, Hunt saß sogar auf meinem Schreibtischsessel und hielt den Brief zwischen zwei Fingern, als ich eintrat. Darauf stand in großen Buchstaben: ROBERT CHARLES EYES ONLY.
»Darf ich fragen, woher der kommt.«
Er war durchaus berechtigt, mir eine solche Frage zu stellen. Grundsätzlich gehörte alles, was mir unter die Augen kam, auch vor seine Augen. Ich durfte vielleicht eine kleine und geheime Operation durchführen, sie aber nicht vor ihm verbergen.
»O ja, das ist von meinem Vater«, sagte ich. »Er korrespondiert gern auf diese Art – jedenfalls in seinem persönlichen Schriftwechsel.«
»Ist das wirklich so, Robert?« Er nannte mich immer Robert, wenn wir bei Zenith waren, und ich nannte ihn Ed. Howard hielt diese banale Form der Tarnung für nötig: »Du kannst nicht wissen, wann jemand auf dich zukommt, oder schlimmer noch, du könntest dein Kryptonym in der Öffentlichkeit vergessen.«
»Es stimmt, Ed.«
»Aha. Aber von so etwas hat man ja noch nie gehört. Ich könnte mich über deinen Vater beschweren.«
»Was sagst du da? Komm!«
»Ich würd's natürlich nicht tun. Aber ein Führungsoffizier muß anderen ein Beispiel geben.«
»Das werde ich meinem Vater nicht weitersagen.«
»Nein, natürlich nicht. Es ist etwas, das ich selbst mit ihm besprechen werde, wenn mir danach ist.«

»Ich würde es an deiner Stelle überhaupt nicht erwähnen. Er hält es nun mal so für richtig.«
Hunt sah verärgert drein wegen meiner Unverschämtheit, und dann zuckte er die Achseln. »Noch ein Einzelgänger in meinem Revier.«
»Kein Grund zur Besorgnis«, sagte ich. »Es ist ein Teil unserer persönlichen Korrespondenz.«
Als er weg war, las ich den Brief. Manch andere bedeutende Nachricht ist in meiner Erinnerung zu einem einzigen Satz zusammengeschnurrt, aber diesen Brief habe ich vollständig im Kopf. Die angstvolle Aufmerksamkeit, mit der ich ihn las, hat ihn in mein Gehirn eingebrannt. Ich schauderte bei dem Gedanken, daß Howard ihn zu Gesicht bekam.

25. Oktober 1960

Setze BONANZA auf RETREAT an. Noch kein persönlicher Kontakt nötig. Er soll sich erst mal nur mit RETREATS Konten beschäftigen. Wenn sie, wie ich annehme, über mehrere Banken ausgebreitet sind, muß BONANZA ein paar Freunde in Konkurrenzunternehmen kontaktieren. Das ist keine ungewöhnliche Praxis unter jungen Bankern. (Sie wissen ja nie, wo sie sich als nächstes bewerben werden. Also kooperieren sie miteinander.)
Das, mein Sohn, soll die gute Nachricht darstellen. Nun bereite Dich auf eine Ernüchterung vor. Aber zuerst laß mich mal den Boten beschreiben, der die Nachricht gebracht hat. Richard Bissell, dem man heutzutage unmittelbar verantwortlich ist, ist eine eindrucksvolle Figur von einem Mann – nicht körperlich, versteh mich recht. Er ist zwar groß, aber ich könnte ihn über ein Scheunentor werfen. Es ist vielmehr sein Charakter: Er ist ganz einfach ein feiner und nachdenklicher Mann. Du kennst die Kathedrale St. John the Divine in New York, 110te Straße und Amsterdam Avenue? Natürlich kennst Du sie! St. John's ist ein wundersames Zentrum für die Meditation über die Monumentalität des Gedankens an sich. Und für mich ist Dickie Bissell die Verkörperung dieses Geistes. Ich möchte ihn Dir beschreiben. Er ist wenigstens einen Meter achtundneunzig groß – eine imponierende Länge selbst für Dich oder mich –, und was dabei am meisten beeindruckt: Wenn Du Dich mit ihm hinsetzt, wirkt er noch immer irgendwie überirdisch. An einem Schreibtisch sitzend, hört er

einem Besucher nach dem anderen aufmerksam zu, während er mit seinen langen, weißen Fingern langsam und gründlich Büroklammern verbiegt. Ansonsten widmet er Dir seine gesamte Aufmerksamkeit, und dabei ragt sein Kopf wie ein Turm über seinen bleichen, langen Händen empor. Rick, ich muß Dir sagen, solche Hände lassen auf gute Herkunft schließen – eine seltsame Bemerkung, aber als Junge habe ich bleiche, lange Hände immer als Maßstab für gute Herkunft angesehen. Bissell spielt stets mit Büroklammern, ganz planmäßig, als wären es Operationen seiner Finger, die er überwacht wie die Operationen seiner Agenten – Herrgott, er ist der Archetyp schlechthin, die Gottheit würde ich sagen, wenn es nicht lästerlich wäre, riesig, sanft, nachdenklich, gänzlich erhaben über den ganzen verdammten Dreck unserer Unternehmungen. Seine Gesichtszüge sind edel, mein Sohn. Er ist fast schön mit der gemeißelten Perfektion seines Kinns, seiner Lippen, seiner Nase und dem Schnitt seiner Augen hinter der Hornbrille.

Nun, ist das nicht so ungefähr das schönste Stückchen Schriftstellerei, das ich Dir je geschickt habe. Habe ich Dir erzählt, daß ich mich nach dem Zweiten Weltkrieg ein Jahr lang mit dem Gedanken trug, Schriftsteller zu werden und es dann aufgab? All das persönliche Material vom OSS – aber ich wollte keinen Narren aus mir machen. Außerdem bringt einen das Schreiben soweit, daß man selbst die Ehefrau nur noch aus dem Augenwinkel heraus ansieht. Wenn Mary feststellte: »Bald wird es wieder Picknick-Zeit«, fügte ich in Gedanken schon immer »sagte sie« hinzu, so daß ich beschloß, mich auf die Kunst des Briefschreibens zu beschränken.

Jedenfalls schweife ich hier ziemlich weit vom Thema ab. Ich habe aber auch allen Grund dazu: Bissell, den ich sehr verehre – wenn er bloß keinen solchen Schmerbauch hätte, verdammt noch mal, aber ein guter Boss ist er trotzdem, rief mich heute früh von Quarters Eye ins K-Building hinüber und überreichte mir ein Memorandum von J. Edgar Hoover an Richard Bissell.

»Während kürzlich geführter Gespräche mit mehreren Freunden erklärte Giancana, Castro würde sehr bald beseitigt werden. Als diese Behauptung betreffend Zweifel geäußert wurden, soll Giancana, wie berichtet wird, den Anwesenden versichert haben,

Castros Ermordung würde im November erfolgen. Außerdem soll er angedeutet haben, daß er sich schon bei drei Gelegenheiten mit dem Mörder-in-Spe getroffen hätte. Giancana behauptete, alles sei perfekt für die Liquidierung Castros. Der »Mörder« hätte mit einem nicht näher beschriebenen Mädchen verabredetet, man würde in eine Mahlzeit oder ein Getränk Castros eine ›Pille‹ werfen.«

Bissell sah mich an und fragte: »Also, Cal, wie ist Mr. Hoover an eine solche Information gekommen?«
Mein Sohn, solltest Du je in eine solche Situation kommen – früher oder später tun wir es alle –, zähle erst einmal all die Personen auf, die eingeweiht sind. Das gibt Dir Zeit zum Nachdenken. Du filterst damit auch die wahrscheinlichen Möglichkeiten heraus. Ich nannte zuerst den Direktor, was bei Bissell einen fast unheilvollen Blick hervorrief. »Der Direktor«, sagte er, »hat nichts damit zu tun. Fangen Sie mit mir an.«
Ich wollte nicht mit ihm streiten. Nach Bissell kam natürlich ich. Aber wir konnten uns natürlich selbst vertrauen. Dann Sheffield Edwards. Dito. Nun kam Bullseye Burns dran. Er ist zwar ein ehemaliger FBI-Mann, aber für ihn kann man wahrscheinlich die Hand ins Feuer legen. Außerdem ist er im Fontainebleau nicht dabeigewesen.
»Ihr Sohn«, sagte Bissell, »ist für uns ein heikles Thema. Aber ich werde Ihre Beurteilung akzeptieren. Können Sie für ihn garantieren?«
»Yessir«, sagte ich. »Zu hundert Prozent. Er ist zuverlässig.« (Ich habe ihm nicht erzählt, daß die Übertreibung ein in unserer Familie verbreitetes Laster ist.)
Damit blieben nur noch Maheu und unsere drei Italiener. »Was sollte sich Maheu davon versprechen, mit uns ein doppeltes Spiel zu spielen?« fragte Bissell. »Er hätte damit zwar beim Bureau für spätere Fälle einen Stein im Brett, aber denken Sie mal dran, wieviel er bei uns verliert, wenn aus dem Job nichts wird.«
»Bin völlig Ihrer Meinung«, sagte ich.
»Dieser Roselli – wünscht er wirklich, die Staatsbürgerschaft der USA zu erhalten?«
»Maheu beschwört es.«
Damit blieben Giancana und Trafficante übrig. Wir stimmten darin

überein, daß wir uns mit Maheu zusammensetzen und ihre Absichten prüfen mußten.

Die Kernfrage ist: Wieviel weiß Hoover wirklich? Bissell meint: Solange dem FBI unsere Beziehung zu Giancana nicht bekannt ist, kann uns das Memo wenig anhaben. Aber warum spielt Buddha der Agency eine solche Information zu? Weiß er mehr, als er sagt, oder möchte er nur, daß wir glauben, daß er mehr weiß?

Als Maheu nach Washington kam, erzählte er mir, er hätte in Miami mit Giancana Händchen gehalten. Es scheint, daß Sammy eine Freundin namens Phyllis McGuire hat. Es ist eine von den McGuire Sisters. Du hast sie vielleicht schon im Fernsehen gesehen. Sie sind Sängerinnen, die für Arthur Godfrey arbeiten. Vor etwas über einem Jahr hat die Regenbogenpresse mal etwas über Julius LaRosa und Dorothy McGuire gebracht, als die beiden es mit ihrem Techtelmechtel ein bißchen zu offen trieben, jedenfalls für Godfreys Geschmack – dieser unglaubliche Heuchler! Ich weiß zufällig, daß Godfrey ohne schnellen und ausgefallenen Sex nicht leben kann, aber seinen Lieblingen gesteht er diesen Spaß nicht zu. Wenn dieses Land jemals untergehen sollte, dann an der sinnlosen Heuchelei! Jedenfalls sind die McGuire Sisters offensichtlich lebenslustige Mädels. Dorothys Schwester Phyllis soll an den Spieltischen von Desert Inn so um die 100000 Dollar Schulden gehabt haben; Giancana war so galant, den Schuldschein zu zerreißen. Welch hübscher Anfang für eine Liebesromanze! Unser Giancana, versichert mir Maheu nun, ist jedenfalls wahnsinnig eifersüchtig auf Phyllis McGuire. Wie es scheint, hat die Dame eine Schwäche für einen gewissen Dan Rowan von dem Komikerteam Rowan und Martin – kannst Du noch folgen? Maheus erste Hypothese lautete: Giancana hat Phyllis vom Castroprojekt erzählt, um bei ihr Eindruck zu schinden; dann hat Phyllis es Rowan weitererzählt. Das FBI hat irgendwo eine Wanze und es könnte ein Band mit McGuire rausgekommen sein. In Anbetracht der Tatsache, daß Phyllis gegenüber der Öffentlichkeit eine der drei ach so sauberen, gottesfürchtigen McGuire Sisters spielt, ist sie mit Sicherheit empfindlich für die Art von plumpem Druck, den das FBI in solchen Situationen auszuüben pflegt.

Nun zu Maheus These, mit der er sein Szenario stützt: Giancana prahlt vor allen möglichen Spießgesellen mit dieser Geschichte herum. Grund: Er möchte die Operation sabotieren. Weshalb?

Maheu zuckt die Schultern. Giancana könnte seine Verbindungen zur Agency publik machen wollen, um sich das FBI vom Hals zu schaffen. Maheu sieht keine Chance, Giancana irgend etwas zu beweisen, aber man könne ihm mit Sicherheit nicht trauen.
Dann: Was hält Maheu von Trafficante? Santos war jahrelang die Nummer eins des Mobs, der die Spielhöllen in Kuba kontrollierte, und er verfügt dort immer noch über die besten Verbindungen. Natürlich spielen womöglich die Hälfte seiner Leute dort inzwischen ein doppeltes Spiel und teilen ihre Informationen Castros DGI mit. Genauso ein doppeltes Spiel spielt vielleicht auch Trafficante selbst. Castro hat ihm im Gefängnis, wie wir wissen, eine ganze Suite überlassen, Trafficante hatte einen Fernsehapparat, empfing Besucher, bekam besondere Verpflegung – ein Gefangener, mit dem man ins Gespräch kommen will. Trafficante prahlt wohl gegenüber Giancana und Roselli, er werde Castro das Gift selbst verabreichen, aber seit seiner Rückkehr nach Tampa hat er noch nicht viel von sich hören lassen. Sein Motiv für eine Beteiligung an unserem Unternehmen gegen Fidel ist klar: Er möchte den großen Kubaner beseitigen, bevor ihm dieser zuvorkommt. Trafficante schwört darauf, so Maheu, daß das Netzwerk, das er für die Ausführung des Coups benötigt, perfekt ist. Trotzdem nehme ich an, daß Castro noch seine Geschäfte mit Trafficante macht und daß Toto Barbaro eingeweiht ist. Nur so ein Gefühl, aber ich habe gelernt, meinen Instinkten zu vertrauen.
Kommen wir auf Deine Rolle zu sprechen. Ich habe Dir, wie Du merkst, mehr mitgeteilt, als Du wissen mußt. Geh mit diesem Brief ganz besonders vorsichtig um. Überantworte ihn persönlich dem Reißwolf, wenn Du über keinen sicheren Safe verfügst. Oder besorge Dir einen. Die Kosten dafür machen sich bezahlt. Für Briefe, gestehe ich Dir, habe ich einen Safe in einer entlegenen Bank irgendwo im Norden. Einen weiteren in Boston. Einen natürlich auch in Washington. Überlege es Dir. Wenn Du meine Briefe aufbewahren kannst, solltest Du es tun. In späteren Jahren, lange nach meinen Hinscheiden, werden vielleicht Anwälte von der Agency zu Dir kommen und Dich um einen Bericht über Deinen Vater bitten – wenn er ein solches Portrait denn wert ist. Dann können Dir diese Briefe helfen, es lebendig zu gestalten. Was aber heute und diese Woche angeht, so glaube ich, daß Du das alles doch wissen mußt, da ich meine nächsten zehn Tage mit unmittel-

bar militärischen Aufgaben werde zubringen müssen. Ich kann Dir versichern, daß die Arbeit mit Ausschüssen des Vereinigten Generalstabs ungefähr so angenehm ist wie wenn man von Yale zur Indiana State University geht.

Ich halte aber in allen Giancana betreffenden Angelegenheiten Kontakt mit Maheu. Denn Maheu und ich sind jeder für sich zu dem gleichen Schluß gelangt: Wir müssen Phyllis McGuires Telefon in Las Vegas abhören. So werden wir erfahren, ob sie etwas weiß. Maheu schlug vor, die Agency solle den Job selbst übernehmen, aber ich kann es nicht riskieren, daß irgendeiner unserer Leute straffällig wird, wenn etwas schiefgeht. Also habe ich Maheu gesagt, daß der Ball, ob es ihm gefällt oder nicht, in seinem Spielfeld ist. Schließlich ist er der Privatdetektiv.

Später

Ay, caramba! Giancana hat gerade eine interessante Bedingung gestellt! Maheu rief mich an, um mir mitzuteilen: Giancana geht zurück nach Las Vegas, wenn wir Rowan nicht abhören. Giancana ist besessen von dem Gedanken, die McGuire könnte ihm untreu sein. Er muß es wissen. Warum hören wir nicht einfach Miss McGuire ab, magst Du fragen, aber ich nehme an, Giancana möchte nicht, daß man seine Gespräche mit Miss McGuire abhört. Deshalb ist Rowan dran. Maheu hat mir dann vorgemacht, wie Giancana seine Gefühle auszudrücken pflegt. »Wenn auf dem Band drauf ist, was ich glaube, dann schneid' ich dem Rowan die Eier ab und klebe sie ihm ans Kinn. Dann hat er'n verdammten Spitzbart unter seinem Schnauzer.« »Hat Rowan einen Schnauzer? Nicht Martin?« fragte ihn Maheu. »Ach, das ist sch . . . egal!« sagt Giancana. »Ich schneide ihm die Nase ab und stecke sie ihm in den A . . .«

Zum Schreien, aber mir kommt es bei nüchterner Betrachtung so vor, als ob wir uns da auf ein riskantes Abenteuer eingelassen hätten. Du wirst, nehme ich an, sagen: Je größer der Einsatz bei einem Job ist, um so wahrscheinlicher ist auch, daß irgendein surrealistisches Element auftaucht. Hier warten wir nun Tag für Tag auf Zehenspitzen auf Nachricht, daß der große Baum gefällt ist. Und mitten in dieser unheiligen Erwartung taucht dieser italienische Gnom auf und will den Racheengel spielen – O ihr Geister der bodenlosen Tiefen! Ich *hasse* alles, was mit diesem

Giancana-Kram zu tun hat. Mein siebter Sinn für Gefahren, der mir auf eine halbe Meile Entfernung zu signalieren pflegte, wann sich ein zorniger Gatte auf dem Rückweg zu seinem ehelichen Bette befand, das zu entweihen ich im Begriff war, rät mir dringend, die Finger von dieser Sache zu lassen. Rick, laß Dich trotzdem nicht unterkriegen! Maheu ist nur ab und zu mal mitteilsam, also zögere nicht, ihm unbequeme Fragen zu stellen. Laß ihn noch mal die Sicherheitsaspekte überprüfen, bevor wir ihm für den Job grünes Licht geben. Benachrichtige mich direkt per Kurierpost.

DEIN SCHLAFLOSER HALIFAX

28. Oktober 1960

Großer Kalif Halifax –
ich weiß nicht, ob Maheu ein guter oder ein schlechter Mann ist. Ich habe ihn in den letzten paar Tagen oft gesehen, aber ich komme einfach nicht an ihn heran.
Ich beschränke mich also darauf, jede neue Frage auf die Leerstelle zu konzentrieren, die dort von Maheus Antwort auf die vorhergehende übriggeblieben ist. Wir machen zwar Fortschritte, aber ich bin sicher, er sieht in mir nur eine Art Pille, die man pünktlich nehmen muß.
Trotzdem habe ich folgendes erfahren: Trafficante und Giancana arbeiten mit Sicherheit an der Havanna-Operation. Sammy hat natürlich noch eine Menge andere Geschäfte hier in Miami laufen, Traff in Tampa ebenso, darum kann man nicht annehmen, daß sie ständig für uns tätig sind. Trotzdem braucht man für die Operation mehr als nur ein Mädel, das eine Pille in ein Glas fallen läßt. Denn wenn ein Spitzengangster oder politischer Führer in Lateinamerika damit rechnen muß, daß er zur Zielscheibe wird, stellt er sich auch voll darauf ein. Es hat daher gar keinen Sinn zu versuchen, ihn in einem trügerischen Gefühl der Sicherheit zu wiegen. Maheu hält es für wirksamer, den Einsatz zu steigern, die Spannung noch zu intensivieren. Ein von Attentatsdrohungen abgelenktes Gehirn ist von seinen eigentlichen Aufgaben abgelenkt. Ein Plan funktioniert am besten, wenn gleichzeitig ein Dutzend anderer Pläne verfolgt wird. Das kostet den Mann viel Zeit. Verschiedene als gefährlich eingestufte Bekannte von G und T in Havanna werden also ermuntert, sich mit der Eliminierung Castros zu beschäftigen. Sie konspirieren, planen, diskutieren, unternehmen primitive

Schritte – und dann werden sie gefaßt. (Ich nehme an, sie werden von unseren Freunden verraten.) All das dient dazu die Atmosphäre um Castro herum weiter anzuheizen, der, weil er pervers ist, dazu neigt, nun um so größere Risiken einzugehen.
Mittlerweile ist unser Agent mit der Medizin in Havanna eingetroffen. Vieles hängt davon ab, ob Castros frühere Freundin wieder seine Freundin werden kann. Ihr in Amerika ansässiger jetziger Freund, Frank Fiorini (der mit Castro in der Sierra Maestra gekämpft und sich jetzt einem sehr harten Gangstersyndikat in Miami angeschlossen hat), lieferte Maheu die Information, daß El Caudillo sehr tief schläft, nachdem er Liebe gemacht hat. Dabei schnarcht er und in der Vergangenheit hat er wohl auch den Geruchssinn des Mädchens beleidigt. (Wenigstens hat sie das gegenüber Fiorini behauptet.) Wie es scheint, ist Castros Zigarrenatem unangenehm.
Gott, wir hängen an diesen Details, als wären es Reliquien!
Ich schreibe Dir Obenstehendes, damit Du bezüglich unserer Offshore-Abenteuer auf dem laufenden bist. Nun zu Vegas: Ich habe Maheu Deine Sorgen mitgeteilt, und er versichert mir, daß der Job relativ sicher sein wird. Erstens werden wir *nicht* an die Telefonleitung gehen. Vielmehr wird ein Spike-Mikro, nicht größer als ein Acht-Penny-Nagel, in der Scheuerleiste unterhalb des Telefons alles aufnehmen, was die Zielperson am Telefon sagt. Das hat den Vorteil, daß wir auch alle Gespräche, die im Raum geführt werden, mithören. Außerdem brechen wir damit weder die Gesetze von Nevada noch die des Bundes. Denn die verbieten zwar das Abhören von Telefonleitungen, aber es gibt noch kein Gesetz gegen das Belauschen von einem Nachbarraum aus, auch wenn dies mit einem Spike-Mikro geschieht.
Perfekt, sage ich zu ihm, aber was ist, wenn der Mann geschnappt wird, der das Ding installiert?
Maheu schilderte mir, recht interessant, welche Vorsichtsmaßnahmen getroffen werden. Erstens nimmt sich der Mann, der den Auftrag ausführt, eine Suite im selben Hotel. Er montiert das Schloß zwischen seinem Wohn- und dem Schlafzimmer ab und bringt es zu einem spezialisierten Schlosser in Las Vegas, der von diesem Schloß ausgehend einen Hauptschlüssel machen kann, mit dessen Hilfe man in alle Gästezimmer des Hotels kommt. Nun kann der von Maheu beauftragte Mann an die Tür der Zielperson

klopfen und sie öffnen, wenn man ihm nicht antwortet. Ein Assistent wird ihn begleiten, dem er den Hauptschlüssel übergeben wird. Der Assistent wird ein wenig Whiskey auf den Anzug des Beauftragten spritzen und den Korridor hinunter verschwinden, während unser Mann das Zimmer der Zielperson betritt und darangeht, die Installation vorzunehmen. Danach dreht er den Türknopf so herum, daß die Tür wieder verschlossen ist, und verschwindet. Sollte die Zielperson den Raum aus irgendeinem Grund betreten, während unser Mann sich darin befindet, wird folgender Eindruck erweckt: Unser Mann ist betrunken (in der Tat riecht er nach Schnaps), wie er in das Zimmer gekommen ist, weiß er nicht – die Tür muß offen gewesen sein, er zeigt seinen anderen Zimmerschlüssel und torkelt hinaus. Wenn ihn ein Hausdetektiv unterbrechen sollte, geht die Geschichte ähnlich, nur daß dann wahrscheinlich ein Hundertdollarschein den Besitzer wechseln wird.

»Was geschieht«, fragte ich Maheu, »wenn plötzlich ein Sicherheitsbeamter des Hotels hereinkommt und findet unseren Mann am Fußboden liegen, vor sich das Werkzeug ausgebreitet?«

»Das ist ein Fall, den ein geübter Detektiv von vornherein ausschließt«, versicherte Maheu. »Sein Werkzeug ist sehr klein, und er trägt es in Schlaufen unter seiner Weste. Der Bohrer ist nicht dicker als Ihr Finger, und die Handgriffe der Schraubenzieher sind flach. Es ist das Werkzeug eines Juweliers, könnte man sagen. Es ist immer nur ein Werkzeug in Gebrauch, und es wird zurückgesteckt, bevor das nächste herausgezogen wird.«

»Was ist mit dem Staub, der beim Bohren entsteht?«

»Wird sorgfältig aufgewischt, sobald er anfällt, und dann sofort in der Toilette hinuntergespült.«

»Könnte der Detektiv nicht gerade knien und die Scheuerleiste mit dem Bohrer bearbeiten, wenn der Sicherheitsbeamte eintritt?«

»Unmöglich. Die Kette an der Tür des Zimmers der Zielperson ist in diesem Augenblick eingelegt. Niemand könnte deshalb ohne eine Stahlsäge herein. Unser Mann hat in jedem Fall Zeit, sein Werkzeug aufzuheben, es an seinem Körper zu verstauen, zur Tür zu gehen, die Kette herauszunehmen und dann den Betrunkenen zu spielen.«

»Aber«, so bohre ich hartnäckig weiter, »wenn man den Mann filzt, werden die Werkzeuge doch gefunden.«

»Ja, aber es ist äußerst unwahrscheinlich, daß er gefilzt wird.«
»Trotzdem könnte so etwas passieren.«
»Absolute Sicherheit gibt es nicht.«
»Was würde geschehen, wenn man ihn festnimmt?«
»Nun, wegen des Spike-Mikros kann man dem Mann vom Gesetz her keine Schwierigkeiten machen. Der Fall läuft dann auf Einbruch oder Hausfriedensbruch hinaus. Da weder das Schloß noch die Tür aufgebrochen ist, müßte ein guter Anwalt in Las Vegas eine Anklage abschmettern können. Natürlich muß der Detektiv durchhalten. Wir besorgen einen guten Mann für den Job.«
Maheu will die DuBois Detective Agency in Miami beauftragen. Ein Mann namens Arthur Balletti übernimmt den Auftrag. Weder DuBois noch Balletti wissen mehr von der Sache, als daß sie von Maheu beauftragt sind – und natürlich die Zimmernummer die Zielperson.
Maheus Vorsichtsmaßnahmen beeindrucken mich. Da wir ja wissen müssen, wer wem was erzählt, würde ich für grünes Licht stimmen. Unter diesen Umständen eine relativ sichere Sache.

ROBERT CHARLES

29

In der Nacht zum 31. Oktober erwachte ich mit dem Gefühl, daß bei Zenith eine wichtige Meldung für mich liegen müsse. Da es mich aus tiefem Schlaf herausriß, dachte ich zuerst, ich befände mich in meinem Apartment, und erst am Mondlich über der Bay von Biscayne, das durch das Panoramafenster des großen Schlafzimmers hereinfiel, wurde mir klar, daß Modene und ich nicht nur in La Nevisca waren, ausgestreckt im riesigen Bett, sondern auch dank der Wirkung mehrerer Marihuanastäbchen sehr tief geschlafen hatten.
Wir hatten sie gegen Abend geraucht, nachdem eine Kollegin ihr den Tip gegeben hatte, es sei ungemein stimulierend beim Sex. Unser Abend entwickelte sich völlig verrückt. Modene gestand, daß

Giancana sie nervös mache. »Wenn er uns bespitzeln will, hat er seine Leute dafür. Er könnte dein Apartment im Handumdrehen ausfindig machen. Sogar das Haus hier.«

»Schläfst du mit ihm?« hatte ich sie gefragt.

»Ich habe dir doch gesagt, daß ich es nicht tue. Aber wir sind Freunde, und er will mit mir schlafen.«

»Was sagst du ihm?«

»Daß ich Jack liebe.«

»Was stimmt.«

»Es stimmt zur Hälfte. Genauso wie es vielleicht zur Hälfte stimmt, daß ich dich liebe.«

»Aber du erzählst Sam nichts von mir.«

»Ich sage ihm, daß ich nur mit Jack schlafe.«

»Und tust du das? Bist du wieder mit ihm zusammen?«

»Du kennst die Antwort«, sagte sie.

»Sie heißt ja.«

»Ja.«

Mir war, als blute ich innerlich. Trotzdem mußte ich von Berufs wegen den Schmerz ignorieren und die Untersuchung fortsetzen. Also fragte ich: »Sind Sam und Jack miteinander in Kontakt?«

»Vielleicht.«

»Durch dich?«

»Ich lasse mich von dir nicht ausfragen. Ich weiß, für wen du arbeitest.«

»Wovon redest du eigentlich?«

»Du bist ein Spezialagent beim FBI. Dein Freund, der *Life*-Fotograf, hat es mir erzählt.«

Der gute Sparker. »Das stimmt aber nicht«, sagte ich. »Ich arbeite zufällig für den Zoll: Rauschgiftfahndung.« Als sie nicht antwortete, nickte ich. »Ich bin ein Narcobulle.«

»Warum nimmst du mich dann nicht fest? Weil ich dich verpfeifen werde.« Sie nahm noch einen Zug von unserem Marihuanastäbchen und gab es mir zurück. Bald fingen wir an, uns zu liebkosen. Bilder von Modene im Bett mit einem zukünftigen Präsidenten wechselten sich mit Bildern von Vichyssoise und Hamburgern in dem Speisesaal in der N Street ab. Die Szenerie eröffnete sich in meinem Bewußtsein mit der Feierlichkeit eines sich hebenden Vorhangs, der eine üppig ausgestattete Bühne freigibt. Dort lag Modene in der Mitte eines antiken Bettes und vollführte allerlei lustvolle Handlungen. Der glückliche Kandidat, der dort mit ihr lag! Starke hydraulische Drücke in meiner Leistengegend erinnerten mich abstrakterweise an meine eigene geschlechtliche Gier. Sex mit Marihuana war bizarr, groß und okkult war seine Arena. Schön waren die Kurven des Bauches und der Brüste, und die Welt fiel in ein kosmisches Schwarzes Loch des universalen Sexes. Dieser Strudel erfaßte mich mit der Witterung ihrer schwarzgelockten Muschi, die zu prüderen Zeiten nicht mehr war als ein Hauch von Urin, totem Fisch und Erde. Nun aber erforschte ich alle Höhlen, und unsere Leiber fingen an, einem übergeordneten Rhythmus zu gehorchen, der von so weit herkam wie der Trommelschlag einer unsichtbaren Armee – ein wundersamer und gleichzeitig unpersönlicher Rhythmus. Ich hätte in diesem Augenblick Jack Kennedy im Bett willkommen geheißen! Zum Teufel, waren wir nicht alle gleich vor dem großen Auge des Universums? Der Gedanke wirkte wie eine Befreiung; ich wurde vom Orgasmus förmlich gebeutelt und hatte dabei Erscheinungen, die ich nicht einordnen konnte: Ich sah Castro, einhundertachtzig Meilen weit entfernt in Havanna, mit der blonden Freundin von Frank Fiorini in einem Bett liegen. Der Caudillo schnarchte, und aus seinem Mund ragte eine Zigarre. Dann vergaß ich sie alle, ließ mich den Berg hinabfallen und schlief im Grab der Droge Marihuana, und wachte auf – war es eine Stunde später oder mehr? – mit Gewichten auf meinen Gedanken, so schwer wie die Luft der Everglades im Sommer. Der Schlaf steckte tief in den Eingeweiden, und es dauerte eine Weile, ehe ich mich aus dieser Dumpfheit losreißen konnte. Doch in meinem Gehirn brannte ein Befehl: Rufe den diensthabenden Offizier bei Zenith an!

Als ich es schließlich tat, lag tatsächlich eine Nachricht für mich vor: HALIFAX in Rock Falls kontakten!

Ich schlief noch halb, und die Codeworte tauchten langsamer als Teichfische an die Oberfläche meines Bewußtseins: Rock Falls bedeutete ... Rock Falls hieß *Rufe so schnell wie möglich mein Büro an*. Ein Adrenalinstoß kämpfte gegen die Betäubung an – bronzenes Glühen über einem Himmel aus Blei.

Auf der Straße zum Rickenbacker Causeway war ein Münztelefon. Ich mußte dorthin fahren, um anzurufen. Ich konnte nur darauf hoffen, daß Modene beim Erwachen nicht in Panik ausbrechen würde, weil sie sich in einem Safe house ohne Nachricht und ohne ein Beförderungsmittel befand. Sie konnte, ja, natürlich, sie konnte schließlich ein Taxi rufen. Mein Gehirn machte Riesenanstrengungen, um kleine Probleme zu lösen.

Als ich meinen Vater in Quarters Eye erreichte, war es 3 Uhr 14 morgens. »Gib mir deine Nummer«, sagte er. »Ich rufe dich in acht oder zehn Minuten wieder an.« Seine Stimme klang, als ob er mich nicht kennen würde.

Draußen vor meiner Telefonzelle waren die Moskitos wie irrsinnig. Ich fühlte das Künstliche des Bodens von Key Biscayne; hier hatte man nur Muscheln und Korallengrund, Kanalschlamm und den Asphalt der Straßenböschung unter den Füßen. In der Telefonzelle schossen Käfer von beträchtlichem Umfang mit einem hohen, elektronischen Summen von der Glastür zur Glaswand und zurück. Dann kam der Anruf endlich durch.

»Hör zu«, sagte mein Vater. »In Vegas ist Maheus Meisterdetektiv Balletti heute nachmittag in das Zimmer der Zielperson gegangen und hat mit der Arbeit am Telefon angefangen. Dann ist er so hungrig geworden, daß er den Job nicht beenden konnte. Er beschloß also hinunter in den Coffee Shop zu gehen. Währenddessen ließ er intelligenterweise ein paar Werkzeuge, eine Anzahl Telefonwanzen und ein halbes Dutzend lose Drähte zurück, die er noch miteinander verbinden wollte.«

Ich merkte, wie mein Magen sich im wahrsten Sinne des Wortes umdrehte – ein körperlicher Vorgang, den ich seit meiner Kindheit nicht mehr so deutlich erlebt hatte.

»Eine Aufsichtsperson, die die Arbeit der Zimmermädchen überwacht, kam zufällig vorbei«, fuhr mein Vater fort, »um den Zustand des Zimmers zu überprüfen. Sie sah das Beweismaterial auf dem Fußboden und rief den Hausdetektiv. Der wartete schon in dem Zimmer, als Mr. Balletti vom Lunch zurückkam und die Tür mit seinem Hauptschlüssel öffnete. Mr. Balletti stank auch nicht nach Alkohol.«

»O nein«, stöhnte ich.

»Doch«, sagte mein Vater ungerührt. »Als sie auf der Polizeiwache eintrafen, rief Balletti Maheu in seinem Büro in Miami an. Bevor er anrufen durfte, mußte Balletti der Polizei Maheus Nummer geben.«

»O nein«, ächzte ich wieder.

»Ja, doch«, bestätigte mein Vater. »Das Anzapfen von Telefondrähten ist ein Vergehen gegen die Bundesgesetze. Aus irgendeinem gottverdammten Grund hat Balletti nicht versucht, das Spike-Mikro anzubringen, sondern die Telefonleitung zu verwanzen – eine Rechtsverletzung, die in die Jurisdiktion des Bundes fällt. Also wird das FBI Maheu in ein paar Tagen am Arsch packen, und Maheu wird diesen Zangengriff nur so lange aushalten, wie seine Hinterbacken mitmachen, und dann wird er, nehme ich an, dem Bureau erzählen, daß er einen Spezialauftrag für uns erledigt hat.«

»Hast du mit Maheu gesprochen?«

»Ich bin seit Stunden am Telefon und habe mit allen geplaudert. Ob du's glaubst oder nicht, es war Bullseye Burns, der mir diesen Streich gespielt hat: als Repräsentant des Sicherheitsbüros. Ich habe heute nachmittag, *nach dem Vorfall*, festgestellt, daß unser ganzes Projekt eigentlich vom Sicherheitsbüro ausgeht. Sie haben Maheu engagiert, und dann, um ihren nackten, inkompetenten Arsch abzusichern, hat Sheffield Edward, Bissell oder wer's auch immer war, Mr. Dulles eingeredet, daß man mich als Verbindungsmann hinzuziehen solle. Leider hat man mir nie so richtig erklärt, daß das Ganze eigentlich nicht meine Show war.«

»Könnte das jetzt nicht zu deinem Vorteil sein?« fragte ich dummerweise.

»Im Gegenteil! Das Sicherheitsbüro behauptet, ich hätte Maheu übernommen und ohne Bullseye Burns oder Sheffield Edwards weitergemacht. Das stimmt auch, und damit bin ich erledigt.« Er hörte auf zu sprechen und fing an, erbärmlich zu husten. Es hörte sich an, als würden sich die Schleimringe in seinen Bronchien übereinanderschieben.

»Nun«, sagte er, nachdem er die Folgen jahrzehntelangen Tabakmißbrauchs in sein Taschentuch gespuckt hatte, »müssen wir immer noch ein paar Worte mit Maheu reden. Ich war bisher mit Sheffield Edwards und seinem strammen Helfershelfer Bullseye Burns beschäftigt, der die Frechheit hatte anzudeuten, daß ich ihn beiseite geschoben hätte, um einem Anfänger namens Robert Charles einen Job zu geben.«

»Ich bin ein Anfänger«, sagte ich deprimiert. »Ich habe dir geraten, dich auf Maheus Plan einzulassen.«

»Ja, du warst ein Dummkopf, aber ich war geradezu ein Idiot. Maheu arbeitet vollzeit für Howard Hughes. Er ist total ausgelastet. Ich weiß das. Er ist längst kein Privatdetektiv mehr; er ist ein

Ganove. Er macht Public Relations. Er ist auf das Niveau eines Abenteurers herabgesunken. Wie kann er es wagen, dir so eine prächtige Beschreibung einer perfekten Arbeit zu liefern und dann Leute zu beauftragen, die keine seiner Regeln befolgen?«

»Hast du ihm das gesagt?«

»Ja, ich war so wütend«, grollte mein Vater. »Bis ich einsah, daß ich ihn noch brauche. Also habe ich einen kleinen Rückzieher gemacht. Jetzt geh du bitte hinüber und frage Maheu in aller Ruhe aus. Geh gleich los. Zu seinem Büro. Er erwartet dich. Er wartet schon seit drei Stunden. Wo zum Teufel hast du heute nacht überhaupt gesteckt? Nimmst du denn nie das Telefon ab?«

»Ich war aus.«

»Und was hast du gemacht?«

»Gevögelt.«

»Nun, wenigstens einer von uns, der sich nicht den Arsch aufreißen läßt.«

Ja, von St. Matthew's war er nun ganz schön weit entfernt. »Möchtest du am Morgen meinen Bericht haben?« fragte ich.

»Zum Teufel, ja. Paß auf, daß er mit der ersten Kurierpost abgeht.«

Halifax Eyes Only

1. NOVEMBER 1960, 5 Uhr 54

Maheu und ich haben von 4 Uhr 00 bis 5 Uhr 30 zusammen Kaffee getrunken, danach bin ich zu Zenith zurück, um diesen Bericht zu beginnen. Ich habe reichlich Notizen gemacht und kann Dir eine genaue Zusammenfassung und zuverlässige Zitate anbieten.

Laß mich vorausschicken: Ich habe mich gewiß schon einmal einwickeln lassen, aber sein Ärger schien mir echt. Wir sprachen in seinem Privatbüro, das, wie Du Dir vorstellen kannst, luxuriös, mit Orientteppichen und Antiquitäten ausgestattet ist. Er hat die Beleuchtung ein bißchen gedämpft und dann die Jalousien geöffnet, um die Morgendämmerung über der Biscayne Bay zu genießen. Wir hatten heute früh eindrucksvolle schwarze Wolken. Es paßte zur Stimmung.

Maheu erklärte, er habe mir geschildert, wie er den Job angegangen hätte. Er nimmt alle Schuld auf sich. Er hätte es versäumt, Ballettis Qualifikation genauer zu überprüfen.

Hier folgt nun Maheus Version des wahrscheinlichen Ablaufs der Katastrophe: Aus irgendeinem Grund, vielleicht um ein paar Extradollars zu schnorren, habe Balletti keinen Helfer hinzugezogen. Es sei aber auch möglich, daß Balletti niemals vorhatte, ein Spike-Mikro zu installieren. Sie seien schwer zu installieren und vielleicht kurzfristig nicht lieferbar gewesen. Balletti aber behauptet, er hätte ihn mißverstanden. Maheu glaubt das nicht.

Nun zum Hauptschlüssel. Balletti, der ja keinen Assistenten hatte, machte sich nicht die Mühe, ihn im Korridor zu verbergen, sondern steckte ihn in die Tasche – unverzeihlicher Leichtsinn. Weiterhin trug er weder einen Flachmann bei sich, noch schüttete er sich Schnaps über den Anzug. Der Wunsch, die Reinigungskosten zu sparen, mögen hier der Hinderungsgrund gewesen sein.

Schließlich der Weg hinunter zum Coffee Shop, »um sich zu stärken«. Maheu versicherte mir, so etwas sei keineswegs unerklärlich. Der Einbruch in den Wohnbereich eines fremden Menschen löst tiefsitzende psychische Mechanismen aus. Diebe entleeren oft ihren Darm auf Wohnzimmerteppiche oder auf die Tagesdecke des Doppelbetts im ehelichen Schlafgemach. Manche kriegen Hunger. Es ist eine primitive Reaktion. Das Hotel war ruhig, und Balletti rechnete nicht mit der Möglichkeit, daß ein Zimmermädchen hereinkommen würde. Dieses Risiko stand seiner Ansicht nach bei nicht mal eins zu tausend. Er, Maheu, gehe mit dieser seiner Einschätzung aber nicht konform.

Als ich ihn fragte, weshalb Balletti zu allem Überfluß auch noch den Fehler gemacht hätte, ihn anzurufen, zuckte Maheu die Achseln. »Ich habe keine andere Erklärung dafür, als daß er vollkommen den Kopf verloren haben muß.«

Das ist Maheus offizielle Erklärung. Es kann natürlich auch ganz anders abgelaufen sein. Eine Zeitlang wehrte Maheu meine Fragen ab. Ich mußte schließlich andeuten, daß ich eine Spur verfolgte, auf die Du mich hingewiesen hättest. »Sie fragen sich«, sagte Maheu schließlich, »ob Giancana uns ein Bein gestellt hat?«

»Die Möglichkeit ist nicht von der Hand zu weisen«, erwiderte ich.

»Wir bewegen uns hier im Bereich der reinen Hypothese«, sagte Maheu.

»Lassen Sie uns mal weiter spekulieren.«

»Es ist möglich«, sagte er. »Aber was für einen Grund hätte Sam, so etwas zu tun?«

Wir kamen stillschweigend überein, daß unser Vorhaben mit diesen Kerlen auf Eis gelegt werden muß. Maheu sieht selbst, daß

Castro jetzt im Interesse der Agency nichts passieren darf. Da dem FBI Giancanas Interesse an der Ermordung des Maximo Leader bekannt ist, würden sie diese Sache sofort mit dem verpfuschten Job in dem Hotelzimmer in Vegas und mit Maheu in Verbindung bringen.

Unsere nächste Frage lautet nun natürlich, ob man die Hunde noch aus Havanna zurückpfeifen kann. Maheu meint, das sei kein Problem, da Giancana wahrscheinlich ohnehin zur Verzögerung neige. »In den besseren Kreisen wird getuschelt, daß er ein Kennedy-Anhänger ist«, sagt Maheu, »und daß Nixon mit Sicherheit die Präsidentschaftswahlen gewinnt, wenn Castro bis dahin beseitigt ist, denn daraufhin würde mit Sicherheit ein Bürgerkrieg in Kuba ausbrechen und Eisenhower könnte sich unter diesen Umständen entschließen, der antikommunistischen Seite zu Hilfe zu kommen.«

Ich kann nicht verhehlen, daß ich das Gespräch mit Maheu genossen habe. Am Ende bemerkte er noch ganz nebenbei: »Sagen Sie doch bitte Mr. Halifax, daß auch auf mich jetzt ein paar Leute wütend sind.« Wieder zog er eine Augenbraue hoch. Ich glaube, er spricht von Hughes oder Nixon. Deshalb halte ich es für ganz ausgeschlossen, daß Maheu selbst es war, der uns reingelegt hat. Hughes ist nach allem, was wir wissen, ein Förderer von Vizepräsident Nixon.

Rechtzeitig für die Kuriertasche
bin ich Dein Robert Charles

30

Am 2. November kam von meinem Vater bei ZENITH/OFFEN ein Telegramm an. Es lautete: »DANKE DIR FÜR GUTE KLARE EINSCHÄTZUNG.«

Das war für eine Weile die letzte Nachricht, die ich von meinem Vater erhielt, und mir war es recht. Meine Arbeitsbelastung für Hunt nahm mit jedem Tag zu. In Miami kursierten Gerüchte, nach denen noch vor dem Wahltermin am 8. November eine Invasion auf Kuba geplant sei und von Havanna herüber kamen nervöse Reaktionen. Noch nie waren so viele Agenten unterwegs gewesen. Berichte, Einsatzbesprechungen und unbestätigte Gerüchte liefen über meinen Schreibtisch. In einem Memo, das er an meinen Vater in Quarters Eye sandte, schrieb Howard: »Zenith wird von einer kleinen Armee von Amateurspionen, *espontáneos,* Neophyten, Troglodyten und einer bunten Mischung junger Männer belagert, die meinen, daß man zur Spionage keiner weiteren Technik bedürfe als einer gewissen Vetternwirtschaft, auf die sie in Kuba zurückgreifen können. Natürlich dürften sie, sobald wir sie ins Heimatland zurückgeschmuggelt haben, niemanden als ihre Freunde und Verwandten kontaktieren. Doch bedarf es wohl keiner Latein- und Griechischkenntnisse, um zu erkennen, daß in gefährlichen Situationen nicht jeder Freund ein wahrer Freund ist. Noch läßt die Geschichte des Karibischen Meeres vergessen, daß lateinamerikanische Familien in diesen tropischen Klimazonen ebensoviel Treue wie auch Tücke und Verrat aufweisen wie die Shakespearschen Dramen.«

Hunt war mit diesem seinem Memo so zufrieden, daß er es mir zeigte. Ich lobte dessen literarischen Wert, und war sogar überzeugt davon. Schließlich hatte er ja recht. Wir verloren eine Menge von unseren jungen Spionen. Jede Woche wurden lokale Netze in kubanischen Provinzstädten aufgerollt, und die Agenten, denen es gelang, uns Berichte zu schicken, entsprachen genau der von Hunt oftmals wiederholten These, daß ein Spion, wenn er sich selbst überlassen wird, seinem Auftraggeber das erzählen wird, was dieser seiner Ansicht nach hören will. Meine Aufgabe war es, Berichte, die zu Quarters Eye abgingen, mit Wahrscheinlichkeits-Prozenten zu bewerten; 10 und 20 Prozent waren die häufigsten »Noten«, die ich vergab. Dabei hatte ich es überwiegend mit Meldungen wie diesen zu tun: »Camaguey ist zum Aufstand bereit«, »in Havanna brodelt es«, »Guantánamo Bay ist eine Wallfahrtsstätte der Kubaner geworden«, »Castro ist tief deprimiert«, »die Miliz ist zum Aufstand bereit«. Kaum eine Meldung brachte irgendwelche Einzelheiten; fast alles war spekulativ.

Ich hatte es bei Quarters Eye aber mit einer Anzahl von paramilitärischen Draufgängern zu tun, mir unbekannten, nur unter dem Namen VIKING und CUTTER fungierenden »großen Tieren«. Diese waren natürlich immer unzufrieden mit derart negativen Bewertungen. »Woher wissen Sie, daß Sie die Wirklichkeit nicht verzerren?« fragten sie mich telefonisch. Ich konnte ihnen nur versichern, daß wir bei Zenith Tonnen von Schlamm siebten und alles, was auch nur irgendwie nach Gold aussah, gen Norden in die Hauptstadt schickten.

Howard hatte noch keinen Tag erlebt, an dem es bei der Frente nicht interne Querelen gab, aber seine Schwierigkeiten nahmen noch zu. Denn nun bestanden Frente-Führer darauf, TRAX zu besuchen. Wie sollte die Brigade nach einem Sieg über Castro die Frente-Führer als Regierung einsetzen, wenn sich diese in den entscheidenden Wochen der Vorbereitung nicht wenigstens einmal im guatemaltekischen Trainingslager sehen ließen. Außerdem hatte sich der jüngste unserer Frente-Führer, Manuel Artime, mit Genehmigung von Quarters Eye der Brigade angeschlossen und exerzierte mit den Soldaten. Das wirkte auf den Rest der Frente wie ein Signal. Artime war ein frommer Katholik und vielleicht der konservativste unter den fünf Frente-Führern. Bei Zenith ging das Gerücht, die Agency wolle ihn zum nächsten Präsidenten von Kuba machen. Daraufhin verlangten die älteren Führer der Frente kategorisch, auch zu TRAX geschickt zu werden. Toto Barbaro schrie andauernd: »Gebt uns nur zwanzig Millionen Dollar, rückzahlbar nach dem Sieg. Dann setzen wir mit unseren eigenen Booten nach Havanna über.«

»Wie«, fragte Howard geduldig, »wollen Sie denn mit dieser Flotte an unserer Küstenwache vorbeikommen? Haben Sie Geduld«, setzte er hinzu. »Vertrauen Sie dem politischen Einfluß der Männer, die mich unterstützen. Der frühere Botschafter in Kuba, William Pawley, und andere wohlhabende Geschäftsleute wie Howard Hughes und H. G. Hunt stehen dem nächsten Präsidenten der Vereinigten Staaten sehr nahe.«

»Und was ist, wenn Nixon die Wahl verliert?«

»Ich kann nur hoffen, daß unsere Situation unter Kennedy so bleiben wird«, pflegte Howard dann zu erwidern.

Ein paar Tage vor der Präsidenschaftswahl lud mich Barbaro zu einem Drink ein. »Sie müssen Ihrem Vater sagen«, erklärte er, »daß die ganze Frente-Führung in Gefahr ist. Alle fünf sind wir in Gefahr.«

»Wer bedroht Sie denn?«

Barbaro pflegte eine ernste Frage niemals zu rasch zu beantworten.

»Es gibt gute Gründe«, sagte er, nachdem er an seinem *añejo* genippt hatte, »Mario García Kohly zu fürchten.«
»Sie haben schon früher von ihm gesprochen.«
»Kohly ist ein kubanischer Millionär mit stramm rechtsradikaler Gesinnung. Er hält sogar Artime für einen gefährlichen Linken. Sobald die Frente in Kuba landet und sich zur vorläufigen Regierung erklärt, wird Kohly versuchen, uns alle, alle fünf Führer, umzubringen. Er verfügt über unabhängige finanzielle Mittel, und er wird sich der Männer von Rolando Masferrer bedienen, die ihr Lager in No Name Key aufgeschlagen haben.«
»Das ist doch Unsinn«, sagte ich. »Die Brigade wird für Ihre Sicherheit garantieren.«
»Die Brigade.« Er verzog das Gesicht. »Mitglieder von Kohlys Armee haben die Brigade bereits unterwandert. Ich sage Ihnen noch einmal: Uns, die Führer, wird man ein paar Tage nach der Landung exekutieren. Sie können sich diese Gefahr nicht vorstellen. Kohlys Vater war viele Jahre kubanischer Botschafter in Spanien. Kohly ist ein Anhänger von General Franco. Jetzt haben wir gehört, daß Nixon Kohly unterstützen will.« Er legte die Hand auf meinen Arm. »Sie werden es Ihrem Vater berichten?« drängte er.
Ich nickte, war aber entschlossen, es nicht zu tun. Die Geschichte war zu verrückt. Ich gab ihr 20 Prozent Wahrscheinlichkeit. Allerdings würde ich mit Hunt darüber sprechen.
Der war fuchsteufelswild. »So ein Gerücht kann die Frente völlig demoralisieren. Sprich mal mit Bernie Barker. Er kennt Faustino Barbaro, und er wird dir sagen, daß Barbaro deshalb Angst davor hat, ermordet zu werden, weil er es, verdammt noch mal, nicht anders verdient.«
»Wann kann ich mit Barker reden?« fragte ich. »Ich möchte Barbaros Geschichte auf den Grund gehen.«
»Ich würde genauso gern«, sagte Howard verächtlich, »eine Latrine ausschöpfen.«
Wir kamen überein, daß er, Hunt, Barker und ich uns am Wahlabend gemeinsam die Ergebnisse im Fernsehen ansehen würden. Howard kannte eine geschiedene Frau, die gleich neben ihm in der Poinciana Avenue in Coconut Grove wohnte. Sie würde eine Party geben.
»Kannst du ein Mädchen mitbringen?« fragte Howard. Er stieß mir den Zeigefinger auf die Brust. »Oder kennst du keine?«

»Oh ja«, sagte ich. »Ich habe eine Freundin.«
»Gut! Gut für dich«, nickte Howard.
»Ed, tu mir einen Gefallen«, erklärte ich ihm. »Meine Freundin ist mit der Familie Kennedy befreundet. Ich wäre dir dankbar, wenn du deine Meinung über Jack nicht zu laut herauströmpeten würdest.«
»Sieh mal an«, lachte Howard. »Das ist ja wirklich eine Neuigkeit. Ich verspreche dir, Roberto, daß ich mir unter diesen Umständen einen gewissen Zwang auferlegen werde.«

31

Im Grunde war ich froh, daß ich Modene auch einmal zu einer Party mitnehmen konnte. Sie hatte keine richtigen Freunde in Miami, ich hatte auch keine. Wir trafen uns oft spät abends, wenn sie mit der letzten Maschine kam, und wir vögelten mit Sicherheit zuviel. Wenn wir abends Marihuana geraucht hatten, sahen wir einander am Morgen darauf oft mit dem unendlichen, abgrundtiefen Widerwillen eines Liebespaares an, dessen Leidenschaft zur Wohngemeinschaft verkommen ist.
Wir versuchten einen gemeinsamen Ausbruch und gingen tanzen. Wieder litt ich schweigend. Manchmal, nachdem sie mich artig um Erlaubnis gefragt hatte, akzeptierte sie die Aufforderung eines Fremden, schritt mit ihm zusammen zur Tanzfläche und ließ mich in der Hoffnung zurück, daß ihr Partner kein guter Tänzer war. Einmal trafen wir uns mit einem anderen Paar, auch einer Stewardeß und deren Freund, einem Piloten, in einem Restaurant – Joe's Stone Crabs. Der Pilot begann mich auszuhorchen. »Was machen Sie beruflich, Tom?« – »Elektronik.« – »Na, großartig!« – Meine Alarmglocken schrillten los. »Ja, die Elektronik ist schon eine tolle Sache«, erklärte ich ihm, »nur irgendwie ziemlich langweilig. Ich interessiere mich zur Zeit mehr für die Präsidentschaftswahl.«
So blieben Modene und ich daheim, das heißt, ich trug uns für La Nevisca ein, und wir trieben es auf dem Riesenbett des fernen Hausherrn. Ich versuchte John Fitzgerald Kennedy aus ihrem

Fleisch auszutreiben und muß ihn dabei wohl in ihren Kopf getrieben haben, wo er sich dann auch festsetzte. Am Wahlabend überkam mich eine Ahnung, daß Modenes Verhalten außer Kontrolle geraten könnte.

Auch ich selbst war in schlechter Gemütsverfassung. Ich wußte nicht, ob ich mir einen Wahlsieg Kennedys wünschen sollte oder nicht. Wenn er gewann, würde sie in mir den Ersatzmann, eine Art zweite Besetzung sehen. Verlor er, dann mochte sein Gerede von einer einsamen Insel nur für zwei neue Aktualität gewinnen. Wie auch immer – diese Wahlveranstaltung konnte meiner Liebesbeziehung zu Modene nur schaden.

Unsere Gastgeberin, eine mittelalterliche Dame namens Regina Nelson, war mit ihrem Aussehen geeignet, jeden Gedanken an eine Ehe zu vertreiben. Ursprünglich einmal blond, nun rothaarig, war ihre Haut dank alter ehelicher Verbitterung und aufgrund übermäßiger täglicher Sonneneinwirkung zur Konsistenz eines verschrumpelten Apfels zerknittert.

»Ich kannte mal eine Familie namens Charles oben in South Carolina», sagte Regina. »Verwandte von Ihnen, Bobby?«

»Nein, sorry. Keine Familie in South Carolina.«

»Ihre Freundin nennt Sie Tom. Aber manchmal sagt sie auch Harry.«

»Robert Thomas Harry Charles«, sagte ich.

»Ihre Freundin ist eine wahre Pracht.«

»Danke, Regina.«

»Wenn Sie ihrer jemals überdrüssig werden sollten, rufen Sie mich an.«

Ihr Haus wirkte abstoßend auf mich. Pastellfarbene Möblierung, cremefarbene Teppiche und Läufer und eine Bambustapete, die nie eines Bücherregals bedürfen würde. Es gab zwar Spiegel in verzierten goldenen Rahmen, aber nirgendwo hing ein Bild an der Wand. Die Stehlampen waren so groß wie die Wachen am Bukkinghampalast, und die Bar nahm eine ganze Wand ein. Ein dunkler, mit Silberstaub besprühter Spiegel gab den Hintergrund ab für die Flaschenbatterie auf den Regalen. Wir waren in Coconut Grove, und das Land, auf dem das Haus stand, war einstmals ein Sumpf gewesen.

»Ist Ed Ihr Boss?« fragte Regina.

»Ja.«

»Wissen Sie, als er nebenan eingezogen ist, dachte ich erst, er wäre ein Homo.«
»Es sieht doch nicht so aus«, erwiderte ich.
»Sie würden überrascht sein«, sagte Regina, »wenn Sie wüßten, was sich beim Wäschewaschen so alles herausstellt.«
»Benimmt er sich denn irgendwie schwul?«
»Na ja, er ist sehr pingelig in allem, was seinen Haushalt angeht. Er kommt andauernd herüber und leiht sich Möbelpolitur oder Spülmittel aus, aber vielleicht tut er es auch nur, um mich besser kennenzulernen.«
Ich merkte, daß ich mich an diesem Abend nicht nur betrinken wollte, sondern daß es mir auch gelingen würde. Hinter Regina kam man durch einen Türbogen in die Fernsehhöhle, eine büffelle-derfarbene Ledergrotte. Modene saß mutterseelenallein vor der Glotze, Bourbonglas in der Hand, und starrte auf die Mattscheibe. Regina sagte: »Der Grund, weshalb ich mir über Eddie ein paar häßliche Gedanken gemacht habe: es besuchen ihn andauernd Kubaner, und zwar nachts. Ich habe gehört, alle Kubaner sind bisexuell.«
»Wahrscheinlich sieht es nur so aus, weil sie ihre Gefühle offener zeigen«, erklärte ich ihr.
»Der arme Ed. Ich sehe es ihm doch an, brauche ihn ja nur anzuschauen. Ich würde mich ganz gern um die arme verlorene Seele kümmern.«
Darauf brauchte ich nicht zu antworten.
»Es macht mir nichts aus, ihn zu meiner Party einzuladen«, fuhr sie fort, »oder Sie und Ihre Freundin, damit Sie mir meinen Bourbon aussaufen, zum Teufel, dazu sind Sie doch alle hier, stimmt's? ›Hau doch das Geld auf den Kopf, Reggie-Mädel‹, sage ich mir, aber ich kenne nicht mal die Hälfte meiner Gäste. Die Zungen der Leute sehen ziemlich lang aus, wenn sie dir deinen Schnaps aussaufen, und du kennst sie nicht mal.«
»Ich gehe mein Glas nachfüllen«, sagte ich.
Auch ich kannte niemanden auf der Party. Es müssen an die fünfzig Leute in ihrem Wohnzimmer und ihrem Frühstückszimmer gewesen sein. Mir kamen sie vor wie eine Mischung aus Grundstücksmaklern und Bademeistern, Strandmädchen und Versicherungsvertretern, und plötzlich erkannte ich, daß ich nun seit Monaten in Florida lebte und niemanden in diesem Staat

kannte, der nicht irgend etwas mit der Agency zu tun hatte. Ein Geschäftsmann im Ruhestand, Golfer mit einem Sechzehner-Handicap, begann nun, mir seine Putts zu erklären, und während ich trank, maß ich in Gedanken die Länge der Hubbardschen Zunge, die in Reginas Schnaps eintauchte.

Modene saß noch immer allein da. Der gekrümmte Bogen ihres Rückens und ihrer Schultern bildete eine Art Geländer um den Fernseher.

»Na, wie läuft's?« fragte ich.

»Es sieht immer noch so aus, als ob er gewinnt, aber so sicher ist es nicht mehr«, sagte sie.

Ein Standfoto von Jackie Kennedy erschien auf dem Bildschirm. »Die Gattin des Kandidaten«, sagte der Kommentator, »erwartet ein Baby. Falls Mister Kennedy die Wahl gewinnt, wird ihr Baby das erste in der Geschichte sein, das im Weißen Haus zur Welt kommt.«

Das Standfoto verschwand, und nun erschien eine Einstellung aus der Wahlkampfzentrale Kennedys in New York.

»Wie schneidet er im Mittleren Westen ab?« fragte ich.

»Pssst!« zischte Modene.

Sie hatte zur Party mitkommen wollen, aber sie redete mit niemandem. Ich merkte, daß mich eine Wut packte, die meines Vaters würdig gewesen wäre. Sie hatte sich nicht einmal umgedreht, um mich anzusehen.

In einer Ecke des Wohnzimmers standen Hunt, Hunts Assistent Bernard Barker und Manuel Artime beisammen. Ich wollte mich ihnen nicht zugesellen, aber ich wollte auch sonst mit niemandem reden.

»Wir sprechen gerade«, sagte Hunt, als ich hinzutrat, »von einem durchaus begründeten Gerücht, daß die Sowjets Castro ein paar MIGs geben werden. Liefertermin nächster Sommer.«

»In diesem Fall«, sagte ich, »müssen wir vorher in Havanna sein.«

Der Kubaner nickte tief und nachdenklich.

Das Gebrabbel der Party ähnelte dem Blätterdach eines Dschungels, in dessen Schutz man frei reden kann. Das war ein ganz besonderes Vergnügen. Es machte mehr Spaß, sich hier zu unterhalten als in der Cafeteria bei Zenith.

»Wird er überhaupt genügend kubanische Piloten finden, um

diese Jäger einsetzen zu können?« fragte Artime. »Castro hat so gut wie keine Luftwaffe.«

»Im Augenblick«, sagte Hunt, »werden kubanische Piloten bereits in der Tschechoslowakei an ebendiesen MIGs ausgebildet.«

»Dieser Hundesohn«, sagte Barker.

Hunt wandte sich an mich. »Wie sieht's aus?

»Nixon scheint aufzuholen.«

»Ich hoffe es«, sagte Hunt. »Wenn Kennedy gewinnt, wird es schwerfallen, den Feind zu packen.«

»Don Eduardo«, sagte Artime. »Sie wollen damit doch nicht etwa andeuten, daß ein amerikanischer Präsident, wie immer er auch heißen mag, uns im Stich lassen würde? Kennedy hat Nixon doch sogar in der Fernsehdiskussion vorgeworfen, daß die Eisenhoweradministration im Fall Kuba nicht genug getan hat.«

»Ja«, sagte Hunt. »Diese bodenlose Frechheit ist mir keineswegs entgangen. Stellen Sie sich mal vor, was das Nixon für eine ungeheure Selbstbeherrschung gekostet haben muß! Nixon, Action Officer für Kuba, muß sich bei laufender Live-Fernsehkamera die ganze Zeit auf die Zunge beißen, während Kennedy so tut, als wäre er der Mann, der etwas unternehmen wird.«

»Trotzdem«, sagte Artime. »Castro sollte inzwischen tot sein.«

»Ich hatte das auch gedacht«, nickte Hunt.

»Ich könnte Castro mit diesen meinen Händen töten«, knirschte Artime. »Ich könnte ihn umbringen – mit einer Kugel, einem Messer, einem Golfschläger, etwas Pulver in einem Glas.« Seine Stimme krächzte unangenehm. Artime war ein hübscher Bursche, gut gebaut mit breiten Schultern und einem feinen Schnurrbärtchen, aber seine Stimme klang nicht gut. Es war die Stimme eines Mannes, der das Letzte aus sich herausgeholt und nun seine Grenze erreicht hatte und nicht mehr weiterkonnte. Fuertes hatte sich nicht eben schmeichelhaft über Artime ausgelassen. »Ich mag ihn nicht«, hatte Chevi gesagt. »Er putscht sein Publikum auf, indem er ihm seine selbstverfaßten schlechten sentimentalen Gedichte vorträgt. Er erreicht mit seinen Gefühlen, daß die Leute Amok laufen. Er sieht aus wie ein Berufsboxer, aber er ist falsch.«

»Das ist ein starkes Wort.«

»Als Junge war er ausgesprochen schwächlich. Ich habe gehört, daß ihm, als er zur Schule ging, die anderen Jungens den Arsch getätschelt haben. Aber irgendwie ist er da herausgewachsen.«

»Ich würde sagen: Er hat es überwunden«, erklärte ich Fuertes.
»Ja, aber das hatte seinen Preis. An seiner Stimme merkt man, was ihn dieses Überwinden gekostet haben muß.«
»Castro wird nicht überleben«, sagte Artime jetzt. »Wenn er diesen Monat noch schaffen sollte, wird er nächsten Monat tot sein. Und wenn nicht nächsten Monat, dann nächstes Jahr. Ein solches Übel wird nicht überleben.«
»Auf daß Ihre Worte in Erfüllung gehen mögen!« sagte Barker.
Wir erhoben unsere Gläser und nippten an unseren Getränken. Am anderen Ende des Wohnzimmers hatte man einen Teppich zurückgerollt, und einige von den Gästen probierten einen neuen Tanz aus. Ich hörte die Worte auf der Schallplatte: »Let's Do the Twist.« Ich fand den Tanz eigenartig und bizarr. Eine langweilig aussehende Blondine mit einem schönen, in der Sonne gereiften Körper und einer lauten Stimme rief ständig, man solle die Platte noch einmal auflegen. Mir mißfiel das alles. Ich fand es – gelinde gesagt – äußerst merkwürdig, daß die Tänzer einander nicht festhielten, sondern einzeln dastanden und ihre Hüften rotieren ließen, als wären sie allein in einem Zimmer und würden sich selbst lüstern in einem Spiegel betrachten. Vielleicht war ich betrunkener, als ich dachte, aber es kam mir so vor, als verteidigte ich ein Land, das ich selbst gar nicht mehr begriff.
»Guck dir mal die Blonde da an, wie die wackelt«, sagte Hunt mit einem traurigen, schiefen, höhnischen Lächeln.
»Ja«, sagte ich. »Aber wie die abgeht, da pfeif ich drauf.« Ich fand meine Bemerkung im gleichen Augenblick ziemlich dämlich, aber Barker lachte so heftig, daß ich mich fragte, ob ich es vielleicht seinetwegen gesagt hatte. Er war ein Schrank von einem Mann, stämmig, quadratisch gebaut mit dem Ansatz einer Glatze, und seine Lippen ließen auf völlige Humorlosigkeit schließen. Er hatte als Bulle in Batistas Sicherheitsdienst gearbeitet. »Don Eduardo«, sagte ich, »glaubt, Sie können mir ein paar interessante Geschichten über Toto Barbaro erzählen.«
»Toto Barbaro ist ein Stück Dreck«, sagte Barker.
»Was für eine Art von *Mierda*?« fragte ich.
Daraufhin lachte er erneut los. Als es vorüber war, sagte Barker: »Er arbeitet für einen Gangster in Tampa.«
»Könnte es sich bei dem Gangster um Santos Trafficante handeln?«

»Das haben Sie gesagt, nicht ich«, sagte Barker und gab Hunt ein Zeichen, daß er gehen wollte.
»Du und Bernie«, sagte Hunt gelassen, »ihr werdet noch oft Gelegenheit finden, euch zu unterhalten.« Auch Artime verschwand, und Hunt und ich gingen zur Bar, um uns noch einen Drink zu besorgen. »Dein Mädel ist ja äußerst attraktiv«, meinte Hunt, »wenn auch etwas schüchtern.«
»Schüchtern ist die nicht«, erklärte ich ihm, »sondern in Wahrheit ein fürchterlicher Snob. Sie will mit all diesen Leuten hier nichts zu tun haben.«
»Na«, sagte Hunt. »Mein Geschmack ist das auch nicht.«
»Was hat es denn nun wirklich mit Barbaro auf sich?«
»Ich werde dir erzählen, was ich weiß, wenn Bernie Barker nicht damit herausrückt.«
Modene schaltete den Fernseher aus und trat auf uns zu. »Laß uns gehen«, sagte sie. »Sie wissen selbst nicht mehr, wer vorne liegt, und es wird Stunden dauern, bis sie es festgestellt haben.«
Ich spürte, wie Hunts Laune schwand. »In dem Fall«, knurrte er, »werde ich hierbleiben, glaube ich, und noch ein Glas auf Richard Nixon trinken.«
»Hätte ich mir denken können«, sagte Modene. »Sie sehen nicht wie ein Kennedy-Wähler aus.«
»Oh«, sagte Hunt schnell, »ich habe nichts gegen ihn. Ich kenne Jack Kennedy. Habe ihn vor Jahren auf einem Debütantinnenball in Boston kennengelernt.«
»Was hat er denn damals für einen Eindruck auf Sie gemacht?« fragte Modene.
»Nun, das ist nicht so leicht zu sagen«, grinste Hunt. »Erstens muß er ein bißchen zuviel getrunken haben, denn zu später Stunde lag er in einer Ecke in einem Sessel und schnarchte. Ich gebe zu, daß ich in ihm damals in jenem Augenblick und in diesem höchst entspannten Zustand keinen späteren Präsidentschaftskandidaten sah.«
»Ich hoffe, Sie werden sich zur gegebenen Zeit an Ihre Worte erinnern können«, bemerkte Modene schnippisch, »denn ich werde Jack die Geschichte erzählen.« Sie neigte knapp den Kopf vor Hunt, nahm mich bei der Hand und zog mich an unserer guten Gastgeberin Regina vorbei in die Nacht hinaus.
»Mein Gott«, sagte ich. »Bist du ein Snob!«

»Mag sein«, entgegnete sie. »Jedenfalls hätte ich mich mit solchen Leuten in Grand Rapids nie eingelassen.«

32

Unser Abend aber war noch nicht zu Ende. »Der Mann, der am Ende mit mir gesprochen hat, ist dein Boss?« fragte sie.

»Wir arbeiten zusammen.«

»Er sieht nicht nach einem FBI-Mann aus.«

»Ist auch keiner.«

»Aber du bist einer. Das ist auch der Grund, weshalb du mit mir zusammen bist: um alles über Giancana zu erfahren.«

»Du bist erregt«, beschwichtigte ich. »Weil der Wahlausgang ungewiß ist.«

»Natürlich bin ich erregt. Und ich bin betrunken. Aber das ändert nichts daran. Du willst wirklich besonders viel über Giancana wissen.«

»Der ist mir völlig egal. Alles, was ich im Augenblick wirklich möchte, ist ein bißchen Marihuana rauchen.«

»Nein«, sagte sie, »nicht während die Wahl noch offen ist. Jetzt gleich zu vögeln wäre so schlimm, wie wenn man ein Grab schändet.«

»Ich glaube, du meinst das ernst«, sagte ich.

Sie nickte.

»Ich lege mich schlafen«, sagte ich.

»Nein«, bestimmte sie, »du bleibst auf und siehst es dir mit mir zusammen an.«

»Nun«, sagte ich, »auch wenn wir nicht vögeln werden, möchte ich trotzdem Marihuana rauchen. Vielleicht fällt's mir dann leichter, die Ergebnisse anzusehen.«

»Wir müssen uns irgendwie einigen«, sagte sie. »Ich werde auch etwas rauchen, aber nur, um mir mit dir zusammen die Ergebnisse anzusehen.«

»Das wird nur gehen«, grinste ich, »wenn du davon nicht geil wirst.«

»Das werde ich nicht«, sagte sie. »Aber ich will dir etwas über Giancana erzählen. Der einzige Grund, warum ich mit ihm nicht ins Bett gegangen bin, ist ein ganz eigenartiges Gefühl.«
»Würdest du mir das Gefühl beschreiben?«
»Mir war so, daß ich die Wahl für Jack verlieren würde, wenn ich mich mit Sam einließe.«
»Erwartest du von mir, daß ich das glaube?«
»Wenn's drauf ankommt, muß man seine Versprechen halten. Ich habe Jack versprochen, daß ich nicht mit Sam schlafen werde.«
»Findest du Giancana denn so attraktiv?«
»Natürlich. Er ist eine überragende Persönlichkeit.«
Wir gingen in jener Nacht in mein Apartment und rauchten Marihuana. Gegen ein Uhr früh sagten die Fernsehstatistiker das endgültige Resultat hinge von Texas, Pennsylvania, Michigan und Illinois ab. »Im Augenblick allerdings«, sagte die Stimme aus dem Fernseher, »sieht es so aus, als ob Illinois das Zünglein an der Waage sein wird.«
Modene nickte feierlich und ernst. »Sam hat versprochen, daß er Illinois zu Kennedy hinüberholen wird.«
»Ich dachte, Bürgermeister Daley kümmerte sich darum.«
»Bürgermeister Daley wird sich um einige Stadtteile von Chicago kümmern, und Sam bringt die anderen Gegenden mit. Die Neger und die Italiener und die Lateinamerikaner und eine Menge von den polnischen Wahlbezirken gehorchen Sams Leuten. Er macht seinen Einfluß auf der West Side geltend.«
»Das hat dir Sam alles erzählt?«
»Natürlich nicht. Über solche Dinge wollte er mit mir nicht reden.«
»Woher weißt du es dann?«
»Walter hat es mir erklärt. Walter hat früher im Büro von Eastern Airways in Chicago gearbeitet. Die Leute bei der Fluggesellschaft müssen so etwas wissen, um mit den Gewerkschaften am Ort zurechtzukommen.«
»Triffst du dich immer noch mit Walter?«
Modene sagte: »Nicht, seit ich mich wieder mit Jack getroffen habe.«
»Wie ist Jack im Bett?« fragte ich.
»Das sage ich dir nicht.«
»Spielt keine Rolle«, erklärte ich ihr. »Ich weiß, daß du von mir mehr hast, als er dir je geben könnte.«

»Warum bist du dessen so sicher?«
»Sonst würdest du nicht mehr mit mir zusammensein.«
Sie schüttelte den Kopf: »Mit dir bin ich zusammen, weil ich herauszukriegen versuche, ob ich mich für die Ehe eigne, und du könntest eventuell dafür in Frage kommen, sollte ich mich je dazu entschließen, auf die Erde zurückzukommen.«
»Möchtest du denn heiraten?« fragte ich.
»Du meinst: dich?« fragte sie.
»Weshalb nicht?«
»Wenn du vielleicht auch nicht der ärmste Mann bist, den ich je kennengelernt habe, so bist du doch auf jeden Fall der geizigste.«
Wir fingen an zu lachen, dann fragte ich: »Möchtest du wirklich, daß Jack gewinnt?«
»Natürlich. Meinst du, ich möchte die Geliebte eines Verlierers sein?«
»Ist es besser, die Kurtisane des Königs zu sein?«
»Unsinn! Ich sehe mich nicht als Kurtisane.«
Eine seltsame Schadenfreude stieg in mir auf: »Ich glaube, du gibst dich wirklich Hoffnungen hin, daß er sich eines Tages von seiner Frau scheiden lassen und dich heiraten wird. Du siehst dich wohl schon als First Lady?«
»Laß diese Gemeinheiten.«
»Es könnte aber darauf hinauslaufen: First Lady oder Kurtisane.«
»Darüber denke ich nicht nach.«
»Es geht auch nicht. Seine Frau ist schwanger, und morgen wird man sie beide auf dem Bildschirm sehen.«
»Ich habe nicht gedacht, daß du so grausam sein kannst.«
»Weil du mich zwingst, deinen Nacken anzusehen, während du darauf wartest, daß ein anderer Mann im Fernsehen erscheint.«
Die Stimme aus dem Fernseher sagte jetzt: »Es sieht aus, als ob Texas sich für Kennedy entschieden hat. Vielleicht macht sich jetzt seine Wahl von Lyndon Johnson zum Vizepräsidentschaftskandidaten doch noch bezahlt.«
»Da kannst du mal sehen, wie klug er war«, sagte Modene, »daß er sich diesen fürchterlichen Johnson ausgesucht hat.«
»Mir ist das gleich. Ich habe eine Wut, daß ich deinen Nacken anstarren muß. Ich möchte noch ein bißchen Marihuana und dann vögeln.«
»Du bist unmöglich«, maulte sie.

»Erzähl mir von den Botschaften, die du Jack von Sam überbringst.«
»Wenn Sam mit Jack ins Gespräch kommen wollte«, sagte sie, »würde das über Frank Sinatra laufen.«
»Vielleicht traut Sam Frank nicht. Frank verfolgt vielleicht ganz eigene Interessen.«
»Ich frage mich wirklich«, sagte Modene«, worauf du eigentlich hinaus willst.«
»Du sagst also, daß Sam sich deiner bedient?«
»Niemand bedient sich meiner.«
»Alle tun sie das«, sagte ich gehässig. »Alle.«
»Ich komme mir schon ganz komisch vor«, sagte sie, »und du bist daran schuld.«
»Aus dir spricht das Marihuana.«
»Nein. Aber heute nacht wird Geschichte gemacht, und ich will mich als ein Teil davon fühlen. Aber ich kann's nicht.«
»Keiner von uns«, sagte ich philosophisch, »ist ein Teil der Geschichte.«
»Ich schon. Ich ganz bestimmt – wenn du nur endlich aufhören würdest, mich zu quälen.«
»Laß das«, sagte ich achselzuckend. »Weißt du denn, wie viele Freundinnen Jack Kennedy hat?«
»Das ist mir gleich.«
»Eine in jedem Hafen.«
»Woher willst du das wissen?«
»Ich weiß es.« Harlot hatte mir gerade wieder die neuen Listen vom FBI geschickt.
»Warum sagst du mir nicht, woher du das weißt?«
»Vielleicht«, sagte ich, »habe ich entsprechende Berichte gesehen.«
»Stehe ich auch drauf?« Als sie meinen mürrischen Gesichtsausdruck sah, fing sie an zu lachen, und ich merkte, daß ihr die Vorstellung, in Berichten wichtiger Leute aufzutauchen, die dann wieder von anderen wichtigen Leuten gelesen wurden, irgendwie gefiel. Modene ging bereitwillig jede Art von Risiko ein, ohne zu wissen, was dabei herauskommen würde. Dabei fiel mir ein, daß sie nie die Jalousien herunterließ, wenn sie sich an- oder auszog.
»Macht es dir etwas aus«, fragte sie, »wenn ich dir von Sam erzähle. Er ist ein sehr komischer Kerl.«

»Ich hätte nicht gedacht, daß er komisch ist.«
»O doch. Wenn er will, kann er auf die witzigste Weise die schmutzigsten Redensarten führen.
»Wie meinst du das denn?«
»Gib mir noch einen Zug.« Sie nuckelte an meinem Marihuanastäbchen. »Er redet wahnsinnig gern über Sex. Und genau wie du will er ständig wissen, wie Jack ist.«
»Erzählst du es ihm?«
»Ich lüge ihn an. Ich sage, Jack wäre so ähnlich wie du und könnte sehr aufmerksam sein.«
»Obwohl er's nicht ist?«
»Natürlich nicht. Dazu arbeitet er viel zu angestrengt. Er ist ganz einfach zu müde. Er braucht eine Frau, die sich ihm hingebungsvoll widmet.«
»Auf welche Art?«
»Ach, du weißt sehr wohl, auf welche Art!«
Ja, ich wußte es plötzlich sehr genau.
»Was sagt Sam?« fragte ich weiter.
Sie wandte die Augen lange genug vom Fernseher ab, um mir ins Gesicht zu sehen. Ihre Miene war nie unbarmherziger und gleichzeitig nie anziehender gewesen. »Sam sagt: ›Honey, wenn ich je meinen Mund an deine Zuckerfotze legen sollte, gehörst du mir für immer.‹«
»Das halt ich nicht aus«, stöhnte ich. »Das sagt Sam?«
»Ja«, nickte sie.
»Und reizt dich das?«
»Sam ist ein Mann, der mich ganz wollen würde. Das gefällt mir.«
»Will ich dich denn nicht ganz?«
»Doch«, sagte sie. »Doch. Und du versuchst mich ja auch wirklich ganz zu bekommen. Aber das ist etwas anderes. Warum solltest du das denn auch nicht wollen?« Damit brach sie in ein schallendes Gelächter aus, doch ein schriller Unterton in diesem Lachen verriet mir, daß Haß und Groll in ihrer Seele glommen.
Es war lange nach zwei Uhr morgens, als der Sprecher feststellte: »Nixon hat seine Niederlage zwar noch nicht eingestanden, aber Illinois ist nun fest in der Hand Kennedys, und zusammen mit dem Sieg in Texas und den Berichten, wonach Pennsylvania und Michigan offenbar eindeutig demokratisch abgestimmt haben,

erlaubt uns dies die abschließende Prognose, daß John Fitzgerald Kennedy die Wahl gewonnen hat.«
Modene jauchzte und schaltete den Apparat aus. »Ich weiß«, sagte sie schließlich, »was er am Morgen sagen wird.«
»Was wird er sagen?«
»›Jetzt bereiten sich meine Frau und ich auf eine neue Regierung und ein neues Baby vor.‹«
»Woher weißt du das?« fragte ich.
»Vielleicht hat er es mit mir zusammen einstudiert. Du solltest mal das Funkeln in seinen Augen sehen. Er ist ein Teufel.«
»Na ja, Teufel sind wir alle.«
»Sie gab mir einen leidenschaftlichen, lange aufgestauten Kuß, und damit fingen wir an zu vögeln, und ich wollte sie ganz – warum sollte ich es schließlich in meinem Fall auch nicht wollen?

SERIE: J/39.164.504
ROUTE: LEITUNG/GHOUL – SPEZIALANSCHLUSS
AN: GHOUL-A
VON: FIELD 21 Uhr 03, 10. November 1960
THEMA: HEEDLESS

Ich würde jetzt sagen, daß BLAUBART mit 70 Prozent Wahrscheinlichkeit mehrmals Kurierdienste zwischen RAPUNZEL und IOTA geleistet hat. Es gibt aber keine eindeutigen Beweise. Dies ist lediglich eine Vermutung.

FIELD

SERIE: J/39.170.377
ROUTE: LEITUNG/ZENITH – OFFEN
AN: ROBERT CHARLES
VON: GLAUCOMA 11 Uhr 45, 11. November 1960
THEMA: BESONDERHEITEN

Beschaffe eindeutige Beweise.

GLAUKOM

33

25. November 1960

Mein Sohn,
ich habe mich mit dem Schreiben zurückgehalten, aber seit der Wahl ist es hier in Quarters Eye sehr ruhig gewesen. Ja, wir warten noch, was nun wird.

Über Thanksgiving war ich ziemlich deprimiert. Dachte dauernd an Mary, meinen alten, süßen Wal von einer Ehefrau, und jetzt habe ich sie verloren. Sie will einen kleinen japanischen Geschäftsmann heiraten, der wahrscheinlich auf mehr Geld sitzt als der Staat Kansas, und hier hocke ich alter Uhu als andere Hälfte dieses gestrandeten Wal-Duos und fühle mich wahnsinnig elegisch. Clark Gable ist letzte Woche gestorben, und ich entdeckte zu meiner Überraschung, daß ich mich mit dem Mann immer sehr identifiziert habe.

Nun versteh das mal einer. Ich weiß gar nichts über Clark Gable, und letzten Sommer war ich sogar auf ihn eifersüchtig. Da hat er, der Glückspilz, einen Film mit Marilyn Monroe gedreht. Mein Sohn, wenn je in diesem Land eine Wahl veranstaltet würde mit der Frage, welche Frau man am liebsten für eine Nacht im Bett hätte, die Dame würde todsicher gewinnen. Also habe ich ihn beneidet, ja. Und nun ist er tot. Vielleicht hat sie sein altes Herz zu Höhenflügen verleitet, denen er nicht mehr gewachsen war. Und ich merke, daß ich um den Kerl trauere, obwohl ich nicht die Bohne über ihn weiß. Trotzdem: Schauspieler faszinieren mich. Ihre Arbeit ist der unseren in gewisser Weise ähnlich, und trotzdem sind sie ganz anders als wir. Ich habe nicht sehr viel Kontakt mit Schauspielern gehabt, aber ich fand sie immer enttäuschend. Sie haben nicht den Kern in sich, den wir haben: unsere Motivation. Ohne diesen Bezugspunkt muß ein Schauspieler andauernd versuchen, jemand anderer zu sein als der, der er ist, ohne dafür bezahlen zu müssen. So stelle ich es mir jedenfalls vor. Trotzdem habe ich ihn geliebt, diesen Clark Gable. Es fällt einem schwer, Euch zynischen jungen Burschen von der Identifikation zu erzählen, die uns ältere Kerle mit Filmschauspielern seiner Art verbindet. Damals im Zweiten Weltkrieg habe ich mich mitunter sogar in Gedanken an ihn gewandt – vor allem, wenn mir etwas gelungen ist. »Hättest du das auch so gut gemacht?« habe ich ihn dann gefragt. Wer weiß, woher solche fiktiven Gespräche kommen? Auf jeden Fall ist das ziemlich dummes Zeug. Vermutlich ist Maheus Fiasko am 31. Oktober daran schuld, daß meine Gedanken sich so in Schlangenlinien bewegen. Ich habe deshalb ganz schön was einstecken müssen. Drei Fragen hängen jetzt über mir in Quarters Eye. Erstens: War es ein Akt der Vorsehung? Zweitens: Hat Giancana Sand ins Getriebe geworfen? Drittens: Weiß das FBI jetzt Bescheid? Wir haben darauf keine Antworten, aber ich bezahle derzeit für alle drei Möglichkeiten. Erstens Vorsehung: Meine *confrères* schlußfolgern jetzt, daß Cal Hubbard möglicherweise das Pech anzieht. *Secundum:* Schrecklicher Mißgriff Cals, sich einen Gangster wie G auszusuchen. Ich bin geneigt, dem zuzustimmen, selbst wenn ich Maheu auch nur geerbt habe, der seinerseits G ausgesucht hat. Aber schließlich gibt es in unserer Arbeit keine »Abers« und »Trotzdems«. Nimm einfach die Schuld auf dich. Das ist schneller und sauberer.

Und nun Möglichkeit Nummer *drei*, die schlimmste von allen. Was ist, wenn das FBI das alles von Anfang an mitverfolgt hat? Dieser Gedanke hat zum Erstarren sämtlicher Aktivitäten geführt.

Ergebnis: Aus den Büros von Allen, Bissell und Barnes weht ein eisiger Wind zu mir herüber. Uns allen ist klar: Wenn es ganz schlimm kommt, werde ich den Scheißkübel tragen müssen. Wir müssen aufpassen, daß Allen sauber bleibt. Ich bin auch dazu bereit, meine Pflicht verlangt das, aber es legt sich doch wie ein Leichentuch auf Deine Seele, wenn der Eishauch schon vorzeitig kommt.

Es ist nicht so schlimm, daß ich nicht damit fertig werden könnte, aber Rick, wenn es so etwas wie eine männliche Menopause gibt, könnte ich mich mit medizinischen Fachleuten darüber unterhalten. Ich komme mir verdammt vor, und das untergräbt meinen natürlichen Optimismus bei allen Unternehmungen.

Nun will ich Dich aber mit interessanteren Dingen bekannt machen. Trotz meiner Fast-Ächtung kommen mir immer noch interessante Geschichten zu Ohren. Allen Dulles und unser gewählter Präsident John F. Kennedy haben sich am 17. November unten in Palm Beach getroffen. Ich wette, du in Miami, nur sechzig Meilen davon entfernt, hast keinerlei Nachbeben verspürt, aber uns hier oben ist allerhand zu Ohren gekommen. Allens Rückkehr war keine Siegesparade. Soweit ich davon erfuhr, brachte Kennedy einige Zweifel zum Ausdruck hinsichtlich der bevorstehenden Kuba-Operation und wollte über die Möglichkeit diskutieren, wie man die Brigade ohne großes Aufhebens auflösen könne. Allen erwiderte darauf in seiner holländischen Onkelart: »Sind Sie, Mr. gewählter Präsident, wirklich und wahrhaftig fähig, dieser Gruppe aus jungen kubanischen Männern zu sagen, daß sie sich gegen ihren Willen auflösen müssen? Warum und wieso? Sie verlangen doch nur – und setzen dafür ihr Leben auf Spiel –, daß man ihnen Gelegenheit gibt, die demokratische Regierung ihres Landes wieder einzusetzen.«

Allen hat es mehr als einmal verstanden, mich anzufeuern. Er hat mich einmal so weit gekriegt, daß ich Sukarno eliminieren wollte, und ich kam mir hinterher wie ein verdammter Narr vor, als alles im Sumpf eines ausgeklügelten Kompromisses endete. Aber Kennedy weiß offensichtlich, was er will. Er hat sich überhaupt nicht aufgeregt, hat alles geschluckt, was Allen vorbringen konnte, und hat dann folgendes gesagt: Im Prinzip wäre er bereit, etwas zu unternehmen, Grundvoraussetzung sei aber, daß keine Beteiligung der Vereinigten Staaten erkennbar würde. Offene aggressive Handlungen gegen Kuba könnten die Sows so weit reizen, daß sie ihre Drohung wahr machen, eine Mauer in Berlin zu bauen.

Lassen Sie mich noch hinzufügen, sagte Kennedy: Wenn unser Engagement in Kuba sichtbar wird, sind wir natürlich gezwungen zu gewinnen.

Völlig Ihrer Meinung, antwortete Allen.

Nun, Mr. Dulles, sagte Kennedy, wenn wir so unbedingt gewinnen wollen, warum dann mit der Brigade anfangen? Wenn das, was hier wirklich geboten erscheint, eine umfangreiche militärische Operation ist, warum dann überhaupt noch den CIA bemühen?

Damit hatte er Allen an die Wand gedrückt. Alles, was unser Direktor nun noch erreichen konnte, war ein Ja-Aber von Kennedy. Wir können unsere Arbeit mit der Brigade fortsetzen unter der Bedingung, daß die Agency sich eisern an ihr Versprechen hält, keinerlei *sichtbare* amerikanische Beteiligung zuzulassen. Auf jeden Fall ist die Invasion einige Monate aufgeschoben. Bis Kennedy seine Amtseinführung hinter sich und seine Regierung gebildet hat, wird es Frühling 1961 sein.

Während dieses Interims wird die Brigade wahrscheinlich unruhig werden. Ich halte die weitere Entwicklung für völlig unvorhersehbar. Wenn ihre interne Disziplin nicht hält, wird sie sich in Guatemala selbst aufreiben. Uns stehen interessante Zeiten bevor!

Dein
Nullbock-Halifax

An dem Tag, an dem ich seinen Brief erhielt, kam eine weitere Nachricht von Harlot. Sie lautete: *Würdest Du bitte endlich.*

34

SERIE: J/39.354.824
ROUTE: LEITUNG/GHOUL – SPEZIALANSCHLUSS
AN: GHOUL-A
VON: FIELD 10 Uhr 11, 20. Dezember 1960
THEMA: HEEDLESS

Bedaure mitteilen zu müssen, daß FIELD jeden Zugang zu BLAUBART verloren hat. Katalytischer Faktor: buddhistische Eindringlinge.

Kann berichten, daß BLAUBART am 19. Dezember, nachdem sie mehrere Stunden lang zusammen mit RAPUNZEL eingekauft hatte, allein ins Fontainebleau zurückkehrte. In der Halle waren zwei Männer mit Filzhüten. Sie lächelten ihr zu. Eine Minute, nachdem sie in ihr Zimmer zurückgekehrt war, erhielt sie einen Anruf von der Rezeption. Ein Mr. Mack und ein Mr. Rouse wünschten sie zu sprechen. Sie seien vom FBI, erklärte der Empfangschef. Sie müsse sie nicht empfangen, erklärte ihr der Mann, aber es würde wahrscheinlich Zeit sparen. Sonst würden sie wiederkommen.

Sie erklärte sich einverstanden, Mack und Rouse zu empfangen. Diese eröffneten ihr, daß sie wegen ihrer Beziehung zu RAPUNZEL ein paar Fragen hätten. Sie behauptet, sie hätte ihnen nichts erzählt. Später beschrieb sie FIELD gegenüber die Fragerei als »ganz unangenehm«. Leider hat sich ihr latenter Verdacht FIELD gegenüber nun entscheidend verhärtet. Sie behauptet, er »stecke unter

einer Decke« mit Mack und Rouse, und erklärt, sie wolle ihn nicht mehr sehen.
Diese Vorkommnisse ereigneten sich gestern abend. FIELDs Ansicht nach ist die Beziehung beendet. Für eine Legende ist kein Platz mehr.
Willst Du einen abschließenden Bericht, wenn es über den nächsten Monat hin bei dieser Situation bleibt?

FIELD

Harlot würde mit dieser Beschreibung wohl kaum zufrieden sein, aber sein Verdruß über den Verlust von BLAUBART würde seinen Ärger über den Mangel an Einzelheiten gewiß übertreffen.
Ich hätte ihm natürlich mehr erzählen können. Während der Stunde, die ich mit Modene verbrachte, wurden alle Einzelheiten ihres Gesprächs mit Mack und Rouse rekapituliert. Als sie mich bei Zenith anrief, kurz nachdem die beiden sie verlassen hatten, war sie so betont ruhig, daß ich fühlen konnte, wie sie ihre Hysterie mühsam unterdrückte. »Ich hatte Besucher«, sagte sie, »und du kennst sie wahrscheinlich. Kannst du herüberkommen, bevor ich mich zu sehr betrinke?«
Sobald ich eintraf, fing sie an die Begegnung zu beschreiben.
Mack sprach als erster. Er war groß und untersetzt.
»Sie sind Modene Murphy?«
»Ja.«
»Sie unterhalten eine freundschaftliche Beziehung zu Sam Giancana?«
»Wer ist das?«
»Auch unter dem Namen Sam Gold bekannt.«
»Kenne ich nicht.«
»Wie wär's mit Sam Flood?«
Als sie zögerte, wiederholte er: »Wie wär's mit Sam Flood?«
»Ich kenne ihn.«
»Er ist derselbe Mann wie Sam Giancana.«
»Ja, gut. Und wenn schon.«
»Würde es Sie interessieren zu erfahren, wie Sam Giancana sich seinen Lebensunterhalt verdient?«
»Keine Ahnung.«
»Er ist einer der zehn gesuchtesten Kriminellen in Amerika.«
»Warum verhaften Sie ihn nicht?«

»Das werden wir tun«, sagte der FBI-Mann namens Rouse. Er war mittelgroß, schlank und hatte scharfe Zähne. »Das werden wir tun, sobald wir soweit sind. Im Augenblick aber brauchen wir Ihre Hilfe.«

»Ich weiß nichts, was Ihnen helfen könnte«, sagte Modene.

Sie sah ein höhnisches Grinsen in Macks Gesicht. »Nehmen Sie«, fragte er, »Geschenke von Sam entgegen.«

»Wenn sie angemessen und nicht zu kostspielig sind.«

»Ist Ihnen bewußt, daß er eine Las-Vegas-Tussi hat?« fragte Rouse.

»Was ist eine Tussi?«

»Eine Tussi ist ein Mädchen«, erklärte Mack, »das Geld für kleine Gefälligkeiten annimmt. Hat Mr. Giancana Ihnen je Knete rübergeschoben?«

»Was?«

»Geld. Ob er Ihnen Geld gegeben hat?«

»Halten Sie mich für eine Tussi?«

»Löhnt er Ihre Hotelrechnung?«

»Würden Sie bitte gehen?«

»Sie brauchen nur zu nicken«, sagte Rouse. »Haben Sie Johnny Roselli kennengelernt, nein? Santos Trafficante, nein? Tony Accardo, auch Big Tuna genannt, nein? Haben Sie Individuen namens Cheety, Wheels, Bazooka, Tony die Titte getroffen?«

»Nein.«

»Sie kennen Tony die Titte nicht?« fragte Rouse. »Das ist ein Mann.«

»Es ist mir gleich, was er ist. Ich bitte Sie zu gehen.«

Wovon leben Sie?« fragte Mack.

»Ich bin Stewardess.«

Mack besah sich ein Blatt Papier. »Ihre Miete hier beträgt 800 Dollar im Monat.«

»Ja.«

»Aber Giancana löhnt die nicht?«

»Ich habe Sie schon zweimal gebeten zu gehen.«

Eine Menge eingewickelte Pakete, die da bei Ihnen herumliegen! Sind das Geschenke?«

»Weihnachtsgeschenke.«

»Von Giancana?«

»Ein paar.«

»Darf ich fragen, was drin ist?«
»Darf ich Sie bitten, sich um Ihren Kram zu kümmern?«
»Es wird mein ›Kram‹«, grinste Mack, »sobald Sie Geld oder Geschenke von Giancana, einem Kriminellen, bekommen.«
»Wie kann sich nur eine Dame wie Sie, die Sie nach Ihren eigenen Angaben sehr wohl selbst für Ihren Lebensunterhalt aufkommen können, mit einem Ganoven aus der Gosse zusammentun?« fragte Rouse.
»Ich werde bei der Rezeption anrufen und den Hausdetektiv bitten, Sie hinauszuwerfen.«
Mack lächelte. Rouse lächelte.
»Verschwinden Sie aus meinem Zimmer. Es ist nicht Ihr Hotel!«
»Wir gehen schon«, sagte Mack, »aber seien Sie sicher, Miss Murphy, daß wir wiederkommen werden. Überlegen Sie sich inzwischen, was Sie uns dann alles zu erzählen haben.«
»Ja«, nickte Rouse. »Sie werden uns ganz bestimmt wiedersehen.« Er lächelte. »Behalten Sie eine saubere Weste, Modene.«
Nachdem sie weg waren, rief Modene sofort Giancana an.
»Sei vorsichtig«, sagte Sam, sobald sie zu erzählen anfing, »dein Telefon ist vielleicht heiß.«
»Kannst du herüberkommen?«
»Das wäre nicht gut für dich.«
»Sam, was hätte ich sagen sollen?«
»Du hast schon das Richtige gesagt. Die haben bloß gefischt, das ist alles. Nach totem, stinkendem Fisch. Die können nicht ruhig auf dem Scheißhaus sitzen, ohne sich die Zehen zu lutschen, und sie würden sich ihren Arsch lecken, wenn sie drankommen könnten. Das ist für euch, falls ihr mir zuhört, ihr Hundesöhne.«
»Sam!«
»Liebling, wenn diese Schwanzlutscher wieder auftauchen, sag ihnen, bei mir gibt's Eintrittskarten für die erste Reihe vor dem Schaufenster von Macy's Department Store zu der Veranstaltung ›J. Edgar Hoover und Clyde Tolson im Liebesrausch‹. Große Veränderungen sind angesagt, ihr Schleimbeutel! Modene, du bist eine Königin und so unschuldig wie frisch gefallener Schnee.«
Damit legte er auf. Sie sagte, Sams Worte seien nicht nur genausosehr an das FBI wie an sie gerichtet gewesen, sondern sie hätte ihn auch noch nie in solcher Erregung erlebt.

Als sie ihre Geschichte zu Ende erzählt hatte, fragte sie: Bist du einer von ihnen?«

»Einer wovon?«

»Mack und Rouse.«

»Ich höre wohl nicht recht.«

»Du steckst doch mit denen unter einer Decke. Ich weiß es! Irgend etwas hat von Anfang an zwischen uns nicht gestimmt.«

»Wenn du das glaubst, warum erzählst du mir dann, was sie gesagt haben?«

»Weil mir das, was sie gesagt haben, andauernd im Kopf herumgeht.«

»Das glaube ich dir.«

»Außerdem werden sie's dir ohnehin berichten.« Sie fing an zu lachen. »Ich weiß es genau«, sagte sie. »Du bist beim FBI.«

»Was müßte ich tun, um dich zu überzeugen, daß ich es nicht bin?«

»Für wen arbeitest du denn dann in Wirklichkeit?«

»Warum gebrauchst du nicht deine Phantasie?« fragte ich. »Oder ist die ausverkauft?«

Das war eine fatale Bemerkung.

»Verschwinde!« schrie sie mich an.

»Das werde ich.«

»Ich wußte, daß es nicht so weitergehen konnte«, sagte sie eisig, »aber ich wußte nicht, daß so schnell Schluß sein würde.«

»Nun, du hast ja einen Weg gefunden.«

»Ich glaube ja.«

»Das hast du.«

Zu meinem Erstaunen war ich genauso wütend wie Modene.

»Versuche bloß nicht, mich anzurufen«, sagte sie.

»Keine Sorge!«

»Gott, bist du mir zuwider«, sagte sie. »Was bist du für ein langweiliger Gockel.«

Als ich die Tür hinter mir schloß, verspürte ich in mir eine seltsame Ruhe. Ich wußte nicht, ob ich sie je wiedersehen würde – in einem Tag, einem Jahr oder nie –, aber in diesem Augenblick spielte es keine Rolle. Ich hatte gerade das erlebt, was Kittredge als »Wachablösung« beschrieben hatte. Wenn es in der menschlichen Psyche so etwas wie ein Parlament gibt, so hatte die bisherige Regierungspartei gerade die Wahlen verloren. Ich war sicher, daß das Kapitel Modene Murphy für mich abgeschlossen war. »Langweiliger Gokkel«, hatte sie mich genannt. Ihr Vater mußte ein widerlicher Kerl gewesen sein, einer jener Rennfahrer, die die anderen von der Bahn drängen.

35

Natürlich litt ich in der nächsten Woche. Zwar redete ich mir ein, daß ich dieses Leben eines geduldigen Hahnreis nicht mehr länger hätte ertragen können und daß mir ihre geistige Beschränktheit auf die Nerven gegangen wäre, doch kehrte die Sehnsucht nach Modene in den unerwartetsten Momenten wieder. Es kränkte meine Eitelkeit, daß ich nicht mehr mit dieser schönen jungen Fau am Arm ein Restaurant betreten konnte.

Dennoch gab es da sehr wohl eine klare Demarkationslinie. Ich sehnte mich wirklich nicht danach, von ihr zu hören. Ich konnte sogar den Stolz, sie zu besitzen, unterdrücken, da er mich zur Vernachlässigung meiner Aufgaben verführte. Es erschien mir wichtig, mich wieder ganz meiner Arbeit zu widmen. In den nächsten Monaten sollte Geschichte gemacht werden. Meine letzten Zweifel schwanden, als zwei Wochen nach meinem Telegramm an Harlot eine Nachricht von ihm eintraf.

SERIE: J/39.268.469
ROUTE: LEITUNG/ZENITH – OFFEN
AN: ROBERT CHARLES
VON: GLOUCESTER 10 Uhr 23, 3. Januar 1960
THEMA: EFFIZIENZ

Anscheinend erzählen Mädchen ihren Freundinnen mehr als ihren Freunden. Bis bald.

GLOUCESTER

Auf diese Art und Weise teilte er mir mit, daß er mir keine Abschriften von den Gesprächen zwischen BLAUBART und AURAL mehr schicken würde.

Gegen Ende der ersten Januarhälfte erhielt ich einen weiteren langen Brief von meinem Vater. Ich bewunderte ihn, wie eisern er sich der Verzweiflung erwehrte.

Mein lieber Sohn:
nimm Dich in acht vor der Melancholie, einem alten Hubbardschen Laster. Es hat mich gestern sehr hart getroffen, als ich las, daß Dashiell Hammett am 10. Januar verstorben ist. Mir war hundeelend. Im Radio spielten sie diesen gräßlichen neuen Schlager »Let's Do the Twist« gerade als ich die Zeitung aufschlug und diese Nachricht empfing. Ich habe sofort bei Lillian Hellman angerufen, um ihr zu kondolieren, und das war seit zehn Jahren das erste Mal, daß wir miteinander sprachen, aber ich glaube, sie war froh, von mir zu hören. Ich weiß nicht, ob ich es Dir jemals erzählt habe, aber Lillian ist auch eine alte Freundin. Ich muß zugeben, wir sind ein seltsames Gespann, aber damals, als ich mit Hammett zusammen getrunken habe, bekam Lillian Wind davon, daß ich beim OSS gewesen war und mich jetzt wieder gemeldet hatte zu der neuen, höchst geheimen Organisation. Das hat ihr überhaupt nichts ausgemacht. Ich gehöre nicht zu denen, die die Mädchen aufreißen und dann überall darüber reden, aber Miss Hellman konnte von diesem damals jüngeren Exemplar aus Fleisch und Knochen nicht lassen. Manche der Casanovas, die ich gekannt habe, haben mir folgendes Erfolgsrezept genannt: Such dir eine gute Christin.
So gebe ich von den Narben meiner Schlachten gezeichneter Vater nun mein erprobtes Rezept an Dich, mein Sohn, weiter: Such Dir eine willensstarke junge Jüdin mit kräftigem Linksdrall aus. Bei Typen wie uns sind solche Damen unschlagbar.
Ich plaudere hier zwar aus der Schule, um Dir die Natur meiner Freundschaft mit Hammett anzudeuten. Er wußte von meiner Affaire mit Lillian, und ich glaube, er billigte sie sogar. Er war der schlimmste Kommunist, den ich je kennengelernt habe. Aber Lillian Hellman betete ihn immer noch an, obwohl er sich schon längst aus jeder Art von eheähnlicher Beziehung herausgetrunken hatte. Wenn sie denn also andere Männer haben mußte, und Lillian mußte, denn sie war eine Frau von ungeheurem erotischen Appetit (habe sie damals Katharina die Große genannt, was ihr sehr gefiel), dann hatte Dash nichts dagegen. Im Gegenteil ihr hat er sogar beim Aussuchen geholfen. Er war hundertprozentig für unser Verhältnis. Aber ich habe mir trotzdem nie etwas vorge-

macht. Geliebt hat sie immer nur Dashiell Hammett. Er kam einem immer unverwüstlich vor. Nicht unsterblich wie ein Gott, sondern eher wie ein vertrockneter, silberner Engel, wie ein Stück Treibholz, das da für die Ewigkeit auf dem Strand lag. Es fällt mir schwer, mir vorzustellen, daß er nicht mehr ist.

Ich habe ihn nicht nur als Schriftsteller geschätzt, sondern auch als Mann. Er hat nie versucht, einen literarischen Stoff aus mir herauszuholen. Ich glaube, er respektierte den Käfig, in dem wir arbeiten. Mit Sicherheit hat er während unserer zahllosen Besäufnisse genug über die Komplexitäten unseres Alltags aufgeschnappt, um mich in ein Buch zu übersetzen, wenn er es gewollt hätte. Er war ein Gentleman, und er ist nicht mehr.

Wie Du von meinem letzten Brief her weißt, hat man mich kaltgestellt. Ich glaube, um den 18. Dezember herum erreichte dieser Zustand bei mir den tiefsten Punkt. Das Weihnachtsfest hat er mir mit Sicherheit verdorben. Am 18. Dezember riefen Dulles und sein schwachsinniger Stellvertretender Direktor General Cabell Barnes und Bissell und mich und unsere Projektleiter zusammen, um gemeinsam unsere Situation in Kuba zu diskutieren, nun, da wir unter der Kennedy-Verwaltung standen. Allen wollte eine Zwischenbilanz ziehen, um die Agency aus der Schußlinie der Kritik herauszubringen.

Nun kam eine ganze Flut von Fehlern und Pannen ans Tageslicht. Viel zu viele Netzwerke hatte man uns aufgerollt und fast alles, was wir per Flugzeug abgeworfen hatten, war danebengegangen. Wir bedienen uns ziviler Piloten aus der ehemaligen Air Cubana, und diese Kerle verstehen überhaupt nichts von Navigation. Sie haben so lange auf dem Superhighway Miami–Havanna am Radartropf gehangen, daß ihnen jeglicher fliegerische Spürsinn abhanden gekommen ist. Sie finden einfach die Orte nicht, über denen sie abwerfen sollen. Trotzdem erlauben weder Eisenhower noch Kennedy, daß wir amerikanische Piloten beauftragen. Seit Francis Gary Powers' U2-Unglücksflug ist nichts mehr zu machen. Also gehen die Abwürfe weiter daneben, und bei unseren Leuten drüben kommt nichts an. Selbst der beste von den Abwürfen war eine höllisch komische von Ihrer Hoheit Arschloch General Cabell zu verantwortende Szene.

Wir flogen zu irgendeiner kubanischen Gruppe drüben Waffen hinüber, und Cabell wollte wissen, wie weit der Laderaum gefüllt

war. Zu einem Zehntel, lautete zufällig die Antwort. »Das ist Platzverschwendung«, sagte Cabell. »Schickt ja kein Flugzeug los, das zu neun Zehnteln leer ist! Es bekommt eine Zuladung von Reis und Bohnen. Unser kubanisches Team vor Ort kann sicher was damit anfangen.«
Nun, die Sendung landete zufällig genau am richtigen Ort. Aber die Gruppe, die sie in Empfang nehmen sollte, war viel zu klein, um alles wegschaffen zu können.
»Davon will ich nichts hören«, sagte Cabell. »Kinder, strengt euch mal ein bißchen an.«
David Phillips, einer unserer Lateinamerikaexperten, sagte zu Cabell: »General, ich habe vier der letzten sechs Jahre in Kuba verbracht. Reis und Bohnen sind dort die Grundnahrungsmittel, und ich kann Ihnen versichern, daß kein Mangel herrscht.«
Cabell erwiderte: »Schon mal vom Bewilligungsausschuß gehört? Ich lasse mich nicht vor den Ausschuß zitieren, um denen da oben zu erklären, warum wir ein zu neun Zehntel leeres Flugzeug hinüberschicken. Packt den Reis und die Bohnen dazu!«
Das war eine Nacht, mein Sohn, an dem der Abwurf die Zielmarkierung traf. Der Funkspruch war so wütend, daß er auf Englisch kam: YOU SON OF BITCH. WE NEARLY KILLED BY RICE BAGS. YOU CRAZY? Wir achteten alle darauf, daß Dulles eine Kopie davon erhielt. Ich glaube, Dulles kann Cabell auch nicht ausstehen, wird ihn aber nicht los, weil Cabell ein Viersterne-Luftwaffengeneral ist und es das Pentagon ein bißchen beruhigt, wenn der bei uns den Vizedirektor mimt. Natürlich ist der General jetzt in den besseren Kreisen als »Old Rice and Beans Cabell« bekannt.
Möchtest Du noch mehr Katastrophenmeldungen hören? Die Operationen zur See funktionieren ebensowenig. Castros Küstenwache hat eine außerordentlich hohe Trefferquote zu verzeichnen. Anscheinend funktioniert sein DGI ausgezeichnet, denn er ist offenbar über einen Großteil unserer Landungen in Kuba informiert. Ich habe mich sehr dafür eingesetzt, daß wir ein Mutterschiff ausrüsten, das knapp außerhalb der Dreimeilenzone vor Kuba stationiert wird. Wir könnten darauf eine supermoderne Radaranlage installieren, und nur wenn sie anzeigt, daß die nahegelegene Küste frei ist, werden die Boote zu Wasser gelassen. Die Frage ist nur, wie man so ein großes Fahrzeug auf die Schnelle startklar bekommt.

Nun zu den guten Nachrichten! Die Hauptstoßrichtung der Invasion – und dies teile ich Dir unter dem Siegel absoluter Verschwiegenheit mit – wird sich, das wurde uns bestätigt, auf Trinidad richten. Diese Kleinstadt liegt an der Südküste zwischen Cienfuegos und Sancti Spíritus – ideal. In der Nähe gibt es Berge, in denen sich unsere Leute verstecken können, sollte etwas schiefgehen, und trotzdem befinden sich ganz in der Nähe zwei Provinzhauptstädte, deren Eroberung gleich in den ersten Tagen möglich ist, wenn der Vormarsch glückt. Das Beste am ganzen Projekt: An der Stelle ist Kuba sehr schmal, die Breite beträgt ganze siebzig Meilen. Unter der Voraussetzung, daß unsere Untergrundkämpfer in Kuba sofort Brücken sprengen und Castros Truppen ablenken, könnten wir das Land ziemlich schnell in zwei Teile trennen.
Und auch das Folgende ist streng vertraulich: Wir haben noch eine Aktion vorbereitet. Sie nennt sich ZR/RIFLE, und es handelt sich um ein Unternehmen, das wir meiner Meinung nach lieber vor all unseren Projekten mit Maheu hätten starten sollen. Bissell, der sehr wohl weiß, wann es klüger ist, Verantwortung zu übernehmen, und wann man sie besser auf andere abwälzt, hat Helms – seinen unmittelbaren Untergebenen – gebeten, es zu starten, und Helms hat prompt Deinen Paten konsultiert. Wer soll Sir Hughs Ansicht nach dieses neue Vorhaben beaufsichtigen? Natürlich Bill Harvey – erstaunlich, wenn man an deren alte Feindschaft denkt. Jedenfalls haben wir King Bill jetzt glücklich im Untergeschoß sitzen, wo er an ZR/RIFLE arbeitet. Bevor alles vorbei ist, wird Wild Bill Castros Bart vielleicht ebenso nahe kommen wie wir selbst.
Hier will ich einstweilen aufhören. Heute abend gehe ich aus und freue mich schon sehr darauf, aber ich werde morgen weiterschreiben.

Freitag der Dreizehnte

Das war ein guter Abend gestern abend, mein Sohn. Allen war so schlau – Gott, ich liebe diesen Mann, wenn er in Bestform ist –, all die neuen Größen der Kennedy-Administration mit uns zusammen in den Alibi Club einzuladen. Er wollte die neuen Washingtoner Spitzenkräfte für unsere Kuba-Op gewinnen, und ich glaube, wir haben es geschafft. Ich muß sagen, der Alibi Club war dafür der perfekte Ort: Er ist genauso antiquiert eingerichtet wie, sagen wir, der Somerset Club in Boston. Die alten Speisekarten an

den Wänden setzen die richtigen Akzente – »Schildkrötensuppe 25 Cent« –, und die Martinis sind gut. Da entspannten sich die jungen Kennedyanhänger, und ein paar von ihnen sind wirklich sehr jung, muß ich Dir sagen, und furchtbar klug und mit einer rund um die Uhr laufenden Alarmanlage ausgestattet, mit der sie auch den kleinsten Hinweis sofort aufschnappen: intelligente junge Juristen mit Prädikatsexamen, aber einem wachen Instinkt. Andererseits hat man ihnen auch bei weitem zuviel zugemutet. Entweder sind sie akademisch hochgebildet, aber viel zu weich, oder gewitzt wie der Teufel, trotzdem gänzlich unerfahren. Mit allem schuldigen Respekt vor dem alten Blut Deiner Mutter, aber sie erinnern mich in der Tat ein bißchen an jüdische Debütanten bei ihrem ersten gesellschaftlichen Auftritt. Es war auch ein Kontingent von Kennedys irischer Mafia da, so mißtrauisch wie FBI-Mönche und mit allen Wassern gewaschen. Die eisengraue, eisig harte Sorte, die zu Gewaltlösungen neigt. Trotzdem sind auch sie in ihren jetzigen Positionen kraß überfordert und haben keine Ahnung. Dieses Meeting war also eine gute Idee. Bissell hat eine verdammt gute Rede gehalten in seinem Erzbischofsstil. Hat sich gegenüber diesen Indianern als Bleichgesicht aller Bleichgesichter präsentiert. Nahm einen seiner langen Finger, tippte sich damit auf die Brust und sagte: »Schauen Sie mich gut an. Ich bin der Mann, der hier die Haie frißt.« Das kam an. Ein distinguierter Kirchenmann, der flotte Reden führt. Damit haben wir ihnen zu verstehen gegeben: »Laßt uns unsere Arbeit machen, Brüder, und wir heizen denen da unten kräftig ein. Wir fürchten uns nicht vor Verantwortung, Beleidigungen, Haß und Kübeln voll Schmutz. Wir gehen höchste Risiken ein. Wenn ihr Berge bewegen wollt: Auf uns könnt ihr zählen.« Was meinst Du, wie erstaunt die Kennedyleute Bissells Qualifikationen zur Kenntnis nahmen: Groton, Yale, Doktor der Ökonomie – und bereit, Haie zu fressen. Und dabei hat der Mann sogar am Massachusetts Institute of Technology gelehrt.
Ich muß sagen, wir haben sie mit saftigen Geschichten gefüttert. Wie man ein Land à la Guatemala mit dreihundert Leuten klaut. Mantel-und-Degen – das muß der zweitälteste Beruf sein. Und im Verlaufe dieser Unterhaltung wurden viele amüsante Trinksprüche ausgetauscht. Dann forderte Allen mich auf, ein bißchen aus der Schule zu plaudern. Verdammt, das Blitzen seiner Brillengläser forderte mich ganz eindeutig auf, meine nun uralten Helden-

taten mit den Sekretärinnen vor ihnen auszubreiten. Damals, 1947, habe ich, falls Du's noch nicht wissen solltest, Berge von Klatsch über die Absichten des Truman-Kabinetts gesammelt, weil ich ein paar von den Top-Bürodamen *erkannte* – wie's in der Bibel so schön heißt. Gestern abend habe ich es mit dem Satz abgerundet: »Natürlich tun wir so etwas heute nicht mehr.« Die Kennedyleute fanden das köstlich. Ich glaube, Allen liegt daran, bei ihnen den Eindruck zu erwecken, daß wir die absolut richtige Organisation für einen Weiberhelden und Wichtigtuer wie unseren gewählten Präsidenten sind.

Das kam bei den Leuten aus dem Weißen Haus an. Sie verstanden, daß wir Zauberkünstler sind, die nicht weniger Karten im Ärmel haben als sie selbst. Wir sorgten dafür, daß sie den Eindruck gewannen: Wenn's irgendwo blitzschnell ein kniffliges Problem zu lösen gab, mußte man sich an den CIA wenden und nicht an das Außenministerium.

Dean Rusks Gesicht wurde immer länger. Ich glaube, er begriff als erster, wie bühnenwirksam Allens Inszenierungen gerade in Zeiten des Übergangs sind, wenn es darauf ankommt, neue Freunde zu gewinnen. Rusk sah aus, als ob er unter Verstopfung litte.

Jedenfalls bin ich jetzt wieder unterwegs zu neuen Ufern, wenigstens innerlich. Und darum geht's ja zunächst einmal, wenn die Moral durchhängt.

Dein guter Vater
Oberbock Halifax

P. S. Trotz dieser ganzen Selbstbeglückwünschung will ich nicht versäumen, RETREAT zu erwähnen. Er macht mir Sorgen. Hat BONANZA Dir irgend etwas über ihn gebracht? Wenn nicht, mach ihm Beine. Nach dem, was Du mir von seinen Fähigkeiten erzählt hast, müßte BONANZA in seinen Banken in Miami die Spur des Geldes verfolgen können, die RETREAT hinterläßt, wenn er ein solcher Gauner ist, wie ich glaube.

36

In Montevideo war ich nach dem Abbruch meines Briefwechsels mit Kittredge sehr viel mehr mit Hunt zusammengewesen und nun, ohne Modene, ging ich wieder an mehreren Abenden in der Woche mit ihm zusammen essen. Howards Stimmung war ähnlich gedrückt wie die meine. Dorothy lebte in Washington, und was er jeden Abend telefonisch von ihr hörte, waren meist Berichte über den aktuellen Zustand ihrer Mutter, die mit einem inoperablen Krebs im Krankenhaus lag. Gesellschaftlich spielte er in Miami keine Rolle, worunter er besonders litt. Er verfolgte die Palm-Beach-Parties in den Gesellschaftsspalten der Zeitungen, aber das Erlebnis, im weißen Dinnerjackett durch schmiedeeiserne Tore unter Königspalmen und Poincianabäumen vorbei an gekachelten Springbrunnen, steinernen Urnen und Balustraden zu einem der Paläste von Palm Beach vorzufahren, blieb ihm versagt. Er schritt nicht zwischen Jasmin und Bougainvillea dahin und tanzte nicht über polierte Marmorfußböden, verbrachte auch seine Nachmittage nicht in Hialeah, vor sich rosa Flamingos auf einem grünen Rasen, nein, Howard war in Miami zur Arbeit, und der Duft des Oleanders und der Azaleen mied die Bürokäfige von Zenith. Howard stand an einem entscheidenden Punkt seiner Karriere: Ein Erfolg konnte ihn in die Riege der leitenden Beamten erheben, ein Mißlingen seiner Laufbahn ein Ende setzen.

Er schonte sich nicht. Mochten seine eigenen politischen Überzeugungen auch, wie er es audrückte, »rechts von Nixon« angesiedelt sein, so ertrug er es doch tapfer, daß man ihn zwang, sich mit Kubanern abzugeben, die ihm viel zu weit links standen. Wenn Barbaro oder Aranjo ihn nach seiner eigenen ideologischen Position fragten, erwiderte er: »Ich bin hier, um die Maschine zu ölen.«

Er diente. Obwohl Manuel Artime das einzige Mitglied der Frente war, dem sich Hunt in philosophischen Fragen ein wenig verwandt fühlen konnte, arbeitete Howard trotzdem vor allem für den Zusammehalt der Frente. Als ich ihn so bei der Arbeit sah, begriff ich, daß Politik wenig mit Ideologie und viel mit Pflicht zu tun hat. Die Frente gehörte zu Hunts Verwaltungsbereich, und das war, wie ich bald merkte, für ihn der entscheidende Faktor. Hunt hatte nicht nur gelernt, Toto Barbaro zu ertragen, sondern er war

auch bereit, ihn zu beschützen. Was dieses anging, so brachte mir Chevi bereits Resultate. Es war ihm gelungen, umfangreiche finanzielle Transaktionen über Barbaros verschiedene Girokonten hinweg zu verfolgen, und der Verdacht meines Vaters bestätigte sich: Die Spur der Einzahlungen und Abhebungen wies auf die von der Mafia kontrollierte wöchentliche Lotterie von Miami. In der Exilgemeinde der Kubaner hieß es, Gewinnzahlen würden von Havanna gefälscht, um die Lotterie in Miami zu manipulieren: Havanna teile Trafficante die Gewinnzahlen im voraus mit und ein Teil seiner zusätzlichen Profite ginge an den kubanischen Geheimdienst, den DGI, der damit seine Arbeit in Florida finanziere. Wenn das stimmte, dann war Trafficante nicht nur der wichtigste Aktivposten der Agency bei der geplanten Liquidierung Fidel Castros, sondern vielleicht auch dessen wichtigster Agent in Amerika.
Da Trafficante schon zu Batistas Zeit in Havanna für seine Extravaganzen berühmt gewesen war, würden ihm meine scharfsinnigen Einblicke in seine finanziellen Manipulationen kaum schaden können. Ich versuchte mich deshalb weiter auf Barbaro zu konzentrieren. Toto, so glaubte ich erkannt zu haben, fungierte als Trafficantes Zahlmeister bei der Finanzierung des DGI in Florida. Je mehr er nach Geld schrie, um Kuba zu befreien, desto intensiver arbeitete er für Castro.
Ich sprach über diesen schon mehr als halb gelösten Fall mit meinem Vater über das abhörsichere Telefon. Er verwies mich prompt an Hunt. »Ich könnte mich hier von oben einmischen«, sagte mein Vater, »aber ich werde es nicht tun – nicht in diesem Falle. Howard hat eine auseinanderfallende Koalition zusammengehalten, und ich werde ihm nicht in die Suppe spucken. Geh mit dem, was du herausbekommen hast, zu ihm.«
Hunt reagierte zu meinem Erstaunen kaum auf meine Entdekkung. Er sagte, er werde sich den Bargeldfluß auf Barbaros Konten mal ansehen. Als ich nach einigen Tagen noch immer nichts von ihm gehört hatte und ihm mit meinen Fragen zusetzte, blieb er unverbindlich: »Ich weiß nicht, ob wir genug haben, um den Kerl zu hängen«, sagte er schließlich.
»Ist Bernie Barker auch deiner Meinung? Er sagte mir, Toto sei ein Scheißkerl.«
»Es gibt einen kleinen Unterschied zwischen einem Scheißkerl und einem Doppelagenten.«

Fuertes war nicht überrascht, daß Hunt das Ergebnis nicht besonders wichtig nahm. »Der nächste Akt beginnt«, lautete seine Schlußfolgerung. »Um dem Vorwurf zu entgehen, daß die Exilkubaner, die Castro ersetzen sollen, etwas mit Batista zu tun haben, wird euer neuer Präsident Kennedy darauf bestehen, daß mehr linke Gruppen in die Koalition hineinkommen. Es ist ein Witz. Barbaro, ein durch und durch korrupter Politiker, war einmal die linke Galionsfigur euerer Frente. Aber jetzt, da Kennedy ernsthafte Figuren wie Manuel Ray hineinbringt, der weit links von Barbaro steht, ist Toto neuerdings ins Zentrum gerückt. Das Zentrum einer Koalition aber kann man nicht herausreißen. Meinst du, daß Manuel Artime ohne Barbaro mit Manuel Ray reden könnte? Nein, Toto ist im Augenblick der wichtigste Mann. Er kann mit Manuel auf der Linken Händchen halten und Manuel auf der Rechten Botschaften überbringen.«

»Aber was ist, wenn Barbaro für Castro arbeitet?« fragte ich.

»Toto«, sagte Fuertes, »könnte nicht leben, wenn er seine Finger nicht überall drin hätte. Natürlich werden sie dabei schmutzig, aber ich fürchte, Toto merkt das gar nicht. Er sieht nichts als seine Visionen.« Fuertes sah mich mit angeekelter Miene an und fügte hinzu: »So ein Gefühl hat man häufig bei unserer Arbeit.«

Natürlich achtete Howard darauf, daß Barbaro nur sorgfältig ausgesuchte Desinformationen erhielt, aber indirekt mochten die daraus resultierenden Fehleinschätzungen für die Frente auch böse Folgen haben. Politisch freilich spielte das alles fast keine Rolle. Im Zentrum unseres Bemühens stand allein die Brigade. Die Frente hatte dabei nur die Aufgabe, als Aushängeschild gegenüber der internationalen Öffentlichkeit zu dienen.

Trotzdem spielte ich mit dem Gedanken, Mario García Kohly einen anonymen Brief zuzuspielen, in dem ich Barbaro als Agenten Castros entlarvte. Ich hörte aber alsbald, wiederum von Fuertes, daß Trafficante, Zirkusdirektor bei jeder Intrige, auch mit Kohly in engem Kontakt stand. Geschäftemacher, Mörder, Patrioten, Renegaten, Spitzel, Drogenhändler und Doppelagenten schwammen alle in derselben Suppe, und wieder einmal deprimierte es mich, wie wenig es mir meine Kompetenzen erlaubten, mit solchen Leuten so umzuspringen, wie sie es verdient hätten.

Nun traf von TRAX die Nachricht ein, daß es in der Brigade zu offenen Meinungsverschiedenheiten gekommen war. Pepe San

Román, der Kommandeur, hatte unter Batista die kubanische Militärakademie absolviert und mit Auszeichnung in der US Army gedient. Letzteres war wohl der Grund dafür, daß Quarters Eye ihn für diesen Posten ausgesucht hatte. Soldaten, die unter Batista gedient hatten, konnten aber kaum das Vertrauen von Männern genießen, die diesen auf seiten Castros beschimpft hatten, und weder die einen noch die anderen waren für die jüngeren Brigadisten akzeptabel, die weder mit Castro noch mit Batista etwas verband. Es war in der Brigade zu heftigen Auseinandersetzungen gekommen, und die Ausbildung hatte abgebrochen werden müssen. Pepe San Román war von seinem Posten zurückgetreten. Er könnte keine Männer ins Gefecht führen, erklärte er, die ihn nicht anerkannten. Der amerikanische Verbindungsoffizier bei der Brigade setzte ihn aber wieder ein, und nun drohten die streikenden Truppen zu meutern. Sechzig Mann mußten entlassen werden, ehe man das Training fortsetzen konnte. Doch auch die anderen Unzufriedenen waren nur bereit, den Dienst wieder aufzunehmen, wenn Faustino Barbaro die Erlaubnis erhielt, das Lager zu besuchen. Ich erkannte allmählich, wieso mein Vater sich nicht beeilte, Toto loszuwerden.

Der schon vor langer Zeit gestellte Antrag der Frente, zu TRAX transportiert zu werden, wurde deshalb von Quarters Eye positiv beschieden. Artime und Barbaro sollen in Begleitung Hunts hinüberfliegen, und ich wurde – »auf Befehl von HALIFAX«, wie Hunt feststellte – mitgeschickt.

»Nun«, grinste ich Howard zu. »Ein bißchen Know-how und eine Menge Protektion bringen einen schon weiter.« Ich glaube, das hat ihm gefallen.

Ich war ehrlich aufgeregt. Zum Teufel mit der Vetternwirtschaft. Es war mein erster Ausflug mit der Agency, und er kam zur rechten Zeit, denn er machte mir die Vorteile meiner neugewonnenen Unabhängigkeit deutlich. Wäre ich noch immer mit Modene zusammen gewesen, hätten meine fadenscheinigen Erklärungen ihren Argwohn geweckt, und ich hätte an jenem Ort, ohne eine Möglichkeit, sie auch nur anzurufen, erbärmlich unter der Trennung gelitten. So aber konnte ich einfach meine große Reisetasche packen, ein Moskitoschutzmittel kaufen, dazu ein paar derbe Arbeitsstiefel, die ich im Dschungel wohl brauchen würde, und schon ging es los.

37

GUATEMALA
TRAX, 17. Februar 1961

HALIFAX – EYES ONLY

Morgen früh bei Tagesanbruch fliegt das Postflugzeug von Retalhulehu, fünfundzwanzig Kilometer von hier, ab, und der Sack mit dem Kuriergut, so wurde mir versichert, wird Quarters Eye innerhalb von achtundvierzig Stunden erreichen. Ich komme mir hier allerdings so fern den Staaten vor, als wäre ich auf einem anderen Stern. TRAX (das von den Kubanern liebevoll *Vaquero* genannt wird) ist mit Bulldozern dem Dschungel abgerungen. Der Boden ist vulkanischen Ursprungs und wegen des ewigen Regens ein höllischer, schwarzbrauner Schlamm. Die Sümpfe in Kuba können nicht schlimmer sein. Ich will nicht weiter von dem Dschungel schreiben, der uns in diesen Bergen hier oben umgibt, nur daß er nicht wie ein Herbstwald in Neuengland aussieht.

Wir sind mit einem C-46 Transporter von Opa Locka abgeflogen, und es war ein schlimmer Flug. Ich weiß, Du hast so etwas mehr als einmal mitgemacht, aber für mich war es das erstemal, daß ich in einer Maschine ohne Positionslichter und, schlimmer noch, von einer unbeleuchteten Piste abflog, und auch auf die Gefahr hin, Deine Geduld übermäßig zu strapazieren, will ich feststellen, daß ich mir wie im Bauch des Wals vorkam. Das Flugzeug war bis zum Bersten mit Vorräten gefüllt. Hunt, Artime, Barbaro und ich mußten in unserem großen, ungeheizten Abteil wegen der Höhenkälte in Decken eingewickelt auf Kartons und zwischen schwerem Gerät schlafen.

Noch mitten in der Nacht quälte uns Barbaro mit seinen unsäglichen Tiraden. Ich habe den Mann in den verschiedenartigsten Angstzuständen erlebt, aber noch nie war er so erregt wie in den letzten paar Tagen. Manchmal glaube ich, daß er sich mit seinem ewigen Gezänk genauso wie mit den Nitroglyzerinpillen, die er immer einnimmt, irgendwie Erleichterung verschafft. Die ganze Nacht hindurch hat er gejammert, daß es nur deshalb zu den Unruhen gekommen sei, weil man ihn nicht schon längst hingeflogen habe, und nun sei es seine Pflicht, die Brigade von den Batisteros zu säubern.

Immerhin bewährte sich Hunts psychologisches Geschick. Er ritt die alte Nervensäge müde, warf ihm von Zeit zu Zeit ein paar Wörter zu, so daß Barbaro dachte, man höre ihm immer noch zu. Ich versuchte zu schlafen, konnte es aber nicht; denn ich war außer mir vor Wut. Ich mußte mich wirklich sehr zusammenreißen, um nicht loszubrüllen: »Du alter Gauner. Du Zuhälter von Trafficante.«

Wir kamen mit dem Morgengrauen nach Guatemala City, wo uns Bob Davis, der dortige Stationschef empfing, und unser Zeug nach dem Frühstück in einen Aero Commander umladen ließ – es war tatsächlich das Privatflugzeug des Präsidenten von Guatemala.

Dann sah ich das Land. Wir flogen tief über den Dschungel dahin und schlängelten uns dabei zwischen den großen, von Asche bedeckten Kegeln riesiger erloschener Vulkane hindurch. Ich habe noch nie so smaragdgrünes Blattwerk gesehen wie in dem unheimlichen grünen Licht, das von dem Dschungel da unten heraufkam, und die Landung auf einem elenden Streifen Dreck, den man in die Flanke des Berges hineingerodet hat, wäre für jeden Stuntman ein Genuß gewesen. Wir schlitterten zwischen den Urwaldrändern hindurch und kamen drei Meter vor dem Ende der Rodung zum Stehen. Ich hatte aber keine Angst: Schließlich bin ich Cal Hubbards Sohn.

Dieser Ort ist so abgelegen, daß eigentlich keine Nachricht davon nach außen dringen kann. Auf der Fahrt mit dem Jeep nach Vaquero hinauf betrug der Höhenunterschied mehrere tausend Fuß, und es ging in Haarnadelkurven über eine Lehmpiste, die teilweise nicht breiter als ein Fahrzeug war, und dann konnte ich den Blick in aller Ruhe über all die gähnenden Abgründe hinweg bis zur Landebahn schweifen lassen. Man fängt dabei an, sich über ein ehrliches, wenn auch streng geheimes Dienstbegräbnis Gedanken zu machen.

Wie ich dann in den nächsten Tagen lernte, muß man ein solches Camp erst einmal bauen, bevor man mit der Ausbildung von irgendwelchen Truppen anfangen kann. Die ersten Mitglieder der Brigade und ihre Kader haben als Schreiner und Straßenbauer geschuftet, Sümpfe trockengelegt, Zement gegossen, ein Elektrizitätswerk gebaut und immer neue, ungezählte Morgen Wald abgeholzt. Natürlich haben Flora und Fauna mit Empörung reagiert. Die Kubaner waren entsetzt über die Massen an Giftschlangen, die

sie von ihrer Insel her nicht kennen, und die vielen Skorpione. Niemand da draußen geht schlafen, bevor er nicht das Innere seines Schlafsacks umgestülpt und ausgeschüttelt hat. Die Zecken sind so groß, daß man sie mit Eicheln verwechselt. Wenn schon die Kubaner sich über eine Insektenplage beklagen, weiß man, daß man die Hölle auf Erden kennenlernt.
Zum Glück sind wir im Hauptgebäude der Kaffeeplantage untergebracht, die TRAX als Basis dient. Es ist relativ zivilisiert, wir schlafen unter einem Giebeldach aus Wellblech, und das Haus ist an allen vier Seiten von einer Veranda umgeben. Meine Schlafkoje besitzt ein Moskitonetz, und durch die Fenster sieht man über das riesige Land unseres Gastgebers, Roberto Alejo. Seine Kaffeebüsche – ich weiß nicht, ob ich sie Bäumchen oder Büsche nennen soll – stehen schachbrettförmig nahe beieinander auf abgeholzten Hügeln und in den sich anschließenden, ebenfalls gerodeten Tälern. Auf der anderen Seite des Hauses, wo der Boden eben ist, befinden sich unser Exerzierplatz, die Mannschaftsunterkünfte, Kantinen und ein Fahnenmast, an dem die Flagge Kubas mit dem weißen Stern auf rotweißblauem Feld flattert.
Es war unglaublich. Sobald wir uns gewaschen hatten und in das Wohnzimmer zurückgekommen waren, fing Toto schon an, Pepe San Román und Tony Oliva wegen ihres Führungsstils anzugreifen. Sie verließen sofort den Raum. Offensichtlich lassen sie nicht mit sich spaßen. Ich habe genauso wie Du, nehme ich an, Militärs gegenüber gemischte Gefühle, aber diese beiden Gentlemen wirken beeindruckend. San Román ist schlank, geschmeidig, hat ein gutes Gesicht und ist der Sache völlig ergeben. Kein Gramm zuviel an seinem Körper. In glaube, er käme nie auf den Gedanken, nicht für die Sache zu sterben, wenn das von ihm verlangt würde. Er ist völlig humorlos und erfüllt von jenem kubanischen Ehrgefühl – das sogar noch größer als das der Spanier zu sein scheint. Oliva ist ein Schwarzer, hat für Castro gekämpft und sich dann von ihm getrennt. Er wirkte auf mich komplizierter als San Román, aber ebenso hingebungsvoll für die Sache und vielleicht sogar noch härter. Wahrscheinlich hättest Du schon auf den ersten Blick eine Menge gesehen, aber wir waren alle ziemlich erregt, so daß wir einander bereits beim Händeschütteln kritisch einschätzten. Jedenfalls kam es nach dem abrupten Verschwinden von San Román und Oliva zum Streit zwischen Hunt und unserem amerikanischen

Kommandanten, einem gewissen Colonel Frank, einem Bullen von einem Marine, der seine Orden noch aus der Schlacht von Iwo Jima hat und dem man es zutraut, einen Jeep aus dem Schlamm zu ziehen. Zum Führungsoffizier ist er vielleicht weniger geeignet. Kürzlich hat er zwei »Unzufriedene« aus der Brigade in Kanus einen tropischen Fluß hinauf an einen völlig unzugänglichen Ort namens »Rheindoctrination Camp« geschickt. Er hat überhaupt kein Gespür für das Nationalgefühl der anderen Brigademitglieder. Die möchten ihre Leute natürlich lieber selbst disziplinieren, statt es den Amerikanern zu überlassen. Colonel Frank hat Howard und mich dann beiseite genommen und angefangen, uns heftig auszuschelten. »Was habt ihr Schwachköpfe euch eigentlich dabei gedacht, Barbaro hierherzubringen? Wenn ihr den Hundesohn nicht aus TRAX abzieht, fliegt meine Brigade auseinander.«
Howard ließ sich nicht einschüchtern, obgleich es ihm nicht leichtfiel. Körperlich wäre er Colonel Rank nicht gewachsen gewesen, und sag, was Du willst, der Faktor spielt immer eine Rolle.
»Ich kümmere mich um Toto Barbaro«, sagte Howard mit leidlich fester Stimme, »wenn Sie bitte San Román und Oliva beruhigen würden.«
Na, ja, sie starrten einander ziemlich lange an, bis Frank schließlich so weit nachgab, daß er sagte: »Kümmern Sie sich um Ihren Kerl« und hinausstampfte.
Später dann, als Barbaro zur Truppe sprach, blieb er in der Tat zivil, aber er sagte auch, es wäre weder ehrlich noch verantwortungsbewußt, wenn er so täte, als ob er nicht mit einer äußerst ernsten Botschaft zu ihnen gekommen wäre: Die Frente sei die zukünftige Regierung Kubas, ganz gleich, was andere (und dabei starrte er demonstrativ Artime an) den hier versammelten Soldaten erzählt haben mochten. Also solle die Brigade keine wichtige Entscheidung treffen, ohne ihre Pläne zuerst der Frente vorzulegen.
Die Männer standen in Rührt-euch-Position vor ihm auf dem Exerzierplatz – ich zählte über sechshundert. Vielleicht ein Drittel von ihnen jubelte Barbaro zu, ein Drittel jaulte, meckerte, blökte, gackerte oder krähte höhnisch, einige ahmten Papageien und Tiere des Dschungels nach. Am besorgniserregendsten, was die Moral betraf, wirkte eine dritte Gruppe von Männern, die mehr oder weniger stumm dastand und nur mürrisch vor sich hinstarrte.

Ich bekam dann einen Eindruck davon, wozu Hunt fähig ist. Er stand neben mir, bleich und offenbar zu allem entschlossen und zischte: »Ich schwöre, daß ich den Hundesohn zum Schweigen bringe.«
Hinterher, im Hauptgebäude, stellte San Román ein Ultimatum. Wenn Barbaro ihn nicht offen vor der Truppe unterstützte, würde er aussteigen.
»Toto«, sagte Howard, »Komm mit mir auf mein Zimmer. Es gibt ein paar Dinge, über die wir reden müssen.«
Das Folgende wurde dann später »Das Wunder von La Helvetia« genannt. Als sie herunterkamen, war Hunt immer noch blaß, aber selbstbewußt; Barbaro aber kam mir ziemlich gebrochen vor. Wortreich erklärte er uns allen, San Román, Oliva, Alejos, Artime, Colonel Frank, Howard und mir selbst, daß er die Verhältnisse hier in Vaquero erst einmal gründlich studieren müsse, bevor er sich politisch selbst auf eine bestimmte Richtung festlegen könne. An diesem Nachmittag und dem folgenden Morgen würde er sich die Manöver draußen im Übungsgelände ansehen.
Seine Worte wirkten aber so, als wüßte er bereits, was er am nächsten Tag zur Truppe sagen würde. Howard ließ durchblicken, er hätte Toto erklärt, daß er ihn mit der nächsten Maschine zurück nach Miami schicken werde, wenn er nicht kooperiere. Der Brigade würde er erklären, er, Toto, sei nervlich am Ende. Aber diese Geschichte klingt unwahrscheinlich. Auf ein solches Vorgehen hin wäre die Brigade wohl auseinandergebrochen. Ich glaube eher, daß ich jetzt weiß, warum weder Du noch Howard auf meine Recherchen über Trafficantes Lotterieschwindel und Barbaros Verbindung reagiert habt. Ihr wolltet diesen Trumpf erst ausspielen, wenn ihr damit den entscheidenden Stich machen könnt! Mir ist, als hätte ich etwas unschätzbar Wertvolles gelernt.
Der Rest des Nachmittags war nicht uninteressant. Wir erlebten mit eigenen Augen, wie beeindruckend der Ausbildungsstand der Truppe in den Bereichen Gewehrfeuer, leichtes Maschinengewehr-, Granat- und Artilleriefeuer ist. Ich konnte nicht anders, ich mußte immerzu Barbaro ansehen. Er wirkte seltsam vergnügt. Zum Beispiel schien ihn eine manische Erregung zu packen, als man ihn einlud, selbst einmal die 50 mm-Schnellfeuerkanonen abzufeuern, und konnte sich vor Lachen nicht mehr einkriegen, als dabei eine Ladehemmung eintrat. Er wuchtete jedes Gerät hoch,

um das Gewicht zu prüfen, setzte sich einen Stahlhelm auf, warf ein Gewehr über die Schulter, warf, um sich zu üben, ein paar Übungsgranaten ins Gelände hinaus und dann eine scharfe zur Zielmarkierung hinüber, nur um sich dann strahlend darüber zu beklagen, daß er sich fast den Arm ausgerenkt hätte. Ich merkte nach einer gewissen Zeit, daß er sich wie ein Arbeiter aufführte, der seine Pensionierung genießt. Die ganze Zeit nickte Hunt zufrieden und fotografierte die Führer, die Truppe, das Gelände, und wenn man ihn so, mit der Pfeife im Mund und einem höchst fotogenen Lächeln sah, hätte man ihn für einen Englischprofessor halten können.

Am nächsten Morgen richteten Artime und Barbaro das Wort an die Brigade. Artime liebt die große Geste, und seine Phrasen klingen in den Ohren von uns Nordländern ausgesprochen peinlich. Geradezu planlos wirft er mit großen Gefühlsbegriffen um sich: »Es ist der Wille des Himmels, daß wir hier, fern der Heimat, versammelt sind ... Es ist Gottes Wunsch, daß wir schwitzen und Angst haben und diese Angst überwinden und brüderlich zusammenstehen, bis wir die Fahne unserer Brigade zurück nach Kuba, zurück nach Havanna bringen, zurück in ein Land, in dem es den Kubanern wieder erlaubt sein wird, einander zu lieben.« Es wimmelt von Verben wie *vencar, triunfar* und *imperar*. »Wir werden gewinnen, wir werden triumphieren, wir werden uns behaupten. Wir sind unschlagbar in diesem Krieg gegen die mit stählernen Spitzen versehenen Herzen der Kommunisten, aber selbst wenn man uns alle gleich nach unserer Landung am Strand hinmetzelt, selbst wenn wir alle verloren sein sollten, so wird doch niemand von uns verloren sein. Denn die Amerikaner stehen hinter uns, und sie sind eine stolze Nation und werden niemals eine Niederlage akzeptieren, und sie werden uns dann, Welle auf Welle, folgen.«

Welle auf Welle flutete begeisterter Applaus zu ihm zurück. Artime ist der eigenartigste unter den exilkubanischen Führern. Er ist ungemein charismatisch, wenn er spricht, doch wenn er fertig ist, wirkt er wie ein wohlerzogener Schuljunge. Er trägt zwei Seelen in der Brust, und die jüngere darin ist sehr jung und nicht allzu selbstsicher. Sie kommt heraus, wenn er gezwungen ist, irgendwelchen Blödsinn von sich zu geben, etwa eine Laudatio auf Barbaro – »... ein Mann, ohne den die kubanische Geschichte nicht das gewesen wäre, was sie während der vergangenen zwanzig Jahre gewesen ist.« Bevor Toto auch nur ein einziges Wort gesagt hatte, muß die Truppe gespürt haben, daß da etwas abgekartet worden war, denn sie jaulten und miauten zum Gotterbarmen und als er von dem blendenden Eindruck zu schwafeln anfing, den er von der Brigade mit zurück nach Miami nehmen würde – einen Eindruck, der die Exilgemeinschaft in Miami mit Stolz erfüllen würde, schlug Toto eine Mischung aus Beifall und Hohn entgegen. Nun schien es, als ob all die Männer, die gestern für ihn gewesen waren, heute nichts mehr von ihm wissen wollten, während die Parteigänger von San Román und Tony Oliva die Mißfallenskundgebung ihrer Kameraden mit Hochrufen und Klatschen übertönten.

Toto endete mit einem Loblied auf Disziplin, Opfermut und triumphale Erwartung: »Wir werden unsere Insel und unsere Heimat erobern. Wir werden eine Seite in den Kapiteln der Geschichtsbücher verdienen. Die heldenhaften Taten dieser Brigade sollen zur Legende werden.« Weißt Du, mir war ganz weh ums Herz. Die Redekunst ist ein echter Trost, wenn man sich ihr richtig hinzugeben vermag. Wir werden TRAX morgen früh sicher mit dem Gefühl verlassen, daß unser Besuch hier ein Erfolg gewesen ist, und auch San Román, Artime, Alejos und sogar Colonel Frank werden diesen Eindruck teilen.

Ich glaube, er war es wirklich. Für mich jedenfalls war er es. An diesem unserem letzten Abend besuchte ich die Mannschaftsunterkünfte und hatte Gelegenheit, mit den Männern zu reden. Ich habe die Überzeugung gewonnen, daß diese Männer emotional bereit sind, ihr Leben zu opfern. Ich würde ihre Hingabe an die Ideale fast religiös nennen. Ich kann diese Intensität gar nicht vermitteln, die in der Unterhaltung aufkommt, wenn sie von ihrer Bereitschaft sprechen – wie sie es ausdrücken –, *todos* zu geben – ja, alle Dinge zu opfern. Ich fand es rührend. Ich hoffe, daß ich Dir hiermit ein Bild von der Situation bei TRAX habe geben können.

ROBERT CHARLES

Eigentlich hätte dieser Brief viel sentimentaler klingen müssen. Am letzten Abend, den ich gemeinsam mit den Kubanern verbrachte, die ich angeworben hatte, überkam mich ganz leise eine Ahnung von ihrer Todesbereitschaft. Als ich unter ihnen saß, verspürte ich eine heilige Erregung in mir, die mich frösteln machte. Es war, als hörte ich in diesen Bergen und Tälern eine ferne Musik, den Klang von Stimmen, die sangen, und ich fühlte mich meinem Vater nahe, weil ich instinktiv wußte, daß dies die Klänge waren, die die Männer hörten, die sich dem Krieg geweiht hatten. Als ich in jener Nacht beim Geräusch des vom Himmel stürzenden Wassers eines Dschungelwolkenbruchs einschlief, fragte ich mich, ob die Kreuzritter und die Konquistadoren des Cortez wohl auch dieses schwache, wunderschöne, unheimliche Echo vernommen hatten. Und die Australier, als sie in Gallipoli über die Gräben gestürmt waren, waren sie sich einer solchen Musik bewußt gewesen – und die Rote Armee, als sie gegen die Weißen in die Schlacht zog? Hörten die Weißen dieselbe Sirene auf dem Felsen singen, als sie sich mit den Roten schlugen? Bestimmt hatte mein Vater diese wundersamen Weisen vernommen, als er am Fallschirm in ein unbekanntes Land hinabsank.

Und da begriff ich: Wäre ich ein Mitglied der Brigade gewesen, wäre ich bereitwillig mit ihnen durch jedes Fegfeuer gegangen. Ihren Haß auf Castro konnte ich nur zu gut verstehen. Durch diesen Haß konnte man in eine Begeisterung versetzt werden, die durch andere Emotionen schwerlich zu erreichen war, und es bewegte mich der Gedanke, was unsere Brigade wohl erwarten mochte. Die Tollkühnheit, Kuba mit einer so winzigen Streitmacht anzugreifen, belastete mich. Ich wünschte mir, Castro mit einer solchen Intensität hassen zu können, daß ich ihnen auf dem schweren Weg, den sie zu gehen hatten, helfen konnte.

38

In den ersten Tagen nach der Trennung von Modene hatte ich noch nicht allzusehr gelitten, auch bei schweren Wunden unterdrückt oft der Schock anfangs das Schmerzempfinden. Als ich von Guatemala zurückkam, wurde es schwieriger. Bald rief ich das Fontainebleau an. Ich wollte zwar nicht mir ihr sprechen, aber wenigstens konnte ich erfahren, ob sie noch in Miami war. Der

Hotelsekretär sagte mir, ihre Basis sei nach Washington verlegt worden. Ob ich ihre dortige Adresse wünschte? Nein. Es fiel mir schwer, das zu sagen, und mir war, als hätte ich die Trennung damit noch einmal vollzogen.
Dazu erwarteten Howard und mich neue Schwierigkeiten mit der Frente. Barbaros Bekehrung in TRAX rief neue Unzufriedenheit in Miami hervor. Bei einem der größeren Meetings stand ein Mann auf und sagte: »Artimes ganzes Programm besteht darin, daß er Liebe verlangt. Das ist das Merkmal eines Diktators.« Die Hälfte der versammelten Frente spendete ihm Beifall.
Ich stellte bald fest, daß das Auftauchen Manuel Rays wie Sprengstoff auf die Frente wirkte. Die Hälfte der Exilkubaner in Miami schien Ray für einen Agenten Castros zu halten.
Andererseits behauptete Manuel Ray über das größte Untergrundnetzwerk in Havanna zu verfügen, und außerdem waren ihm Präsident Betancourt von Venezuela und Muñoz-Marin von Puerto Rico wohlgesinnt. Es hieß, sie verfügten über einigen Einfluß bei der Kennedy-Administration.
Hunt tat mir leid. Er arbeitete wie ein Besessener. Er hatte sein Bestes getan, um die politischen Pläne von Kubanern voranzutreiben, deren politischen Programme ihm zuwider waren. Nun sah es ganz so aus, als ob man ihm noch einen weiteren Kubaner aufzwingen würde, der sich in seinen Augen kaum von den Bolschewiken unterschied. »Guck dir doch bloß mal Rays Ziele an«, beklagte er sich bei mir. »Beibehaltung der Verstaatlichung der Banken und öffentlichen Einrichtungen; Beibehaltung der sozialisierten Medizin; keine Rückgabe enteigneten Besitzes. Beibehaltung enger Beziehungen zum kommunistischen Block. Manuel Ray heißt Castroismus ohne Castro.«
Am nächsten Tag wurde Howard nach Washington gerufen. Er kam mit der Nachricht nach Miami zurück, Quarters Eye habe entschieden, daß Dr. José Miro Cardona die Frente führen sollte. Cardona war während der ersten Wochen nach Castros Sieg Präsident von Kuba gewesen, war dann aber zurückgetreten und nach Argentinien gegangen. Vor kurzem hatte der CIA ihn nach Miami zurückgebracht. Er sei, so versicherte mir Hunt, eine angesehene Persönlichkeit, der die Frente besser würde einigen können als Toto Barbaro.
»Nur etwas haut nicht hin«, fuhr Hunt fort. »Bis jetzt hat Ray

jedesmal, wenn Quarters Eye ihn aufforderte, der Frente beizutreten, in seiner arroganten Art darauf erwidert, es wäre vernünftiger, wenn die Frente *ihm* beiträte. Aber jetzt, da Cardona an Bord kommt, glaube ich, daß Ray sich ihnen anschließen wird.«

»Und was wird dann aus dir?«

»Das hab ich mir noch nicht überlegt.«

In der zweiten Märzwoche rief man Hunt erneut nach Washington. Bissell informierte ihn dort sogleich, daß Manuel Ray sich in der Tat der Koalition anschließen werde.

Darauf erwiderte Hunt trotzig: »Das kommt einer Liquidierung der Frente gleich.«

Nun fragte ihn mein Vater, den man gebeten hatte, der Unterredung beizuwohnen: »Könnten Sie Ihre Leute nicht zwingen, Ray zu akzeptieren?«

»Ja«, nickte Hunt, »ich könnte sie zwingen. Aber es wäre besser, wenn Sie mich nicht darum bitten.«

»Warum nicht?«

Hunt hat diese Frage beantwortet. Später freilich behauptete mein Vater, er könne sich nicht mehr an diese Antwort erinnern. »Hunt hat sich jedenfalls mit Händen und Füßen dagegen gesträubt«, sagte mein Vater. »Ich kann mit Manuel Ray auch nichts anfangen, aber es war klar, daß Hunt entweder mit einsteigen oder ganz aussteigen mußte. Statt dessen aber fing er an zu argumentieren.«

Als Hunt mir von diesem Gespräch erzählte, wiederholte er, was er in Washington gesagt hatte. Da wußte ich, warum ihm mein Vater nicht hatte zuhören wollen. Hunts Rede hatte ihm ganz einfach zu theatralisch geklungen. »Wir«, sagte er, »haben schwer auf dem Stolz von Männern herumgetrampelt, die in ihrem eigenen Land hervorragende, hochgeachtete Bürger waren. Mit der Zeit haben diese Männer der Frente einsehen müssen, daß sie in Miami nicht viel mehr als Marionetten sind. Strohmänner! Trotzdem tun sie weiter das, was ich ihnen sage, weil sie wissen, daß es keine andere Möglichkeit gibt, ihr Land zu retten. Sie sind so gut wie völlig abhängig von uns geworden. Ich kann ihnen aber nicht ins Gesicht sehen und ihnen dann sagen, daß sie Manuel Ray als Koalitionspartner anerkennen sollen. Ich gebe lieber meinen Posten auf, als daß ich mich in diesem Punkt auf einen Kompromiß einlasse.«

»Wie hat man in Bissells Büro darauf reagiert?« fragte ich Hunt.

»Mit einem langen Schweigen. Ich verstand, was das bedeutete. Ich sagte deshalb, ich würde gern wieder nach Washington zurückkommen. Ich könnte mit Phillips zusammen unsere Rundfunksendungen für die Invasion vorbereiten. Ich kann dir sagen, sie waren erleichtert, als ich mit dem Vorschlag ankam.«

»Muß für dich ein langer Flug zurück nach Miami gewesen sein«, sagte ich.

»Lang genug«, sagte er, »um mir eine ganze Menge Dinge durch den Kopf gehen zu lassen.«

Ich lud Howard zum Abendessen ein, aber er wollte mit Barker zusammen ein paar Treffpunkte der Kubaner abklappern, und ihnen Lebewohl zu sagen. Schon am nächsten Tag wollte er nach Washington zurückfliegen.

Auf der Heimfahrt zu meinem leeren Apartment an jenem Abend dachte ich lange über Hunt und seinen Auftritt in Quarters Eye nach. Hunt hatte mehr als nur seinen Job verloren! Ich bildete mir nicht ein, die Agency zu verstehen, aber ich befürchtete, daß er damit wahrscheinlich den Gipfelpunkt seiner Karriere überschritten hatte. Einem CIA-Mann durfte kein Job zu lästig sein. Man mußte jeden Auftrag übernehmen.

Trotzdem nahm ich am nächsten Morgen beim Frühstück Hunts Einladung an, mit ihm zusammen in Quarters Eye zu arbeiten. Wenn ich bei Zenith blieb, konnte es leicht sein, daß auch ich dort keine Zukunft hatte. Hunts Nachfolger, wer immer es auch sein mochte, würde für dessen früheren Assistenten wohl kaum viel übrig haben. Als Propagandaoffiziere in Quarters Eye, so kalkulierte Hunt, würden wir gewiß mit der Frente zu dem eroberten Teil Kubas fliegen. Ein Adrenalinstoß so rein wie die Angst vor dem Absprung vom Felsen ins eiskalte Wasser bestätigte meine Entscheidung. Ich würde schließlich doch noch gegen die Kommunisten kämpfen.

Also landete mein Antrag in der bürokratischen Mühle, und schon eine Woche später traf der Marschbefehl ein. Ich gab mein Apartment in Miami auf und zog in Washington auf dessen plötzliches, überraschendes Angebot hin zu meinem Vater.

Kurz bevor ich Miami verließ, wurde die Frente in *Kubanischer Revolutionsrat* umbenannt. Dessen Präsident wurde Dr. José Cardona, und die Mitgliedschaft von Manuel Rays Gruppe wurde vorgeschlagen. Anläßlich eines Meetings im Skyway Motel in Miami erklärten Agencyoffiziere, die ich noch nie zuvor gesehen hatte – eindrucksvolle Männer in dreiteiligen grauen Flanellanzügen, die sich Will und Jim nannten – einer aufgebrachten Gruppe von Exilkubanern, daß sie keinerlei weitere Hilfe mehr erhalten würden, wenn die vorgeschlagene Veränderung nicht stattfände. Die Agency hatte wieder einmal erfolgreich ihr bewährtes Prinzip eingesetzt, harte Maßnahmen durch neue Leute durchsetzen zu lassen.

39

Mein Vater hauste in einer scheußlichen Wohnung. Ein außer Dienst gestelltes Safe house war im Vermietungsbüro der Agency zu haben gewesen, und mein Vater hatte zugegriffen, weil es wenig kostete. Ich glaube, er wollte auf diese Weise Geld sparen, um mehr für Essen und Trinken ausgeben zu können. Um meine Ankunft zu feiern, lud er mich ins Sans Souci ein.

Wir leisteten uns an diesem Samstagabend ein prachtvolles Mahl, und das Restaurant war so voll und die Stimmung so prächtig, daß wir ganz frei und offen miteinander sprachen. Bei diesem Lärm hätte keines der bis dahin entwickelten Tonbandgeräte unsere Unterhaltung aufnehmen können, und ich war, nachdem ich noch eine Woche lang Hunts Abteilung aufgeräumt und den beiden eiskalten Verwaltungsspezialisten Will und Jim als Verbindungsoffizier gedient hatte, so vergnügt, als wäre es mein erster Urlaubstag.

»Es wird dich vielleicht interessieren«, sagte mein Vater, »daß Giancana und Trafficante nicht aufgegeben haben. Vor drei Wochen hat Sam Maheu mitgeteilt, daß ein bißchen Gift nun ein gutes Stück weiterhelfen könnte. ›Was ist denn mit der letzten Sendung passiert?‹ fragte Maheu. ›Sie meinen die Pillen für die Braut?‹ sagte Giancana. ›Ja‹, sagte Maheu.‹ ›Ja, die Braut!‹ begann Giancana.«

Mein Vater fing an zu lachen.

»Nun, was ist mit ihr geschehen?« fragte ich.

»Anscheinend«, erzählte mein Vater grinsend, »hat das Mädel die

Pille auf dem Boden ihrer Hautcremedose versteckt, um sie durch den kubanischen Zoll zu schmuggeln. Ein paar Nächte später, als sie neben dem ruhig schnarchenden Fidel Castro lag, stand sie auf, um das kleine Kügelchen herauszuholen und in ein Glas Wasser auf dem Nachttisch in Reichweite der Hand des Caudillo fallen zu lassen. Aber die Pille war nicht mehr da. Entweder war sie in der Hautcreme geschmolzen, oder Castros Sicherheitsdienst hatte sie gefunden.«

»Willst du sagen, daß sie über die Kleine Bescheid wissen?«

»Das Mädel glaubt es. Castro war, so scheint es, an diesem Abend ein meisterhafter Liebhaber gewesen – ganz anders als sonst, wo er sich offenbar eher wie ein Cowboy beim Rodeo aufführt –, wenigstens nach dem, was das Mädel berichtet. An diesem Abend scheint er Superman persönlich gewesen zu sein. Daraufhin ist sie mißtrauisch geworden. Sie sagt, er wäre der Typ von Mann, der freudig mit einer Judith schläft, vorausgesetzt natürlich es ist dafür gesorgt, daß es ihm nicht so gehen kann wie weiland Holofernes. Ja, es hat ihn vielleicht sogar so sehr amüsiert, daß er sich hinterher großzügig gezeigt hat. Sie ist jetzt wieder in Miami und erzählt ihrem Freund Fiorini, Castro hätte gesagt, ihn würde niemand jemals umbringen können, weil ihn die besten Medizinmänner Tag und Nacht mit allen möglichen Zaubermitteln schützten. ›Für einen Marxisten habe ich eine merkwürdige Vorliebe für die Hexerei‹, hat Castro wortwörtlich zu ihr gesagt.«

»Hast du das alles von Maheu?«

»Zum Teufel, nein«, sagte mein Vater. »Die nüchternen Konturen der Geschichte, die mir Maheu erzählt hatte, reizten mich, das Mädchen noch einmal selbst zu befragen.«

»Und wie sah sie aus?«

»Hinreißend, aber fürchterlich nervös. Sie ist verrückt genug, um zu glauben, daß sie dem DGI einen Killer wert sein könnte, der ihr schon auf den Fersen ist.«

»Und was ist ihr Freund für ein Kerl? Dieser Fiorini?«

»Ein Abenteurer. Sehr braungebrannt. Er würde sich gut machen mit dem Kopf eines Hais auf dem blutigen Deck seines Boots.«

»Hängt er nicht bei Masferrer mit drin?«

»Wahrscheinlich schon.«

Und Masferrer, sagte ich mir, hing bei Mario García Kohly mit drin, der bereit war, den Exekutivausschuß der Frente – oder war es jetzt

der Kubanische Revolutionsausschuß? – zu töten, wenn sie am Strand in Kuba landeten. Die Länge dieser Ketten, durch die alle zusammenhingen, muß mich verwirrt haben, denn ich fragte naiv:
»Hatte das Mädchen schwarzes Haar?«
»Ja«, nickte mein Vater nachsichtig, »und grüne Augen. Eine nette Kombination.«
»Hast du ein Bild von ihr?«
»Leider nicht. Jedenfalls nicht hier.« Er nippte an seinen Grommes and Ulrich Bourbon, von dem das Sans Souci, wie er mir anvertraute, stets eine Flasche für ihn bereithielt. »Es wird dich vielleicht auch interessieren«, sagte er, »daß der neue Versuch reale Möglichkeiten eröffnet. Hinter diesem nächsten Anschlag steht ein Netzwerk, das unmittelbar Trafficante gehört. Das hat Giancana jedenfalls Maheu zugesichert.«
»Traust du denn irgendeinem von ihnen?«
»Ich sehe nicht, was wir da verlieren könnten.«
»Sir, zumindest sollte man doch das FBI nicht vergessen.«
»Ich lasse mich doch nicht von den Gespenstern des vorigen Monats schrecken«, erklärte er mir. Er brauchte mir nicht auseinanderzusetzen, daß sein persönlicher Prestigeverlust mehr als aufgewogen würde, wenn der neue Versuch gelang.
»Trafficantes Netzwerk«, sagte mein Vater, »will sich eines Restaurants bedienen, in dem Castro oft spät abends ißt. Wie es scheint, verfügen wir dort über einen der Sache ergebenen Kellner. Also stehen die Chancen ganz gut.«
»Gut genug, um all die Medizinmänner zu übertrumpfen?«
Mein Vater lachte. »Ich habe auf diesem schlüpfrigen Gebiet ein paar Nachforschungen angestellt. Du würdest es nicht für möglich halten, was diese *Mayomberos* für Tränke zubereiten. Ich habe ein Rezept erhalten, mit dem man alle finsteren Vorhaben seiner Feinde vereitelt: Man kocht den Kopf eines hingerichteten Mörders zusammen mit sieben Skorpionschwänzen von Mitternacht bis zwei Uhr früh. Man gibt ein bißchen Blut vom Arm des Medizinmanns dazu, zerbröselt einen Zigarrenstummel, gibt einen Tropfen Quecksilber dazu, schüttet eine Menge Pfeffer hinein, um das Fleisch des Kadavers zu würzen, hüllt es in gemahlene Kräuter, Baumrinde, Ingwer, Knoblauch, Zimt, zehn lebendige Ameisen und zwanzig lebendige Würmer, sagt sorgfältig ausgewählte Beschwörungen auf, fügt eine getrocknete Eidechse hinzu, dann

einen zerdrückten Tausendfüßler, einen Dreiviertelliter Rum, zwei tote, gestern nacht begrabene und heute nacht wieder ausgegrabene Fledermäuse, drei tote Frösche, einen kleinen, von Termiten wimmelnden Holzklotz und die Knochen eines schwarzen Hundes. Zuletzt – wichtig für die Suppe – ein Dreiviertelliter Floridawasser. Das nenne ich Grande Cuisine.« Er brüllte vor Lachen und war glücklich. »Das Sammeln von all dem Zeug muß noch viel länger dauern als die Prozedur selbst.« Doch mitten im Lachen wurde sein Gesicht einen Augenblick ganz ernst, wie immer ein Zeichen für mich, daß er mit der Frage rang, ob er mir mehr erzählen sollte.

»Wir stehen nur noch ein paar Wochen vor der Landung«, sagte er nun mit so leiser Stimme, daß ich die Worte fast von seinen Lippen ablesen mußte. »Und das heißt, daß der Restaurantjob, wenn er klappt, eine Menge ausmachen kann. Bestellen wir dir einen Hennessy zum Kaffee.« Er winkte dem Keller. »Nun, da du ganz in meiner Nähe arbeitest«, fuhr er fort, »möchte ich, daß du besser über das informiert bist, was sich letzten Monat abgespielt hat. Ich brauche dir nicht zu sagen: Nimm es wie eine homöopathische Medizin. Gib anderen, wenn nötig, jeweils einen Tropfen davon.«

»Yessir.«

»Trinidad war der vorgesehene Landeplatz«, sagte er, sobald der Kellner, der meinen Coganc gebracht hatte, von dannen geschritten war, »aber Dean Rusk hat sich mit dem Gewicht seines Außenministeriums quergelegt und diese Option blockiert. Ich traue Rusk nicht. Als er noch Vorsitzender der Rockefeller-Stiftung war, fragte ihn Allen, ob er sich mal die Tagebücher von Rusks Topleuten nach ihren Besuchen bei internationalen Persönlichkeiten ansehen könne. Rusk hat das einfach abgelehnt! Er könne die *Integrität* der Rockefeller-Stiftung nicht *aufs Spiel setzen*. Daraufhin zog Allen los und schaffte es, ihre Post zu lesen: durch eine Operation – das wird dich vielleicht interessieren –, die Hugh inszeniert hat. Ich weiß nicht, wie es geschah, aber Rusk hat es herausbekommen, jetzt traut Rusk Allen nicht mehr. Und wie er ihm mißtraut! Alles, was wir deshalb von Rusk hören, ist: Der Präsident wolle nicht, daß die Kubaaffaire vorrangige US-Interessen in Gefahr bringe. Verdammt noch mal, Harry, es gibt im Augenblick keine vorrangigeren Interessen für uns als Kuba. Die können noch soviel über die Bedrohung Berlins reden, das bereitet mir keine schlaflosen Nächte – in Berlin besteht eine Pattsituation. Kuba ist momentan der Hauptkrisenherd, und wir vermasseln ihn. Trinidad hätten wir angreifen sollen. Gute Strände zum Landen und all das. Aber Rusk mußte es abwürgen. Zuviel *Lärm*, hat er gesagt. Was ist, wenn Frauen und Kinder dabei getötet werden? Also haben wir gegen das Außenministerium verloren. Trinidad war draußen. Der neue Landeplatz liegt hinter der Hölle in des Teufels Arschloch. Eine Gegend namens Bahía de Cochinos. Schweinebucht. Herrlicher Name.«

»Hat er irgendwelche Vorzüge?«

»Er ist so unzugänglich wie die Hölle. Uns darauf festzusetzen wird nicht schwer sein. Aber wie wir von dort weiterkommen, das ist eine andere Geschichte. Der Strand ist umgeben von Sümpfen. Es wird für Castro schwierig sein, an uns heranzukommen, aber genauso schwierig für uns, da herauszugelangen. Natürlich wird es da keinen *Lärm* geben. Nur wir Kubaner und die Fische. Mit freundlichen Grüßen von Dean Rusk.«

»Bekommt er diese negativen Signale von Kennedy.«

»Zweifellos«, nickte mein Vater. »Kennedy neigt dazu, die Invasion auf *mañana* zu verschieben. Wir hatten ein Datum im März, jetzt ist April daraus geworden. Ich glaube, ohne Allen hätten wir überhaupt nichts. Er setzt dem Präsidenten so sehr zu, wie er es wagen kann, informiert ihn, daß die Sowjets Castro so rasch aufrüsten, daß es im Mai zu spät sein wird, und erzählt Kennedy immer wieder, daß der Vereinigte Generalstab die Brigade Mann für Mann als die am besten ausgebildete Streitmacht in Lateinamerika eingestuft hat. ›Mr. President‹, sagt Allen, ›wenn die Brigade nie eingesetzt wird, werden Sie das Problem haben: Wohin damit? Stellen Sie sich vor, diese erstklassig ausgebildete, unglaublich motivierte Truppe rattert im Süden Floridas herum, ohne irgendeine Aufgabe.‹

›Aber‹, sagt Kennedy, ›die Invasion muß als eine kubanische Initiative erscheinen. Da die ganze Welt wissen wird, daß wir dahinterstecken, müssen die Bandagen sauber sein.‹

›Man wird nichts sehen‹, versichert Dulles. Dann sagt er zum Präsidenten: ›Ich habe bei diesem karibischen Job ein viel besseres Gefühl als damals bei Guatemala.‹«

»Ich kann's gar nicht erwarten«, sagte ich.

»Du bist dabei«, nickte mein Vater. »Du landest mit Hunt zusammen in dieser Bucht dort.«
»Ist das wahr?«
»Es ist wahr.«
So etwas wie Angst hüpfte, sinnlich wie eine sexuelle Regung, von meinem Herzen zu meinen Lungen, zu meiner Leber und all den anderen Sitzen meiner Seele.
»Höre auf meinen Rat«, sagte mein Vater. »Führe während der kommenden Wochen ein Tagebuch. Ich habe das nie getan während des Kriegs – und Gott, wie sehr ich das heute bedauere.«
»Ich werd's vielleicht tun.«
»Die Geheimhaltung ist immer ein Problem, aber du kannst die Blätter durch den Postschlitz in meinen Safe einwerfen. An den wagt sich niemand heran.«
Ich schwieg und versuchte sowohl diesen Anflug von Panik als auch meinem Stolz zu verbergen, daß mein Vater genug von mir hielt, um mir das Führen eines Tagebuches vorzuschlagen.
Als wir das Sans Souci verließen, sagte mein Vater: »Ich habe vergessen, dir zu sagen: Während ich in Miami war, um Fiorinis Mädchen zu interviewen, habe ich zufällig den dritten Kampf zwischen Patterson und Johansson mitangesehen.«
»Du hast mir gar nicht gesagt, daß du in Miami warst.«
»Ich war mehrmals in Miami, ohne es dir mitzuteilen«, sagte er so deutlich, daß ich keine Lust hatte, das Thema weiter zu verfolgen.
»Und wie war der Kampf?«
»Ein guter Club-Kampf, mehr nicht. Und es hieß, sie wären Champions. Ich erwähne den Abend nur, weil ich zufällig wieder Sammy Giancana begegnet bin, und er war in glänzender Stimmung. Hatte ein sagenhaft attraktives Weib am Arm. Atemberaubend schön. Die Sorte, für die man Morde begeht. Eine hinreißende Kombination von schwarzem Haar und grünen Augen.«
»Hast du ihren Namen mitgekriegt?«
»Irgend so was wie McMurphy oder vielleicht war es Mo Murphy. Der Name hat jedenfalls gar nicht zu ihr gepaßt.«
»Ist das das Mädchen, das mit Castro geschlafen hat?«
»I wo. Wie kommst du denn auf die Idee?«
»So hast du Fiorinis Freundin beschrieben: Schwarzes Haar und grüne Augen.«
»Das hab ich nicht getan.« Nun schien er plötzlich ganz unglück-

lich. »Da habe ich mich versprochen, oder hast du mich falsch verstanden? Fiorinis Mädel ist ein Blondine mit grünen Augen.«
»Dann hast du dich, glaube ich, falsch ausgedrückt.«
»Wie merkwürdig.« Er schlug mir hart auf den Bizeps. »Vielleicht versucht mich ein *Mayombero* auf den Arm zu nehmen.«
»Bestimmt nicht.«
»Bevor *du* durchdrehst, fang lieber ein Tagebuch an.«
»Yessir.«
»Bestimme von Anfang an, wem du es vermachen wirst. Dann konzentrierst du dich besser auf deine Eintragungen.«

40

April 1961

Im Falle meines Ablebens sollen diese Tagebuchseiten Kittredge Gardiner Montague, Technischer Dienst, Sonderaufgabe, *persönlich* ausgehändigt werden. Mein Vater, Boardman Kimble Hubbard, wird mein Testament vollstrecken und diese Eintragungen hinsichtlich zu wahrender Sicherheitsbelange überprüfen, wenn er es für notwendig hält. Ich möchte weder Mrs. Montague noch dem Vollstrecker Ungelegenheiten bereiten.
Es soll diese erste Eintragung deshalb als Deckblatt dienen. Die folgenden Eintragungen werden Briefumschlägen anvertraut und in der vereinbarten Weise in sichere Aufbewahrung übergeben.

Quarters Eye, 4. April 1961
Nach einigem Nachdenken habe ich beschlossen, ein Tagebuch zu führen. Die Invasion von Kuba soll am 17. April stattfinden, und das ist in genau zwei Wochen. Sobald ein Brückenkopf gebildet ist, fliege ich voraussichtlich mit den Exilführern des Kubanischen Revolutionsrats zu der Bucht. Mir wird klar, daß ich vielleicht die letzten beiden Wochen meines Lebens beschreibe.

5. April 1961

Kittredge, ich möchte mich hier für die Art der Übermittlung entschuldigen. Du magst Dich fragen, weshalb ich es nicht einfach an Dich c/o Hugh geschickt habe. Bitte teile ihm mit, daß niemand, meinen Vater vielleicht ausgenommen, mehr Einfluß auf mein Leben gehabt hat als er. Hugh ist der stärkste und entschlossenste Geist, dem ich je begegnet bin, und gerade aus diesem Grund möchte ich nicht, daß er als Vermittler zwischen uns fungiert. Wenn er aus seinen eigenen guten und hinlänglichen Gründen zu dem Schluß kommen sollte, daß Du diese Blätter nicht sehen darfst, würde er sie vernichten. Deshalb würde schon der Gedanke, daß er dieses Tagebuch lesen könnte, dessen Abfassung behindern. Schließlich bin ich seit dem Tag, an dem wir uns in der Keep kennengelernt haben – acht Jahre ist es nun her –, hoffnungslos in Dich verliebt. Sollte ich in der Schlacht fallen, ausgelöscht von einer verirrten Granate, die ein militärischeres Ziel verfehlt hat, werde ich in dem Gedanken an meine Liebe dahinscheiden, weil er mir die moralische Kraft verleiht, dem Tod im Kampf für eine Sache ins Auge zu sehen, an die ich glaube. Unser Kampf gegen den Kommunismus verleiht den einsamen Gedanken in unserer Seele in der Tat Würde und Kraft. Ich glaube deshalb, daß ich den richtigen Beruf ergriffen habe, und ich liebe Dich wirklich. Da ich Hugh verehre und trotzdem hier unscharfe, auf die Sicherheit seines Heims gerichtete Absichten gestehe, sehe ich mich jetzt als seinen *Schatten*.

Genug damit. Ich habe gesagt, was vielleicht gar nicht gesagt werden muß. Im übrigen will ich dieses Journal lebendig genug gestalten, um Deine stets unersättliche Neugier zu befriedigen.

6. April 1961

In Anbetracht der irregulären Natur unserer vielfältig abgekapselten Agency fällt mir ein, daß Du vielleicht gar nicht weißt, wo Quarters Eye stationiert ist.

Wir sind einen guten Steinwurf vom I-J-K-L entfernt und befinden uns mit unseren Baracken aus dem II. Weltkrieg am Ohio Drive. Es sind die früheren Wave-Kasernen, die genau am Potomac liegen. Überflüssig zu erwähnen, daß wir besondere Ausweise bei uns tragen müssen und unser eigenes Kommunikationszentrum haben, das von dem der Firma ganz unabhängig ist. Es habe in

Guatemala funktioniert, heißt es, und diesmal wird's auch klappen.
Nun, wir mögen uns vom Spiegelteich ein gutes Stück entfernt haben, aber die Abflüsse sind weiterhin verstopft, die alten Fußböden der Baracken knarren und quietschen, und die schlecht funktionierende Ventilation erinnert uns daran, daß wir keine geruchslosen Tiere sind – soviel wir auch duschen und die Materialausgabe plündern, wenn es um Deodorants geht. Ich erwähne dies als eine intime, doch unserer Arbeit immanente Grausamkeit. Nirgends sonst müssen so viele frisch gewaschene und fleißige Leute so sehr unter menschlichen Ausdünstungen leiden. Zur Strafe nennen wir unseren Laden statt Quarters Eye auch gern einmal Quarters Mief.
Jedenfalls gibt es da nicht viel zu beschreiben. Zwei Stockwerke in langen Kasernen. Oben ist der Nachrichtenraum – Hunts und mein Amtsbezirk: Schreibtische, Plakate, Propagandamaterial in verschiedenen Entwicklungsstadien. Überall, voneinander abgeschirmt, die Arbeitsnischen. Am Nordende ein Atelier für die Zeichner. Die Beleuchtung ist hier relativ gut, verglichen mit dem ersten Stock, in dem sich die Kommandozentrale befindet, für die man noch einen weiteren Ausweis braucht. (Achtundvierzig Stunden dauerte es, bis man mich überprüft hatte, obwohl mein Vater sein Büro gleich nebenan hat.) Die Kommandozentrale ist natürlich der Ort, an dem man sein möchte: eine Flut von Kommunikationssystemen und Kabelschlingen, die an ein Filmstudio erinnert; riesige Land- und Seekarten, bedeckt von Planpausen, jungfräulich noch zum größten Teil, von Fettstiften unberührt. Man hat ein Heiligtum betreten, das mich an einen Operationssaal erinnert. Dort herrscht die gleiche erwartungsvolle Stille, bevor der erste Schnitt mit dem Skalpell erfolgt.

7. April 1961

Howards unmittelbarer Vorgesetzter in Quarters Eye heißt Knight. In Uruguay hat Hunt oft von früheren Zeiten in Guatemala erzählt, in denen Knight für ihn gearbeitet hatte. So weiß ich zufällig, daß der richtige Name des Knaben David Phillips lautet. Das führt zu einer peinlichen Situation. Denn man muß ja so tun, als wisse man nichts. Dabei wäre dieses ganze Getue völlig unnötig. Es würde in Quarters Eye gar nichts ausmachen, wenn wir seinen Namen kennen würden. In Miami mag es mit den Decknamen etwas anderes sein, aber hier oben bei uns haben wir alle das Gefühl, daß wir es mit der Hygiene etwas übertreiben. Deshalb werde ich ihn in diesem Tagebuch auch ruhig Dave Phillips nennen. Es ist ein perfekter Name für ihn: Er ist groß, gut gebaut, ein Texaner mit einem angenehmen Gesicht, nicht zu stark, nicht zu schwach und ziemlich männlich. Jeder Filmproduzent würde ihm die Rolle eines CIA-Manns geben, und im Augenblick leitet er hier den Propagandastall. Um 1958 hat er seine Verbindungen zum CIA abgebrochen und in der klugen Erwartung, daß Batista verlieren würde, ein Public-Relations-Büro in Havanna gegründet. Er nahm an, daß alle alten PR-Firmen unter Castro in Ungnade fallen würden. Womit er aber nicht rechnete, das gibt er jetzt zu, war, daß Castro so schnell nach links abdriften und ein absolutes PR-Monopol einrichten würde. Natürlich hatte die Company Phillips auch ein bißchen Kontraktarbeit in Havanna erledigen lassen, so daß Tracy Barnes ihn, als er in Kuba einpackte und nach Amerika zurückkehrte, weiterbeschäftigte und beförderte. Phillips ist hier der Aufsteiger Nummer eins. Nach außen hin vertragen er und Howard sich gut, aber ich nehme an, ihr Verhältnis ähnelt dem von Schwägern.

Phillips ist sehr nett zu mir gewesen, und auch ich mag ihn ganz gern, *so* gern aber auch wieder nicht. Vielleicht stört mich seine Geschäftstüchtigkeit, die genial wirkt. Er könnte ebensogut als Pressesprecher für General Motors, IBM, Boeing, General Foods, Time oder Life oder wen auch immer arbeiten und ich glaube, er ist ebenso ehrgeizig wie Howard.

Außerdem stört mich an ihm, daß er dauernd Anekdoten erzählt. Sie sind manchmal auch ganz komisch, vorausgesetzt man strengt sich beim Lachen ein bißchen an. Während ich pflichtgemäß vor mich hinkichere, wenn er seine Geschichten erzählt, komme ich mir wie eine Softpresse vor, aus der man immer noch eine Heiterkeitsbekundung herausquetscht. Ein Beispiel: »Ich kannte«, so beginnt er eine seiner Geschichten, »einen amerikanischen Journalisten in Beirut, der auf der Straße nach Damaskus einmal folgendes erlebte. Er fuhr mit einem Volkswagen an die Grenzstation. Der junge Wachsoldat an der syrischen Grenze stoppte ihn. Warum? Er beschuldigte ihn, in seinem hinteren Kofferraum einen Kraftfahrzeugmotor über die Grenze zu schmuggeln. Um die

Korruption zu bekämpfen, rekrutierte die syrische Regierung ihre treuen Grenzwächter unter den Bauern auf dem Land, und dieser neue Zöllner sah zum erstenmal so ein Auto mit Heckmotor. Mein Freund aber, ein alter Hase, zuckte nur die Achseln, kehrte um, fuhr hundert Meter die Straße hinunter bis zum libanesischen Grenzposten und kam dann im Rückwärtsgang zum syrischen Zoll zurück.
Der Grenzer trat wie gewohnt hinter das Auto, klappte die Kofferraumhaube auf, sah, daß der Raum darunter leer war und ließ ihn passieren. So gehört mein Freund zu den Privilegierten, denen es vergönnt war, mit dem Arsch voraus nach Syrien zu reisen.«
Kannst Du Dir vorstellen, Kittredge, wie viele Anekdoten dieser Art hier tagaus, tagein erzählt werden? Ich weiß jetzt, warum ich Männer wie Phillips in der Agency nach Möglichkeit immer gemieden habe.
Wie auch immer – jedenfalls haben wir hier eine Art Troika: Phillips erzählt seine Witze, Howard wiehert, ich kichere vor mich hin, und unser Gelächter bricht nach angemessener Dauer mit einem Schlag ab.

9. April 1961, zweite Eintragung

Heute ist ein Bericht bei der Kommandozentrale eingelaufen über die Transportschiffe, die wir gemietet haben. Sie sollen die Truppen nach Kuba schaffen und sind in Puerto de Cabezas in Nikaragua eingelaufen. Von HALIFAX erfahre ich, daß es sich um verrostete, uralte Pötte mit vergammelten Kränen und Winden handelt, so daß beim Laden des Materials und Proviants viel zuviel Zeit draufgehen wird. Unsere Leute vor Ort waren nicht sehr begeistert. »Mir hat's einen kalten Schauer den Rücken hinuntergejagt«, telegrafierte einer.
Laßt uns hoffen, daß das nicht symptomatisch für das Unternehmen wird. Mir wird abwechselnd heiß und kalt, wenn ich daran denke. Im Februar war die Brigade sehr eindrucksvoll. Inzwischen hat sich die Mannschaftszahl verdoppelt. Infolgedessen muß der Ausbildungsstand der halben Truppe höchst unzureichend sein. Das Fünfte und das Sechste Bataillon wurden erst vor ein paar Tagen aufgestellt – lauter Rekruten, die sich erst in den letzten Wochen bei uns gemeldet haben. Besorgniserregend ist auch die Tatsache, daß es sich bei den Mitgliedern unserer Brigade um

lauter Leute aus der Mittelschicht handelt. Ganze fünfzig Neger sind dabei, obwohl über die Hälfte der kubanischen Bevölkerung schwarz ist. Darüber hinaus teilt uns das Directorate of Intelligence mit, daß nur 25 Prozent der kubanischen Bevölkerung gegen Castro seien. Doch das bereitet uns kaum Kopfzerbrechen. Es scheint, als ob wir hier bei den Operations zu stolz sind, um das, was unangefordert vom Directorate of Intelligence zu uns herüberkommt, auch nur eines Blickes zu würdigen.
Ich selbst aber denke unentwegt über diese Statistik nach; kann es wirklich sein, daß nur 25 Prozent der Bevölkerung gegen Castro sind? Warum läßt sich der Mann dann nicht durch eine Wahl bestätigen? Ich muß sagen, daß meine Zuversicht sehr schwankt. Ein Frösteln überkommt mich, wenn ich an Castros Armee denke. Wir schätzen sie auf dreißigtausend ausgebildete Soldaten, und seine Miliz könnte das Zehnfache davon ausmachen. Natürlich gehen wir davon aus, daß seine Miliz sofort weitgehend von ihm abfallen wird. Außerdem: *Bisher wurden alle Kriege in Kuba von zahlenmäßig unterlegenen Kräften gewonnen.* Kuba ist eine Art magisches System. Der bewaffnete Kampf, sagt mein Vater, ist eine riesenhafte Zauberveranstaltung und findet immer »auf der verdammten, alten, dumpfen Ebene« statt. Der Erfolg ist von Zufällen abhängig, wird durch Eingreiftruppen entschieden. Ja, ich mache mir über die Brigade Sorgen.

10. April 1961

Man hat mir gerade einen Bericht von Zenith überbracht. Mein Nummer-eins-Agent in Miami, Chevi Fuertes, mit dem ich schon in Uruguay gearbeitet habe, warnt mich immer wieder vor zwei Gentlemen namens Mario García Kohly und Rolando Masferrer. In Miami wird ernsthaft davon gesprochen, daß ihre rechtsradikale Gruppe den Kubanischen Revolutionsrat einfach massakrieren wird, sobald wir ihn nach Kuba hinübergeflogen haben. Mir kommt das mehr wie eine Drohung vor, als daß ich an einen tatsächlich existierenden Mordplan glaube. Aber nachdenklich stimmt mich folgende Überlegung: Wenn ich Castro wäre, würde ich Kohlys Leute im kubanischen Untergrund so lange arbeiten lassen, bis sie ihre Aufgabe hinsichtlich des Kubanischen Revolutionsrats erfüllt haben. Es ist die Frage, inwieweit Kohly ebenso wie die anderen von Castro unterwandert ist.

Als ich mich mit meinen Sorgen zu meinem Vater aufmache, schüttelt er nur den Kopf. »Liest du denn gar keine Zeitungen?« fragt er mich.
Da steht es, gleich im ersten Teil der Washington Post: Rolando Masferrer wurde heute von Federal Grand Jury in Miami angeklagt, eine Verschwörung vorzubereiten mit dem Ziel, eine militärische Expedition nach Kuba zu schicken. Das sei eine Verletzung des Neutralitätsgesetzes.
»Siehst du«, sage ich. Es endet nicht immer in einer Sauerei, wenn wir etwas unternehmen.
»Nicht immer«, grinst mein Vater.

später, 10. April 1961

Hunt, Phillips und ich bei der Arbeit in einem Konferenzzimmer im ersten Stock. Am D-Day wird unser Kurzwellensender auf Swan Island Havanna und die kubanischen Provinzen mit einer solchen Vielzahl von Sendungen bombardieren, daß die Abteilung des DGI, die unsere Botschaften an den Untergrund abfangen soll, gelähmt wird. Unsere Sendungen werden zwar lauter Unsinn enthalten, aber trotzdem so klingen, als ob es sich um echte Funksprüche handelte. Unsere Leute in Kuba werden Nachrichten, die sie nicht verstehen, unbeachtet lassen und annehmen, daß sie für andere Gruppen bestimmt sind. Nur der DGI wird sich mit jeder einzelnen unserer Sendungen beschäftigen müssen.
Wir bereiten schon allmählich unseren Output vor. Der Codesatz »Der Schakal streicht durch das Zuckerrohr« ist ein Beispiel für die Feinheiten unserer Arbeit. Wir streiten uns darüber, ob Schakale in Kuba überhaupt heimisch sind und ob es im Spanischen noch einen anderen Ausdruck für Zuckerrohr gibt. Wir wollen schließlich keine Nachrichten senden, die sich schon durch ihre Unkenntnis der kubanischen Naturgeschichte verraten können. Wir könnten wirklich einen gebildeten Habanero als Beistand gebrauchen. Statt dessen rufen wir die Karibikabteilung im Directorate of Intelligence an. Da sie aber von der Operation keine Ahnung haben, bitten wir sie nur um eine zusammenfassende Darstellung der Topographie und der charakteristischen Flora und Fauna sowie der landwirtschaftlichen Technik der östlichen und westlichen Hälfte von Kuba. Dann werden wir wissen, ob wir Sprüche verwenden können wie: »Die Eule ruft um Mitternacht«, »Der Luchs

kommt über die Bergkette«, »Die Sümpfe trocknen aus«, »Die Papayafelder rauchen«. Oder, am schönsten von allen: »Wartet auf das Auge der Antillen.«

11. April 1961

Am Potomac sind gerade die Kirschblüten herausgekommen. Ein schwacher Abglanz dieser Freigebigkeit der Natur liegt heute auch auf unserer kollektiven Stimmung hier in Quarters Eye – oder messe ich einem Lächeln hier und da zuviel Bedeutung bei?
Den Kubanischen Revolutionsrat, kurz CRC, hat man unter dem einen oder anderen Vorwand nach New York geschafft, damit er dort mit seinem Oberherrn Frank Bender zusammentrifft, einem glatzköpfigen, Zigarren rauchenden Deutschen, der kein Wort Spanisch spricht. Er hat sie in einen winzigen Konferenzraum im Commodore gebeten und ganz lapidar darüber informiert, daß die Invasion intensiv vorbereitet wird und daß sie sich die nächsten Tage in einer New Yorker Hotelsuite bereithalten müssen. Dies müsse aus Sicherheitsgründen in völliger Abgeschiedenheit geschehen. Sie würden weder nähere Angaben hinsichtlich eines genaueren Datums erhalten noch auch nur telefonieren können. Wenn irgend jemand von ihnen damit nicht einverstanden sein sollte, könne er gehen. Bender deutete mit typisch deutscher Ironie jedoch sofort an, daß CRC-Führer, die zu einer solchen Übereinkunft nicht bereit sein sollten, ein Sicherheitsrisiko darstellen und einzeln in Verwahrung genommen werden würden. Natürlich haben alle zugestimmt. Hunt behauptet, dieses rigorose Vorgehen sei wegen Manuel Ray notwendig, aber ich denke dabei eher an Toto Barbaro und bin jedenfalls froh, daß nun keiner von diesen Brüdern mehr eine Nachricht abschicken kann, wann die Invasion beginnt. Wenigstens zwanzig Leute müssen damit beschäftigt gewesen sein bei Zenith, die verschiedenen Vorwände zu erarbeiten, unter denen man diese höchst individualistischen kubanischen Herren nach New York gebracht hat. Nun, darin sind wir gut, und das müssen wir auch sein.
Bender, der gemeinsam mit seinen illustren Gefangenen zusammen in Klausur gegangen ist, teilt Hunt mit, daß sie ihn schon jetzt andauernd mit Bitten um Vorausinformationen belästigen. »Wenn wir schon Gefangene sind«, sagen sie, »kann man uns

dann nicht wenigstens durch Bekanntgabe einiger geheimer Details entschädigen?«

Inzwischen hat Knight, um die CRC-Publicity richtig zu steuern, eine Madison-Avenue-Public-Relations-Firma namens Lem Jones Associates engagiert. Genauer gesagt: Er hat sie wieder engagiert. Denn Lem Jones, der früher sehr viel für Wendell Willkie und Pyros P. Skouras von den Columbia Pictures gearbeitet hat, ist bereits für die Frente tätig gewesen. An Philipps' Gesichtsausdruck kann ich sehen, daß er mir jetzt wieder eine seiner Geschichten erzählen muß.

»Ich würde sagen«, beginnt Phillips, »daß Lem Jones sein Geld für die Frente schon letzten September verdient hat. Castro wollte in diesem Monat in der UNO eine Rede halten, und Lem und ich beschlossen, ihn mit ein paar Busladungen voll kubanischen Frauen zu empfangen. ›Mütter aus Miami.‹ Es war als ›Karawane des Kummers‹ geplant und sollte mit einem Gebet in der St. Patrick's Kathedrale enden.

Unterwegs von Miami kamen unsere angemieteten Greyhoundbusse allerdings nicht so schnell voran wie erwartet. Wir hatten sorgfältig auch vier schwangere Frauen ausgewählt, und die mußten nun alle zehn Meilen Pipi machen. Wir trafen also zu spät in Washington, D. C. ein und verpaßten einen Fototermin. In Philadelphia ebenso. Lem Jons sah die Mütter schon mitten in der Nacht in Manhatten ankommen. Darum ließ er in Trenton Station machen und brachte die Karawane des Kummers einen vollen Tag später nach New York. Aber am Morgen bekamen wir dann unsere Fotos von den in Saint Patrick's betenden Damen. Die Zeitungen und die Nachrichtendienste nahmen sie uns ab. Ich würde sagen, Lem Jones hat seine erneute Beschäftigung verdient.«

Das Tempo der eigentlichen Aktion beginnt. Man kann es in der Kommandozentrale fühlen.

Ich erfahre heute, daß die Beladung der Transportschiffe in Puerto de Cabezas sogar noch länger gedauert hat als erwartet. Die Winden sind immer wieder ausgefallen und eine Ladeluke in einem der Schiffe war sogar festgerostet. Stundenlange Bemühungen waren erforderlich, um sie aufzustemmen. Die Brigade aber, und das spricht für ihre ausgezeichnete Moral, hat die Ladung unter dem Einsatz ihrer Muskelkraft an Bord geschafft. Sobald die Schiffe beladen sind, laufen sie aus, um ein paar hundert Meter weiter vor Anker zu gehen mit ihrem Anteil an der Brigade bereits an Bord. Gemeldet wird, daß die Mannschaften in Hängematten unter Deck und auf der Ladeluke unter Persenningen schlafen. Die Offiziere, die noch immer in Einmannzelten an Land kampieren, werden heute abend eine Messe hören, nachdem sie ihre Befehle zum Invasionsplan erhalten haben. Erst dann werden sie erfahren, wo sie in Kuba an Land gehen.

Unsere Leute in Puerto Cabezas berichteten auch, daß der Präsident von Nikaragua, Luís Somoza, die Brigade aufgefordert habe, ihm ein paar Haare von Castros Bart mitzubringen. Unser Beobachter fügte hinzu: »Da Somoza ein fetter, gepuderter Diktator ist, fürchte ich, daß seine Erwartung hinsichtlich des Beifalls nicht ganz erfüllt wurde. Ein verwegen aussehender Kubaner brüllte sogar zurück: ›Vom Bart oben oder von dem unten?‹«

Es verlautete auch gerüchteweise in Quarters Eye, die Frachter, die wir von der García Line gemietet haben, seien so alt, daß sie unserer Behauptung, die Invasion werde von Kubanern finanziert und dirigiert, absolute Authentizität verliehen. Kein Amerikaner mit einer Spur von Selbstachtung würde auch nur einen Dollar für solche Seelenverkäufer zahlen. Philipps meinte sarkastisch: »Bei dem Bemühen, diesem Unternehmen einen authentisch kubanischen Anstrich zu geben, ist man vielleicht ein bißchen zu weit gegangen.«

immer noch 12. April

Ich betrachte die Vorgänge ständig unter zwei Aspekten: Ein Teil von mir stürzt sich gierig auf jeden neuen Bericht von TRAX und Puerto de Cabezas. Der andere mahnt mich, daß das Schicksal der Brigade sehr wohl mit meinem eigenen verknüpft sein könnte. In kaum einer Woche werde ich mich ihnen anschließen, und diese Vorstellung kommt mir reichlich unrealistisch vor. Also sitzt mir die Angst wie eine Grippe in den Knochen.

Ständig verfolgt mich die Vorstellung: Wenn ich dort am Strand bin, kann es sein, daß man mich gefangennimmt, und wenn sie zu dem Schluß kommen – und das werden sie –, daß ich vom CIA bin, könnten sie mich foltern. Ich könnte reden – ich kann meine Standhaftigkeit schwer einschätzen. Vielleicht weiß ich zuviel? Das ruft in mir eine geradezu kindische Reaktion hervor: Ich bin wütend auf alle in der Agency, die mir zuviel erzählt haben. Ich habe einfach keine Erfahrung, an Hand derer ich diese neuen Unternehmungen beurteilen könnte. So gehen mir die Gedanken wirr im Kopf herum.

immer noch 12. April

Die große Neuigkeit war heute in Quarters Eye Kennedys morgendliches Statement auf der Pressekonferenz. »Auf gar keinen Fall«, erklärte er, »wird es eine Intervention der United States Armed Forces in Kuba geben.«

Natürlich sind diese Worte so eindrucksvoll, daß sie in großen Lettern ans Schwarze Brett in den Nachrichtenraum und unten in die Kommandozentrale kommen. Hunt strahlt. »Eine ausgezeichnete Leistung«, erklärt er, »auf dem Gebiet der Desinformation.«

Wir wissen schließlich, daß der Flugzeugträger *Essex* im Hafen von Vieques in Puerto Rico auf ein Rendezvous mit der Brigadeflotte an der Schweinebucht wartet.

Mein Vater unten in der Zentrale klingt da weniger erfreut: »Wenn Kennedy meint, was er sagt, können wir schon mal ein paar schwarze Fahnen herausholen.«

Mein Vater baut offenbar auf volle militärische Unterstützung durch unsere Streitkräfte. Das dürfte bedeuten, daß auch Bissell und Dulles dieser Meinung sind. Man muß davon ausgehen, daß Kennedy eine Niederlage nicht hinnehmen wird. Darum dreht sich die ganze Debatte. Will unser Präsident damit sagen, daß er wirklich unter keinen Umständen eingreifen wird, oder ist es ein propagandistischer Meisterstreich, wie Hunt hofft?

In der Kommandozentrale wird mir mehr als je zuvor bewußt, wie überdimensioniert unsere Karte von der Schweinebucht ist. Vielleicht ist das unsere technologische Art der Magie, die wir den blutigen Hühnerhälsen und Kröten in der Suppe der Medizinmänner entgegenstellen.

später – 12. April

Eine andere Nachricht beschäftigt uns für den Rest des Tages. Ein sowjetischer Kosmonaut namens Juri Gagarin hat die Erde in einem Raumschiff umkreist. Das heißt – die Sprache ist neu –, er hat den Planeten in einer Raumkapsel umrundet. In Quarters Eye sind die meisten unserer Leute bedrückt. Es ist ein fürchterlicher Schock. Wie konnte es geschehen, daß die Russen nun schon zum

zweitenmal das Rennen in den Weltraum gewonnen haben? Andererseits schöpft mein Vater Hoffnung. »Es hätte zu gar keinem besseren Zeitpunkt passieren können als jetzt«, sagt er. »Dadurch werden Kennedys Iren vielleicht so scharf gemacht, daß sie sich zum Eingreifen entschließen.«
Von Schweinebucht spricht hier niemand. Die Rede ist bei uns von Red Beach, Blue Beach und Green Beach. Anklänge an die Normandie, an Tawara, Iwo Jima?

13. April 1961

Ich habe eine interessante Bemerkung von Jack Kennedy gestern auf der Pressekonferenz noch gar nicht erwähnt: »Die Anklage gegen Mr. Masferrer in Florida, weil er eine Verschwörung mit dem Ziel einer Invasion Kubas und der Etablierung eines Batista-artigen Regimes vorbereitet haben soll, dürfte die Gefühle dieses Landes jenen gegenüber andeuten, die eine solche Diktatur innerhalb von Kuba errichten möchten.«

14. April 1961

Heute, am D-Day minus 3, ist die Brigade zum Auslaufen bereit. Unsere Truppe steckt dicht an dicht in fünf alten Kähnen; unsere Operation heißt *Zapata*. Morgen, am D-Day minus 2, werden acht exilkubanische B-26 von einem Stützpunkt in Nikaragua nahe bei Puerto Cabezas starten und drei Flugplätze in Kuba angreifen. Wir zielen nicht darauf ab, Castros Luftwaffe zu vernichten, sondern der Welt zu beweisen, daß die Operation von kubanischen Überläufern in kubanischen, von Kubanern gekauften Flugzeugen durchgeführt worden ist. Überwiegend ist man in Quarters Eye der Ansicht, daß ein großer Luftangriff am D-Day selbst zu sehr nach einer amerikanischen Intervention aussehen würde. Hunt und ich begeistern uns allerdings für letztere Möglichkeit. Unsere Netzwerke in Kuba sind wahrscheinlich unterwandert, aber einige unserer Gruppen könnten sich während des Durcheinanders nach einem vorbereitenden Luftangriff am D-Day verstecken. So stünden sie uns in den kommenden Wochen zur Verfügung und könnten vielleicht ein paar Brücken in die Luft sprengen und Castros Panzern einen Schlag versetzen.
Durch die Bombardierung dieser Flugplätze am D-Day minus 2 aber gibt man Castro andererseits genügend Zeit, unsere Netze

aufzurollen. Wahrscheinlich wird es deshalb am Tag der Invasion in Kuba keinen nennenswerten Untergrund mehr geben. Spätabends, als wir zu Haus im Wohnzimmer diskutieren, will sich mein Vater dieser Logik nicht anschließen, aber ich bekomme zum erstenmal eine Ahnung, wie berechnend Allen Dulles sein muß. Er fliegt morgen nach Puerto Rico, um dort seine schon seit Monaten geplante Rede zu halten – die hoffentlich den DGI zu der Annahme verleiten wird, daß keine Invasion unmittelbar bevorsteht. Nur Dulles ist folgende eiskalte Spekulation zuzutrauen: Wenn unsere Untergrundnetze in Kuba schon so weitgehend infiltriert sind, daß sie für Castro genauso nützlich sind wie für uns, dann soll er doch ruhig eine riesige Razzia inszenieren und all diese Zehntausende von Kubanern festnehmen lassen. Höchstwahrscheinlich wird er dabei auch eine große Anzahl seiner eigenen Doppelagenten erwischen. Das könnte im Endeffekt zur völligen Demoralisierung seines eigenen Geheimdienstes führen. Und was unsere Untergrundmoral angeht – nun, auf die können wir auch verzichten. Ich kann Harlot beinahe sagen hören: »Wenn es hart auf hart geht, wird eine Kompanie Marinesoldaten eingesetzt.« Interessant, daß mein Unbehagen immer dann am größten wird, wenn ich mir vorstelle, daß ich Chevi Fuertes derartige Argumentation erklären soll.

Hunt und Phillips machen sich auch Sorgen wegen der Millionen von Flugblättern, die nun *nicht* während des Luftangriffs am D-Day minus 2 abgeworfen werden sollen. Die gesamte Ladekapazität der B-26 soll statt dessen für Bomben genutzt werden, mit denen wir Castros Flugzeuge vernichten wollen. Wenn es später noch weitere Luftangriffe gibt (niemand scheint zu wissen, wie viele genehmigt sind, und Philipps hämmert nervös auf seinem Schreibtisch herum, weil er es nicht herauskriegen kann), dürfen wir vielleicht etwas Papier abwerfen, aber jeder Gedanke an einen Coup wie in Guatemala scheint vorläufig nicht aktuell zu sein. Um uns zu beruhigen, erzählt man uns nun, die Versorgungsschiffe würden die Flugblätter mitnehmen. »Sobald wir dort einen Stützpunkt und eine Landebahn haben, können wir Ihren Input gut gebrauchen.«

»Zu spät«, versucht ihnen Phillips zu erklären. Da er körperlich vielleicht das eindrucksvollste Exemplar ist, das Quarters Eye aufzuweisen hat, ist es beschämend, ihn so frustriert zu sehen, daß sein Mund und sein Gesicht sich wie bei einem Fünfjährigen verzerren, der sich seiner Tränen zu erwehren versucht. »Sie kapieren es einfach nicht«, sagt er. »Wir sind das Vorspiel. Soll es jetzt etwa heißen: ›Erst kommt die Unzucht und das Vorspiel kommt danach.‹«

14. April, spätere Eintragung

Auf Druck des Außenministeriums hin hat jemand über uns, vielleicht Bissell, beschlossen, daß zusammen mit der Bomberflotte morgen zur Ablenkung eine Maschine direkt von Nicaragua nach Miami fliegen soll. Man wird der Presse mitteilen, es sei eine kubanische B-26, deren Pilot aus Castros Luftwaffe desertiert sei. Er habe die Flugplätze in Havanna bombardiert und dann den Weg nach Norden in die Freiheit gewählt.
Hunt hat bei diesem Unternehmen große Bedenken. Ständig sitzt er am Encoder-Decoder, um Happy Valley – unser Codename für den Flugplatz bei Puerto Cabezas – anzurufen. Er erklärt ihnen dort, worauf bei der Vorbereitung zu achten ist. Das Flugzeug muß so aussehen, als ob es beim Kampf im kubanischen Luftraum etwas abgekriegt hätte. Tarnkünstler können an geeigneten Stellen Einschußlöcher und Brandmarkierungen anbringen. Hunts Kommentar: »Bei dieser Sache habe ich ein ganz flaues Gefühl. Ein kleiner Fehler irgendwo, und wir sind blamiert bis auf die Knochen.«
Da wir wissen, daß der Luftangriff in der Morgendämmerung stattfinden wird, bleibt der größte Teil des Personals die Nacht über in Quarters Eye. Wir ruhen uns auf Feldbetten mit erstaunlich nichtstandardisierten Matratzen – entweder knochenhart oder schlaff – aus, trinken Kaffee und vertrödeln die Stunden mit Nichtstun. Ich glaube, daß alle Situationen, die einen zwingen, auf Nachrichten von draußen zu warten, auf den Menschen wie ein Gefängnis wirken. Man quält sich herum, weil man nichts erfährt, und das ist wohl das Quälendste im Gefängnis.

8 Uhr 00, 15. April 1961

Der Raum stank die ganze Nacht hindurch nach Zigarettenrauch und dem Übelkeit erregenden Mief von zu vielen Männern unter zu großer Nervenanspannung. Kurz nach Tagesanbruch aber begann der Telegrammverkehr hinsichtlich unserer drei Luftan-

griffe. Ein Geschwader von drei B-26 mit dem Codenamen »Linda« greift San Antonio de los Baños, einen großen, wichtigen Militärflughafen dreißig Meilen südwestlich von Havanna an. »Puma«, auch drei B-26, attackiert Camp Libertad knapp außerhalb von Havanna und »Gorilla«, die dritte Abteilung, bestehend aus zwei B-26, wird sich am anderen Ende der Insel den Flugplatz von Santiago de Cuba in der Provinz Oriente vornehmen.
Nun treffen die Berichte alle auf einmal ein. Alle drei Flugplätze wurden gleichzeitig bombardiert und im Tiefflug mit Bordwaffen angegriffen. Havanna bricht in hysterische Rundfunksendungen aus, und unsere kubanischen Piloten berichten uns, daß Castros Luftwaffe am Boden zerstört sei.
Wie unser Schlafsaal verwandelt ist! Um 6 Uhr 30 öffnen sich die Fenster, und wir schreien hurra! Alles stürzt los, um sich in Windeseile anzuziehen und in die Kommandozentrale hinunterzukommen. Dort herrscht ebenfalls Euphorie. Offiziere umarmen einander. Bissell nimmt Glückwünsche entgegen. »Noch ist nichts offiziell«, höre ich ihn sagen, »wir müssen auf die offizielle Bestätigung durch unsere U-2-Fotos warten«, aber er strahlt über das ganze Gesicht. Ich höre andere Offiziere murmeln: »Es ist geschafft. Havanna ist praktisch schon in unserer Hand.«
Mittlerweile ist die einzelne Maschine, die von Happy Valley nach Florida geflogen ist, auf dem International Airport von Miami gelandet, und der Pilot wurde sofort von der Einwanderungsbehörde abgeführt, sein Flugzeug beschlagnahmt. Wir hören uns die amerikanischen Nachrichtensendungen an: Der Pilot in Miami trug ein T-Shirt, eine Baseballmütze, dazu eine Sonnenbrille, wirkte bemerkenswert cool und rauchte eine Zigarette. Dabei hatte sein Flugzeug allerhand abbekommen. Der eine Motor war defekt, und der Rumpf wies zahlreiche Einschußlöcher auf.
Aus New York trifft eine Stellungnahme von Miro Cardona ein. »Der Kubanische Revolutionsrat war in Kontakt mit diesen tapferen Piloten und hat sie ermutigt.« Wir haben einen Schwarzweißfernseher mit 25-cm-Bildröhre in der Kommandozentrale, und ich sehe mir Cardona an, als er mit den Reportern spricht. Er sieht müde aus. Er nimmt die Sonnenbrille ab und sagt zur Presse: »Gentlemen, schauen Sie in die Augen eines Revolutionärs, der in letzter Zeit wenig geschlafen hat.«
»Sind die Angriffe der Auftakt zur Invasion?« fragt ein Reporter.

Cordona lächelt. »Keine Invasion, Sir.«
Barbaro aber, der neben ihm sitzt, ruft aus: »Spektakuläre Dinge haben begonnen.« Er kommt mir ziemlich hysterisch vor.

eine Stunde später

Auch absonderliche Vorkommnisse. Einer unserer Exilbomber mußte unvorhergesehenerweise eine Notlandung in Key West machen, als er nach seiner Teilnahme am Angriff gegen Camp Libertad einen Motorschaden hatte. Wenn sich reale Ereignisse entsprechend fiktiven Szenarios entwickeln, ist niemand darauf vorbereitet. Die Kinder in der Highschool in Key West wollten gerade Olympics Day in der Boca Chica Naval Air Station feiern. Festlich herausgeputzt waren sie alle angetreten: Lehrer, Eltern, Musikkapellen, Cheerleaders, Wettkämpfe waren geplant. Alles abgesagt. Die Navy ließ den Olympics Day ausfallen.
Dann mußte eine andere B-26 vom Angriff auf San Antonio des los Baños kommend auf Grand Cayman Island landen, als einer ihrer Treibstofftanks nichts mehr hergab. Da Grand Cayman unter britischer Flagge steht, wird die Rückgabe von Pilot und Flugzeug nach Happy Valley nicht automatisch erfolgen. Wie mein Vater sagt: »In solchen Sachen ist den Briten nicht zu trauen. Sie können in den gottverdammtesten Augenblicken mit Formalitäten daherkommen.«
Der Direktor des Büros für Immigration und Naturalisierung erscheint in den Fernsehnachrichten aus Miami. Er weigert sich, die Namen der beiden Piloten zu nennen, die in den USA gelandet sind, »um ihre Familien in Kuba zu schützen«. Ein Reporter fragt: »Kennen Castros Luftwaffengenerale nicht die Namen ihrer eigenen Piloten?«
»Ich kann Ihnen nicht helfen«, sagt der Direktor. »Die Piloten haben um die Geheimhaltung ihrer Namen gebeten.«
Hunt schüttelt den Kopf. »Ich höre schon das Wasser in der Bilge rauschen.«
Er hat recht. Den ganzen Tag stellen Reporter in Miami und New York immer neue Fragen. Allmählich wird mir klar, daß sie noch ein weiterer Faktor in unserem Kräftefeld sind und einen sicheren Instinkt für alle Löcher im Gewebe unserer Geschichten haben. Einem Reporter ist es sogar gelungen, sich nahe genug an das Flugzeug heranzuschleichen, das in Miami gelandet ist, um festzu-

stellen, daß die Mündungen der Maschinengewehre der B-26 noch zugeklebt waren. Das wird zwar grundsätzlich so gemacht, damit kein Dreck hineinkommt, bedeutet aber auch, daß mit den Waffen nicht geschossen worden sein kann. Diese Frage wird in allen Nachrichtenberichten in den Raum gestellt. Überall im Nachrichtenraum und in der Kommandozentrale kann ich Männer murmeln hören: »Diese Hundesöhne von Reportern – auf welcher Seite stehen die eigentlich?« Ich frage es mich selbst. Die Fragen werden immer unangenehmer, und Antworten kommen keine mehr. Die Radio- und Fernsehansager betonen es: »No comment!« und lassen jedesmal eine längere, vieldeutigere, schließlich eindeutige Pause folgen.

In der UNO debattiert der Botschafter von Kuba, Raul Roa, mit Adlai Stevenson. Ich höre den ganzen Nachmittag die entsprechenden Berichte im Radio. Stevenson sagt: »Diese Piloten haben sich von Castros Tyrannei losgesagt. Keinerlei Personal der Vereinigten Staaten war daran beteiligt. Diese beiden Flugzeuge gehörten, soweit wir wissen, Castros eigener Luftwaffe und sind nach den Aussagen der Piloten von Castros eigenen Flugplätzen gestartet. Ich habe ein Foto von einem dieser Flugzeuge. Die Kennzeichen von Castros Luftwaffe sind deutlich zu erkennen.«

Ich bin zugleich beglückt und traurig gestimmt. Es ist ein seltsames Gefühl mitzuverfolgen, daß eine so berühmte Persönlichkeit wie Adlai Stevenson bereit ist, für die Agency zu lügen. Es ist, als ob auch er ein Teil dieser transzendentalen Schlechtigkeit wäre, die zum Guten gehört, weil letzteres sich durchsetzen will und muß. Trotzdem deprimiert es mich auch. Stevenson scheint ein so perfekter Lügner zu sein. Seine Stimme klingt absolut aufrichtig.

»Ich glaube, er weiß wirklich nichts«, sagt Hunt.

Der kubanische UNO-Botschafter Raul Roa ist hingegen informiert: »Dieser Luftangriff im Morgengrauen ist das Vorspiel zu einem weiträumigen Invasionsversuch, der von den Vereinigten Staaten unterstützt und finanziert wird. Diese Söldner wurden von Spezialisten des Pentagons und der Central Intelligence Agency ausgebildet.«

Bei einem Pressebriefing im Weißen Haus streitet der Pressesekretär Pierre Salinger jegliche Kenntnis von den Bombenangriffen ab.

später

Gegen Abend statte ich meinem Vater in dessen Büro einen Besuch ab, um eine Tasse Kaffee mit ihm zu trinken. Er ist schlechter Laune. Gerade ist eine Meldung von ersten Verlusten hereingekommen. Auf der *Atlántico*, einem der gemieteten Frachter, hatte eine Übung am .50-Kaliber-Maschinengewehr stattgefunden und das Gerät hatte sich von den (zweifellos verrosteten) Deckplatten losgerissen. Ein Kugelregen peitschte das Deck. Es gab einen Toten und zwei Verwundete. Ein Seebegräbnis. Alles in Uniform, Gebete, und der Leichnam wird bei Sonnenuntergang dem Meer übergeben.

Mein Vater Cal Hubbard sieht diesen Tod, den man hätte vermeiden können, als schlechtes Omen an; er macht sich auch wegen Adlai Stevenson Sorgen. »Ich glaube, Adlai weiß nicht, daß das unsere beiden Flugzeuge waren. Tracy Barnes hat ihn informiert, und Tracy kann sich sehr vage ausdrücken, wenn er will. Wenn Stevenson das herauskriegt, ist die Hölle los. Gott, er könnte Kennedy sogar überreden, die Invasion aufzugeben. Aber das darf nicht geschehen.«

abends

Als es dunkelt, erhält Hunt Besuch von Dorothy. Er schlüpft hinaus aus Quarters Eye, und sie sitzen in ihrem Wagen und reden. Er hat ihr nicht gesagt, daß wir in weniger als zweiundsiebzig Stunden zum Brückenkopf in Kuba fliegen werden. Er hat noch nicht einmal einen Koffer gepackt. Er wird sich wahrscheinlich, sobald der Kubanische Revolutionsrat nach Opa Locka hinunterfliegt, diesem Gremium anschließen und sich dort ein Paar Armeestiefel nebst Khakihose greifen. Ich ebenso. Ich sehe Howard und Dorothy im Auto sitzen und über den kürzlichen Tod ihrer Mutter sowie über ihre häuslichen Verhältnisse – die Schule und die Kinder – sprechen. Wir wollen in ein tropisches Land aufbrechen, aber wieder überkommt mich ein Frösteln. Ich kann es nicht ganz fassen, daß ich in den Krieg ziehe. Trotzdem steht mir mein Tod deutlich vor Augen. Ich kann mir meinen Leichnam vorstellen. Da dieses Tagebuch für Kittredge bestimmt ist, erlaube ich mir zu fragen: Quält Omega Alpha mit Bildern von diesem Tod, den es eher auf sich zu nehmen gewillt ist als sein unkooperativer Partner?

Sonntag früh

Wenige von uns haben letzte Nacht gut auf unseren Feldbetten geschlafen. Obgleich die Invasion erst für morgen früh geplant ist, standen dauernd Männer auf und gingen in die Kommandozentrale hinunter. Bei Kaffee und Krapfen ergötzt uns Phillips mit einer seiner Geschichten. Eine Sekretärin, die sich auch ein bißchen auf eins der Feldbetten schlafen gelegt hatte, wachte auf und geriet in Panik, als sie im Bett neben sich einen fremden Mann schlafen sah. Er war sehr groß und sehr bleich, und sie hatte ihn noch nie gesehen. Ein Eindringling? Nein, sagte Phillips, das war Richard Bissell, unser Chef, der sich auch mal eine Minute ausruhte.

Gegen 9 Uhr, während die Hälfte des Personals von Quarters Eye fort ist, um nach der Familie zu sehen und/oder in die Kirche zu gehen, kommen aus der Kommandozentrale beunruhigende Nachrichten: Die Luftaufnahmen zeigen bei genauer Betrachtung, daß die Angriffe auf die Flugplätze in Kuba gestern nicht so erfolgreich gewesen sind, wie es zuerst geheißen hatte. Nicht alle Flugzeuge Castros wurden zerstört. Offenbar hatten die Piloten unserer Brigade das gesehen, was sie hatten sehen wollen. Nach einer ersten Zählung sind zwei Drittel der Luftwaffe Castros zerstört oder außer Gefecht gesetzt, aber es bleiben immer noch drei oder vier T-33 Trainingsjets, ebenso viele Sea-Fury-Kampfflugzeuge und zwei B-26-Bomber. Mit diesem Rest muß deshalb noch aufgeräumt werden. Der für die Luftangriffe zuständige Offizier erteilte gerade die entsprechenden Befehle, als General Cabell, während der Abwesenheit von Allan Dulles der Acting Director, vom Sonntagmorgen-Golfspiel in die Kommandozentrale zurückkehrte.

Ich befand mich außer Hörweite, erfuhr aber alsbald, daß Cabell seine Einwilligung zu dieser zweiten Welle nicht geben wollte, ohne zuvor Außenminister Rusk anzurufen, und Rusk wiederum bat ihn ins Außenministerium. Bissell war sichtlich erregt und verschwand mit Cabell.

Zwei Stunden später ist die Genehmigung zum zweiten Luftangriff immer noch nicht da. Die Stimmung im Quarters Eye hat sich wiederum verändert. Wie mein Vater mir im Vorbeigehen erklärt, soll das Hauptkontingent der Truppe am Montagmorgen gegen 2 Uhr landen, und die Versorgungsschiffe müssen vor Tagesanbruch entladen sein; andernfalls könnte die restliche Luftwaffe Castros sie vernichten. Es ist durchaus möglich, diese Aufgabe vor der Morgendämmerung zu bewältigen, sagt mein Vater, aber nur wenn alles glattgeht. Das ist viel verlangt von einer ungeübten Invasionsstreitmacht, die in der Dunkelheit auf uralten Schiffen an eine unbekannte Küste kommt.

zwei Stunden später

Wir warten immer noch. Es ist später Nachmittag. Wir machen uns allmählich Sorgen. Die Titelstory in der *New York Sunday Times* von Tad Szulc hat viel zu gründlich nach den »rätselhaften Begleitumständen« geforscht. Die Fragen werden immer unangenehmer. Weshalb die Namen der Piloten noch immer geheimgehalten würden, obschon die Fotos in den Nachrichten ihre Gesichter gezeigt hätten und die Nummern ihrer Flugzeuge im Hintergrund zu sehen gewesen wären? Ob Havanna unter diesen Umständen nicht wisse, wer sie sind?

Dann ist da diese Frage der B-26-Nase. Castros Flugzeuge haben Plexiglaskuppeln – die B-26 in Miami hat aber eine Metallnase.

Hunt legt die eigentlichen Schwierigkeiten dar: Unser Lügenmärchen muß noch ein paar Tage halten, bis die Landung beendet ist. Sobald wir über eine Landebahn an der Schweinebucht verfügen, fragt kein Mensch mehr nach den abtrünnigen Piloten. Bis dahin jedoch ist dem Außenministerium womöglich der Appetit auf weitere Luftangriffe vergangen. Alles, was wir wissen, ist, daß das Treffen zwischen Rusk, Bissell und Cabell andauert und daß sich nervöse Anrufe aus Happy Valley betreffs des verschobenen Luftangriffs häufen. Die Stimmung erinnert an ein Wartezimmer.

Ich bin jedoch beschäftigt und bereite mit Hunt und Phillips zusammen Botschaften vor. Sie werden heute abend viele Male von unserem geheimen Radiosender auf Swan Island ausgestrahlt werden und hoffentlich große Verwirrung anrichten. »Achtung! Achtung!« lautet unsere Nachricht. »Achtet auf den Regenbogen. Der Fisch wird sehr bald aufsteigen. Chico ist im Haus. Besuche ihn. Der Himmel ist blau. Hinterlasse eine Nachricht im Baum. Der Baum ist grün und braun. Die Briefe sind angekommen. Die Briefe sind weiß. Der Fisch wird nicht lange brauchen, um aufzusteigen. Der Fisch ist rot.« Zu spät erfahre ich von unserem Sprachexperten im Directorate of Intelligence, daß »Fisch« im Kubanischen auch

ein Synonym für Phallus ist. Dann lautet unsere Botschaft also: »Der Phallus steigt auf, der Phallus ist rot.«
Als nächstes trifft ein Fernschreiben von Reuters aus Havanna ein, in dem ein dreißig Straßenblöcke langer Trauerzug geschildert wird, der sich langsam durch die Straßen der Hauptstadt bewegt, hinter den Särgen der Opfer des gestrigen Luftangriffs. Man hatte die Leichen die Nacht über in der Universität von Havanna aufgebahrt; und nun nähert sich der Leichenzug dem Friedhof von Colón, wo Castro wartet, um eine Rede zu halten.
Eine Stunde später gibt Reuters Auszüge aus Castros Rede wieder. »Wenn das amerikanische Volk den Angriff auf Pearl Harbor als verbrecherisch, hinterhältig und feige betrachtet, dann hat unser Volk ein Recht, diesen Akt als doppelt so verbrecherisch und tausendmal so feige anzusehen. Die Yankees versuchen die Welt zu täuschen, aber die ganze Welt weiß, daß der Angriff mit Yankeeflugzeugen von Söldnern durchgeführt worden ist, die von der Central Intelligence Agency der Vereinigten Staaten bezahlt worden sind.«
Ich zeige das Fernschreiben meinem Vater. Er nickt. »Ich habe gehört«, sagt er, »daß Stevenson vor Wut außer sich ist. Er hat herausbekommen, daß unsere ›Deserteure‹ keine wirklichen Deserteure gewesen sind, und droht mit dem Rücktritt. Also glaube ich nicht, daß sie uns noch einen Angriff fliegen lassen. Die politischen Faktoren setzen sich sozusagen rücksichtslos über die militärischen Erwägungen hinweg.«
Er hat recht. Bissell kommt in der Abenddämmerung zurück, hohläugig, grimmig, gefaßt. Die Invasion findet statt, teilt er uns mit, aber der Luftangriff nicht. Wenn die Schiffe bis zum Morgengrauen nicht entladen sind, müssen sie wieder auslaufen und auf hoher See die zweite Nacht abwarten, in der sie zurückkommen und den Rest ausladen können.
Ich bin von der Reaktion verblüfft. Die schlechte Nachricht ist wenigstens so schwerwiegend wie die gute, und trotzdem brechen wir in Hochrufe aus. *Die Invasion findet statt.* Nun gibt es kein Zurück mehr. Auch nicht für den Präsidenten. Das ist wichtig. Das Spiel geht los. Ich glaube, wir jubeln aus Erleichterung darüber, daß wir nun nicht mehr mit einer Ablehnung des gesamten Projekts rechnen müssen.
Schon bald fangen wir an, darüber nachzugrübeln, wie wir die

Versorgungsschiffe und die Landungsboote noch näher an die Bucht heranführen können. Es würde mich nicht wundern, wenn viele von uns in Gedanken schon das Getriebe der kleinen transportablen Motoren auf den rostigen, alten Frachtern ölen, mit denen die Ladung von Bord gehievt werden soll.

später

Am Abend wird es ruhiger, und ich sitze wieder auf der verriegelten Toilette und schreibe weiter. Bald wird es in diesem Hause heißen, Hubbard könne seinen Schließmuskel nicht beherrschen. Wenn man meine Abwesenheiten alle paar Stunden nicht bemerkt – und ich hoffe, daß das in der allgemeinen Spannung und Verwirrung nicht der Fall sein wird –, dann ist alles gut. Sollte ich aber als Scheißhaus-Harry bekannt werden, dann wäre das der erste Preis, den ich für dieses Tagebuch zu zahlen habe. Ich wollte inzwischen, ich hätte nicht damit angefangen. Denn wenn sie uns auf der Farm immer wieder eines eingeschärft haben, dann dies: Keine Aufzeichnungen! Sogar jetzt beim Schreiben spüre ich den Druck dieses Verbots. Ich achte sorgfältig darauf, nicht auf Einzelheiten einzugehen, was unser Personal in der Kommandozentrale und dessen spezifische Aufgaben betrifft. Ich versuche nur historische Ereignisse und natürlich die Schwankungen meiner eigenen Stimmung zu beschreiben. Aber noch immer wundere ich mich über meinen Vater. Er hat mich aufgefordert, dieses Tagebuch zu schreiben und wußte dabei doch sehr wohl, daß ein solches Tun gelinde gesagt unprofessionell und unangemessen ist. Ich wundere mich auch über mich selbst, daß ich ihm gehorche. Wie stark muß doch mein Wunsch sein, ihm ein wenig näherzukommen.
Und dennoch, dieses stundenlange Nachdenken darüber, ob ich mich auf die unkalkulierbaren Risiken eines Strandquartiers im Brückenkopf und einen denkbaren Besuch der Ewigkeit vorbereiten muß oder nicht, wäre nahezu unerträglich ohne dieses Tagebuch. Und das Risiko ist gering. Jedesmal, wenn ich ein paar Seiten schreibe, verschließe ich sie in einem Briefumschlag und werfe diesen in den Postschlitz von meines Vaters Safe. Ich nehme an, er nimmt sie alle paar Tage heraus und deponiert sie in einem seiner Schließfächer. Wir sprechen nicht darüber.
Hunt hat mich gerade über den neuesten Stand unserer Planung aufgeklärt. Wenn der Nachschub bis zum Morgengrauen an Land

und der Brückenkopf gesichert ist, fliegen wir sofort nach Miami, um uns mit den Exilführern zu treffen. Wiederum vierundzwanzig oder weniger Stunden später werden wir im Brückenkopf sein. In der Tat, heute früh hat der CRC New York in Richtung Opa Locka verlassen. Sofort nach der Landung wurden sie in einer Kaserne auf dem alten Luftwaffenstützpunkt interniert. Natürlich sind sie in einem sozusagen halbgaren Zustand: halb am Sieden und schon halb übergekocht. Ich habe mich nie mit der überschäumenden Hysterie des kubanischen Temperaments anfreunden können, aber ich kann ihre Gefühle in dieser Situation sehr gut verstehen. Schließlich befinden sie sich am Stadtrand von Miami, keine zehn Meilen von ihren Ehefrauen und Familien entfernt, und trotzdem dürfen sie nicht hinaus. Als Politiker würden sie natürlich liebend gern an den Festlichkeiten teilnehmen. Wie wir von überallher hören, sind die Kubaner im Süden Floridas seit dem Luftangriff am Samstag ununterbrochen am Feiern. Vor den Anwerbestellen stehen lange Schlangen. Jeder in Miami sucht noch rasch nach einer Chance, an der Schlacht gegen Castro teilzunehmen. Die Exilführer in Opa Locka aber befinden sich in einem Schwebezustand zwischen der freudigen Erregung über den Beginn der Kampfhandlungen und der dem Wesen des Kubaners eigenen Düsternis, die sich aus ihrer eigenen Hilflosigkeit erklärt.

Ich finde, es liegt eine gewisse Gerechtigkeit darin, daß es ausgerechnet Frank Bender ist, mit dem man sie zusammengesperrt hat. Bender hatte, wie ich aus den wenigen Kontakten schließen konnte, weder zu Hunt noch zur Frente ein gutes Verhältnis. Er ist ein deutscher Renegat, der sein Handwerk in den Spionagemühlen von Wien und Berlin gelernt hat, und der nur ein Prinzip kennt: Resultate! Er ist kahl, trägt eine Brille, kaut Zigarren, geifert jeden an, und monatelang pflegte ich auf das Krachen des Hörers zu warten, den Howard wütend auf die Gabel warf, wenn er mit ihm telefonierte. Nun aber gehen sie beinahe freundlich miteinander um. Bender leidet, nachdem er drei Tage mit sechs Kubanern in einer Hotelsuite hat zubringen müssen und jetzt mit ihnen zusammen in einer Kaserne eingesperrt ist, unter einer solchen Platzangst, daß Howards Stimme vor Mitleid ganz sanft geworden ist. Manchmal redet Bender sogar mit mir. »Sag, was gibt es Neues, mein Junge?« fragt er. »Erzähl mir was, womit ich diese Kerle ein

bißchen ablenken kann. Die sind schon so weit, daß sie am liebsten in den Teppich beißen würden.«
»Erzähl ihnen«, sage ich, »Castro hätte gesagt, die amerikanischen Nachrichtendienste lieferten nur Phantasieprodukte. ›Nicht mal Hollywood‹ – ich zitiere – ›würde so eine Story verfilmen.‹«
»Ha, ha, da hat er recht, der Hundesohn«, lacht Bender.
Howard bellt zu mir herüber: »Sag Frank, er soll ihnen mitteilen, daß alles nach Plan läuft.«
»Sie hassen den Plan«, gibt Bender zurück. »Sie wollen handeln.«
»Sag ihm«, ruft Hunt wieder, »ich habe seiner Frau die Grüße ausgerichtet.«
»Bringt mir eine Kiste Zigarren«, seufzt Bender. »Ich hab' bald keine mehr.«
Zwei Stunden später ruft er wieder an. Barbaro will mit mir reden.
»Ich möchte, daß du deinem Vater drei Worte ausrichtest«, sagt er. »Diese drei Worte lauten Mario García Kohly. Kohly, Kohly, Kohly. Frag deinen Vater, ob Kohly auch so überwacht wird wie wir.«
»Kohly kann nichts ausrichten«, sage ich. »Masferrer ist verhaftet.«
»Es gibt viele Masferrers, aber es gibt nur einen Kohly. Er ist eine Bombe, und wir werden alle in der Explosion umkommen«, stöhnt Barbaro.
Ein bißchen später erklärt mein Vater auf meine Frage, Kohly sei nur eine einzige Kanone unter 184 losen Geschützen unter Deck – so viele verschiedene Flüchtlingsgruppen gibt es in Miami.

spät am Sonntagabend, nahe Mitternacht

Wir versuchen noch ein paar Stunden zu schlafen, bevor die Landung beginnt. Der vorbereitete Text des kummuniqués Nummer eins des Kubanischen Revolutionsrats, von Hunt und Phillips sorgfältig formuliert, ist jetzt fertig. In ein paar Minuten werden wir es per Telefon an Lem Jones durchgeben, er wird es notieren, abtippen, kopieren, in ein Taxi steigen und es an die Nachrichtenagenturen verteilen. Sie sollten es gegen 2 Uhr 00 haben.
»DER KUBANISCHE REVOLUTIONSRAT GIBT BEKANNT: IN DEN NÄCHSTEN STUNDEN WIRD DIE ENTSCHEIDENDE SCHLACHT DER KUBANISCHEN REVOLUTION GEGEN CASTRO GESCHLAGEN WERDEN. EINE GROSSE ARMEE TAPFERER PATRIOTEN HAT JETZT DEN ANGRIFFSBEFEHL

ERHALTEN UND HOLT ZUM SCHLAG FÜR DIE BEFREIUNG IHRES GELIEBTEN VATERLANDES AUS. IN JEDER STADT, IN JEDEM DORF WERDEN SICH UNSERE PARTISANEN GEGEN DEN TYRANNEN ERHEBEN. UNSERE INFORMATIONEN AUS KUBA ZEIGEN, DASS SICH BEREITS EIN GROSSER TEIL DER MILIZ AUF DEM LAND DEM AUFSTAND ANGESCHLOSSEN HAT.«

Ich hatte keine Zeit zum Nachdenken, aber ich fragte mich, ob von unseren Partisanen noch ein einziger übrig ist. Heute nachmittag kamen Berichte von Reuters über Castros Antwort auf den Luftangriff vom Sonnabend. In Havanna und Santiago finden riesige Verhaftungsaktionen statt. Wieder beginne ich daran zu zweifeln, ob unser erster Luftangriff klug war. Vermutlich gingen die Überlegungen von der Möglichkeit aus, Castros Aufklärungsflugzeuge könnten die Annäherung der rostigen Frachter der Brigade bemerken, wenn wir zu lange warteten und dann hätte er Zeit gehabt, seine Luftwaffe auseinanderzuziehen, um ihre Verwundbarkeit zu verringern. Aber wieviel wurde dadurch verloren, daß man nicht gleichzeitig überall angegriffen hat? Nun, ich will die Klugheit meiner militärischen Vorgesetzten nicht in Zweifel ziehen.

12 Uhr 30, 17. April 1961

Ich sitze wieder auf dem Klo und schreibe. Das Fallschirmjägerkontingent der Brigade, 176 Mann stark, ist vor einer Weile nach einem Steakdinner aus Happy Valley abgeflogen. Ihr Frühstück wird aus einem Apfel bestehen. Nun werden sie in ein paar Stunden abspringen, um Straßensperren zu errichten. All die Tage habe ich die wandfüllende Karte in der Kommandozentrale angestarrt, auf der das vierzig Meilen breite und achtzig Meilen lange Gebiet abgebildet ist, und ich sehe sie vor mir, wenn ich die Augen schließe. Vielleicht sollte ich jetzt schon den geplanten Brückenkopf beschreiben. Denn sobald der Kampf beginnt, werde ich dafür keine Zeit mehr haben.

Unsere Landung wird an einem L-förmigen Küstenabschnitt stattfinden. Die Schweinebucht ist ein schmaler, etwa zwanzig Meilen langer von Nord nach Süd verlaufender Küstenstreifen, der bis zur Karibikküste hinabreicht, die die Ost-West-Achse bildet. Ein Teil unserer Streitmacht (zwei Bataillone) wird die Schweinebucht zwanzig Meilen bis zum nördlicheren Punkt hinauffahren und an der Playa Larga (Red Beach) landen. Unsere Hauptmacht wird bei Girón an der Karibikküste, etwa zehn Meilen jenseits der Stelle, wo die Küste einen Knick macht, an Land kommen. Playa Larga und Girón liegen also dreißig Meilen auseinander, dazwischen gibt es eine gute, unter Castro gebaute Straße. Noch weiter Richtung Osten, weitere zwanzig Meilen an der Karibikküste entlang, liegt Green Beach. Dort wird später ein drittes Truppenkontingent an Land gehen. Es wird erwartet, daß unsere Kräfte innerhalb von vierundzwanzig bis achtundvierzig Stunden die Verbindung zueinander herstellen und daß wir uns dann im Besitz des fünfzig Meilen langen Küstenstreifens befinden werden, im Rücken durch die Schweinebucht gesichert, vor uns den drei Meilen breiten Streifen des Sumpfes von Zapata. Einige Meilen vor dem Troß werden die Fallschirmjäger die drei Straßen sperren die quer durch den Sumpf nach Süden zur Küste führen.

Bald werde ich diese Straßen und dieses Gelände kennenlernen. Ich denke an die Fallschirmjäger, die von Nikaragua nach Kuba fliegen. Das Dröhnen der C-46-Motoren vermischt sich in meiner Phantasie mit dem Gemurmel der schlafenden Männer auf ihren Pritschen neben mir.

6 Uhr 15, 17. April 1961

Viel ist in den letzten sechs Stunden geschehen. Der Invasionsstreitmacht gelang es, gegen halb drei Uhr früh an der Playa Larga und bei Girón an Land zu gehen, aber sonst ist wenig plangemäß verlaufen. Wir erhalten die Nachrichten auf umständliche Weise: Der Kommandoposten bei Girón funkt zum Kommandoschiff der Brigade, der *Blagar* zurück. Von dort geht die Meldung zu einem zwanzig Meilen vor der Küste kreuzenden amerikanischen Zerstörer weiter, der sie dann ans Pentagon und an uns in der Kommandozentrale weitersendet. Es ist schwer zu sagen, wieviel davon den Tatsachen entspricht und wieviel als Falschmeldung angesehen werden muß, aber nach verschiedenen Bestätigungen und Dementis ist jetzt folgendes klar: Die Strände waren keine »schürzenförmigen«, sanft abfallenden Sandflächen wie erwartet, sondern ein gezacktes Korallenriff mit zahllosen unter der Wasseroberfläche lauernden Felsen. In der Finsternis dauerte es länger, die Leuchtbojen entlang den Zufahrtswegen auszusetzen, über die man sich der Küste nähern wollte, als ursprünglich angenommen. Die meisten Boote, die den Nachschub an Land bringen sollten, kamen nicht durch, weil sie im Korallenriff auf Grund liefen;

die Männer mußten durch das Wasser waten, das ihnen bis zur Brust reichte, und die Gewehre über den Köpfen tragen. Trotzdem wurde ein großer Teil der Ausrüstung naß, darunter auch das Funkgerät. Sein – wie wir hoffen nur vorübergehender – Ausfall ist der Grund für den schleppenden Nachrichtenverkehr zwischen der Brigade und uns.

Nicht vorhergesehen war auch eine kleine Abteilung Castro-Miliz, die sich am Strand befand. Es kam zu einigen Feuergefechten, bevor die Leute sich ergaben oder abzogen. Castro muß aber inzwischen von der Invasion wissen. In mehreren Hütten an dieser unwahrscheinlich abgelegenen Küste waren nicht nur Kurzwellensender installiert, sie waren sogar noch warm, als unsere Kubaner sie erbeuteten. Also wird man früher als erwartet von Castro hören. Mein Vater, der im Korridor an mir vorbeikam, meinte: »Er wird das Gelände zu säubern versuchen, bevor wir unseren Brückenkopf so weit ausgebaut haben, daß wir die provisorische Regierung einfliegen können.«

Alle eintreffenden Nachrichten müssen nun unter dem Aspekt beurteilt werden, ob es noch gelingen wird, den Brückenkopf rechtzeitig auszubauen. Die Lage der Fallschirmjäger ist unterschiedlich. An der Ostfront, nach San Blas im Norden hin, sind die Straßensperren gut mit Waffen und Nachschub versorgt. Einige Bewohner von San Blas helfen sogar beim Tragen und melden sich freiwillig als Sanitäter und Krankenschwestern. Der Nachschub für die Fallschirmjäger an der Westfront, an der Straßensperre nördlich der Playa Larga ist aber im Sumpf heruntergekommen, wir haben die Truppen besser ausgebildet als die Piloten, und die Männer mußten sich an die Küste zurückziehen.

Tony Oliva, der Kommandeur des Zweiten Bataillons an der Westküste bei Playa Larga ist also vom Augenblick seiner Landung an in Gefechte verwickelt. Bei beiden Landungen, sowohl an der Playa Larga als auch bei Girón, hatte man nicht mit Widerstand gerechnet, wurde aber in beiden Fällen von kleineren Milizverbänden mit Feuer empfangen. Beide Brigadebataillone haben sich gehalten und nunmehr eingegraben, aber es wurden Stunden verloren. Die billigen Landungsboote aus zweiter Hand, die wir aus Tarnungsgründen benutzt haben, waren den Anforderungen offenbar nicht gewachsen. Die Funksprüche, die wir aus der Kampfzone empfangen, sprechen immer wieder von versagenden

Außenbordmotoren, von Booten, die im Dunkeln vergeblich auf den Einsatz warten und vom zeitraubenden Manövern an Korallenriffen. Aus einer Bemerkung meines Vaters vor einigen Tagen schließe ich, daß der Geheimdienst unserer Marine die Agency gewarnt hat: An der Küste bei Girón sei mit vielen derartigen Hindernissen zu rechnen. Wir aber haben diese Hinweise unbeachtet gelassen. Nachdem wir Trinidad als Landungsort aufgeben mußten, wird die Agency beschlossen haben, daß es nun keine Änderungen mehr geben dürfe, weil sonst von unserem Plan gar nichts mehr übriggeblieben wäre. Wir handeln nun offenbar nach dem Motto: nach vorne durch. Gibt es beim Landen Schwierigkeiten? Dann bringt das Zeug an Land – egal wie! Deshalb kommt der Nachschub jetzt zu langsam herein. Es sieht so aus, als ob vor Tagesanbruch keine Panzer mehr an Land gebracht werden können – und dann müssen sich die Versorgungsschiffe von der Küste zurückziehen.
Ich muß hier aufhören. Ich höre Lärm auf dem Korridor.

11 Uhr 30

Es ist fünf Stunden her seit der letzten Eintragung, und vieles hat sich zum Schlechteren gewendet. Die Reste von Castros Luftwaffe sind heute früh über Girón aufgetaucht, nur sechs Maschinen, und eine wurde abgeschossen, aber wir selbst haben ein Versorgungsschiff verloren, und ein anderes liegt mit einem Leck im flachen Wasser, dreihundert Meter vor der Küste.
Ein paar erschreckende Fakten werden nun erkennbar. Das Zweite Bataillon ist tatsächlich bis zum Tagesanbruch an der Playa Larga von Bord der *Houston* heruntergekommen, aber das Fünfte Bataillon, das aus lauter unerfahrenen Rekruten besteht, war noch an Bord, als die *Houston* von einer Rakete getroffen wurde, die eines der Flugzeuge Castros abgefeuert hatte. Da sich an Bord des Frachters auch Munition und Treibstoff befanden, war es ein Wunder, daß nichts davon getroffen wurde. Das Schiff bekam aber ein gefährliches Leck unter der Wasserlinie. Es schleppte sich noch ein Stück weit zur Küste hin, wo es dann, keine vierhundert Meter vom Strand entfernt, zu sinken begann. Öl und Bilgenwasser sickerten aus seinen Wunden heraus, während das Fünfte Bataillon ins Wasser sprang und an Land schwamm. Castros Maschinen griffen im Tiefflug an und beharkten sie mit Maschinengewehr-

feuer. Den Berichten zufolge ist mit zwischen zwanzig und vierzig Gefallenen und einer noch nicht bekannten Anzahl von Verwundeten zu rechenen. Tony Oliva, der Kommandeur des Zweiten Bataillons an der Playa Larga, braucht aber die Truppen des Fünften Bataillons als Verstärkung für seinen Vormarsch. Gegenwärtig befinden sie sich nun allerdings zehn Meilen weiter südlich, vermutlich um sich zu formieren.
Ein paar Minuten darauf kam die Meldung eines noch größeren Unglücks herein. Ein anderes von Castros Flugzeugen hat mit einer weiteren Rakete die *Río Escondido* getroffen. Dieser Frachter ist explodiert und gesunken. Wie viele überlebt haben, steht noch nicht fest (aber von der *Blagar*, die sofort herbeieilte, um zu helfen, wurde eine ganze Anzahl aufgefischt). Die eigentliche Katastrophe, wie wir erst nachträglich erfahren haben, besteht freilich darin, daß die *Río Escondido* den größten Teil des für die ersten zehn Tage des Kampfes nötigen Nachschubs – Munition, Verpflegung, Verbandszeug und Medikamente, Treibstoff geladen hatte.
Nun erhalten wir Berichte, daß es der Brigade nur gelungen ist, etwa zehn Prozent der Munition zu bergen. Für heute wird das *wahrscheinlich reichen*, aber die Versorgungsschiffe sind nach den beiden Volltreffern hinaus auf die offene See geflohen und werden erst wieder in der Nacht zurückkommen können. Das Dritte Bataillon, das im Abschnitt Green Beach, zwanzig Meilen weiter östlich, landen sollte, mußte statt dessen zur Basis bei Girón umdirigiert werden. Es steht nun dort auf der rechten Flanke, gerade mal zwei Meilen östlich der Stadt. Wenn Playa Larga an der Westfront nicht gehalten wird und Olivas Zweites Bataillon zu diesem dreißig Meilen weiten Rückzug nach Girón gezwungen sein sollte, wird der Brückenkopf nur noch einige wenige Meilen breit sein. In diesem sehr ungünstigen Fall ist es von entscheidender Wichtigkeit, daß genügend Nachschub hereinkommt.
Damit kommt auch schon das nächste Problem auf uns zu: Den Frachtern wurde befohlen, sich mit dem US-Flugzeugträger *Essex* und dessen Begleitzerstörern zu treffen, um vor weiteren Luftangriffen sicher zu sein. Der Treffpunkt befindet sich nur zwanzig Meilen von der kubanischen Küste entfernt auf See, aber die Kapitäne der Schiffe reagieren nicht auf die ihnen per Funk übermittelten Instruktionen, sondern haben sich »in alle Winde zerstreut«. Ihre der Handelsmarine angehörenden Mannschaften

sind offenbar, obgleich ebenfalls Kubaner, nicht annähernd so motiviert wie die Brigade. Resultat: Die *Blagar*, die *Caribe*, die *Atlántico* und die *Barbara J.* sind über die ganze Karibik verteilt.
Die einzige gute Nachricht ist, daß wir über einen kleinen Landeplatz bei Girón verfügen und daß er in einem anständigen Zustand ist. Ein Schweißtropfen rinnt mir sofort das Rückgrat hinunter, wenn ich mir vorstelle, daß das der Flugplatz ist, auf dem ich landen werde. Hunt allerdings kommt vorbei, um mitzuteilen, daß unser Flug hinunter nach Florida, wo wir uns mit dem übrigen kubanischen Revolutionsrat treffen sollen, der schlechten Nachrichten wegen aufgeschoben worden ist. Interessant finde ich, mit welchem Eifer der CRC trotz der ungeklärten Lage die Posten unter sich verteilt hat. Cardona ist natürlich Präsident, und Manuel Artime (gegenwärtig bei der Brigade) trägt den Titel eines »Delegierten in der Invasionsarmee«, und Toto Barbaro, ein Genie der Feinabstimmung, ist Verteidigungsminister. Manuel Ray ist Chef der Sabotage und Innenminister geworden und bekleidet damit genau den Posten, den er sich aussuchen würde, wenn Hunts Verdacht zutrifft, daß er ein Kommunist ist. Justo Carillo soll das Wirtschafts- und Antonio Maceo das Gesundheitsministerium verwalten.
Trotzdem herrscht in Opa Locka Hysterie. Einer der Minister (ich vermute, Barbaro) hat geschworen, daß er sich umbringen wird, wenn man ihn nicht freiläßt. Er beschwört Bender in einer Tour, er solle ihn mit Allen Dulles sprechen lassen. Bender hat Dick Bissell am Telefon gebeten, er möge ihm doch ein paar eindrucksvolle Repräsentanten Kennedys nach Opa Locka hinunterschicken, damit sie die Nerven dieser komischen Staatsmänner beruhigen. Arthur M. Schlesinger junior und Adolf Berle werden erwähnt.
Die Arbeit in Quarters Eye ist für viele von uns zum Stillstand gekommen. Von Zeit zu Zeit trifft ein Telegramm in der Kommandozentrale ein, und sein Inhalt versetzt ein paar Leute in hektische Aktivität – wir alle fiebern ja darauf, endlich etwas tun zu können –, aber die meiste Zeit ähneln wir einem stillstehenden Getriebe, das darauf wartet in Gang gesetzt zu werden. Die in Nikaragua stationierten B-26 sind ständig unterwegs, aber der Dreieinhalbstundenflug von Happy Valley nach Girón und der ebenso lange Rückflug kosten soviel Treibstoff, daß sie sich nur fünfzehn Minuten über dem Brückenkopf aufhalten können. Diese Bomber tragen 3000

Pfund Bomben, acht Raketen und acht .50-Kaliber-Maschinengewehre plus Treibstoff. Damit das Startgewicht nicht überschritten wird, hat man auf den Heckschützen verzichtet, da das Gewicht seines Maschinengewehrs, der Munitionskästen und der übrigen Ausrüstung fast 1000 Pfund ausmachen. Das ist genau der Sprit für die fünfzehn Extraminuten Einsatzzeit über dem Gefechtsfeld. Wie verwundbar aber müssen diese schwerfälligen Bomber ohne Heckschützen Castros verbliebenen Jagdflugzeugen gegenüber sein.

Ein Bursche hier, der nicht richtig nachgedacht hat – wie froh bin ich, daß nicht ich es war! –, fragte, warum man die B-26 dann nicht auf dem Flugplatz ließe. Antwort: Weil Castros Flugzeuge sie dort zerstören würden.

15 Uhr 00, 17. April 1961

Unsere Moral ist nach wie vor gut. David Phillips, der offensichtlich stolz auf seine Urbanität ist, wird allmählich etwas gereizt. Wir können uns einfach nicht entscheiden, was für CRC-Bulletins wir an Lem Jones Associates herausgeben sollen. Ist es angebracht, Schwierigkeiten zuzugeben?

Wir entscheiden uns für den folgenden Text:

DER KUBANISCHE REVOLUTIONSRAT TEILT MIT: AM HEUTIGEN TAG WURDEN VOR ALLEM NACHSCHUB UND UNTERSTÜTZUNG FÜR DIE WÄHREND DER LETZTEN MONATE INNERHALB VON KUBA MOBILISIERTEN UND AUSGEBILDETEN KRÄFTE SICHERGESTELLT.

Wir fügten ein »Zitat« von einem ungenannten Staatsmann hinzu:

»ICH PROPHEZEIE, DASS DIE INSEL KUBA SICH VOR DEM MORGENGRAUEN EN MASSE IN EINER KOORDINIERTEN WELLE DER SABOTAGE UND DER REBELLION ERHEBEN WIRD . . . EIN GROSSER TEIL DER MILIZ AUF DEM LANDE HAT SICH UNS BEREITS ANGESCHLOSSEN.«

In Wirklichkeit hatte die Brigade bisher einhundert Milizionäre gefangengenommen, von denen sich gerade die Hälfte uns angeschlossen hatte. Wir extrapolierten die Zukunft aus diesem Quotienten.

Dean Rusk war etwas vorsichtiger. Eine Abschrift von seiner Pressekonferenz heute morgen macht jetzt im Nachrichtenraum die Runde. Es ist unglaublich, wie viele Zigaretten geraucht werden, wie viele Aschenbecher von niemandem geleert herumstehen, wie viele Blätter, Kopien jeder Art, auf dem Fußboden landen. Wir alten Hasen in der Agency sind normalerweise die ordentlichsten und saubersten Menschen in Amerika, aber die Spannung der letzten Tage hat unseren Nerven irgendeine Art Sekret abgepreßt. Ein graues Sekret, genauer gesagt: Alles ist grau – die Nachrichten sind grau, die Zigarettenasche ist grau, das, was weggeworfen und als Dreck am Boden liegt, die grauen Fußstapfen auf den Blättern dort. Ja, wir sondern Informationen ebenso schnell ab, wie wir sie in uns aufnehmen.

RUSK: Das amerikanische Volk hat ein Recht zu erfahren, ob wir in Kuba eingreifen oder es für die Zukunft vorhaben. Die Antwort auf diese Frage lautet: nein. Was in Kuba geschieht, soll das kubanische Volk selbst entscheiden.
FRAGE: Herr Außenminister, könnten Sie uns sagen, welcher Art die Kontakte sind, die unsere Regierung mit dem sogenannten Revolutionsrat in New York unterhält?
RUSK: Es tut mir sehr leid, daß ich keine Fragen bezüglich Kuba beantworten kann. Ich muß auf der Feststellung beharren, die ich gerade getroffen habe.
FRAGE: Es gibt da diesen sehr rätselhaften Fall des Piloten, der in Miami gelandet ist, nachdem er behauptet hat, er sei von der kubanischen Luftwaffe desertiert. Castro hat uns aufgefordert, seinen Namen zu nennen. Warum darf die Presse diesen Mann nicht sehen? Macht die Einwanderungsbehörde Politik für das Außenministerium?
RUSK: Ich glaube, das ist eine Frage, die zuerst die Einwanderungsbehörde und dann Kuba betraf. Ich möchte gegenwärtig nicht auf diese Frage antworten.
FRAGE: Wenn es den Rebellen gelingt, einen soliden Stützpunkt in Kuba zu etablieren, würden wir dann die Frage einer diplomatischen Anerkennung in Betracht ziehen?
RUSK: Das ist eine Frage für die Zukunft, auf die ich zur Stunde nicht eingehen kann.
FRAGE: Herr Außenminister, ich will von Kuba aufhören.
RUSK: Danke. (Lachen)

Andere sind in dieser Sache allerdings nicht so zuvorkommend. Menschenmengen, Steine und eingeworfene Fenster im US-Informationszentrum in Bogota; in Caracas wird gegen eine Demonstration von Aufrührern Tränengas eingesetzt. Die *Iswestija* berichtet von »alarmierenden Neuigkeiten«. Ich überfliege Statements der Außenminister in London, Paris, Rom, Bonn, Warschau, Prag, Budapest, Peking, Neu Dehli, Kinshasa. Neue Blätter fliegen zu Boden. Draußen auf dem Ohio Drive kann man den Montagnachmittagsverkehr vorbeifluten sehen. Fahrgastschiffe gleiten den Potomac hinauf. In diesem Augenblick sind wir vielleicht das wichtigste Büro in Washington, und trotzdem haben wir so gut wie nichts zu tun. Mir ist flau im Magen, trotzdem fühle ich mich aufgedreht, vom Koffein aufgeputscht, dabei wütend und so sonderbar, fast wie ein Fremder in meiner Umgebung. Ich bin Teilnehmer eines Unternehmens, das Geschichte macht, aber nur als ein Speerträger, der seine eigene, kleine, ängstliche Rolle in der Oper spielt.

Als ich die ersten Ausgaben der Abendzeitungen lese, packt mich die kalte Wut. Was dort verbreitet wird, ist einfach *unverantwortlich*! Die kleingedruckten Gerüchte springen mich wie Schlagzeilen an:

KUBANISCHE MARINE REBELLIERT

INVASOREN LANDEN IN VIER VON KUBAS FÜNF PROVINZEN

RAUL CASTRO GEFANGENGENOMMEN

TAUSENDE POLITISCHE GEFANGENE BEFREIT

CASTRO BEREITET SEINE FLUCHT VOR

Lächerliche Gerüchte, die hier wie gesicherte Fakten daherkommen. Ich, der ich beim Geheimdienst bin, komme mir demgegenüber geradezu rechtschaffen vor. Wir lügen wenigstens mit einer gewissen Finesse. Dann denke ich an unsere albernen Bulletins für den kubanischen Revolutionsrat. Das ist doch keine Arbeit für einen Geheimdienst. Einen Augenblick lang hasse ich Hunt, als ob er dafür verantworlich wäre, daß ich mich in dieser elenden Propagandaabteilung befinde. Mir wird klar, daß meine Nerven anfangen zu flattern. Ich hatte damit gerechnet, inzwischen in Opa Locka und morgen im Brückenkopf zu sein. Statt dessen halte ich mich noch immer im Dunstkreis miefiger Achselhöhlen auf. Kann es etwas Schlimmeres als Deodorants geben, die nicht mehr wirken?

3 Uhr 30, 18. April 1961

Die Gefechte an der Playa Larga und bei San Blas dauern die ganze Nacht durch an. Castros Truppen haben die Front um 15 Uhr, also vor zwölf Stunden erreicht, und daraufhin entbrannte ein heftiger Kampf. Die Berichte scheinen zu bestätigen, daß seine Einheiten während der ersten Angriffe aufgerieben wurden. Jetzt liegt die Brigade unter heftigem Artillerie- und Panzerbeschuß und antwortet darauf mit ihren eigenen Panzern, 4,2-Zoll-Granatwerfern und weißer Phosphormunition. Es wird behauptet, dem Gegner wurden große Verluste zugefügt. Ich kann nicht schlafen. Die Schlachtberichte klingen so episch.

3 Uhr 44, 18. April 1961

Ich höre Radio Swan. Eine Stunde später läuft ein Transkript von ihrer Sendung an den kubanischen Untergrund bei mir ein. Es lohnt sich vielleicht, den Text in dieses Tagebuch aufzunehmen. Zum Teufel; Hunt, Phillips und ich hoffen, allen Fidelistas, die zuhören könnten, damit ein wenig Angst einzujagen.

»JETZT IST FÜR EUCH DER AUGENBLICK GEKOMMEN, STRATEGISCHE POSITIONEN ZU BEZIEHEN, VON DENEN AUS IHR STRASSEN UND EISENBAHNLINIEN KONTROLLIEREN KÖNNT. MACHT GEFANGENE ODER ERSCHIESST DIE, DIE SICH WEIGERN, EUREN BEFEHLEN ZU GEHORCHEN! KAMERADEN DER MARINE: SICHERT EUREN POSTEN IN DER MARINE DES FREIEN KUBA. KAMERADEN DER LUFTWAFFE: HÖRT GENAU ZU! ALLE FLUGZEUGE MÜSSEN AM BODEN BLEIBEN. SORGT DAFÜR, DASS KEIN FLUGZEUG DER FIDELISTEN STARTEN KANN. ZERSTÖRT DIE FUNKGERÄTE; ZERSTÖRT DIE LEITWERKE; ZERBRECHT DIE INSTRUMENTE; DURCHLÖCHERT DIE TREIBSTOFFTANKS! FREIHEIT UND EHRE ERWARTEN DIE, DIE SICH UNS ANSCHLIESSEN. DER TOD WIRD DIE VERRÄTER ERREICHEN, DIE ES NICHT TUN!«

6 Uhr 31, 18. April 1961

Mehr von Radio Swan:

»Bevölkerung von Havanna, Achtung, Bevölkerung von Havanna. Helft den tapferen Soldaten der Befreiungsarmee ... Heute um 7 Uhr 45 früh, wenn wir mit diesem Sender das Signal dazu geben, sollten alle Lampen bei euch zu Hause eingeschaltet sein; alle elektrischen Geräte sollten angeschlossen sein. Verstärkt so die Belastung der Generatoren im Elektrizitätswerk! Aber macht euch keine Sorgen, Leute von Havanna, die Befreiungskräfte werden die Elektrizitätswerke wieder in Besitz nehmen und sie können schnell repariert werden.«

7 Uhr 00, 18. April 1961

Die Brigade hat die Schlacht an der Playa Larga gewonnen, aber trotzdem an Boden verloren. Nach all unseren Berichten waren Castros Verluste hoch. Seine Truppen mußten entlang einer Straße angreifen, die auf beiden Seiten von Sümpfen umgeben ist. Es klingt nach einer Operation, bei der eine verwundete Kreatur hinter der anderen herkriecht, und die Blutenden suchen Deckung hinter den Leichnamen ihrer Kameraden.

Als ich den obenstehenden Satz schreibe, merke ich, daß ich meine Sinne nicht ganz in der Gewalt habe. Ich sehe mich selbst in dem Verwundeten, der den Toten vorwärtsstößt. Ich fühle die schmutzige, intime Klebrigkeit des Blutes.

Castros Truppen haben den Durchbruch nicht geschafft. Dafür hat Olivas Zweites Bataillon keine Munition mehr. Das Fünfte Bataillon, von der gesunkenen *Houston* an Land geschleppt, hat keine Waffen. Es ist niemals bis zum Zweiten Bataillon vorgestoßen. Inzwischen wurde der Rückzug von der Playa Larga nach Girón angeordnet. Der fünfzig Meilen lange Brückenkopf schrumpft auf fünf Meilen zusammen.

Die schlimmste Meldung besagt, daß letzte Nacht kein weiterer Nachschub von See her eingetroffen ist. Ich muß viermal nachts aufgestanden sein, um den Telegrammverkehr von Girón zu lesen. Die Lage ist denkbar verwirrend. Unsere Versorgungsschiffe sind über die halbe Karibik verstreut. Die Besatzungen der *Caribe* und der *Atlántico* müssen völlig durchgedreht sein. Das erste Schiff liegt jetzt 218 Meilen südlich der Schweinebucht, und nichts deutet darauf hin, daß es zurückkehren wird, um die Nachschublieferung wieder aufzunehmen. Die *Atlántico*, nur 110 Meilen südlich, bittet um Entladung in Landungsboote *fünfzig Meilen von der Küste entfernt*.

Es scheint, als ob die Explosion der *Río Escondido* auf die Leute hier wie die Detonation einer Atombombe gewirkt hat. Es muß einen riesigen Rauchpilz gegeben haben, und der Knall soll dreißig Meilen weit zu hören gewesen sein. Ein großer Teil der Mannschaft wurde von der *Blagar* gerettet, doch ganau diese demorali-

sierte Mannschaft lähmt jetzt die gesamte Aktion. Während die Brigade infolge des Untergangs der *Escondido* den größten Teil ihrer Munition und Ausrüstung verloren hat, ist auf der *Blagar* so viel Nachschub, daß unsere Kubaner noch zwei weitere Tage kämpfen könnten, wenn sie ihn nur bekämen. Aber die *Blagar* kriecht so langsam nach Girón zurück, daß sie die Küste erst gegen Morgen erreichen wird, was bedeutet, daß sie heute wieder nicht wird ausladen können. Die Überlebenden der *Escondido* haben die *Blagar* derart demoralisiert, daß die Mannschaft droht, die Maschinen des Schiffs zu stoppen, wenn sie keinen Geleitschutz durch amerikanische Zerstörer bis zur Küste erhalten. Weil darüber verhandelt wird (mit dem Weißen Haus, nehme ich an), läßt die Mannschaft es zu, daß die *Blagar langsam* zurückfährt.
Ich will kein Urteil über andere fällen. Wenn mich eine Explosion ins Meer geschleudert hätte, hätte ich mich vielleicht auch nicht mehr in der Gewalt. Der Kern des Problems, das wir jetzt mit diesen meuternden Mannschaften haben, erklärt mir Phillips, hat seine Ursache in der Art und Weise, in der die Schiffe gechartert wurden. Die García Line, die sie uns vermietet hat (mit Büros in Havanna, New York und Houston), ist nicht nur eine echte, ehrliche, ganz normale Reederei, sondern sogar die größte in Kuba. Die Mannschaften haben von der Entscheidung des Eigentümers, von Castro zu uns überzulaufen, mit Sicherheit nichts gewußt, sondern waren der Meinung, man habe sie für Routinefahrten angeheuert.

später

Die Situation ist für Pepe San Román so unerträglich geworden, daß er in einer seiner wrackähnlichen Barkassen hinausgefahren ist, um auf See nach einem Frachtschiff zu suchen. Von dort, wo er sich dann befand – sechs Meilen vor der Küste, weiter wagte er sich mit dem asthmatischen Motor nicht hinaus –, konnte er nur noch Codenamen hinausfunken: DOLORES, DIES IST STRAND, BRAUCHE DICH. VERSUCHE DICH ZU FINDEN. DOLORES, BITTE ANTWORTE STRAND.
Ich kann mich des Eindrucks nicht erwehren, daß dieser Text so verzweifelt klingt wie gewisse Kleinanzeigen in manchen Zeitungen. Schon jetzt, am frühen Morgen, ist klar, daß wir den Brückenkopf vor heute abend nicht mit Nachschub werden versorgen

können. Zum Ausgleich dafür hat Präsident Kennedy allerdings in der Nacht seine Zustimmung zu einem Angriff von sechs B-26 aus Nikaragua gegeben, die versuchen sollen, die restlichen Flugzeuge von Castros Luftwaffe zu vernichten.
Aber ein Fluch scheint auf diesem Unternehmen zu lasten. An diesem Morgen bedecken schwarze, niedrige tropische Wolken Havannas Flugplätze.
Natürlich löst die Tatsache, daß nun plötzlich die Erlaubnis zu ebendiesem Angriff da ist, den man uns am Sonntag noch untersagt hat, bei uns allen nichts als Häme aus. »Der irische Hamlet« ist vielleicht noch die zitierfähigste unter den Bezeichnungen für Kennedy, die in den letzten Stunden hier ersonnen und verbreitet wurden. Cabell wurde seit seinem katastrophalen Auftritt im Golfdress am Sonntagmorgen so gut wie nicht mehr im Hause gesehen. Auch gegen Bissell richten sich bereits gewisse Vorbehalte. Wie es heißt – und ich habe zwei praktisch identische Versionen von meinem Vater und von David Phillips gehört –, soll Rusk, als Bissell und Cabell ihn am Sonntagnachmittag in seinem Büro im Außenministerium aufsuchten, um auf die Durchführung dieses Bombenangriffs zu dringen, mehr von unserer kompromittierten Situation in der UNO gesprochen haben. Dann habe er Präsident Kennedy in Glen Ora angerufen und übers Telefon in fairer Weise Cabells und Bissells Argumente für die Notwendigkeit eines zweiten Luftangriffs wiedergegeben, aber mit der Feststellung geschlossen, daß er nicht damit einverstanden wäre. Woraufhin Kennedy erklärte, er schlösse sich Rusks Meinung an. Der wiederum teilte diese Botschaft unseren Offizieren mit, wies aber auf das Telefon: Ob sie selbst mit dem Präsidenten zu sprechen wünschten? Nein. Sie verzichteten darauf, und gerade das sorgt heute, drei Tage später, für eine aufsässige Stimmung in Quarters Eye. Von Cabell war nichts anderes zu erwarten, aber warum hatte Bissell nichts gesagt?
Ich fragte meinen Vater, doch der machte dem Thema rasch ein Ende. »Dickie befürchtete«, erklärte er, »daß Kennedy die ganze Sache abblasen würde, wenn er zu nachdrücklich auf der Notwendigkeit eines zweiten Luftangriffs bestanden hätte.« Dann maß er mich mit einem wilden Blick. »Ab und zu im Leben eines Mannes«, knurrte er, »kann es mal zu Erektionsschwierigkeiten kommen. Was macht man in diesem Fall? Man steckt ihn rein, mein Junge,

und wenn's auch nur die Spitze ist. Und dann bittet man Gott um Verstärkung: Laß, Herrgott, doch bitte einen Elefanten auf meinen Arsch treten.«
Die Art und Weise, wie mein Vater, Sohn des größten Schuldirektors, den St. Matthew's je besaß, Sex und Universum miteinander verband, ist für mich, nachdem ich acht Jahre lang mit dieser Idee gelebt habe, der beste Beweis für die Existenz von Alpha und Omega.

15 Uhr 00, 18. April 1961

Roberto Alejos' Bruder Carlos, der guatemaltekische Botschafter, hat gerade in der UNO eine Rede gehalten, um Kubas Anklagen zurückzuweisen. Ich sehe ihn im Fernsehen. Carlos Alejos stellt mit allem Nachdruck fest, daß die in Kuba gelandeten Truppen nicht in Guatemala ausgebildet worden sind. Sein Land, erklärt er feierlich, sei nicht bereit, sein Territorium für aggressive Handlungen gegen Nachbarländer zur Verfügung zu stellen.
Ich bewundere diesen Mann. Große Lügen sind eine aufregende Sache. Ich bin entschieden dafür, um eines großen Zieles willen auch große Unwahrheiten zu riskieren – statt wie mit den Müttern von Miami und der Karawane des Kummers aus Schwächen und Lastern Kapital zu schlagen.

16 Uhr 00, 18. April 1961

An der Front ist es heute nachmittag relativ ruhig. Castros Streitkräfte haben offenbar einigen Respekt entwickelt, nachdem sie gestern abend übel zugerichtet worden sind. Sie bewegen sich vorsichtig die Straße von Playa Larga nach Girón hinunter. Bei San Blas an der Ostfront, wo gestern ebenso schwere Kämpfe stattgefunden haben, kam es zu einer Umgruppierung unserer Kräfte. Das Dritte Bataillon, das mit Pepe San Román bei Girón an Land gegangen ist und noch keine Feindberührung hatte, wird zur Ostfront hinüber verlegt, um die Fallschirmjäger bei San Blas zu entlasten. Das Vierte Bataillon, das gestern an Stelle des halb ertrunkenen Fünften Bataillons nach Playa Larga geschickt worden war, hat man zurückgezogen und zur Ostfront geschickt. Das Sechste Bataillon, das mit dem Vierten ›Reise nach Jerusalem‹ spielt, ist zum westlichen Ende gewechselt. Mir fällt ein, daß ich das Erste Bataillon noch nicht erwähnt habe. Das sind die Fall-

schirmjäger. Sie sind auf Girón zurückgenommen worden und genießen ein paar Stunden verdiente Ruhepause. Ich denke an Bierflaschen in *cantinas* und sehe Männer unter die Tische rutschen, wenn Castros Flugzeuge herüberkommen. Aber ich weiß nicht, ob dieses Bild irgendwie der Wirklichkeit entspricht.
In TRAX fand ich Pepe San Román, den mageren, geschmeidigen, gänzlich humorlosen Kerl mit dem kleinen, verkniffenen, völlig der Sache geweihten Gesicht ziemlich beeindruckend. Er schien fest entschlossen zu gewinnen. Es war ihm anzusehen, daß es ihm nichts ausmachte, Männer in den Tod zu schicken, weil er selbst bereit war, sein Leben zu opfern. Jetzt ist er am Rande eines Nervenzusammenbruchs.

BLAGAR: Hier spricht der Task Force Commander. Wie geht es Ihnen, Pepe?
PEPE: Hundesohn. Wo bist du gewesen, du Hundesohn? Du hast uns im Stich gelassen.
BLAGAR: Ich weiß, Sie haben Probleme: Ich hatte auch Probleme.
GRAY: (ein Agency-Mann an Bord der *Blagar*): Pepe, wir werden Sie niemals im Stich lassen. Wenn es da drüben ganz hart auf hart kommt, holen wir sie raus.
PEPE: Mich holt man hier nicht raus. Wir werden hier bis zum Ende kämpfen.
GRAY: Was brauchen Sie?
PEPE: Waffen, Munition, Funkgeräte, Medizin, Verpflegung.
GRAY: Wir bringen Ihnen das alles heute abend.
PEPE: Das habt ihr gestern auch gesagt und seid nicht gekommen.

17 Uhr 02, Dienstag, 18. April 1961

Mein Vater erzählt mir – er hat es aus seiner Quelle im Außenministerium –, daß Chruschtschow Kennedy eine geharnischte Note geschickt hat. Er hat einen Teil des Textes und zeigt ihn mir.
»Geschrieben in einer Stunde der Besorgnis um den Weltfrieden, der in Gefahr ist: Jedermann weiß, daß die bewaffneten Banden, die in Kuba eingedrungen sind, in den Vereinigten Staaten von Amerika ausgebildet, ausgerüstet und bewaffnet wurden. Man sollte unsere Position nicht mißverstehen: Wir werden dem kubanischen Volk und seiner Regierung jede nötige Unterstützung zukommen lassen, damit sie den bewaffneten Angriff auf Kuba

zurückschlagen können. Ehrlich an einer Entspannung der internationalen Krisensituation interessiert, werden wir, wenn andere sie verschärfen, in vollem Maße darauf antworten.«
Wir haben schon Kennedys Antwort hier. Er wird sagen, daß die USA im Falle einer Einmischung von außen sich verpflichtet fühlen werden, die sich aus dem Bündnis ihrer Hemisphäre ergebenden Verpflichtungen umgehend zu erfüllen.
Der Fisch ist rot, und die Suppe wird heiß!

20 Uhr 00, 18. April 1961

Eine Botschaft von der *Blagar*: NÄHERN UNS BLUE BEACH MIT 3 LANDUNGSBOOTEN. WENN LUFTUNTERSTÜTZUNG NICHT ZUR VERFÜGUNG DROHT TOTALVERLUST. BITTE SOFORT ANTWORTEN.

12 Uhr 30, 19. April 1961

Die *Blagar* wartet genau wie wir die ganze Nacht durch auf eine Antwort. So lange haben Bissell, General Lemnitzer vom Vereinigten Generalstab, Admiral Burke, Dean Rusk und Robert McNamara gebraucht, um eine Unterredung mit dem Präsidenten zu bewirken. Sehr im Wege war heute abend ein formeller Empfang im Weißen Haus. Der Präsident und die First Lady müssen das Kabinett, Mitglieder des Kongresses und Gäste begrüßen.
Doch kaum hat der Präsident die Party verlassen, um sich zum Gespräch zu begeben, da erhält mein Vater auch schon einen Anruf von einem seiner Kontaktleute, einem beim Empfang im Weißen Haus anwesenden Kongreßabgeordneten. Ich habe zwar immer gewußt, daß mein Vater – zum Teil – ein Herdenmensch ist, aber erst in den letzten beiden Wochen unseres Zusammenhausens ist mir klargeworden, über wie viele Quellen, Beziehungen, Verbindungen, Kontakte er im Kongreß und in den verschiedenen Ämtern und Ministerien verfügt, wie viele Fingerzeige, Tips und Hinweise er aus allen diesen Quellen erhält. Während Hugh Montague auf gewundenen Pfaden und unter Einsatz der verschiedensten Pressionen zum Ziel zu gelangen sucht, ist das Ganze für meinen Vater eine gesellschaftliche Angelegenheit. Er fragt nur freundlich und scheinbar aus persönlicher Neugier und schafft es dank seiner recht eindrucksvollen Persönlichkeit, sein Gegenüber so aus dem Gleichgewicht zu bringen, daß der Betreffende vor ihm strammsteht und alles erzählt, was mein Vater

wissen will. Heute abend hat mein Vater aus dem Munde dieses Kongreß-Hinterbänklers, der sich geschmeichelt fühlt, mit einem so wichtigen CIA-Führer plaudern zu dürfen, folgendes erfahren: Der Präsident, makellos in seinem Frack mit dem weißen Binder, am Arm Jackie Kennedy in einem Abendkleid in Pink, kam um 22 Uhr 15 die Haupttreppe zum Ballsaal herunter, während die Band der US-Navy in roten Galauniformen nichts Geringeres als »Mr. Wonderful« spielte. Der Präsident und die First Lady eröffneten die Veranstaltung mit einem Tänzchen und sahen dabei so »elegant wie Champagner« aus, mischten sich sodann bis kurz vor Mitternacht unter die Gäste, woraufhin man sich entschuldigte, und der Präsident die Party verließ, um sich in sein Büro zu gegeben und sich nun endlich der Frage zu widmen, was mit der Brigade zu geschehen hat. Mein Vater meint, daß Bissell sich jetzt entschlossen für unsere Ziele einsetzen will. Ich nehme an, er hat sich mit Dulles in Puerto Rico besprochen. Nach Cals Ansicht werden Admiral Burke, General Lemnitzer und Bissell von Kennedy verlangen: (1.) Volle Luftunterstützung vom Flugzeugträger *Essex* aus, der sich jetzt zwanzig Meilen vor der Küste gegenüber von Girón befindet. (2.) Beißen sie in den sauren Apfel! Geben Sie dem an Bord der *Essex* befindlichen Bataillon von 1500 Marinesoldaten den Befehl zur Landung! Es läuft also darauf hinaus, daß der Druck verstärkt werden muß. Bissell und Company werden darauf hinweisen, daß das die einzige Möglichkeit für die Vereinigten Staaten ist, ihr Gesicht zu wahren.
Aber ich sehe nur dauernd dieses Bild vor mir, wie der Präsident mit seiner Frau (die in meiner Vorstellung immer mehr Deine Züge annimmt, Kittredge) die Haupttreppe des Weißen Hauses herunterschreitet. Es ist wie im Film: hohe Intrige und Frack und weißer Binder. Natürlich habe ich die letzten zweieinhalb Nächte kaum geschlafen. Mein Geist ist so lahm wie eine Fliege mit nur einem Flügel.

2 Uhr 30, 19. April 1961

Vor einer Stunde etwa kam Bissell nach Quarters Eye zurück. Natürlich haben wir uns alle um ihn geschart. Ich fand, er sah müde aus, aber er erklärte, daß viel gewonnen wäre: Der Präsident, berichtete er, hätte erlaubt, daß sechs Düsenjäger von der *Essex* von 6 Uhr 30 bis 7 Uhr 30 früh die Luftsicherung über dem

Strand übernehmen. Ihre Aufgabe wird sein, die B-26 vor Castros Jägern zu schützen. Unsere Jets hatten bisher den Befehl, nicht als erste zu feuern, jetzt dürfen sie ausdrücklich das Feuer erwidern. Unter diesem Schutz müßte es den B-26 der Brigade möglich sein, Castros Truppen und Panzern an der Front ernsthaften Schaden zuzufügen. Im Verlauf dieser Stunde können die *Barbara J.* und die *Blagar* sowie die Landungsboote dann auch den Nachschub bei Girón ausladen.
Da ich weiß, wieviel militärische Hilfe angefordert wurde und wie wenig genehmigt worden ist, staune ich über die Begeisterung, mit der man hier diese Nachricht aufnimmt. Vielleicht ist es nur eine Art neuer Kraft, die einen durchströmt, wenn man nach einer endlosen Phase von Rückschlägen irgendeine positive Reaktion erfährt. Man spürt jedenfalls den Unterschied. Sogar mein Vater ist begeistert. »Wir haben erst eine Menge verlangt, und wir haben nichts erreicht. Aber jetzt haben wir alles gefordert, um wenigstens etwas zu bekommen. Als Admiral Burke davon sprach, daß er die Marine einsetzen wollte, mußte ihm Kennedy etwas zugestehen.«
»Wird es genügen?«
»Nun, Kennedy kann nicht mehr so tun, als ob er ganz unschuldig wäre.«

3 Uhr 30, 19. April 1961

Ich laufe mit einem Kloß im Hals herum, so groß wie ein Apfel. Es ist gewiß sehr schön und gut, die B-26 unter dem Jagdschutz der amerikanischen Jets hinüberzuschicken, aber Kennedy weiß vielleicht nicht – und Bissell wird es ihm auch nicht erzählt haben –, daß neun der sechzehn B-26, mit denen wir angefangen haben, nicht mehr einsatzbereit sind; die meisten der übrigen Bomber sind schwer mitgenommen. Deren Piloten sind seit Sonntagabend fast ununterbrochen im Einsatz. Bei sieben Stunden pro Hin- und Rückflug und mindestens zwei Einsätzen pro Tag sind sie natürlich erschöpft. Einige von ihnen, die nicht glauben, daß wir ihnen Jagdschutz geben werden, wie wir es ihnen versprochen haben, weigern sich jetzt zu starten. Jemand muß ihnen gestern schon Jagdschutz versprochen haben – natürlich ohne dazu ermächtigt zu sein –, und diese Unterstützung hat es nicht gegeben.
Mein Vater hat mir auch erklärt, daß zwei der vier Flugzeuge, die mit diesem Auftrag hinausgehen, von Amerikanern geflogen wer-

den, – je zwei Amerikaner in jedem Flugzeug, Kontraktpiloten. Wenn sich einer von ihnen mit dem Fallschirm rettet und gefangengenommen wird, kann uns das international schaden. Außerdem hat einer der kubanischen Piloten, der diesen Auftrag ausführen soll, erklärt, er würde mit seiner B-26 nicht weiter als bis Gran Cayman Island, 175 Meilen südlich von Girón fliegen, wenn unsere Jets nicht an seinem Leitwerk hängen.
Nun, einen solchen Geleitschutz wird's da draußen nicht geben. Der Jagdschutz beginnt erst in der Nähe der *Essex*. Aber es ist ohnehin eine akademische Frage. Derselbe Pilot hat gerade Motorschaden links gemeldet und muß umkehren. Jetzt haben wir nur noch drei Maschinen. Ich versuche mir vorzustellen, wie schwierig es sein muß, gefährliche Einsätze zu fliegen, wenn man erst einmal den Glauben an den Sieg verloren hat. Dann mußt Du Dir mit Deinen tapferen Einsätzen allmählich wie ein Selbstmörder vorkommen. Walhalla ist für siegreiche Kämpfer.
Ich befinde mich jetzt in einem so angespannten Zustand, daß ich selbst einfache Berechnungen nur noch mit großer Mühe anstellen kann. Wenn die Flugzeuge um 6 Uhr 30 über dem Strand sein sollen, müssen sie um 3 Uhr 10 unserer Zeit oder 2 Uhr 10 nikaraguanischer Zeit starten.
Da Bissell erst um 2 Uhr 45 zurückgekehrt ist, frage ich mich, wie es die B-26 noch rechtzeitig zum Strand schaffen könnten. Dann wird mir plötzlich klar, daß die Entscheidung für einen Jagdschutz früher gefallen sein muß, da ja Bissell das Weiße Haus erst gegen 2 Uhr 30 verlassen hat. Wahrscheinlich ist der Befehl schon um 1 Uhr 45 hinausgegangen. So hatten die Flugzeuge natürlich doch noch Zeit zum Starten. Nach meiner Berechnung können sie um 3 Uhr 10 unserer Zeit abgeflogen sein und es bis 6 Uhr 30 schaffen. Da sie wahrscheinlich die nikaraguanische Zeit haben, sind sie, nehme ich an, um 2 Uhr 10 nikaraguanischer Zeit gestartet und werden um 5 Uhr 30 ihrer oder 6 Uhr 30 unserer Zeit über dem Strand eintreffen.
Eine einfache Rechnung, aber der Schweiß rinnt mir am Körper herunter. Wenn ich schon nach drei Nächten mit nur drei Stunden Schlaf in einem solchen Zustand bin – wie werde ich unter Kampfbedingungen funktionieren? Ich möchte nicht an meinem Selbstbewußtsein kratzen, aber ich komme mir zu zartbesaitet vor. Wenn ich mir die anderen um mich herum ansehe, bin ich allerdings

nicht sicher, ob's ihnen besser geht. Ich hoffe, daß einem in der Kampfsituation neue Energien zuströmen, während einen die Arbeit beim Stab einfach nur auslaugt.

6 Uhr 30, 19. April 1961

Wir sind alle ganz krank vor Verzweiflung. Die drei B-26 trafen nach einem Flug, währenddessen, wie vereinbart, Funkstille gewahrt wurde, prompt um 5 Uhr 30 *unserer* Zeit über dem Strand von Girón ein. Da die Unterstützung von der *Essex* erst ab 6 Uhr 30 geplant war, wurden die Navy-Jets noch zum Deck des Trägers hochgebracht, als Castros T-33-Trainer auftauchten und zwei der drei B-26 abschossen. Der dritten, schwer beschädigten Maschine gelang die Flucht, und sie stottert jetzt nach dem letzten Bericht, den wir erhalten haben, mit einem Motor und hundert Fuß über dem Wasser zum Einsatzort in Nikaragua zurück. Natürlich war um 5 Uhr 30 auch keines unserer Versorgungsschiffe auf dem Weg zum Strand, und es ist auch keine Munition an Land gekommen. Die Jets von der *Essex*, die nur ermächtigt waren, die B-26 von 6 Uhr 30 bis 7 Uhr 30 vor Angriffen zu schützen, werden jetzt überhaupt nicht starten.

Alle fragen wir uns, wie das geschehen konnte, aber alle diese Vorgänge liegen einstweilen hinter dichtem Nebel verborgen.

Ich habe allerdings eine Theorie. Ich nehme an, nachdem man sich genau wie ich mit Berechnungen herumgequält hatte, schickte jemand in Quarters Eye eine Nachricht los, unsere Kubaner sollten sich um 5 Uhr 30 *ihrer* Zeit mit ihren B-26 über dem Strand einfinden. Und irgend etwas ist dem Possesivpronomen »ihrer« zugestoßen, so daß es in Puerto Cabezas als 5 Uhr 30 kubanischer Zeit – oder 4 Uhr 30 nikaraguanischer Zeit – herauskam. Also flogen die B-26 schon um 1 Uhr 10 nikaraguanischer Zeit oder 2 Uhr 10 unserer Zeit ab, und wegen der Funkstille hat es niemand gemerkt.

Das ist meine Erklärung. Ich habe auch schon fünf andere gehört. Die überzeugendste lautet so: Bissell und Admiral Burke haben es versäumt, sich miteinander abzusprechen. So gingen unterschiedliche Befehle nach Happy Valley und an die Trägerflotte hinaus. Mein Vater flüsterte mir zu: Die US-Marine benutzt stets die Greenwich Mean Time und die Agency manchmal die Standard Time. O Gott! Ich verspüre dabei – ich muß es zugeben – eine ganz niedrige, widerliche Regung, eine klammheimliche Schadenfreude darüber, daß all diese hochrangigen militärischen Quadratschädel es versäumt haben, den einzigen kritischen Problempunkt vorausschauend zu erfassen.

7 Uhr 30, 19. April 1961

An der Westfront, ein paar Meilen westlich von Girón, greifen Castros Kräfte an. Auch an der Straße nach San Blas. Vom Osten versuchen Truppen vorzustoßen. Im Süden liegt das karibische Meer.

10 Uhr 30, 19. April 1961

Dieses Tagebuch wird vielleicht nicht mehr länger notwendig sein. Die Meldungen, die Pepe San Román zur *Blagar* hinüberfunkt, sagen fast alles.
6 Uhr 12: Feind auf Lastwagen kommt von Red Beach, ist jetzt 3 km von Blue Beach. Pepe.
8 Uhr 15: Situation kritisch. Brauche dringend Luftunterstützung. Pepe.
9 Uhr 25: Zweitausend Milizionäre greifen Blue Beach von Osten und Westen an. Brauche sofort Luftunterstützung. Pepe.
Und so geht es weiter. Offenbar hat niemand Pepe San Román erklärt, daß die Luftunterstützung nur für die B-26 gedacht war und daß es ohne sie gar keine gibt.

13 Uhr 30, 19. April 1961

Weitere Meldungen. »Keine Munition mehr.« »Feind nähert sich.«

15 Uhr 30, 19. April 1961

Sie halten sich noch immer. Ich weiß nicht, welche Verhandlungen jetzt noch zwischen Quarters Eye, dem Vereinigten Generalstab und dem Weißen Haus stattgefunden haben, aber der Commander-in-Chief, Atlantic, das heißt CINCLANT, hat den Befehl erhalten, eine Evakuierung vorzunehmen, wenn nötig unter Einsatz von Gewalt. Eine Kopie des Befehls geht bei uns von Hand zu Hand. (Vor zwei Tagen wäre ein solcher Bruch der Geheimhaltungsbestimmungen noch undenkbar gewesen – aber allmählich verstehe ich, warum die alten Hasen vom OSS so sind, wie sie sind. Geheimniskrämerei ist etwas für Kalte Kriege. Wenn ge-

kämpft wird, müssen alle an der Information teilhaben.) Ich habe fast gar nicht mehr das Gefühl, beim CIA zu sein.
CINCLANT erhielt den Befehl: ZERSTÖRER SOLLEN BRIGADEPERSONAL VOM STRAND EVAKUIEREN, UM GEFANGENNAHME ZU VERHINDERN. ZERSTÖRER DÜRFEN WÄHREND DIESER HUMANITÄREN MISSION FEUER ERWIDERN, WENN SIE BESCHOSSEN WERDEN SOLLTEN.
Zwei Zerstörer werden die *Blagar*, die *Barbara J.*, die *Atlántico* und die Landungsboote zum Strand hinführen. Das Problem ist nur, daß die Versorgungsschiffe sich nach dem mißglückten Versuch von heute früh wieder zerstreut haben und sich jetzt etwa fünfzig Meilen entfernt auf hoher See befinden.
In diesem Augenblick bekomme ich den Auftrag, das letzte Kommuniqué, Numero Sechs, für die Veröffentlichung durch Lem Jones Associates zu erarbeiten. Hunt und Phillips, die, wie ich merke, emotional noch mehr durcheinander sind als ich, geben mir die Richtlinien. Durcheinander? Oder brennt da drinnen ein unkontrollierbares Buschfeuer? Mir ist, als wären wir alle in Gefahr, von einer gewissen Verwirrung überrannt zu werden. Ich bin froh, eine Aufgabe zu haben, der ich mich widmen kann. Ich komme mir wie ein Feuerwehrmann vor.

16 Uhr 20, 19. April 1961

BULLETIN NO. 6, CRC, C/O LEM JONES ASSOCIATES, VERÖFFENTLICHUNG HEUTE ABEND, BENACHRICHTIGUNG, WANN GENAU, FOLGT:
»Der Revolutionsrat verwahrt sich entschieden und mit allem gebotenen Nachdruck gegen kürzlich in der Öffentlichkeit aufgestellte Behauptungen, die nicht informierten Quellen entstammen und in denen die kürzlich vorgenommenen Landungen in Kuba immer wieder fälschlicherweise als Invasion bezeichnet worden sind. In Wirklichkeit handelte es sich lediglich um ein Anlanden von Nachschub und Unterstützung für unsere eigenen Patrioten, die seit Monaten in Kuba kämpfen und deren Zahl in die Hunderte, nicht die Tausende ging. Durch diese Maßnahme war es dem größten Teil unserer gelandeten kleinen Streitmacht möglich, die Berge von Escambray zu erreichen.«
Es fiel mir schwer, diesen Text zu Papier zu bringen. Dreimal verschrieb ich mich – schrieb statt »nicht informierten Quellen« »nicht uniformierten Quellen«. Die geistige Erschöpfung beschwört in mir gewisse Bilder herauf. Ich liege in einem Kerker,

vielleicht einem Burgverlies, und eine Frau mit einer ungeheuren Scheide wartet draußen vor meiner Tür. Ich weiß, daß sie ungeheuer groß ist, denn sie hat ihre mächtigen Schenkel gespreizt, und Hunt und Phillips streicheln sie mit einer gigantischen Feder. Ihre Gier, gestreichelt zu werden, ist unersättlich. Sie will nicht erfahren, wohin die Feder vor einer Minute gegangen ist. Sie will nur wissen: Wo ist sie jetzt?
Ich fange an zu lachen. Wir sind wie Gnome, die dem großartigen amerikanischen Publikum zu gefallen suchen. Zu meinem Entsetzen wird mir plötzlich so übel, daß ich mich beinahe erbrechen muß. Dann wird mir auch klar, wieso. Aus den Nachbarkabinen um mich her dringt der Geruch von Erbrochenem. Meine Nase ist so empfindlich, daß ich nicht nur Scotch und Wodka unterscheiden kann, sondern überzeugt bin, daß auch der Metallgeruch all der verschiedenen Flachmänner in der Luft hängt. Ich glaube, so riecht es, wenn eine Ehe zerbricht.
Als ich von der Toilette zurückkehre, bekomme ich den Auftrag, ein paar surrealistische Sätze zu schreiben, die wir an Stelle der Siegesmeldungen nach Kuba funken wollen, die wir vorbereitet hatten. Ich setze mich hin und schreibe:
DER FISCH HAT LEUCHTEND HELLE FLECKEN. JAVIER TRÄGT SEINE HACKE. DER WAL WIRD SEIN WASSER BEI VOLLMOND SPEIEN. DAS GRAS WELLT SICH IM WIND. DER SAME IST AUSGESTREUT.
Über diesen Text wird man sich nicht herumstreiten.

17 Uhr 00, 19. April 1961

Ich lese eine letzte Meldung. Sie ist um 16 Uhr 30 über die *Blagar* hier eingetroffen. ICH HABE NICHTS MEHR ZUM KÄMPFEN. GEHE IN DIE WÄLDER. ICH KANN NICHT AUF EUCH WARTEN. PEPE.
Darauf folgte das Transkript eines Gesprächs, das um 16 Uhr 40 endete:

GRAY: Warte. Wir kommen. Wir kommen mit allem.
PEPE: Wie lange?
GRAY: Drei bis vier Stunden.
PEPE: Ihr werdet nicht hier sein bis dahin. Lebt wohl, Freunde. Ich breche jetzt ab.

Man nimmt an, daß Pepe San Román, Artime und ihr Stab sich

jetzt in die Sümpfe von Zapata zurückzuziehen versuchen. Dreißig oder vierzig von ihnen wird es vielleicht gelingen, die Berge von Escambray zu erreichen. Wie Castro vor ihnen können sie unter Umständen eine mächtige Guerillabewegung aufbauen. So oder so ähnlich, vermute ich, werden Artime und San Román denken.
Die ersten Männer verlassen Quarters Eye. Andere werden bleiben. Die meisten werden nicht mehr gebraucht. Sie bleiben aber trotzdem, genau wie ich selbst. Vielleicht haben wir irgend etwas schwer zu Definierendes miteinander gemein. Ich glaube allmählich, wir gehören alle zu der Sorte Menschen, die nach einer Katastrophe bis morgens früh um drei aufbleibt und sich immer wieder die Nachrichten anhört in der Hoffnung, eine neue Einzelheit zu erfahren.
In der Tat: Eine neue Einzelheit erreicht uns. Heute, Mittwoch früh, haben die Exilführer damit gedroht, sie würden mit Gewalt aus der Kaserne ausbrechen, in der man sie eingesperrt hält. Bender ist es gelungen, sie davon zu überzeugen, daß die schlechte Publicity für sie ein Medien-Blutbad bedeuten würde. Jedermann würde an Würde einbüßen. Um sie zu besänftigen, sind Arthur Schlesinger junior und Adolf Berle heute morgen hinuntergeflogen. Jetzt erreicht uns die Nachricht, daß der Rat sich bereits in einer Maschine nach Washington befindet, wo man ihn zu Präsident Kennedy bringen will. Mehrere der Exilführer (Cardona, Barbaro und Maceo) haben Söhne, die in der Brigade kämpfen. Andere haben Brüder oder Neffen dabei. Sie alle sind nun tot oder gefangen. In diesem Sumpf der Verzweiflung empfinde ich so etwas wie Wohlwollen für Kennedy. Es ist anständig von ihm, meine ich, sie in diesem Augenblick zu empfangen.
Dick Bissell kommt zum Nachrichtenraum hinauf und berichtet uns, daß sich die Exilführer nun in einem Safe house in der Nähe von Washington, D. C. befinden. »Wollen Sie sie«, fragt Bissell Hunt, »zum Weißen Haus begleiten?«
»Ich kann ihnen nicht ins Gesicht blicken«, knirscht Howard. »Sie haben mir vertraut, und ich kann ihnen nicht ins Gesicht blicken.« Also soll Frank Bender sie hinbringen. Ich stelle mir vor, wie der korrupte und kompromittierte Toto Barbaro mit dem Präsidenten Konversation macht. Was spielt's für eine Rolle?
Phillips flüstert mir etwas ins Ohr: »Ich glaube nicht, daß es die Kubaner sind, denen Howard nicht ins Gesicht sehen will. In

Wirklichkeit meint er den Präsidenten. Ich würde wetten, Howard wünscht sich Kennedy sechs Fuß unter der Erde, und ich weiß nicht, ob ich da anderer Ansicht bin.«

Das letzte Fernschreiben, das ich gelesen habe, bevor ich Quarters Eye verließ, war eine Meldung der Miami News: »Die an der Invasion beteiligten Rebellen behaupteten heute, fünfzig Meilen weit vorangekommen zu sein und in ihrem Kampf zum Sturz Fidel Castros ihren ersten größeren Sieg errungen zu haben.«

Nun, um 21 Uhr werden Lem Jones Associates das Bulletin No. 6 herausgeben, um dieses Gerücht zu dementieren.

Ich schicke letzte Anweisungen nach Happy Valley hinaus. Morgen soll eine der verbliebenen B-26 unsere nicht abgeworfenen Flugblätter ein paar hundert Meilen weit draußen im Meer versenken.

So endet dieses Tagebuch, das ich in einem seinem postumen Charakter entsprechenden undramatischen Stil zu schreiben versucht habe. Nun, da ich wider Erwarten noch am Leben bin, will ich diese Seiten aus dem Safe meines Vaters herausnehmen und in meinen eigenen tun.

41

Allen kam am Donnerstag früh mit einem fürchterlichen Gichtanfall aus Puerto Rico zurück. Zu meinem Vater, der hinausgefahren war, um ihn von der Andrews Air Force Base abzuholen, sagte er: »Es ist dies der schlimmste Tag meines Lebens.«

Am gleichen Morgen flogen drei der Exilführer von Washington zu ihren Familien nach Miami zurück, und ich begleitete sie, um ihnen bei der Lösung etwaiger Probleme nach ihrem Eintreffen schnell und unbürokratisch behilflich zu sein. Da man es für unhöflich hielt, unsere Kubaner allein nach Hause zu schicken, aber keiner meiner Vorgesetzten den Job haben wollte, meldete ich mich freiwillig dazu, bevor man ihn mir aufzwingen konnte.

Es wurde ein sehr stiller Flug. Schwermütig wie Sargträger saßen wir in unseren Air-Force-Sesseln, und sobald ich nach der Ankunft für ihren Weitertransport gesorgt hatte, schüttelten wir einander ernst die Hand, um Lebewohl zu sagen. Es war unübersehbar, daß sie von der Agency die Nase voll hatten.

Ich wollte eigentlich sofort mit der nächsten Air-Force-Maschine nach Andrews zurückfliegen, aber da ich bei Zenith eine Telefonnummer für diese Exilführer hinterlassen hatte, die sie anrufen sollten, falls sie irgendwann in Zukunft einmal Hilfe brauchten, beschloß ich, noch bei Zenith vorbeizuschauen und einen zuverlässigen Beamten einzuweihen, damit eventuelle Nachrichten nach Washington weitergeleitet würden. Weil ich das schon vormittags erledigt hatte und eine andere Air-Force-Maschine am Abend nehmen konnte, beschloß ich, an diesem warmen Apriltag einen Spaziergang ins Zentrum zu unternehmen. Als ich die Northeast 2nd Street überquerte, trieb es mich in die katholische Gesu-Kirche, eine noble Seelen-Rüst- und Waffenkammer von sechzig Meter Breite und fast hundert Meter Länge, ein ehrwürdiges Bauwerk, wie es für Miami typisch ist mit rosa und grünen Wänden und goldfunkelnden Kapellen. Ich hatte das Gotteshaus während der letzten zehn Monate mehrere Male besucht, um einen »toten Briefkasten« in einem der Meßbücher – des fünften Stuhls in der zweiunddreißigsten Reihe in der Nähe des südlichen Seitenschiffs – zu leeren.

So kannte ich also die katholische Gesu-Kirche in der Northeast 2nd Street. Ich war dort auch nach Liebesmühen mit Modene bisweilen eingekehrt, und – ich weiß nicht weshalb – die Kirche war Balsam für geistige Erschöpfungszustände nach sexuellen Ausschweifungen. Ich fragte mich gar, obschon nicht ganz ernsthaft, ob hier nicht wieder mal ein Mann der Episkopalischen Hochkirche ein ganz klein wenig versucht sein könnte, zum katholischen Glauben zu konvertieren. Und als Ausdruck dieser zufälligen Eingebung hatte ich Modene sogar einmal gebeten, sich mit mir hinten in der Kirche bei den Weihekerzen zu treffen – ein Vorschlag, der sie, glaube ich, irritierte. Sie war seit über einem Jahr in keiner katholischen Kirche mehr gewesen, und das letztemal war es bei einer der zahlreichen Stewardessenhochzeiten gewesen.

An jenem Tage, da ich sie in Erinnerungen schwelgend betrat, war sie nicht leer. Die letzte Messe hatte vor über einer Stunde geendet

und die nächste war erst auf fünf Uhr nachmittags angesetzt. Trotzdem waren viele Kirchenstühle besetzt, und überall beteten Frauen. Ich wollte ihnen nicht in die Gesichter sehen, denn viele von ihnen weinten. Meinen Ohren, gespannt auf die innere Stille, die mich immer in der großen Feierlichkeit einer Kirche überkam, wurde nun ganz allmählich bewußt, daß es an diesem Tage keine Stille geben würde. Die Wehklagen hörten nicht auf. Denn in die Stille hinein ergoß sich wie aus vielen kleineren Gefäßen das Klagen und Gemurmel aus den Kehlen der vielen Männer und Frauen, Mütter und Väter, Brüder und Schwestern der verlorenen Brigade, und das Ausmaß des Verlustes überkam mich mit solcher Macht, daß ich in diesem denkwürdigen Augenblick meines Lebens eine Vision der Leiden Christi hatte. Diese Leiden hier waren real, und so müssen die Freunde und Verwandten von Ihm gefühlt haben, als sie im Schatten des Kreuzes warteten und Seinen Todeskampf miterlebten und fürchteten, daß Sein sanfter Geist für immer aus der Welt verschwinden könnte.
Dies alles spürte ich und wußte doch zugleich, daß die Vision eine Selbsttäuschung war. Unter meinem Schmerz stauten sich Wut und Zorn. Ich fühlte in mir weder Sanftmut noch Liebe, sondern ich war voll des fürchterlichsten Hasses, ohne zu wissen, worauf: War es auf den Präsidenten, seine Ratgeber oder die Agency an sich? Ich war so voller Haß wie ein Mann, der gerade einen Arm im Getriebe einer Maschine verloren hat und nicht weiß, wen oder was er mehr hassen soll: die Maschine oder den Mann, der sie eingeschaltet hat. So saß ich allein in der Kirche, meine eigenen Klagen waren mir fremd, und ich wußte daß das Desaster der Schweinebucht für mich niemals enden würde, da ich ja keinen Kummer über einen persönlichen Verlust hatte, dem ich ein Grabmal errichten konnte. Ich war statt dessen verdammt, das immer wiederkehrende schwarze, zwanghafte Läuten einer bedrückenden Frage zu ertragen: Wer ist schuld?
In diesem Augenblick sah ich Modene in der Kirche auf der anderen Seite. Sie saß für sich allein am Ende einer Bankreihe, ein schwarzes Spitzentuch auf dem Kopf, und sie hatte gerade gekniet, um zu beten.
Ich sah es als ein Zeichen. Ein Glücksgefühl, so lebendig und rasch wie das Licht auf einem Grashalm im Sonnenlicht, ergriff mich, und ich stand auf und ging durch die ganze Kirche und hinüber zu dem

Seitenschiff und zu der Reihe, in der sie saß und nahm neben ihr Platz. Als sie sich umwandte, war ich sicher, daß ich dasselbe Licht in ihren grünen Augen sehen würde, das mir meine Phantasie an jenem dünnen Grashalm vorgespiegelt hatte und daß sie flüstern würde: »Oh, Harry.«

Aber es war nicht Modene. Als die Frau sich umwandte, um mich anzusehen, blickte ich in die dunklen Augen einer jungen Kubanerin, die ihr Haar auf dieselbe Art frisiert hatte – das war alles.

Bis dahin hatte ich mir selbst jegliches Nachdenken über das, was ich verloren hatte, verboten, aber nun? Modene war fort.

»Excúlpame«, stammelte ich, stand auf und verließ die Kirche – um vom nächsten öffentlichen Telefon aus das Fontainebleau anzurufen. Der Mann an der Rezeption reagierte nicht auf ihren Namen, sondern stellte einfach zu ihrem Zimmer durch. Als sie den Hörer abhob, versagte mir fast die Stimme.

»Gott, ich liebe dich«, stammelte ich.

»Oh, Harry.«

Fühlte ich eine zärtliche Reaktion durch die Leitung? »Lebst du jetzt wieder in Miami?« fragte ich, als wäre diese Frage von besonderer Bedeutung für uns beide.

»Ja, wieder in Miami.«

Ich zögerte. »Hast du noch immer zwei Freunde?«

Ich konnte nicht anders, ich mußte ihr einfach diese Frage stellen. Es war vielleicht falsch, daß ich es tat, aber ich mußte wissen, ob sie mich wieder so nehmen würde, wie ich war, Vergangenheit, Gegenwart, Zukunft, alles unvollkommen und, ja, sie schwieg, als betrachte sie mich in Gedanken, ob ich ein Mann wäre, der ihr ebenbürtig war. Schließlich sagte sie: »Auf meiner Tanzkarte ist noch kein Name eingetragen.«

»Das macht mich glücklich«, sagte ich. »Vor allem aber sollst du eines wissen: Ich bin nicht beim FBI.«

»Ja«, sagte sie. »Ich glaube wirklich, du gehörst nicht dazu.«

»Darf ich zu dir kommen?«

»Ja«, sagte sie. »Komm ruhig herüber.«

Das Zimmer, in dem ich sie antraf, war so klein daß sie es wohl von ihrem eigenen Geld bezahlte, und als wir uns auf dem Teppich vor der Tür liebten und uns von dort weiter zum Bett hinaufarbeiteten, war ich so glücklich wie vielleicht noch nie, denn als wir fertig

waren und einander in den Armen hielten, hörte ich mich fragen: »Willst du mich heiraten?«
Es war eine erstaunliche Frage. Ich hatte weiß Gott nicht vorgehabt, sie zu stellen, und ich fand es auch sofort vollkommen falsch, daß ich es getan hatte, denn eine Frau wie Modene konnte unmöglich am Leben der Gattin eines CIA-Beamten Gefallen finden. Guter Gott, sie konnte ja nicht einmal kochen, und ich hatte überhaupt kein Geld, außer ich vergriff mich an meinem eisern festgelegten Kapital und den sich ansammelnden Zinsen. Doch alle diese praktischen Erwägungen wurden von dem einen alles dominierenden Wunsch beseitegefegt, sie zu besitzen. Ja, ich wollte sie heiraten, und wir würden einen Weg des Zusammenlebens finden. Gewiß, wir waren außerordentlich verschieden und eigentlich ein ganz verrücktes Paar – aus unserem Liebesakt mußten Genies oder Helden hervorgehen. So träumte ich in diesem Augenblick von Kindern, die in dem großen Wirrwarr gezeugt und aus der Niederlage und dem Elend und den vergeudeten Hoffnungen all der Menschen hervorgehen würden, die ich zu lieben versucht und kaum gekannt hatte, und hier war eine Frau, die ich auch nicht besser kannte, aber wirklich und ganz gewiß liebte, und ich sagte noch einmal: »Modene, heirate mich. Wir werden glücklich sein. Ich verspreche es dir. Für dich lerne ich sogar noch tanzen.«
Zu meiner Verwunderung umschlang sie mich nicht mit den Armen, um in feierliche Tränen über all diese großen Veränderungen auszubrechen, die sich hier zutrugen, sondern fing stattdessen an, herzzerreißend zu weinen, einem Kummer nachzugeben, der aus einer solchen Tiefe in ihr hervorbrach, daß es mir vorkam, als wären alle in der Gesu-Kirche geweinten Tränen darin enthalten.
»O Liebling«, schluchzte sie. »Ich kann es nicht, ich kann es nicht.«
Sie ließ mich lange genug auf ihre nächsten Worte warten, um mich das Entsetzen zu lehren, das gespenstisch in jedem Liebenden steckt.
»O Harry«, sagte sie. »Ich bin es müde geworden. Ich wollte dir ja wieder nahe sein, aber ich kann es einfach nicht. Jack tut mir so schrecklich leid.«

Moskau, März 1984

ICH HOB DAS ROULEAU HOCH *und sah hinaus in den Hof. Der bleifarbene Himmel schien der Dämmerung näher als dem Morgengrauen. Meine Uhr, die ich auf die Moskauer Zeit eingestellt hatte, zeigte auf sechs. Ich hatte die Nacht hindurch gelesen, und nun brach ein neuer Tag an. Oder hatte ich nicht nur die ganze Nacht, sondern auch den größten Teil des Tages mit Lesen verbracht? Kein Zimmermädchen hatte an die Tür geklopft. Hatte ich sie überhört?*

Hatte ich geschlafen? Ich war nicht hungrig. Ich mußte in meinem Sessel sitzend, die umgebaute Taschenlampe in der Hand, Seite um Seite des Mikrofilms über die weiße Wand wandern haben lassen, unentwegt gelesen und zwischendurch geschlafen haben. Hatte ich wirklich jede einzelne Seite gelesen? Nicht unbedingt. Womöglich war ich zwischendurch manchmal eingenickt, hatte dann weitergelesen und wahrscheinlich viele Seiten hindurchgeschoben, ohne ein einziges Wort zu erfassen. Ob ich es nun wirklich gelesen oder nur die Filmstreifen hintereinander durch die Projektion in der Lampe gezogen hatte, die Ereignisse standen mir nun wieder lebhaft vor Augen. Ich ähnelte einem Blinden, der sich von einem Sehenden einen Weg hinunterführen läßt, den er so gut kennt, daß er ihn auch allein gehen könnte.

Als ich in den Hof hinaussah, dunkelte der Himmel. Ich hatte fast zwanzig Stunden mit dem Beginn meiner beruflichen Laufbahn verbracht. Ja, zwanzig Stunden, nicht acht war ich damit beschäftigt gewesen, und nichts Unheilbringendes hatte sich gerührt. War es möglich, daß ich den magischen Kreis eines Zufluchtorts gefunden hatte? Die Angst, diese panische, unerträgliche Angst, die ich während der letzten Wochen in New York ausgestanden hatte, sie war verflogen. Vielleicht würde ich diese Nacht hindurch weiterlesen und -schlafen. Am Morgen konnte ich dann wieder in die Kaffeestube im Metropol gehen und frühstücken. Wie es sich aufgrund der Speisekarte vorhersagen ließ, die ich am Abend gesehen hatte, würden sie irgendein zuckrig-saures Konzentrat von einem Fruchtsaft servieren, und dazu gab es mit Sicherheit schwarzes Brot und ein Würstchen, das wie ein Finger aussah, der einen Monat lang im Wasser gelegen hatte. Der Kaffee würde nach Kaffeesatz schmecken. Verfluchtes Land der totalen Unfähigkeit! Ja, ich würde am Morgen dort unten frühstücken und dann wieder heraufkommen und weiterlesen. Ich freute mich schon auf das, was ich über Mongoose geschrieben hatte. Zu meinen Einblicken, die ich in das Leben von John Fitzgerald Kennedy gewonnen, und zu unseren weiteren Versuchen, Fidel Castro zu ermorden, wollte ich dann kommen.

Bis dahin war ich in der Niederschrift meiner Erinnerungen gelangt, als mich in jener Nacht in Maine die Katastrophe überholte und mir für das eine Jahr, das ich schreibend in New York verbrachte, nur noch die Schilderung dieser Nacht übrigließ. Meine Erinnerungen wirbelten herum wie Materie nach einer kosmischen Explosion. Sobald ich mit meiner Lektüre zu Ende war, würden diese Erinnerungen wieder zu kreisen beginnen.
Ich war deswegen froh über jeden Umschlag voller Mikrofilme, die ich noch nicht projiziert hatte. Noch einen Tag lang wenigstens brauchte ich mein Zimmer nicht zu verlassen. Genauso wie ich eine Höhle in der Bronx gefunden hatte, konnte ich mich auch hier irgendwo vergraben. Der matte Tageslichtschimmer, der den Lichtschacht herunterfand, erinnerte mich an das Dunkel aller Lichtschächte in jenem Mietshaus am Grand Concourse.
Ja, ich war allein, und ich war in Moskau, und es ging mir gut, solange ich mich an die Erzählung meiner beruflichen Laufbahn hielt. Sie würde Bild für Bild über die alte, weißgetünchte Wand in diesem kolossalen alten Hotel gleiten. Hier hatten sich einst in den ersten Jahren der Russischen Revolution führende Bolschewiken versammelt. Ich aber besaß noch drei Scheiben Brot, die ich mir vom Abendessen von vor beinahe vierundzwanzig Stunden aufgespart hatte, und vor mir lag noch eine ganze Nacht, die ich schlafend und lesend in meinem kleinen Zimmer mit der hohen Decke tief innerhalb der Flügel und Korridore des Hotel Metropol zubringen wollte.

SECHSTER TEIL

MONGOOSE

1961–1963

1

Am Morgen nach der Katastrophe an der Schweinebucht, als Allen Dulles mit einem schweren Gichtanfall aus Puerto Rico zurückkam, berichtete mein Vater, er habe ausgesehen, als sei er gestorben.

Ich weiß nicht, ob diese Worte wesentlichen Einfluß auf mein Denken hatten, aber in den Monaten und Jahren, die nun folgten, sah ich in Allen Dulles immer einen Mann, der auf irgendeine Art innerlich tot war, wiewohl es noch einmal sieben Jahre dauerte, bis er wirklich verschied und dabei denen, die sich um ihn sorgten, eine bemerkenswert unglückliche Weihnachtswoche bereitete. Ich erinnere mich gut. An dem Abend, als er erkrankte, befand ich mich in Saigon. Es war der Heiligabend von 1968, und ich schrieb gerade einen Brief an Kittredge, die mir dann in ihrer Antwort Einzelheiten über sein Ableben mitteilte. Und weitere Nachrichten darüber hörte ich von ihr im Spätfrühling 1969 bei einem Lunch in einem Restaurant am Virginia Tidewater in einer Hütte bei Bier und Krabben. In diesen Tagen hatte unser Verhältnis gerade begonnen, diese Liebschaft, die unser Leben entwurzelt und eine schreckliche Tragödie entfesselt hat.

Aber das lag noch vor uns. Im Frühjahr 1969 war Christopher noch am Leben, und Harlots Beine waren noch gesund. Mochte er auch ein Hahnrei sein, da er es nicht wußte, blieb er trotzdem ein priapisches Wunder, mehr Ladestock als der Liebhaber, der ihn zum Teil ersetzt hatte – dieser jüngere Geliebte, dessen Fähigkeit, um Kittredge zu buhlen, von den Glückseligkeiten rührte, die sein Mund und seine Lippen ihr bereiteten, »so erlesene Genüsse, daß man das Hinreißende im Fallen einer Feder versteht«, wie sie es einmal ausdrückte, und ich wagte nicht zu fragen, ob es aus einem Gedicht war. Denn das hätte ich ja kennen müssen. Aber schließlich war's mir auch gleich – die Worte trafen jedenfalls zu. Wir beteten einander an. Nie können Freunde einander mehr geliebt haben als wir. Unsere Liebe war so fein und zart wie die kleinen Wendungen in unserer Rede, die sich hin- und herwand aus unserer Laune wie die köstliche, kunstvolle Faltung einer wohlgeformten Ohrmuschel.

Als wir an jenem Nachmittag in einer Rasthaushütte an einem rohen, ungestrichenen Holztisch unsere Krabben mit Hummernscheren knackten, erzählte sie mir noch einmal von Allen Dulles' endgültigem und so lang hinausgeschobenem Tod, und »wie es dazu kam, das war so phantastisch und absonderlich wie seine Geburt«.

Ich hatte schon fast vergessen, daß er mit einem Klumpfuß zur Welt gekommen war – die Zehen zu einem ebensolchen schwarzen Knäuel zusammengekrümmt wie bei Lord Byron –, aber sie erinnerte mich daran, daß sein Vater, der Presbyterianerreverend Allen Macy Dulles – der Anfang der neunziger Jahre des neunzehnten Jahrhunderts bereits so liberal fortgeschritten war, daß er die kirchliche Trauung einer geschiedenen Frau zelebriert hatte –, trotzdem den Anblick der Verkrüppelung seines Sohnes nicht ertragen konnte. Sprach sie nicht von den Höllenqualen der Verdammnis? Er ließ das Kind operieren, bevor er es bei der Taufe den Blicken der Fosterschen und Dullesschen Verwandtschaft preisgeben mußte.

»Als Hugh mir einmal von Allens Fuß erzählt hatte, habe ich ihn nie mehr anders sehen können«, gestand mir Kittredge. »Kein anderer Mann stand so fest und sicher mit einem Fuß voll im Licht der Ruhmessonne, während der andere in der Dunkelheit im Dreck steckte.«

Dulles starb seinen letzten, seinen körperlichen Tod am Weihnachtsabend 1968, als er und seine Gattin Clover eine große Party gaben; und wenn die Besten aus dem siebten Stock in Langley bei ihm weilten, die Montagues, die Helms', die Angletons, die Tracy Barnes', die Lawrence Houstons, die Jim Hunts sowie alte Freunde aus dem Außenministerium und ein paar ausgewählte ausländische Würdenträger, so war dies nicht zuletzt auch ein Tribut an Allens legendären Ruf. Volle sieben Jahre nach seinem Abschied kamen sie doch alle an diesem letzten Abend einer durchsoffenen Vorweihnachtswoche zu ihm heraus, um zu bestätigen: Mochte Allen Dulles auch längst aus dem Vorstand ausgeschieden sein, seinen Sessel hatte man nicht wieder besetzt. Sie gedachten seiner noch einmal, wenn er auch alt und gebeugt war, und sein gichtiger Fuß in einem Hausschuh steckte. Ja, erzählte Kittredge, sie waren alle bei ihm erschienen, um ihn zu begrüßen, aber er erschien nicht. Nur seine Gattin Clover war da, um die Gäste zu empfangen, und führte sie hinüber zu den Getränken und dem wie immer guten Essen, die flattrig aufgeregte, einstmals schöne Clover. »Die verrückte Clover war die ganze Zeit da«, erzählte Kittredge, mit ihrem alten ehelichen Groll. Allen war mit der Hälfte aller Frauen, die er in Washington kannte, ins Bett gestiegen, und Clover hatte sich sogar bemüht, mit den seriöseren Mätressen ihres Gatten Freundschaft zu schließen. Doch im Laufe dieser Runden hatte sie stets auf ihre Weise und dabei sehr systematisch Rache genommen, obwohl es wie ein Speer in Allens gichtigem Fuß geschmerzt haben muß: Clover gab Allens Geld mit der ganzen Haltlosigkeit einer finanziellen Analphabetin aus. Die Dulles' waren ständig verschuldet oder knabberten ihr Kapital an. Jede neue Liebschaft kostete Allen ein neues Ballkleid für die Gattin; noch eine Affäre mehr, und das Wohnzimmer verlangte eine neue Einrichtung. Sie waren seit fast fünfzig Jahren verheiratet, und sie liebte ihn ebensosehr wie sie ihn verabscheute. »Sehr lange Ehen entwickeln einander himmlisch entgegengesetzte Alpha- und Omegaschichten«, konnte Kittredge sich nicht verkneifen hinzuzufügen.

Nun fiel es den Gästen bei der Party allmählich auf, daß Allen noch immer nicht heruntergekommen war. Kittredge bemerkte seine Abwesenheit vielleicht sogar als erste. In den achtzehn Jahren, seit Allen ihr zum erstenmal begegnet war, hatte es schließlich keinen gesellschaftlichen Anlaß gegeben, an dem er nicht auf Teufel komm raus mit ihr geflirtet hätte; Kittredge wiederum gefiel, was er ihr ins Blaue hinein versprach, wobei jeder wußte, daß sie nie etwas anfangen würden. Doch sie liebten einander in dieser begrenzten und selbstgenügsamen Art und Weise, in der die Liebe manchmal vollkommen sein kann. Wenn sie einander begegneten, fingen sie augenblicklich an zu strahlen.

Kittredge also fiel seine Abwesenheit auf. Es war sehr merkwürdig, daß Allen auf seiner eigenen Party nicht zu sehen war. Sie sagte es Hugh, und da Clover, was seine Abwesenheit anging, nur ein paar Beschwichtigungsfloskeln von sich gab, mußte Hugh

im oberen Stock des Hauses nachsehen gehen. Dort lag Allen bewußtlos, von Schweiß bedeckt und wächsern in seinem Bett.
Hugh kam herunter und sagte zu Clover, er sei furchtbar krank.
»Nein«, sagte Clover, »er hat nur Grippe und Schüttelfrost. Das hat er oft.«
»Das ist keine Grippe«, rief Hugh. »Er muß sofort ins Krankenhaus.«
Hugh rief einen Krankenwagen herbei, während Kittredge ein paar Worte sprach, damit die Gäste austranken und verschwanden. Der Krankenwagen traf ein, aber Clover wollte erst gar nicht mitfahren, dann jedoch eilte sie so hastig hinaus, daß sie ihren Mantel vergaß. Es stellte sich rasch heraus, daß Allen sehr krank war. Clover mußte ihn im Krankenhaus zurücklassen und kehrte ganz allein gegen Mitternacht zurück. Von der Rückfahrt in einem schlecht geheizten Taxi durchgefroren, ließ sie heißes Wasser in die Badewanne ein, aber ihr war so kalt, daß sie ins Bett ging, während sie darauf wartete, daß die Wanne sich füllte, und einschlief, so wachte sie am Weihnachtsmorgen auf und entdeckte, daß sich die Stukkaturen im Erdgeschoß durch die Überschwemmung aus dem Badezimmer im Obergeschoß alle aufgelöst und ihre Möbel in einem Schneesturm aus weißem Mörtel begraben hatten. Es stellte sich nach den Feiertagen heraus, daß die Hartford Insurance Company sich unter diesen Umständen nicht zum Ersatz des Schadens verpflichtet fühlte.
»Es ist mir gleich«, rief Clover, »was die Reparatur kostet, Hauptsache, mein Mann erfährt nichts.«
Er erfuhr auch nichts mehr, berichtete Kittredge. Er starb im Krankenhaus.
Das mag wohl sein physisches Ende gewesen sein, aber da er in meinen Augen seit vielen Jahren so gut wie tot gewesen war, sann ich über sein allmähliches Verlöschen nach. War seine Seele schon Jahre vor seinem Herzen, seiner Leber und seinen Lungen verschieden? Ich hoffte es nicht. Er hatte sein Leben so genossen. Die Spionage und die Untreue waren sein Leben gewesen; er hatte sie beide geliebt. Weshalb auch nicht? Der Spion muß genauso wie der geheime Liebhaber fähig sein, an zwei Orten zugleich zu existieren. Genauso wie die Rolle eines Schauspielers nur dann real werden kann, wenn sie gespielt wird, so wird auch eine Lüge nur dann existent, wenn jemand sie lebt.

2

Am Dienstag, dem 18. April 1961, dem zweiten Tag des Unternehmens Schweinebucht, hatte Robert Maheu es für notwendig gehalten, das FBI davon zu unterrichten, daß es im Zusammenhang mit der Verhaftung des Telefonanzapfers Balletti am 31. Oktober 1960 in Las Vegas in der Tat eine Verbindung zum CIA gab und daß Boardman Hubbard ihm, Maheu, mitgeteilt hätte, das FBI solle alle Anfragen an ihn, Hubbard, richten.
Natürlich hatte mein Vater Maheu versprochen, falls alles schiefgehen sollte, würde er zu Hilfe kommen. Doch offenbar hatte Maheu – »voreilig«, erklärte mein Vater – festgestellt, daß es schiefgegangen war. Nun wollte das FBI meinen Vater sprechen.
Mein Vater wußte, was zu tun war. Er würde das Bureau per Brief informieren, daß der CIA Widerspruch gegen Maheus Strafverfolgung einlegen würde, weil dadurch geheime, die Invasion in Kuba betreffende Informationen an die Öffentlichkeit gelangen könnten. Es wurde auch beschlossen, daß der Brief sogar noch wirkungsvoller sein mußte, wenn darin vermerkt war, daß Boardman Hubbard zu weiteren Auskünften nicht berechtigt war. »Über Nacht«, sagte Allen Dulles, »bin ich zu alt geworden, als daß ich doch noch beschützen könnte.«
Als mein Vater es mir erzählte, erklärte er: »Ich habe ihm nicht gesagt: ›Ich bin jetzt derjenige, der dich beschützen muß‹ – aber zum Teufel, das war's genau, was ich getan habe.«
Man kam überein, daß mein Vater noch einmal einen Posten im Fernen Osten übernehmen sollte. »Japan«, sagte er, als ich ihn fragte, wohin er wollte. »Ich will Mary von dem kleinen Japsen loseisen, den sie heiraten möchte. Banzai!«
So fanden einige Veränderungen statt. Ich, der ich in diesem Augenblick nicht wußte, ob ich zurück nach Miami gehen oder in Washington bleiben oder einer weit entfernten Station zugeteilt werden wollte, erbte von meinem Vater dessen Wohnung, und wohl in Anerkennung des Dienstes, den er dem Direktor erwiesen hatte, wurde ich zu einem der Assistenten von Mr. Dulles ernannt. In dieser Funktion mußte ich den Umzug aus der Kakerlakengasse – unserem Washingtoner Hauptquartier, dem rund um den Spiegelteich gelegenen I-J-K-L-Komplex – und unseren anderen Außen-

posten in der Hauptstadt zum neuen Megazentrum in Langley fünfzehn Meilen weiter draußen im Westen auf dem Lande im Staat Virginia beaufsichtigen, das gerade in diesen Tagen fertig geworden war.

Es war reine Vetternwirtschaft. Ich widerstrebte allerdings nur innerlich, und auch das nur halb. Ich wußte zwar, daß ich mich niemals selbst würde respektieren können, bevor ich nicht ganz allein irgend etwas Eindrucksvolles für die Agency geleistet hätte, das nichts mit meinem Vater und ebenfalls nichts mit meinem Paten zu tun hatte, trotzdem aber blieb ich gern in Washington. Ich wollte Kittredge wiedersehen. Ich hoffte, daß sie sich nicht ewig von mir fernhalten würde.

Mit meinem neuen Job hatte ich den ganzen Spätfrühling, Sommer und Herbst zu tun. Alan Shepard, unsere Antwort auf Juri Gagarin, wurde der erste Amerikaner im Weltraum, und am gleichen Tag wurden ein paar Freedom Riders in Mississippi angegriffen, geschlagen und festgenommen. Am 4. Juni kamen Kennedy und Chruschtschow zu einem Gipfeltreffen in Wien zusammen, und es kursierten Gerüchte, nach denen Chruschtschow einige spöttische Bemerkungen über das Desaster in der Schweinebucht fallengelassen hätte. Ende Juli forderte der Kongreß eine erhebliche Aufstokkung des Verteidigungsetats.

Ich kann nur schwer beschreiben, wie fern ich innerlich all diesen Ereignissen stand. Ich führe sie hier nur in der Reihenfolge auf, in der sie sich abspielten. An mir zogen sie vorbei wie Straßenschilder oder Reklametafeln. Ich stellte fest, daß die Wunden, die man in sich trägt, nicht sichtbar und auch nicht persönlicher Art zu sein brauchen, und allmählich genas ich von der Schweinebucht. Ich war ganz froh, mit dem aus endlosen Einzelheiten bestehenden, aber seinem Wesen nach bescheidenen Szenario des Umzugs beschäftigt zu sein: Das Büro von Mr. Dulles mußte von Foggy Bottom nach Langley. Die heißen Arbeitstage im Company-Wagen gingen vorbei. Manchmal fuhr ich nur zweimal am Tage hin und her, aber der Wald von Virginia ergrünte am Potomac entlang, und der Schatten der Bäume lud ein, den südlichen Sommer darunter zu verbringen.

Die Zitadelle von Langley erreicht man, indem man an einem kleinen Hinweisschild an der Autobahn abbiegt, auf dem nur drei Buchstaben stehen: BPR (für Bureau of Public Roads, Büro für öffentliche Straßen). Der Zufahrtsweg bestand damals aus einer schmalen, zweispurigen Straße, die nach achthundert Metern an einem Kontrollposten endete, hinter dem man nichts weiter als einen rotweiß gewürfelten Wasserturm sah. Dahinter lag Leviathan selbst. Mir kam der Bau jedenfalls wie ein etwas mißratener Ozeanriese vor. Langley war, wenn man ihm weniger metaphorisch begegnete, nur ein sieben Stock hohes Mammutbauwerk mit einem fortlaufenden Band von Fenstern um den ganzen sechsten und siebten Stock. So drängte sich der Eindruck auf, man sähe die Decks einer ersten und einer zweiten Klasse. Felder und Wiesen, Bäume und riesige asphaltierte Parkplätze umgaben das Gebiet; es war eine Fläche von insgesamt fünfzig Hektar; die Gestehungskosten beliefen sich auf 46 Millionen Dollar. Man flüsterte sich zu – aber der Architekt durfte es niemals ganz genau erfahren –, daß über kurz oder lang 10000 Menschen hier arbeiten würden. Manchmal, wenn ich mit meinem Wagen auf dem George Washington Memorial Parkway hinter einer endlosen Schlange grüner Shuttle-Busse stehenblieb, die die Leute vom I-J-K-L-Komplex nach Langley transportierten, hätte ich schwören können, daß das neue Bauwerk zu klein war. Das Mausoleum – auch so wurde es bald genannt – war ein Traum von Allen Dulles, der sich nun endlich erfüllt hatte. Er glaubte nämlich, daß sich die Effizienz des Unternehmens erheblich verbessern würde, wenn eines Tages alle Abteilungen unter einem einzigen Dach untergebracht wären. Dabei hieß es allgemein von Allen Dulles, er sei ein bemerkenswert ineffizienter Mann. Er war auch in der Tat zumindest von zu vielen Ideen besessen und verfolgte sie gern allesamt, was jeder, der sein Büro betrat, am Durcheinander auf seinem Schreibtisch sehen konnte; solche Männer träumen stets von Effizienz.

Von den Neuankömmlingen bekamen wir einiges zu hören. Da gab es solche, die erklärten, von innen sähe das Mausoleum wie eine Ansammlung von Firmenhallen und -büros aus, die sich in einem wüsten architektonischen Durcheinander verzettelten. Es gab intime Lobbies und Flügel, die an eine Bank erinnerten oder an ein Krankenhaus. Am Eingang hatten wir eine große Halle aus weißem Marmor, in den Boden gebettet war unser Siegel, und die Wand zur Rechten schmückte ein Basrelief von Allen Dulles im Profil. Eine Wand aus Sternen auf der anderen Seite ehrte all jene, die in Erfüllung ihrer Pflicht für uns gefallen waren. Ganz oben an

der Wand stand eine Inschrift aus dem Johannes-Evangelium Kapitel acht Vers zwei: »Ihr werdet die Wahrheit erkennen, und die Wahrheit wird euch frei machen.«
Die Wahrheit war, so sagte ich mir in einem der schlimmsten Augenblicke in jenem Sommer, daß wir, um frei zu sein, ein Gebäude hatten errichten müssen, in dem man sich vorkam, als arbeite man in einem faschistischen Staat. Sofort bedauerte ich die extreme Metapher einer solchen Feststellung, aber es gab genug betrübliche Anzeichen, so daß der Gedanke weiter in mir fortschwelte. Nachdem die monumentale Aufgabe des Herübertransportierens unserer Akten, Abteilung für Abteilung, Bereich für Bereich, Schreibtisch für Schreibtisch bewältigt war, konnte man sich in dem Gebäude nicht mehr frei bewegen. Man mußte verschiedene Ausweise haben, um an verschiedenen Wachtposten vorbeizukommen. Im Parterre, wo die Korridore breit waren, befanden sich die Dienstleistungsunternehmen der Agency – Krankenrevier, Reisebüro, Kreditbüro, die Cafeterias für die verschiedenen Ränge und die Räume für die Aktenverwaltung. Ein weiterer breiter Korridor beherbergt die verschiedenen Clubs im CIA: Fotoclub, Kunstclub, Kletterverein, Schachclub. Wir hatten auch alle möglichen Läden im Haus; wir waren geradezu Pioniere auf dem Gebiet der Einrichtung von Einkaufszentren – all den vielen Kleinstädten, die später nachzogen, um Jahrzehnte voraus. In den oberen Stockwerken traf man auf schier endlose Korridore, und als wir im Sommer und Herbst ins Haus einzogen, ergaben sich ernsthafte Probleme mit der Klimaanlage. Einer der schamhaft verschwiegenen Hauptgründe, daß wir die Kakerlakengasse des I-J-K-L-Komplexes in Washington verlassen mußten, war der im tiefer gelegenen Teil Washingtons so überaus starke Kanalgeruch. Hier nun aber stanken die Büros unglücklicherweise trotz der sorgfältig installierten fortgeschrittenen Technik immer noch. Unsere Temperaturregler funktionierten nicht, und wir schwitzten erbärmlich. Das heißt, die Temperaturregler selbst funktionierten sehr wohl, aber da man die Temperatur für jeden Raum getrennt einstellen konnte, drehten die Leute die Temperaturen ständig hinauf und hinunter, bis eine Überlastung des Systems eintrat. Nun schaltete die Verwaltung die individuellen Regler ab, und wir wurden fortan einem allgemeinen Temperaturreglement unterworfen, was in der Praxis dazu führte, daß den einen von uns zu

warm, den anderen wiederum zu kalt wurde. Es dauerte nicht lange, bis viele der jüngeren Offiziere dank ihrer einschlägigen firmeninternen Ausbildung in Sachen *Schlüssel und Schlösser* Mittel und Wege fanden, die kleinen Schlösser von den Schaltknebeln zu entfernen. Schließlich waren wir Menschen, die am Manipulieren und Kontrollieren ihre Freude hatten. Die Temperaturregler wurden nun wieder individuell eingestellt, und das System brach erneut zusammen.

Man verklagte die Installationsfirma schließlich auf Schadenersatz, aber der Fall wurde niemals vor Gericht verhandelt, denn die Agency war nicht bereit, die notwendigen Unterlagen beizubringen, um nicht Gefahr zu laufen, dadurch eventuell andere, streng geheime Tatsachen zu verraten.

Mit der Zeit schlugen die Wellen der Sicherheitsvorkehrungen immer höher, manche erreichten eine Art »Hochwassermarke« und blieben auf diesem Niveau. In jedem Gang standen bewaffnete Wächter. Nachts war es recht eindrucksvoll, sie durch die Gänge patrouillieren zu sehen. Jeder von uns verwahrte selbst den belanglosesten Fetzen Papier im Safe und eventuell vorhandene überflüssige Notizen wanderten in den Reißwolf. Wenn wir abends in Eile waren und weg wollten, steckten wir selbst unsere Abfälle und leeren Milchkartons in unseren persönlichen Safe, um sie dann am nächsten Morgen wegzuwerfen. Denn wer irgendwelche Papiere unbeaufsichtigt herumliegen ließ, hatte mit strengen dienstlichen Verweisen zu rechnen.

Ich weiß nicht, ob diese Bestimmungen ihren konkreten Nutzen hatten, aber sie verliehen unserer Arbeit einen feierlichen Ernst. Jedes Blatt Papier, das man in die Hand nahm, bekam dadurch mehr Substanz als das normale Papier draußen – und wenn man dann draußen eine Zeitschrift las oder auch nur ein Blatt Briefpapier in der Hand hielt, erschrak man über dessen unbeschreibliche Leichtigkeit. Was an offiziellen Mitteilungen ankam und wieder beseitigt werden mußte, war beträchtlich. All die Monate hindurch – Juli, August, September und Oktober 1961 – erhielt jedes einzelne Büro täglich einen Bericht über den Fortgang der Arbeiten in dem neuen Gebäude.

An einem heißen Augusttag wurde ein auf besonders steifes, beigefarbenes Papier gedrucktes Memorandum an sämtliche Arbeitsplätze in Langley verteilt:

BETREFFS: TOILETTENKAPAZITÄTEN IM NEUEN HAUS

Obschon für die Übergangszeit noch adäquat, könnten sich die Toilettenkapazitäten nach Belegung des neuen Hauses mit voller Personalstärke als nicht ausreichend herausstellen. Um zu verhindern, daß sich lange Schlangen notdürftiger Personen vor den Toilettentüren bilden, was zu Zeitverlusten und Streß führen würde, ergeht hiermit die Aufforderung an alle künftig in Zeitnot befindlichen Personen, von dieser Sondererlaubnis Gebrauch zu machen und sich hinter den das Hauptgebäude umgebenden Büschen auf freie und faire Art und Weise zu erleichtern.

WARNUNG

Beachten Sie folgenden Hinweis: Trotz konzertierter Bemühungen der Gartenmitarbeiter der Agency ist die restlose Entfernung von Brennesseln noch nicht erreicht worden, Pflanzen, die bekanntlich an unbedeckten Körperteilen ein empfindliches Brennen hervorrufen können. Es wird dieser Mitteilung deshalb eine Abbildung dieser häufig auftretenden Pflanze beigefügt. Abbildung und Profil der Spezies sollten rasche Identifikationen ermöglichen und somit juckende Entzündungen exponierter Teile verhindern, deren Herbeiführung sich als kontraproduktiv für Forschungsprojekte erweisen könnte, die über längere Zeit eine sitzende Tätigkeit erfordern.

Old Rice and Beans Cabell, der die Agency dann bald verließ, entblödete sich nicht, den internen Sicherheitsdienst als die Urheber dieses Ulks anzusehen. Die »Übeltäter« waren, wie sich herausstellte, zwei junge Offiziere, die sich noch in der Ausbildung befanden und nun beide entlassen wurden.

Das Büro von Mr. Dulles im siebten und obersten Stock war so luxuriös ausgefallen, wie Richtlinien der Regierung es gerade noch gestatteten. Es war mit Walnußholz getäfelt, mit einem dicken Teppich ausgelegt, und die riesigen Panoramafenster gaben die Aussicht frei auf Hügel und Berge, die unseren CIA-Besitz umgaben. Vom Potomac stiegen Nebelschwaden auf, und frühmorgens konnte man den Nebel vom Fluß herüberziehen sehen.

Die Sekretärin von Allen Dulles, eine herrliche liebe alte Dame, begründete eine Tradition: Sie fütterte die Vögel, die den Patio im siebten Stock besuchten. Es dauerte nicht lange, und sie hatte die drei zur Bewachung des Büros eingesetzten Gorillas morgens mit der Säuberung der Futternäpfe betraut. Allerlei Rituale begannen. Der Direktor, der jahrelang dafür gearbeitet hatte, daß Langley erbaut wurde, schien nun, als wir die letzten Einzelheiten in seinem Büro ordneten, zu wissen, daß er seinen Stuhl nicht mehr lange behalten würde.

Ich glaube, er war nicht gar so glücklich über die Art und Weise, in der sein Traum in Erfüllung ging. Er zog erst aus der E-Street aus, als sein neues Büro vollkommen fertig eingerichtet war, und als er es tat, war allen klar, daß er seinen neuen Arbeitsplatz nur mehr auf eher symbolische Weise in Besitz nehmen würde.

Manchmal nahm er mich in seiner Dienstlimousine mit. Dann sprach er in herzlichen Tönen von meinem Vater und bekundete aufrichtige Freude, daß Cal und Mary wieder zusammenlebten – ein Umstand, von dem ich selbst auch nur durch eine Postkarte erfahren hatte. Aber meistens kam mir der Direktor wie ein Mann vor, der einen Trauerfall in der Familie erlitten hatte. Es gab zwar immer noch manchmal für ein oder zwei Minuten vergnügte Phasen, aber meist saß er schweigend und offensichtlich tief deprimiert neben mir.

Am 28. September begleitete er John McCone zum Naval War College in Newport und dort bei der Abschlußfeier gab Präsident Kennedy bekannt, daß McCone der neue Direktor der Agency sein würde. Howard Hunt, der in Dulles' altem Büro in der E Street eifrig an der Abfassung der offiziellen Geschichte des Schweinebuchtunternehmens arbeitete, saß zufällig – der glückliche Howard – auf der Rückfahrt nach Boston von den Feierlichkeiten in Newport mit Allen Dulles zusammen im Wagen. Es überraschte mich nicht, daß sie nicht miteinander gesprochen haben. Dulles' gichtiger Fuß lag auf dem von einem Kissen bedeckten Schemel. Endlich machte der Direktor doch den Mund auf. Er sagte: »Ich habe dieses Leben *sub cauda* satt.« Woraufhin er Hunt mit einem seltsamen Blick fixierte und hinzufügte: »Hunt, Sie sind doch der Latinist. Wir würden Sie *sub cauda* übersetzen?«

»Nun, Sir«, sagte Hunt, »ich möchte nicht ungehörig sein, aber ich glaube, es bedeutet mehr, als die wörtliche Übersetzung besagt. Ich denke, ein gutes Äquivalent würde sein: ›Unter dem Schwanz der Katze.‹«

»Ja, ausgezeichnet«, sagte Dulles, »aber ich spreche, wissen Sie, vom Po der Katze«, und dann, als wäre er ganz allein im Wagen, sagte er, eigentlich zu niemandem speziell, nicht zu Hunt, nicht zum Fahrer, nicht einmal zu sich selbst, sondern, ich möchte wetten, zu den Göttern, die Instanz auf der nächsten Bühne: »Der Präsident hat mir unter vier Augen gesagt, wenn er der Führer einer europäischen Macht gewesen wäre, hätte er abtreten müssen. Aber wir sind in Amerika, und da er das nicht tun kann, muß ich gehen. Das ist alles ganz schön und gut, aber findet ihr nicht, daß man auch Robert Kennedy hätte bitten können, seinen Hut zu nehmen?«

Ende Oktober, kurz bevor John McCone als neuer Direktor eingeführt wurde, kam Allen Dulles doch noch nach Langley herüber und humpelte etliche Wochen wie ein verwundeter Büffel auf seinem schlimmen Fuß herum. Mir kam es so vor, als ob er das neue Haus haßte, und ich schrieb das auch in einem Brief an meinen Vater. Er antwortete mir darauf überraschend kritisch und offen.

10. Oktober '61

Ja, mein Sohn, ich habe mir Langley vor meinem Abflug angesehen und ich bin genau Deiner Ansicht. Ich frage mich manchmal, ob Allen tatsächlich nicht begreift, wie wichtig die Architektur für den Menschen ist. Wenn ich an Langley denke, bekomme ich Angst. Der I-J-K-L-Komplex war wirklich scheußlich, aber man konnte sich an diese baufälligen alten Baracken und Schuppen gewöhnen. Allen hat das Allerwichtigste aus den Augen verloren: Der Charme muß erhalten bleiben. Das I-J-K-L mag ja voll vorsintflutlicher Zugspülungen und verwinkelter Korridore und Verstecke und geheimer Besenkammern gewesen sein, durch die man in andere Korridore gelangte, aber dieser quietschende, knarrende Gerümpelhaufen gehörte wenigstens uns. Langley wird nur aus Memos und Meetings bestehen. Das technische Sammeln von Daten wird einen immer größeren Teil des Budgets auffressen, und die Arbeit mit guten Agenten gerät in Vergessenheit. Kammermusik, ade! Es lebe die Geräuschkulisse!

Wie konnte uns Allen das antun? Der arme Mann weiß soviel und dann ausgerechnet so etwas.

Jetzt haben wir McCone. Ich habe ihn mal kennengelernt. Ein Kompaktmann: klein, hellblond, blaue Augen, die Dich ansehen, so kalt wie Eis. Er trägt eine Stahlbrille. Ich nehme an, sein schwereres Produkt kommt nicht in Form von Würsten, sondern in Scheibchen geschnitten heraus . . .

Zuerst hatte der Brief sehr vernünftig geklungen, aber wenn mein Vater auf Exkremente zu sprechen kam, dann bewegten wir uns, wie ich festgestellt hatte, von der Urbanität zum Wahnsinn.

Wie Du meiner Postkarte bereits entnommen haben wirst, leben Mary und ich wieder zusammen. Ich glaube, es ist weniger Liebe als vielmehr Gewohnheit. Nach fünfundzwanzig Jahren trennt man sich von einer Ehefrau so ungern wie von Alkohol und Zigaretten. Ja, ehrlich gesagt, es ist fast unmöglich. Ich mag das Mädel wirklich gern, wie Du weißt – sie ist mein großer weißer Wal. Ich bin zurück nach Japan gegangen, um diesen kleinen japanischen Geschäftsmann aus ihrem Leben hinauszuwerfen, aber weißt Du was, es ist entsetzlich, sie will es nicht zugeben, obwohl ich es mir vorstellen kann, aber es hat da eine ekelhafte Geilheit zwischen ihnen gegeben. Es wird für mich manchmal schon zu einer Zwangsvorstellung: Der verdammte japanische Hund war überall vorn und hinten auf ihr drauf mit seinen Kamikaze-Kriegsrufen, dieser lächerliche kleine Wicht. Ich kriege einen mächtigen Haß auf Mary, wenn ich nur daran denke.
Es fällt mir verdammt schwer, Dir das zu gestehen, mein Sohn, aber Du, Rick, bist der einzige Mensch, der vielleicht anständig genug ist, mich nicht einfach auszulachen. Ich mache mir Sorgen, ob ich meine Gefühle wirklich in Schach halten kann. Vor ein paar Monaten war's für mich ein mächtiger Schock, als Hemingway Selbstmord beging. Allmächtiger Gott, ich hab' ihn mal eines Abends im Stork Club – das war 1949 – beim Armdrücken besiegt und fühle mich deshalb ein ganz klein wenig verantwortlich. Denn er hat das Licht in meinen Augen, und ich habe das Elend in seinen Augen gesehen. Sherman Billingsley hätte mich beinahe wegen Majestätsbeleidigung hinausgeworfen.
Wie auch immer, Ernests Tod ist das Allerschlimmste. Selbstmord mit einer Schrotflinte in den Mund! Ich glaube nicht, daß es ein echter Selbstmord war. Wahrscheinlich hatte er Krebs, und das Heilmittel dafür kennst Du. Kein Arzt würde es wagen, das zuzugeben, aber ich weiß es. Das heißt, jede Nacht spielt man das

Spiel mit dem Tod. Sieh Dir die Fakten an. Da war dieser Hemingway, sang den ganzen Abend Lieder und war lustig mit seiner Frau Mary. Und dann: Peng! Geht allein in ein Zimmer und knallt sich das Gehirn heraus? Nein. Er muß Nacht für Nacht damit gespielt haben. Hat das ganze Niemandsland zwischen Leben und Tod erforscht – die Ecken, wo sich der schreckliche Nebel sammelt. Ich nehme an, dieser tapfere Mann ist jede Nacht in das Zimmer gegangen, hat den Flintenlauf in den Mund gesteckt, den Finger nach dem Abzug ausgestreckt und ihn ganz langsam ins Niemandsland gezogen. Wenn er zu weit drückte, würde er tot sein; ein bißchen weniger weit, und er gewann vielleicht noch ein bißchen Leben. Eine Art Krebsheilmittel. Die Ärzte können mir gestohlen bleiben, aber das ist es, was Ernie getan hat: Er hat den Tod herausgefordert und ist wahrscheinlich viele Nächte damit durchgekommen. Dann, am 2. Juli, wagte er es und drückte den Abzug ein bißchen zu weit. Er konnte mit seinem Körper nichts mehr anfangen, konnte nicht mehr Ski fahren, nicht mehr boxen, blieb mit seinem Schwanz vielleicht unter der Horizontalen, aber bei Gott – er konnte immer noch den Tod herausfordern. Das ist meine Hoffnung. Meine heimliche Furcht ist, daß er einfach Schiß gekriegt und sich dann den Grips herausgeblasen hat. Mein Sohn, diese Todesfälle haben mich auf den Hund gebracht: Clark Gable, Gary Cooper, Dash Hammett, jetzt Hem. Das macht sich bemerkbar bei mir. Darum hasse ich den Hundesohn Jack Kennedy um so mehr. Ich möchte ja nicht wie ein Betbruder klingen, es ist aber einfach Tatsache: Du kannst keinem Katholiken trauen. Könnte sogar sein, daß es da so eine esoterische Verbindung über den Vatikan zwischen Kennedy und Castro gibt. Da, jetzt hab' ich's gesagt. Castro ist sehr religiös erzogen worden. Wußtest Du das? Sieh mal in SOURCES nach, vorsichtshalber auch in VILLAINS. Wenn er und Kennedy unter einer Decke stecken, würde das erklären, wieso Fidel unserem König gegenüber immer ein As im Ärmel hat.

Ich weiß, ich phantasiere, aber meine Wut wächst. Bevor ich mir diesen kleinen Japsen nicht aus dem Kopf gevögelt habe, komme ich mit Mary einfach nicht klar. Verstehst du mich? Sie hat mir nie sehr gefehlt. Die Gewohnheiten haben mir gefehlt, vor allem die langweiligen. Daß wir nicht mehr Patience gespielt haben, zusammen jeder für sich – damit hab' ich immer all die üblen Gedanken

bezwungen, die ich von draußen mitbrachte. Und jetzt frage ich mich, was denn noch da ist, das zu beschützen sich lohnt.
Rick, wahrscheinlich schreibe ich Dir morgen einen Brief, um Dich für meinen heutigen um Entschuldigung zu bitten. Du solltest vielleicht ruhig wissen, daß wir Hubbards alle unter einer Mischung aus Ärger und Wahnsinn leiden. *Sogar der Schuldirektor.* Er hat mich grün und blau geschlagen – hab' ich's etwa nicht verdient! –, aber es sollte Dir ja bekannt sein, daß wir Hubbards uns immer nach Kräften bedeckt halten. Nichts durchsickern lassen. Aus gutem Grund. Der Output, wenn der mal herauskommt, ist zu grauenvoll.
Du fehlst mir, mein guter Kamerad.

Dad

Ich verstand nun allmählich, warum mein Vater vor Jahren so sehr darauf erpicht gewesen war, meinen Kopf operieren zu lassen.

3

Aber auch ich hatte so meine kleinen Probleme. Erstens mußte ich mich entscheiden, welche nächste Sprosse auf der Karriereleiter ich erklimmen wollte. Jedesmal, wenn ich überlegte, ob ich nicht die Verbindung zu meinem Vater und meinem Paten abbrechen sollte, überkamen mich Erinnerungen an meine Anfänge in der Schlangengrube. Es gab Zeiten, da spürte ich, daß ich allein aus eigener Kraft gar nichts erreichen würde.
Jedenfalls verlangte die Frage nun eine Antwort: Was sollte ich als nächstes tun? Vor seinem Abflug nach Japan hatte mein Vater angedeutet, daß die Operationen gegen Castro in irgendeiner Weise fortgesetzt würden, aber wollte ich wirklich nach Miami zurückkehren – ohne Modene?
Ich konnte mich natürlich auch um eine Position in Paris, Rom, Wien oder London bewerben. Aber an solchen prestigebeladenen Orten würde ich vielleicht als Lakai enden. Außerdem kam ich dort

womöglich auch nicht mit meinen Spezialkenntnissen zum Zuge. Sie konnten mich genausogut nach Island oder Palma de Mallorca schicken. Der springende Punkt war mein Ruf in der Agency, und die Antwort darauf war nicht leicht zu finden. Porringer zum Beispiel mußte Howard trotz seiner mannigfachen Fähigkeiten schließlich doch ein bißchen gar zu sehr irritiert haben. Denn nach dem, was ich zuletzt von ihm gehört hatte, war er aus allen Planungsabteilungen ausgestiegen und hatte sich auf einem Verwaltungsposten vergraben. So erging es einem, wenn man sich wegen einer Aufgabe, die man ja schließlich brauchte, an die Personalabteilung wenden mußte.

Unter diesen Umständen beschloß ich, an Howard heranzutreten. Mein hervorragender Vater wurde ja derzeit von einer dunklen Wolke überschattet, und Harlot hatte, nachdem ich BLAUBART verloren, überhaupt nichts mehr von sich hören lassen. Ich wußte nicht, was für eine Art Job mir Howard würde anbieten können, aber wer war sonst noch da, der etwas für mich tun konnte? Ich wollte nicht zu David Phillips gehen und Richard Bissell war nicht nur in Ungnade, sondern auch zu hoch über mir, als daß ich seine Zeit hätte in Anspruch nehmen können. Wenn ich in diesen Dingen clever genug gewesen wäre, hätte ich vielleicht Richard Helms angesprochen. Geredet wurde darüber (und ich hätte es durch einen Anruf bei Arnie Rosen erfahren können), daß Helms der Stellvertretende Direktor für Planungen werden würde, sobald Bissell weg war. Helms hatte mit dem Fiasko Schweinebucht nichts zu tun gehabt.

Nun, ich wußte das nicht. Ich ahnte auch nicht, daß Richard Helms just in diesem Augenblick die jungen Offizierskader für diese seine Zukunft auswählte. Rosen hätte es gewußt, Rosen wäre wohl auch bereit gewesen, zu Helms zu gehen, wenn er es riskiert hätte, Harlot auf Dauer zu kränken.

Aber das waren Feinheiten. Ich wollte ja nur irgendwie vorankommen. So mußte ich mich einstweilen damit begnügen, Howard Hunt nach der Arbeit zu einem Drink einzuladen.

Nachdem er seine unmittelbaren Aufgaben für Dulles nun erledigt hatte, befand sich Howard draußen in der Domestic Operations Division an der Pennsylvania Avenue und entwickelte »interessante Initiativen« für Tracy Barnes. Als ich darauf erwiderte, das klinge »rätselhaft«, erklärte er: »Laß es mich so ausdrücken: Die

Domestic Operations Division wurde erst nach mörderischen Auseinandersetzungen gegründet.«
»Kannst du dich klarer ausdrücken?«
Das konnte er. Die DOD war bereit und entschlossen, Aufgaben zu übernehmen, die »anderswo im CIA unerwünscht sind. Ich bin der Chef der Geheimen Aktion in der DOD.«
»Ich weiß nicht, ob ich mir jetzt die Arbeit bei dir besser vorstellen kann.«
»Lauter kleine Fische. Unterstützung für Bücher und Verleger, die unserer Ansicht nach Hilfe brauchen.«
Als ich schwieg, fügte er hinzu: »Milovan Djilas, *Die neue Klasse* zum Beispiel, bei Praeger erschienen.«
»Das klingt leicht«, sagte ich.
»Ist es auch. Ich habe jetzt viel Zeit für meine Familie, für meine Freunde und für eine zweite Karriere. Sieh mal, Victor Weybright, der, falls du es nicht wissen solltest, der Herausgeber der New American Library ist, möchte, daß ich ein amerikanisches Gegenstück zu den James-Bond-Romanen schreibe, die die New American Library bereits verlegt. Ich habe die Idee mit Helms durchgesprochen, und er ist auch der Meinung, daß das für die Public Relations gar nicht schlecht sein könnte. Ich fange jetzt mit etwas an, das ich die Peter-Ward-Serie nennen möchte. Natürlich unter Pseudonym: David St. John.«
»Ein guter Name.«
»Ich habe ihn von David und St. John Hunt. Meinen Söhnen.«
»Natürlich.« Ich schluckte meinen Drink. »Das ist alles, was du bei DOD tust?«
»Im Augenblick schon.«
Sollte ich noch zwei Drinks bestellen? Ich würde sie bezahlen, aber ich wollte auch einen Gegenwert dafür. »Ich frage mich, worauf du wartest.«
»Ich kann nur wiederholen«, sagte Howard, »daß wir die Aufgaben übernehmen, die anderswo im CIA unerwünscht sind.«
Daraufhin gingen wir auseinander. Ich erwachte mitten in der Nacht, und plötzlich wurde mir klar, daß Hunt mir nur seine Legende erzählt hatte. Die Domestic Operations Division mußte etwas mit Spezialaufgaben hinsichtlich Kuba zu tun haben.
Zwei Tage darauf traf ein Telegramm bei mir zu Haus ein: HEUERE NICHT AUF UNBEKANNTEN SCHIFFEN AN. GLOBETROTTER.

Mir fiel ein, daß Howard mit Tracy Barnes gesprochen hatte, der wiederum mit Montague über meine Verdienste diskutiert haben mußte. Ich wußte nicht, ob ich mich freuen oder mir Sorgen darüber machen sollte, daß man nicht das Interesse an Herrick Hubbard verloren hatte.
Diese depressiven Grübeleien, diese Demoralisiertheit hielt einen ganz trostlosen Frühling und Sommer lang an. Doch sie schwanden schlagartig durch einen Telefonanruf.
An jenem Morgen, als ich das Telegramm von GLOBETROTTER bekam, läutete der Apparat, als ich gerade nach Langley losfahren wollte, und die durch mehrere Taschentuchlagen mechanisch gedämpfte Stimme einer Frau drang mir ins Ohr. Ich konnte nicht ganz sicher sein, ob ich sie kannte, wenigstens nicht sofort. Die Stimme klang verzerrt wie eine zu langsam laufende Schallplatte. Außerdem war das Gespräch schon vorbei, bevor mein Ohr sich richtig darauf eingestellt hatte.
»Rufen Sie mich in zwölf Minuten unter der folgenden Nummer an: 623-9257. Wiederholen Sie bitte.«
»623-9257.« Ich konnte es gar nicht glauben, aber ich sah, wie auf der Farm einstudiert, eine orangene Wand, davor einen grünen Tisch, darauf eine blaue Lampe. Ein Mann mit einer schwarzen Jacke, grünen Hosen und roten Schuhen saß in einem braunen Sessel. »623-9257«, sagte ich noch einmal.
»Es ist jetzt 7 Uhr 51. Sie werden mich um 8 Uhr 03 anrufen. Sie benutzen die Bell-Hygiene.«
»Verstanden«, sagte ich.»8 Uhr 3. Bell-Hygiene.«
»Ciao.« Das Telefon klickte.
Ich konnte es nicht fassen. In der Ausbildung hatte man dafür trainiert, stets für einen solchen Augenblick bereit zu sein.
Ich fing an zu lachen. Die Frau konnte niemand anders sein als Kittredge. Seit ich in Langley das Memorandum über die freie und faire Benutzung der Büsche gelesen, hatte ich nicht mehr so herzhaft gelacht.
Zwei Querstraßen von meiner Wohnung entfernt gab es eine Reihe von öffentlichen Telefonen, und um zwei Minuten und fünfzig Sekunden nach acht steckte ich mein Zehncentstück hinein. Die Stimme, die mir antwortete, kam nicht mehr durch ein Taschentuch.
»Harry?«

»Ja.«
»Ich bin's, Kittredge.«
Ein wenig erschreckte es mich, daß ich nichts weiter als »ja« zu sagen vermochte.
»Harry, hast du je von einem Mädchens namens Modene Murphy gehört?«
»Weshalb fragst du?« Und nun versagte mir endgültig die Stimme.
»Harry, du bist FIELD, nicht wahr?«
»Ich ziehe es vor, auf diese Frage nicht zu antworten.«
»Ich wußte es die ganze Zeit. Harry, ob es dir gefällt oder nicht, Hugh hat beschlossen, daß ich deine Aufgabe übernehmen soll. Ich lese gerade deine Berichte.«
»Alle?«
»Alle und noch mehr. Du weißt nicht, wie es weitergegangen ist.«
Nun, wir hatten so ungefähr eineinhalb Jahre nichts mehr voneinander gehört, und das hier war ein verdammt schlechter Start.
»Kittredge, kann ich dich sehen?« fragte ich.
»Noch nicht.«
»Warum nicht?«
»Weil ich mich nicht hinter Hughs Rücken mit dir treffen will und ganz bestimmt keine Lust habe, euch beide beim Dinner en familie zu sehen.«
»Wie geht es Christopher?«
»Wunderbar. Ich würde alles für das Kind tun.«
»Ich würde ihn gern mal sehen. Ich bin ja schließlich sein Pate.«
Sie seufzte. »Hast du ein Postfach?«
»Natürlich.«
»Gib mir die Nummer«, sagte sie, und sobald ich es getan hatte, fügte sie hinzu: »Ich glaube, wir kommen wieder miteinander ins Geschäft. Ich werde dir einen langen Brief schicken.«
»Wie bald?«
»Morgen wird er hinausgehen. Ich habe ihn in Gedanken schon fertig.«
»Und wie erreiche ich dich?«
Es stellte sich heraus, daß auch Kittredge ein Postfach besaß.
»Deine Stimme klingt wundervoll«, sagte ich.
»Geduld«, sagte sie und legte auf.

4

20. Oktober 1961

Liebster Harry,
was Dir alles im letzten Jahr widerfahren ist, weiß ich nicht, aber das Fiasko des Schweinebuchtunternehmens muß auch Dich allerhand gekostet haben. Zu einem großen Teil identifizierst Du Dich ja so mit Deiner Arbeit, daß jedes Mißgeschick, das der Agency zustößt, Dich wie ein persönlicher Verlust berühren muß.
Natürlich denke ich an das alte Modell Harry Hubbard – circa 1959 – und wir haben seither ja keinen Kontakt mehr gehabt. Ich möchte nicht, daß Du von mir noch den gleichen Eindruck hast wie nach dem fürchterlichen Schlamassel in Paraguay.
Ich habe mich verändert – so sehr, wie man sich in ein paar Jahren ändern kann. Ich würde sagen: Ich bin nicht mehr die, die ich einmal war. Weißt Du, daß ich, abgesehen von einem monatlichen Besuch meines Mannes und den vier Tagen in der Woche, an denen eine gute Haushälterin zum Saubermachen und Christopher-Hüten kam, ein Jahr lang mutterseelenallein in der Keep gehaust, allein an meinem Buch gearbeitet und meinen Sohn versorgt habe?
So einsam in Maine einen Winter zu durchleben, ist genauso, wie wenn man in einer Taucherglocke haust. Man geht fast ein unter Wasser, aber wenn man wieder auftaucht, fühlt man sich großartig. So ging es mir. Es war für mich ein sehr eigenartiges, faszinierendes Jahr. Ich habe eine hochbedeutsame psychologische Theorie entwickelt. (Hochbedeutsam für mich jedenfalls. Andere können vielleicht gar nicht soviel damit anfangen.) Ich möchte sie Dir jetzt in diesem Augenblick nicht in zu vielen Einzelheiten beschreiben, kann aber sagen, daß zwei der unlösbarsten Probleme in der Psychoanalyse heute der Narzißmus und die Psychopathie sind. Niemand weiß, wie sie zu behandeln sind. Die Freudianer kann man in dieser Hinsicht mit den Kartographen des vierzehnten Jahrhunderts vergleichen, die riesige Gebiete auf ihren Weltkarten frei ließen.
Nun, mit Alpha und Omega bekommt man die Sache ganz gut in den Griff, sobald man die Prämisse akzeptiert. Ich will Dir im Augenblick noch nichts über meine Theorie schreiben, aber der

Versuch, ein Buch daraus zu machen, hat mich literarisch ziemlich auf den Hund gebracht. Tag für Tag, ein Jahr lang habe ich mich damit abgezappelt, nur um festzustellen, daß ich's nicht schaffe. Ich habe persönlich ganz einfach noch nicht genug erlebt, als daß ich meine These mit den tausend alltäglichen Beispielen hätte illustrieren können, die dazu nötig wären. Ich wollte ein Magnum Opus schreiben, das voll von intellektuellem Charisma ist, aber ich mußte wieder einmal sehen, daß ich doch nur eines von vielen klugen Mädeln bin, die viel zu früh geheiratet haben, viel zu früh Mutter geworden sind und mit dem Hintern auf der Bank sitzen und mit einem Zeh im Karriereflüßlein spielen. Mit einer solchen Haltung kann man nicht Geschichte machen.
Nun, genau um diese Zeit herum – das ist jetzt auch schon wieder fast ein Jahr her – fing Hugh an, mich zu bearbeiten, ich solle doch wieder zurück zu ihm nach Washington kommen. Bis dahin war es so eine Art Tauziehen zwischen ihm und mir gewesen, wessen Wille wohl der stärkere war. Wir litten beide sehr darunter, aber keiner von uns gab's zu. Und schließlich sagte er: »Ich möchte eine Frau. Ich habe mein Leben lang darum gekämpft, dem Unvermeidlichen zu entrinnen. Ich will nicht in einer Mönchszelle enden.«
Das hat schon Eindruck auf mich gemacht. Du weißt ja, er hat seine Mutter angebetet. Er hat, bis er zehn war, in einem Bett mit ihr geschlafen. Ich glaube, sie hat Hugh benutzt, um sich den Mann vom Hals zu halten. Dann kam es zu dieser Katastrophe. Elf Jahre alt, und der Junge hatte nicht nur plötzlich keinen Vater mehr, sondern er mußte auch weiter mit einer Mutter zusammenleben, die seinen Vater womöglich umgebracht hatte. Er zog sich also völlig von ihr zurück und wurde zum Einzelgänger. Damals hat er mit der Kletterei angefangen. Stell ihn Dir mal vor: Da zieht dieser scheue kleine Junge ganz allein in die Rocky Mountains los und fängt an zu kraxeln. Damals muß er sehr verzweifelt gewesen sein, aber er lernte seine Gefühle dadurch beherrschen, daß er riskante Klettertouren unternahm. Plötzlich, nach all den Ehejahren, sah ich meinen Mann ganz deutlich vor mir, wie er damals angefangen hat, und das fand ich sehr bewegend.
Aber eben nur zur Hälfte. Mit meinem Alpha fand ich es hinreißend, aber mein Omega blieb knallhart. Ich war selbst überrascht. Zum erstenmal begriff ich, wie eisern ich in meinem Omega-Kern da unten bin. Ich habe ihm geschrieben, und ihm mitgeteilt, daß

ich nur dann zu ihm zurückkehren werde, wenn wir die Grundlage unserer Ehe verändern. Ich wollte nicht zurück in die Isolation, in der er mich gehalten hat und in der ich so gut wie nichts über seine Arbeit erfuhr. Er hat das früher vielleicht nicht so richtig verstanden, aber ein Grund dafür, daß ich zu Haus in unserem ›Stall‹ immer so fieberhaft nach neuen Ideen zu suchen begann, war dieses riesige Bedürfnis nach erregenden und befriedigenden Erfahrungen beim geselligen Zusammensein, das sich in mir aufgestaut hatte – bei unseren Abendessen zum Beispiel, wenn wir darüber diskutierten, wer Allens Nachfolger werden sollte. So ein Quatsch! Das konnte doch nicht alles sein.

Was habe ich mir denn eigentlich vorgestellt? Was wollte ich? An seiner Arbeit Anteil nehmen? Ja, an seinen *Geheimnissen* wollte ich teilhaben. Das sei nicht möglich, versuchte er mir zu erklären. Ich würde von ihm verlangen, er solle seinen *Eid* brechen. Zum Teufel mit deinem Eid! habe ich ihm gesagt. Unsere Ehe ist durch das Sakrament geheiligt. Das zählt mehr.

Schließlich erklärte er sich einverstanden, mich in seine Geheimnisse einzuweihen. Ich kam also nach Washington zurück, und ich fing an, das, womit er sich beschäftigte, kennenzulernen. Natürlich nicht alles, aber er ermächtigte mich (so drückte er sich aus!), mit ihm an ein oder zwei Projekten, mit denen er befaßt war, zusammenzuarbeiten. (Er nannte seine Projekte übrigens »Stücke«!) Ich merkte jetzt erst, was für ein raffinierter Kerl mein Mann ist, wenn er mit jemandem verhandeln muß. Natürlich stand ich am Ende mit weniger da, als ich eigentlich hatte herausschlagen wollen. Nun, egal. Was ich gewonnen habe, ist schon faszinierend genug. Ich bin jetzt seine Juniorpartnerin, und es macht einen Heidenspaß, in dieser Suppe von Geheimnissen herumzurühren. Ich glaube, er genießt es sogar, die bestgehüteten Dinge preiszugeben. Ein himmlischer häuslicher Frieden plätschert nun wieder drohend und sanft zu meinen Füßen.

Aber zu schlimm ist es noch nicht. Der Kampf geht ja weiter. Im November haben wir uns zum Beispiel wieder wahnsinnig gezankt. Ich war gerade mal seit einem Monat zurück in Washington, als meine alte Freundin Polly Galen Smith vor der Tür stand. Du erinnerst Dich sicher noch daran, daß sie uns damals bei unserem Briefwechsel zwischen Washington und Montevideo mit ihrem Postfach ausgeholfen hat, aber ich weiß nicht, was ich Dir noch alles von ihr erzählt habe. Ihr Mann, Wallace Rideout Smith, ist nicht mehr beim Außenministerium, sondern er ist zur Agency herübergewechselt und bekleidet jetzt einen hohen Posten in der Verwaltung. Ein langweiligerer Kerl ist nie einen Companykorridor hinuntergeschritten. Habe ich Dir schon mal früher etwas über die beiden erzählt? Polly, soviel werde ich Dir wohl schon berichtet haben, betrügt Rideout Smith schon seit vielen Jahren nach Strich und Faden. Nicht, was die Quantität angeht, aber sie geht wahnsinnige Risiken ein. Ich glaube, sie treibt's mit den Männern genauso, wie es ihr Männer nach landläufiger Meinung mit uns treibt.

Jedenfalls verstehen wir beiden uns ganz ausgezeichnet, weil wir so verschieden sind. Sie kam wieder mal ungefähr einen Monat vor der Amtseinführung des Präsidenten zu mir und fragte mich, ob ich ihr einen Riesengefallen tun könnte. Ob sie mal eine Stunde lang am frühen Mittwochnachmittag unseren ›Stall‹ benutzen dürfte, wenn Hugh bei der Arbeit war und während ich zum Beispiel einkaufen könnte. Sie habe nämlich einen Freund, der nur zwei Straßen von uns entfernt wohne, und unser ›Stall‹ läge so günstig zwischen ihrem und seinem Haus fast genau auf halbem Weg. Ihr Freund wäre zur Zeit der meistbeschäftigte Mann der Christenheit, aber sie verständen sich im Bett irre gut. Ja, wer das denn sei? Staatsgeheimnis, sagt sie. Unmöglich, erwiderte ich ihr, ich muß doch auch an Christopher denken und an das Mädchen. Falsch, sagte sie. Christopher sei ja um zwei Uhr nachmittags noch im Kindergarten, und das Mädchen hätte doch am Mittwoch frei. Polly hatte meine Situation also exakt sondiert.

Ich kann dir nicht helfen, wenn du mir nicht den Namen dieses Kerls nennst, erklärte ich ihr.

Geht nicht, sagte sie. In dem Fall, antwortete ich ihr, müßt ihr beide euch dann eben ein Motel suchen.

O Gott, nein, Kittredge! – Ja, und warum nicht? – Zu prominent, der Mann ist einfach zu prominent, wiederholte sie andauernd. Schließlich habe ich ihr den Namen entlockt. Ihr Freund ist niemand anderer als ihr Senator von vor zwei Jahren, unser nun gewählter Präsident und Hahn-im-Korb Jack Kennedy. Und daß sie einen Unterschlupf benötigten – und unser ›Stall‹ lag da nun mal so wahnsinnig günstig –, das hatte mit dem Secret Service zu tun. Wenn man's ihnen vorher sagte, würden sie diskret einen halben Block weiter in Stellung gehen. Außerdem kann sich Jack so zwischen den verschiedenen Meetings unauffällig aus seinem Haus in der N Street davonstehlen und auf demselben Weg wieder ins Nest zurückschlüpfen, ohne daß ein unheimlicher Wirbel entsteht.

Für mich war's eine Offenbarung. Wie Schuppen fiel es mir von den Augen: Snobismus, günstige, nahe Gelegenheit, Besitzerstolz und das uralt-ehrwürdige *droit du seigneur* vermischten sich zu einem unwiderstehlichen Cocktail – Harry, ich mußte einfach ja sagen. Ich wollte, daß der gewählte Präsident der Vereinigten Staaten meine Räume mit seiner fleischlichen Präsenz erfüllte. Ich glaube, ich wurde mir in diesem Augenblick darüber klar, was ich für eine Schlampe sein könnte, wenn ich ein bißchen anders erzogen worden wäre.

Wie habe ich Polly beneidet! Neid ist etwas Gemeines. Plötzlich bestand ich auf einer angemessenen Bezahlung. Jack Kennedy sollte mein Linnen nicht mit seiner verheißungsvollen Gegenwart weihen, ohne daß ich ihn zuvörderst gesehen hätte.

Sally regte sich auf, als ob ich eine Flasche Parfüm zerbrochen hätte. Aber es blieb ihr nichts anderes übrig, sie mußte nachgeben. So fing das mit ihren Mittwochs an. Mittwochs würden sie sich bei mir im ›Stall‹ zum Lieben einfinden – und wenn es auch nur für dreißig Minuten war, wie ich feststellen mußte, als wir die Einzelheiten besprachen. Ich sollte zufällig, unerwartet, nach Haus kommen – aber pünktlich auf die Minute. »Wenn du zwei Minuten zu spät kommst, ist er weg. Und wenn du fünf Minuten zu früh hereinschneist, kommst du ungelegen.« Du siehst, mein Freund, Polly nimmt es sehr genau, und darum haben die beiden sich wohl auch gefunden. Denn ich habe noch nie einen Mann kennengelernt, der es so genau nimmt wie Jack Kennedy, abgesehen vielleicht noch von seinem Bruder Bobby.

Ich habe ihn jedenfalls gesehen. Noch als ich den Schlüssel im Schloß herumdrehte und durch die Tür in meinen eigenen Windfang trat, erzitterte mein Herz zweimal – einmal aus historischem Grund und einmal der Persönlichkeit wegen. Er ist schlicht und ergreifend attraktiv, und ich glaube, das kommt daher, daß er nicht so riesig groß ist. Ich habe mit einem Mann gesprochen, dem ich mich ebenbürtig fühlte, und der, so muß ich sagen, wirklich furchtbar nett ist. Er ist so direkt und so selbstsicher. Dabei wirkt er

völlig natürlich und überhaupt nicht anmaßend. Er ist einfach süß! Und so unmoralisch! Und er ist nicht aus der Ruhe zu bringen. Polly hat sich sehr Mühe gegeben, nicht in schallendes Gelächter auszubrechen – was verständlich ist. Da trafen sich schließlich zwei ihrer allerbesten Freunde, und er – ich weiß nicht, ob sie ihn nicht vielleicht doch vorgewarnt hat – schien von meinem plötzlichen Eintreten keineswegs überrascht. Vielleicht hat er es von ihr erfahren und mit dem Secret Service abgesprochen.
»Wissen Sie eigentlich«, so fragte er mich zur Begrüßung, »daß Sie mich ein bißchen an meine Frau erinnern. Ja, es gibt da eine unheimliche Ähnlichkeit zwischen Ihnen und ihr.«
Ich mußte an Jacqueline Kennedys Vater denken – Black Jack Bouvier. Dann verglich ich ihn mit meinem Vater und sagte: »Ach du lieber Gott, verglichen mit Ihrer Frau bin ich ein richtiges Mauerblümchen.« Und plötzlich kam ich mir ja auch wirklich so schäbig und traurig vor. Das überkommt mich eigentlich recht selten, aber es ist alles in den Genen gespeichert, glaubst du nicht? Das Mauerblümchen, bedeckt vom Staub der Folianten meines Vaters. Es kam aus all meinen Poren, wie eine Krankheit, wie die Krankheit meines Vaters. So war mir da! »Ein verstaubtes Mauerblümchen«, wiederholte ich, aber er lächelte nur, und dabei fühlte er sich offensichtlich sehr viel wohler in meinem winzigen Salon als ich selbst.
»Das werden wir schon sehen«, sagte er, und die Art wie er mir zulächelte, beunruhigte mich sehr.
»Polizeistunde«, fuhr Polly dazwischen, und Jack salutierte freundlich und war aus der Tür, ließ Polly bei mir zurück. »Bis nächsten Mittwoch«, lächelte er.
Polly blieb noch zum Tee, und ich bekam Gewissensbisse wegen Hugh. Ich war so gierig darauf, alles über Jack zu erfahren.
Als Hugh dann nach Haus kam, war ich in Beichtlaune. Bevor wir schlafen gingen, habe ich ihm nichts erzählt und auch in der nächsten Nacht noch nichts. Aber allmählich bekam ich immer stärkere Angstgefühle – so dunkle Vorahnungen, weißt Du. Erinnerst Du Dich noch an die Geschichte mit der Brosche, die Du mir aus Montevideo geschickt hast? Ja, mich beschlich wieder so ein unheimliches Kriseln – so – nenne ich es. Und da wußte ich: Ich mußte es ihm erzählen. Er hat unglaublich empört darauf reagiert. »Ich fühle mich besudelt«, sagte er mir. Und dann – Du kannst Dir

gar nicht vorstellen, wie sehr es mich entsetzt hat, aus seinem Mund solch eine Ausdrucksweise zu vernehmen: »Das Gefühl, das ich jetzt habe, könnte nicht schlimmer sein, als wenn dieser Bursche Jack Kennedy mich von hinten gepackt hätte!« Kannst Du Dir vorstellen, daß Hugh sich so gemein ausdrückt?

»Aber das war doch Polly«, sagte ich zu ihm. »Das war doch nicht ich! Sie hat mit ihm geturtelt.«

»Es war das letzte Mal, daß sie ihn in unserem Haus empfangen hat«, erwiderte er barsch.

»Nein, das kann ich ihr nicht antun!«

»Damit wird alles in diesem Hause vergiftet. Auch das Kind. Kannst du denn überhaupt nicht zwischen dem relativ Hohen und dem völlig Niedrigen unterscheiden?«

Nun, da mußte ich die Segel streichen. Schließlich hatte er recht, und ich wußte es. Ich habe aber auch gelernt, daß Hugh keinen Respekt vor einem hat, wenn man zu rasch nachgibt, also wollte ich ihm noch Widerstand leisten bis zum Dienstag vor dem nächsten Mittwoch und ihn dann in dem Glauben lassen, er habe einen bedeutenden Sieg errungen.

Was das Timing des Präsidenten angeht: Ich begreife langsam, wie Jack es zu dieser Position gebracht hat. Polly habe ich nichts davon erzählt, aber am Montag überbrachte ein Bote eine Einladung: Ob Mr. und Mrs. Montague am Dienstag zum Dinner in die N Street kommen wollen?

Hugh hat schreckliche Magenkrämpfe bekommen. Ich habe noch nie zuvor erlebt, daß er sich so schlimm übergeben mußte, und mir war auch klar, wieso. Er lechzte danach, in der N Street empfangen zu werden. Es dürstete ihn, Jack Kennedys Bekanntschaft zu machen, er schmachtete schon geradezu danach, vor allem, weil das gut für die Agency ist. Aber lieber würde er sich in Stücke reißen lassen, als sein Haus verunreinigt zu sehen. Wenn man aber Polly vor dem kommenden Mittwoch absagte – würde dann nicht auch das Abendessen am Dienstag davor entfallen? Natürlich konnten wir hingehen und dem Liebespaar danach absagen. Aber so durfte man mit einem gewählten Präsidenten nicht umspringen!

Das sind alles nur meine bescheidenen Gedanken zu diesem Thema; Hugh aber würgte es so vernehmlich, daß ich seinen Kopf festgehalten hätte, wenn ich mutiger gewesen wäre. Aber dann

kam er aus dem Klo und krächzte: »Ich hab's mir überlegt. Entweder rufst Du jetzt Polly an, oder ich muß es tun.«
Ich mußte ihn dafür einfach lieben, obwohl es mir nicht recht war, um mein Dinner mit Jack gebracht zu werden. Aber wer kann einer solchen Charakterstärke widerstehen? Ich rief Polly an. Ich brachte nur drei Worte heraus: »Hugh weiß alles.«
»Ach was!« sagte sie. »Haben die Sirenen gesungen?«
»Nein. Aber sag bitte dein Treffen am Mittwoch hier ab.«
Und weißt Du was? Die Einladung zum Abendessen wurde nicht abgesagt, und Hugh hat sich zu meiner großen Verwunderung prächtig amüsiert. Ich selbst fand Jackie Kennedy halbwegs erträglich. Unter ihrer Unschuldsmiene ist sie ein ganz empfindsames Mädel. Sie spürt genau, wenn etwas faul ist, und sie hat gemerkt, daß im Verhältnis zwischen mir und ihrem Mann eine Unbekannte x war, die sie nicht dechiffrieren konnte. Trotzdem sind wir ganz gut miteinander ausgekommen. Sie versteht eine Menge von Kommoden des achtzehnten Jahrhunderts aus Piedmont und Charleston und wußte eine interessante kleine Sklavengeschichte zu erzählen. Sie berichtete, einer der bedeutendsten Kunstschreiner und Kommodentischler in Charleston, Charles Egmont, sei ein früherer Sklave gewesen, dem sein Besitzer Charles Cawdill die Freiheit geschenkt hätte. Und dann hätte er diesem ehemaligen Negersklaven eine eigene Werkstatt eingerichtet, und sie hätten sich den Gewinn geteilt. Sie erzählt ihre Geschichten mit großer innerer Anteilnahme, als biete sie einem unter gewissen mädchenhaften Qualen ihre Juwelen an. Ach Harry, das ist eine sehr wirre und verquälte junge Dame!
Währenddessen haben sich Hugh und Jack ganz ausgezeichnet verstanden. Und irgendwann gestand Jack dann auch meinem Hugh, es sei ihm ein Vergnügen, »dem Mythos Montague« zu begegnen. »Mythos?« fragte Hugh, und sein Mund verzerrte sich, als verlangte man von ihm, den Hals eines Truthahns zu küssen.
»Dann sagen wir: den geheimnisumwobenen Montague«, erwiderte Jack.
»Ich bin nur ein unbedeutendes Licht im Landwirtschaftsministerium.«
»Na, kommen Sie! Ich habe schon vor Jahren zum erstenmal von Ihnen gehört.«
Ja, man konnte sehen, daß sie Kontakt miteinander aufnahmen.

Hugh brillierte, als er sich über die Raffinesse der Sowjets auf dem Gebiet der Desinformation auslassen konnte. Zu meinem Entsetzen fing er an, dem Präsidenten und seiner Gattin eine Vorlesung zu halten. Doch ich war stolz, daß er sich glänzend schlug.
Seitdem laden sie uns von Zeit zu Zeit immer wieder ins Weiße Haus ein, zu ganz intimen Essen. Bei unserer letzten Soirée, als wir miteinander tanzten, fragte mich Jack nach Polly.
»Sie sehnt sich sehr nach Ihnen«, sagte ich.
»Sagen Sie ihr, ich rufe sie irgendwann an. Ich hab's nicht vergessen.«
»Sie sind furchtbar« zischte ich ihm zu.
Sogleich trat dieses gewisse Funkeln in seine Augen. »Wissen Sie, Sie sind eine schöne Frau, aber Ihre Haltung beim Tanzen ist eine Idee zu steif.«
Ich hätte ihm gern eins mit meinem Abendtäschchen überzogen. Leider habe ich mich nicht getraut. Denn so ein fabelhafter Tänzer ist er selbst auch nicht. Aber sehr routiniert – wie ein Reiter mit mustergültiger Haltung, der sich eigentlich nicht viel aus Pferden macht.
Trotzdem sind wir ganz gute Freunde geworden. Ich glaube, er paßt sehr auf, daß Hugh nicht allzu eifersüchtig wird, und uns bleibt das Nächstbeste – Sehnsucht, Erwartung, ein bißchen Hoffnung.

Später

Ich will nicht übertreiben. Sie laden uns vielleicht einmal im Monat zu sich ins Haus zum Souper ein. Und einmal waren sie auch bei uns daheim im ›Stall‹. Die Beziehungen zwischen uns vertiefen sich aber nicht – jedenfalls nicht zwischen Jack und mir. Jacqueline Kennedy und ich bewegen uns auf einer Ebene: Wir reden fürchterlich banales Zeug, und ich respektiere sie, weil sie sich mir gegenüber nicht mehr aufspielt, als das für eine reiche Maus einer armen Kirchenmaus gegenüber üblich ist, aber einen solchen Preis muß man für ein derartiges Entrée nun mal zahlen. Währenddessen unterhalten sich Hugh und Jack angeregt in einer Ecke. Du kennst Hugh: Wenn er sich einen einzeln vorknöpfen kann, ist er am besten. Und Jack findet, so fuchsteufelswild er auch wegen der Schweinebucht ist, diese Mantel-und-Degen-Geschichten unheimlich spannend. Er weiß, wie berühmt Hugh für seine ausge-

klügelten Inszenierungen ist. Und natürlich, wie oben erwähnt, besteht zwischen Jack und mir ein sehr freundschaftliches Verhältnis.
Ich hatte gar nicht geahnt, daß Hugh sich noch irgendwelche Gedanken darüber machte, bis er mir eines Tages – es war Ende Juli – die BLAUBART-Akte übergab. »Hier ist noch eine andere Seite von einem deiner Freunde«, sagte er. Ich nehme an, der Inhalt sollte mich schockieren, aber das tat er nicht. Ich verstehe Jack sehr gut. Er wählt bewußt die Promiskuität, um seinen Wahrnehmungshorizont zu erweitern. In der Hinsicht ist Jack Kennedy wie ein Kind. Er braucht täglich seine Belohnung, und wenn er sich dabei auch an der verbotenen Marmelade vergreift. Das soll er ruhig tun, sage ich, solange ich nicht zu seiner Konfitüre zähle. Wenn er auf diese Weise ein fähigerer Politiker wird, wird Gott ihm zweifellos all die Mädchenherzelchen verzeihen, mit denen er sein bubenhaftes Spiel getrieben hat. Ich bin sicher, daß er es so sehen wird.
Auch Hugh hat meinen Respekt nicht verloren – auch wenn er mir die Akte nicht hätte geben sollen. Ich hätte es ihm wohl auch nicht verziehen, wenn ihn nicht bereits Ty Cobbs Tod am 17. Juli so schwer getroffen hätte.
Dein Vater brütet mit düsterer Miene über den Todesanzeigen, statt sich an ihnen zu ergötzen, hat Hugh einmal gesagt, aber Ty Cobb ist eine Lichtgestalt in Montagues Arkanum. Schließlich hat Ty Cobbs Mutter ihren Mann genauso aus dem Weg geräumt, wie es im Falle der Montagueschen Familientragödie geschehen ist. Als Cobb starb (an Prostatakrebs, der arme Mann, der seinen Gelüsten einst so flott gefrönt), versetzte es Hugh einen echten Schlag, und deshalb hat er mir das BLAUBART-Zeugs gegeben.
Natürlich hat es mich interessiert. Ich fragte mich immer, wer außer Dir sich noch hinter diesem Namen Harry Field verbergen könnte. (Hugh wollte nicht damit herausrücken.) Und als ich gestern die Bestätigung erhielt, da, gebe ich zu, hat es meine Phantasie sehr angeregt.
Nun, ich habe ja nicht nur Deine Berichte gelesen, sondern auch einige spätere BLAUBART-Transkripte, die Du gar nicht kennst, und so mache ich mir ebenso Sorgen wie Hugh. Er hat auf seine feine, empfindsame Art wirklich alles versucht, unserem stürmischen jungen Präsidenten begreiflich zu machen, wie sehr ein Dämon von den Dimensionen eines J. Edgar Buddha das segensreiche Wirken der Regierung – und vor allem gerade *seiner* Regierung –

bedroht. Aber ich glaube, Jack kapiert einfach nicht, wo dieser Satan überall seine glühenden Zangen ansetzen kann. Es könnte sein, daß unser FBI-Direktor schon jetzt den ganzen Hals unseres Präsidenten mit seinem gnadenlosen Würgegriff umspannt. Modene ist so unglaublich indiskret. Ich will Dir nicht, so wie Du es getan hast, die endlosen Schlangenlinien ihrer Gespräche mit der lieben Willie wiedergeben. Ich finde ihre Art in höchstem Maße irreführend, denn unter dem Vorwand, nichts verraten zu wollen, verrät sie ihrer Freundin (und J. Edgar) alles. Wenn's auch fürchterlich lange dauert, bis sie es schließlich alles gebeichtet hat! Ich will zusammenfassen, was ich erfahren habe.

Modene erlitt die Qualen des Liebesentzugs während Jacks und Jacquelines Parisbesuch Ende Mai. Erinnerst Du Dich? Unsere First Lady war ein sensationeller Erfolg in Paris. Jack hat sogar erklärt: »Meine eigentliche Aufgabe in Paris besteht darin, Jacqueline Kennedy zu begleiten.« Mein Gott, wie das Dein armes Mädel gequält haben muß. Und natürlich konnte der Unhold Sam G. der Versuchung nicht widerstehen, sein böses Spiel mit ihr zu treiben. »Bist du eifersüchtig, Modene?« fragt er sie immer wieder. »Überhaupt nicht«, antwortet sie ihm. Wenn sie es ihrer treuen Willie beichtet (die ich mir schon etwas älter, blond und schrecklich fett vorstelle – hast Du je Näheres über sie erfahren?), bricht Modene allerdings sehr wohl in Tränen aus. Und man erfährt, daß sie mit Jack im Mai vor der Parisreise im Weißen Haus im Bett gewesen ist. Kannst Du Dir so etwas vorstellen? Nach einem erstaunlich miserablen Lunch – kalte Suppe und Hamburger mit Ketchup – irische Küche! – führte Jack die arme Modene vom Eßzimmer im ersten Stock zu einem im selben Stockwerk gelegenen Schlafzimmer, in dem sich ein geräumiges Bett befand. Dort vollzogen sie ihre Vereinigung. Sie ist wieder mal schrecklich in ihn verliebt. Jedenfalls erzählt sie das Willie an dem Abend.

Dieses Transkript lohnt es zu zitieren.

WILLIE: Moment mal. Die Wachen haben dich einfach so ins Weiße Haus gelassen?

MODENE: Natürlich nicht. Ich mußte durch das Tor gehen und dann stand da ein kleiner, gutgebauter Kerl namens Dave Powers, um mich zu begrüßen. Er zwinkerte mir ununterbrochen zu, ich glaube, es war ein nervöses Zucken. Er sah wie ein Kobold aus. Der

Präsident, sagte er, sei gerade im Schwimmbad und würde bald erscheinen. Dave Powers flüsterte die Worte »der Präsident«, als ob wir in einer Kirche wären und ich niederknien sollte. Natürlich verschwand er sofort, als Jack hereinkam, um mit mir zu essen. Bis dahin hatte Dave Powers mir erzählt, daß er es ist, der Jack jeden Morgen aufweckt und ihn abends ins Bett bringt. Wenn man ihm zuhört, weiß man wirklich, daß man im Weißen Haus ist.
WILLIE: Es ist nicht sehr sexy, was?
MODENE: Wie das Innere einer Quäkerkirche, nur ein bißchen überladener. So ein ›Treu-und-Glauben‹-artiges Gefühl. Ich habe mich noch nie so sehr nach einem Bourbon gesehnt. Es war am frühen Samstagnachmittag, und das Haus wirkte leer. Ich hatte die ganze Zeit das Gefühl, ich würde Jack gar nicht sehen. Erst als Powers mich hinauf in die Wohnung der Familie führte, wich diese anfängliche Beklommenheit ein wenig. Die Möbel kannte ich ja schon aus der N Street. Die hatten sie mit herübergebracht.

Nach dem Lunch wandern sie zum Schlafzimmer. Nach den Präliminarien empfängt Jack sie auf dem Rücken liegend. Welcher französische König pflegte doch noch seine Freundinnen in dieser Position willkommen zu heißen? Ludwig der Vierzehnte vielleicht, so verwöhnt, wie der aussieht. Jedenfalls hat sich, wie Modene erklärt, Jacks Rückenleiden verschlimmert. »Die Amtssorgen.« Sie ist glücklich, dem Meister zu dienen, aber ein Körnchen Unzufriedenheit bleibt. »Mir ist es gleich, welche Stellung man bevorzugt. Verschiedene Stellungen lösen bei mir auch verschiedene Empfindungen aus. Nur ziehe ich es vor, sie freiwillig zu wählen.«
Und die ganze Zeit über sieht sie durch ein Fenster neben dem Doppelbett draußen das Washington Monument.
Mein lieber Mann, ich frage mich, was für Gefühle Dich wohl überkommen haben, als Du die ersten Transkripte gelesen hast. Ich hoffe, ich schätze Dich richtig ein, und das Studium dieser Texte hat Dich mit Modene zu den höchsten Gipfeln der Lust emporgetragen – oder hat es Dich etwa deprimiert?
O Harry, muß ich Dir das alles antun, weil ich nie einen jüngeren Bruder hatte, den ich necken konnte.
Ich kehre zum Wesentlichen zurück. Trotz Jackies Triumphen in Paris setzt Jack sich erst wieder Anfang Juni mit Modene in Verbindung, und den ganzen Sommer hindurch, an furchtbar

heißen Hundstag-Sonnabendnachmittagen bringt er sie immer wieder ins selbe Doppelbett. Vom alten Joe Kennedy pflegte man zu sagen, je länger man mit dem Mann im Geschäft wäre, desto mehr nähme er von einem und desto weniger brächte man selbst nach Haus. Ein bißchen was von dieser Klage schleicht sich auch in ihre Telefongespräche mit Willie ein. Trotzdem findet sie stets Entschuldigungen für den armen Jack. »Er ist so furchtbar müde. Er hat wirklich eine Menge Sorgen.«

Das ist für unseren BLAUBART eine ganz seltsame Zeit. Sie lebt inzwischen in Los Angeles. Sie teilt sich mit vier anderen Stewardessen ein Apartment in Brentwood. Es ist eine ganz andere Modene als die, die Du gekannt hast! In Los Angeles wartet sie auf Einladungen nach Washington. Die Wohnung in Brentwood entwickelt sich währenddessen zu einer Drehscheibe verschiedenartiger Parties. Schauspieler gehen aus und ein, junge Managertypen im heiratsfähigen Alter, ein paar Profisportler, ein oder zwei Low-Budget-Filmproduzenten, und es wird sehr viel getrunken. Ich kenne mich nicht mit solchen Abenden aus, aber es heißt, es wird dabei sehr viel getanzt und eine erkleckliche Menge Marihuana geraucht. Und außerdem liegt Modene immer auf der Lauer, um rasch mal nach Chicago oder Miami zu fliegen und ein Wochenende mit Rapunzel zu verbringen. Aber steif und fest behauptet sie immer wieder: »Eine sexuelle Verbindung gibt es nicht.« Ich will Dich nicht mit Willies Zweifeln hinsichtlich dieser Behauptung langweilen.

Aus allem spricht die Ausschweifung, die Vergeudung ihrer Energien. Modene wird dick, und sie trinkt soviel, daß sie schließlich »als Touristin« zu einem Meeting der Anonymen Alkoholiker geht, aber sie findet »die düstere Stimmung dort abstoßend«. Sie nimmt auch Pillen, um sich abwechselnd aufzuputschen und dann wieder zu beruhigen. Ihre Katerstimmungen beschreibt sie als »fatal«. Ein Tennisspiel draußen vor ihrem Fenster klingt in ihren Ohren wie »ein Feuer aus Flugzeugabwehrkanonen«. Immer wieder spricht sie von einem »verrückten, betrunkenen Sommer«. Wenn sie arbeitet, leidet sie »wie noch nie zuvor«. Sie ruft Jack oft an. Offenbar hat er ihr eine Geheimnummer gegeben, damit sie ihn über eine seiner Sekretärinnen erreichen kann. Nach dem, was Modene erzählt, ruft Jack sie zurück, wenn er gerade nicht zu sprechen ist. Und Modene deutet mehrfach an, daß sie RAPUNZEL einen großen braunen Umschlag von IOTA überbracht hat. Jack

zieht sie währenddessen gern mit Sam auf: »Laß dich ja nicht zu sehr mit ihm ein. Dem Burschen kann man keinen Klingelbeutel anvertrauen.«
Hugh sagte mir in einem überraschenden Augenblick entwaffnender Offenheit: »Ich glaube, das hat mit Castro zu tun. Insgeheim hat Jack eine IRA-Mentalität. So ein Ire hat immer eine Rechnung zu begleichen. Wenn er es schafft, kann er sich später in Ruhe auf seinen Lorbeeren ausruhen.«
In mir herrscht ein seltsamer Widerstreit der Gefühle. Ich habe mich immer für eine tränenselige Patriotin gehalten, das heißt, ich liebe Amerika. Aber es ist, als ob man einen Mann hat, über dessen Taktlosigkeiten man nicht hinwegkommt: »Ach Gott, jetzt hat er das doch schon wieder gemacht!« Es regt mich aber wahnsinnig auf, daß dieser Castro, der sich wahrscheinlich eher zum Kapitän eines Piratenschiffs als zum Staatsmann eignet, nun schadenfroh über uns grienen darf. Das macht mir sehr zu schaffen. Und ich weiß, daß dieses Gefühl wie ein Dorn im Herzen unseres Präsidenten sitzt. Da er nun einmal einen solchen Hang zur Intrige hat, würde es sehr gut zu unserem Jack passen, wenn er sich mit so einem Gangster wie Sammy G. verbündete.
Ende August wird unser Mädel noch einmal am Sonnabend zum Lunch in das kleine Eßzimmer im zweiten Stock eingeladen. Diesmal sitzt allerdings Dave Powers mit am Tisch.

MODENE: Nach dem Essen sagte Jack zu mir: »Modene, laß uns jetzt mal ein bißchen aus der Schule plaudern.« »Aus der Schule plaudern?« fragte ich ihn. Zum erstenmal, seit wir uns kennengelernt hatten, gefiel mir der Ton nicht, in dem er mit mir sprach. Er fragte mich: »Hast du jemals zu irgend jemandem gesagt, daß ich dich darum gebeten hätte, mit noch einem Mädchen und mir zusammen ins Bett zu gehen?«
WILLIE: So hat er in Gegenwart von Dave Powers mit dir gesprochen?
MODENE: Ich glaube, er wollte den Kerl als Zeugen dabei haben.
WILLIE: Vielleicht wurde euer Gespräch aufgezeichnet.
MODENE: Sag so was nicht. Es ist schon peinlich genug. Ich hatte deutlich das Gefühl, daß er mich das fragte, damit Dave Powers es hörte. So als ob er sagen wollte: »Da wird so eine unwahr-

scheinliche Geschichte erzählt, aber bist du, Modene, so boshaft gewesen, ein derartiges Märchen in die Welt zu setzen?«
WILLIE: Du mußt eine wahnsinnige Wut gehabt haben.
MODENE: Ich drücke mich gewöhnlich nicht vulgär aus, aber ich hatte das Gefühl, daß ich in diesem Fall richtig grob werden mußte. Also sagte ich: »Wenn du jemals etwas so Niederträchtiges versuchen würdest und hofftest, du könntest mich mit einem anderen Mädchen zusammen ins Bett bekommen, dann wäre ich, zum Teufel, die allerletzte, die so etwas herumerzählen würde. Das ist eine Beleidigung für mich.«
WILLIE: Du hast ihm gründlich die Meinung gesagt.
MODENE: Er hatte die Grenzen des Erlaubten überschritten.
WILLIE: Ich finde es richtig, daß du es ihm gesagt hast.
MODENE: Ja.
WILLIE: Aber erzählt hast du mir davon.
MODENE: Wirklich? . . . Ja, ich hab's dir erzählt. Aber du zählst ja nicht.
WILLIE: Hast du es nicht auch noch anderen erzählt?
MODENE: Vielleicht Tom. Ich weiß es nicht mehr. Ich kann mich echt nicht mehr daran erinnern. Meinst du, daß das durch die Schlaftabletten zusammen mit dem Alkohol und dem Marihuana kommen kann?
WILLIE: Ja.
MODENE: Na ja, ich erinnere mich, daß ich es auch Sam erzählt habe.
WILLIE: O je.
MODENE: Ich mußte es einfach loswerden.
WILLIE: Was war, nachdem du Jack die Meinung gesagt hattest?
MODENE: Ich blieb weiter auf dem hohen Roß. Ich fragte ihn, wie er es wagen könnte, in Gegenwart eines Dritten ein so persönliches Thema zu berühren. Jack muß Powers dann ein Zeichen gegeben haben, denn er verließ den Raum. Dann versuchte Jack sich wieder bei mir einzuschmeicheln, küßte mich auf die Wange und sagte: »Es tut mir schrecklich leid. Aber mir ist wirklich so eine Geschichte zu Ohren gekommen.« Ich sagte ihm, wenn er nicht wollte, daß man aus der Schule plaudert, dann sollte er sich vielleicht etwas anders betragen. Und dann sagte ich plötzlich: »Laß uns Schluß machen.« Ich konnte selbst nicht fassen, was ich da gesagt hatte. Er wollte, daß ich dabliebe. Ich glaube, nach

alledem wollte er mich immer noch ins Bett kriegen. Männer sind ja so zielstrebig, nicht? Schließlich habe ich ihm ganz klar gesagt: »Du bist unsensibel. Ich möchte gehen.«

WILLIE: Du bist einfach weggegangen?

MODENE: Aber nein! Er wollte es nicht zulassen. Dave Powers mußte mir zuvor noch das Haus zeigen.

WILLIE: Ich bin sicher, sie wollten nur prüfen, ob Du Dich noch in der Gewalt hattest. So eine Verrückte, die aus dem Weißen Haus rennt und sich auf der Pennsylvania Avenue die Kleider vom bildhübschen Leib reißt, hätte ihnen gerade noch gefehlt.

MODENE: Du bist heute sehr lustig.

WILLIE: Tut mir leid.

MODENE: Die Besichtigung war qualvoll. Dave Powers hatte so eine elende Routine drauf, daß ich am liebsten losgeheult hätte. Ich kam mir wie bei einem Flug vor, wenn alle Plätze besetzt sind. Dave muß eine Dreiviertelstunde gebraucht haben, bis er mich durch den Green Room und den Red Room, den Oval Room und den East Room geschleust hatte.

WILLIE: Erinnerst du dich noch an irgend etwas?

MODENE: Und ob. »Eleganz ist die Frucht der Rationalität.«

WILLIE: Was?

MODENE: »Eleganz ist die Frucht der Rationalität.« Das war im East Room. Er sprach andauernd über die edlen Proportionen des East Room. Dann kamen wir zum Oval Room. »Hier werden von alters her die Hochzeiten gefeiert.« Dann fing er an, alle Blautöne zu beschreiben, die der Oval Room gesehen hat. Ursprünglich, unter Präsident Monroe, sei er karmesinrot und gold gewesen, aber Van Buren wollte ihn königsblau, dann wurde er unter Grant blauviolett, und Chester Arthurs Gattin wünschte sich einen hellen, grünblauen Farbton, während Mrs. Harrison himmelblau vorzog.

WILLIE: Du hast aber ein gutes Gedächtnis.

MODENE: Danke. Mrs. Harrison hatte eine gemusterte himmelblaue Tapete.

WILLIE: Danke.

MODENE: Und dann wählte Teddy Roosevelt stahlblau. Harry Truman machte wieder ein Königsblau daraus.

WILLIE: Erstaunlich.

MODENE: Mir war nur noch schlecht. Ich wollte raus da.

Ich empfinde in diesem Augenblick ein gewisses Mitgefühl für Modene. Ich glaube, Männer verstehen gar nicht, wie wichtig es für eine Frau ist, Haltung zu bewahren, wenn ihr Gefühlsleben in Trümmern liegt. Modene fährt zu ihrem Hotel zurück, packt und nimmt das nächste Flugzeug nach Chicago. Dort beginnt sie ein Verhältnis mit Sam Giancana. Ich bin nicht in der Stimmung, Dir schon heute davon zu berichten. Mir wäre es lieber, wenn Du diesen Brief erst einmal beantworten würdest.

Einstweilen die Deine
Eiskaltblütig

P. S. Stell Dir das vor! Das ist einer von Hughs Spitznamen für mich. Ich, die ich im Inneren so ungeformt und überhitzt wie Lava bin!

5

22. Oktober 1961

Liebe eiskalte Lava,
wenn wir korrespondieren wollen, würde ich Modene lieber aus dem Spiel lassen. Können wir über etwas anderes diskutieren? Ich bin zum Beispiel – glaub es mir oder auch nicht – auf Deine Theorie über den Narzißmus gespannt. Schreib mir doch darüber mal etwas. Deine Erkenntnisse lassen sich gewiß auf ein paar Leute anwenden, die ich kenne. Ja, und was Du über die Psychopathie zu sagen hast.
Was mich selbst angeht, ich befinde mich an einem seltsamen Ort. Meine Karriere ist in Hand- und Fußketten geschmiedet. Kein günstiger Wind, der einen nach fernen Gestaden wehen könnte. Allerdings Andeutungen, daß sich ein Lüftchen regt. Denn vor einer Stunde kam ein Anruf von Deinem Mann. Ich soll mich zum Dinner mit ihm am Samstag, dem 28. Oktober, um 21 Uhr in Harveys Restaurant bereithalten. General Lansdale werde uns Gesellschaft leisten. Ein Job für mich stehe auch auf dem Abendprogramm, verspricht er mir. Und dann legt er auf.
Weißt Du, was sich hinter alledem verbirgt?

Dein Harry

26. Oktober 1961

Lieber Harry,

laß mich später auf Deine Fragen antworten. Zuerst, denke ich, werde ich Deine Neugier in puncto Narzißmus und Psychopathie zu befriedigen versuchen. Es führt nämlich zu einer Feststellung, die ich in Deinem und auch meinem Falle treffen möchte. So folgt hier also in extremer Verkürzung meine große These über den Narzißmus – ein Gedankenknäuel.

Zuallererst befreie Deinen Geist von dem allgemeinen Vorurteil, daß es sich bei einem Narzißten um einen in sich selbst verliebten Menschen handelt. Das lenkt uns nämlich völlig vom eigentlichen Thema ab.

Die Crux an der Sache ist, daß *Du Dich innerlich selbst verabscheuen und trotzdem immer noch ein Narzißt sein kannst*. Der Schlüssel zum Narzißmus: *Der Narzißt ist sein eigener Partner.* Während relativ normale Menschen ein Gutteil ihrer Liebe und ihres Hasses anderen gegenüber abzureagieren vermögen, erschöpft sich der Narzißt in diesen Gefühlen, da sein Alpha und sein Omega in einem nie endenden Grabenkrieg miteinander beschäftigt sind und sich alles in seinem Inneren abspielt. Das Ich sucht einen Waffenstillstand mit sich selbst zu erreichen, zu dem es aber fast niemals kommt.

Diese fundamentale Unfähigkeit, Beziehungen mit anderen Menschen einzugehen, tritt am deutlichsten in einer Liebesbeziehung zutage. So nahe einander und so verliebt ineinander zwei Narzißten auch erscheinen mögen, niemals spüren sie in sich eine Leidenschaft, die stärker wäre als ihr persönlicher Wille, einander zu lieben.

Darunter liegt eine spirituelle Langeweile. In sich selbst leiden sie andauernd an den gleichen Zwangsvorstellungen.

Das Paradox ist, Harry, daß keine Liebe gelegentlich so intensiv, so voller Angst und Qual sein kann wie die Liebe zweier Narzißten. Denn für sie hängt sehr viel davon ab. Würde es ihnen gelingen, dem anderen Menschen wirklich nahezukommen, könnten sie darin Erlösung finden. Sie könnten dann in einer Welt außerhalb ihrer eigenen Welt leben. Das ist wie der Sprung vom Onanieren zur ehrlichen Kopulation.

Über die Psychopathie doziere ich weniger selbstsicher. Sie ist mit dem Narzißmus verwandt und trotzdem ein ganz anderer Fall.

Einerseits sind für einen Psychopathen andere Menschen nie so real wie der Streit, der in ihm zwischen seinem Alpha und seinem Omega stattfindet, aber anstelle des Grabenkriegs wie beim Narzißten handelt es sich hier um ein viehisches Gemetzel. Alpha und Omega fallen immer wieder übereinander her und suchen einander zu beherrschen. Hier herrscht dauernd Hochspannung, keine innere Distanz, keine Gleichgültigkeit. Diese Spannung ist so groß, daß der Psychopath andere vögeln oder physisch attackieren kann, ohne sich für seine Handlung verantwortlich zu fühlen. Der Psychopath lebt nämlich in dem unwiderstehlichen Drang, seine oder ihre Spannung herabzusetzen. Jede Handlung, die ihm Erleichterung bringt, ist damit automatisch gerechtfertigt. Die schnellste Erleichterung, die es für einen Psychopathen gibt, ist das Gefühl des Abhebens, das durch einen plötzlichen Wechsel der psychischen Autorität vom Alpha zum Omega erzeugt wird. Deshalb können wir Psychopathen in dem einen Augenblick bezaubernd, im nächsten barbarisch sein.

Überflüssig zu erwähnen, daß die Wirklichkeit niemals so simpel wie meine Schemata ist. Im Leben versuchen der Psychopath und der Narzißt, einander ähnlich zu werden. Der Narzißt ist bestrebt, seine innere Distanz und Gleichgültigkeit zu überwinden – zu handeln; der Psychopath strebt innere Distanz und Gleichgültigkeit an.

Am besten sieht man die beiden als Pole in einem Spektrum der entfremdeten oder »verdrängten« Persönlichkeit, die sich über die gesamte Skala vom allerhermetischsten Narzißmus auf der einen Seite bis zur unkontrollierbaren brutalsten Psychopathie auf der anderen Seite erstreckt. Um Dir ein kleines Beispiel zu nennen: Deine Modene, so vermute ich, fing als absolute Narzißtin an – ihre Eltern müssen sich so ausschließlich ihr allein gewidmet haben, daß sie sich nur noch mit sich selbst hat beschäftigen können. Nun ist sie mit Hilfe von Sammy Giancana auf dem Weg, ein wenig psychopathisch zu werden.

Seltsam vielleicht, aber andererseits auch ganz logisch: Es gibt da ein Laster, das auf beide, den Narzißten und den Psychopathen, unwiderstehlich verlockend wirkt, und das ist der Verrat. Der Psychopath kann gar nicht anders; im eigentlichen Zustand ist er seines Verrates überhaupt nicht Herr. (Auf diese Weise entstehen etwa notorische Lügner.) Da der Psychopath schneller als die meisten Menschen zwischen dem Alpha und dem Omega hin- und herwechselt, fühlen sich Omega oder Alpha berechtigt, jegliches Versprechen zu brechen, das der Gegenpol, sagen wir, eine Stunde zuvor gegeben hat. Der blockierte, langsamere Narzißt dagegen neigt eher zur bedachtsamen Erforschung der Nuancen des Verrats als dazu, einen solchen selbst zu begehen. Aber in ihm lebt ständig diese unterdrückte Begierde, aus seinem Gefängnis auszubrechen. Der Verrat ist das Mittel, um einen solchen Vorgang zu beschleunigen.

So komme ich auch meiner eigenen heimlichen Begierde auf die Spur: Ich lechze danach, Hugh zu betrügen. Nicht fleischlich – mein sexueller Treueschwur ist der Panzer meiner seelischen Gesundheit. Wieso ich das weiß, kann ich nicht erklären, aber meine Treueschwüre halte ich. Dennoch ist der Drang, ihn zu hintergehen, gewaltig. Ich sublimiere diese Instinkte, indem ich Dir schreibe. Ich schließe ein Bündnis mit Dir. Ich forme eine Enklave aus zwei Personen. Das befreit mich für andere Zwecke.

Du siehst, ich weiß durchaus, was ich will. Das große Schiff dieser Nation ist durchaus nicht steuerlos, aber der Kompaß ist verstellt. Ich kann Dir gar nicht sagen, was für ein Schock die Schweinebucht für diejenigen von uns in der Agency gewesen ist, die sie nur als Zuschauer miterlebt haben. Wenn wir es nicht verstehen, einen geraden Kurs durch die Geschichte zu steuern, wer dann? Wir sollen dem Präsidenten dienen, aber die meisten unserer Präsidenten erhellt ein so trübes Licht, daß wir selbst die Führung haben übernehmen müssen.

Nun führt uns ein Mann im Weißen Haus, der quicklebendig ist, der einen Fehler erkennen kann, der menschlich, eitel, weise, lernbereit und mit einer guten Nase für das rechte Gleichgewicht zwischen Vorsicht und Risikobereitschaft ausgestattet ist. Es ist von entscheidender Bedeutung, daß er gut informiert ist. Er verdient das. Er stützt sich – mit einem Hundertstel, und vielleicht ist auch das schon übertrieben – auf die Montagues. Trotzdem: Dieses Hundertstel ist sehr lebendig. Ich glaube, er ist bereit, auf mich ebenso zu hören wie auf Hugh.

So entdecke ich denn, daß das, was ich von Hugh lerne, nicht genug ist. Ich will mehr. Du magst es eine maßlose, unerhörte Eitelkeit nennen, aber ich möchte – ja, ich bin fest entschlossen, mein eigenes Geheimdienstzentrum zu werden.

Es ist Wahnsinn, wirst Du sagen, zuviel für die kleine Miss Lava. Nein, sage ich Dir, das stimmt nicht. Die Hälfte aller maßgeblichen Leute in der verdammten Agency verfolgt denselben Traum – und versteckt ihn in der gleichen Besenkammer. Nur wenige von uns wagen es, das zuzugeben. Ich tu's. Ich will wissen, was los ist. Ich will Einfluß darauf haben, wie dieses Schiff gesteuert wird. Trotz meiner Ticks und Macken fühle ich mich genauso zu einem klugen Urteil fähig wie mein Göttergatte, und der ist weiser als irgend jemand, den ich in der Agency kenne oder als irgend jemand sonst in diesem heiligen Sumpfland Washington, D. C.

Was, wirst Du vielleicht fragen, kannst Du denn beitragen zu dem, was die Montagues leisten? Eine ganze Menge, mein Freund. Ich habe schon dafür gesorgt. Es stimmt nämlich, was Du geschrieben hast. Deine Karriere steckte mitten in einer Flaute. Hunt hat nach Montevideo nichts mehr von sich hören lassen. Über Deine Leistungen äußerte er sich so: »sporadische Arbeitsweise, oft mit den Gedanken woanders.« Vielleicht hat dieser Makel in Deiner Beurteilung mit der Zeit zu tun, die Du bei Modene im Bett verbracht hast. Du warst schon auf dem Schiff nach nirgendwo.

Trotzdem habe ich neulich zu Hugh gesagt: »Du mußt etwas für Harry tun.« Er antwortete: »Warum sollte ich? Er hat BLAUBART vermasselt.« Es war das erstemal, daß er zugab, daß Du Harry Field warst.

Ich habe Hugh klargemacht, daß Du im Gegenteil ganz schön weit gekommen bist. Andere hätten bei einer solchen schmutzigen Operation vielleicht überhaupt nichts erreicht, nicht mal einen Kuß von den Lippen dieser Dame.

»Er hat seine Stellung nicht optimal genützt. Er hätte viel mehr herausholen können. Andererseits: Wenn er wirklich so sehr in sie verliebt war, zeigt es einen unglaublichen Mangel an Integrität, daß er mir gesagt hat, ich solle sie mir abschminken.« So lautete Hughs Urteil.

Aber insgeheim ist er, glaube ich, stolz auf Dich. Hugh lobt so gut wie niemals irgendeine Arbeit, aber Du bist sein Patensohn, und das vergißt er nicht. Wir haben über Jobs geredet, die etwas für Dich wären, bis wir schließlich auf etwas kamen, für das Du Dich, wie ich meine, eignest. Und zwar sollst Du bei der geplanten neuen Kuba-Operation als Verbindungsmann zwischen Bill Harvey und General Edward Lansdale fungieren. Ich brauche Dir nicht zu sagen, wie hochkarätig sie zu werden verspricht. Ich kann Dir im Vertrauen mitteilen, daß sie den Namen »Operation Mongoose« (Mungo) tragen wird zu Ehren dieser indischen Schleichkatze, die so geschickt Giftschlangen und Ratten erledigt. MO/NGOOSE, verstehst Du. Die beiden Buchstaben MO sind bei uns zwar als Kürzel für den Fernen Osten, rein zufällig aber auch ein Pentagon-Code. Helms hat den Decknamen ausgesucht. Er denkt, es wird die Neugierigen unter uns aufs Glatteis führen. Sie werden dabei an eine Aktion denken, die wir zusammen mit dem Pentagon in Asien planen.

Tatsächlich findet Mongoose unter Aufsicht der Special Group Augmented statt, Vorsitzender ist General Maxwell Taylor als Stellvertreter von Bobby Kennedy. Denn wenn Jack über Kuba erregt ist, dann ist Bobby hochgradig giftig. Du siehst, es steckt eine ganze Menge Druck dahinter und eine ganze Menge soll erreicht werden. Beabsichtigt ist nicht weniger als der Sturz Castros mit einer breiten Palette von Methoden.

General Lansdale hat jetzt den Oberbefehl über Mongoose, und direkt unter ihm arbeitet seitens der Agency (die neun Zehntel der ganzen Mongoose-Aktion bestreiten dürfte) Dein alter Freund Bill Harvey.

Hugh und ich haben es sorgfältig diskutiert. Es handelt sich um einen ungewöhnlichen Job. Er kann sich als sehr bedeutend, aber auch als völlig bedeutungslos herausstellen, und das, Harry, hängt nicht allein von Dir ab. Es könnte sein, daß Du im Schoße der Götter landest. Die Entwicklung einer Karriere hängt so oft von einer erkennbaren Stufenleiter ab. So viele Jahre in der unbedeutenden Abteilung A verbracht, dann ins Ausland an die unbedeutende Station A (sprich: Uruguay), dann größere Abteilung, größere Station und so weiter. Du, mein lieber Junge, bist ein wenig außer der Reihe und wirst es wahrscheinlich auch bleiben. Trotzdem wirst Du als Verbindungsmann in der Nähe von einigen wichtigen Leuten sein. Lansdale zum Beispiel. Er ist nach allem, was man hört, ein Einzelkämpfer und hat eine militärische Laufbahn hinter sich, die ziemlich untypisch ist. Er hat zum Beispiel weder in West Point studiert noch in der regulären Armee gedient, sondern ist als Reserveoffizier zum Reserve Officers' Training

Corps gekommen. Die ganzen dreißiger Jahre hindurch hat er Werbung und Public Relations gemacht und während des Kriegs für den OSS gearbeitet. (Propagandaabteilung, nehme ich an.) Nach dem Sieg über Japan hat er sich einen Posten als Major der Reserve auf den Philippinen erschlichen und fing allmählich an, sich auszuzeichnen. Ich bin sicher, daß Du schon von seiner nunmehr bereits legendären Karriere gehört hast. Er wurde von Graham Greene (auf gehässige) Weise in dem Roman *The Quiet American* verewigt, von dem Lederer und Burdick in ihrem Film *The Ugly American* viel hergemacht haben. Tatsache ist, daß er die Philippinen auf den Kopf gestellt und eine ganz entscheidende Rolle beim Sieg über die kommunistischen Hukbalahap gespielt hat. Als nächstes hat er Ramon Magsaysays erfolgreiche Kandidatur für die Präsidentschaft so gut wie gemanagt. Dann stand er Diem in Vientam sehr nahe. Der Mann hat was vorzuweisen, und ein Außenseiter inspiriert.
Das unmittelbare Problem war, wie wir Dich Lansdale verkaufen sollten. Hugh kennt ihn fast gar nicht – er will ihn bei Eurem Dinner morgen abend überhaupt erst mal richtig kennenlernen. Dein Vater hat sich für Dich eingesetzt. Ich habe Harlot bekniet, er solle Cal – trotz ihrer gegenwärtigen Verstimmung wegen der Schweinebucht – anrufen, und Dein Vater, der Lansdale kennt und mit ihm im Fernen Osten gut zusammengearbeitet hat, war gleich hellauf begeistert. Telefonisch von Japan aus hat er uns folgende Empfehlung zitiert, mit der er sich sogleich an Lansdale gewandt hatte: »Harry ist ein guter junger Mann und wird laufend besser. Ich kann mich glücklich schätzen, ihn meinen Sohn nennen zu dürfen.« Dann fügte er noch, nur für Hughs Ohren bestimmt, hinzu: »Sag das deinem Patensohn nicht, sonst bildet er sich was drauf ein.«
Hugh wollte es auch nicht tun, aber ich tue es: für Deine Moral, und die wirst Du brauchen, Harry. Der Grund dafür, daß Hugh Harveys Restaurant für Euer Dinner gewählt hat, ist der: Du sollst nicht nur als Verbindungsmann zwischen Lansdale und Harvey, sondern auch zwischen Hugh und Harvey dienen. Wenn Dir das noch nicht genügen sollte, wirst Du auch mich über jeden Schritt auf Deinem Weg unterrichten, genauso wie ich Dich laufend mit Nachrichten versorgen werde. Ich weiß, daß ich jetzt den Gipfel meiner Selbstüberschätzung erreicht habe, aber ich glaube, daß

wir zwei der reinsten Geister in der Agency sind. Selbst wenn es zum Verrat kommt, braucht der CIA immer noch eine Reinheit der Absicht.
Bin ich nicht wahnsinnig? Hör zu, Liebster: Ich weiß, daß der Gedanke, für Harvey zu arbeiten, für Dich nach Deinen Berliner Erlebnissen nicht allzu verlockend ist. Aber eins will ich Dir sagen: Hugh hat Wild Bill völlig in der Hand. Da brauchst Du überhaupt nichts zu befürchten. Ich bearbeite Hugh gerade, um herauszubekommen, worum es sich dreht, aber ich kann Dir versprechen, daß es etwas ganz Grobes ist.
Ich hoffe, Du wirst nun Deinen moralischen Verpflichtungen nachkommen und mir einen erschöpfenden Bericht über Dein Dinner morgen abend zukommen lassen.

Voller Liebe, Deine Mitverschworene
Kittredge

6

Sonntagabend, 29. Oktober

Liebe Kittredge,
Lansdale hat mich gestern militärisch knapp, aber mit deutlichen Worten belehrt, wie vorsichtig ich sein muß. »Sie werden es mit Material zu tun haben, das vom Nationalen Sicherheitsrat kommt«, sagte er und betonte, von welch entscheidender Bedeutung diese Instanz ist. Hugh fixierte mich derweilen mit einem Blick, der einen auf das eigene schlechte Gewissen festnagelt. Ich habe natürlich beiden zugenickt.
Du hast recht. Es ist für mich unbeschreiblich schön, mit Dir Kontakt aufzunehmen, und ich werde mich an meinen Teil unseres Übereinkommens halten (eine gelegentliche Unterschlagung aus prophylaktischen Gründen behalte ich mir allerdings vor).
Nun zum Geschäftlichen. Es war ein merkwürdiger Abend. Mir war klar, daß sie sich längst einig waren, daß ich den Job bekommen sollte. Lansdale konnte sich in Anbetracht seines freund-

schaftlichen Verhältnisses zu meinem Vater unmöglich mit uns zusammen zum Essen setzen, um dann am Ende des Mahls zu erklären: »Sorry, junger Mann, Sie sind nicht der richtige Kandidat für diese Position.« Ich muß sagen, ich habe mich prächtig amüsiert.

Interessant fand ich allein schon, wie Hugh und Ed Lansdale einander abtasteten. Ich glaube, Hughs Position im GS entspricht etwa der eines Brigadegenerals, und so ist er wohl genau ranggleich mit Lansdale. Lansdale war ja beim OSS und später in Vietnam, wie ich erfahre, beim CIA – aber trotzdem ist er überhaupt kein Agency-Typ. Seine Haltung paßt nicht zum Geheimdienst. Du hattest mich ja schon gewarnt: Er ist ein Sonderfall.

Jedenfalls haben Dein Mann und Lansdale einander kennenzulernen versucht, indem sie sich Geschichten erzählten. Hugh hat nur eine erzählt, und das wunderte mich, bis ich merkte, daß er den anderen kommen ließ. Sollte Lansdale mal zeigen, was er zu bieten hatte. Und erst nachdem Lansdale vier oder fünf gute Kriegsgeschichten vorgetragen hatte, bequemte sich Hugh dazu, auch eine Anekdote beizutragen und unterhielt uns dann mit einer herrlichen, wenn auch nicht so ungeheuer bedeutsamen Episode aus Ägypten. Hugh war damals in Kairo, um Nasser zur Annahme irgendeines Programms der Agency zu bewegen, aber er wurde nicht einmal vorgelassen. Hugh tippte deshalb eine detaillierte Beschreibung seines Projekts auf ein Blatt Papier, stempelte es TOP SECRET und ließ es auf der Kommode liegen. Er wußte, daß der Sicherheitsdienst es sofort fotografieren würde, sobald er das Hotel verließ. »Am nächsten Tag rief mich Nasser zu einer Besprechung der Angelegenheit zu sich.«

Ich erinnerte mich dabei an einen Dinnergast im ›Stall‹, einen trickreichen Gentleman namens Miles Copeland, der genau die gleiche Fabel erzählt hat. Das hat mir viel über Hughs Seelenleben gezeigt. Da Kriegsgeschichten – ich bin überzeugt, er würde mir da zustimmen – eine besonders belanglose Form der Unterhaltung sind, kann man dabei ruhig irgend etwas erzählen, Hauptsache, es erfüllt seinen Zweck. Man darf auch Geschichten erfinden. Ich glaube, Hugh wollte Lansdale gegenüber nicht aus der Schule plaudern.

Der General ist ein ganz gewiefter Bursche. Alle seine Geschichten bringt er mit so betonter Aufrichtigkeit wie ein begnadeter Vertre-

ter. Er ist ein sonderbarer, hochgewachsener Mann, der von seinem Bürstenhaarschnitt abgesehen nicht im mindesten wie ein Armeegeneral wirkt. Er mag Mitte Fünfzig sein, wirkt mild, freundlich, wird niemals laut und sieht nicht schlecht aus: eine lange, gerade Nase, gutgeformtes Kinn mit Grübchen, Schnurrbart – aber er hat tiefliegende Augen. Ich weiß nicht genau, wie ich sie beschreiben soll. Ich finde seine Augen hohl. Es sind zwar keine müden, kraftlosen Augen, aber es sind Augen ohne Licht. Wenn Du hineinschaust, ist es, als ob Du eine Höhle beträtest. Er wirkt auf mich wie ein Hypnotiseur, der sein Gegenüber schnurstracks in sein Konzentrationszentrum aufsaugt. Trotzdem steckt der Kerl voller Widersprüche. Er muß hochintelligent und gerissen sein, aber er erscheint eher etwas unbedarft. Als ich dran war mit dem Erzählen einer Kriegsgeschichte, gab ich die Moritat von Libertad La Lengua zum besten und entlockte Lansdale damit ein irres, mädchenhaftes Kichern.
Mir scheint, daß er in geschlechtlicher Hinsicht recht unerfahren ist. Er gibt sich lieb und süß und idealistisch und versprüht einen koboldhaften Humor. Als ihn 1946 auf einer Rundfahrt mit allerhand Militär durch die Ryukyu-Inseln die Kinder dort umringten, erklärte er ihnen, sie sollten den Amerikanern, die ihm folgten, zurufen: »My papa is Major Lansdale. Major Lansdale!«
Diese Geschichte war der Startschuß, und die nächste brachte eine interessante Seite seiner Persönlichkeit zum Vorschein. »Früher, ganz am Anfang meiner Laufbahn«, erzählte er, »hatte ich es mal mit einem ganz korrupten Beamten auf Luzon zu tun. Und als es zum Showdown kam, schloß er sich in sein Zimmer ein und fuchtelte dann am Fenster drohend mit einer Pistole herum. Ich mußte bei der Bevölkerung am Ort einen guten Eindruck erwekken, also rief ich ihm zu: ›Sir, schießen Sie ruhig auf mich. Es wird mir ein Vergnügen sein, Sie unschädlich zu machen.‹ Und wissen Sie was? Der Mann hat sich ergeben.
Danach fragte mich einer von meinen Leuten, ob ich wirklich ein so guter Schütze wäre. Ich habe ihm gestehen müssen, daß ich niemanden kenne, der länger braucht, die Pistole aus dem Schulterhalfter zu ziehen.«
»Sind Sie damit dann nicht ein großes Risiko eingegangen?« fragte Hugh.
»No, Sir. Meine Strategie hat nichts mit dem Ziehen von Pistolen,

sondern mit psychologischer Kriegführung zu tun. Bei unseren Gefechten mit den Hukbalahap haben wir immer unseren Hubschrauber direkt über ihnen in Stellung gebracht und sie dann von oben akustisch mit dem Megaphon bearbeitet. Einer meiner besten Filipinos hat den armen Burschen da unten kräftig eingeheizt. Die Guerillas wußten, es war ein Hubschrauber, aber zum Teufel: Es war auch eine Stimme von *oben*. Da wir erstklassig informiert waren, kannten wir die Namen von einigen dieser Hukbalahap. Sie stammten alle aus einem bestimmten Viertel, und unsere Leute kannten ihre Familienangehörigen. Mein Assistent sprach also Klartext mit ihnen: ›Wir sehen, wie ihr euch da unten versteckt, Abteilung 3. Wir sehen dich, Kommandant Miguel, und dich auch, José Campos. Ja, und dich sehen wir auch, Norzagaray Boy, und dich, Chichi und Pedro und Emilio. Versuch gar nicht erst dich zu verkriechen, Carabao Kid, wir sehen dich nämlich, und Cuno und Baby auch. Wir wissen alles über euch. Heute nacht kommen wir wieder und töten euch. Unsere Soldaten sind schon unterwegs. Also geben wir unseren Freunden unter euch einen guten Rat: ‚Haut ab!' Unserem speziellen Verbündeten unter euch, der uns all eure Namen genannt hat, sagen wir: ‚Muchas gracias, amigo.' Nun rettet euch. Flieht. Verschwindet.‹

Well«, sagte Lansdale, »nachdem wir weggeflogen waren, wollte die Hälfte von diesen Burschen da unten fliehen, die andere Hälfte war der harte Kern. Der harte Kern fing natürlich an, sich zu fragen, wer unsere Freunde wären, und hielt Gericht. Gegen Morgen wurden ein paar Leute aus der Abteilung erschossen. Das Megaphon hat mehr Guerilleros getötet als irgendein Granatwerfer.

Wir haben auch unsere besten Patrouillengänger in der philippinischen Armee zum Nachtdienst ausgebildet. Die Kommunisten im Fernen Osten haben immer damit geprahlt, die Amerikaner könnten die Straßen zwar bei Tag befahren, aber nachts gehörten sie den Roten. Um den Krieg zu gewinnen, mußten wir uns mit den Mächten der Finsternis verbünden.

Ich beschloß, mich der in dieser Gegend bekannten Dämonen zu bedienen. Anthropologie ist oft genausoviel wert wie Feuerkraft. In einem Abschnitt, den wir den Huks zu entreißen versuchten, glaubten die Leute sehr fest an einen abscheulichen Vampir namens *Asuang*. Und diesen bösen Geist wollte ich einsetzen.«

»Faszinierend«, sagte Hugh.

»Fand ich auch. Wir streuten in der Gegend Gerüchte darüber aus, daß der *Asuang* sich regte. Dann bezog eine unserer zuverlässigsten Patrouillen in der Nähe eines Wegs Stellung, von dem wir wußten, daß die Huks ihn benutzten. Wir legten ihnen einen Hinterhalt – aber die Falle schnappte erst zu, als der letzte Mann vorbeikam. Wir hatten Glück. Es war ein Bummelant, der weit genug hinter den anderen hertrottete, daß meine Leute ihn lautlos überwältigen konnten. Sie hielten ihm den Mund zu und zogen ihn beiseite vom Weg. Blitzartig stach ihm einer meiner Jungs zwei Löcher in den Hals. Dann wurde der arme Kerl zum Ausbluten an den Fersen aufgehängt. Anschließend legten wir ihn zurück auf den Weg. Als die Huks zurückkamen, um nach ihm zu suchen, fanden sie einen ausgebluteten Leichnam mit zwei Bißmalen im Hals. Die Nachricht hat sich wie ein Lauffeuer in den Lagern der Hukbalahap verbreitet: Der *Asuang* war wieder auf der Pirsch nach Menschenopfern. Wie wir erwartet hatten, liefen ihnen die Leute in Scharen weg. Die Filipinos glauben nämlich, daß der *Asuang* nur diejenigen überfällt, die auf der falschen Seite kämpfen.«

»Wie werden Sie diese eindrucksvollen Prinzipien in Kuba anwenden?« fragte Hugh.

»Was dazu unbedingt erforderlich ist: Man muß hinaus aufs Land und die Leute richtig kennenlernen, mit denen man's zu tun hat. Die Schweinebucht war ein klassischer Fall von Überheblichkeit: Offiziere, die an Schreibtischen sitzen und sogenannte objektive Berichte lesen, geschrieben von Spezialisten, die von der Wirklichkeit genauso weit entfernt sind wie sie selbst. Aus zweiter Hand kann man die Szene nicht kennenlernen. Ein fauler Geheimdienst verlangt immer noch mehr Feuerkraft.«

»Hört hört«, sagte Hugh.

»Der Schlüssel zum Erfolg ist: Man muß die kommunistischen Ideen nehmen und sie unseren Zwecken anpassen. Je härter die Kommunisten irgendeinen Schwachpunkt im sozialen Gefüge eines Landes attackieren, desto ehrlicher müssen wir uns bemühen, diesen Schwachpunkt zu stärken. Das habe ich auch Diem und Nhu in Vietnam zu erklären versucht: ›Mit den Leuten müßt ihr arbeiten. Laßt sie doch die Show machen.‹ Die Militärs sind viel zu sehr in die Gewalt verliebt. Die einzige echte Waffe gegen den Kommunisten ist das Volk. ›Vom Volk, durch das Volk und für das Volk.‹«

Hugh hatte inzwischen seine erste Zigarre angezündet. »Ihr Herz gehört dem Fernen Osten, nicht der Karibik, Ed Lansdale.«

»So ist es.«

»Darf ich fragen, weshalb Sie sich dann bereit erklärt haben, diesen Job zu übernehmen?«

»Nun, Sir, ich lege mich nicht mit dem Präsidenten der Vereinigten Staaten an. Er hat mich drum gebeten.«

»Man kann in solchen Situationen nicht nein sagen«, nickte Hugh. »Ich sehe allerdings ein Problem auf uns zukommen.«

»Ich bin hier, um Ihnen zuzuhören«, nickte Lansdale.

»Sie stehen zwischen Bobby Kennedy und William Harvey. Beide wollen, wie Sie bald feststellen werden, unbedingt Erfolge sehen.«

»Das will ich auch«, sagte Lansdale.

»Ja. Aber Ihre Methode, wenn ich sie richtig verstehe, beruht darauf, Kontakt mit den Leuten aufzunehmen. In diesem Fall: den Menschen auf Kuba. Leider werden sie Ihnen aber nicht in dem Maße zur Verfügung stehen wie die Filipinos oder die Vietnamesen. Sie werden nicht mitten unter ihnen stationiert sein. Es wird Ihnen nicht möglich sein, frei und ungehindert Kontakt mit den Bewohnern von Sancti Spírtius oder Matanzas oder Santiago de Cuba oder Cienfuegos oder gar Havanna aufzunehmen. Sie werden auf ein Corps von Exilleuten in Miami beschränkt sein, die aufgrund ihrer spezifischen Laster schon einmal versagt haben.«

»Welche Laster sind das?«

»Zügellose Geschwätzigkeit. Für einen Kubaner ist ein Geheimnis etwas, das man seinen Freunden erzählt, um ihnen damit zu imponieren oder etwas, mit dem man seinen Feinden vor der Nase herumfuchtelt.«

»Wir haben so etwas auch auf den Philippinen kennengelernt.«

»Dort verfügten Sie über Stützpunkte. Die Initiative lag bei Ihnen. Ihre Truppen konnten schneller sein als die Geheimnisse auf dem Weg zum Feind. Jetzt benötigen Sie Zeit, um einen Untergrund aufzubauen.«

»Ja, und ich möchte, daß er aus Kubanern besteht, die für *ihre* Prinzipien kämpfen statt für unsere. Ich will mich auf diejenigen Exilleute stützen, die gegen Batista und ursprünglich für Castro waren. Wir werden mit ihnen in Kuba arbeiten und unsere Angriffspunkte sehr sorgfältig wählen, um die Leute in der Nachbarschaft keinen Repressalien auszusetzen.«

»Glauben Sie, daß Sie sich das aussuchen können? Vor zwei Monaten hat unser mächtiger junger Generalstaatsanwalt Robert F. Kennedy Richard Bissell im Cabinet Room des Weißen Hauses öffentlich gegeißelt. Bissell ist ein Mann von einer gewissen Würde und doppelt so groß wie Bobby, ›aber‹, sagte Bobby zu Bissell, ›Sie sitzen hier auf Ihrem Arsch‹.«
Nun ist Bissell auf dem Weg zum Abschied«, nickte Lansdale.
»Gewiß. Dick Helms übernimmt den Posten – kleiner, gemeiner und sachlicher.«
»Ich weiß nicht, ob ich Ihnen folgen kann«, sagte Lansdale.
»Sie behaupten, die Anthropologie sei nützlicher als die Feuerkraft. Die Metapher ist sehr schön, aber lassen Sie sich warnen: In Kuba ist nicht mehr viel Anthropologie zu finden. Die Ureinwohner wurden vor dreihundert Jahren ausgerottet. Dann kamen die Sklavenschiffe. Kubas Kultur, werden Sie vielleicht merken, entspricht seiner Wirtschaft: entwurzelte Spanier und ehemalige Sklaven, Zucker, Rum, Kaffee, Tabak, Rumba, Mambo, Touristen, Sex Shows und *Santería*.«
»Ich«, sagte Lansdale, »würde vielleicht noch zwei Worte hinzufügen: Sünde und Katholizismus. Beide – ich darf das unterstreichen – wirken hochgradig motivierend. Wenn die Anthropologie nicht ausreicht, arbeiten wir mit der Motivationsforschung.«
»Ich weiß, Sie denken an mehr als nur eine Anzeigenkampagne, um Kuba von Mr. Castro zu befreien.«
»Yessir, ich möchte schon etwas tiefer gehen. Die Vietnamesen haben einen wundervollen Glaubenssatz: ›Niemand‹, sagen sie, ›kann ein Land ohne ein Mandat des Himmels regieren.‹ Also werden wir versuchen, Castro in Kuba das Mandat wegzunehmen.«
»Wie soll das aussehen?«
»Eine von Castros wichtigsten Stützen ist meiner Meinung nach die Identifikation zwischen Jesus Christus und ihm selbst, die er so schlau kultiviert. Die Buchstabenfolge wirkt sich zu seinem Vorteil aus: *Castro* und *Cristo*. Die Konsonanten sind dieselben: C – S – T – R. Nur das A und das I unterscheiden sich und das sind Vokale. Es ist ein Prinzip der Werbung«, sagte Lansdale, »daß durch die Wiederholung von Konsonanten eine unterschwellige Beziehung zwischen zwei Worten hergestellt wird.«
Kittredge, ich habe an dieser Stelle gewagt, auch etwas dazu zu

sagen – schon allein, um seine Reaktion auf mich zu testen. »Dann gibt es da ja auch noch Hernando Cortez und Castro«, unterbrach ich ihn. »Die Buchstaben C – S – T und R kommen in beiden Namen vor.«

»Sehr gut«, nickte Lansdale. Castro/Cristo kann auch als Castro/ Cortez gesehen werden, und Cortez war ein bedeutender General.«

»Soweit wirkt dieses Konzept recht überzeugend. Aber haben Sie sich nun nicht noch mehr Schwierigkeiten aufgeladen?« fragte Hugh. »Wie wollen Sie diese mystischen Beziehungen mit Ihrer Motivationsforschung denn beseitigen?«

»Wir werden einen Weg finden«, sagte Lansdale. »Die Dinge sind immer ganz anders, als sie aussehen. Erinnern Sie sich zum Beispiel noch an das Haarentfernungspulver, das man gegen Castros Bart einsetzen wollte?«

»Natürlich«, sagte Hugh.

»Wie ich höre, betrachtet man diesen damals verworfenen Vorschlag in den oberen Rängen der Agency heute mit einer gewissen Belustigung.«

»Es wurde hier und da darüber gelächelt.«

»Wie schade, daß ich nicht informiert war. Ich hätte vielleicht ein paar Kollegen überzeugt. Es klingt zwar albern, aber ich hätte den Haarentferner als einen gangbaren Weg angesehen.«

»Warum?« unterbrach ich wiederum. »Ich verstehe das nicht. Selbst wenn der Versuch gelungen wäre und man hätte Castros schwache Kinnpartie gesehen – er hätte sich doch einen falschen Bart ankleben können, bis der richtige wieder gewachsen war.«

Lansdale schüttelte den Kopf: »Dem kann ich nicht zustimmen. Wenn eine schöne Frau ihre Locken verliert und eine Perücke tragen muß, dann kommt es immer heraus, verlassen Sie sich darauf. Es kommt immer alles heraus. Was einer dem anderen zuflüstert, weil es geheim bleiben soll, überzeugt die Leute viel mehr als eine lautstarke Denunziation. Außerdem kann sich ein falscher Bart jederzeit zufällig lösen. Da Castro immer mit einer solchen Möglichkeit hätte rechnen müssen, wäre ihm nicht wohl in seiner Haut gewesen.«

»Es war faszinierend, mit Ihnen zu tafeln«, sagte Hugh. »Ich sehe Ihrer Arbeit mit Bill Harvey mit großem Interesse entgegen. Ich bin sicher, daß Sie Erfolg haben.«

»Ich hoffe es«, sagte Lansdale.
»Wenn er zu proletarisch wird«, sagte Hugh, »lassen Sie es mich wissen. Ich kann Ihnen keine goldenen Berge versprechen, aber manchmal gelingt es mir doch, Wild Bill um ein, zwei Millimeter kleiner zu machen.«
Wir lachten alle drei – etwas vorsichtig, wie ich fand. Ich wußte nicht, ob ich General Lansdale fürchten oder bemitleiden sollte.
Er verwunderte mich jedoch mit seiner nächsten Bemerkung, die an mich gerichtet war. »Als Verbindungsmann«, sagte er, »werden Sie Übersetzer und Diplomat sein müssen. Erklären Sie mir: Was will Ihr Freund Hugh Montague mir sagen?«
Da hatte er mich festgenagelt, Kittredge. Ich weiß, daß Hugh nicht übersetzt werden will. Trotzdem, die Arbeit ging vor. »Auf die Gefahr hin«, sagte ich, »daß ich meine eigenen Gedanken hineininterpretiere, würde ich sagen, daß sich Bill Harvey nur mit den Kubanern abgeben wird, die er vollkommen kontrollieren kann.«
Hugh stimmte mit einem leichten Nicken zu, als ob er ein paar hoffnungsvolle Anzeichen von Intelligenz an seinem Patensohn feststellte.
Lansdale zuckte die Achseln: »Wir werden sehen.«
Dies war der Augenblick, in dem ich im Hinblick auf den General zu meiner ersten Einsicht gelangte. Er war nicht bereit, sich über das, was er in Kuba vorhatte, im Detail auszulassen, weil er befürchtete, daß man seine Prinzipien hier ohnehin niemals anwenden würde. Ich glaube, er hat diesen Job nur deshalb übernommen, weil es der größte ist, den man ihm jemals angeboten hat. Er hat, nach dem, was ich über ihn erfuhr, in den letzten fünfzehn Jahren – für einen großen Militär gewiß entsetzlich – ziemlich unbeschäftigt herumgehangen. Er war wohl mal ein gefeierter Außenseiter, aber jetzt will er sich schlicht und einfach den Respekt seiner Generalskollegen und Vorgesetzten erringen. So wird er sich also mit dem beschäftigen müssen, was er eigentlich am meisten verachtet: der Leitung einer Operation vom Schreibtisch aus. Wir werden sehen. Ich bin neugierig.
Zum Abschluß des Abends erzählte Lansdale noch eine recht interessante Geschichte. Bei ihrer ersten Begegnung hat Präsident Kennedy wohl zu ihm gesagt: »Nach dem, was man mir über Sie erzählt hat, General, sind Sie Amerikas Antwort auf James Bond.« Lansdale schüttelte den Kopf. »›Ich versichere Ihnen, vor solch

einem Ruf habe ich mich immer gehütet. Das wäre wohl das Letzte, das ich anstreben würde. James Bond!‹ Ich deutete dem Präsidenten gegenüber an, daß der Bursche, dem der CIA den Oberbefehl über den Einsatz im Feindgebiet übertragen hatte, William King Harvey nämlich, ein sehr viel besserer Kandidat für diesen Ehrennamen sei. ›Sie haben mich jetzt neugierig gemacht‹, erwiderte der Präsident. ›Könnten Sie mir diesen Burschen Harvey mal zum Weißen Haus mitbringen? Ich möchte ihn kennenlernen.‹ Zwei Tage später«, sagte Lansdale, »schaffte ich Bill Harvey aus seinem Keller in Langley hinüber ins Weiße Haus. Während wir im Vorzimmer vor dem Oval Office saßen und darauf warteten, daß man uns zum Präsidenten hineinrief, schoß mir ein Verdacht durch den Kopf. Danke meinen Sternen! Ich drehte mich zu Harvey um und fragte ihn: ›Sie tragen nicht zufällig eine Handfeuerwaffe bei sich?‹, worauf er erwiderte: ›Ja, natürlich trage ich eine Waffe.‹ Und er zog eine besonders schwere Magnum-Sonderausführung aus dem Schulterhalfter. Bei Jesus Christus und Castro! Ich wäre beinahe im Boden versunken. Wie würde der Secret Service auf einen Unbekannten reagieren, der im Weißen Haus mit seiner Kanone in der Luft herumfuchtelte? ›Bitte‹, sagte ich zu Harvey, ›lassen Sie das Ding verschwinden.‹

Ganz langsam, das versichere ich Ihnen, schlenderte ich dann zum Schreibtisch des Secret Service hinüber und informierte den Diensthabenden, daß mein Begleiter gern seine Feuerwaffe bei ihm abgeben würde, bevor er hineinginge, um mit dem Präsidenten zu konferieren. Das schien also gerade noch einmal gutgegangen zu sein. Doch in dem Augenblick, als wir hineingehen wollten, fand Harvey, daß er doch lieber seine ›ganzen Karten auf den Tisch legen‹ sollte. Er wühlte unter dem Jackett herum und holte eine .38er Special heraus, die er ein paar höchst entgeisterten Secret-Service-Männern überreichte. Daraufhin nun betraten wir das Oval Office. Mir blieb gerade noch Zeit ihm zuzuflüstern: ›Wozu, um Gottes willen, die ganze Artillerie?‹ Seine Antwort: ›Wenn Sie so viele Geheimnisse kennen würden wie ich, würden Sie auch eine Waffe tragen.‹

Nun, das Meeting als solches war von Anfang an ein bißchen sonderbar. Der Präsident hänselte Bill sogleich mit den sexuellen Großtaten von 007, und Harvey murmelte etwas in seinen Bart, daß er hierzu derzeit ein wenig zuviel Übergewicht hätte. ›Wie Sie sehen können‹, sagte er zum Präsidenten, ›paßt die Beschreibung nicht mehr auf mich. Ich glaube, in meinen wilden Jugendtagen war ich mehr wie 007. Jede Nacht ein anderes Mädchen und so.‹

›So?‹ sagte der Präsident. ›General Lansdale hat Sie aber trotzdem empfohlen.‹

›Yessir‹, sagte Harvey.

Nachdem unsere Audienz beendet war, flüsterte mir Bill auf dem Weg hinaus zu : ›Ich habe mich wie ein Armleuchter aufgeführt, aber mein Gott, verdammt – es war schließlich der Präsident.‹«

In ein paar Tagen, Kittredge, ist mein Bericht fällig. Ich schließe meinen Schreibtisch zu, fahre mit dem Aufzug hinunter und suche Harvey in seinem Bunker auf. Es ist anzunehmen, daß er mir wiederum einen Schreibtisch anbieten wird.

Nebenbei – Hugh hat mir auf der Heimfahrt vom Dinner erzählt, daß Harvey derzeit ziemlich niedergeschlagen ist. Die Agency hat kürzlich erfahren, daß das Geheimnis des Berliner Tunnels schon vor dessen Fertigstellung durchgesickert war. Die ganze Zeit, während Harvey so stolz auf sein Unternehmen war, stand ein britischer Offizier in ständigem Kontakt mit den Russen. Ich möchte nicht wissen, was jetzt in der Strumpffabrik los ist. »Der Schaden könnte noch größer sein als der durch die Schweinebucht angerichtete«, sagte Hugh. »Tatsächlich ist es eine solche Katastrophe, daß man es wohl nicht nur unter den Teppich wird kehren können, sondern dazu auch den ganzen Teppich verbrennen muß.«

Nun, ich weiß nicht, ob dieser Brief Dich befähigt, die Agency und die Nation zu führen, aber es hat mir Spaß gemacht, Dir mal wieder zu schreiben. Nichts ist für mein Seelenleben so gut wie ein langer Brief von Dir.

Ergebenst,
Harry

7

Den ganzen Herbst von 1961 und Winter von 1962 hindurch dauerte mein Briefwechsel mit Kittredge an. Ich schrieb ihr mindestens einmal die Woche, und obwohl sie nicht so oft antwortete, hatte sie oft mehr zu sagen. Und ihre Informationen waren wahrscheinlich auch zuverlässiger: Mongoose war eine hermetisch abgeschottete Operation. Während ich Einzelheiten beschrieb, konnte ich niemals ganz sicher sein, ob ich die Fakten von den Gerüchten zu unterscheiden wußte. Geflüstert wurde in JM/WAVE ununterbrochen, und das ließ sich auch gar nicht vermeiden. Bevor wir fertig waren, hatte sich mehr Agency-Personal in Miami eingefunden als jemals zur Schweinebucht-Zeit. Tatsächlich war die CIA-Abteilung, die an Mongoose arbeitete, bald die größte CIA-Station der Welt.

In Anbetracht unserer Größe und der Geschwindigkeit, mit der man uns zusammengestellt hatte, ging eine Unzahl von Gerüchten um, und die Sicherheit ließ sehr zu wünschen übrig. Das kam keineswegs überraschend. Die höchsten Sicherheitsstandards beim CIA werden gewöhnlich von Agency-Gelehrten beachtet, die sich mit der Erforschung der Landverteilung in der Mandschurei im siebzehnten Jahrhundert beschäftigen. Nur bei ihnen konnte man sich fest darauf verlassen, daß sie kein Wort über ihre Entdekkungen verlauten ließen. Wir da unten in Harveys Keller in Langley – oder in den unzähligen mit JM/WAVE-Projekten befaßten Dependancen, die sich wiederum über halb Südflorida ausbreiteten – klatschten und tratschten, ohne uns der Risiken bewußt zu werden. Wie brütete Lansdale seine Eier für Mongoose aus? Was kam jetzt gerade von General Maxwell Taylor oder Bobby Kennedy herunter? Wie dachte das Weiße Haus wirklich über diesen oder jenen Punkt? Florida brachte einen diesen Fragen nahe, während man sich in Langley des Eindrucks nicht erwehren konnte, daß man doch nur ein Teil der Regierungsbürokratie und kein Agent von historischer Bedeutung war.

Mein Arbeitsplatz war in Washington; stationiert war ich in Miami – schwer zu sagen, wo ich lebte. Mir kam bald der Verdacht, daß Lansdale mir den Job nur gegeben hatte, um sich die Freundschaft meines Vaters zu erhalten. Meine Pflichten (oder deren Mangel)

zeigten mir bald die untergeordnete Bedeutung der neuen Position. Lansdale kam nicht oft mit mir zusammen. Er hatte seine eigenen Kader und vertraute ihnen.
Es dauerte nicht lange, und ich saß bei Harvey drunten im Keller. Wir unternahmen die ersten Schritte, um den Abgrund von Mißtrauen zu überbrücken, der uns trennte. Trotzdem gaben wir uns große Mühe, gut miteinander auszukommen. Vielleicht erinnerte ich ihn an seine Heldenzeit in Berlin, und in der Tat waren unsere Beziehungen den damaligen nicht ganz unähnlich. Er grübelte laut, er klappte den Mund zu und sagte kein Wort mehr, er vertraute sich mir an, er zog sich von mir zurück. Nach einer Weile kam ich mir wie die junge, untreue Ehefrau eines älteren, gesetzten Mannes mit festen Gewohnheiten vor. Er konnte mir zwar niemals meine Missetaten verzeihen, aber er genoß dennoch meine Gesellschaft. Ich fuhr sogar wieder in seinem kugelsicheren Cadillac mit und brachte auf dem Weg zum Flugplatz Notizen zu Papier, während er seine Martinis kippte. Es dauerte nicht lange, da mußte ich ihn auch auf seinen Luftsprüngen nach Miami hinunter begleiten. Da er seiner Leibesfülle wegen nicht mehr in einem Sessel der Economy-Klasse unterzubringen war, flog er Erster Klasse – einer der wenigen Agency-Offiziere, denen ein solcher Luxus gestattet war, und dadurch gelangte ich in den nämlichen Genuß, wann immer es ihn nach mir verlangte.
Oft blieb ich auch länger in Florida, um ein Unterprojekt zu beaufsichtigen, das er eingeleitet hatte. Meine Verbindung mit Lansdale verkümmerte mehr und mehr, und den General schien es nicht zu bekümmern. Wenn ich zu ihm eilte, um ihm Bericht zu erstatten, fing er mich meist schon im Vorzimmer ab auf dem Weg zu einer Sitzung mit Beamten aus dem Außen- oder Verteidigungsministerium oder der Special Group, Augmented (verstärkte Sondereinheit) und fragte im Vorbeigehen: »Sind Sie auch nett zu unserem Harvey?«
»Versuche mein Bestes.«
»So ist's richtig. Das ist eine nützliche Arbeit!« Und weg war er.
Harvey zeigte sich hinsichtlich meiner Beziehung zu Lansdale nicht besonders mißtrauisch. Montagues Schatten schwebte über uns. Harvey nahm natürlich an, daß Harlot mich ihm zugeteilt hatte, damit ich über ihn berichtete. Im wesentlichen stimmte das ja auch. Wenn Harlot Informationen von mir verlangt hätte, hätte

ich sie ihm auch sicherlich geliefert. So genau wußte ich es aber nicht. Ich wollte endlich auf eigenen Füßen stehen. Ich gebe sogar zu, daß ich ein bißchen verletzt war, daß Harvey mir nicht mehr vertraute. Ich rackerte mich zwölf Stunden täglich für ihn ab, und die Arbeit gibt einem eine besondere Art von Integrität. Der Witz war, daß ich in meinen Briefen an Kittredge selbst die winzigsten Einzelheiten über Harvey berichtete, aber ich glaubte nicht, daß sie es an Harlot weiterleitete. Denn wie hätte sie ihrem Mann die Herkunft dieser Informationen erklären können?

Unterdessen fragte ich mich immer, woher die Macht wohl stammen mochte, die Montague so offensichtlich über Wild Bill besaß, und ich dachte oft an meine letzten Tage in Berlin und das vierseitige Transkript, von dem Harlot mir nur die ersten beiden Seiten gezeigt hatte. Harvey war sich nicht sicher, wieviel ich wußte, aber er machte so seine Bemerkungen, und die waren recht deutlich. »Mir ist's egal, was dieser Schweineschwanz deiner Meinung nach für eine Macht über mich hat, er kann sich selbst bumsen gehen.« Ungefähr einmal pro Woche entlud sich Harvey in solchen Zorngewittern wie eine schwarze Floridawolke, die ihrer Wut Luft macht, und danach gingen wir wieder an unsere Arbeit zurück.

Zu tun gab es genug. Lansdale lief allmählich zu seiner Höchstform auf. Bevor ein Monat um war, hatte er zweiunddreißig Planungsaufgaben an die Agency, das Pentagon, das Außenministerium und die sonst noch mit Mongoose befaßten Dienststellen verteilt. Zu den Aufgaben gehörten: das Sammeln von Informationen, die Abwerbung kubanischer Funktionsträger, Propagandaoperationen, Sabotageoperationen und ein Invasionsszenario für US-Truppen, sobald die neue kubanische Bewegung in der Lage wäre, die Regierung zu stürzen. Lansdale schickte ein Memorandum hinaus, in dem er »eine Revolution« forderte »die die Herrschaft der staatlichen Polizei beseitigt. Stützen müsse man sich auf: (a) professionelle Anti-Castro-Emigranten, (b) Arbeiterführer, (c) kirchliche Gruppen, (d) Gangsterelemente für gewisse Aufgaben und sofern notwendig.«

Das Memorandum schloß mit den Worten: »Unsere Aufgabe ist es, den amerikanischen Genius schnell und wirksam in Einsatz zu bringen. Der endgültige Sturz Fidel Castros ist möglich. Keine Zeit, kein Geld, keine Mühe, keine Menschenkraft dürfen gescheut werden.«

»Wem will er denn da was vormachen?« fragte Harvey. »Jeder weiß doch, daß der Text von Bobby Kennedy stammt. Keine und so weiter und so weiter dürfen gescheut werden! Ja. Sie sagen uns, was wir tun sollen, und wir dürfen die Dreckarbeit machen. Zweiunddreißig Aufgaben!« sagte Harvey und setzte nun seinerseits zu einer Rede an. »Jemand sollte Lansdale mal sagen, daß Arbeiterführer in Kuba Gangster sind, die Gangster kaufen sich die Priester, und die Priester geben ihr Geld für Wahrsager aus. Man teilt die Sache nicht in a, b, c und d ein, sondern man sucht sich Leute, die den Job machen können. Mir egal, ob du mir einen einäugigen Marsbewohner anbringst mit einem Enterhaken an seinem Schwanz, und der Junge trinkt nachts Katzenpisse. Ich nehme ihn, wenn er ein anständiger Kerl ist, der gern Brücken in die Luft sprengt und meinen Befehlen gehorcht. Dieser Lansdale mit Bobby Kennedy im Rücken redet über Revolution? Der soll sich mal lieber eins merken! Ich will keinen Kubaner in meiner Operation haben, den ich nicht kontrolliere. Überläßt du es Lansdale, dann bekommen wir eine Revolution, die uns eine neue Art von Kommunismus bringt, der seine Abzeichen auf der rechten statt der linken Titte trägt. Schluß mit dem Gequatsche! Ich sage: Machen wir Hackfleisch aus Kuba! Sand, jede Menge Dreck ins Getriebe der Wirtschaft! Macht die Schwanzlutscher fertig! Man muß sie demoralisieren. Das einzige, worin ich mit Lansdale übereinstimme, ist, daß wir Kuba destabilisieren wollen. Aber ich sage dir: Dieser zuckersüße General ist ein verdammter Heuchler. Gestern waren es zweiunddreißig Aufgaben. Heute gibt er uns eine neue. Aufgabe Nummer dreiunddreißig: Macht die Zuckerarbeiter während der Ernte arbeitsunfähig! Der Hundesohn weiß gerade mal genug, um seinen eigenen Arsch abzusichern. ›Vor endgültiger Genehmigung der Aktion muß die Aufgabe noch genau definiert werden‹, sagt er. Nun, sogar ich, der ich kein Internationalist bin, danke sehr, kann sehen, was daran international falsch ist. Hör dir mal das hier an: ›Die verwendeten Chemikalien müssen durch vorangegangene Untersuchungen nachweisbar nur zu einer *vorübergehenden* Übelkeit‹ – vorübergehend habe ich unterstrichen, Hubbard – ›führen und besagte Zuckerarbeiter von den Feldern fernhalten, ohne daß eine dauerhafte Schädigung eintritt. Nicht tödliche Chemikalien sind zu verwenden, die eine solche Unfähigkeit hervorrufen.‹ Kannst du dir vorstellen, mein

Junge, wie wir vor der übrigen Welt dastehen werden? Verlaß dich drauf – Special Group, Augmented wird Aufgabe dreiunddreißig zurückstellen.«

Special Group, Augmented tat es. Eine Woche später las Harvey mit Leichenbittermiene die verfeinerten zweiunddreißig Aufgaben. Ein Satz lautete: »Gangsterelemente könnten das beste Potential für Angriffe gegen kubanische Geheimdienst- und Sicherheitsbeamte abgeben.« Harvey kochte vor Wut. »So etwas darf man nicht zu Papier bringen«, brüllte er. »Gangsterelemente! Hubbard, ich weiß, daß im Kampf Männer sterben, aber sind wir denn bei einer Gauner-und-Mörder-GmbH? Wer soll denn damit umgehen? Ja, unser Freund Bill Harvey mit seiner Task Force W, der wird die Dreckarbeit schon erledigen. Wenn irgend etwas schiefgeht, kriegt Bill Harvey es ab. Dieser Lansdale ist ein komplexes Individuum. Er möchte nicht, daß ein armer, unschuldiger Kubaner getötet wird, außer wenn wir damit einen greifbaren Zweck verfolgen. Dann nimmt er ein Schlückchen Wasser und bittet mich, ein paar hundert Sowjettechniker aufs Korn zu nehmen. Schreiben Sie die auf Ihre Hit-Liste mit drauf. Ich bin geradezu überwältigt von seinen Plänen. So ein Arschloch!«

Harvey diktierte ein Memorandum an Special Group, Augmented: Seiner Meinung nach sollte sich das Hauptaugenmerk bei Mongoose auf die Beschaffung weiterer Informationen konzentrieren. Ich hatte inzwischen gelernt, daß solche Memoranden nichts mit Harveys wirklichen Absichten zu tun hatten. Vielmehr hätten sie in unserem ungeschriebenen Buch der Agency-Etikette als Modelle für Formbriefe dienen können. Inzwischen hätte ich das Buch schon selbst zusammenstellen können. Wenn man etwas tun mußte, das ein wenig über die Grenzen des offiziell Erlaubten hinausging, war es wichtig, eine papierene Spur zu hinterlassen, die Nachforschungen hinsichtlich dessen, was man getan hatte, unmöglich machen würde. Die Daumenregel lautete: Schreibe das Gegenteil von dem auf, was du willst! Wenn Harvey Saboteure aussandte, die Brücken in die Luft sprengen und Fabriken in Schutt und Asche legen sollten, rief er auf dem Papier zur Intensivierung unserer Geheimdienstarbeit und zum Sammeln von Informationen auf.

Lansdale habe zu lange allein gearbeitet, meinte Harvey, und neige deshalb dazu, alles schriftlich festzuhalten. Harvey sagte:

»Ich kannte mal eine Hure oben in Alaska. Eine fette, alte, einsachtzig große Eskimomama mit einer Fotze so breit und bequem wie der Rücksitz eines Cadillac. So ist Lansdales Mundwerk – genauso groß.«
Das wirkliche Problem, so glaubte ich bald zu erkennen, war, daß Lansdale seine Ideen zwar kompromittiert haben mochte, als er Mongoose übernahm, aber aufgegeben hatte er sie keineswegs. Lansdale wollte echte Untergrundorganisationen: Er suchte nach autonomen Kubanern, die sich einen richtigen, eigenen Geheimdienst aufbauen wollten, den sie dann mit uns teilen sollten. Lansdale schien nicht begreifen zu können, daß Harvey, wenn es darauf ankam, lieber überhaupt keinen Untergrund hatte als einen, über den er nur sporadisch Kontrolle ausüben konnte. Harvey baute statt dessen unsere Kader in Miami aus zuverlässigen Exilleuten auf, die er in paramilitärischen Unternehmungen einsetzen konnte. Wie hätte er auch sonst in der offenen Atmosphäre von Miami die Arbeit von JM/WAVE geheimhalten sollen? »Die Betonung wird auf dem Agentenführer, nicht auf dem Agenten liegen«, sagte Harvey. »Der Agentenführer wird hier bei uns seiner Bedeutung nach so etwas wie ein Priester sein. Unsere Exilleute müssen bereit sein, ihm alles zu erzählen. Kapiert? Hubbard, du hast den Job ein paar Jahre lang ausgeübt. Wie geeignet hältst du dich für eine solche Aufgabe?«
»Fünfzig Prozent Wahrscheinlichkeit«, erwiderte ich.
»Gut.« Er grunzte. »Deine Antwort gefällt mir. Du mußt ein weicher Agentenführer gewesen sein.«
»Nicht so weich, wie Sie denken«, antwortete ich, und er lachte. »Schitt, du hast dir ja nur mal gerade die Zehen naß gemacht in Uruguay. Du hast ein bißchen Ringelpietz gespielt.«
Lansdale lud mich eines Tages schließlich doch einmal in sein Büro ein und fragte: »Haben Sie irgendeinen Input bei Harvey?«
»Ich kann ihm eine persönliche Botschaft überbringen. Ja, ich glaube, er würde von Ihnen lieber auf diesem Wege hören.«
»Nicht schriftlich?«
»Nicht schriftlich, Sir.«
Er seufzte. »Ich habe einen guten Teil meines Lebens damit verbracht zu lernen, wie man die Dinge militärisch korrekt ausführt. Beim Militär geschieht nichts ohne einen klaren, schriftlichen Befehl. Harvey ist offensichtlich an das Gegenteil gewöhnt.«

»Yessir.«
»Richten Sie Harvey aus, ich würde mich freuen, wenn er sich daran erinnern würde, daß ich nicht der Feind bin.«
»Er ist kein Feind, aber ein Idiot«, knurrte Harvey, als er meine Botschaft hörte.
Als ich den General das nächstemal besuchte, sagte er: »Harry, ich weiß gern, wo ich stehe. Ich möchte meinen nächsten Satz unterstreichen. *Ich glaube daran, mit den Leuten auszukommen.* Wenn ich Sie bitte, das an Bill Harvey weiterzuleiten, welche Antwort wird er darauf geben?«
»Das kann ich nicht sagen, General.«
»Nun, das haben Sie gerade getan.«
»Yessir.«
»Ich werde Ihnen etwas erklären – so, daß Sie meinen Standpunkt immer noch weitergeben können.«
»Ich werde es versuchen.«
»Ich hoffe sehr, daß Sie das tun werden. Denn was JM/WAVE zur Zeit in Kuba tut, läuft auf nicht mehr als ein paar Überfälle hinaus, nach denen die Täter sich wieder verkriechen. Es existiert keine umfassende Strategie. Man geht auch nicht auf die Menschen zu. Ich weiß nicht, wer sich einbildet, mit diesen isolierten Kraftakten auch nur das mindeste erreichen zu können. Neulich wurde eine Brücke in die Luft gesprengt. ›Warum machen Sie das?‹ habe ich Harvey gefragt. ›Welche Kommunikationslinien versuchten Sie zu unterbrechen?‹ Wissen Sie, was er darauf geantwortet hat? ›Sie haben uns niemals gesagt, wir sollten die Brücke nicht in die Luft sprengen.‹ Hubbard, das ist die falsche Art von Unabhängigkeit. Ich möchte dieser ganzen ziellosen Sabotage ein Ende setzen. Ich möchte Kubanern einen sinnlosen Tod ersparen. Amerikaner, die ins Ausland gehen, müssen sich durch eine echte Hingabe an die höchsten Grundsätze auszeichnen.«
Er hatte sich so in seine Rede hineingesteigert, daß er erst am Ende merkte, daß ich mitschrieb. »Sie brauchen sich keine Aufzeichnungen zu machen«, sagte er. »Bestellen Sie ihm einfach, daß ich sanftmütig gewesen bin bis zur Unvernunft, aber daß es nächste Woche einige Veränderungen geben wird.«
»Yessir.«
»Wenn Sie dazu Gelegenheit haben, teilen Sie diese meine Gefühle bitte auch Montague mit.«

Das würde ich gewiß nicht tun. Ich konnte Harlots Reaktion voraussehen. Kuba war ein Morast. Die Aktionen, die Harvey wählte, konnten zumindest die Gefahren verringern, die aus den aufgeklärten Vorstellungen der Kennedys vom Krieg erwuchsen. Undichte Stellen im Sicherheitssystem zu verhindern, war mehr wert als die zweifelhafte Suche nach ›aufgeklärten‹ Resultaten. Tatsächlich hatte mir Kittredge so etwas geschrieben: »Weißt Du, Hugh ist überzeugt, daß Castros Geheimdienst dem unsrigen immer überlegen sein wird. Er hat die Macht, seine Verräter zu töten – wir können unseren nur die wöchentliche Zahlungsanweisung sperren. Unsere Agenten kämpfen für die Freiheit, ja, aber auch für künftige Gewinne in Kuba. Geldgier korrumpiert jeden Geheimdienst. Viele von Castros Leuten hingegen wähnen sich auf einem Kreuzzug. Außerdem kennt Castro die Kubaner besser als wir. Castro hat KGB-Methoden als Richtschnur. Wir haben Politiker, die wir zufriedenstellen müssen. Wenn es also um Kuba geht, wird Castros DGI unserem CIA immer überlegen sein. Logische Schlußfolgerung: Beenden wir unsere Kubaaktionen. Natürlich redet Hugh Präsident Jack gegenüber nicht so offen, er versucht ihn nur ein bißchen in die richtige Richtung zu dirigieren. Ich als Frau und deshalb nicht voll verantwortlich kann Jack wegen Kuba ein bißchen ärgern. Das tue ich auch. ›Meinen Sie nicht‹, sage ich, ›daß Castro einige Trumpfkarten in der Hand hält?‹ und teile ihm dann Hughs Analyse mit, als ob es meine eigene wäre. Aber nur so ganz leichthin. Damen sind dazu da, den Präsidenten zu entspannen, nicht ihn zu verwirren. Ich will zu seinen Gunsten sagen, daß er aufmerksam zuhört. Er ist nicht grob in seinen politischen Leidenschaften. Ich wollte, ich könnte von Bobby dasselbe sagen, der viel emotionaler ist. Vielleicht werde ich Dir in einem anderen Brief Bobby zu beschreiben versuchen.«
Lansdales Gegenangriff fand alsbald statt. Wenn er auch eine gewisse Verachtung für militärische Methoden zum Ausdruck gebracht hatte, so wußte er sich ihrer jedenfalls glänzend zu bedienen. Nun trafen täglich Fragebogenlisten im Keller ein. Sobald wir sie zurückgesandt hatten, trafen sekundäre Fragebögen ein, in denen um Erläuterung unklar gebliebener Punkte gebeten wurde. Harvey schickte an McCone Memoranden, in denen er sich bitter beklagte:

Wir sollen Special Group, Augmented in Hanebüchen detaillierter Form so unwichtige Einzelheiten wie Neigungswinkel eines Strandes und Zusammensetzung des Sandes liefern, wo es sich um eine simple Landungsoperation handelt. Wir sollen die genaue Zeit einer Landung und der anschließenden Rückfahrt angeben, was oft unmöglich vorherzusagen oder zu koordinieren ist. Jedem Plan hinzugefügt soll eine komplette Liste der mitgeführten Geschütze sein, obgleich besagter Schlachtplan vielleicht nur von sechs bis an die Zähne bewaffneten Kubanern in einem Gummiboot spricht, die durch Castros Küstenwache hindurchzuschlüpfen versuchen. Man unternimmt alles mögliche, um zu verhindern, daß wir irgend etwas zustande bringen. Dann beklagt man sich darüber, daß nichts geschähe. Kann man die Angelegenheit weniger restriktiv und kontraproduktiv gestalten?

Die Fragebogenlisten kamen nach wie vor, den ganzen Januar und Februar 1962 hindurch. Einmal, als ich mittags mit Eastern Airlines – auf dem, wie wir es nannten, »milk run« – nach Miami flog (»milk run«, weil man immer neues Agency-Personal antraf, das mit Weib und Kindern nach Miami zu JM/WAVE wollte), wandte sich King Bill zu mir um und sagte: »Ich habe die Truppen, und er sitzt vor nichts weiter als einem Schreibtisch. Ich werde dem Hundesohn zeigen, was ›dirty fighting‹ ist.«
Ich habe nie erfahren, ob Harvey der Urheber des nächsten Unternehmens war, aber er kam als Verdächtiger durchaus in Frage, weil er mir die Geschichte so gemütlich erzählte. Bei einem Treffen der Mongoose-Komitees aus allen verschiedenen Ämtern brachte ein Colonel Forsyte aus dem Verteidigungsministerium die Idee zur Operation Bounty auf. »Das Verteidigungsministerium will nicht einmal die Lorbeeren dafür einheimsen«, hatte Forsyte erklärt. »Wir stehlen nur eine von Ed Lansdales Ideen.«
Operation Bounty betraf einen Vorschlag, demzufolge man Kuba mit Flugblättern eindecken wollte, auf denen es hieß, daß Summen von 5000 bis 100000 Dollar für den Tod verschiedener hoher kubanischer Amtsträger gezahlt würden. Castros Leben sollte jedoch auf einen Wert von zwei Cent festgesetzt werden.
Lansdale war sofort aufgesprungen. »Das ist Unsinn«, sagte er. »Ed, warum bist du dagegen?« hatte McCone ihn gefragt. »Stimmt das denn nicht mit deinen Prinzipien überein?«

»Nein, zum Teufel«, hatte Lansdale erwidert. »Diese Idee ist ein Bumerang. Man kann Castro nicht auf eine so grobe Weise lächerlich machen. Im Gegenteil: Wir müssen begreifen, daß der kubanische Bauer heute bessere Lebensbedingungen hat als früher. Sie werden eine solche Lächerlichmachung Castros nicht akzeptieren.«
Später gab Harvey zufrieden seinen Kommentar dazu ab: »Mit diesen wenigen Worten hat Lansdale McCone, das halbe Außen- und das halbe Verteidigungsministerium verloren. Du darfst doch McCone nicht erzählen, was Castro alles zustande gebracht hat. ›Wie‹, fragt McCone spitz, ›würden Sie denn nun vorgehen wollen, General?‹ ›Oh‹, sagt Lansdale, ›ich würde betonen, daß der Teufel den Leuten alles gibt außer Freiheit. All die materiellen Güter, die man braucht, aber keine Freiheit. Wir wollen ihnen klarmachen, daß wir ihnen all das geben können, was sie vom Satan bekommen, plus Freiheit.‹«
»Jesus auf einem Schinkensandwich!« spottete Harvey. »McCone will nichts vom Satan hören, Maxwell Taylor sieht peinlich berührt aus, Roger Hilsman vom Außenministerium muß aufpassen, daß er nicht vor Lachen herausplatzt. Es saßen vielleicht zehn Chefs um den Konferenztisch herum und hinter ihnen dreißig Lakaien, und du konntest die Rauchschwaden mit der Hand zerteilen. Lansdale hat kein Gefühl dafür, wann er einen Krieg verliert.«
Eine Woche darauf machte bei Task Force W das Gerücht die Runde, Lansdale wolle in Kuba verbreiten lassen, Castro sei der Antichrist und die Wiederkehr Christi stehe bevor. Im Keller munkelte man, Lansdale hätte dieses Szenario bei einem Treffen des Nationalen Sicherheitsrats vorgeschlagen: In einer dunklen, mondlosen Nacht konnte ein amerikanisches Unterseeboot kurz im Hafen von Havanna auftauchen und Leuchtgeschosse gen Himmel feuern. Wenn man das in ausreichendem Maße tat, könnten die abergläubischen Kubaner glauben, daß Jesus auferstanden sei und über das Wasser wandelnd auf Havanna zukäme. Gerüchteküchen in Havanna würden dann sogleich die Geschichte verbreiten, Castro sei schon draußen bei seiner Küstenwache, und es sei ihnen gelungen, Christus den Weg an Land zu versperren. Wenn man das richtig anfinge, könne man eine enorme Reaktion auslösen. Denkbar, daß Castro dadurch zu Fall kam.
Ein Mann vom Außenministerium stand bei dem Meeting auf und

erklärte: »Das klingt mir wie eine ›Eliminierung durch Illuminierung‹.«
Die Geschichte kränkte Lansdale sehr. Kittredge erwähnte in einem Brief beiläufig: »Er hat Hugh gestern abend wieder angerufen und sich bitter über die Ente beklagt. Schwor einen heiligen Eid, daß es nicht wahr sei. Behauptet, es sei über nichts dergleichen je beim Nationalen Sicherheitsrat gesprochen worden und die Verleumdung stamme aus den Kulissen bei der Task Force W. Lansdale ist offenbar davon überzeugt, daß Harvey der Urheber ist. Ich frage mich, ob es nicht vielmehr Hugh war.«

8

An den Iden des März traf eine Nachricht von Kittredge ein: »Sei ein lieber Junge, Harry. Du hast mir eine Menge über JM/WAVE erzählt aber es sind alles nur Bruchstücke. Kannst Du mir eine zusammenfassende Darstellung liefern? Ich weiß nicht, ob ich auch nur einen blassen Schimmer habe, was JM/WAVE eigentlich ist.«

23. März 1963

Liebe Kittredge,
ich war nicht sicher, ob ich Dir Deinen Wunsch würde erfüllen können. JM/WAVE ist sehr *umfangreich*. Letzte Woche allerdings, als ich Deinen Brief bekam, gingen mir plötzlich die Augen auf. Diese Vision überkam mich an einem hierfür eher ungeeignet erscheinenden Ort – bei einem Meeting der Special Group, Augmented. Ich darf Dir sagen, daß Offiziere meiner Ebene gewöhnlich nicht in die Nähe so wichtiger Gremien kommen. Kann ich voraussetzen, daß Du mit Special Group, Augmented, ihrem Personal und Protokoll vertraut bist? Für den Fall, daß Du es nicht sein solltest, laß mich anmerken, daß sie weder mit Special Group noch mit Special Group CI (Counter-Insurgency/Aufstandsbekämpfung) verwechselt werden darf. Special Group tritt regelmäßig jeden Donnerstag um zwei Uhr nachmittags im Executive Office Buil-

ding zusammen und trifft sich dort mit Beratern des Präsidenten wie Maxwell Taylor, McGeorge Bundy, Alexis Johnson und John McCone. Sie diskutieren zunächst die (seit dem letzten Donnerstag) neuen militärischen Ereignisse in der Welt. Anschließend kommt Robert Kennedy vom Justizministerium herüber, und Special Group CI beginnt zu tagen. Die hat mit den Special Forces zu tun, das heißt den Green Berets. Die letzte Begegnung des Tages, gewöhnlich spätnachmittags, ist die der Special Group, Augmented, und sie widmet sich ausschließlich Kuba.
Letzte Woche mußte Harvey seine Vorstellungen erläutern und brachte mich als seinen Aktenträger mit. Diese Aufgabe kann sehr mühevoll sein. Du hockst über zwei prallgefüllten Riesenaktentaschen, in denen sich all jene Dokumente befinden, mit denen Harvey seine Argumentation beweisen möchte. Ich bin der Mann auf dem Stuhl hinter ihm, verantwortlich dafür, daß der rote Faden seiner Beweise nicht gekappt wird. Taucht irgendwann irgendwo am Tisch ein Gegenstand auf, der während der vergangenen sechs Monate besprochen worden ist, muß ich sofort das betreffende Dokument herzeigen können. Wenn Du so wie ich Zeit hast, die Dokumente in den verschiedenen Aktentaschenfächern selbst zu ordnen, dann ist es nicht so schwierig wie es klingt, also hat sich das Meeting für mich gelohnt, so sehr ich wegen der mir obliegenden Aufgabe und der beeindruckenden Macht der anwesenden Amtsträger auch unter Druck stehen mochte. Ich gebe zu, daß ich ein paar Zentimeter wachse, wenn ich mich im selben Raum mit McNamara, McCone, Helms und Maxwell Taylor befinde, und das erhebende Gefühl, die gleiche Luft zu atmen wie die Größen unseres Landes, ist immer da, ganz egal wie locker sie miteinander umgehen. Ihre Scherze sind in Wirklichkeit so freundlich wie ein Tennisfinale: Trotzdem war es für mich natürlich sehr lehrreich. Wie oft bin ich an den Erkerfernstern und Balkonen des alten Executive Office Building vorbeigegangen und wollte das alles auch einmal von innen sehen. Obwohl unser Konferenzraum in keiner Weise außergewöhnlich ist – schwere Ledersessel mit gepolsterten Armlehnen für die Hauptakteure, eine irische Jagdtafel als Konferenztisch und eine Reihe Jagdstiche (Potomac-Rösser, circa 1820) –, war mir, als hätte ich einen Meilenstein in meiner Laufbahn passiert.
Harveys Auftritt dauerte etwa fünfundvierzig Minuten. Er war

nervös, während er mit mir im Vorzimmer der Sekretärin wartete, eine Nervosität, die nur mir auffällt, der ich ihn kenne (seine Stimme wird dann noch heiserer, rauher als sonst). Dieser Mann hat zwei verschiedene Stimmen. Da gibt es die kräftige, mit der er sich an seine Untergebenen wendet, und dann das leise, sanfte, fast unhörbare Brummeln, wenn Wild Bill seine Sache dem Ausschuß präsentiert. Niemand kann einen einfachen Gedanken wortreicher vortragen als William King Harvey, wenn er nicht möchte, daß man ihn allzu gut versteht. Heute sollte er über die Agententätigkeit für Mongoose und relevante Einrichtungen in der ganzen Welt berichten. Da ich Dir hierüber in vielen Fällen schon detailliert berichtet habe, will ich sie hier nur aufzählen. Zuerst die Operation in Frankfurt, für die er mehrere Minuten brauchte. Wenn Du Dich erinnerst – Hugh hatte dabei seine Hand im Spiel, ziemlich kräftig sogar. Es ging darum, einen deutschen Industriellen, dessen Codename SCHILLING ist (offenbar ein alter Freund von Reinhard Gehlen), dazu zu bringen, daß er defekte Kugellager an eine kubanische Werkzeugmaschinenfabrik lieferte. Ich weiß noch, daß Du die ethischen Grundlagen eines solchen Unternehmens fragwürdig fandest, während mich hingegen Hughs Geschicklichkeit beeindruckte, mit der er einen Deutschen, dessen Name für Kugellager höchster Präzision steht, dergestalt zu überzeugen, daß er sich angesichts der Bedrohung, die Kuba darstellt, zu einer Lieferung derart minderwertiger Technik bereit fand. Ich will sagen: Es gefällt mir nicht, aber ich bin zu der bitteren Schlußfolgerung gelangt, daß Castro nur auf lange Sicht zu besiegen ist, und auch das nur, wenn man ihn allmählich aufreibt. Harvey erwähnte auch die englischen Busse, die man noch im Hafen von Liverpool ein wenig präparieren konnte, so daß ihr alsbaldiges Zusammenbrechen in Havanna zu erwarten ist. Er erläuterte auch unsere Kreditoperation, durch die wir mittels fortschrittlicher Banktechnik Kredite, die nach Kuba gehen sollten, blockieren konnten. Du weißt ja, daß wir Bank-Agenten in Antwerpen, Le Havre, Genua und Barcelona haben. Du sagtest, die technischen Aspekte wären Dir zu kompliziert, aber das sind sie gar nicht. Lieferungen an Kuba werden heute in Europa und dem größten Teil Südamerikas nur gegen Vorkasse abgefertigt. »Das«, informierte er die Special Group, Augmented, »ist das Resultat einer von mir im Zusammenwirken mit Mr. Helms und Direktor McCone an all unsere einundachtzig Stationen im Ausland gerichteten Anweisung. Sie bestimmt, daß mindestens ein Offizier der Agency in jeder Station sich auf Kuba zu konzentrieren hat.« Harvey deutet auf eine meiner prallgefüllten Aktentaschen: »In dieser Akte befinden sich die gemäß ministeriellem Vorhaben im Zusammenhang mit unseren paradigmatischen Empfehlungen 143 bereits aktivierten Operationen.«

Ich muß sagen, Harvey macht das auf seine Art recht geschickt. Fünfzehn Minuten widmete er einer Darstellung der »hardcore work«, wobei er über hundert Kommandounternehmen in Kuba anführte sowie den Fortschritt erwähnte, der bei einem größeren Plan zu verzeichnen war, wobei es sich um eine Sprengung der riesigen Kupfermine von Matahambre handelte. Da Lansdale bei diesem Meeting nicht zugegen war, legte Harvey dann über »unsere Durchführung des Lansdale-Programms« Rechenschaft ab.

Das bestand aus dem »Abwurf von Flugblatt-Teppichen« über Camaguey, Cienfuegos, Puerto Príncipe und Matanzas. Die Flugblätter fordern die kubanische Bevölkerung auf, Streichhölzer für improvisierte Sabotageversuche mit sich zu führen. Unbewachte Zuckerrohrfelder, um ein Beispiel zu zitieren, könne man anzünden. Telefonhörer in Telefonzellen könne man von der Gabel abnehmen und herunterbaumeln lassen. »Wenn das an sehr vielen Orten gleichzeitig und zur Rush hour geschieht, läßt sich die Kommunikation ernsthaft durcheinanderbringen.«

Daß das alles Kinderkram ist, wußte Harvey natürlich sehr wohl, aber deshalb nannte er es auch das Lansdale-Programm.

Nachdem ich ein bißchen Luft geholt hatte, fühlte ich mich bald sicher genug, um ein wenig zu träumen. Harvey leierte seinen Sermon herunter über unsere JM/WAVE-»maritime Leistungsfähigkeit«, was ziemlich stark klingt, weil wir unsere Freizeityachten nämlich als »Mutterschiffe« und die Vergnügungsdampfer als »Kanonenboote« bezeichnen. Die Probleme, die wir beim Schweinebuchtunternehmen mit unserer Flotte hatten, werden sich nun notwendigerweise wiederholen. All unsere Boote und Schiffe kann man insofern mit Agenten vergleichen, als auch sie ein Doppelleben führen. Wie einfach wäre es doch, wenn wir uns der US-Marine bedienen könnten, aber bei Angriffen geht das nicht, und so wird die endlose Maskerade mit unseren Booten fortgesetzt, die alle paar Wochen einen neuen Anstrich bekommen und

unter einem neuen Namen ins Schiffsregister eingetragen werden. Ein »Kanonenboot« ist in Wirklichkeit nur ein Vergnügungsschiff mit ein paar .50-Kaliber-Maschinengewehren im Bug, aber dieser ganze faule Zauber, ob Du's glaubst oder nicht, ist dringend erforderlich, da jedes unserer Boote, das nach Kuba hinüberfährt, die Neutrality Act bricht. Das FBI, der Zoll, die Einwanderungsbehörde und sogar das Schatzamt verrenken sich die Hälse vor lauter Anstrengung, in die andere Richtung zu blicken.
Jedenfalls kam mir inmitten dieser erlauchten Umgebung eine Erleuchtung. Während Harvey weiterredete, mußte ich auf einmal an einen unserer Stützpunkte in Miami, 6312 Riviera Drive, denken, eine bescheidene Villa wie so viele andere in Coral Gables: Steinmauer, eisernes Tor, zwei Stockwerke, rote Ziegel, spanischer Hacienda-Stil – ein nettes, kühles, hübsches Haus im Grunde –, das Dach ziert eine für Sterngucker geeignete Kuppel. Nichts Bemerkenswertes daran, bis man in den unteren Hof geht. Der grenzt an den Coral Gables Waterway, der an diesem Punkt nicht mehr als ein Kanal ist, der zur Biscayne Bay und, wenn man Geduld aufbringt, zum Golfstrom hinausführt. Man kann sich das kaum vorstellen. Da kommen Kubaner, die auf Missionen hinausfahren, bei denen sie der Tod im Mangrovensumpf ereilen kann, als Handwerker getarnt durch die Haustür, fassen drinnen ihre Geschütze einschließlich der schwarzen Kapuzen, die sie auf der Fahrt tragen, so daß der kubanische Lotse, falls man ihn später fangen sollte, sie nicht identifizieren kann, und fahren, sobald es dunkel wird, in etwas ab, das wie ein schnelles, luxuriös ausgestattetes Fischerboot aussieht, aber ein getarntes Kanonenboot ist. Welch sonderbarer Krieg! Angesichts dieser Häuser an den Kanälen mit ihrem rosa oder kanariengelben Stuck, ihren freundlichen Gärten, den blühenden Bäumen mit ihrer roten Farbenpracht kann man sich kaum vorstellen, daß es ins Gefecht geht.
Wir haben jetzt aber eine ganze Sammlung solcher Safe houses, die Marinestützpunkte (6312 Riviera Drive), Absteigen und elegante Wohnsitze zugleich sind. Außerdem haben wir ein Jagdcamp in den Everglades, das aus nichts weiter besteht als aus einer länglichen, oben abgerundeten Wellblechhütte in Fertigbauweise mit einer Lichtung nebenan als Landeplatz für den Hubschrauber, der wichtige Leute wie Lansdale, Harvey, Helms, McCone, Deinen eigenen Montague, Maxwell Taylor, McNamara oder auch den

Präsidenten und seinen Bruder einfliegt. Waloos Glades Hunting Camp heißt es: PRIVATBESITZ, EINTRITT VERBOTEN. Der Ort ist nur dafür da, daß sich Leute treffen können, die in der Öffentlichkeit nicht gesehen werden wollen. Wenn Bobby zum Beispiel nach Miami herunterkommt, ist es ein Medienereignis. So aber kann er in die Homestead Air Base einfliegen und dann mit dem Hubschrauber zu den Wadoo Glades hinüberschweben, um ungesehen irgendeinen südamerikanischen Führer zu treffen.
Eine andere Einrichtung: ein häßlicher, dreckiger Weg, der den hübschen Namen Quail Roost Drive trägt, führt durch einen Kiefernwald zu einem verwitterten Florida-Bungalow auf Pfählen, um den rundherum eine Veranda läuft. Das ist die Ausbildungsstätte für unsere Funker. An anderen Orten wird Guerillataktik gelehrt. Ich habe selbst zehn solche Einrichtungen besucht. In Elliot Key etwa liegt selbst das Dock in den Mangroven versteckt. Der in Boston erbaute Walfänger, gut fünf Meter lang, mit dem Du hinein- und wieder herauskommst, muß sich durch von Moskitos wimmelnde Blätter zwängen, um das nur zwei Meter breite Flußbett zu treffen, durch das es stromaufwärts zum knapp hundert Meter entfernten Dock geht. Von dort führt eine Straße, die gerade mal breit genug ist, daß ein Jeep darauf fahren kann, über ein Korallenriff zu einem vom Dschungel umgebenen, vergammelten alten Haus und über diese Straße wird der Nachschub zum Dock transportiert. In dem vergammelten Haus aber befinden sich ein Schlafsaal mit 16 Kojen, eine geräumige Küche und ein Altarschrein. Keine Latrine, nur ein Außenabort. Frisches Wasser kommt per Boot und per Jeep herbei. Füge noch einen Geräteschuppen für Waffen, Kampfanzüge, Behälter mit Moskitoschutzmitteln und ein paar Außenbordmotoren hinzu, und schon hast Du Dein völlig isoliertes Ausbildungslager, um aus Exilkubanern, die ›etwas tun‹ wollen, eine verschworene Gemeinschaft von Guerilleros zu schmieden. Der Geist des Militärs ist, wie ich allmählich merke, nicht ganz ohne Scharfsinn, wenn es darum geht, einen Kämpfer zu motivieren.
Am anderen Extrem dieser Logistik, nahe bei dem Zenith-Hauptquartier (in dem jetzt JM/WAVE sitzt), betreiben wir ein großes Lagerhaus, um unsere Kämpfer mit allem zu versorgen, dessen sie bedürfen – von falschen Bärten à la Castro bis zu den neuesten kubanischen Armeeuniformen. In unserem Lagerhaus ist jede

Waffe, die die Sowjets und die Ostblockländer den Kubanern jetzt liefern – Mörser, Maschinengewehre, Maschinenpistolen, Handwaffen, Bazookas, Flammenwerfer und was auch immer – zu haben. Ich wollte, Du könntest die vergnügten Grimassen eines echten Kriegers wie meines etwas beunruhigenden Freundes Dix Butler sehen, wenn er die vierundfünfzig Seiten unseres illustrierten Katalogs durchblättert.

Nun füge diesem JM/WAVE-Überblick noch all die Apartments, Hotelsuiten, Motels mit Kochmöglichkeit, plus die University Inn der Universität von Miami hinzu, die wir für durchreisende Offiziere der mittleren Ebene so gut wie erworben haben. Vergiß auch nicht die DuPont Plaza im Zentrum von Miami (für die höheren Chargen) und nun haben wir unsere kleine Stadt innerhalb der Stadt für das Agency-Personal und deren Familien beisammen. Wieviel Agentenführer mögen wir haben? Fünfhundert? Sechshundert? Man kommt nicht zum Zählen. Wir haben es mit etwa 2500 kubanischen Agenten, Teilzeitagenten, Unteragenten, Botenjungen, Helfershelfern und Jobbesitzern wie denen zu tun, die an Orten wie Elliot Key die Küche unter sich haben. Die Anzahl wächst. Wir zahlen jedem durchschnittlich 300 Dollar im Monat mit einem idiotensicheren System: Ihre Gehaltsschecks können sie nur an ein paar speziellen Schaltern der First National Bank am Biscayne Boulevard einlösen, und sogar das wird kritisiert – es sei ein viel zu offenes Verfahren.

In Anbetracht der engen Verbindung, in der wir miteinander stehen, essen und trinken wir auch gern mal etwas zusammen. Ich will Dir nicht all die Kneipen und Kaschemmen beschreiben: Die Namen sagen Dir vielleicht genug: die Lounge im Three Ambassadors Hotel, die Stuft Shirt Lounge, die 27 Birds und so fort. Zum erstenmal seit dem Training auf der Farm gehe ich mit meinen Kollegen groß aus, und das jede Nacht. Dabei gehen wir weniger auf Jagd nach Frauen, als Du vielleicht glauben wirst. Was uns zusammenschweißt, ist die Größe des Unternehmens, an dem wir hier beteiligt sind, und über meinem dritten oder vierten Bourbon erkenne ich, weshalb ich bereit bin, trotz seiner bösen Bemerkungen und seiner üblen Laune so hart für Harvey zu arbeiten. Lansdale hat hübsche Ideen, aber er steuert, fürchte ich, ein ihm unbekanntes Schiff, während Harvey uns eine eigene Regierung gegeben hat. Unsere Besitztümer und Tarnfirmen belaufen sich nun schon auf über fünfzig: Detektivbüros, Kanonenboote, Bootsreparaturschuppen, angebliche Sportfischereinrichtungen ... All das würdest Du ohnehin als selbstverständlich voraussetzen, aber wir haben auch ein Carribean Research and Marketing-Büro an der berühmten Okeechobee Road und unsere eigene Grundstücksmaklerfirma, die unsere Safe houses fachmännisch betreut, unser eigenes Reisebüro, um auch auf diesem Gebiet auf Sicherheit und Ordnung zu achten, unsere Import-Export-Firma, die die Logistik unseres gesamten Nachschubs handhabt, unsere Drukkerei, die eine Vielzahl von Aufgaben wahrnimmt, echte und unechte, ein Stellenvermittlungsbüro, das unser Exilpersonal einweist, von unserem Instandhaltungsschiff für die Elektronik und unserem Fischer-und-Jäger-Club für das Waffentraining ganz zu schweigen. Die Eingeweide der Agency, die bei Zenith zu finden sind, haben wir damit aber noch gar nicht erreicht. Dort dehnt sich unsere Nachrichtenfabrik von Monat zu Monat mehr aus, und die Fotolabors entwickeln die täglichen U-2-Luftaufnahmen von Kuba. Das Postamt bei Zenith, groß wie ein Ballsaal, prüft die Post, die zwischen Miami und Havanna hin- und hergeht, und dann gibt es da einen Raum, in dem die Reaktion der Weltpresse über die USA und Kuba in Ausschnitten zusammengestellt und verglichen wird – und nicht zuletzt: Sanctum South, das Allerheiligste des Südens, wo die Registratur Berichte aus dreißig oder vierzig Zweigen des kubanischen Untergrundes sammelt. Harvey nennt es das »Sanctum Maleficarum«. Denn er mißtraut allen Netzwerken, die er nicht selbst aufgebaut hat.

Den besten Eindruck von der Macht unserer Einrichtung gewinnst Du vielleicht hier, wenn ich Dir einmal all die Staats- und Bundesgesetze aufzähle, die wir zu beugen, zu brechen, zu verletzen oder zu ignorieren bereit sind. So werden routinemäßig an Zeitungen in Florida Informationen herausgegeben, die die Gründung, den Betrieb et cetera von Firmen betreffen; in unseren Steuererklärungen fälschen wir natürlich die tatsächlichen Quellen, aus denen wir die Mittel für Investitionen in unsere Firmen et cetera beziehen. Der Federal Aviation Authority werden täglich falsche Flugpläne mitgeteilt, und wir transportieren ungeniert Waffen und Sprengstoffe über Floridas Straßen, womit wir den Munitions Act und den Firearms Act verletzen, ganz zu schweigen von dem, was wir unseren alten Freunden, den Zoll- und Einwanderungsbehörden, dem Schatzamt und dem Neutrality Act antun.

Infolge von Harveys sicherem Umgang mit Zeitungsredakteuren kontrollieren wir aus praktischen Gründen auch das meiste von dem, was hier vor Ort über Kuba gedruckt wird. Unsere Arbeit mit den Journalisten wird oft bei Tisch auf recht angenehme Art und Weise erledigt. Harveys Grundsatz lautet: »Lüge niemals einen Reporter an, wenn du nicht mußt.« Tatsächlich schreibt unsere PR-Abteilung die Stories, und der örtliche Vierte oder Pressestand braucht deshalb nicht viel zu arbeiten. Und sollten sie es wagen, Widerstand zu leisten, bekommen sie einfach keine Informationen mehr von uns. »Zum Teufel, wir sind auch nicht schlimmer als 'ne Firma, der ein ganzer Ort gehört«, sagt Harvey. Er hat es gern, wenn er die Medien beherrschen kann.

Das ist meine Übersicht über JM/WAVE. Wenn ich aber die Stimmung und Moral des Unternehmens beschreiben soll, fällt mir das schwer. Es ist alles ganz anders als irgend etwas, das ich in der Agency kennengelernt habe. Wir leben hier in der glühenden Erwartung großer und gefährlicher Abenteuer. Dix Butler wurde zum Beispiel von Harvey als Beobachter zu dem Spektakel nach Fort Bragg beordert, das die Green Berets für Jack Kennedy abgezogen haben, und die Berichte, die er zurückbrachte, haben uns tief erregt – als ob die Husarenstückchen und körperlichen Glanzleistungen der Green Berets gewisse Parallelen zu einigen unserer eigenen kühnen Pläne aufweisen würden.

Das Konzept dieser Eliteeinheit besteht, wie Du sicher weißt, in der Ausbildung besonderer Kampftruppen, die mit radikalen Guerillakräften in Ländern der Dritten Welt wie Laos und Vietnam umgehen können. Manche der jüngeren Köpfe im Pentagon, aber auch der Präsident und Maxwell Taylor und ganz gewiß Bobby Kennedy finden diese Ausbildung ganz großartig. Ich will hinzufügen, daß sich in Bobbys Buch »Der Feind im Innern« eine aufschlußreiche Passage findet: »Die großen Ereignisse in der Vergangenheit unserer Nation wurden von harten Männern gestaltet.« Und um diese These an Hand von Beispielen anschaulicher zu machen, erzählt er noch einmal in groben Zügen, was Merills Marodeure und Mosbys Sturmtrupp, was Francis Marion, der »Sumpffuchs« im Revolutionskrieg vollbracht haben. Er spricht also von unseren Guerillahelden. Die Green Berets sind deren natürliche Nachfolger, und an dem Tag, an dem Jack Kennedy sie besuchte, fuhr man ihn zum McKellar's Lake hinaus, wo für ihn ein absolutes Höllenspektakel inszeniert wurde. Taucher schwammen unter Wasser zum Strand, um dort mit wasserdichten Feuerwaffen herumzuballern; Fallschirmspringer stürzten aus fünfhundert Meter Höhe auf den Strand des Sees hinunter. Sie zogen farbige Rauchfahnen hinter sich her, beschrieben im freien Fall einige Kurven und öffneten ihren Fallschirm erst im allerletzten Augenblick, vor dem tödlichen Aufschlag. Judoteams demonstrierten ihre Geschicklichkeit im Handgemenge, und andere Green Berets kletterten hohe Masten empor, die die Ingenieure in den Boden des Sees gerammt hatten und glitten dann in steilen Winkeln an Seilen hinab. Hubschrauber vom Typ Caribou und Mohawk donnerten immer wieder im Tiefflug über den Standort des Präsidenten und plötzlich sprangen etwa tausend Mann, die sich in den Büschen am anderen Ende des Sees versteckt gehalten hatten, mit wildem Kriegsgeschrei hervor und schossen Leuchtkugeln in die Luft – gewissermaßen eine Demonstration eines Überraschungsangriffs. Den Höhepunkt bildete ein Absprung ohne Schirm von einem fliegenden Hubschrauber. Der Mann flog strampelnd durch die Luft, um genau vor Jack Kennedy zu landen. Dann kam ein Schwarm von acht Caribous geflogen und warf Tausende von Flugblättern mit dem Bild des Präsidenten ab.

Während ich dies schreibe, kann ich schon Deine Empörung spüren – nicht darüber, daß sie das alles tun, sondern daß es mich so begeistert. Nun, ich bin's aber. Dix Butler hat sich sogar ernsthaft überlegt, ob er nicht zu den Green Berets gehen soll, und mir wurde klar, daß ich eigentlich in der Erwartung zur Agency gekommen bin, daß mein aktives Leben so oder so ähnlich aussehen würde. Vielleicht kommt es daher, daß ich mit den Geschichten meines Vaters vom OSS aufgewachsen bin. Ich kann mich nicht beklagen, daß das Leben bei der Agency langweilig oder stumpfsinnig wäre, aber in mir lebt ein Hang zum Abenteuer und an manchen Tagen spüre ich den Wunsch, körperliche Leistungen zu erbringen und, ja, den Geschmack des Kampfes auf der Zunge zu spüren.

Nun solltest Du ja wissen, daß ich den Nachrichtendienst niemals verlassen werde. Alles zusammengenommen bin ich glücklich bei meiner Arbeit. Ich tue das, was der größere Teil von mir zu tun verlangt, und wie viele können das schon von sich behaupten? Die Green Berets haben jedoch einen besonderen, sogar einen *geheimen* Einfluß auf viele Agency-Offiziere, der viele ihrer Haltungen hier bei JM/WAVE erklärt. Dix Butler ist da kein Einzelfall.

Da gibt es zum Beispiel eine Gang mit dem schönen Namen »Die Kojoten«. Dix ist ihr Verbindungsmann. Das ist eine Verbindung von ein paar tausend Ex-Football-Spielern, Ex-Rodeo-Reitern, Ex-Stuntmen, Motorradfahrern, Ex-Sträflingen, Ex-Bullen, Ex-Boxern, beschäftigungslosen Barkeepern, umherschweifenden Ski-Gammlern und Surfern, die von Alaska bis Florida reicht, und alle haben sie etwas von JM/WAVE und/oder den Wahnsinnsunternehmen unserer Kubaner gehört, und sie kommen hierher, um an der Aktion teilzunehmen. Man könnte meinen, die wollten alle zu den Green Berets, aber die sind ihnen viel zu militärisch. Die wollen nicht gehorchen müssen. Zur Agency dagegen würden sie gern kommen und Agentenführer werden. Irgendwie tun sie mir fast leid in ihrer Naivität. »Das erste Erfordernis«, würde ich ihnen sagen müssen, »ist, den Gebrauch einer Schreibmaschine zu erlernen.« Natürlich lächle ich nur, wenn sie fragen, ob sie sich bei der Agency bewerben können, und sage: »Nun, Kontraktarbeit ist im Augenblick wohl das Richtigere für Sie.« Und wenn sie dann fragen, wie sie die bekommen können, antworte ich: »Bemühen Sie sich nicht. Man wird auf Sie zukommen.«

Du wirst nun fragen, woher sie wissen, daß ich bei der Agency bin. Offiziell wissen sie es auch nicht. Ich erzähle ihnen nur immer wieder, ich sei bei einer Elektronikfirma, wozu sie weise nicken. Aber natürlich kommt es zu solchen Gesprächen nur des Nachts, wenn ich mit Dix Butler von Bar zu Bar ziehe. Er ist der lustige Bruder dieser Gang und muß mit mehr als hundert von ihnen einen guten Kontakt haben. Er kann Dir die sportlichen Leistungen und/oder Vorstrafen eines jeden herunterbeten. Für Dix ist das zwar eine durchaus passende Tätigkeit, er übt sie aber auf Betreiben von Harvey aus. Butler, das habe ich herausbekommen, tut hier für Harvey wieder das, was er schon in Berlin so gut gemacht hat: Er hält Harvey über das weitere soziale Umfeld und dessen Nutzbarmachung für die Agency auf dem laufenden.

Da wir für die Angriffe keine Amerikaner nehmen und (meines Wissens) auch keinerlei Agency-Männer nach Kuba hinüberschik-

ken, gibt es für die »Kojoten« nicht zu viele Kontrakte. Dix setzt sie gelegentlich für einen irregulären Job ein. Der größte Teil ihrer Arbeit kommt aber nicht von der Agency. Da sie dazu neigen, sich in verschiedenen Schuppen und Wohnheimen in der Stadt in Rudeln zusammenzufinden, heuert sie oftmals eine kubanische Exilgruppe an, damit sie auf eine andere »einwirken«; das heißt sie schaffen Respekt, sie vollstrecken Urteile. Unmittelbarer bei uns verdingen sie sich als Revolverschützen für eigenständige Kuba-Missionen gewisser wohlhabender Kubaner und/oder Texaner, die ihren eigenen Krieg inszenieren möchten. In der Praxis wird unglaublich viel gelabert, dann folgen ein paar Stunden lockerer Ausbildung. Einmal pro Woche fährt man zum Schießstand hinaus, es werden viele Pläne entworfen und wieder revidiert, und dann fällt das ganze Unternehmen dank einer nun einsetzenden Depression stets ins Wasser, und der wohlhabende Kubaner verliert die Nerven. Denn sie haben alle Angst vor Repressalien, denen die in Kuba verbliebene Familie seitens des DGI ausgesetzt werden könnte. Oder die »Kojoten« nehmen einfach das Geld und lassen sich, wenn sie keinen Respekt vor dem Initiator haben, nicht mehr blicken. Und natürlich handeln sie auch mit Marihuana und einigen härteren Drogen.
Für Harvey sind sie eine hervorragende Informationsquelle, aus der er erfährt, was die weniger geschätzten Exilgruppen vorhaben. Einige wenige eignen sich sogar für Kontraktarbeit. Sie treiben Boote für uns auf oder reparieren sie oder leiten eine Sporttaucherschule für unsere möglichen kubanischen Froschmänner.
Ich habe mit Dix zusammen manchen Abend in der einen oder anderen »Kojoten«-Behausung zugebracht. Wir sitzen auf Packkisten oder auf dem Fußboden oder ich bekomme als Ehrengast einen gefährlich wackligen alten Schaukelstuhl zugewiesen. Dix hält hof, während wir eine Flasche Bourbon herumreichen, die wir mitgebracht haben, und dann trinken wir aus ihrer Rotweinkruke, und der Joint wandert herum. Bourbon, Rotwein und Marihuana erzeugen einen Heidenkater, und ich muß sagen, diese Mischung aus Entspannung einerseits und höchster Spannung andererseits sagt mir zu. An diesen Abenden wird reichlich getuschelt. Man hört dann, was all die großen Tiere so machen: Fiorini, Masferrer, Kohly, Prio Socarras, der Mob. Mitunter fallen Bemerkungen, die zeigen, daß der Betreffende sogar weiß, wovon er redet: »Brickbat

muß jetzt bei Trafficante sein« oder »die Null-Null-Gruppe kauft gerade Bazookas – die wollen einen von Fidels Panzern zu Klump schießen.«
»Wer schafft die ran?«
»Der Tigertürke.«
»Der Tigertürke ist doch kein Feuerschlucker.«
»Eine richtige Wachsnase.«
»Und du kriegst die Nattern, wenn der Fed sich mit deinem Fall befaßt.«
»Hell, Man«, sagt ein anderer, »der Fed ist ja schon hier. Der holt uns alle runter von der Leiter.«
Damit sind Dix und ich gemeint. Dix genießt es. Er nimmt einen Zug vom Stäbchen, reicht es weiter und sagt, während er den Rauch ausatmet. »Wann hört ihr kleinen Wichtel denn mal endlich auf, übern Weihnachtsmann zu gackern?«
Daraufhin wird gelacht. Natürlich ist so ein Abend nicht ganz ungefährlich. Wenn da so an die zwanzig Männer im Zimmer sind, und es käme zum Krach, könnte Dix wohl mit den meisten von ihnen fertig werden, aber es gibt da einige ... »Ich müßte vielleicht über mich hinauswachsen«, sagt er.
Dabei komme ich mir vor wie seine kleine Schwester. Ich nehme an – ich kann nur annehmen –, daß ich bei einem Drittel bis zur Hälfte dieser Schar eine Chance hätte, aber dann hat man es mit Kerlen zu tun, die von Zweimetermännern und Dreihundertpfündern bis zu einem mexikanischen Zwerg namens Goliath, Spitzname Golpe reichen, von dem es heißt, der sei ein absolutes Monster mit dem Messer. Wer könnte schon bei einer Messerstecherei mit Golpe seine Beine schützen? Dix aber fordert ihn immer wieder heraus. Er nennt ihn Adobe, was Golpe sehr mißfällt. Denn Adobe ist ein Schimpfwort, mit denen man hier einen Mexikaner bezeichnet.
»Sag das nicht.«
»Nun, wie wäre es dann mit *Cuspidor*?«
Nervöses Gelächter.
Es ist eine seltsame Welt. Wir am anderen Ende der Gesellschaft mit unserer gesicherten Existenz in der Agency sind ganz anders als sie, so ordentlich, so anständig. Und trotzdem kommt manchmal aus diesen Kojoten ein echter, guter Cowboy heraus, ein Kontraktagent, auf den wir uns verlassen können.
Die meisten von ihnen sind vom Alkohol gezeichnet, und sie

werden sich eines Tages zu Tode saufen. Sie haben ein paar stromernde Weiber dabei, die sie »Groupies« nennen – so lerne ich wieder ein neues Wort kennen. Wenn die Frau schon ein bißchen älter und eine stärkere Persönlichkeit ist, wie man das bei einigen Motorradfahrerweibern findet, dann nennen sie diese Frauen »Earth Mamas«. Ich komme mir vor wie General Lansdale, der die Anthropologie entdeckt.

Wenn man ehrlich ist – es sind gar nicht so viele Nächte, die in persönlichen kriegerischen Auseinandersetzungen oder Bluttaten enden (obwohl ich im letzten Monat selbst zwei miterlebt habe), aber es gibt keinen Abend, der nicht der Einheit dreier Themen gehorcht: Trinken, Kämpfen und (bei allem Respekt Dir gegenüber) Bumsen. Die Frage ist nur, welchem der beiden ersteren ein höherer Stellenwert beigemessen wird. Die ganze Nacht herrscht in dem Schuppen ein reges Kommen und Gehen, und jedem, der hereinkommt, wird – sofern nicht alte Freund- oder Feindschaften eine Rolle spielen – ein Empfang bereitet, der in direktem Verhältnis zum mitgebrachten Alkohol steht. Wenn Du mit leeren Händen erscheinst, bist du Dreck.

Du wirst fragen, was mich an dieser Sprache und diesen Leuten so sehr beeindruckt. Vielleicht kommt es daher, daß sie ein Leben führen, in dem es keinen Plan für den morgigen Tag gibt. Sie leben nur in der Gegenwart. Eines Abends, als nur ein paar von uns in einer kleineren Bude tranken, alberte ein ehemaliger Stuntman namens Ford (der sich das Bein mehrfach gebrochen hatte und somit des einzigen lukrativen Berufs, den er gefunden hatte, wieder verlustig gegangen war) mit einem frischgeschliffenen Bayonett herum. Er stach damit immer wieder schwungvoll auf seinen besten Freund Jim Blood alias Oxey ein, und Oxey, dem die implizierte Bedrohung schließlich mißfiel, stieß Ford mit der Faust gegen die Brust, worauf das Bayonett durch die Luft segelte und auf Fords Schulter herabkam. Er blutete wie ein frischgeschlachtetes Tier auf einem Marmoraltar. Wir holten Handtücher, Zeitungen, alte Hemden – nichts vermochte den Blutstrom zu stillen.

»Schitt, es ist eine Vene, keine Arterie«, sagte Ford. »Näht es zu.«

Einige meinten, man solle einen Arzt rufen. Aber ein Arzt hätte Anzeige erstatten können. »Näht es zu«, sagte Ford. »Das geht schon.«

Also holte Oxey Blood, der genauso betrunken war wie Ford,

schwarzen Faden und eine Nähnadel, desinfizierte sie mit einem Streichholz und nähte die Wunde. Es dauerte eine Weile. Seine Finger waren mit dem Ruß von der Nadel beschmiert und zuerst stach er immer daneben, und einmal mußte die Nadel, als sie schon halb in Fords Deltamuskel stak, wieder herausgezogen werden, und die ganze Zeit lang wurde ich mir immer mehr des Gestanks bewußt, der das Haus umgab. Wir befanden uns irgendwo weit draußen, zwanzig Meilen südlich von Miami am Rande eines Mangrovensumpfes, wo der Gestank der faulenden Vegetation in solchen Situationen unwillkürlich an Wundbrand denken läßt. Da die Nadel nicht gekrümmt war, mußten die Stiche drei Zentimeter oder mehr hindurchgehen, und alles, was man hörte, war das Zähneknirschen Fords. Er wollte nicht schreien. Zwischen den Stichen trank er den Rest eines sehr süßen Brandys, den wir ihm großzügig überließen, bis der Job getan war. Sechs Stiche. Es sickerte immer noch Blut aus dem acht Zentimeter langen Schnitt, und die Wunde wird sich infizieren und wird wie ein Buckel neben einem Graben anschwellen, aber es war ein guter Abend für Ford. Er hatte nicht geschrien, und das fand hinterher allgemeine Anerkennung. Im Gefängnis, sagen sie, hast Du nur die Anerkennung, die Du durch Deinen Mut gewinnst, Dich anderen gegenüber zu behaupten. Der Mut ist vielleicht Dein einziges Kapital, aber damit kannst Du Dir alle Nährstoffe kaufen, die Du für Dein Ego brauchst. Ich bewundere die Einfachheit und die Stärke, die man braucht, um so ein freier Mann zu sein.

Natürlich kann dieses Freiheitsbedürfnis unerbittlich sein. Dix Butler etwa leidet darunter, daß er nicht gemeinsam mit den Kubanern, die er für Harvey beaufsichtigt, auf den Kriegspfad gehen kann. Einige der Bootsmänner liebt er geradezu. Einer heißt Rolando (mit richtigem Namen Eugenio Martínez) – ein vollendeter Steuermann für das kleine Boot. Rolando, nein, nennen wir ihn ruhig Eugenio, da hier unten alle seinen richtigen Namen kennen, ist ein Kontraktmann auf hohem Niveau, ein intelligenter, der Sache ergebener Kubaner, den man mit einem Fliegeras des Ersten Weltkriegs vergleichen könnte, das schon zahlreiche Einsätze hinter sich hat. Martínez fährt fünf- oder sechsmal im Monat mit einem unserer Boote hinaus, und wenn noch eine weitere Fahrt unternommen werden muß, ist er auch stets zur Stelle. Nun wurde in Harveys Keller in Langley verfügt, daß die *Prácticos*, also die

Skipper, niemals die Gesichter der Kubaner sehen dürfen, die sie drüben an Land bringen. Diese müssen also die ganze Überfahrt Kapuzen tragen.

Wie alle am Schreibtisch entworfenen Regeln, denen sich die Exilkubaner unterwerfen sollen, wird auch diese letzten Endes unterlaufen. Denn die kubanischen Familien sind so endlos miteinander verschwistert und verschwägert, daß sich bei den Kämpfern immer wieder Vettern oder andere Anverwandte befinden. So auch bei Eugenio. Die beiden reißen Witze wegen der Kapuze. Dix kennt den Vetter auch, und kurz vor einer besonders aufregenden Mission, bei der es zu einem Feuergefecht und zahlreichen Verlusten kommen konnte, rief Dix dem Vetter zu, als dieser an Bord ging: »Amadeo, bring mir ein Ohr mit.«

»Wieviel ist dir das wert?«

»Hundert Bucks«, sagte Dix.

Amadeo kam mit zwei Ohren zurück.

Butler jammerte laut über das viele Geld, aber er zahlte tatsächlich 200 Dollar, woraufhin Amadeo ihn in ein kubanisches Restaurant in Key Largo einlud, wo sie Dix' Geld bei einem Festmahl mit zwei Freudenmädchen verpraßten und für einen Haufen zerbrochenen Geschirrs aufkommen mußten.

Ich weiß nicht, ob ich Dir das nicht vielleicht lieber hätte verschweigen sollen. Die nackten Tatsachen können irritierend wirken. Ich bin gespannt auf Deine Antwort. Ich will nicht behaupten, daß ich mich dabei ganz wohl in meiner Haut fühle.

Dein zuverlässiger Korrespondent,
Harry

9

21. März 1962

Lieber Rüpel,

ja, ja, der mächtige Zirkus – JM/WAVE! Was ist bloß los mit Dir? Dein Charakter, der so schnell die feinsten Nuancen zu erfassen schien, der so fest wirkte in seiner Integrität, droht der Auflösung entgegenzugehen. Ich sehe, daß Du Dich als ein wilder Schlagetot präsentieren möchtest, und wenn ich dann auch noch lese, wie Du Deinen Dix Butler anhimmelst, kommt es mir so vor, als befändest Du Dich mitten in einer Phase pubertärer Verliebtheit.

Laß mich Dich also an Dein Ziel gemahnen. Trotz all unserer scheußlichen Eigenarten und Exzesse sind wir eine den Sowjets überlegene Gesellschaft, weil es in bezug auf unser Verhalten ein letztes Hemmnis gibt: Wir glauben, die meisten von uns Amerikanern jedenfalls, daß Gott dermaleinst ein Urteil über uns fällen wird (selbst wenn es das Allerletzte ist, worüber man je sprechen könnte). Ich kann gar nicht genug betonen, von welch entscheidender Bedeutung eine solche letzte innerliche Furcht, eine solche Bescheidenheit der Seele für das Wohlergehen der Gesellschaft ist. Ohne sie wird die Vanitas – der leere Stolz, die leere, hohle Eitelkeit – zum alles beherrschenden Maßstab der Menschen. Das heißt ihre Verachtung von Natur und Gesellschaft gewinnt die Oberhand, und daraus entsteht der falsche Glaube, sie wüßten einen besseren Weg, die Welt zu regieren, als Gott. All die entsetzlichen Eigenschaften des Kommunismus entstammen seiner *Vanitas* – daß sich die Kommunisten nämlich vormachen, Gott wäre nur ein Werkzeug, dessen die Kapitalisten sich bedienen. Josef Stalins Paranoia war das erkrankte und verfaulte Ende einer solchen angeblichen Gewißheit. Desgleichen Lenins Vanitas. Höre mich an, Harry. Ich unterwerfe mich demselben Urteil, dem ich die Kommunisten unterwerfe. Ohne meinen Glauben an Gott und an seinen Richtspruch wäre ich ein Ungeheuer der Vanitas, und Hugh wäre ein Teufel. Die Vanitas ist die törichte Einbildung, man könnte die Welt regieren, wenn man bloß ein bißchen stärker wäre.

Deine Kojoten – niedrige Psychopathen. Du magst sie bewundern, aber sie wühlen im Dreck der Kleinkriminalität herum wie betrunkene Ziegenböcke. Erinnere Dich: Wenn wir das Böse mit dem Bösen bekämpfen (in dem Glauben, daß es unter den gegebenen Umständen nötig ist), dann müssen wir unnötige Bosheit meiden wie die Pest. Ich fürchte um diese Nation, die ich so sehr liebe. Ich fürchte um uns alle.

Nimm das, was ich sage, in dem Geist auf, in dem es gemeint ist. Schmoll nicht.

In Liebe,
Kittredge

Ich weiß nicht, ob *schmollen* das richtige Wort war. Ich war einfach wütend. Mir wurde klar, daß Kittredge nichts von Männern verstand. Ich gab den Gedanken auf, ihr erklären zu können, daß das Leben eines Mannes von Furcht beherrscht ist – vor Prüfungen aller Art, körperlichen noch mehr als geistigen. Hochentwikkelte Ausweichstrategien dienen uns dazu, das Zentrum unserer Feigheit zu meiden. Wir nehmen einen Beruf auf uns und dann eine Ehe und dann eine Familie, manche von uns treten in bürokratische Institutionen ein, und wir entwickeln Programme für unsere Freizeitaktivitäten, kapseln uns in Gewohnheiten ein. Ich konnte mir nicht helfen – ich bewunderte Männer, die bereit waren, in den Tag hinein zu leben, so daß ihre Furcht bloßlag wie ein nicht isoliertes Kabel, selbst wenn es sie so nackt machte wie Betrunkene. Ich verstand sie. Ich begriff, warum sie diese Wahl trafen. Ich konnte mich zu einem solchen Leben zwar nicht entschließen, aber ich achtete sie, und wenn ich mich wie ein Schüler in Dix verliebt hatte, dann zur Hölle mit ihr, ja, zur Hölle mit ihr. Ich antwortete Kittredge nicht.

Das gab mir Zeit zum Nachdenken. An dem Tag, an dem ich sie kennengelernt hatte, war sie gerade von ihrem ersten Kletterversuch im Eis zurückgekommen, und sie war glücklich gewesen. Sie mußte an jenem Morgen eine ganze Menge Selbstüberwindung aufgebracht haben. Ich überlegte, ob ich ihr in diesem Sinne antworten sollte, da traf in meinem Postfach in Miami ein Brief ein. (Ich schaute immer noch jeden zweiten Tag nach, auch wenn das bedeutete, daß ich eine Viertelstunde früher aufstehen mußte. Denn natürlich hoffte ich etwas Besseres von ihr zu hören.)

23. April 1962

Lieber Harry,

Du hast also doch geschmollt, nicht wahr, und vielleicht hattest Du sogar Grund dazu. Es lauert eine solche Grausamkeit in mir. Ich frage mich, ob Du Dich noch an den Ostersonntagnachmittag vor Jahren erinnerst, als mein Vater aus *Titus Andronicus* vorlas. Er würde es nie zugeben, aber dieses Stück, so schwach es auch sein mag, ist eines seiner Lieblingsdramen. Ich weiß noch, wie er einmal sagte: »Shakespeare hat am besten verstanden, was Rache ist. Er weiß es. Sie muß nicht nur dunkel und unverständlich sein, sondern auch genau. Was kann genauer sein, als wenn man eine Hand am Gelenk abhackt?«

Daddys Alpha ist nie in etwas Blutigeres als ein oder zwei akademische Scharmützel geraten, aber Daddys Omega war dunkel und genau. Ich glaube, ich habe das von ihm geerbt. Ich weiß nicht, warum ich so einen Genuß dabei empfand, Dein Mannestum zu geißeln. Ich nehme an, es hat mit Hugh zu tun. Ich ärgere mich darüber, daß er diese Frage des Mann-Seins so klar definiert hat, daß sie jetzt für ihn zweifelsfrei für alle Zeit beantwortet ist. Es gibt ihm das Recht, nie mehr einen Blick zurück zu werfen. Ich, die ich stets in alle Richtungen hin Ausschau halte, nehme das Hugh aus tiefster Seele übel und, ja, lasse meine Wut an Dir aus.

Trotzdem mußt Du noch viel lernen, was das Mann-Sein angeht. Was einen Mann ausmacht, das ist die Fähigkeit, Verantwortung *und* Gefahr auf sich zu nehmen, und aus ebendiesem Grund bewundere ich die Kennedybrüder – Bobby fast ebensosehr wie Jack. Man entdeckt an ihnen, daß sie viel verantwortungsbewußter sind, als sie es eigentlich zu sein brauchten.

Nun möchte ich ihre Tugenden nicht übertreiben. Sie sind in vielerlei Hinsicht so albern wie die meisten Männer, und wenn man jemals daran zweifelte, dann brauchte man sie nur mal an einem Samstagnachmittag in Hickory Hill zu besuchen, so wie Hugh und ich es getan haben. Diese selben Green Berets, die Deine Feder so gefesselt haben, waren unter den Gästen, und ungefähr zwanzig von uns gut gekleideten Gästen bekamen diese albernen, wenn auch strammen jungen Hengste zu sehen, die drei Meter über dem gepflegten Rasen vom Himmel fielen, während andere – Tarzanmenschen nenne ich sie – sich an langen Seilen von einem Baum zum anderen schwangen. Bobby war hingerissen – ich glaube, er leidet unter demselben Komplex fehlgeleiteter Liebesneigungen wie Du –, aber dann liebt er auch noch Hugh abgöttisch. Warum? Weil Hugh sich in einem Touch-Football-Spiel hervortat. Wie konnte es denn auch anders sein? Sie wissen nicht, daß Hugh Fußball-Lehrer gewesen ist, und daß ihn immer noch diese sehnige Konzentration aus Willen und gymnastischem Reflex auszeichnet. Ich war stolz auf meinen kahlen Beau – er hat sogar den siegreichen Touchdown-Paß erwischt. Gott sei Dank war das auf Bobbys Seite. So waren wir

beim Dinner dick drin. Danach kam der Höhepunkt des Abends. Es wurde eine hervorragende Rede gehalten.
Da die Kennedys in allem, was sie tun, immer alle Rekorde brechen, hat Bobby jetzt beschlossen, daß Kabinettsmitglieder, Berater des Präsidenten und andere wichtige Leute des Weißen Hauses sich auf dem intellektuellen Abhang etablieren sollen, und so gehört denn einmal im Monat oder so ein Abend dem Vortrag eines prominenten Ökonomen oder Wissenschaftler, der gerade (überlassen wir auch dies den Kennedys) sehr im Zentrum des öffentlichen Interesses steht. Manchmal, glaube ich, entnehmen die K's ihre Tips dem *Time*-Magazin.
Time hatte gerade dem logischen Positivisten A. J. Ayer eine ganze Nummer gewidmet, und so war an diesem Abend Ayer eingeladen: superber Oxford-Akzent et cetera! Er belehrte den Kennedyclan und Kohorten über die Notwendigkeit der *Verifikation*.
Nun ist Freddie Ayer persönlich ein ganz netter Mann, oder er würde es sein, wenn er nur ganz aus seinem Alpha bestände: Er ist höflich, witzig, dezent, all das. Aber dann ist da dieses trockene, sterile, eher häßliche Omega, das britische Philosophen unten im Parterre haben. Die Engländer hassen nämlich die Philosophie. Dafür lieben sie die Logik um so mehr. Am glücklichsten sind sie, wenn das Objekt ihrer geistigen Beschäftigung ganz so wie ihre Gärten aussieht. Die Kultur erschöpft sich für sie in lieblichen, blütenhaften Zitaten. Man höre Freddie Ayer eine Stunde lang über die Grenzen der Philosophie reden und man erfährt, daß es sich nicht lohnt, sich in irgendeiner Form mit Metaphysik zu befassen, weil man sie ohnehin nicht verifizieren kann. Man begreift, daß diese logischen Positivisten all den Reichtum und die Pracht der spekulativen Welten auszuschalten versuchen. Vielleicht geschieht das, um uns auf ein Universum von Computern vorzubereiten. Mir gefällt Freddie Ayer vielleicht wegen seiner persönlichen Eigenschaften, seiner guten Manieren, vor allem seiner Pfeife, aber ich verabscheue den logischen Positivismus sehr. Er ist mir innerlich zuwider. Er könnte meine spekulative Arbeit reif für die Mülltonne machen.
Nun, Ayer hatte sein Publikum. Eine denkwürdige Schar voller Rusks und Galbraiths und Maxwell Taylors und McNamaras – geachtete Leute. Und natürlich stimmten sie mit ihm weitgehend überein. Der logische Positivismus, der die immateriellen, ethi-

schen Fragen aus dem Spiel hinausmogelt, muß ja Bürokraten gefallen. So schuf Ayer sich denn sein eigenes magisches Universum (auch wenn der logische Positivismus die Magie nicht einmal eines Wortes würdigt), als mittendrin eine Stimme erscholl: »Doktor Ayer? Professor Ayer?«

»Ja?«

Es war Ethel Kennedy. Nun, ich mag sie nicht besonders. Sie ist ein Ausbund an Energie – Horden von Kindern und noch immer aktiv in allen möglichen Richtungen, aber sie hat so ihre Vorstellungen, und von denen läßt sie sich nicht abbringen. Sie gehört zu diesen überzeugten Katholiken, die meinen, sie hätten auf alles eine Antwort, und die nicht allzuviel über die sogenannte Sinnfrage nachdenken. »Doktor Ayer«, sagte sie: »Was ist mit Gott?«

»Was meinen Sie?« fragte er.

»Nun«, sagte sie, »in alldem, über das Sie gesprochen haben, war von ihm nicht die Rede.«

Ayer war sehr höflich. Das sei schon richtig, gab er zu. In der Tat, Gott befindet sich außerhalb der Denkkategorien des logischen Positivismus. Es handelte sich schließlich um eine Philosophie, die sich nur mit denjenigen rationalen Problemen befaßte, deren Behauptungen sich verifizieren ließen.

»Ja«, sagte Ethel. »Aber wo in alledem ist Gott? Was denken *Sie* über Gott?«

Nun, sie mußte wohl etwas getrunken haben. Es war für sie als Gastgeberin gewiß ein langer Tag gewesen, und ihre Stimme bekam einen drohenden Ton – sie wurde stur und gehässig, würde ein übelwollender Kritiker sagen. »Ich habe in alledem, was da geredet worden ist, überhaupt nichts von Gott gehört.«

»Ethel«, erklang Bobbys Stimme von hinten aus dem Raum, »hör auf.«

Und Professor Ayer kam nun doch noch zum planmäßigen Schluß seines Vortrags.

Diese Geschichte sagt eine Menge über Bobby aus. Ich bin sicher, daß er im Grunde mit Ethel übereinstimmt, aber die Kennedy-Logik besagt: Wenn ein Projekt da ist, dann packt das ganze Team mit an. An diesem Abend lautete das Projekt: A. J. Ayer *zuhören*.

Dies ist ein kleines Beispiel für die Bedeutung, die man bei den Kennedys der Loyalität beimißt, Jack ist ein Glückspilz. Er hat einen Bruder, der ihn in jeder Weise unterstützt. In der Familie ist gegenseitiger Verrat strikt tabu. Und darum, nehme ich an, sind sie so erfolgreich. Ich vergleiche damit den besonders tiefen Abgrund an Verrat – oder Treulosigkeit – in meiner eigenen Familie, er war immer verdeckt, aber ich glaube nicht, daß mein Vater oder meine Mutter einander jemals einen ihrer Gedanken mitgeteilt haben. Alpha ist ostentativ mit Alpha zusammen durchs Leben marschiert, und nie fiel ein lautes Wort, aber ich bezweifle, daß es eine Stunde gegeben hat, in der das Omega des einen nicht Pläne schmiedete, den anderen zu betrügen. Unter dem Sakrament der Ehe ist das Verrat. Eines Tages werde ich Dir erzählen, wie sie gevögelt haben. Nein, ich werde es Dir jetzt erzählen. Ich habe sie eines Tages in Cambridge gesehen, als ich zehn war, denn ihre Tür stand einen Spalt breit offen, und ich, die ich damals nachts gern wie eine Schlafwandlerin durchs Haus strich, schlich durch die Korridore, und so warf ich einen Blick hinein. Ihre Art, sich zu lieben, war eine weitere Form des Betrugs: Maisie schlief – oder jedenfalls tat sie so – und mein Vater arbeitete sich auf dem Leichnam ab. Ich habe erst in meinem Juniorjahr in Radcliffe allmählich begriffen, daß man sich auch auf eine andere Art begatten kann.

Sie sahen mich als süßes, aufmerksames, liebes Töchterchen, doch es kochte in mir, als ich aufwuchs und die eisigen Wüsten erkannte, die sich in mir angelegt hatten. Nun entdecke ich selbst den Verrat als das Heilmittel – Du sagst es – für den Narzißsten und den Psychopathen. Ich finde den Verrat geradezu faszinierend – Folgen einer Kindheit mit Shakespeare.

Die Kennedys, Bobby ganz besonders, sind dagegen immun. Bobby ist Jack gegenüber absolut loyal. Für mich gibt es keinerlei Zweifel, daß er sein Leben für Jack hingeben würde. Trotzdem sind sie einander unähnlich. Jack zum Beispiel ist »sich selbst nahe«. Sein Alpha und sein Omega, mögen sie auch in solchen Fragen wie Pflicht und Vergnügen voneinander abweichen, kommen wahrscheinlich sehr gut miteinander aus – wie alte Studienkameraden, die sich zusammen eine Wohnung teilen und schon wissen, was sie voneinander zu halten haben. Bei Bobby hausen A und O zwar auch im gleichen Raum, aber keinen von beiden scheint es im mindesten zu interessieren, was der andere so treibt. Sein Alpha und sein Omega haben sogar verschiedene Freundeskreise, so wie ein zu Liebesabenteuern neigender Jüngling und ein älterer, strenger Arbeitgeber und Zuchtmeister verschiedene Freundeskreise haben. Wenn man Bobby mit dem einen oder anderen Exemplar seiner zahlreichen Brut in Hickory Hill herumlaufen sieht, dann merkt man, wie gern er Kinder mag. Er hält ihre Hand mit dem instinktiven Glücksgefühl, die Gefühle eines Kindes beschützen zu können, und das ist eine Eigenschaft, die nur wenige Männer besitzen. Wenn er gegenüber fremden Leuten Mitleid zeigt, so ist es vergleichbar mit der Zärtlichkeit, die ihn im Verhältnis zu seinen Kindern auszeichnet. Er ist in diesem Sinne ein »Liebhaber«, obgleich sich seine Liebe nicht als Begierde, sondern als Sorgfalt äußert, während Jack unter seiner ruhigen Oberfläche immer von dem Wunsch besessen ist, etwas an sich zu reißen. Frauen dienen ihm nur als Informationsquellen – eine Schnellstraße, um mit dem Unbekannten in Kontakt zu kommen.

Bobby ist ein Kennedy, und so drängt es auch ihn dazu, alles an sich zu reißen. Aber er ist auf Resultate, nicht auf Menschen aus. Er entwirft neue Programme, als ob es sich um persönliche Eroberungen handelte. Das macht ihn in den Augen mancher Menschen zu einem unerträglichen, arroganten Zuchtmeister, der drohend seine Peitsche schwingt. Ich glaube, er lebt in der Angst, alles würde zusammenbrechen, wenn er nicht all die wichtigen Aufgaben für Jack übernimmt. Bei der Arbeit ist er also immer in wahnsinniger Eile. Er hält ununterbrochen Kreuzverhöre ab, um herauszufinden, warum dies oder jenes schiefgegangen ist. Ich weiß wahrscheinlich besser als Du, welchen Druck er auf Lansdale und Harvey wegen Mongoose ausübt. Ich kann Dir gewissen Einzelheiten zufolge, die Hugh mir gebeichtet hat, verraten: Von Bobby Kennedy verhört zu werden, wenn er (ja, genau wie Ethel!) in diesem drohenden Ton spricht, ist so, als ob man von jedem Quadratzentimeter Deines Körpers ein Pflaster abreißt: gnadenlos und unerbittlich.

Ein Teil des Problems ist: Bobby will von allen eine Menge wissen, weiß aber selbst nicht immer, was er anderen erzählen muß. Und schließlich gibt es ja auch Kenntnisse, an die er durch Kreuzverhöre nicht gelangen kann. Im Februar ist er für Jack einmal um die Welt geflogen, hat in Saigon Zwischenstation gemacht und erklärt, die amerikanischen Truppen würden solange in Vietnam bleiben, bis der Vietkong geschlagen sei. Damit hat er sich persönlich auf diese Position und damit auf den Einsatz der Green Berets festgelegt. Und trotzdem hat er den größten Teil des Monats April auf seinen Kampf gegen die Preiserhöhungen von U. S. Steel und Bethlehem Steel verwendet, und mit den Bürgerrechtsproblemen hat er ohnehin ununterbrochen zu tun. Dann das »organisierte Verbrechen«. Er versucht immer noch, Jimmy Hoffa auf Straftaten festzunageln. Außerdem liegt er in einer Dauerfehde mit Lyndon Johnson, den er verachtet. J. Edgar Hoover haßt er sogar noch mehr. Der läßt ihn immer ziemlich lange warten, wenn Bobby ihn sprechen will. Bobby wiederum hat strikte Anweisung erteilt, daß sein riesiger Airedale im Hof vor Buddhas Büro Gassi zu führen ist. Ja, es ist ein ewiges Urinieren und Konter-Urinieren. Bobby ist auf all diese Kleinkriege ebenso wie auf die großen Schlachten versessen. Doch der allerhöchste Gipfel an Bobbys Problemhorizont ist immer noch Fidel Castro. Trotzdem bleibt ihm nicht genügend Zeit und Kraft, um sich diesem Unhold gebührend zu widmen. An den Donnerstagen, wenn Bobby den Vorsitz über Special Group, Augmented, führt, heizt er – soweit Hugh informiert ist – nur die Atmosphäre auf, um seinen Mangel an Kenntnissen zu kaschieren. Bobbys Instinkt – der hervorragend sein kann – führt zu einem ganz merkwürdigen Führungsstil: Er facht das Feuer unter jedem Projekt an, das nicht genügend Fortschritte aufzuweisen hat, wühlt sich dann in die dazugehörige Bürokratie hinein und weckt in diesen langsam mahlenden Rädern die Befürchtung, daß er ihnen bald ein heftiges Feuer unter dem Hintern anzünden wird. Manchmal verbringt er einen ganzen Morgen mit Dutzenden von Anrufen kreuz und quer in irgendeiner Unterabteilung des Außen- oder Justizministeriums, um Beamten auf allen Ebenen der Hierarchie die Hölle heiß zu machen. Darin ist er unheimlich gut. Er haßt Schlamperei und Leerlauf, hat aber zu wenig Geduld. Er kann nicht begreifen, daß es nicht für jedes Problem sogleich eine Lösung geben muß.

Deshalb kann er Castro nicht verstehen und wird sich nicht so sehr auf Mongoose konzentrieren, wie er es tun müßte. Trotzdem will er Erfolge sehen. Ich glaube, ich verstehe, warum Jack und Bobby in dieser Frage so drängen. Bei unserer zweiten Einladung nach Hickory Hill fand ich Gelegenheit zu einem Gespräch mit Bobby und er schnitt mir, als wir auf Castro kamen, sogleich das Wort ab. »Den Mann muß man stoppen«, sagte er. »Was ist, wenn er russische Langstreckenraketen bekommt? Haben Sie schon mal darüber nachgedacht, ha? Haben Sie darüber nachgedacht? Unser Land könnte unter den Daumen eines verbrecherischen Burschen geraten.«

Vielleicht ist das der Schlüssel: Sie haben letztlich keine Ahnung, wer Castro ist. Sie wissen erstens nicht, wie ernst er es meint und zweitens nicht, wie flexibel er ist. Sie fürchten sich vor ihm, wie sich reiche Jungens vor armen Jungens fürchten, ja, genauso wie Dir vor Deinen Kojoten graut. Tief innerlich bewundern sie Castro sogar. Bewunderung ist ein unerträgliches Ferment, wenn es im Innern zurückgehalten wird. Also müssen sie ihn natürlich hassen. Wenn die Kennedys einen Fanclub gründen werden, dann nicht, um einen Mann zu verehren, der dadurch zur Macht gekommen ist, daß er sich durch einen Dschungel hindurchgekämpft hat, in dem sie vielleicht umgekommen wären, nein – dann werden sie sich einen Mann wie den Dichter Robert Frost oder König Arthur aussuchen.

Aber Bobbys Mitleid macht seine Sünden wett. Ich glaube nicht, daß er seit dem Schweinebucht-Debakel auch nur eine Nacht ruhig geschlafen hat. Er brütet ständig über das Schicksal dieser tausend und mehr Männer der Brigade nach, die jetzt in Kuba im Gefängnis sitzen. Was das angeht, so haben beide Kennedybrüder ein hohes Maß an Verantwortungsbewußtsein gezeigt. Sie haben die Schuld für die Schweinebuchtkatastrophe auf sich genommen, obwohl es eigentlich gar nicht ihre Schuld war. Ich weiß nicht, wer mehr dafür verantwortlich zu machen ist, der vereinigte Generalstab oder der CIA – aber wenn man zwischen zwei Narren zu wählen hat . . . Der Generalstab hat sich niemals die Zeit genommen, um das Problem, so wie es sich in Wirklichkeit darstellt, zu studieren. Sie haben nie daran gezweifelt, daß die B-26 der Brigade Castros Luftwaffe ausschalten wird – auch haben sie sich niemals gefragt, wie die Brigade im Falle einer Niederlage durch einen achtzig Meilen breiten Sumpf in die Berge von Escambray kommen soll. Und Quarters Eye hat wiederum alles getan, um die Generäle zu einer viel zu positiven Bewertung der Möglichkeiten zu verleiten; und dann hat sich Quarters Eye auch noch der formal optimistischen Einschätzung der Generäle bedient, um Jack Kennedy zu überzeugen.

Natürlich hat die Generalität niemals ihre Hausaufgaben gemacht, und Ihr habt Euch alle etwas vorgelogen und habt der Brigade

wiederum andere Lügen über die von uns zu erwartende Unterstützung per See, Land und Luft erzählt. Also wurde Jack Kennedy, gerade mal ein Vierteljahr im Amt, hereingelegt. Seine Reaktion zeigt, daß er ein anständiger Kerl ist. Er hat die Verantwortung für das alles auf sich genommen. Sogar Hugh, der durch und durch Republikaner ist, hat Jack von diesem Augenblick an respektiert. Und seit der Schweinebucht hat Jack niemals aufgehört, sich verantwortlich zu fühlen. Im Mai, als Castro einen Austausch – die gefangenen Brigadisten gegen fünfhundert Planierraupen – vorschlug, überredete Jack Milton Eisenhower, einen Ausschuß aus angesehenen Amerikanern zu bilden, die das Geld dafür sammeln sollten. Eleanor Roosevelt, Walter Reuter – makellose Schirmherren. Aber Goldwater und seine Kohorten im Senat machten den Plan zunichte. Hast Du das mitgekriegt? Es war furchtbar. Goldwater eroberte die Schlagzeilen. Wenn wir Castro Traktoren schicken, sagt er, würde unser Ansehen sogar noch tiefer sinken. Ich konnte es nicht fassen, daß er sich einer solchen Situation bediente, um politisch daraus Kapital zu schlagen. Gott weiß, was diese Männer im Gefängnis leiden. Und Homer Capehart erklärte: »Wenn wir das akzeptieren, machen wir uns vor der ganzen Welt lächerlich.« Dieser eingebildete Esel! Und Styles Bridges: »Wie viele Demütigungen werden wir uns noch von diesem kommunistischen Diktator gefallen lassen?«
Zum erstenmal wurde mir klar: Wie zweifelhaft die Aktionen auch sein mögen, die wir für die Agency vollbringen – wir bleiben ehrenwerte Leute. Und wer es anders sieht, gehört zu den schleimigen Anpassern. Und Nixon! Als Anwalt unserer Ehre und Unschuld: »Mit Menschenleben treibt man keinen Handel.«
Angesichts dieser politischen Anschuldigung gab der arme Milton Eisenhower auf, und aus der Sache wurde nichts.
Jack hat aber nicht aufgegeben. Als das »Tractors for Freedom Commitee« letzten Juni zusammenbrach, gründeten einige Exilkubaner ein Cuban Families Committee for the Liberation of the Prisoners of War, und die Kennedys gewährten ihm den Status einer steuerfreien Stiftung. Das Komitee kam nicht sehr weit den Sommer hindurch, aber vor kurzem hat Castro Kontakt mit diesen Leuten aufgenommen und sucht eine Vereinbarung. Als Zeichen seiner guten Absichten hat er – wie Du sicher weißt – diese sechzig verkrüppelten Gefangenen nach Miami zurückgeschickt, die letzte

Woche eintrafen. Auf Bobbys Bitte hin – und ich war natürlich hocherfreut, daß ich seiner Meinung nach hierbei nützlich sein konnte –, flog ich nach Miami hinunter, um ihm dann meinen persönlichen Eindruck von der Sache mitzuteilen. Daneben hat mich auch die Möglichkeit beschäftigt, Dich dort eventuell zu treffen. Daß ich Dir nicht begegnet bin – Du warst nicht dort –, hat mich zugleich erleichtert und enttäuscht. (Mein Alpha und Omega sind in dieser Hinsicht so weit voneinander entfernt wie ausgestreckte Arme – wie mag das wohl sein, wenn man jemanden mit beiden Hälften seines Ichs liebt?) Jedenfalls, Kopf hoch, lieber Harry, bald hatte ich Dich ganz vergessen. Eine Menge von fünfzehn- oder zwanzigtausend Kubanern verstopfte alle Zufahrtswege zum Flughafen, und während Kubaner offenbar Menschenmassen mögen – ich mag sie nicht! Als privilegierter Zeugin aber – das Justizministerium hatte mir noch in letzter Minute einen Passagierschein ausgestellt – gelang es mir, aus nächster Nähe zu beobachten, wie diese siebzig verstümmelten Männer, Castros Köder sozusagen, aus dem Flugzeug kamen: Dem einen fehlte ein Bein, dem anderen ein Arm, ein dritter, die Augen für immer geschlossen, mußte geführt werden. Die Leute wollten die kubanische Nationalhymne singen, aber sie ließen es bleiben. Wie langsam und qualvoll sie die Rampe herunterkamen! Und ein paar von ihnen knieten nieder, um den Boden zu küssen.

Sobald ich wieder in Washington war, empfing mich Bobby in seinem Büro und wollte, daß ich ihm alles haarklein berichtete. Vorgestern abend lud er Hugh und mich zu einer Begegnung mit einem der Rückkehrer, einem Burschen namens Enrique Ruiz-Williams (Spitzname Harry) ein. Ein wundervoller, stämmiger, ehrlicher Kerl, der zunächst recht schlicht strukturiert wirkte, bis ich merkte, daß es eine echte, rauhe Ehrlichkeit und nicht Naivität ist, mit der man's zu tun hat. Er hat eine von diesen tiefen Stimmen, die ungehindert aus der Brust heraufkommen, als ob in der Seele eine große, klare Kraft steckte. Du merkst nach einer Zeit, daß der Mann genau das ist, als was er erscheint – was nur geschehen kann, wenn Alpha und Omega in engem Kontakt stehen.

Zu meiner Freude hatte Harry Ruiz-Williams ein paar Gespräche mit Castro geführt, und was ich hörte, fand ich interessant. Während des Gefechts an der Schweinebucht wurde Ruiz-Williams durch ein Artilleriegeschoß in die Luft geschleudert und kam mit ungefähr fünfzig Schrapnellsplittern im Leib und zerfetzten Füßen wieder herunter. Bobby erzählte mir später, er hätte ein Loch im Hals, eine Wunde in der Brust, gebrochene Rippen und einen gelähmten Arm gehabt.

Da er sich nicht in transportfähigem Zustand befand, konnte man ihn natürlich nicht mitnehmen und ließ ihn zusammen mit anderen Verwundeten in einem kleinen Haus am Meer liegen, während San Román und die Reste seiner Brigade sich in den Sumpf zurückzogen. Noch am gleichen Tag traf Castro mit seinen Truppen ein und kam und sah sich die Verwundeten an. Williams griff unter sein Kissen, um die Pistole herauszureißen und zu schießen. Vielleicht hat er es auch nur versucht. Er fieberte und erinnerte sich nicht mehr genau. Doch er hörte Castro sagen: »Was tust du da? Willst du mich umbringen?«

Williams antwortete: »Dazu bin ich hergekommen. Wir haben das seit drei Tagen versucht.«

Castro war offenbar nicht wütend.

»Warum nicht?« fragte ich Williams.

»Ich glaube«, sagte Williams, »daß Castro meine Antwort ganz logisch fand.«

Bevor Williams mit seinen verwundeten Kameraden Havanna verließ, sprach Castro ihn noch einmal an. »Wenn du nach Miami kommst«, sagte er, »sei vorsichtig und sag nichts Schlechtes über Amerika, weil sie sonst wütend werden. Und rede nicht schlecht über mich, weil ich sonst wütend werde. Bleib in der Mitte.« Castro ist offenbar ein humorvoller Mann.

Harry Williams wiederum ist von Bobby Kennedy höchst beeindruckt. »Als ich ihn kennenlernte«, hat er mir erzählt, »hatte ich einen sehr eindrucksvollen Kerl erwartet – die Nummer zwei im Land! Aber da sah ich diesen jungen Mann, der kein Jackett trug, und die Ärmel seines Hemdes waren hochgekrempelt, der Kragen offen, und die Krawatte hing locker darunter. Er sieht einem sehr gerade in die Augen. Ich konnte ihm alles sagen, was ich dachte. ›Die Vereinigten Staaten sind verantwortlich‹, sagte ich ihm, ›aber die Brigade will nicht das Spiel der Kommunisten spielen.‹«

Seit der ersten Begegnung hat Bobby einen großen Teil seiner wertvollen Zeit darauf verwendet, Williams zu beraten. Das ist typisch für Bobby. Politiker investieren ihre Gefühle ungefähr so wie erfolgreiche Leute ihr Geld – kalt und um des Profits willen. Jacks Ehre besteht also darin, daß er kein Gefühl ausdrückt, Bobbys Ehre besteht darin, daß er seine Gefühle großzügig zeigt wie ein armer Mann, der Geschenke für seine Kinder kauft. Die Brigade ist eins von Bobbys Waisenkindern geworden. Er will sie nicht aufgeben. Er wird sie herausholen, bevor es vorbei ist.

Ergebenst,
Kittredge

10

Ich war an jenem Tag, dem 14. April 1962, als die sechzig verwundeten Mitglieder der Brigade zurückkamen, schon in Miami gewesen, aber nicht am International Airport. Harvey hatte angeordnet, daß das Personal von JM/WAVE, wenn es nicht speziell dazu beauftragt war, an diesem Ereignis nicht teilnehmen sollte. Viel zu viele unserer kubanischen Agenten könnten uns ihren Freunden zeigen.

Wenn ich gewußt hätte, daß Kittredge dort war, hätte ich mich über das Verbot hinweggesetzt, aber als ich nun ihren Brief las, mißfiel mir ihr Ton. Ich fand, daß sie sich viel zu sehr von diesen Kennedybrüdern beeindrucken ließ.

Ich brauchte nicht lange darüber zu sinnieren. Zwei Tage später kam ein Brief im Kurierbeutel an.

25. April 1962

Harry,
verzeih mir den Methodenwechsel, aber ich wollte Dich über Nacht erreichen. Sidney Greenstreet – ausgerechnet er – war heute abend zum Essen da. Während ich mich dann nach Kräften bemühte, mit Mrs. Greenstreet Konversation zu machen, gerieten Sidney und Hugh, die sich ins Arbeitszimmer begeben hatten, ziemlich laut aneinander. Du hörst meinen Mann nicht oft die Stimme erheben, aber ich hörte ihn ganz deutlich sagen: »Sie nehmen ihn mit, und damit basta!«

Ich bin ziemlich sicher, daß Du die Person bist, um die es sich gehandelt hat. Halte mich auf dem laufenden.

Hadley

Das war ein Name, den Kittredge manchmal annahm, wenn sie mir per Kurierpost schrieb. Und »Sidney Greenstreet« konnte kein anderer als Bill Harvey sein. Harlot nannte Wild Bill oft den »Fettkloß«.

Kittredges Nachricht ließ bei mir die Alarmglocken schrillen. Ich war nicht überrascht, als am gleichen Morgen für mich ein Telegramm über LEITUNG/ZENITH – OFFEN eintraf, das GRANDILOQUENT gezeichnet war. Darin stand nur: »Über *Such* anrufen.« Harlot und ich sprachen wieder übers abhörsichere Telefon.

»Ich habe wieder einen Job«, waren seine ersten Worte. »Aber du mußt mir versprechen, daß er nicht zu groß für dich sein wird.«

»Wenn es daran Zweifel gibt«, antwortete ich, »warum sucht man mich dann dafür aus?«

»Weil ich inzwischen erfahren habe, woran du mit deinem Vater gearbeitet hast. Das ist gut. Du hast mir das nie erzählt. Ich brauche jemanden, der den Mund halten kann«, sagte Harlot. »Hier geht es wieder um dieselbe Sache, aber unter besserem Management.«

»Yessir.«

»Rasputin bleibt die Zielperson.«

Es war ein Zeichen des Fortschritts, daß Harlot von der Erwartung ausging, ich würde verstehen, wovon er sprach. Rasputin konnte nur Castro sein. Wer sonst hatte je so viele Anschläge auf sein Leben überstanden? Natürlich brauchten wir uns ja eigentlich gar nicht vorzusehen – wir sprachen über das sichere Telefon –, aber Harlot hatte so seine Vorlieben.

»Der Fettkloß war völlig fertig, als er hörte, daß er mit dir zusammenarbeiten soll bei alledem«, fuhr er fort, »aber er wird sich dran gewöhnen müssen. Bleibt ihm nichts anderes übrig.«

»Ich habe eine Frage. Leitest du die ganze Sache?«

»Sagen wir mal: Ich stehe mit auf der Brücke.«

»Hat McCone seine Zustimmung erteilt?«, so etwas hätte ich ihn anständigerweise eigentlich nicht fragen dürfen, aber ich ahnte, daß er darauf antworten würde.

»Denk nicht an McCone. Himmel, nein. Er hat nicht das Zeug dazu.«

Nach Lansdale brauchte ich nicht mehr zu fragen. Hugh würde ihn bestimmt nicht hinzuziehen. »Wie nennen wir es?« fragte ich.
»ANCHOVY – Sardellen. Ein Teller farbige Sardellen. Fat Man ist ANCHOVY-RED; du bist ANCHOVY-GREEN; ich bin ANCHOVY-BLUE; und Rasputin ist ANCHOVY-GRAY. Du wirst bald einen Gentleman treffen, den wir schon oft beschäftigt haben: Johnny Ralston alias Roselli. Er wird ANCHOVY-WHITE sein.«
»Und was ist mit« – ich wußte nicht, wie ich ihn beschreiben sollte. Natürlich waren wir auf *Such* in Sicherheit, aber es paßte nicht zu diesem Augenblick, daß ich seinen Namen gebrauchte –, »was ist mit Fußball?«
»Ja, nenne ihn so. Gut. Fußball. Er möchte eigentlich nichts davon gehört haben. Feuert immer alle an, sie sollten Ergebnisse bringen, aber zwischen seinen Worten und seiner Nase wollen wir einen Unterschied machen.«
»Yessir.«
»Du wirst ANCHOVY-RED bei diesem Unternehmen überallhin begleiten. Spielt keine Rolle, ob ihm das gefällt oder nicht.«
»Wird er mich jedesmal mitnehmen?«
»Das wird er, wenn er keinen Ärger mit mir kriegen will.«
Mit diesen Worten legte Harlot auf.
Ich brauchte nicht zu warten. Harvey, das wußte ich, war an diesem Tag bei Zenith. Es dauerte nicht lange, und mein Telefon läutete. »Hast du schon geluncht?« fragte er.
»Noch nicht.«
»Dann wird auch nichts mehr draus. Wir treffen uns am Parkplatz.«
Sein Cadillac wartete mit laufendem Motor, und ich erreichte das Fahrzeug gerade noch rechtzeitig, um vor ihm den Schlag aufreißen zu können. Er grunzte und winkte, ich solle zuerst einsteigen und hinüberrutschen. Während wir dahinfuhren, sprach er kein Wort, und die schlechte Laune, die sein ganzer gewichtiger Körper ausströmte, war so spürbar wie Körpergeruch.
Erst als wir uns auf dem Rickenbacker Causeway befanden und auf Miami Beach zuglitten, machte er den Mund auf. »Wir werden einen Kerl namens Ralston treffen. Du weißt, wer das ist?«
»Ja.«
»Gut. Wenn wir ankommen, hältst du den Mund. Ich werde reden! Ist das klar?«

»Yessir.«
»Du taugst nicht zu diesem Job. Wie du wahrscheinlich weißt, hat man dich mir aufgehalst. Meiner Meinung nach ein großer Fehler.«
»Ich werde mich bemühen, Ihre Meinung über mich zu ändern.«
Er rülpste. »Reich mir doch mal die Martiniflasche.«
Als wir in Miami Beach waren und die Collins Avenue hinunterfuhren, machte er wieder den Mund auf: »Du hältst nicht nur den Mund, sondern behältst auch diesen Schweinekerl Johnny Ralston im Auge. Sieh ihn an, als ob er ein Stück Scheiße wäre, und du wischt ihn weg, wenn er eine Bewegung macht. Denk dran, du bist fähig, ihm Säure in die Augen zu schütten. Aber sag bloß nichts, sonst denkt er, es ist nur kalte Pisse.«
»Ist mir klar«, sagte ich.
»Nicht persönlich gemeint. Ich glaube nur nicht, daß du aus dem richtigen Holz geschnitzt bist für solche Sachen.«
Ralston alias Roselli wohnte auf einem nagelneuen Hausboot, das im Indian Creek auf der anderen Seite der Collins Avenue lag. Zur Wasserseite hin daran vertäut und nur durch schneeweiße Puffer davon getrennt lag ein nagelneuer, zehn Meter langer Motorkreuzer mit einer Laufbrücke. Ein schlanker, braungebrannter, etwa fünfzigjähriger Herr mit scharfen Gesichtszügen und elegant gekämmtem Silberhaar saß auf dem Deck des Hausboots und stand auf, als er sah, daß der Cadillac hielt. Er trug ein weißes Hemd und weiße Leinenhosen und war barfuß.
»Willkommen«, sagte er.
Mir fiel auf, daß das Hausboot den Namen *Lazy Girl II*, der Motorkreuzer daneben den Namen *Streaks III* trug.
»Können wir uns in den Schatten setzen?« fragte Harvey sofort, als wir an Bord kamen.
»Treten Sie ein, Mr. O'Brien.«
Der Wohnraum des Hausboots war über zehn Meter lang und in fleischfarbenen Tönen gehalten wie eine Suite im Fontainebleau. Weiche Polstermöbel voller Kurven wellten sich über einen Teppich, der den Boden von Wand zu Wand bedeckte. An einem weißen Stutzflügel, den Rücken den Tasten zugekehrt, saßen zwei Mädchen mit rosa und orangefarbenen Büstenhaltern, gelben Röcken und weißen, hochhackigen Schuhen. Sie waren blond und braungebrannt, hatten Babydollgesichter und volle Lippen. Ihr fast weißer Lippenstift schimmerte hell wie das Mondlicht und

schien zu signalisieren, daß diese Lippen ohne Hemmungen jeden Körperteil eines Mannes liebkosen würden, weil sie dazu und nur dazu taugten.

»Darf ich Ihnen Terry und Jo-Ann vorstellen«, sagte Roselli.

»Mädels«, nickte Harvey in einem Ton, der genau zwischen Anerkennung und Verachtung lag.

An mir blickten die Mädchen so demonstrativ vorbei, als habe Roselli ihnen eingeschärft, mich nur ja keines Blickes zu würdigen. Auch ich lächelte sie nicht an und starrte trotzig vor mich hin. Ich kochte vor Wut über Harveys abwertendes Urteil.

Der hob ein wenig das Kinn in Richtung von Terry und Jo-Ann.

»Kinder«, sagte Roselli, »geht an Deck und laßt euch noch ein bißchen brauner brennen, ja?«

Kaum waren sie fort, als Harvey sich auch schon mißtrauisch auf die Kante eines großen runden Sessels niederließ und seinem Diplomatenkoffer einen kleinen schwarzen Kasten entnahm. Er schaltete ihn an und sagte: »Lassen Sie mich die Diskussion eröffnen, indem ich Ihnen sage, daß ich nicht zum Herumfurzen hergekommen bin.«

»Verstanden. Vollkommen klar«, nickte Roselli.

»Wenn Sie mitschneiden wollen, geben Sie es lieber gleich auf und machen Sie es sich bequem. Sie vergeuden nur Ihr Tonband. Mit dieser schwarzen Zauberkiste wird jeder Empfang vereitelt.«

Gleichsam als Zustimmung gab das Gerät einen leisen, aber unangenehmen elektronischen Laut von sich.

»Also«, sagte Harvey. »Mir ist es gleich, mit wem Sie in dieser Angelegenheit bisher geredet haben, jetzt reden Sie mit mir und mit niemand sonst.«

»Verstanden.«

»Sie sagen zu schnell ›verstanden‹. Ich habe eine Anzahl von Fragen. Wenn Sie sie nicht zu meiner Zufriedenheit beantworten, werde ich Sie von dem Projekt ausschließen. Wenn Sie Krach schlagen, kann ich Sie den Wölfen zum Fraß vorwerfen.«

»Sparen Sie sich Ihre Drohungen, Mr. O'Brien. Was können Sie mir schon tun? Mich töten? Was mich angeht, ich habe den Orkus schon besucht.« Er nickte, um diese Worte zu bestätigen und fügte hinzu: »Drinks?«

»Nicht im Dienst«, sagte Harvey. »Ich wiederhole: Wir wissen, warum Sie hier mitmachen wollen. Sie sind illegal in die Vereinig-

ten Staaten gekommen, als Sie acht Jahre alt waren, und Sie hießen Filippo Sacco. Jetzt wollen Sie die Staatsbürgerschaft.«
»Ich hätte sie verdient«, entgegnete Roselli sanft. »Ich liebe dieses Land. Es gibt Millionen Leute, die die Staatsbürgerschaft haben und die dieses Land verachten, aber ich, der ich keinen Paß habe, liebe es. Ich bin ein Patriot.«
»Sie haben keine Chance«, sagte Harvey, »mich aufs Kreuz zu legen oder das Volk, das ich repräsentiere. Wenn Sie irgendwelche Tricks versuchen, kann ich Sie deportieren lassen.«
»Sie brauchen nicht wie ein Schwanz mit mir zu sprechen.«
»Möchten Sie lieber«, fragte ihn Harvey, »daß ich hinter Ihrem Rücken sage, ich halte Sie bei den Schwanzhaaren?«
Roselli kicherte. Diese Heiterkeit beschränkte sich auf ihn allein, aber sie dauerte eine Zeitlang an.«
»Ich glaube, Mr. O'Brien«, sagte er, »Sie sind wirklich ein Schwanz.«
»Warten Sie, bis ich Ihnen die Warzen und Striemen zeige.«
»Trinken Sie was«, sagte Roselli.
»Martini. Scotch über die Würfel, dann ausgießen, dann den Gin rein.«
»Und Sie, Sir?« fragte mich Roselli. »Was möchten Sie?«
Ich sah ihn an und antwortete nicht. Es fiel mir schwerer als erwartet, selbst diese kleine Höflichkeitsbezeigung einem Unbekannten gegenüber zu unterdrücken. Außerdem wollte ich einen Drink. Roselli zuckte die Achseln, stand auf und ging zur Bar neben dem weißen Stutzflügel. Harvey und ich saßen da und schwiegen.
Roselli reichte Harvey seinen Martini. Für sich hatte er auch einen Bourbon on the rocks gemixt und für mich einen Scotch, den er ostentativ auf ein Tischchen neben meinem Sessel stellte – ein geschickter Schachzug von Roselli, weil ein Teil meiner Aufmerksamkeit sich immer wieder dem Drink zuwandte.
»Sprechen wir von der positiven Seite der Frage«, sagte Roselli. »Was ist, wenn ich das schaffe? Was ist, wenn der Kerl –«
»Rasputin.«
»Was ist, wenn er fällt.«
»In dem Fall«, sagte Harvey, »bekommen Sie Ihre Staatsbürgerschaft.«
»Auf den Erfolg«, sagte Roselli und hob sein Glas.

»Nun beantworten Sie meine Fragen«, sagte Harvey.
»Schießen Sie los.«
»Wie sind Sie an dieses Projekt gekommen?«
»Classy Bob ist zu mir gekommen.«
»Wieso?«
»Wir kennen uns.«
»Was haben Sie gemacht?«
»Ich bin zu Sam gegangen.«
»Warum?«
»Weil ich zum Heiligen mußte.«
»Warum?«
»Sie wissen, warum.«
»Machen Sie sich keine Sorgen über das, was ich weiß. Antworten Sie auf meine Fragen.«
»Der Heilige ist der einzige, der genug Kubaner kennt, um den richtigen für den Job auszusuchen.«
»Was hat Sam gemacht?«
»Total Scheiße gebaut«, knurrte Roselli, »herumgepfuscht. Ein paar Leute zusammengetrommelt. Hat sich nicht richtig dahintergeklemmt.«
»Er hat jedenfalls Classy Bob ganz schön in Schwierigkeiten beim Bureau gebracht.«
»Das haben Sie gesagt.«
»Sie haben gesagt«, sagte Harvey, »Sammy hätte total Scheiße gebaut.«
»Ich weiß nicht, was er getan hat. Aber ich dachte, wir wollten loslegen. Rasputin sollte bis zur Wahl weg vom Fenster sein. Nixon for President. Also frage ich mich: Hat Sam den Motor abgewürgt?«
»Wir sprechen vom 31. Oktober letzten Jahres in Las Vegas.«
»Ja.«
»Sam hat das getan, haben Sie gesagt?«
»Ich«, sagte Roselli, »würde lieber nichts sagen, was ich nicht beweisen kann.«
»Sam«, sagte Harvey, »trompetete herum, er hätte mit einigen meiner Geschäftsfreunde zusammengearbeitet.«
»Für einen Typ, der die Klappe halten kann, reißt er sie jedenfalls ziemlich weit auf«, sagte Roselli.
»Warum?«

»Eitelkeit.«
»Erklären Sie das«, sagte Harvey.
»Als Sam anfing, war er nur ein häßlicher kleiner Kerl mit einer häßlichen kleinen Frau wie viele andere. Jetzt posaunt er herum: ›Wir Italiener sind die großartigsten Liebhaber der Welt. Wir sind besser als jeder Nigger an seinem besten Tag. Seht euch die Beweise an.‹«
»Zu wem sagt er das?«
»Zu den Blödmännern, die ihm zuhören. Aber es wird eine Menge geredet. Er gibt zu sehr an. Eitelkeit. Er sagt: ›Seht euch die Beweise an. Zwei weltbekannte Leute. Kennedy und Castro.‹« Hier unterbrach sich Roselli. »Verzeihen Sie. Was dagegen, wenn ich die Namen nenne?«
»Wir sind hier sicher«, sagte Harvey. »Nennen Sie sie.«
»Ja, gut«, sagte Roselli. »Zwei Kanaken wie Sammy G. und Frank – Sie wissen – Fiorini ficken Kennedys und Castros Bräute. Modene pimpert Kennedy, aber sie kommt zu Sammy zurück für die heißeste Nummer, sagt Sammy. Ich würde sagen, er hat sehr übertriebene Vorstellungen von seiner eigenen Bedeutung. Als ich Sam G. zum erstenmal sah, trug er weiße Socken und schwarze Schuhe, und die weißen Socken rutschten andauernd herunter. So ein schräger Vogel ist er mal gewesen.«
»Danke«, sagte Harvey. »Sie geben mir ein klares Bild.«
»Sam ist ein großer Mann in den Staaten«, fuhr Roselli fort. »Chicago, Miami, Vegas, L. A. – da darf man sich nicht mit ihm anlegen. Kuba nein. Für Kuba braucht er den Heiligen.«
»Und Maheu?«
»Seine Loyalität gehört Howard Hughes.«
»Ist Hughes an Havanna interessiert?«
»Wer ist nicht an Havanna interessiert? Wenn Havanna wieder da ist, kann Vegas zumachen.«
»Das paßt«, sagte Harvey. »Sie werden nicht mehr mit Bob und Sammy arbeiten. Betrachten Sie sie als unzuverlässig und überflüssig.«
»Ich höre und gehorche. Ich bin genau Ihrer Meinung.«
»Ex!« sagte Harvey. Er hielt ihm sein Martiniglas hin, damit es wieder gefüllt wurde und sagte nach einem satten Schluck: »Sehen wir uns Santos einmal an.«
»Er ist sauber«, sagte Roselli.

»Einen Dreck ist er«, sagte Harvey. »Trafficante arbeitet mit uns, Trafficante arbeitet mit Castro. Wieso trauen Sie ihm?«

»Der Heilige arbeitet mit vielen Leuten. Früher hat er mit Batista gearbeitet. Er steht heute einigen der Batista-Leute nahe: Masferrer und Kohly. Der Heilige hat Freunde bei Inter-Pen, bei MIRR, Alpha 60, DRE, 30. November, MDC und CFC. Ich kann Ihnen eine Menge Organisationen nennen. Um Miami herum ballert die eine Hälfte der Exilleute auf die andere Hälfte, aber der Heilige ist mit allen gut Freund. Er ist der Freund von Prio Socarras und Carlos Marcello in New Orleans – eine sehr dicke Freundschaft – und von Sergio Arcacha Smith. Von Tony Varona und von Toto Barbaro. Von Frank Fiorini. Er ist der Freund von Jimmy Hoffa und von einigen von den dicken Ölgeldern in Texas. Warum sollte er nicht der Freund von Castro sein? Warum sollte er nicht euer Freund sein? Er erzählt Castro, was er ihm erzählen will; er wird es auch mit euch so halten. Er erledigt einen Job für euch, und er erledigt ihn richtig, er erledigt einen Job für Castro, und erledigt ihn auch richtig. Seine wahre Loyalität –«

»Ja?« fragte Harvey. »Seine wahre Loyalität?«

»Gehört dem Investment in Havanna.«

»Was ist mit Meyer?«

»Santo ist auch ein Freund von Meyer. Er macht sich wegen Meyer keine Sorgen. Wenn Castro abgeht, gehören die Casinos Santos. Das ist größer als alles, was Lansky oder Hoffa hat. Santos könnte die Nummer eins im Mob werden. Das ist genausoviel wie die Nummer zwei in Amerika. Kommt gleich nach dem Präsidenten.«

»Bei wem haben Sie zählen gelernt?« fragte Harvey.

»Ist 'ne Frage der Auslegung. Lassen Sie mir das.«

»Wenn ich Santos wäre«, sagte Harvey, »würde ich mich mit Castro einigen. Castro ist da. Er kann mir die Casinos geben.«

»Ja, aber dann müssen Sie sie für Castro schmeißen.«

»Stimmt vielleicht«, sagte Harvey.

»Castro wird die Casinos nie wieder zurückgeben«, sagte Roselli. »Er macht sie nicht wieder auf. Er ist ein Puritanerarsch. Ich kenne Santos. Er kommt und macht bei uns mit, wir kaufen uns Castro.«

»Nun, ich habe so meine Zweifel«, sagte Harvey. »Da gibt es so einen kleinen Arsch, dem kommt das Feuer aus den Ohren, heißt Bobby Kennedy. Er will kein Geschäft machen. Sammy hat ihm vielleicht geholfen, Illinois zu Jack Kennedy rüberzuholen, aber das FBI ist gerade wieder hinter Sammy her. Santos kann die Art Handschrift lesen.«

»Santos wird es riskieren. Sobald Castro tot ist, kann Santos eine Menge Karten ausspielen.«

Ein langes Schweigen stand förmlich im Raum. »Na gut«, sagte Harvey endlich. »Mit welchen Mitteln?«

»Keine Kanonen«, sagte Roselli.

»Die tun den Job am besten.«

»Ja«, sagte Roselli. »Aber der, der ihn erledigt, würde gern am Leben bleiben.«

»Ich kann Ihnen eine Waffe mit extrastarker Munition und einem Schalldämpfer besorgen – treffsicher auf vierhundertfünfzig Meter.«

Roselli zuckte die Achseln. »Santos will Pillen.«

»Bei Pillen«, sagte Harvey, »braucht man zu viele Leute. Castro wurde jedesmal gewarnt.«

»Pillen. Wir brauchen sie nächste Woche.«

Jetzt war es an Harvey, die Achseln zu zucken. »Wir werden das Produkt zum genannten Datum liefern.«

Sie sprachen die folgenden paar Minuten noch über eine Waffenlieferung an eine Exilgruppe, die Trafficante versorgen wollte.

»Ich werde selbst die Geschütze liefern«, sagte Harvey.

Er stand auf, packte den Scrambler weg und schüttelte Roselli die Hand.

»Ich möchte«, sagte Harvey, »daß Sie mir noch eine Frage beantworten.«

»Sicher«, sagte Roselli.

»Sind Sie irgendwie mit dem Sacco von Sacco und Vanzetti verwandt?«

»Nie von dem Schwanzlutscher gehört«, sagt Roselli.

11

Infolge meiner gewissenhaften Anstrengung, Roselli so anzustarren, als ob er etwas wäre, das man von der Wand wischt, war ich ermüdet wie ein Aktmodell, das zu lange in einer bestimmten

Haltung verharren mußte. Harvey, der vielleicht ähnlich erschöpft war, sprach auf der Rückfahrt kein Wort, sondern füllte sich nur immer wieder sein Glas aus der Martiniflasche nach.
Als wir seinem Cadillac entstiegen, sagte er: »Wenn du das seiner Lordschaft meldest, sag ihm, er soll den Trafficante-Job mit Helms klären. Es ist alles verfaultes Fleisch, und ich setze mich nicht allein an diesen Braten.«
Ich schickte eine sechsseitige Beschreibung dessen, was dabei herausgekommen war, an LEITUNG/GHOUL – SPEZIALANSCHLUSS, aber während ich das alles an Harlot schrieb, fragte ich mich andauernd, ob ich es Kittredge ebenfalls mitteilen sollte.
Ich beschloß, es nicht zu tun. Einiges von dem Material war zu geheim. Andererseits mußte ich ihr irgend etwas melden. Ich sandte ihr deshalb die folgende Fiktion:

18. April 1962

Liebe Kittredge,
nun wird eine höchst ungewöhnliche Aktion geplant, und ich begreife, warum Harvey mich nicht als Adjutanten haben wollte und warum Hugh dachte, ich wäre akzeptabel. Du darfst seiner Hoheit allerdings nicht zeigen, daß Du auch nur die allergeringste Ahnung von dem hast, was ich Dir erzählen werde, denn wir haben ein ganz großes Projekt vor – es wird der Versuch unternommen, Fidel Castro zu entführen. Wenn es gelingt, werden wir ihn unverletzt nach Nikaragua fliegen und Somoza, der gern im Scheinwerferlicht der Öffentlichkeit steht, die Verantwortung dafür übernehmen lassen. Wir haben wieder genau wie bei der Schweinebucht nichts damit zu tun, nur könnte es diesmal klappen. Die Nikaraguaner sollen Castro vor Gericht stellen. Es müssen nur noch ein paar Gesetze verabschiedet werden, die es für verbrecherisch erklären, dem sowjetischen Kommunismus in irgendeiner Weise Zugang zu dieser Hemisphäre zu gewähren. Das Spiel dreht sich darum, ob es gelingt, Castro mehr als einen Handlanger hinzustellen und zu vermeiden, daß er zum Märtyrer wird. In Kuba wird dadurch natürlich ein Aufruhr ausgelöst.
Die Gefahren sind nicht zu übersehen. Unsere größte Angst ist, daß Castro bei dem Entführungsversuch getötet werden könnte. Deshalb ist Harvey jetzt auf Talentsuche, um nur ganz spezielles lateinamerikanisches Personal anzuheuern. Nun begreife ich

auch, weshalb er so wenig davon begeistert war, mich dazuzunehmen. Ich bin hier natürlich nicht in meinem Element. Andererseits, wenn man bedenkt, was auf dem Spiel steht, wollte Hugh sicher jemanden haben, dem er vertrauen kann, wenn es darum geht, ganz genau zu berichten, was Harvey vor hat.
Sobald wir uns nun mit den verschiedenen extremen Exilgruppen treffen, werde ich weitere Einzelheiten mitteilen. Mein nächster Brief wird wahrscheinlich länger sein. Beziehe Dich übrigens auf die Operation CAVIAR.

Im Dienst der Tatsachen, Ma'am,
Herrick

Daß ich log, machte mir nichts aus. Ich war vielmehr stolz auf meine geniale Idee. Wenn Castro ermordet wurde, konnte ich es einem mißglückten Entführungsversuch zuschreiben; wenn nichts geschah, nun, dann erwies sich der Job als zu schwierig.
Am selben Tag – unsere Briefe kreuzten sich – traf ein Schreiben von Kittredge ein. Ich zitiere es auszugsweise.
. . . Sei nicht entsetzt, wenn ich mich in letzter Zeit etwas hochtrabend ausgedrückt habe. Der Grund dafür, daß ich soviel über Deine Arbeit erfahren möchte, ist nicht, daß ich unter dem faustischen Ehrgeiz leide, die Agency begreifen und die Kennedybrüder vor künftigen Gefahren bewahren zu wollen, nein, mein Motiv ist bescheidener. In Wirklichkeit muß ich nur viel mehr über alle möglichen Menschen wissen, um über Alpha und Omega in vielen sozialen Schichten schreiben zu können. Natürlich komme ich gelegentlich heraus und lerne auch neue Leute kennen, aber ich weiß so wenig darüber, wie das Leben in der harten, furchtbaren Welt da draußen wirklich funktioniert.

Das Lesen dieser Passage machte mich betroffen. Kittredge wollte wissen, wie das Leben eigentlich funktioniert, und ich entwarf für sie ein surrealistisches Szenario. Dabei fiel mir ein Zitat aus einem Buch ein, an dessen Titel ich mich nicht erinnern konnte: »Denn genau, wenn wir einander ganz nahe kommen, schickt man uns mit einer Lüge in die Wüste, und wir stolpern vorwärts und versuchen mit Hilfe der Täuschungen der Vergangenheit ein klares Bild von uns zu bekommen.«
Mich packte eine bange Erregung. Ich mußte mich ermahnen, daß

sie es ja auch fertigbrachte, ihre Spielchen mit mir zu spielen, und manche waren gar nicht nett. Ich antwortete ihr mit den folgenden Worten:

19. April 1962

Liebe Kittredge,
es ist jetzt ein paar Monate her. Was wolltest Du mir nach so langer Zeit noch über Modene erzählen? Halbe Lieben sterben am besten, wenn man sie voll begraben kann.

21. April 1962

Harry, Liebster,
ich muß Dich tausendfach um Entschuldigung bitten. Ich habe nicht die Zeit gehabt, um einen so ausführlichen Brief zu schreiben, wie ihn dieses Thema erfordert. Da ich hier auf dreißig Seiten Transkript sitze, die Du noch nicht kennst, bin ich versucht, Dir einfach den dicken Packen Blätter zu schicken, aber ich weiß, daß ich Dir eine Zusammenfassung schulde, und ich will mich auch daran versuchen. Laß mir noch ein bißchen Zeit.
Währenddessen würde ich gern mehr über CAVIAR erfahren. Ich kann es gar nicht glauben, was Du in Deinem letzten Brief schreibst. Kein Wunder, daß der Fettsack eine Legende ist. Und Hugh! Was hat die Gesellschaft für ein Glück gehabt, daß er kein Meisterverbrecher zu werden beschloß.

23. April 1962

Ich schreibe dies in großer Eile, Kittredge.
Vor drei Tagen flog ich nach Washington hinauf, holte ein paar K. o.-Tropfen vom Technischen Dienst ab, die bei CAVIAR benutzt werden sollen, und nahm noch am selben Abend die Maschine hierher zurück. Am folgenden Tag, mittags, trafen wir uns, Harvey und ich, in der Cocktail Lounge des Flughafens von Miami mit einem italo-amerikanischen Repräsentanten der Nikaraguaner. Dieser Italiener, der allenthaben als »Johnny Ralston« bekannt ist, trug einen seidenen Maßanzug mit einem Silberschimmer, der zu seinem Haar paßte, Krokodillederschuhe und eine goldene Armbanduhr. Harvey trug wie üblich sein weißes Hemd mit einem schwarzen Anzug, Schweißflecken in den Achselhöhlen vom Schulterhalfter, und sein Hemd bauschte sich hinten über dem

Gürtel über der zweiten Kanone, die er im Kreuz trägt. Ich kam mir wie ein Betrüger vor. (Ich hatte ein buntes Tropenhemd an.) Harvey süffelte seine doppelten Martinis, Ralston nippte eine Stolichnaya-on-the-rocks, und die vier Kapseln, die ich bei mir trug, wurden übergeben.
Nach den Drinks gingen wir auf den Parkplatz am Flughafen hinaus, wo Harvey Ralston einen Lastwagen zeigte. Ich hatte ihn schon früh um sechs gemietet und beim Einladen an unserem JM/WAVE-Lagerhaus mitgeholfen. Wir hatten für ungefähr 5000 Dollar tschechische Gewehre, ostdeutsche Revolver, verschiedene Sprengstoffe, Zünder, Funkgeräte und ein sehr gutes Boots-Radargerät eingeladen. Harvey überreichte Ralston nur die Lastwagenschlüssel, und wir gingen alle von dannen. Wieder einmal habe ich bemerkt, daß sogar die saubersten Übergaben dieser Art den einen oder anderen Schweißtropfen kosten.
Später an dem Nachmittag brach die Hölle los, aber von einer ganz anderen Art. Bobby Kennedy war für ein paar Stunden unten, um sich eine Übersicht über JM/WAVE zu verschaffen, und so führte ihn denn Harvey durch die Säle der Firma (Zenith). Es braucht nicht gesagt zu werden, daß sie sich nicht besonders mögen. Im Nachrichtenzentrum sonderte sich Kennedy von ihm ab und fing an, die Code-Ausdrucke bei einigen Maschinen zu lesen. Einer scheint ihn wirklich interessiert zu haben, zweifellos eine Information, mit der er die nächste Sitzung von Special Group, Augmented aufheizen konnte, also riß er es von der Rolle ab und wollte damit zur Tür hinaus. Harvey raste hinterher und brüllte: »Hallo, Sie da, Mister!« Augenblick mal. Stehenbleiben! Wo wollen Sie denn mit dem Papier hin?«
Kennedy blieb stehen, als ob man auf ihn geschossen hätte. Harvey holte ihn ein und konnte ihm nun die Schelte heimzahlen, mit der man ihn bei diesen Special-Group, Augmented-Sitzungen beleidigt hatte. »Herr Generalstaatsanwalt!« donnerte er ihn an – nun wieder sehr kräftig bei Stimme –, »wissen Sie eigentlich, wie viele Nachrichtenkennzeichen und operative Codes auf so einem Blatt zu finden sind? Ich kann Sie damit nicht aus diesem Saal hinauslassen.« Und noch während dieser Rede schnappte er sich besagtes Blatt. Ich vermag mir nicht auszumalen, was das letztlich für Folgen haben wird.

Dein H.

25. April 1962

Liebster H.,

vor etwa einem Monat waren Hugh und ich zu einem intimen Souper ins Weiße Haus eingeladen, und bevor wir uns wieder verabschiedeten, nahm mich Jack für zehn Minuten beiseite und erzählte mir streng vertraulich, daß er sich mittags zu einem außerordentlich interessanten Lunch mit J. Edgar Hoover getroffen hätte. Ich weiß nicht, weshalb Jack ausgerechnet mich zu seiner Vertrauten wählte. Vielleicht ist es mein tugendhaftes Gesicht. Wir wissen allerdings, daß Jack sich in mir sehr getäuscht hat. Mit Geheimnissen im Bauch fühle ich mich so wohl, als wenn es Tumore im Frühstadium wären. Ich wollte die Sache an Hugh weitergeben, unterdrückte aber meinen Wunsch. Irgendwie wußte ich, daß der Lunch mit Buddha sich um Modene gedreht haben mußte.

Ich muß Dir das unbedingt mitteilen. Es brennt in mir wie ein unheiliges Fieber. Hoover hat mit Jack anscheinend über Sammy G. und Modene gesprochen. Die Transkripts, die Du noch nicht gesehen hast, lassen vermuten, daß Hoover mit dem Gespräch unter vier Augen einen bestimmten Zweck verfolgt.

Du kannst Dir sicher denken, daß Modene – so sehr sie Jacks Vorwurf, sie plauderte aus der Schule, auch getroffen haben mag, doch recht froh darüber gewesen ist, daß man sie Ende August wiederum ins Weiße Haus einlud; jedenfalls läßt sich das ihrem Gespräch mit AURAL entnehmen. Modene behauptet, Jack hätte ihr gesagt, daß er sie liebt. Das glaube ich aber nicht. Polly Galen Smith hat mir nämlich anvertraut, daß er Sex und Liebe stets fein säuberlich voneinander trennt. Eine Frau müsse von Anfang an wissen, ob von Liebe die Rede sein könne oder nicht. Jack scheint Modene gegenüber etwas unvernünftig »lieb« zu sein – vielleicht befriedigt er damit eine praktisch abhanden gekommene Seite in seinem Ich, vielleicht ist es auch der sorglose Bursche in ihm, der lieber Gammler und Skilehrer oder Bootsmann in Newport geworden wäre, jetzt aber hinter Schloß und Riegel, ständig unter Arbeitsdruck, dem Präsidenten Alpha dient.

Nach ein oder zwei Samstagen im Altweibersommer kriselt es wieder. Jack und Modene treibt's offenbar doch auseinander. Er klagt erneut über Rückenschmerzen. Man hat den Eindruck, daß es nicht mehr lange mit ihnen dauern wird.

Und sie sagt zu Willie: »Er will, daß ich ihn vögele.«
»Nun, du hast mir ja gesagt, daß er ein sehr müder Mann ist«, antwortet ihr Willie.
»Vielleicht«, sagt Modene, »läßt er sich auch nur ein bißchen zu sehr gehen.«
Das ist bis zu diesem Zeitpunkt die häßlichste Bemerkung, die sie zu diesem Thema gemacht hat, aber Ende November erklärt sie: »Ich habe richtig Angst davor, daß das Weiße Haus anruft. Ich liebe Jack wirklich, aber es macht mir keinen Spaß, mich dort mit ihm zu treffen.«
Harry, ich weiß, wovon sie redet. Das Weiße Haus, so attraktiv es auf eine Patriotin wie mich natürlich wirkt, erinnert mich mit seiner Würde und Gemessenheit immer an einen Gerichtspalast. Ich glaube, der alte Kasten hat zu viele schwerwiegende Kompromisse und die Platitüden zu vieler mächtiger Politiker ertragen müssen. Ich übertreibe diese negativen Aspekte, weil Polly Galen Smith, die dort schon allerhand Liebesabenteuer erlebt hat, zu mir meinte, das Weiße Haus könnte Jacks Potenz beeinträchtigen. »Er hat dann einfach keine Lust mehr«, hat sie mir einmal gestanden.
Inzwischen trifft sich Modene öfter, wenn auch unregelmäßig, mit Giancana. Er ist nicht so ganz zuverlässig. Zum Beispiel hat sich Sam letzten Oktober – nur zwei Monate nachdem sie zum erstenmal zusammen ins Bett gegangen waren – dann doch wieder der Sängerin Phyllis McGuire zugewandt und ist mit ihr einen Monat lang kreuz und quer durch Europa getingelt. Entweder braucht Mr. G – wie Modene – zwei Geliebte, oder er war auf Modene wütend, weil sie sich weiter mit Jack traf. Jedenfalls war ihre Liebschaft, wie ich herausfand, noch nicht ganz »vollzogen«. Diesen Eindruck hatte ich bereits vorher gehabt, das betreffende Transkript von ihrem Gespräch mit Willie am 16. August aber noch nicht genau genug gelesen.

MODENE: Also, ich hab' endlich ja zum Sam gesagt.
WILLIE: Ich kann's gar nicht glauben, daß er so lang auf dich gewartet hat.
MODENE: Über ein Jahr. Und jeden Tag sechs Dutzend gelbe Rosen.
WILLIE: Kommen sie dir nicht bald zu den Ohren heraus, all diese Rosen?
MODENE: Im Gegenteil. Ich kann gar nicht genug davon kriegen.

WILLIE: Na und wie war es mit Sam?
MODENE: Ich kann auch nicht genug von ihm kriegen.
WILLIE: Wirklich?
MODENE: Es war im Grunde vollkommen.
WILLIE: Was heißt das: im Grunde vollkommen?
MODENE: Überleg selbst mal. Wirst schon drauf kommen.

Wie gesagt – ich habe zuerst nicht erkannt, daß das eine Bezeichnung sein soll und nicht eine Bewertung. Nicht wie *er*, sondern wie *es* gewesen ist. Nach dieser einen Andeutung hat Modene sehr lange nichts mehr über ihre Beziehung zu Sammy ausgesagt, obwohl Willie sie immer wieder dazu gedrängt hat. Der folgende Dialog stammt von Anfang November 1961:

WILLIE: Warum hat er dich gefragt, ob du ihn heiraten willst, wenn er dann doch mit seiner Sängerin verschwindet?
MODENE: Er war sehr unglücklich, als ich ihm sagte, meine Loyalität gehörte in erster Linie immer noch Jack.
WILLIE: Aber du hast mir doch gesagt, Sam sei besser als Jack.
MODENE: Er ist demonstrativer. Sam teilt sich dir mit. Er hat Schwung. Es ist so, als ob ihr beide vom selben Teller italienisch eßt.
WILLIE: Und Jack ist eine Einbahnstraße.
MODENE: Ja, aber ich bin die Frau auf dieser Straße. Sam weiß das. Er weiß, daß es etwas gibt, das ich mit Jack gemeinsam habe, auf das ich mich mit Sam nicht einlasse.
WILLIE: Und was ist das?
MODENE: Das Letzte.

Ich will Dir die folgenden drei Seiten Transkript ersparen, bis wir erfahren, daß »das Letzte« fleischlich gesprochen das erste ist. Sam hat nie in Modene eindringen dürfen. Also drei Seiten später:

WILLIE: Ich kann's gar nicht glauben.
MODENE: Wir tun alles, nur nicht das.
WILLIE: Wie kann es denn dann so gut sein?
MODENE: Es ist urig. Manchmal denke ich, Sex kann auf diese Art sogar intimer sein.
WILLIE: Du bist mir zu raffiniert.

Nach seiner Rückkehr aus Europa führt Sam Modene in Chicago laufend in großem Stil aus. In den Spelunken begrüßt man sie wie eine Königin. Im Bett bleibt es bei *alles außer dem einen*. Ich will kein Urteil über sie fällen. Vor Jahren, weiß ich noch, habe ich Dich mit meinem Geständnis verwirrt, daß Hugh und ich die italienische Lösung bevorzugten. Trotzdem hat es mich geärgert, daß ich Modene nicht ganz deutlich verstehen konnte.

Es ist schon später, als ich dachte. Morgen werde ich Dir von der zweiten und wirklichen Verführung der Dame erzählen. Habe Geduld.

Love,
Kittredge

12

Der versprochene Brief kam am nächsten Tag, existiert aber nicht mehr. Ich habe ihn, nachdem ich ihn gelesen hatte, sofort vernichtet, und dadurch wurde mir erst richtig klar, wie intensiv ich den Verlust Modenes beklagte. Ich konnte den Schmerz sogar in meinen Fingern spüren, als sie das letzte Blatt in den Reißwolf steckten. Ich kochte vor Wut auf Kittredge, daß sie mir nichts ersparte.

Viel später – sechzehn Jahre später, 1978 – erhielt ich jedoch vom Assistenten eines Senators eine Kopie des Transkripts, das Kittredge beim Schreiben ihres Briefes als Quelle benutzte.

Im Januar 1962 hatten Modenes Eltern einen Autounfall. Ihr Vater wollte mit hoher Geschwindigkeit ein Kurve nehmen, der Wagen geriet auf einer Eisfläche ins Schleudern und landete auf dem Dach in einem Graben. Ihre Mutter kam unverletzt davon, aber ihr Vater erlangte das Bewußtsein nicht wieder und lag seitdem im Koma. Es konnte ein paar Tage, aber auch mehrere Jahre dauern, bis er starb.

Modene trauerte sehr um ihn, viel mehr, als sie es sich hatte vorstellen können. Sie hatte ihren Vater seit Jahren gehaßt, wie sie Willie gestand. Immer wenn er betrunken war, hatte er ihre Mutter schlecht behandelt. Trotzdem merkte sie, daß sie ihm sehr ähnelte. Sie verbrachte eine Woche zu Haus und weinte sich in den Armen ihrer Mutter aus. Nun würde sie ihrem Vater niemals mehr nahe kommen können, und sie hatte immer gedacht, daß es eines Tages doch noch geschehen würde.

Schließlich kehrte Modene wieder zu ihrer Arbeit zurück und hoffte, das Schlimmste überstanden zu haben. Es wunderte sie nun sogar, wie wenig Anteil sie am Zustand ihres Vaters nahm. Dann aber, eine Woche darauf, merkte sie bei einem dreitägigen Aufenthalt in Chicago, daß sie am Rande eines Nervenzusammenbruchs war. Sie konnte nicht mehr schlafen vor Angst, daß ihr Vater gestorben wäre; er schien in der Dunkelheit an ihr Bett zu treten. Aber wenn sie morgens in Grand Rapids anrief, war er noch immer am Leben – im Koma zwar, aber noch immer am Leben. (Es mag in diesem Zusammenhang von Interesse sein, daß Kittredge später in einer Monographie mit dem Titel *Halbe Trauerzustände in der dualen Persönlichkeit* die Theorie aufstellte, Gefühle wie Trauer und Liebe würde von Alpha und Omega selten in einem auch nur annähernd gleichen Ausmaß erlebt. In der Tat wäre bei seelisch erheblich gestörten Personen, in denen eine Art Territorialkrieg über das Recht auf Trauer tobte, das Auftreten von Geistern oder Gespenstern nichts Ungewöhnliches.)

Am Morgen nach der zweiten durchwachten Nacht, in der der Geist ihres Vaters sie heimzusuchen schien, fühlte sich Modene zutiefst aufgewühlt und erschöpft zugleich. Giancana, der ihren Wunsch, nie eine ganze Nacht mit ihm zu verbringen, respektierte, kam zu ihr ins Hotel, um sie zum Frühstück ábzuholen. Rasch begriff er, wie kritisch ihr Zustand war, und sagte ihr, er werde zunächst ein paar Anrufe tätigen und sich dann den ganzen Tag ihr allein widmen.

Dieses Mal führte er sie nicht in die Bars aus und zum Clubhaus-Meeting mit seinen Leuten, sondern er ließ einen Picknickkorb zusammenstellen mit mehreren Flaschen Wein, einer Flasche Bourbon, dem dazugehörigen Eis und sagte ihr mit ganz ruhiger, ziemlich leiser Stimme, daß sie beide nun ganz allein eine Totenwache halten würden, wobei er ihr helfen wollte, den Geist jenes Vaters zu beerdigen, der noch nicht tot war. Er würde sich in diesen Dingen auskennen.

Als sie in seiner alten Luxuslimousine dahinfuhren, vertraute er ihr an, er könne an ihren Vater herankommen, weil er, Sam, selbst ein Motorradrennfahrer hätte werden können. Um ihr das zu beweisen, raste er mit ihr wie ein Irrer durch die trostlosen Hintergassen der Arbeiterviertel von West Chicago, schleuderte um die Kurven, damit sie sah, wie man »unter für andere Fahrer unmöglichen Bedingungen – ich hätte Stuntman werden können –« stets an der Haftungsgrenze der Reifen fährt. »Genau so gut war auch dein Vater«, sagte Giancana.

Er fuhr sie an jenem Tag hinaus über die South Ashland Avenue zu einer dunklen, breiten, niedrigen kleinen Kirche, dem heiligen Judas Thaddäus geweiht. »Sie heißt aber nicht nach Judas dem Verräter so«, erklärte Sam, »sondern nach dem heiligen Judas. Er ist der Heilige für spezielle Fälle, hoffnungslose Fälle, Leute, die zum Untergang verurteilt sind.«

»Ich bin aber nicht zum Untergang verurteilt«, erklärte sie ihm.

»Sagen wir so. Er kümmert sich um alle, die in der Welt nicht richtig mitkommen. Bei meiner Tochter Francine waren die Augen so schlecht, daß sie beinah blind war, aber ich habe sie hierhergebracht. Ich bin kein Kirchgänger. Trotzdem habe ich eine volle Novene gemacht, neun Besuche, und Francines Augen besserten sich so weit, daß sie mit Kontaktlinsen sehen kann. Man sagt, der heilige Judas legt Fürbitte ein für die, die ohne Hoffnung sind.«

»Ich sehe mich nicht als hoffnungslosen Fall an.«

»Natürlich nicht. Aber dies ist ein spezieller Fall und hat mit deinem Vater zu tun.«

»Wie stellst du dir das denn vor? Daß ich neunmal hierherkommen soll?«

»Das ist nicht nötig. Ich war ja schon neunmal da. Ich übertrage die Fürbitte.«

Sie kniete nieder und betete in einer der kleinen Seitenkapellen von St. Judas und war sich schmerzlich der anderen Leute bewußt, die mit ihr zusammen beteten. »Verkrüppelte«, so beschrieb sie diese später Willie. »Manche von ihnen sahen wie Geisteskranke aus. Da herrschte eine wahnsinnige Stimmung. Ich hatte das Gefühl, daß mein Vater sehr nahe bei mir und sehr wütend war. ›Du betest, daß ich sterben soll‹, hörte ich ihn mir ins Ohr sagen, aber ich war gleichzeitig auch weit weg, wie in einer Höhle. St. Judas ist eigenartig. Ich kam mir vor wie in einer dieser urchristlichen Katakomben. Vielleicht kam das daher, daß es keinen Schmuck an den Wänden gibt. Es ist wohl eine arme Gemeinde.«

Nachdem sie St. Judas verlassen hatten, fuhr er zu einem Friedhof hinaus, dessen Namen sie nicht mitbekommen hat, aber er erzählte ihr, seine Frau Angelina läge dort. Im Halbdunkel des Mausoleums, das von kostbaren Lampen nur schwach erleuchtet war und in dem stets eine Temperatur von fünfzehn Grad Celsius herrscht, stellte er den Picknickkorb auf dem Steinfußboden vor einer steinernen Bank ab, auf die sie sich setzten. Während sie aßen und tranken, wiederholte er das, was er ihr schon einmal von seinem Leben mit Angelina erzählt hatte. Sie sei ein kleines, schmächtiges Mädchen gewesen, mit einer Rückgratverkrümmung zur Welt gekommen und krank seit ihrer Geburt. Trotzdem habe er sie geliebt. Angelina hätte ihn aber nicht wirklich geliebt.

»Sie lebte immer noch mit der Erinnerung an ihren ersten Verlobten, der jung gestorben war. Sie blieb seiner Erinnerung treu. Ich mußte sie erst langsam für mich gewinnen«, sagte Sam. »Und es gelang mir. Nachdem sie gestorben war, kam sie mich oft nachts besuchen. Glaub mir. Auf ihre Einladung hin habe ich dieses Mausoleum besucht.« Während er sprach, aßen und tranken sie und fingen an, sich zu küssen.

Hier will ich das Transkript zitieren.

WILLIE: Du hast dich in dem Mausoleum von ihm küssen lassen?

MODENE: Es war nichts Schlimmes dabei. Kannst du dir vorstellen, wie hungrig man nach dem Mund eines lebenden Menschen sein kann, wenn man unter einer Familientragödie leidet?

WILLIE: Ich glaube, ich kann dir folgen.

MODENE: Nun, du fragst mich ja immer, was wirklich passiert ist.

WILLIE: Ich bin lieber schockiert als frustriert.

MODENE: Du wirst gleich schockiert sein. Sam ist kein gewöhnlicher Mann. Er versteht all die Dinge deretwegen ich zu trinken anfange, um nicht mehr daran denken zu müssen. Er hat mir einmal erklärt, wieso die Sizilianer sich mit Toten und Geistern und Flüchen auskennen und auch noch in Situationen einen Weg finden, in denen andere Leute verzweifeln würden. Er sagte mir, Angelina werde uns helfen, wenn ich mit ihm zusammenarbeitete. Er hätte mich an diesen Ort, in ihr Mausoleum gebracht, weil wir

Angelina zeigen müßten, daß wir keine Angst vor ihr hätten. Dafür müßten wir etwas tun, das wir vorher noch nie getan hätten.

WILLIE: Was?

MODENE: Wir müßten ficken.

WILLIE: Hat er wirklich ficken gesagt?

MODENE: Ja. Er hatte dieses Wort in meiner Gegenwart seit Monaten nicht mehr benutzt, aber jetzt sagte er, wir müßten genau dort vor ihr ficken. Er sagte, er hätte mich nie dazu gedrängt, weil er selbst ein bißchen Angst vor Angelina hätte, aber jetzt wollte er es tun. Er liebe mich. Er wäre bereit, das Risiko einzugehen, daß auch ihm ein Unglück widerfahren könnte.

WILLIE: Das kommt mir alles völlig irre vor.

MODENE: Warte, bis ein Geist von dir Besitz ergreift. Vielleicht würden sich dann auch deine unerschütterlichen Verhaltensmaßstäbe ändern.

WILLIE: Du warst tatsächlich bereit, es mit ihm dort an Ort und Stelle zu tun?

MODENE: Er nahm eine Decke aus dem Picknickkorb und breitete sie auf dem Boden aus. Ich zog mich aus und legte mich hin und ließ es zum erstenmal zu, daß er ihn in mich hineinsteckte. Dann wurde ich starr. Ich wollte nicht, daß er bis zum Schluß weitermachte.

WILLIE: O mein Gott, nach alledem?

MODENE: Ich spürte ihre Gegenwart. Es war, als ob mir eine alte Zigeunerin ins Ohr flüsterte: »Genug ist genug.« Ich fand, sie hatte recht. Ich wurde steif. Sam und ich, wir fingen an, uns zu streiten, so wie wir dalagen. Ich war so eng wie eine geballte Faust. »Hör auf«, sagte ich. »Wir müssen irgendwo anders weitermachen, oder es wird nichts daraus.« Und er hat's verstanden. Er stand auf, zog sich an, er war sehr rot im Gesicht und ich muß dir sagen, er sah erotischer aus, als ich ihn je zuvor gefunden hatte. Er hob alles auf, tat es in den Picknickkorb und fuhr mich hinüber zu seinem Haus. Ich bin in meinem Leben noch nie sexuell so erregt gewesen.

WILLIE: So etwas hast du aber schon oft gesagt.

MODENE: Trotzdem. So ist es wirklich noch nie gewesen. Ich konnte es gar nicht erwarten, zu ihm nach Haus zu kommen. Es war unheimlich in dem Grabmal, aber nun war ich wahnsinnig geil. Ich erzähle dir das nur ungern, aber Sam hat einen Geruch an seinen Geschlechtsteilen, der mich ein bißchen an Öl und Benzin

erinnert, und das bestärkte mich in dem Glauben, daß er etwas gegen den Geist meines Vaters ausrichten könnte.
WILLIE: Ich glaube, das ist mir zu starker Tobak.
MODENE: Du hast mich danach gefragt, und nun hör dir's auch an. Als wir in Sams Haus ankamen, eilten wir in sein Privatbüro in den Keller hinunter, in dem er seine wichtigen Sitzungen mit dem Mob abhält, und nachdem wir die Tür verriegelt hatten, rissen wir uns die Kleider vom Leib und vögelten auf dem Teppich am Fußboden. Ich dachte die ganze Zeit an die vielen Männer, die da durchgegangen waren und ich bin sicher, Sam hat an dem Tisch manches Todesurteil gefällt, und ich muß sagen, daß mich das so sehr erregt hat, daß ich genau gleichzeitig mit ihm zusammen kam. Danach haben wir nur dagelegen und uns geliebt. Und jetzt kommt das Unheimliche an der Geschichte: Als ich ins Hotel zurückkam, lag da eine Nachricht für mich, ich solle meine Mutter anrufen. Sie sagte mir, mein Vater wäre gerade an ebendiesem Nachmittag gestorben, und ich sagte: »Mutter, ich bin so glücklich. Das ist für uns alle am besten so.«

Einen Kommentar in Kittredges Brief vergesse ich nicht:
Weißt Du, Harry, sosehr ich bereit bin zu glauben, daß es sich hier um eine reine Manifestation von Giancanas omegischen Kräften handelt, muß ich – dank meines Zusammenlebens mit Hugh – auch die Möglichkeit in Erwägung ziehen, daß Sam an jenem Morgen den Befehl erteilt hat, in der Klinik, in der ihr Vater lag, einen willfährigen Pfleger ausfindig zu machen, der gegen ein angemessenes Trinkgeld bereit war, ein wenig den Stecker herauszuziehen. Da ich ein wenig Ahnung davon habe, wie schwierig es sein kann, solche Maßnahmen durchzuführen, neige ich, wie ich zugebe, doch zu der okkulten Erklärung, aber ich fühle mich zugleich verpflichtet, uns an Hughs erkenntnistheoretisches Dilemma zu gemahnen: »Betreten wir das Theater der Paranoia oder das Kino des Zynismus?«

13

Von J. Edgar Hoovers Lunch mit Jack Kennedy weiß ich nur, daß er stattgefunden und daß Kittredge mir davon erzählt hat. Trotzdem mußte ich in all den Jahren so oft an dieses sonderbare Mahl denken, daß es allmählich in so weitgehendem Male Gestalt für mich angenommen hat, wie dies sonst nur bei wenigen unzweifelhaften und ungewöhnlichen Erinnerungen der Fall ist. Was ich hier anbiete, ist deshalb eine Erfindung, das Erzeugnis meiner Phantasie – und doch könnte ich schwören, daß es nur so und nicht anders gewesen sein kann.

Ich erinnere mich aber an eine Einzelheit, die Jack Kittredge mitgeteilt hat, daß nämlich Hoover einen Aperitif vor dem Lunch abgelehnt habe. Aber schließlich genügt ein fossiler Knochen ja, um einen Dinosaurier zu restaurieren.

»Nun, dann trinke ich auf Ihre Gesundheit, wenn Sie nichts dagegen haben«, sagte Jack Kennedy. »Sind Sie sicher, daß Sie nicht doch einen Campari möchten? Ich habe gehört, Sie mögen Campari.«

»Das ist nicht ganz zutreffend«, war die Antwort. »Bei seltenen Anlässen während der Mittagspause hat man mich zu einem Martini ja sagen hören, aber heute bleibt's bei Sodawasser.« Nachdem er an seinem Glas genippt hatte, fuhr Hoover fort: »Es enttäuscht mich, daß Mrs. Kennedy uns nicht beim Lunch Gesellschaft leistet.«

»Sie ist schon gestern mit den Kindern nach Hyannisport abgereist.«

»Ja, jetzt, da Sie mich daran erinnern, das habe ich auch gehört. Ich nehme an, ihre Indienreise hat sie erschöpft.«

»Dieser Lunch findet unter vier Augen statt«, sagte Kennedy, »so wie Sie es gewünscht haben.«

»Ja, wie ich es gewünscht habe. Nun, ich bedaure dennoch, Ihre schöne Frau nicht begrüßen zu können. Ich fand sie, nebenbei bemerkt, äußerst eindrucksvoll bei der Tour durchs Weiße Haus, die sie unserem Fernsehpublikum geboten hat. Meiner Meinung nach ist sie ein echter Gewinn für das Weiße Haus.«

»Das ist sie bestimmt«, nickte Kennedy und fragte: »Haben Sie Zeit zum Fernsehen, Mr. Hoover?«

»Soweit meine Arbeit und meine Verpflichtungen es mir erlauben, was nicht oft der Fall ist, sehe ich mir gern das Fernsehprogramm an.«

»Und welches Programm mögen Sie am liebsten?«

»Vor ein paar Jahren war es *Die 64000-Dollar-Frage*. Ich gebe zu, daß ich immer dachte, ich hätte eine beträchtliche Summe gewinnen können, wenn ich in einer für mich passenden Kategorie jemals selbst in einer solchen Veranstaltung aufgetreten wäre.«

»Ich glaube, Sie hätten glänzend dabei abgeschnitten.«

»Wir werden nicht die Gelegenheit haben, nicht wahr? Ich fand es genauso deprimierend, wie all die anderen ungezählten Menschen auch, als sie herausfanden, daß die Produzenten die Resultate gefälscht haben. Was für ein schmutziges Beispiel von Korruption an einem angeblich so respektierlichen Ort. Ich werde das Charles Van Doren niemals verzeihen können.«

»Das ist interessant«, sagte der Präsident. »Warum suchen Sie sich ausgerechnet den aus?«

»Weil es für ihn keine Entschuldigung gibt. Wie kann ein Junge, der all diese Vorteile genießt, sich auf ein derart schmutziges Spiel einlassen? Minderheitengruppen behaupten immer, ihre Armut sei eine Entschuldigung für ihre Taten, aber welche Entschuldigung kann es für Charles Van Doren geben, daß er bei einem solchen Betrug mitgemacht hat? Ich glaube, das ist eine Folge der in Yale und Harvard und so weiter herrschenden Liberalität.« Er nippte an seinem Sodawasser. »Um von angenehmeren Dingen zu reden. Ich sage Ihnen, ich fand John Glenns drei Erdumkreisungen phantastisch. Zweifellos spüren die Russen nun unseren Atem in ihrem Rücken.«

»Es freut mich, daß Sie das so sehen«, sagte Kennedy. »Denn manchmal kommt es mir so vor, als lägen wir in einem Fünfmeilenrennen eine Meile weit hinter ihnen zurück.«

»Da habe ich keine Befürchtungen. Das holen wir auf.«

Nun kam der Lunch.

Als sie ihre Gemüse-und-Graupen-Suppe löffelten, erwähnte der Präsident die hundert Punkte, die Wilt Chamberlain in einem Spiel der National Basketball Association erzielt hatte.

»Wann war das?« fragte Hoover.

»Vor drei Wochen ungefähr. Sie müssen davon gehört haben. Es ist eine erstaunliche Leistung.«

»Nun, ich hab's gehört«, sagte Hoover. »Aber wissen Sie, Basketball interessiert mich nicht.«
»Tatsächlich?«
»Es ist so langweilig. Alle paar Sekunden springen zehn Riesenkerle nach dem Ball in die Luft.«
»Ja«, sagte Kennedy, »und dagegen kann man nicht viel tun, nicht wahr?«
»Ich weiß nicht, was Sie meinen.«
»Ich jedenfalls finde es beeindruckend, wie die Farbigen diese Sportart erobern«, sagte Kennedy.
»Wollen Sie mir da etwas unterschieben?« fragte Hoover. »Ich habe schließlich nicht gesagt, es sprängen riesige Nigger nach dem Ball.«
»Nein, das haben Sie nicht gesagt.«
»Ich bin bereit, die respektableren Ziele der Schwarzen gutzuheißen, aber Sie haben hier vielleicht wirklich ein Problem berührt: Diese Leute scheinen fähiger, große Athleten als große Führerpersönlichkeiten hervorzubringen.«
Ein Yankee Pot Roast – Schmorfleisch, Kartoffeln und Erbsen – wurde serviert. Als der schwarze Kellner den Raum verlassen hatte, sagte Jack Kennedy: »Ich glaube schon, daß man Martin Luther King als große Führerpersönlichkeit bezeichnen kann.«
»Ich sehe keinen Grund«, sagte Hoover, »ihn auch nur annähernd so positiv zu beurteilen.«
»Sie drücken sich ziemlich drastisch aus, Mr. Hoover.«
»Mir liegen starke Worte völlig fern, wenn sie unnötig sind, Herr Präsident. Aber Martin Luther King ist einer der dreistesten Lügner unserer Zeit. Das kann ich beweisen. Sollte der Tag jemals kommen, an dem Sie es brauchen, dann garantiere ich Ihnen, daß ich genug Material gegen Martin Luther King habe, um ihm ein paar seiner abscheulichsten Forderungen abzugewöhnen.«
»Ja«, sagte Kennedy, »und irgendwann lassen Sie mich mal einen Blick in diese speziellen Akten werfen, nicht wahr, Mr. Hoover?«
»Heute bin ich allerdings hier«, sagte Hoover, »weil ich mir über eine andere Sache in meinen Akten Sorgen mache.«
»Und die wäre?«
»Nun«, sagte Hoover, »sie hat mit den Bekannten eines Ihrer Freunde zu tun.«
»Welches meiner Freunde?« fragte Jack Kennedy.

»Frank Sinatra.«
»Frank hat sehr viele Freunde.«
»Mr. Präsident, hier geht es nicht um eine aufgebauschte Zeitungsente über einen Mann im Showgeschäft, der verschiedenen Leuten an verschiedenen Tischen in einem Nachtklub die Hände schüttelt. Hier geht es um Sinatras fortdauernde Beziehungen zu Sam Giancana, einen der echten Topleute der Mafia – und auch um eine junge Dame, die beiden Herren zugleich – und wie wir Grund haben anzunehmen auch noch anderen – ihre Gunst geschenkt hat.«
Kennedy schwieg.
Hoover schwieg.
»Möchten Sie Kaffee?« fragte Kennedy schließlich.
»Gern.«
Der Präsident läutete und der farbige Kellner servierte. Als er gegangen war, sagte Kennedy: »Das ist es also. Sie wollen mir sagen, daß mein Freund Frank Sinatra sich hinsichtlich seiner Beziehung zu Sam Giancana in acht nehmen soll.«
»Ja«, sagte Hoover, »das ist mein Hauptanliegen. Es gibt da aber noch eine Kleinigkeit.«
»Wie klein?«
»Nicht allzu wichtig. Unsere junge Dame mit den promiskuitiven Beziehungen. Sie heißt Modene Murphy, und sie scheint mit einem der Sekretäre hier im Weißen Haus sehr befreundet zu sein.«
»Was Sie nicht sagen! Dem werde ich nachgehen müssen. Ich kann mir nicht vorstellen, wie Sie die beiden abhören könnten.«
»Das können wir nicht, und das würden wir auch nicht tun. In dieser Hinsicht können Sie ruhig schlafen. Wir hielten es nur in Anbetracht von Miss Murphys fortdauernder Verbindung mit Sam Giancana für erforderlich, ihren Telefonverkehr zu überwachen. Das war keine so leichte Sache. Mr. Giancana schickte seine Leute regelmäßig zu ihr, damit sie ihre Anlage überprüfen. Trotzdem ist es uns gelungen, ihre Gespräche so weit zu verfolgen, um feststellen zu können, daß sie gelegentlich, manchmal auch mehrere Tage hintereinander, mit der Anlage des Weißen Hauses verbunden ist.«
Er nippte an seinem Kaffee. »Ich werde die Angelegenheit Ihrem Ermessen überlassen«, sagte er und erhob sich. »Wenn Mrs.

Kennedy aus Hyannisport zurückkommt, richten Sie ihr bitte meine Grüße aus.«

Sie sprachen noch über das Frühjahrstraining, als sie zur Tür schritten. Hoover wollte nach St. Petersburg hinunter, um ein paar Tage bei den Yankees zu verbringen, und Jack Kennedy bat ihn, Grüße an Clyde Tolson zu bestellen, der ihn begleiten würde.

14

Einige Wochen darauf erfuhr ich aus den mir von Kittredge übersandten FBI-Berichten, daß mein Vater, noch immer in Tokio, am Tage nach J. Edgar Hoovers Lunch im Weißen Haus ein Telegramm von Buddha höchstpersönlich bekam:

DIE ABTEILUNG KRIMINALITÄT DES JUSTIZMINISTERIUMS HAT VOM CIA SPEZIELLE STELLUNGNAHME ERBETEN, OB EINWÄNDE GEGEN STRAFVERFOLGUNG EINES GEWISSEN MAHEU WEGEN VERSCHWÖRUNG ZWECKS ANZAPFENS VON TELEFONLEITUNGEN BESTEHEN. UMGEHENDE STELLUNGNAHME WIRD ERBETEN.

Am 10. April 1962 schickte Hoover dann folgende Mitteilung an den Stellvertretenden Generalstaatsanwalt Miller im Justizministerium:

»Boardman Hubbard hat jetzt mitgeteilt, daß Strafverfolgung von Maheu zur Offenlegung streng geheimer Informationen bezüglich der mißlungenen Kuba-Invasion im April 1961 führen würde. In Anbetracht dieser Tatsache erhebt die Agency Einwände gegen eine Strafverfolgung Maheus.«

Bobby Kennedy berief anschließend, am 7. Mai, eine Sitzung mit Lawrence Houston, dem Allgemeinen Berater für den CIA, und Sheffield Edwards, dem Direktor des Sicherheitsbüros des CIA ein. In Beantwortung der gezielten Fragen des Generalstaatsanwalts mußten sie zugeben, daß Maheu Giancana 150000 Dollar für die Ermordung Castros angeboten hatte. Daraufhin sagte Robert Kennedy – so hat es Sheffield Edwards später berichtet – mit gar nicht lauter, aber sehr deutlicher Stimme: »Wenn Sie sich je wieder auf Geschäfte mit Gangstern einlassen sollten, verlange ich, daß Sie es dem Generalstaatsanwalt vorher mitteilen werden.«

Am 9. Mai kam es zu einem Treffen zwischen Robert Kennedy und J. Edgar Hoover. Dieser vermerkte anschließend dazu in seiner persönlichen Akte:

»Ich brachte mein Erstaunen zum Ausdruck über solche Aktivitäten der Agency angesichts des schlechten Rufes von Maheu und des fürchterlichen Fehlgriffs, einen Mann mit einem Vorstrafenregister wie Giancana für ein solches Vorhaben zu wählen. Der Generalstaatsanwalt war derselben Meinung.«

In einem privaten Schreiben von Hugh Montague an Richard Helms zwei Tage später heißt es:

Habe mit dem Bruder gesprochen. Bruder sagte, er hätte sich mit Buddha getroffen und würde uns das nie verzeihen. Sagte, das Schlimmste, was Buddha angedeutet hätte – allerdings nur mündlich, nicht aktenkundig vermerkt –, wäre, daß der Herr der Arbeit das Eichhörnchen veranlaßt hätte, uns Rapunzel und sein Gehege von Freunden anzubieten. Ich erwiderte, das sei, obgleich nicht verifizierbar (ein Hauch A. J. Ayer) in der Tat beunruhigend, und diese Bemerkung erlaubte es mir, den fürchterlichen Abgrund rasch zu überwinden und mich aus seinem Büro davonzustehlen. Wir müssen jetzt so wahnsinnig viel unter den Teppich kehren. Ich befürchte, daß es sonst bald die Spatzen von den Dächern pfeifen.

Am 14. Mai, fünf Stunden nach Hoovers Besuch bei Bobby Kennedy, rief William Harvey auf Harlots Anweisung hin Sheffield Edwards an und erklärte: Sollte der Generalstaatsanwalt anfragen, so könne man ihm mitteilen, daß man eine Beschäftigung Rosellis nicht in Betracht zöge. Edwards versicherte, er würde sich dazu eine Aktennotiz machen.

Nun, da ein Stück Papier vorhanden war, das auf die falsche Fährte wies, nahm Harvey Kontakt mit Roselli auf, der ihm mitteilte, die Pillen seien nach Kuba durchgekommen. »Dann wollen wir sie auch benutzen«, sagte Harvey.

Während dieser Zeit wurde die Überwachung Giancanas durch das FBI laufend verstärkt.

MODENE: Ich könnte schon kotzen, bevor wir überhaupt zum Flughafen fahren. Ich weiß, daß uns da FBI-Männer erwarten, und ich erkenne sie jetzt immer sofort. Sie sind so auffällig wie Pinguine.
WILLIE: Du übertreibst.
MODENE: Wenn jemand nur eine einzige Sache im Kopf hat, dann hebt er sich in einer Menschenmenge von allen anderen ab. Sobald wir uns dem Gate nähern, kann ich sie sehen. Früher sind sie uns wortlos gefolgt, aber jetzt kommen sie heran und sprechen uns ganz laut an, damit alle Umstehenden es hören. »Womit verdienen Sie Ihren Lebensunterhalt, Giancana?« fragen sie. »Kein Problem«, antwortet Sam. »Mir gehört Chicago. Mir gehört Miami. Mir gehört Las Vegas.« Es ist zweimal hintereinander passiert, als wir zum Flugzeug unterwegs waren. Sam meint, er habe die Sache im Griff. »Sie können mir nichts anhaben, Modene«, sagte er zu mir. »Sie werden dafür bezahlt, und damit hat sich's.«
WILLIE: Na ja, ich glaube, er ist geschickt genug, ihnen wieder eins auszuwischen.
MODENE: Aber er weiß nie, wann er aufhören muß. Das letzte Mal, als wir zusammen geflogen sind, hat Sam sie noch mehr provoziert. Er sagte: »Mir gehört Chicago. Mir gehört Miami. Mir gehört Las Vegas. Und was gehört euch? Leere Taschen?«
Das hat er zu dem FBI-Mann gesagt, der uns in Chicago ständig auf den Fersen ist, einem Riesenkerl mit Bürstenhaarschnitt, der mir Angst einjagt. Er sieht immer so haßerfüllt aus. Ich glaube, er will Sam unbedingt ans Leder. Als Sam ›leere Taschen‹ sagte, fing der Mann an zu kochen – man sah's an seinen Augen. Er drehte sich um und rief den Passagieren zu, die zum Flugzeug wollten: »Das hier ist Sam Giancana. Seht ihn euch an. Er ist der berüchtigtste Ganove auf der Welt. Abschaum der Menschheit. Sie werden mit dem größten Stück Dreck zusammen im Flugzeug sitzen, das Ihnen je über den Weg laufen kann.« So etwas hatten sie noch nie zuvor gewagt. »Mach den Mund zu«, fauchte Sam, »oder ich kümmere mich persönlich um dich.«
Ich war wie gelähmt. Sam ist nur eine halbe Portion gegen diesen Riesenbullen. Und der Bulle machte ein Gesicht, daß mir fast das Herz stehenblieb. »O Sam«, flötete er. »Hau doch zu. Komm, hau her.« Er heulte beinahe, bettelte fast, als er es sagte.
Sam gelang es, sich zusammenzureißen. Er drehte dem FBI-Kerl

den Rücken zu und gab sich Mühe, so zu tun, als gäbe es ihn nicht, aber dieser Hüne von einem Bullen bettelte immer wieder: »Bitte Sammy-Boy, versuch's doch mal. Hau doch zu, du feiger Drecksack.« Ich weiß, daß Sam Angst gehabt haben muß. Er wurde so bleich unter seiner Sonnenbräune, als ob er eine Haut unter der Haut hätte. »Ich kann nicht in dieses Flugzeug steigen«, flüsterte er mir zu. »Ich kann nicht stundenlang da drin sitzen.«
WILLIE: Ja und euer Gepäck?
MODENE: Mein Fehler war, daß ich ihn das auch gefragt habe: Was wird mit unserem Gepäck? »Komm, raus hier«, schrie er, und wir liefen wieder zurück, den Gang hinunter, und die FBI-Männer brüllten und schrien hinter uns her! Und der Riesenkerl lachte: »So ein aufgestellter Mäusedreck!«
WILLIE: Ich kann mir gar nicht vorstellen, daß FBI-Männer so häßliche Worte sagen.
MODENE: Es liegt wohl daran, daß sie selbst ein bißchen die Nerven verlieren, wenn Sam auftaucht. Ich glaube, es ärgert sie maßlos, daß sie ihm nichts nachweisen können. Sam ist zu schlau für sie. Sogar unter diesen Umständen hat er das letzte Wort behalten. Als wir in ein Taxi stiegen, wandte sich Sam zu dem mächtigen Burschen um, der uns gefolgt war, und sagte: »Sie haben heute abend ein Feuer angezündet, das nie mehr ausgehen wird.«
»Ist das eine Drohung?« fragte der FBI-Mann.
»Nein«, entgegnete Sam ganz ruhig und höflich. »Das ist eine Feststellung.« Der FBI-Mann hat tatsächlich mit den Augenlidern gezuckt.
Dann folgten die FBI-Leute unserem Taxi den ganzen Weg hinaus bis vor Sams Haus, aber Sam war das egal. »Die können die ganze Nacht draußen warten und sich von den Moskitos stechen lassen.« Wir gingen nach unten in sein Büro, das, wie er sagt, hundertprozentig abhörsicher ist, und er rief ein paar von seinen Leuten an und sagte ihnen, sie sollten zu ihm herüberkommen.
WILLIE: Würde das FBI sie nicht identifizieren, wenn sie zu ihm kamen?
MODENE: Was macht das schon? Sie haben hundertmal zugeguckt, wie dieselben Leute sich mit Sam trafen. Wenn sie nicht hören können, was gesagt wird, haben sie nicht viel davon.
WILLIE: Du hast ja schon einiges gelernt!
MODENE: Ich liebe Sam einfach.

WILLIE: Ich glaube es dir.
MODENE: Es ist wirklich so.
WILLIE: Dann hast du die Sache mit Jack überwunden?
MODENE: Ich liebe Sam. Er hat mir gestanden, daß er noch nie im Leben einer Frau vertraut hat, aber daß ich nicht so wie die anderen wäre, und mit mir könnte er reden.
WILLIE: Was hat er dir denn anvertraut? Erzähl's mir mal.
MODENE: Ich weiß nicht, ob ich das darf. Ich habe Sam versprochen, daß ich nicht mehr von meinem Apparat aus telefonieren werde, und jetzt breche ich mein Versprechen. Aber ich finde diese Telefonzellen einfach widerlich.
WILLIE: Ich dachte, deine Leitung ist sauber?
MODENE: Trotzdem!
WILLIE: Sag schon! Ich spüre das, deine Leitung ist sauber.
MODENE: Sam sagte, er haßt Bobby Kennedy. Er haßte ihn, seit er damals 1959 vor dem McClellan-Ausschuß erscheinen mußte – als Bobby dessen juristischer Berater war. Du kennst das ja, wenn Zeugen sagen: ›Ich will diese Frage nicht beantworten, weil ich mich sonst selbst belasten könnte.‹ Ja, und darum machte sich Sam Sorgen. Wie es scheint, hat er es in der Schule sehr schwer gehabt. Er konnte einfach nicht lesen lernen. Er sagte, er müßte auch heute noch kichern, wenn er etwas laut vorlesen soll. Bobby Kennedy stellte ihm immer wieder Fragen wie: »Haben Sie sich des Opfers entledigt, indem Sie Beton darüber gossen?« und Sam versuchte dann, diese juristische Floskel von einer Karte abzulesen, auf der er sie notiert hatte, und dabei mußte er kichern. Bobby sagte daraufhin: »Sie gackern wie ein kleines Mädchen.«
Sam hat mir erzählt, es bräche ihm immer noch der Schweiß aus vor Zorn, wenn er daran zurückdächte. Daß er für Jack gearbeitet habe, sei trotz Bobby geschehen. Sam hatte gehofft, Jack würde ihm das FBI vom Hals schaffen. Und das würde seine Rache an Bobby sein. Nur hat es nicht geklappt.
WILLIE: Ist Sam auf Sinatra wütend?
MODENE: Er hat eine Heidenwut auf ihn. Sam denkt, ich verstehe kein Sizilianisch, aber ich habe ein sehr gutes Gehör und ein paar Worte habe ich schon gelernt. Immer wenn seine Leute »farfalletta« sagen, sprechen sie von Sinatra.
WILLIE: Was meinen sie damit?

MODENE: *Farfalletta* ist ein Schmetterling.
WILLIE: Wie hast du das herausbekommen?
MODENE: Weil Sams Leute viel mit den Händen reden, wenn sie etwas ausdrücken wollen.
WILLIE: Ja, aber wie hast du erfahren, daß sie dabei von Frank reden?
MODENE: Weil sie immer wieder auch Frank sagen. Oder Frankie. An diesem Abend habe ich ganz klar mitgekriegt, daß Sam ihnen sagte, wie satt er Frank hat. Ein paar von ihnen fingen an darüber zu reden, daß sie den Schmetterling zerquetschen würden. Sie klatschten mit der Handfläche auf den Tisch. Sam grinste nur wie der Teufel. Ich kenne dieses Grinsen. Es heißt, daß er mit einer Sache Geld verdienen wird, an die sich kein anderer wagen könnte. Als der Abend vorbei war, sagte Sam zufrieden: »Ich lasse den Goldhamster für mich arbeiten.« (20. Mai 1962)

Aus einem FBI-Bericht, 10. Juni 1962, Special Agent Rowse:
AN: Büro des Direktors
BETR.: Giancana
G. hat Frank Sinatra, Dean Martin, Sammy Davis junior, Eddie Fisher und Joey Bishop für ganzwöchiges Engagement in Villa Venice, einem Rasthaus am nordwestl. Stadtrand von Chicago, das ihm wahrscheinlich gehört, angeworben. Infolge solcher Geschäftsbelebung erzielt G. jetzt auch hohe Einnahmen durch Betrieb seiner die ganze Nacht hindurch geöffneten Spielhölle, die er in einem ehem. Lagerhaus zwei Querstraßen von Villa Venice eingerichtet hat. G's Einnahmen aus Spielhöllenbetrieb in einem Zeitraum von drei Monaten schätzungsweise 1500000 Dollar. Information von zuverlässigem Zeugen besagt, daß die auftretenden Künstler nur einen Bruchteil ihrer normalen Gage erhalten, weil sie von Sinatra nach Chicago eingeladen wurden.

Auszug aus einem Transkript: AURAL, 12. Juni 1962:
WILLIE: Hast du von Jacks Geburtstagsparty im Madison Square Garden gelesen?
MODENE: Natürlich.
WILLIE: Ich hab's im Fernsehen gesehen.
MODENE: Ich habe es mir nicht angeguckt.
WILLIE: Marilyn Monroe war fabelhaft. Sie hat »Happy Birthday,

Mr. President« gesungen. Modene, sie war förmlich in ein Kleid hineingenäht – eine technische Glanzleistung.

MODENE: Marilyn Monroe hat eine Affaire mit Jack.

WILLIE: Weißt du das ganz sicher?

MODENE: Ich sehe so etwas.

WILLIE: Ärgert es dich?

MODENE: Warum sollte es das?

WILLIE: Ach, komm, Modene!

MODENE: Nein. Wenn etwas vorbei ist, dann ist es vorbei. Ich sehne mich nicht nach Jack Kennedy. Ich bin wütend auf ihn.

WILLIE: Ich dachte, du hättest gesagt, es wäre sowieso bald aus.

MODENE: Ja, das war es. Es war wirklich aus, als J. Edgar Hoover sich da reingemischt hat. Jack rief mich noch am selben Nachmittag an und sagte, es sei der letzte Anruf für uns beide über die Amtsleitung des Weißen Hauses, aber dann – das will ich gern zugeben – hat er mir eine Privatnummer im Weißen Haus genannt, die ich in Notfällen anrufen könnte.

WILLIE: Hast du die Nummer mal angerufen?

MODENE: Das wollte ich nicht tun. Aber dann fing das FBI an, mich in meiner Wohnung in Los Angeles zu besuchen. Das war mir gegenüber meinen Mitbewohnerinnen peinlich. Ich meine – sie sahen ja, daß das keine zwei Freunde waren, die mal auf einen Drink vorbeikamen.

WILLIE: Ich hätte gedacht, daß das das geringste Problem wäre. Du siehst deine Mitbewohnerinnen doch ohnehin fast nie.

MODENE: Das FBI macht mich sehr nervös. Ich hab' jetzt öfter Schwindelanfälle. Es ist grauenhaft. Ich mache fast überhaupt keinen Flugdienst mehr. Sam hat erreicht, daß ich nur noch dreimal im Monat fliege, aber wenn ich arbeite, fange ich an zu taumeln. Einmal habe ich immer wieder das Tablett fallengelassen, dreimal auf einem Flug.

WILLIE: O Gott, das ist doch nicht möglich!

MODENE: Schließlich habe ich doch die Privatnummer angerufen. Ich habe Jack gebeten, dem FBI zu sagen, daß es mich in Ruhe lassen soll, aber Jack wollte nicht. Er sagte mir nur immer wieder, sie seien hinter Sam her, und ich sollte ihnen einfach ins Gesicht lachen. »Das kann ich nicht«, habe ich ihm gesagt. »Ich bin ihnen nicht gewachsen.« Da wurde Jack richtig wütend. »Modene«, sagte er, »du bist eine erwachsene Frau, und du wirst selbst damit fertig werden müssen.« »Du meinst«, habe ich ihn gefragt, »du und dein Bruder, ihr habt nicht die Macht, dem FBI zu sagen, daß es mich in Ruhe lassen soll?« »Doch, das haben wir schon«, sagte er, »aber das könnte für uns zu teuer werden. Kümmere dich bitte selbst darum und laß mich in Ruhe. Ich muß mich um ein paar wichtigere Dinge kümmern, ob du's glaubst oder nicht.« Und weißt du was? Er hat das in diesem sarkastischen Bostoner Ton gesagt, den er oft drauf hat. Ich werde richtig blaß vor Wut, wenn ich daran denke, wie er das gesagt hat: »Ob du's glaubst oder nicht.«

15

Tokio, 15. August 1962

Lieber Rick,
es ist lange her, seit ich Dir geschrieben habe, aber ich hab's immer aufgeschoben und auf angenehme Nachrichten gewartet, die ich Dir hätte erzählen wollen. Ich fürchte aber, ich erlebe jetzt einen K. O. nach dem anderen, und um der Düsterkeit noch eine gewisse Würze zu verleihen, hat mich mehrmals das FBI besucht. Ich muß sagen, ich bin jetzt schon ziemlich gut darin, die Special Agents zur Verzweiflung zu bringen, und natürlich besteht Buddhas Ostasiengang aus relativ zivilisierten Individuen, denen klar ist, daß sie hier im Fernen Osten nur als Verbindungsleute fungieren. Also respektieren sie meine Gefühle.
Aber ein anderer von meinen alten Freunden ist mir nun in den Hades vorausgegangen: William Faulkner ist Anfang vorigen Monats gestorben. Wenn ich auch nicht behaupten kann, in letzter Zeit sehr oft das Vergnügen gehabt zu haben, ihn zu sehen, so erinnere ich mich doch noch lebhaft an einen prächtigen Abend damals 1946 gleich nach dem Krieg, als Dashiell Hammett und Faulkner und ich im Twenty-One durchgesoffen haben. Und weißt Du was, Faulkner hat innerhalb von zwei Stunden kein Wort gesagt. Ich bin nicht einmal sicher, ob er uns zuhörte. Dann und wann stießen wir ihn an, und er hob den Kopf und sagte: »Das

Geheimnis, meine Herren, ist: Ich bin nur ein Farmer.« Na, Dash hat kaum jemals die Lippen zu einem Lächeln verzogen, aber selbst er brach in schallendes Gelächter aus. Ich war so traurig über Bills Tod, daß ich den Fehler machte, Mary davon zu erzählen.

»Ach Cal, hör auf«, sagte sie, »du kannst doch nicht behaupten, du hättest in ihm einen Busenfreund verloren. Du hast doch in fünfzehn Jahren keinen einzigen Brief von dem Mann bekommen.«

»Ja«, sagte ich, »aber er war ein glänzender Schriftsteller.«

»Weißt du«, sagte Mary mit dieser Stimme, die sie immer hat, wenn eine Frage für sie schon entschieden ist. »Er war vielleicht ein glänzender Schriftsteller, aber ich kann ihn einfach nicht lesen. Er ist einer von diesen Leuten, die alles so fest in sich einpacken, daß sie nichts sagen, sondern nur komische Geräusche von sich geben.«

Gott sei Dank schlage ich Frauen nicht. Einem Mann wäre ich für weniger als solch eine Bemerkung an die Gurgel gefahren. Meine Gefühlsschwankungen machen mir ernsthaft Sorgen. Marys Worte sind mir dauernd im Kopf herumgegangen, bis ich der Meinung war, Mary hätte in Wirklichkeit nicht von Faulkner, sondern von ihrem japanischen Geschäftsmann gesprochen, den ich zum Glück verscheucht habe.

Vielleicht kommt es von all diesen Todesfällen, daß ich so durcheinander bin. Zu viele Freunde haben ihre letzte Reise angetreten. Weißt Du, was einem in den Stunden nach einer Schlacht am meisten zu schaffen macht? Das ist die Erinnerung an den Gesichtsausdruck der Männer im Augenblick ihres Sterbens. Das ist ein Ausdruck, den man noch nie zuvor in ihren Gesichtern gesehen hat. So grübele ich denn über das Ableben von Menschen nach, die mir etwas bedeuten. Ich gebe zu, daß ich mir vorzustellen versuche, wie ihr letzter Gesichtsausdruck ausgesehen haben mag.

Jetzt ist es Marilyn Monroe. Ihr Selbstmord am 5. August, ja, genau vor zehn Tagen, hat mich sehr beschäftigt. Wußtest Du, daß Allen Dulles 1955 vorgeschlagen hat, ich solle Miss Monroe in Hollywood besuchen und dazu bringen, mit Sukarno eine Affaire anzufangen? Allen ist vielleicht durch ein Gespräch mit Marlene Dietrich auf diese Idee gekommen. Sie hat unserem Großen Weißen Agentenführer einmal erzählt, sie bedauere, Hitler nicht in den dreißiger Jahren kennengelernt zu haben, denn sie sei sicher, daß sie ihn hätte »humanisieren« und damit zig Millionen Menschenleben retten können. Marlene weiß zweifellos ein, zwei Dinge, von denen ich keine Ahnung habe. Allen hat sich diese Idee jedenfalls gemerkt und in seiner Spezialrüstkammer für besondere Fälle gespeichert, und nun sollte Marilyn Monroe es halt mal mit Sukarno versuchen. Ich glaube, ich habe Dir das schon mal beiläufig erzählt. Allen, versteh mich recht, war es damit ernst und mir dann auch bald. Was für ein wundervoller Auftrag! So etwas bekommst Du einmal in zehn Jahren. An Sukarno habe ich überhaupt nicht mehr gedacht. Der Gedanke, Marilyn Monroe kennenzulernen, hat mich begeistert. Ich hätte die Dame von der Bedeutung dieses Jobs fürs Vaterland überzeugen und, um das zu schaffen, vielleicht zuerst ihr Herz erobern müssen. Ich kann Dir sagen, ich habe mir ihre Filme angesehen. »Blondinen bevorzugt« muß ich dreimal gesehen haben, und ab und zu sagte Allen: »Ich habe die Sache mit dir und Miss Monroe nicht vergessen.«

Nun, als er schließlich soweit war, schrieben wir das Jahr 1956, und es war zu spät. Marilyn war nicht mehr in Hollywood, sondern in New York und hatte die Liebesaffaire des Jahres mit Arthur Miller angefangen. Was für eine Vergeudung! Ich hatte immer gehofft, ich hätte ihr süßer Dynamit-Daddy werden können. Jetzt ist sie tot.

Seitdem verfolgen mich beunruhigende Gedanken. Ich halte meine Phantasie fest im Zaum, aber ich bin keineswegs sicher, daß sie nicht ermordet worden ist. Wir haben einen Agentenführer hier, der mit den Gerichtsmedizinern bei der Tokioter Polizei auf gutem Fuß steht, und da der Gerichtsmediziner in Los Angeles, Thomas Noguchi, auch Japaner ist, haben sie mir eine Kopie des Autopsieberichts besorgen können.

Nun, Rick, ich bin nicht im Delirium. Soviel weißt Du ja doch von Deinem alkoholgeplagten Vater – ja, ich trinke in diesem Augenblick, trinke schrecklich gern, wenn ich einen Brief an Dich zu Papier bringe, ältester Sohn –, und ich sehe nicht ein, warum ich mich deshalb verteidigen sollte. Ich will Dir sagen: Ich mußte diesen Autopsiebericht einfach sehen. Nenne es Instinkt, nenne es das Ergebnis eines zwanzigjährigen Dienstes im Intelligence-Gewerbe, aber ich hatte einfach so ein komisches, unangenehmes, schmerzhaftes Gefühl im Magen.

Rick, ich habe ihn gelesen, und er ist eine Zeitbombe. Der Autop-

siebericht zeigt, daß Marilyn genügend Barbiturate im Blut hatte, um zwanzig gesunde Frauen umzubringen, in ihrem Magen aber: *nichts*. Einen Teelöffel voll von einer »braunen schleimigen Flüssigkeit«. Das reicht nie und nimmer. Du kannst nicht die vierzig oder mehr Tabletten schlucken, die Du brauchst, um den Barbituratspiegel in Deinem Blut auf solch ein Niveau zu bringen und dann nur einen Teelöffel voll im Magen haben. Ich bin sicher: Man hat ihr eine Injektion verabreicht.
Nun weißt Du ja, daß sie eine Liebschaft mit Jack Kennedy hatte, vielleicht auch mit Bobby. Ich kann mich des Verdachtes nicht erwehren: Wenn sie gedroht haben sollte, die Sache mit einem oder beiden Jungs an die große Glocke zu hängen, könnten diese in ihrer Eigenschaft als Exekutive eine bestimmte Entscheidung gefällt haben.
Haben die Kennedys Marilyn Monroe umgelegt? Schon der Gedanke daran ist mir ein Greuel. Der durchschnittliche Präsident der Vereinigten Staaten begeht oft etwas, das die Geschichte später als einen schweren menschlichen Fehler bezeichnet. Schließlich sind die Präsidenten fließende Teilchen im Hochenergiestrom der Weltereignisse. Aber eine Frau zu töten! Das ist abscheulich. Ich weise diesen Gedanken von mir. Aber er kommt immer wieder, und ich kann nicht einschlafen. Ich hasse die Kennedybrüder. Unentschlossenheit bei der Schweinebuchtsache war eine Sache, aber einer hinreißenden Frau das Lebenslicht ausblasen – nein! Ich versuche mich in sie hineinzuversetzen. Diese Kennedys sind alte Hasen, was Skandale angeht. Sie haben das von ihrem Vater gelernt. Wenn Marilyn Monroe jemals ein Geschrei erhoben hätte und die Zeitungen hätten es gedruckt, dann wäre den Kennedys schon etwas eingefallen, um die Situation in den Griff zu bekommen. Zum Teufel, da fiele sogar mir sofort was ein. »Miss Monroes Begabung als Schauspielerin ist über jeden Zweifel erhaben und es ist bedauerlich mitanzusehen, wie ihre berufliche Überlastung offenbar einen tragischen Nervenzusammenbruch ausgelöst hat.« Natürlich. Sie hätten sich ihrer erwehren können, ohne eine so scheußliche Tat zu begehen. Aber haben sie auch so gedacht? Ich zweifle daran. Ich glaube, sie könnten den Mord begangen haben. Bin ich auf dem Holzweg? Opfer geistiger Verwirrung? Wenn ja, dann könnte es an dem hier draußen unter uns Agency-Leuten herrschenden Meinungsklima liegen. Unten in Südvietnam, wo

Rough und Tough jetzt dienen, schätzen sie Kennedy ein bißchen mehr wegen seiner Vorliebe für die Green Berets, aber nicht hier oben im General-MacArthur-Land. Agency-Leute in Tokio sehen keinen so großen Unterschied zwischen Kennedy und Castro. (Pinko, Pinko! Beides rosa Schweinchen.) Die Schweinebucht hat einen ekelhaft bitteren Geschmack hinterlassen. Du kannst es überall beim North Asia Command hören. Mein Sohn, ich habe jetzt das geistige Äquivalent eines Tumors in meinem Kopf und es wird erst heraus sein, wenn ich das verarbeitet habe. Ich steige jetzt ein, ich untersuche Marilyns Tod.

DEIN SHERLOCK HALIFAX

P. S. Was macht Mongoose?

16

Marilyn Monroe ermordet! Jeder Mann hat das Recht, einmal eine verrückte These aufzustellen, aber das ging mir ganz entschieden zu weit. Jedenfalls drängte es mich nicht, meinem Vater von Mongoose zu berichten. Seit Monaten begannen meine Briefe an Kittredge mit Sätzen wie: »Ich weiß, daß ich in letzter Zeit nicht viel über unsere Fortschritte mitgeteilt habe, aber es gab eben auch nicht viel zu berichten.« Und dann hatte ich unsere kleinen Überfälle möglichst großartig herausgestrichen.

Nahezu jede Nacht schlichen sich ein, zwei oder mehr unserer Boote von Miami oder den Keys hinaus zu einer Begegnung an Kubas Küste; in manchen Wochen unternahmen zwanzig Schiffe die riskante Rundfahrt. In Erweiterung des Konzepts meines Vaters über den Einsatz von Mutterschiffen hatte Harvey mehrere große Yachten erworben, auf denen man geräumige Landungsboote für die Kommandos mitführen konnte. Wir hatten uns sogar zwei Patrouillenboote der Marine angeschafft, die *Rex* und die *Leda*, die uns als Flaggschiffe dienten. Jedesmal, wenn ich sie am Dock oder in einem Segelboothafen liegen sah, hatten sie einen neuen Anstrich. Ein einst grünes Deck und ein blauer Rumpf hatten sich nun in einen weißen Rumpf mit braunrosa Aufbauten verwandelt. Harvey achtete sehr darauf, daß unsere Flotte nach Vergnügungsbooten und nicht wie eine Ansammlung von Kriegsschiffen aussah. Die Artillerie – 40 mm-Schiffskanonen, .50-Kaliber-Maschinengewehre und rückstoßfreie .57-Kaliber-Gewehre – wurde unter Deck gelagert, und unsere beiden Flaggschiffe trugen achtern einen zerlegbaren Kran, mit dem man unsere Fiberglasboote mit 120-PS-Innenbordmotoren hochhieven und wieder zu Wasser lassen konnte, um kurze, schnelle Fahrten an Land zu ermöglichen. Harvey registrierte diese Kriegsschiffe irgendwo in Nikaragua und zwar als Eigentum von Briefkastenfirmen, die Filialen von Filialen von Somozas Reedereien waren. Die Liegegebühren für die Boote wurden von Oceanic Mangrove bezahlt, einer Firma, die wir von einem Schreibtisch bei Zenith aus betrieben. »Ich kann diesen Falschspielertrick mit einer Sechzigmeteryacht spielen«, sagte Harvey gern. Die Heuer der kubanischen Besatzung kam von einer Konservenfabrik in Key West.

Ich hoffte Kittredges Leidenschaft für Details zu befriedigen, aber meine Briefe an sie fingen an mir Sorgen zu bereiten. Immer wieder versuchte ich mir die Ausmaße der Katastrophe auszumalen, zu der es kommen mußte, wenn Harlot unseren Briefwechsel entdeckte. Das würde grauenvoll werden. Aber vielleicht ließ er sich dann von ihr scheiden, und ich konnte sie heiraten. Aber was war, wenn irgend jemand anders von der Agency über unsere Korrespondenz stolpern sollte? In dem Fall würden Kittredge und ich einander aus irgendeinem Hochsicherheitstrakt schreiben. Während sie die Gefahr wohl reizvoll fand, nahm ich das kalkulierte Risiko dieser Briefe als – nun, als eine weitere Belastung von Harry Hubbards mauleselhafter Seele auf mich und zwang mich, ihr immer noch mehr mitzuteilen.

Um das Risiko für das Unternehmen zu verringern, hatte Harvey jedes einzelne unserer Netze in ein separates Ensemble von Zellen gebündelt, und da er gern auch wieder die einzelnen Zellen voneinander trennte, hatten wir am Ende Spionagelabors, die nur noch eine einzige Funktion besaßen. So arbeiteten zum Beispiel vier Buchhalter im Finanzministerium von Havanna an einer sehr eleganten Operation: Es war ihnen gelungen, Gelder der Regierung in solchem Umfang zu unterschlagen, daß es für die Finanzierung eines großen Teils unserer Tätigkeit in Kuba reichte. Vor meinem geistigen Auge sah ich Castro auf seinem Schreibtisch in einem Berg von Müll nach einem bestimmten Schriftstück suchen – und er fand es nicht, denn eine seiner Sekretärinnen hatte es schon an uns weitergeleitet. Ich wunderte mich bisweilen, wie Kuba überhaupt noch existieren konnte. Dann wieder dachte ich: Castros Stärke muß gerade in diesem Chaos liegen. In Kuba herrschte solch ein Durcheinander, daß alles, was wir hinzufügten, nur ein weiterer Teil des wüsten Haufens wurde. Das war die einzig mögliche Antwort auf die Frage, wie denn Castros DGI überhaupt funktionieren konnte, während unser ganzes so genau überwachtes Nachrichtensystem die meisten der in JM/WAVE zusammengefaßten Kubaner nicht zu kontrollieren vermochte. Nach einem erfolgreichen Schlag in Kuba beriefen unsere Exilleute in Miami oft eine nicht autorisierte Pressekonferenz ein, gaben mit ihren Großtaten an und führten eine Parade oder Prozession die Southwest 8th Street in Little Havanna hinunter. Begeisterte Kubanerinnen legten Palmblätter auf ihren Weg. Harvey strich diesen Helden wutentbrannt das Gehalt, aber schon nach einem Monat oder so mußte er sie wieder aufnehmen. Wir konnten es kaum zulassen, daß die Kubaner von JM/WAVE sich mit den wilderen Elementen unter den Exilleuten verbanden. Trotzdem verloren wir oft unsere besten Bootsleute. Schließlich waren wir jeder Publizität abhold, nach der wiederum sie sich leidenschaftlich sehnten. Eine kräftige Reklame, erklärten sie mir, sei so gut wie *Camburos maduros*. Was wörtlich mit »reife Bananen« zu übersetzen wäre, bedeutete im kubanischen Sprachgebrauch etwa »scharfe Muschi«.

Ich hätte Kittredge gern von Roselli berichtet, der den ganzen Frühling und Sommer über besonders aktiv war, dessen Unternehmungen indes allesamt nichts fruchteten. Die Pillen, die wir ihm übergeben hatten, erreichten wie geplant den Empfänger, aber dann geschah nichts mehr. »Die Umstände sind derzeit ungünstig«, teilte man uns mit. Ich konnte mir durchaus die Angst vorstellen, die ein ehrlicher Kellner empfinden mußte, der ja niemals sicher sein konnte, ob Castro an dem betreffenden Abend um Mitternacht plötzlich auftauchen würde oder nicht. Kein Zweifel – solche Agenten würden die Pillen schließlich in der Toilette wegspülen. ANCHOVY alias CAVIAR war ein Schlag ins Wasser.

Manchmal schrieb ich ihr von dem fortgesetzten Krieg zwischen Lansdale und Harvey, aber auch der war vorhersagbar. Harvey hatte nur Kraftausdrücke für Lansdale: »All-American-boy-genius«, »Erdnußrübe«, »Lil' Abner« und »Knalltüte« waren seine Standardbezeichnungen. Lansdale wiederum beklagte sich bitter über den CIA-Partner: »Es ist unmöglich«, erklärte er mir, »mit Bill Harvey irgend etwas auf die Beine zu stellen. Wenn ich um eine ausführliche Einschätzung irgendeines wichtigen Unternehmens bitte, kann ich froh sein, wenn ich ein Memo mit einem Satz von ihm bekomme. Wenn ich ihm mitteile, daß das nicht reicht, daß ich mehr brauche, muß ich mir folgendes von ihm anhören: ›General, ich habe nicht vor, mich in allen ekelerregenden Einzelheiten dieses Unternehmens zu ergehen.‹ Einmal habe ich die Hand nach ihm über den Schreibtisch hinweg ausgestreckt, habe ihm ins Auge geblickt und ich schwöre, ich hätte ihn fast angepackt – und ich bin weiß Gott kein Mann der körperlichen Gewalt. ›Bill Harvey, merken Sie sich eins‹, habe ich ihm gesagt, ›ich bin nicht der Feind.‹ Es hat nicht geholfen. Soll ich Ihnen sagen, auf welche Weise er geantwortet hat? Er hat eines seiner fetten Beine hochgehoben, hat sich zur Seite gelehnt und in meiner Gegenwart einen Darmwind ausgestoßen.«

»Darmwind?« unterbrach ich ihn entsetzt, als ob es sich hier um eine Tatsache handle, die der Bestätigung bedurfte.

»Ja. Er hat gefurzt. Ein entsetzlich riechendes Produkt. Kein Shakespearescher Schurke könnte das Abscheuliche an sich besser personifizieren! Was für ein furchtbarer Kerl doch dieser Bill Harvey ist! Er bückte sich, entblößte seinen Fußknöchel, zog sein Fahrtenmesser aus der Scheide und fing an, sich die Fingernägel zu säubern. Er ist untragbar.«

Ich nickte von Zeit zu Zeit, während Lansdale sprach, um zu zeigen, daß ich in der Tat zuhörte. Ich erwiderte nichts. Ich wußte nicht, was ich hätte sagen sollen, ohne Harvey oder mich zu verraten oder mich bei Lansdale unbeliebt zu machen. Ich begriff nun auch allmählich, daß ich gar nichts sagen sollte. Wenn ich meine Arbeit als Verbindungsmann in dem Glauben begonnen hatte, daß ich irgendeine Beziehung, einen Kontakt sozusagen zwischen ihnen herstellen sollte, kam ich nun bereits zu der Erkenntnis, daß ich vielmehr dazu ausersehen war, sie tunlichst auseinanderzuhalten.

17

Mittwoch, 6. September 1962

Liebe Kittredge,
bist Du in der zweiten Augusthälfte in Maine gewesen? Ich habe meine beiden Ferienwochen um den Labor Day herum genommen – mein erster richtiger Urlaub seit dem Frühjahr 1960, als ich im letzten Schnee des Maimonats den Katahdin erstiegen habe. Dieses Jahr habe ich den Fehler gemacht, die Zeit (Zimmer und Essen frei) bei meiner Mutter in Southampton zu verbringen und hätte beinahe geheiratet. (Ein Witz, Liebling, ein absoluter Witz.) Nein wirklich, ich weiß nicht, wer mehr hinter mir her war, die unverheirateten Mädchen, denen meine Mutter ein Loblied von mir gesungen hatte, oder deren jüngere verheiratete Freundinnen. Aber ich hätte die für meine Existenz verantwortliche Dame am liebsten erwürgt, denn ich glaube, es gibt inzwischen niemanden mehr, der nicht weiß, daß ich bei der Agency bin. Es war ekelhaft – oder wäre es gewesen, wenn die sexuellen Belohnungen nicht so eng mit dieser Kenntnis verbunden gewesen wären. Gott, wir von der Agency gelten offenbar in der ganzen Welt als miese, böse und tückische Manipulatoren unterdrückter Völker et cetera, et cetera. Aber guck Dir diese Sommerbienen an, wie sie sich hintereinander aufreihen, um an einen Mann heranzukommen, bloß weil er nicht total unmöglich aussieht und, habt ihr schon gehört, ja, so ein schlimmer CIA-Mann ist. Ich habe in zwei schnell verflogenen Wochen festgestellt, daß ich mir über Zinsen und Kapital meiner Besitztümer keine Sorgen mehr zu machen brauche. Meine Mutter ist reicher, als sie zugeben will, und sie muß mir einfach, was auch passiert, einen schönen Haufen Geld hinterlassen. Außerdem habe ich noch mindestens zehn gute Jahre vor mir, in denen ich die eine oder andere mittelschwere Erbin heiraten kann. Ich hätte in diesen paar Wochen eine großartige Partie machen können mit reichlich *Mazuma* (das ist jiddisch und heißt Knete) – wenn ich irgendwelche Neigungen in dieser Richtung gehabt hätte, aber ich merkte zu meiner Verwunderung, daß ich die meisten reichen Leute verachte. Sie sind – das habe ich in all meiner Unschuld gerade gelernt – maßlos narzißtisch. *Ich und mein Geld* scheint die Summe ihrer inneren Beziehungen zu sein. Alpha oder Omega,

such Dir was aus! Schlimmer noch! Reichen Narzißten fehlt es an dem, was die anderen Narzißten zu bieten haben, nämlich ein kleines bißchen Charme. Welch eine Groteske! Ich verteidige den Westen, um die Wall Street – die angehäuften Profite dieser Splendidos in Southampton – zu beschützen. Nach diesem Urlaub brauche ich einen Auffrisch-Kurs über die Übel des Bolschewismus und des Materialismus!

In Wahrheit aber habe ich meine Ferien durchaus genossen, bin glücklich, wieder hier zu sein und bereit, Dir von einem hitzigen Gefecht Anfang August zwischen Harvey und Lansdale zu berichten, das ausschließlich mit Memoranden geführt wurde. Ich habe in meinem Urlaub mehr als einmal darüber nachgedacht, denn es war grotesk in seinem Ursprung und im Ergebnis klassisch.

Stell Dir ein morgendliches Meeting der Special Group, Augmented vor. Wiederum eine so große Versammlung, daß auch ich ihr angehörte. Es braucht nicht gesagt zu werden, daß auch ein paar echte bürokratische Armleuchter dabei sind: General Maxwell Taylor, General Lemnitzer, Robert McNamara.

Ich bin wieder der junge Mann mit den beiden dicken Aktenkoffern. Ich sitze hinter meinem Prinzipal William King Harvey (der McCone vertritt) und das Meeting, wieder Bobby Kennedys beraubt, schleppt sich eintönig dahin. Wieder über Mongoose. Die Prinzipale, heute nicht unter Bobbys Peitsche zu Leistungen aufgehetzt, sind mit ihren Gedanken längst anderswo. Die Hauptanstrengung an diesem Augustnachmittag ist zu vermeiden, daß man einschläft. Wir haben schon viel zu viele Berichte über uns ergehen lassen müssen über einen Erfolg, der hier erzielt worden sei und den man dort gerade vorbereite, ohne daß irgendein verdammter Anhaltspunkt uns sagen könnte, ob der Höhepunkt oder das Ende von Mongoose irgendwo abzusehen ist.

Harvey zum Beispiel bietet uns eine Synopsis von einem unserer Sabotagejobs, der wunderbar geklappt hat. Anfang des Monats mußte ein kubanischer Frachter mit Namen *Streatham Hill*, der sich mit 800 000 Sack kubanischen Zuckers an Bord auf dem Weg in die Sowjetunion befand, wegen einer dringenden Reparatur den Hafen von San Juan in Puerto Rico anlaufen. Harvey sagte mit seiner leisen, ruhigen Stimme: »Ich weiß nicht, wieso die Kubaner nicht verhindern können, daß immer wieder Sand in die Kugellager ihrer Maschinen gerät« – ein oft und gern gehörter Witz bei Special Group, Augmented, aber in Anbetracht der schläfrigen Stimmung an diesem Nachmittag verzogen sich nur wenige Gesichter zu einem müden Lächeln. Während das Schiff erzwungenermaßen im Hafen lag, gelang es einigen unserer puertoricanischen Kontraktagenten, die Ladung mit einer ungiftigen, Bitrex genannten Substanz zu tränken. »Höchst passend«, sagte Harvey, »weil es den süßen Geschmack in einen bitteren verwandelt. Die Russen werden 800000 Sack unverkäuflichen Zucker erhalten.«

Lansdale machte den Fehler zu fragen: »Wie ist es unseren Leuten gelungen, Bitrex in jeden dieser 800000 Säcke zu infiltrieren?«

»800000 Sack ist nicht buchstäblich, als Verpackungsform zu verstehen«, sagte Harvey überaus geduldig, »sondern als Mengenangabe. Der Zucker wird lose in den Laderäumen mitgeführt. Stellen Sie sich 10000 Tonnen Zucker vor, die mit Bitrex verseucht sind.«

Robert McNamara, der bis dahin still gewesen war, fing an zu sprechen. Es war offensichtlich, daß er keinem von beiden zugehört hatte. McNamara ist ein äußerst ernster, würdevoller, feierlicher Potentat, der von den Zinnen des Verteidigungsministeriums auf die Welt hinabblickt. Er gilt aber, soweit ich hier unten erfahren konnte, von allen Kabinettsmitgliedern als der glänzendste und zielstrebigste. Alle bürokratischen Tugenden werden mit seinem Namen in Verbindung gebracht. Das wird wohl auch stimmen, aber bei den Special Group, Augmented-Sitzungen ist er ein Langweiler. Vielleicht war er an diesem Tage abgelenkt, und mit seinen Gedanken anderswo. Er käute irgend etwas auf Bürokratisch wieder, und es gelang ihm, uns fast in Tiefschlaf zu versenken. Aber mittendrin war ich plötzlich hellwach. Mitten in seiner monotonen, farblosen Zusammenfassung unserer im Rahmen von Mongoose bis dahin unternommenen Anstrengungen glaubte ich gehört zu haben, daß er die Eliminierung von Fidel Castro vorschlug! Dann aber konnte ich dem folgenden gar nicht mehr genau entnehmen, ob er es gesagt hatte oder nicht. »Während ich nicht im geringsten für eine Einbeziehung dieses alternativen Vorschlags in das Kapabilitätspotential von Mongoose stimmen würde, kann ich andererseits im Endresultat ein positives Element erkennen, das uns, auf einer rein theoretischen Ebene betrachtet, in der derzeitigen politischen Situation, was Kuba angeht, zu einer signifikanten Veränderung führen könnte. Andererseits sind die technischen Durchführungsmöglichkeiten für diese hier genannte Alternative vielleicht noch unzureichend entwickelt ...«

Kittredge, ich weiß noch, wie ich mir sagte: »Ich muß mich verhört haben.« Aber alle anderen spitzten ebenfalls die Ohren. Was hat er gemeint? Redet er von einem Mordanschlag?

Das Meeting endete pünktlich. Alle gingen. Ich war sicher, daß McNamaras Rede nicht im Protokoll erscheinen würde. Aber ein paar Tage später, am 13. August, traf ein Memorandum von Lansdale ein, in dem die »auftauchenden Direktiven« der letzten Diskussion in Special Group, Augmented zusammengefaßt waren. Lansdale führte auf: ökonomische Sabotage, paramilitärische Aktion, Geheimdienstaktivitäten und politische Aktivitäten. Zu letzteren fügte er hinzu: »Liquidierung von Führern«.

Da Lansdale dieses Memorandum auch an Mitglieder der Special Group, Augmented im Außenministerium, Verteidigungsministerium und in der United States Information Agency geschickt hatte, war Harvey einem Schlaganfall nahe. »Jetzt brauchen wir nur noch eine undichte Stelle, und irgendein Kongreßausschuß fängt an, sich damit zu beschäftigen, wer sich hier Kompetenzen für Exekutivaktionen anmaßt. Und dann wird man Bill Harvey bitten, den Hintern in den Papierwolf zu stecken.«

Harvey diktierte ein Memorandum an Helms: »Ich habe General Lansdales Büro angerufen und auf die Unratsamkeit und Blödheit, so etwas zu Papier zu bringen, hingewiesen.«

Du kannst sicher sein, Kittredge, daß Helms es an McCone weitergereicht hat, der Lansdale zur Rede stellte. Wie ich wiederum von Harvey erfuhr, antwortete Lansdale darauf: »Nun, Sir, ich hatte beträchtliche Zweifel hinsichtlich der Nützlichkeit dieses Vorschlags, aber ich wollte nichts unberücksichtigt lassen. Bei einer Planung, die möglichst alle Eventualitäten einschließen soll, möchte man die Wasserfront schützen.«

Es klingt genau nach Lansdale. McCone hat Harvey nun gesagt, McNamaras Bemerkungen seien unangebracht gewesen. »Wissen Sie, wenn ich mich je an so etwas beteiligen würde«, sagte McCone, »würde ich vielleicht am Ende noch exkommuniziert.« Da er gerade zum Katholizismus konvertiert ist, denkt er auch an so etwas.

Ergo hat sich McCone über Lansdale hergemacht. Die Flügel sind gestutzt. Statt zur »Phase zwei: das Inspirieren zur Revolte« überzugehen, schlägt McCone Lansdale vor, er solle »eine Spaltung zwischen Castro und den Kommunisten der alten Linie herbeiführen. Das ist eine vernünftige Aktion und ein erreichbares Ziel.«

Das Verrückte an dieser Komödie (die weiterging, während ich in Southampton war) ist, daß Lansdale McCones neuer Linie zuvorzukommen versucht und am 31. August eine neue Aufgabe gestellt hat: »Zwischenfälle zwischen Kubanern und Sowjetblockpersonal hervorzurufen, die die Spannungen verschärfen.«

Selbstverständlich hat Special Group, Augmented den Text verändert. Jetzt lautet er: »Aktionen von Kubanern gegen Blockpersonal hervorrufen.«

Ich weiß nicht, ob Lansdale sich dessen bewußt ist, wie sehr er verloren hat.

Es ist gut, Dir zu schreiben. Vielleicht können wir dieses Jahr einen Weihnachtspunsch zusammen trinken.

Love,
Harry

18

Aus einem Brief an Kittredge vom 12. September 1962:

... Dies sind Nachrichten von einem Disput, auf den ich Harlot aufmerksam gemacht habe. Da er Dich vielleicht nicht unterrichtet hat, will ich Dir anvertrauen, daß ein drohendes Ereignis am Horizont aufgetaucht ist. Letzten Samstag, am 8. September, rief mich Harvey nach Washington. Ich folgte nur unwillig, denn zu den vielen kleinen Strafen, die King William mir für meine Dienstbarkeit gegenüber Hugh auferlegt, gehört es, mich auch die Wochenenden über auf Trab zu halten. Taucht er an einem Samstag oder auch Sonntag in seinem Büro in Miami oder in Washington auf, kannst Du sicher sein, daß er mich zu sich ruft.

Diesmal allerdings handelt es sich wirklich um einen wichtigen Job. Ein Foto ist vom Directorate of Intelligence hinunter in den

Keller von Task Force W geschmuggelt worden; eine höchst brisante Geschichte. Alsbald wird es in Langley vielleicht zu einem harten Kampf zwischen den Abteilungen Intelligence und Operations kommen.

Allmählich beginne ich zu lernen, daß Intelligence – sprich Nachrichtenmaterial – keine sorgfältig gewählte Sammlung geheimer Fakten, sondern vielmehr ein Konstruktions- oder Designprodukt ist: Die Form ist vom Willen derer geprägt, die dem Material den gewünschten Aussagegehalt verleihen: Harvey sagt, die Sowjets exportieren nukleare Mittelstreckenraketen nach Kuba, und das Directorate of Intelligence sagt, sie tun es nicht. Da Mittelstreckenraketen von Havanna aus New York, Washington oder Chicago erreichen können, sind das keine Lappalien, über die wir uns streiten. Auf unseren U-2-Fotos sind Raketenabschußbasen in der Gegend westlich von Havanna zu erkennen, aber das Directorate of Intelligence behauptet hartnäckig, davon könnten nur Boden-Luft-Flugzeugabwehr-Raketen gestartet werden. Offenbar hatten sich Kennedy und Chruschtschow in Wien geeinigt, daß Castro Waffen wie SAM-Raketen aufstellen darf, die der Verteidigung dienen und nur eine Reichweite von fünfundzwanzig Meilen haben. Die Vereinbarung erlaubt natürlich auf keinen Fall Mittelstreckenraketen mit einem nuklearen Angriffspotential.

Nun, was ich hier das »Samstagsfoto« nennen möchte, wurde Harvey Freitag abend zugespielt. Es zeigt eine Aufnahme des sowjetischen Frachters *Omsk* auf See einhundert Meilen von Havanna entfernt. Die Ladeluken des Schiffs sind mit den dazugehörigen Persennings zugedeckt, so kann man bei einer oberflächlichen Betrachtung denn auch nur zu dem Ergebnis kommen: Dieses Schiff verfügt über sehr große Ladeluken, weil es zu Holztransporten eingesetzt wird, aber die Russen schicken Fidel kein Holz, weil Kuba selbst genug davon in seinen Wäldern hat, nein, etwas anderes als Baumstämme muß die Ladung sein. Einer von Harveys Fotoexperten stellt anhand des vom Rumpf der *Omsk* geworfenen Schattens fest, daß das Schiff sehr hoch im Wasser liegt. Also muß es sich bei der Ladung um große Objekte von geringer Dichte handeln. »Mittelstreckenraketen«, knurrt Harvey, »gehören in diese Kategorie.«

Ich habe Wild Bill niemals so glücklich gesehen. Er weiß, daß Oatsie Porringer, mit dem ich vor Jahren in Montevideo gearbeitet habe, einer meiner Kontaktleute im Directorate of Intelligence ist. Also bittet er mich, Oatsie an diesem Samstag aus den Federn zu scheuchen. Porringer ist der einzige gute Agentenführer, den ich kenne, der von der Abteilung Operations zur Intelligence gegangen ist. Jetzt macht er sich nach eigener Aussage einen Namen in einer »Rattenschißecke der Technologie«. Porringer ist, so scheint es, unser Experte in Sachen »Kistologie« geworden – in der Kunst der Berechnung, was eine Kiste oder ein Karton nach Gestalt und Größe enthalten könnte.

Porringer und ich mögen einander nicht so besonders, und mit seiner Frau komme ich schon gar nicht zurecht. Deshalb habe ich keinen einzigen privaten Abend mit ihnen zugebracht, seit wir beide wieder in den Staaten sind. Unsere sozialen Kontakte beschränkten sich auf zwei hastig eingenommene Lunche in der Company-Cafeteria. Und beide Mahlzeiten waren unangenehm. Porringer, verbittert über den Mangel an Anerkennung, den er in Uruguay erlitten hat, beneidet mich um meine Aufgaben. Ich weiß, daß er glaubt, ich hätte sie nicht verdient.

Sobald er allerdings hört, daß es Harvey ist, der ihn zu sprechen wünscht, ist er sofort da. Schon seit vielen Jahren möchte er den legendären Helden von Berlin kennenlernen, und sie verstanden sich an diesem Samstag überraschend gut miteinander. Es ist unüblich, daß Harvey jemanden wie ihn empfängt, aber ich kenne meinen Boss inzwischen. Sein Instinkt sagt ihm, daß wir es mit Mittelstreckenraketen zu tun haben, also wird er in den nächsten Wochen einen eigenen »Kistologen« brauchen. Deshalb gibt er Porringer eine Audienz, und die Ladung der *Omsk* wird schließlich definiert als Raketen. Als Alternative kommen Plastikspielsachen oder Toilettenpapier oder Korbmöbel oder irgendeines von fünf weiteren leichten Frachtgütern in Betracht. Aber nur für Mittelstreckenraketen braucht man so große Ladeluken, wie die *Omsk* sie besitzt.

Seit diesem Treffen am Samstag bin ich über das Wochenende beschäftigt gewesen, und bin es heute, Montag, immer noch. Ich arbeite mit zwei Junior Officer Trainees an der Überprüfung jedes nur denkbaren Transportweges, der aus Bahía Parva, einem Hafen westlich von Havanna, wo die *Omsk* am 9. September eingelaufen ist und sofort, mitten in der Nacht, die Ladung gelöscht hat, hinausführt. Wir haben jede Straße unter die Lupe genommen, die

breit genug ist, um eine Rakete hundert Meilen weit von Bahía Parva zu transportieren. Das ist gar nicht so unmöglich, wie Du annehmen magst; die Straße muß schließlich für einen an die dreißig Meter langen Transporter passierbar sein, der in den Dörfern enge Ortsdurchfahrten und in den Bergen Haarnadelkurven bewältigen muß.
Die meisten Ausfallstraßen von Bahía Parva erweisen sich früher oder später als unbrauchbar, aber eine wahrscheinliche Route ergibt sich aus unseren Untersuchungen schließlich doch, und Harvey hat einen Agenten, der in einem Haus an einer Straße in der kleinen Stadt Rosaria wohnt, durch die der Transporter wahrscheinlich kommen wird. Keine Aufregung bitte, meine Liebe! Per Funk erhält unser Agent Nachricht. Er muß einer unserer wichtigeren Leute in der Gegend sein, da er schon im Besitz eines obschon etwas primitiven Funkgerätes ist.

Aus einem Brief an Kittredge, 14. September 1962:
... Es kommt schneller als erwartet zum Höhepunkt. Unser Agent in San Rosario hat uns in der Nacht des 12. September per Funk benachrichtigt, daß eine Zugmaschine eine große Rakete an seinem Haus vorbeigeschleppt hat. Sagt, er hätte die Länge ziemlich genau einschätzen können, da er die Vorderfront des gegenüberliegenden Hauses abgemessen habe. Die Rakete sei dreiundzwanzig Meter lang. Das muß eine nukleare Mittelstrecken-Lunte sein. Harvey hat zurückgefunkt, er solle den Koffer packen. Wir werden diesen Agenten aus Kuba herausholen.
Ich halte Dich weiter auf dem laufenden ...

Von Kittredge an mich am 16. September 1962:
Ich bete inbrünstig, daß der Fettsack sich irrt. Wenn er recht behalten sollte, könnte ihn das auf den Chefposten der Sowjetrußlandabteilung befördern, aber ich sehe Christopher in meinen Armen, während die großen Bomben explodieren. Castro ist ein Ungeheuer! Wie kann er es wagen, sich von den Russen Raketen liefern zu lassen? Oder schlimmer noch: Hat er selbst welche von ihnen verlangt?

Von Kittredge an mich, 17. September 1962:
Ich habe mich beruhigt. Ich weiß jetzt, daß man einfach seine

Arbeit machen muß, Stunde für Stunde, eine Aufgabe nach der anderen erledigen. Bitte teile mir umgehend alles mit, was geschieht. Ich würde Hugh fragen (der in diesen Tagen ganz besonders still ist). Aber obwohl die Welt sich vielleicht ihrem Ende nähert, wage ich trotzdem nicht das Geheimnis unseres Briefwechsels zu lüften.

Aus meinem Brief an Kittredge, 18. September 1962:
Sherman Kent vom Board of National Estimate hat McCone gesagt, daß es keine Aufstellung sowjetischer Raketen gegeben habe. McCone widerspricht ihm. Er setzt auf Harveys Einschätzung. Harvey ist, wie Du prophezeit hast, in seinem Element. McCone sagte zu Harvey: »Ich hoffe, Sie irren sich nicht«, und Harvey erwiderte, das sei unmöglich. ›Here I come‹, singt Harvey im Badezimmer, ›Soviet Russia Division, here I come.‹

Aus Kittredges Brief an mich, 20. September 1962:
Obwohl Sherman Kent kein Narr ist und gute Leute hat, die für ihn arbeiten, ist Hugh natürlich anderer Meinung als das Board of National Estimate. Er schätzt das Personal drüben beim Directorate of Intelligence als viel zu weich ein. Ich weiß, er denkt dabei an diese vielen ehemaligen Professoren dort mit ihren runden Schultern, den feuchten Handflächen und den priesterhaften Augenaufschlägen. Das Problem ist, meint Hugh, daß viele von ihnen während des Krieges klammheimlich Stalin verehrt haben und die Sowjetunion immer noch als einen verkrüppelten Riesen ansehen, der Frieden braucht, um seine Wunden zu lecken. »Sie verstehen nicht«, sagt Hugh, »daß der Marxismus ein Glaube ist, für den Menschen zu sterben bereit sind. Der Verstand versagt immer vor der inneren Bereitschaft anderer, ihr Leben einer Vision zu opfern. Ich bin bereit, für Christus zu sterben, und diese berauschten Kämpfer des Kommunismus sind bereit, für den Mythos des Materialismus ihr Leben hinzugeben. Der Irrationalismus ist die einzige große Antriebskraft der Geschichte.«
Harry, ich sehe den CIA als ein riesiges Alpha und Omega mit dem Directorate of Intelligence als rationalerer Komponente und den Operations natürlich als den Vertretern des Glaubens. Ich bin in neunundneunzig von hundert Fällen glücklich, mit Dir und Hugh in der Bruderschaft der Operations zu leben, aber, o Gott, ich bete

heute abend, daß Sherman Kent recht hat und daß Wild Bill Harvey sich irrt.

Nebenbei sollte ich Dir sagen, was ich über McCone weiß, da Du es vielleicht bald mit ihm zu tun bekommst. Er ist oberflächlich beurteilt kein netter Mensch. An dem Tag, an dem er Allens Posten übernahm, fiel ihm unter anderem auch die kugelsichere Limousine des Großen Weißen Agentenführers auf. »O ja«, sagte ihm Allen, »die ist nicht schlecht. Man kann sich in eine Zeitung vertiefen und braucht sich nie zu fragen, ob einen nicht irgendein *espontáneo* unten an der Straße durchs Fenster erwischen könnte.« Nun, McCone fuhr ein letztes Mal in seinem ungepanzerten Mercedes-Benz. Denn er erteilte sofort den Auftrag, schon für den nächsten Abend eine solche kugelsichere Limousine für ihn zu beschaffen, woraufhin zwanzig dienstbare Geister sich die ganze Nacht hindurch wie die Wahnsinnigen abmühten und General Motors beknieten, sie sollten einen gepanzerten Cadillac fertig machen und mit einer Frachtmaschine einfliegen. Und es gelang mit Hängen und Würgen. Sie löteten noch die letzten Verbindungen am Armaturenbrett zusammen, als McCone mit seinem Diplomatenkoffer herunterkam, zu seinem neuen Gefährt hinüberschlenderte, einstieg und sich von seinem Chauffeur wegfahren ließ, ohne sich auch nur zu bedanken. Die Pflicht trägt ihren Segen in sich und bedarf keiner Belohnung. Ich habe vor solchen Leuten Angst. Hugh lacht und sagt: »Wenn es um unsere wirkliche Arbeit geht, könnte McCone seinen Schließmuskel nicht mehr kontrollieren, also sucht er sich von uns möglichst weit fernzuhalten. Und genau da wollen Helms und ich ihn ja auch haben.«

Es stimmt. McCone umgibt sich mit Wall und Graben. Er hat zum Beispiel die Tür zwischen seinem eigenen Büro und dem seines Stellvertreters verriegeln lassen. Er möchte nicht, daß sein Stellvertreter einfach bei ihm hereinschneit. Marshall Carter muß wie das gemeine Volk den Weg durchs Vorzimmer nehmen. Carter, der seinen eigenen Humor hat, hat die fast lebensecht wirkende Nachbildung einer Hand auf den Knauf der verriegelten Tür setzen lassen. Als hätte man ihm beim letzten Zuschlagen die Hand an der Wurzel abgeschnitten. Natürlich ist auch McCone so zurückhaltend, daß Carter nie mit einem überraschenden Besuch von seinem Boss rechnen muß.

Ich erzähle Dir das als eine Art Flucht vor den schweren Sorgen und Ängsten, die Du in mir ausgelöst hast. Vielleicht ist es auch eine kleine Warnung. Wenn Du mit McCone zu tun bekommst – erwarte nicht, daß Dein Ich es unbeschädigt übersteht.

Aus meinem Brief an Kittredge, 25. September 1962:
... Der Job hat mich wieder das ganze Wochenende über in Anspruch genommen. Letzten Donnerstag, am 20. September, hat unser kubanischer Agent seine Odyssee von San Rosario nach Opa Locka beendet. Kittredge, ich kann's kaum glauben. Er ist auch Buchhalter. Dieser Berufsstand scheint die Hälfte der unbesungenen Helden des kubanischen Widerstandes hervorzubringen! Jedenfalls stellte er sich als ein großer, gutgebauter Kerl mit einer großen Nase, kräftigem schwarzem Schnauzbart und einer fürchterlichen Fistelstimme heraus. Ich hätte bei seinem Anblick selbst auf Deine Theorie von Alpha Omega kommen können, um mir das Wesen dieses Señor Enrique Fogata zu erklären.
Harvey kam zur Befragung herunter zu JM/WAVE. Er wollte mal einen Blick auf unseren Hauptgewinn werfen, bevor wir ihn zur Intelligence Division hinüberschaffen, und natürlich war ich auch dabei, um als Wild Bills persönlicher Dolmetscher zu dienen.
Unser Spanisch sprechender Vernehmungsspezialist marterte Fogata (auf Harveys Anweisung hin) zunächst mit der Feststellung, daß schon manch ein Exilkubaner uns über Raketen auf freien Feldern, in leeren Stadien und leeren Schwimmbecken einen Bären aufzubinden versucht hatte. Alle diese Märchen wurden jedoch entlarvt.
Fogata erwiderte: »Ich weiß, was ich sehe.« *(Lo que veo, conozco.)*
»Genau das werden wir herausfinden«, sagte ihm der Vernehmungsspezialist und legte Enrique Zeichnungen der verschiedensten Raketen aus allen bedeutenden Arsenalen der Welt vor. Alle Bilder waren auf das gleiche Format gebracht. Nur die Umrisse der Waffen wiesen die charakteristischen Unterschiede auf.
Aber Fogata schien das nichts auszumachen. Er hatte sich genau eingeprägt, was er gesehen hatte. Ohne zu zögern deutete er auf eine sowjetische Mittelstreckenrakete.
»Wie lang war sie?«
»Dreiundzwanzig Meter.«
Man flog Enrique am selben Abend nach Washington. Es dauerte über einen Tag, ehe das Directorate of Intelligence sich wieder bei

Harvey meldete, und dann lautete ihr Kommentar: Sie kaufen die Geschichte unseres Agenten nicht. Sie erklärten, der Gegenstand, den er gesehen hätte, sei wahrscheinlich dreiundzwanzig Fuß und nicht dreiundzwanzig Meter lang gewesen. Er hätte die Maße verwechselt und verwechsle sie noch immer. (Ich glaube, sie hatten uns im Verdacht, wir hätten ihm die richtige Länge gesagt.) Wie ich Dir schon vor über einer Woche schrieb: Das Nachrichtenmaterial ist vom Willen derer geprägt, die ihm einen inhaltlich vorgegebenen Aussagegehalt verleihen möchten. McCone – danke für die Warnung – hält es insgeheim mit Harvey, aber zwischen Intelligence und Operations herrscht Unzufriedenheit. So stehen die Dinge zur Zeit.

Ich möchte Dir ja keine Angst machen, aber ich hatte folgendes Gespräch mit Harvey.

»Wenn sich unsere Beobachtungen als Tatsachen herausstellen«, sagte er, »werden wir einen Luftangriff gegen Kuba durchführen müssen.«

»Was ist, wenn die Russen eskalieren?«

»Das werden sie nicht tun«, sagte Harvey. »Sie schicken nur deshalb Raketen hin, weil sie glauben, daß wir nichts unternehmen. Sie versuchen der Welt zu zeigen, daß sie genau auf unserer Fensterbank auf den Zehenspitzen stehen können. Ich sage: Schmeißen wir sie hinunter.«

Kittredge, das halbe Pentagon denkt genauso wie Harvey.

Was mich angeht: Ich wache jetzt immer mitten in der Nacht mit einem schweren Gewicht auf der Brust auf. Es ist vielleicht das erstemal, daß ich mir nicht wünsche, in John F. Kennedys Haut zu stecken.

19

Der Disput über die Zuverlässigkeit von Fogatas Wahrnehmung endete mit einem totalen Sieg für Bill Harvey. Am 14. Oktober wurde eine gewaltige Bresche in die Mauern des Directorate of Intelligence geschlagen. Es mußte Harvey gegenüber einräumen, daß die an diesem Morgen zurückgegebenen Fotos in der Tat Ausschachtungen für die Einrichtung einer Abschußbasis von Interkontinentalraketen in der Umgebung einer kubanischen Stadt namens San Cristóbal erkennen ließen. Da McCone mit seiner neuen katholischen Gattin eine lange aufgeschobene Hochzeitsreise nach Italien angetreten hatte und dort in einem kleinen Nest aufgestöbert wurde, mußte Harvey am Telefon *open-speak* anwenden; seine Syntax erinnerte an die Art, in der wir in St. Matthew's Latein zu übersetzen pflegten. »Sir«, sagte Harvey, »das, was Sie und Sie allein vorausgesagt haben, ist eingetroffen.« McCone erklärte, daß er sofort zurückfliegen werde.

Es hatte natürlich bereits Vorboten einer solchen Krise gegeben. Am 10. Oktober gab Senator Keating von New York bekannt, man wisse um die Existenz von nuklearen Raketen auf Kuba (woraus zu ersehen ist, daß die Geheimhaltung bei uns im Keller von Langley auch nicht hundertprozentig war), und in der Annahme, daß diese Nachricht zutraf, nannte die Fraktion der Republikanischen Partei im Repräsentantenhaus Kuba »unser größtes politisches Kapital«, womit sie sich auf die Kongreßwahlen im November bezog. Clare Boothe Luce schrieb für das Oktoberheft von *Life* einen Leitartikel, der einem Trompetensignal gleichkam: »Was jetzt auf dem Spiel steht, ist eine Frage nicht nur des amerikanischen Prestiges, sondern des Überlebens dieser Nation.« Ich mußte an die feingliedrige blonde Dame denken, der ich nach meiner Rückkehr vom Training auf der Farm einmal im ›Stall‹ begegnet war. Mrs. Luce war eine Schönheit von der Art meiner eigenen Mutter, nur noch schöner, da ein silbriges Licht von ihr auszugehen schien. Ich versuchte mir die Ekstase vorzustellen, in der sie sich befinden mußte, da sie über die Mittel verfügte, die Welt zum Krieg aufzurufen.

Nach dem 14. Oktober begann mich Washington an ein Schiff mit einem Leck zu erinnern, das zu groß war, als daß man es noch hätte stopfen können; im Gegenteil konnte man beobachten, wie im Verlaufe eines Tages immer mehr Wasser eindrang. Den ganzen Tag hingen die Leute an ihren Telefonen. Die Arbeit in der Hauptstadt machte mir wieder einmal bewußt, daß Washington eine Hierarchie von Geheimnissen war. Dabei konnte man seinen eigenen Stellenwert an der Zahl der Leute ablesen, die einem Zugang zu ihren Geheimnissen verschafften. Gerüchte eilten durch die Stadt und überschlugen sich an Dramatik. Präsident

Kennedy, der draußen im Land Reden zu den Kongreßwahlen gehalten hatte, kehrte ins Weiße Haus zurück. Den Vereinigten Generalstab hatte man gebeten, die Stadt nicht zu verlassen. Vor der Küste von Puerto Rico liefen umfangreiche Seemanöver an. Im Weißen Haus, im Executive Office Building und im Außenministerium brannten die ganze Nacht hindurch die Lichter in den Büros. Schaulustige fuhren um ein Uhr morgens am Weißen Haus vorbei, um sich die erleuchteten Fenster der Büros anzusehen. Rosen rief mich fünfmal täglich an, um mir seine neuesten Entdeckungen mitzuteilen, und ich mußte sie ihm pflichtschuldigst bestätigen oder dementieren. Ich war ihm einfach zu viele Gefälligkeiten schuldig, als daß ich ihm jetzt, da er's verlangte, den Gegendienst hätte verweigern können. Wenn wir denn alle in einem nuklearen Holocaust umkommen würden, sollte Rosen nicht in dem Bewußtsein ins atomisierte Paradies eingehen, daß ich ihm noch etwas schuldig war.

Wenn ich zu Botengängen ins Pentagon mußte, kamen mir die Beamten, denen ich in den Korridoren begegnete, wie wilde Elche in den Wäldern von Maine vor. Ich eilte an Männern vorbei, die nicht wußten, ob sie in ein oder zwei Wochen Helden oder tot oder befördert sein würden. Eine kollektive Angst flackerte in ihren Gesichtern wie ein unsichtbares Feuer. So viele dieser Offiziere hatten ihr Leben mit der Vorbereitung auf den Ernstfall zugebracht – es war, als ob man das Leben einer Vestalin führte, der es nur einmal gestattet war zu kopulieren, und das im Tempel: Der Akt mußte transzendent sein, oder man hatte das falsche Leben gewählt. Diese Ekstase meiner Waffenbrüder bereitete mir weniger rauschhafte Freuden, als ich erkennen mußte, daß dasselbe auch auf mich zutraf. Wenn es mit Kuba zum Krieg kam, fühlte ich mich ebenfalls verpflichtet, in die Schlacht zu ziehen. Ich wollte mitten in dem Getümmel sein, wenn die Bombe fiel. Wenn Fleisch und Psyche im nuklearen Blitz auf einen Schlag vergingen, würde meine Seele vielleicht eher bestehen, wenn mich ein ehrenvoller Tod ereilt hatte. Auch das war wohl eine Art von Glauben!

Am 21. Oktober, zurück in Florida, hörte ich abends die Ansprache Präsident Kennedys an die Nation. Sowjetische Techniker hätten auf Kuba Raketenbasen für Angriffswaffen gebaut, groß genug für Interkontinentalgeschosse. Die Sowjetunion habe die Vereinigten Staaten hintergangen, erklärte der Präsident. Deshalb werde man

nun auf See und in der Luft eine Blockade über Kuba verhängen, um weitere Lieferungen sowjetischer Rüstungsgüter zu verhindern. Wenn Raketen von Kuba gestartet würden, seien die USA bereit, gegen diese »verhohlene, rücksichtslose und provokatorische Bedrohung des Weltfriedens« Vergeltung zu üben.
Ich hörte diese Rede in Gesellschaft von Dix Butler. Die Bars in Little Havanna waren voll, und die Exilkubaner tanzten auf den Straßen. Ich war außer mir vor Empörung. Mein ganzes Land konnte vernichtet, jeder, den ich kannte, verstümmelt werden oder umkommen, aber die Exilkubaner feierten, weil sie eine Chance sahen, in ihre Heimat zurückkehren zu können. Was waren sie doch für ein unglaublich egoistisches, eigensüchtiges Volk! Sie waren bereit, meine ganze großartige Nation für Fidel Castros Bart aufs Spiel zu setzen. Diese Gedankenblitze schossen mir durch den Kopf, und ich, der betrunkene Hubbard, der gewöhnlich überhaupt nicht tanzte und vielleicht sogar deswegen sein Mädel verloren hatte, schwofte mit den Kubanern und Kubanerinnen auf der Straße. Nun wußte er sich sogar im Takt mit den kubanischen Rhythmen zu bewegen – und eine Stunde lang entrang sich Herrick Hubbards Becken den Fesseln der Zurückhaltung.
Danach stürzten Butler und ich uns in eine Bar, nahmen ein paar Drinks zu uns und leisteten einen Schwur. »Ich«, sagte er, »bin es satt, immer nur Männer hinauszuschicken. Ich weiß nie, ob sie zurückkommen. Hubbard, in einer Notsituation wie dieser können wir auf Bill Harvey zählen. Er wird uns mit den Bootsleuten zusammen hinausfahren lassen.«
»Ja«, nickte ich. »Ich möchte meinen Fuß in kubanischen Boden bohren.« Ich muß sehr betrunken gewesen sein.
»Wenn der Krieg anfängt«, erklärte er, »müssen ein paar von uns schon drüben sein, um unsere Truppen zu empfangen.«
Mit einem festen Händedruck bestätigten wir den Wert dieser tiefen Erkenntnis.
Als ich morgens aufwachte, überfiel mich große Angst. Ich war an einen Pakt gebunden, den ich im Rausch geschlossen hatte. Ein bißchen später folgte ich dem Instinkt meines Katers, begab mich zu meinem Postfach und fand einen langen Brief von Kittredge. Ich las ihn gleich im Stehen im Postamt in der Cocoanut Grove, und es kam mir vor, als ob sie ihn von der anderen Seite der Welt gesandt hätte.

21. Oktober 1962, 23 Uhr

Liebster Harry,
diese Tage, die die bedeutsamsten sein mögen, die wir in unserem Leben durchmachen, belasten einen auf ganz neue Art. Wenn ich meinen Freunden zuhöre, die gerade auf Nachrichten reagieren, von denen ich, die ich der Quelle um drei Tage näher bin, schon weiß, daß sie bereits überholt sind, beginne ich zu ahnen, warum Menschen durchdrehen.

Hugh und ich sind ja eine höchst eigenartige Verbindung mit den Brüdern K. eingegangen. Ich habe Dir einiges davon bereits angedeutet, aber die Zeit vergeht, und diese Freundschaft hat eine immer größere Bedeutung angenommen, und ich habe Dir ja auch noch nicht alles erzählt.

Jack entwickelte vor ein paar Monaten eine gewisse Sympathie für einen sowjetischen Beamten, offenbaren einen KGB-Angehörigen, von dem Du mir damals in Uruguay berichtet hast. Es ist Boris Masarow, der hier in der russischen Botschaft arbeitet, obgleich offenbar nur *locker* mit ihr verbunden. Offenbar schätzt Chruschtschow eine spezielle Eigenschaft, die Masarow besitzt – vielleicht ist es die traurige, ironische russische Weisheit, die Chruschtschow offensichtlich fehlt. Jedenfalls hat der sowjetische Ministerpräsident diesen Mann jetzt unter Umgehung der üblichen Rangordnung hinauf in die Spitze geholt und als seinen persönlichen Kontaktmann nach Amerika und zu den Kennedybrüdern geschickt. Mir ist schon aufgefallen, daß Jack gern mehrere Möglichkeiten zugleich ausprobiert. Im Verhältnis zu den Sowjets bedeutet das: Er hält sich sowohl für die harte als auch für die weiche Linie je einen Repräsentanten. Den jeweiligen Ereignissen entsprechend kann der Präsident dann die Beziehungen einfrieren oder auftauen. Chruschtschow spielt auch mit zwei Karten, hat aber noch einen Joker im Ärmel.

Masarow scheint in Washington zu sein, um Gespräche mit Bobby in Gang zu bringen, der offenbar wiederum auf Jack einwirken soll. Die Gespräche berühren wahrscheinlich alle möglichen Themen. Zum Beispiel weiß ich von Hugh, daß eine der wichtigsten Aufgaben Masarows darin besteht, das Klima zwischen Chruschtschow und den Brüdern K. zu verbessern. Der Ministerpräsident ist wohl eindeutig ein Mensch, der den ganz persönlichen Kontakt zu den Leuten sucht. Vielleicht schickt er Dich nächste

Woche nach Sibirien, aber bis dahin laß uns gute Freunde sein. So waren Bobby und Boris während der letzten Berlinkrise in engem Kontakt, und es war Masarow, dem Bobby gesagt hat, die Vereinigten Staaten würden mit Sicherheit kämpfen, wenn die Sowjets ihre Panzer nicht vom Brandenburger Tor zurückzögen. Masarow hat es an Chruschtschow weitergeleitet, und innerhalb von vierundzwanzig Stunden waren die Panzer fort. Masarow wiederum teilt Bobby mit, daß Amerika in Chruschtschows Augen noch immer den Rockefellers, J. P. Morgan und der Wall Street gehört, aber er sieht allmählich ein, daß er seine alten Vorstellungen über die Kennedys korrigieren muß.

Soweit die Liebesbeziehung. Mein Mann erklärt, man dürfe sich dadurch keinen Augenblick lang irre machen lassen. Hugh kennt die Akte Masarow seit Jahren und sagt, er sei einer der begabtesten und hervorragendsten KGB-Männer, die die Sowjets haben. Unter diesem traurigen und gewinnenden Charme liege eine absolute Zielstrebigkeit verborgen.

Vielleicht gibt es doch ein Prinzip, in dem beide, sowohl Chruschtschow als auch die Kennedys, übereinstimmen: Wenn deine intelligentesten Leute nicht dort sind, wo sie sich in einem ordentlichen Gemeinwesen befinden müßten, dann verwende sie für spezielle Unternehmungen. Ich glaube, solche Personen wählt man, weil sie ihre eigenen Gedanken ausdrücken oder unvergleichlich gut zuhören können. Ich tue ein wenig von ersterem und sehr viel von letzterem.

Was meinen Fall angeht, so sind Bobby und Jack nicht so sehr an meinen Ratschlägen interessiert. Dafür höre ich sie gern in klaren, deutlichen Worten ihre Meinung sagen. Das können sie nämlich gegenüber Untergebenen oder Gegnern nicht. Man ruft mich deshalb oft zum Zuhören herbei. Von Hugh dagegen will man hören, was er denkt. Du kannst mir glauben, daß wir die Kennedys letzte Woche sehr oft getroffen haben.

Sie waren wütend auf Chruschtschow, und was sie über Masarow sagten, war wenig schmeichelhaft. Seit Monaten hatte Boris Bobby versichert, daß der Premier niemals Nuklearraketen nach Kuba schicken würde. Ich nehme an, die Regel der Kommunisten lautet: Lüge nur dann, wenn deine Lüge einen maximalen Effekt erzeugen kann. Natürlich behauptet Masarow, ebenso überrascht wie die Kennedys zu sein.

Ganz egal, wer alles gelogen hat – Du kannst sicher sein, daß Jack in diesem Augenblick persönlich eine Antipathie gegenüber den Sowjets empfindet wie noch nie. Während er sich also unglücklich und persönlich hintergangen fühlt, muß er trotzdem einem gewissen Druck seitens des *Exekutivkomitees* des Nationalen Sicherheitsrats Paroli bieten. Das ist ein Komitee, das ich aufmerksam beobachte! Alle im Weißen Haus benutzen dieser Tage die Worte *Falke* und *Taube*, und glaub mir: In diesem Exekutivkomitee hocken ein paar formidable Falken. Am 17. Oktober plädierten viele von ihnen entschieden für eine sofortige Bombardierung Kubas. Die Raketenstellungen beseitigen um jeden Preis! Du findest unter diesen hochkarätigen Gewaltaposteln Männer wie Maxwell Taylor und Dean Acheson, die meisten Topleute im Generalstab plus McCloy und Nitze und McCone. Bobby, der die Tauben anführt, hat gemeint, jeder überraschende Bombenangriff würde den Tod von Zehntausenden von Zivilisten bedeuten. »Das ist einfach eine moralische Frage«, sagte er mir in seiner wundervollen, unschuldigen Art. Dabei ist er andererseits ein recht harter Bursche. Aber er weiß, daß das Rad der Geschichte sich dreht. Der Gedanke an den Tod macht ihm in diesen Tagen sehr zu schaffen. Weder Jack noch Bobby haben mir gegenüber jemals von Marilyn Monroe gesprochen, aber ich glaube, daß ihr Selbstmord sie ziemlich erschüttert hat. Der Tod anderer Menschen scheint Bobby recht nahezugehen. Und trotzdem führt er den Vorsitz über das Exekutivkomitee des Nationalen Sicherheitsrats, in dem sie darüber diskutieren, ob sie eine Blockade verhängen (McNamara, Gilpatric, Ball, Stevenson und Sorensen) oder wie die Falken immer wieder verlangen, ohne vorherige Kriegserklärung einen Luftangriff anordnen sollen.
»Das«, sagt ihnen Bobby, »ist dann so etwas ähnliches wie Pearl Harbor.«
Er hat den Fehler begangen, so etwas zu Dean Acheson zu sagen, der darüber derart aufgebracht war, daß er sich dann am letzten Donnerstag, am 18. Oktober, zu einem Lunch unter vier Augen mit Jack hingesetzt hat. Dean Acheson ist stolz darauf, emotionale und intuitive Reaktionen zu verachten. Er sagte: »Mr. President, es gibt keine andere Wahl. Sie müssen einen Luftangriff anordnen. Je umfassender er ausfällt, um so besser.«
Nun, Acheson mag ja alt sein, aber er ist noch immer so gebieterisch wie Kardinal Richelieu. Er war nicht umsonst Außenminister

während der Anfangsjahre des Kalten Kriegs, und ein paar liberale Tendenzen, die ihm vielleicht zuerst noch angehaftet haben mögen, sind dabei verlorengegangen. Von dem alten, grauen Schnauzer abgesehen sieht Acheson sogar tatsächlich wie ein Falke aus.
»Man kann das Problem von dieser oder von jener Seite analysieren«, sagt er Jack, »aber es gibt nur eine wirkungsvolle Antwort: Die Zerstörung der Raketenstellungen.«
»Das gefällt mir nicht«, sagte Jack Kennedy. »Und Bobby erinnert mich immer wieder daran, daß ein solcher Luftangriff aus heiterem Himmel ganz nach Pearl Harbor schmeckt.«
»So dürfen Sie nicht reden«, erklärte ihm Acheson. »Bobbys Klischees sind albern. Der Vergleich mit Pearl Harbor könnte gar nicht dümmer sein. Es ist nur ein Vorwand, hinter dem die Feiglinge sich verstecken. Es ist die Pflicht des Präsidenten, unerträgliche Probleme nüchtern zu analysieren und angemessene deutliche Antworten darauf zu finden. Moralische Skrupel sind im Angesicht des Himmels von geringerem Wert als eine kluge und disziplinierte Analyse. Tränen stehen für Verwirrung und Schwäche.«
Harry, ich schwöre Dir, Dean Acheson spricht genau mit solch einer Autorität. Ich möchte kein Vögelein in seinen Krallen sein.
Später an diesem Nachmittag beschloß das Exekutivkomitee (nun unter Vorsitz von McNamara) eine mehr oder weniger gegen die sowjetischen Schiffe gerichtete Blockade und notfalls Durchsuchung der Schiffe und schickte diese Empfehlung dem Präsidenten. Am nächsten Tag erschien Acheson erneut und erklärte, die Frage müsse noch einmal erörtert werden. Wenn man es mit den Sowjets zu tun hätte, ginge es darum zu beweisen, wer den stärkeren Willen besäße. Da ein Showdown unvermeidlich sei, verlören solche Konfrontationen, wenn man sie auf die lange Bank schöbe, an Durchschlagskraft. Eine Blockade bedeute in der Tat einen solchen Aufschub. Minister Dillon stimmte zu, McCone desgleichen. General Taylor erklärte, daß ein Luftangriff, wenn er effektiv sein solle, so schnell wie möglich erfolgen müsse. Wenn es am Sonntagmorgen geschehen soll, müsse man es sofort an Ort und Stelle, noch am Donnerstagnachmittag beschließen. Wenn der Montag das gewünschte Datum sei, dann dürfe die Entscheidung nicht später als morgen, Freitag, gefällt werden.
Hätte ich in einem dieser Gremien gesessen – ich weiß nicht, wie

ich reagiert hätte. Ich bin eigentlich eine Taube, aber ich habe einen unaussprechlichen Haß auf die Sowjets. Weißt Du, Harry, als ich Bobby zuhörte, wurde mir klar, daß er weise ist. Ich begreife allmählich, daß er einen sehr ausgewogenen Charakter hat. Am selben Nachmittag, während Acheson ihn voller Verachtung ansah, erklärte er dem Exekutivkomitee, die Welt würde einen derartigen Luftangriff als heimtückischen Überfall interpretieren, und in den hundertundfünfundsiebzig Jahren unserer Geschichte hätte unser Land nie so etwas getan. Es entspräche nicht unserer Tradition. Wir müßten ohne Zweifel energisch handeln, um den Sowjets zu zeigen, daß wir es ernst meinten, ihnen zugleich aber auch Gelegenheit geben, es sich doch noch anders zu überlegen. Angenommen, sie begriffen, daß sie sich in Kuba zu weit vorgewagt hatten, müßten wir ihnen eine Rückzugsmöglichkeit lassen. Eine Blockade sei die richtige Antwort.

Diese Rede Bobbys an das Exekutivkomitee am Donnerstag erwies sich als überzeugend. Am Samstag war die ganze Frage aber wieder offen. McNamara meinte, mit einem Luftangriff würden wir Hunderte – wenn nicht gar Tausende – auf den Raketenbasen stationierte Russen töten, und niemand könne vorhersehen, wie Chruschtschow auf so etwas reagieren würde. Mit einem Luftangriff verlören wir die Kontrolle über die Situation. Es könnte zu einer Eskalation kommen bis hin zum totalen Krieg. Maxwell Taylor war anderer Meinung. Dies sei unsere letzte Chance, erklärte er, die Raketen zu vernichten. Wäre ihre Erstschlagfähigkeit auf Kuba erst vernichtet, würden sie keine Eskalation versuchen; unsere Nuklearwaffen seien den ihren überlegen. McGeorge Bundy und der Vereinigte Generalstab unterstützten Taylor.

Der Präsident gab erst heute, Sonntag früh seine Entscheidung bekannt. Er wählte die Blockade und fing an, die Rede zu schreiben, die er abends an die Nation gerichtet hat. Ich weiß, daß ihm vor den politischen Folgen graut. Die Republikaner haben schon vor Wochen gesagt, daß es Raketen in Kuba gibt, und er gesteht es erst heute ein. Sein Gesichtsverlust kann also beträchtlich sein. Politisch gesehen wäre es für ihn vorteilhafter gewesen, den Luftangriff anzuordnen. Dann hätten die Republikaner sich ihm anschließen müssen.

Wie auch immer – jetzt heißt es warten. Die russischen Schiffe werden ein paar Tage brauchen, bis sie die Blockadelinie erreichen.

Mich überkam heute abend ein solches Gefühl der Furcht, daß ich Christopher aus dem Bett hob und den schlafenden Engel ganz fest an mich drückte. Er wachte auf und sagte: »Es ist schon gut, Mammi, es wird schon alles gut werden.«
Ich habe eine schreckliche Angst, und Du fehlst mir, Harry, ich mag Dich sehr. Laß Dich bloß nicht auf irgendwelche verrückten Abenteuer mit Leuten wie Dix Butler ein.

Love,
Kittredge

20

Früh am Abend des 24. Oktober (einem Mittwoch) erhob ich mich von einem Barhocker in einer Cantina in der Southwest 8th Street, griff mir meine Tragetasche und ging mit Dix Butler auf die Straße hinaus, wo wir uns ein Taxi schnappten. Wir wollten zum 6312 Riviera Drive. In allen Bars in der Southwest 8th Street *(Calle Ocho)* meldeten die Radios auf Englisch oder Spanisch, daß sich zwei sowjetische Schiffe der Quarantänelinie bis auf fünfzig Meilen genähert hätten, wo die US-Navy – rund um die Insel Kuba – auf sie wartete.
Es hatte in meinem Leben noch niemals Tage wie diesen Montag, Dienstag und Mittwoch gegeben. In Washington wurden an die wichtigen Leute im Weißen Haus, im Außenministerium, im Pentagon und in Langley Blätter ausgegeben, aus denen die Fluchtwege zu den unterirdischen Bunkern in Virginia und in Maryland zu ersehen waren. Bei uns in der JM/WAVE-Gruppe bekamen einige wenige Leute Karten von Südflorida ausgehändigt. Wie ich jetzt erfuhr, hatten wir zwei Jahre zuvor in den Everglades-Sümpfen einen atomsicheren Bunker für zwanzig Mann gebaut, und ich fand, das war eine tolle technische Leistung, da man in den gesamten Everglades kaum irgendwo ein Fleckchen Erde findet, das auch nur zwei Fuß über dem Wasser liegt. Von Langley drang das Gerücht zu uns, Bobby Kennedy hätte erklärt, er werde sich nicht in einem Bunker verkriechen. »Wenn es zum atomaren

Schlagabtausch kommt, werden sechzig Millionen Amerikaner umkommen und ebensoviele Russen. Ich werde dann in Hickory Hill sein.«

Als ich die Geschichte an Dix Butler weitergab, fragte er mich: »Woher willst du wissen, ob Bobby nicht seinen eigenen Bunker in Hickory Hill hat?«

Diese Art von Gerüchten machte bei Zenith die Runde. Der Aufruhr der Gefühle führte zu allen möglichen Bemerkungen und sogar Ausbrüchen. Es war, als ob jemand einen Stein in einen Vogelschwarm geschleudert hätte. Es schien uns nicht gerecht, daß wir vielleicht alle so bald sterben sollten, und wenn der Zorn in mir aufwallte, schien er mir so kochendheiß, daß ich mich daran zu verbrühen meinte. In meinem Kummer war ich den Tränen nahe; und die Flucht in den Zynismus kam mir widerwärtig und giftig vor. Es fiel schwer zu sagen, wer bei uns in der JM/WAVE-Gruppe unbeliebter war: Fidel Castro, die Exilkubaner oder die Brüder K. Bill Harvey war davon überzeugt, daß es zu einem Ausverkauf an Kuba kommen würde. »Wenn wir jetzt nicht losschlagen, wird Chruschtschow Kennedy bei den Verhandlungen von oben bis unten anpinkeln.«

Miami, weich wie eine Puderquaste, mörderisch wie ein Skorpion, befand sich in einem Schwebezustand; letzten Endes mußten alle warten. Nur Harvey nicht. Er hatte die Hand schon am Coltgriff, um als erster zu ziehen. Dix Butler brauchte den Boss von JM/WAVE nicht erst lange zu überreden: Er war sofort bereit, uns in den Krieg ziehen zu lassen. Harvey war Feuer und Flamme für jede Art von Improvisation in dieser nervenaufreibenden Woche.

Er nahm mich aber doch beiseite und sagte zu mir: »Hubbard, ich weiß nicht, ob ich einen Furz darauf gebe, ob du zurückkommst oder nicht, aber wenn du's tust, und die Welt geht weiter, möchte ich nichts damit zu tun gehabt haben. Also darfst du Hugh Montague nicht erzählen, daß du in den Krieg gehst. Sollte er sich bei mir nach dir erkundigen, so werde ich ihm sagen, du seiest spontan zu einem Job aufgebrochen, den ich ganz allein Dix Butler zugeteilt hätte, trotzdem würde ich dir kein Disziplinarverfahren anhängen, was ich auch nicht tun werde – das heißt, zwischen dir und mir, ich werd's nicht tun –, außer du machst den Fehler und sagst Seiner Lordschaft die Wahrheit. In dem Fall stünde dein Wort gegen meins, und anhand meiner Unterlagen könnte ich beweisen, daß du lügst. Da du mit Butler losziehen willst, schreib eine Aktennotiz und unterzeichne sie. Du kannst folgendes schreiben: Ich, Herrick Hubbard, bestätige, Memorandum Nummer 7.418.537 erhalten zu haben und werde die darin enthaltenen Anordnungen strikt befolgen.«

»Habe ich 7.418.537 schon gesehen?«

»Das wirst du jetzt.« Er las es laut vor. »Hiermit ergeht die Anordnung an das gesamte Personal im Büro B./JM/WAVE, daß es sich während der Dauer der Krise innerhalb eines Zehnmeilenumkreises von der Basis aufhalten und jederzeit erreichbar sein muß.«

»Yessir«, sagte ich.

»Ich gebe jetzt 7.418.537 heraus. In zehn Minuten liegt es auf deinem Schreibtisch. Schick mir deine Antwort, sobald du's erhalten hast.«

Ich tat's. Ich fühlte mich schwerelos. Das Bewußtsein absoluter Freiheit war da. Denn in zwei Tagen konnte ich tot sein. So durfte ich Hugh Montague ruhig noch einmal anlügen. Wild Bill benutzte uns schließlich zu einem patriotischen Zweck. Wir würden bei Eugenio Martínez auf der *La Princesa* mitfahren, die Leuchtmunition geladen hatte, und sie auf Gummibooten nach Kuba bringen, um sie dort einem von Harveys Netzwerken zu übergeben. Mit diesen Leuchtsignalen würden die kubanischen Untergrundkämpfer gegebenenfalls eine amerikanische Invasionsstreitmacht auf ihre Landepositionen dirigieren.

Es ist charakteristisch für meinen Zustand, daß das alles war, was ich wußte. Während ich in dieser passiven Stimmung der Dinge harrte, die da kommen würden, fragte ich mich, ob die Ungeborenen im Mutterleib am Tag, bevor sie das Licht der Welt erblicken, nicht auch dieses höchst traurige Gefühl überkommt, daß alles, was sie vom Leben wissen, sehr wohl verlorengehen könnte, weil sie sich zu einer überaus gefährlichen Unternehmung anschicken.

Ich zappelte sozusagen in einer trüben Suppe aus unbewältigten Gefühlen. Ich weiß noch, daß ich in meiner möblierten Wohnung vor einem großen Spiegel stand und diese überaus disziplinlosen Gefühle mit dem strengen Gesichtsausdruck des ansehnlichen, großen, schlanken jungen Mannes in Verbindung zu bringen suchte, der mich ansah. Ich hatte mich meinem Spiegelbild nie ferner gefühlt. »Ob das Filmstars wohl auch so geht?« fragte ich mich.

Am frühen Mittwochnachmittag fuhr uns Butler zu einer unserer Besitzungen, einem Yachthafen in Key Largo, und wir beluden ein vier Meter langes Schlauchboot mit 700 Kilogramm Ziegelsteinen und Sand, was dem Gewicht der Ausrüstung und der Besatzung entsprach, die wir transportieren würden. Dann fuhren wir zu den kleineren Keys hinaus – wie man diese niedrigen Inseln oder Riffe in Florida nennt – und drangen in die Mangrovensümpfe ein. Dabei drosselten wir unsere beiden Außenbordmotoren zu einem katzenhaften Schnurren, bugsierten das Boot bei Ebbe durch seichte Gewässer, hoben wenn nötig die Außenbordmotoren an, schrammten über den Schlammboden. Als Butler zufrieden war, fuhren wir zur Anlegestelle zurück, karrten einen der Motoren in einen Schuppen, und in diesem lichtlosen Raum setzten wir den Motor auf eine halb mit Wasser gefüllte Tonne und übten die wichtigsten Wartungsarbeiten. Schließlich schafften wir es sogar, das kleine Biest in der Dunkelheit auseinanderzunehmen und wieder zusammenzusetzen. Zuvor, während meiner Ausbildung auf der Farm, hatte ich schon einmal einen ganzen Tag so etwas geübt. Sie hatten uns damals zu einer kleinen Bucht gleich südlich von Norfolk hinausgefahren und uns dabei so ziemlich dieselben gleich wieder vergessenen Kniffe und Kunstgriffe beigebracht. Da mir dieses alles so rasch entfallen war, fragte ich mich, ob ich mich morgen noch an das erinnern würde, was ich mir jetzt einzuprägen versuchte?

Am späten Nachmittag fuhren wir nach Miami zurück, gingen in die *Cantina*, tranken drei Planter's Punch »zu Ehren«, wie Butler sagte, »der Plantagen, die wir bald ihren gierigen Scheißeigentümern zurückgeben werden«, tranken auch auf Berlin – ein Trinkspruch war's, der mich erröten ließ – »und aufs Nirwana«, schloß er, was mich überraschte, weil ich just im selben Augenblick auch an dieses Wort hatte denken müssen. Entwickelten wir jetzt, da das Weltende nahte, allesamt telepathische Kräfte? Das schien mir nur logisch zu sein. Ich seufzte, und der Planter's Punch schwemmte mich in meinen Gedanken zurück aufs Meer draußen vor Key Largo, das an diesem Nachmittag so hellgrün geleuchtet hatte. Myriaden silberner Elritzen begleiteten unser Schlauchboot zum Mangrovensumpf, fädelten sich zwischen den Wurzeln unter der Wasseroberfläche hindurch und waren nicht mehr zu sehen.

Nun gingen wir durch die Tür von 6312 Riviera Drive und holten

uns aus einem geräumigen Wandschrank schwarze Turnschuhe, schwarze Jeans, einen schwarzen Rollkragenpullover und eine schwarze Kapuze mit Löchern für Mund und Augen. Es war heiß in dieser Kleiderkammer. Die Polyesteranzüge und bunten, lustig bedruckten Tropenhemden von einem Dutzend Männern hingen an ihren Bügeln und auf den Stangen, aber nun begriff ich, wie ein Henker mit seiner Arbeit leben kann. Ganz in Schwarz schien ich gar nicht mehr ich selbst zu sein, sondern vielmehr eine Art Tempeldiener, dem es aufgetragen ist, über das Reich des Todes zu wachen. In diesem Augenblick erkannte ich, daß ich die Agency bislang noch nie richtig begriffen hatte; nun erst wußte ich, weshalb ich dabei war. Man sollte sein Leben nicht in den prächtigen Hallen eines wundervollen Berufes zubringen, ohne wenigstens einmal in die Kellergewölbe hinabzusteigen – eine Metapher, gewiß, aber schließlich brauchte ich an diesem Abend Metaphern, um die drohenden Tatsachen zu verdrängen. Auch der Tod schien mir eine Metapher, die uns in jene andere Welt hineinführen mochte, wo man vielleicht keine Metaphern mehr brauchte: Ich dachte unaufhörlich über die Elritzen nach, die um unser Schlauchboot herumschwammen, bevor sie in einem keine zwei Fuß tiefen Wald von Unterwasserblättern verschwanden.
Die Räume von 6312 waren praktisch unmöbliert, aber damit ähnelte es nur unseren Safe houses. Wir kamen durch ein dunkel getäfeltes Wohnzimmer und einen mit einem Rundbogen versehenen Durchlaß in ein Eßzimmer, in dem vier dunkle spanische Stühle um einen Mahagonitisch gruppiert waren, und ich dachte an die Feierlichkeit und den Ernst, mit denen spanische Familien der Mittelschicht ihren Alltag zelebrieren. Die Ehegattinnen sind nüchtern, die Kinder feierlich und ernst, den Vater quälen Schuldgefühle, er leidet unter dem moralischen Gewicht einer zänkischen Geliebten, die sich ärgert, weil er so geizig ist und die trotzdem die schwarze Unterwäsche trägt, die er ihr gekauft hat. Ja, ich mußte wohl ein Diener des Todes sein, da mir ein leerer Raum die Geheimnisse einer unglücklichen Familie verriet, die ich noch nie gesehen hatte. Wie nahe mochten die russischen Frachter jetzt der Quarantänelinie gekommen sein?
Jenseits des Eßzimmers führte eine Tür in eine verglaste Veranda, von der man auf einen Patio hinuntersah; auf dessen anderer Seite befand sich die Anlegestelle. Ein großer, weißer Fischkutter steril

wie Museumsmarmor, hob und senkte sich sanft im leisen Atem der Gezeiten. Mir blieb Zeit, an Giancanas verstorbene Frau zu denken, bevor ich an Bord ging. Unten in der Kabine auf Bänken saßen zehn Männer mit schwarzen Kapuzen, und nur wenige sahen auf, als wir eintraten. Die Luft war stickig, obschon noch nicht verpestet, und das Schaukeln des Schiffs an seinen Tauen war unangenehm.

Wir warteten schweigend unter unseren Kapuzen. Die Motoren wurden angeworfen und vibrierten unter meinen Füßen, zielgerichteter und entschlossener wohl, als ich es war. Mir war, als hörte ich die spanischen Kommandos des Kapitäns aus so weiter Ferne, wie man die Geräusche eines Chirurgenteams durch die einsetzende Narkose vernimmt. Wir legten ab. Unten in der Kabine, die nur das durch die Bullaugen einfallende Licht von den Anlegestellen der anderen Häuser entlang dem Kanal erhellte, hörten sich unsere Motoren so lebendig an wie das Brüllen wilder Tiere.

Wir fuhren mit halber Kraft, um möglichst wenig Kielwasserwellen zu erzeugen, und ich schlief ein, als wir durch die engen Kanäle von Coral Gables hinaus in die Biscayne Bay kamen, und als ich erwachte, befanden wir uns schon auf hoher See, und die Lichter von Miami lagen achtern weit in der Ferne, und der Himmel darüber war pflaumenfarben wie der letzte rosige Ton beim Sonnenuntergang, wenn der Abend in die Nacht übergeht. Schräg oberhalb des Bugs, über hundert Meilen weit entfernt in Richtung steuerbord, schwächer als der Halbschatten des Mondes, tauchte der Lichterschein des Himmels über Havanna aus der pechschwarzen Tiefe auf. Es war eine dunkle Nacht, aber der Himmel war klar, und ich hatte Zeit zum Nachdenken: Vielleicht brannten morgen abend schon beide Städte. Würden wir es von Land oder von See aus beobachten?

»Eugenio lotst uns zwischen Cardenas und Matanzas hinüber«, sagte Butler. »Wir werden um drei Uhr früh vor Kuba sein.«

Ich nickte. Ich war immer noch schläfrig. Nein, eigentlich war ich wie betäubt und dachte: Wenn man so benommen und schwerfällig ist, sollte einen der Tod nicht ereilen.

»Möchtest du einen Schluck Rum?« fragte Butler.

»Ich schlafe lieber«, sagte ich.

»Mann, ich bin sternhagelvoll. Daran wird sich auch nichts ändern, bis wir zurückkommen.«

»Ich habe auch nichts anderes erwartet«, knurrte ich und nickte wieder ein. Butler ging mir in diesem Augenblick gründlich auf die Nerven. Denn er hatte mir zu verstehen gegeben, daß der Schlaf vor dem Kampf keine Tugend, sondern vielmehr eine Art Laster war – der Suff aber wohl nicht. Doch mochte Butler auch einen miesen Charakter haben – seine Adrenalinproduktion funktionierte jedenfalls superb und hielt ihn in Hochform.

In der Kabine hatten sich die Männer hingelegt, wo gerade Platz war – zwei lagen in einer engen Koje, vier lagen auf dem Tisch, zwei auf dem Boden. Mit mir wurden es drei. Die Bodenbretter waren feucht, aber jedenfalls warm genug und da ein paar andere hinauf an Deck gegangen waren, gab's genug Platz zum Ausstrekken; ich schlief zwischen dem Schwappen des Bilgenwassers und dem pochenden Geräusch der Dünung am Bootsrumpf ein. Der Gestank von Männern, die Knoblauch essen und in schwarzer Kleidung schwitzen, zog durch die Kabine. Beim abgeschirmten Licht einer blauen Zehnwattbirne über dem Ausguß sah ich, wie die Kubaner die Kapuzen mit der instinktiven Bewegung eines Schläfers ein, zwei Zentimeter lüfteten, um leichter atmen zu können – und wie sie diese dann mit dem Reflex des Erwachens wieder über ihre Gesichter zogen. Welchen Sinn mochten diese Kapuzen haben? Versuchten sie so ihre Familien zu schützen oder die Bande der Magie zu stärken? Auf diesem dunklen, tropischen Meer, in dem der Golfstrom mit den langen, rollenden Wogen des Atlantiks zusammentraf, war die Magie nur ein unbedeutender Verbündeter in dem ganzen Unternehmen, aber an die Südküste Kubas spülte die Karibik Zauberformeln an. Mir fiel das maßstabsgetreue Modell der Kupfermine von Matahambra ein, das wir in den Everglades errichtet hatten. Die ganzen letzten neun Monate hatten Exilkommandos dort die Sprengarbeiten geübt. Überfälle hatte man durchexerziert. Bei jedem Überfall am Modell hatten wir das Szenario zufriedenstellend zum Abschluß gebracht – die Mine symbolisch in die Luft gesprengt –, aber nie war es uns bisher gelungen, die Anlagen selbst zu zerstören. Beim letzten Angriff auf Matahambra waren in den dunklen Stunden nach Mitternacht acht Kämpfer an Land gegangen. Doch eine Patrouille Castros hatte sie aufgestöbert und in den Orkus geschickt. Das war unser ehrgeizigster Einsatz gegen Matahambra gewesen, und er war schmählich mißglückt.

Und nun schickte man uns hinaus. Bei uns hatte man sich die intensive Vorbereitung gespart. Wir sollten ja auch nur ein paar Kubaner treffen, die die Leuchtmunition bis zum großen Feuerzauber irgendwo sicher aufbewahren sollten – bis die volle Streitmacht landete, die viel, viel mächtiger als diese primitive *santería*, dieses afrikanische Götzenwesen war. Halb im Schlaf sann ich darüber nach und fing an zu träumen.
Dann schreckte mich der Gedanke auf, daß es mein letzter Schlaf – oder einer meiner letzten – sein mochte. Da überkam mich wie noch nie zuvor die geheimnisvolle Ahnung, daß wir in zwei Seinswelten, der des Wachens und der des Schlafens existieren, und daß uns diese täglichen Erfahrungen vorbereiten auf den Wechsel von Leben und Tod. Wir sind zwei Geschichten in einer. Ich wollte Kittredge einen letzten Brief schreiben und sie beschwören, niemals ihre theoretische Arbeit aufzugeben, denn sie war so tiefschürfend, und während ich sie gerade dergestalt beschwor, erwachte ich – ich schlief schließlich gar nicht – lag nur im poetischen Treibsand, der mitunter über das harte Pflaster des Bewußtseins geweht wird, wenn man aus dem Schlaf emporfährt –, richtete mich auf und fühlte mich kampfbereit, auch wenn ich noch Stunden darauf warten mußte. Dann sog ich ein paarmal tief die stinkende Luft der Kabine ein, zog mir die Kapuze über den Kopf und ging an Deck.
Butler stand mit dem Kapitän zusammen auf der Brücke. Ich kannte den Mann, Eugenio Martinez. Ich hatte Kittredge von ihm berichtet. Er war öfter als jeder andere Bootsführer in Südflorida nach Kuba übergesetzt; er war ein Held mit einer traurigen Geschichte, von der inzwischen die halbe JM/WAVE wußte. Er wollte seine Eltern aus Havanna herausholen, aber Harvey hatte es ihm verboten. Als ich die Leiter heraufkam, schnitt er sogleich wieder dieses Thema an.
»Vorhin bleibt einer von den *Prácticos* bei mir stehen und sagt: ›Ich habe meine Kapuze auf, also weißt du nicht, wer ich bin, aber ich kenne dich. Du bist Rolando.‹
›Wenn du mich so gut kennst‹, sagte ich zu ihm, ›dann weißt du auch, daß ich Eugenio Martínez bin und nur Rolando genannt werde.‹ ›Das weiß ich‹, erwiderte er, ›aber wir sollen dich Rolando nennen.‹ ›Wozu‹, sage ich, ›wenn sogar der DGI weiß, daß Rolando Eugenio ist?‹ Sehen Sie, Mr. Castle . . .«

»Nennen Sie mich ruhig Frank«, sagte Dix.
»Also gut, Frank, Frank Castle. Frank will ich Sie nennen. Das Argument, das ich von Mr. O'Brien, Ihrem Boss, dem korpulenten Mann höre, ist, daß meine Eltern zu Haus in Kuba sehr bekannt sind und daß es für mich die sichere Gefangennahme bedeutet, wenn ich versuche, mit ihnen in Verbindung zu treten. Ich akzeptiere die Logik solcher Sachen, weil ich zum größten Teil Spanier bin. Wenn Sie mit solchem Blut gesegnet und verflucht sind, wird es Ihre Pflicht, den Gesetzen der Logik zu gehorchen. Tatkräftige Menschen, die das Chaos verabscheuen, müssen so handeln.«
Diese Rede wurde so deutlich gehalten, daß ich annahm, Eugenio Martínez würde sogleich fortfahren. Doch er schwieg, und wir warteten. Seine Pausen schienen ebenso bedeutungsschwer wie seine Reden. Oben auf der Brücke standen wir und rollten in der Dünung. Unten brummten die Dieselmotoren ihre beruhigende Botschaft – wir arbeiten für euch, arbeiten für euch. Wir lauschten auf die stillen Augenblicke zwischen den Windstößen. Martínez hatte der Stille in so vielen Nächten gelauscht, daß sie ihm vielleicht gehörte. Er hatte ein langes, dreieckiges Gesicht mit einer langen, spanischen Nase und dunklen Augen in tiefen Höhlen, die seine gesamten Erfahrungen aufgesaugt zu haben schienen – ein Ausdruck, der darauf schließen ließ, daß er viel gesehen und den Preis dafür bezahlt hatte. Sein Blick war unstet und gehetzt, als ob ihm ebenso viele Gespenster wie Leichname begegnet waren.
Man sieht eine Menge in einer Nacht unter einem klaren, aber mondlosen Himmel. Zwei Nächte zuvor hatte ich auf Butlers Vorschlag mit Martínez getrunken, und er hatte meine Achtung gewonnen. Sogar mein Vater, der zu sagen pflegte: »Ich würde einem Kubaner nicht mal so weit trauen, wie ich ihn schmeißen könnte, obwohl ich ihn gern durch eine Fensterscheibe schmeißen würde«, hatte auch gesagt: »Gib mir hundert Männer wie Eugenio Martínez, und ich werde Kuba allein erobern.«
So stand ich gern oben bei ihm auf der Brücke und verehrte den Helden neben mir wie einst in St. Matthew's die Helden, von denen unsere Lehrer geschwärmt hatten. Es hätte mich nicht überrascht, wenn der Himmel hinter uns in jenem gleißenden Licht aufgeflammt wäre, das den Rauchpilz emportreibt und die Augen versengt. Ebensowenig hätte es mich verwundert, wenn das gleiche weiß glühende Inferno über Havanna, hundert Meilen

steuerbord voraus, erschienen wäre. Das Wiegen in den Hüften, mit dem ich die Schiffsbewegungen im lebhaften Seegang ausglich, war für eine Weile meine einzige Verbindung zur Wirklichkeit. Ich spürte, daß wir Kuba nahe sein mußten. Wenn ich auch noch kein Land zu sehen vermochte, so gewahrte ich doch längst schon in zwanzig Meilen Entfernung die kommunistischen Suchscheinwerfer, die wie unruhige Blitze übers Wasser schossen, einem Wetterleuchten gleich, das aufscheint, wenn die Gewalten da oben noch nicht nah genug sind, den vernichtenden Schlag auszulösen.

Ich hatte die Karte studiert und wußte, wo die Boote landen sollten, aber die Küste war unregelmäßig geformt. Mangrovensümpfe, die auf der Karte als vorgelagerte flache Inseln oder Riffe vermerkt waren, wechselten mit tatsächlich zu erkennenden Korallenriffen ab. Sobald wir die Männer, die Leuchtmunition und die scharfe Munition von der *Princesa* in die Schlauchboote geladen hatten, mußten wir ein paar Meilen genau in Richtung Süden fahren und dort unseren Landeplatz finden. Sollte sich zwischen den Mangroveninseln aber ein Patrouillenboot verborgen haben, das uns entdeckte, mußten wir uns in Windeseile in den nächsten flachen Meeresarm flüchten, in den sie uns nicht folgen konnten.

Je näher wir Kuba kamen, um so mehr andere Schiffe sahen wir. Entfernt von uns zogen Frachter und Fischtrawler vorbei. Eine aus acht Schiffen bestehende Flottille der US-Marine mit einem Zerstörer an der Spitze, die zweifellos vom Stützpunkt Key West ausgelaufen war – bewegte sich ihrem Bestimmungsort im Osten zu. War das die Quarantänelinie? Wir fuhren mit ausgeschaltetem Funkgerät, und das entsprach meiner Stimmung. Mein Interesse an der Welt schwand dahin. Das, wozu wir uns anschickten, war wohl alles, was da noch zu tun blieb.

Die ganze letzte Stunde lang hatten unsere wackeren *Prácticos* bereits fleißig die Schlauchboote aufgepumpt, das Gerät überprüft, die Sturmgewehre aus den Ständern gerissen und Leuchtmunitionskisten auf Deck gestapelt. Butler und ich saßen am Rande dabei wie eine Mischung aus Oberbefehlshabern, Agency-Beobachtern und hochgeschätzten Gästen. Wenn wir darüber nachdachten, was wir bei diesem Unternehmen nützen konnten, so mußten wir zwangsläufig zu dem Resultat kommen, daß unsere Gegenwart lediglich einer törichten Laune entsprungen sein konnte. Nun schmeckte ich körperlich, was Angst ist, und es war nichts Bemerkenswertes: ein Aufwallen von Galle erzeugte in meiner Nase und Kehle ein bitteres Gefühl, und der Gedanke beschlich mich, daß einem die Kunst der Selbstbeherrschung auch in der Gefahr nicht von selbst zuwächst.

»Du und ich sitzen im gleichen Boot«, sagte Butler in diesem Augenblick, und seine Stimme klang angenehm heiser.

»Gut.«

»Du bist mein Passagier.«

Ich wußte nicht, ob ich mich erleichtert oder gedemütigt fühlen sollte.

»Unsere Männer sind in Ordnung«, fuhr er fort.

»Du kennst sie schon?«

»Ich habe mit ein paar von ihnen trainiert. Wenn alles gutgeht, ist es ein Kinderspiel. Geht es schief, dann brauchst du kein Training mehr. Dann wird's eine Riesensauerei. Für die Castros noch mehr als für uns.«

»Du redest, als ob du schon Ahnung hättest.«

»Ich war in Girón dabei.«

»Was?«

»Inoffiziell.«

»Warum hast du mir das nicht vorher erzählt?«

Er zuckte die Achseln.

Woher sollte ich wissen, ob er mir die Wahrheit sagte? Aber natürlich konnte es stimmen. Ich war wütend. Ich hatte irgendwie gedacht, wir zögen zusammen als gleich Unerfahrene hinaus. Irgendwo hatte ich vielleicht auch unbewußt gehofft, daß die unerträgliche, krankhafte Spannung zwischen uns, die seit jener fürchterlichen Nacht in Berlin niemals wirklich nachgelassen hatte, durch diese gemeinsame Todesfahrt endlich doch eine Lösung erfahren könnte. Und nun fand ich mich in der Rolle eines geopferten kleinen Bruders wieder. Aber es war besser, zornig zu sein als Angst zu haben.

Meine letzten dreißig Minuten an Bord der *Princesa* verbrachte ich mit dem Versuch, mich mit der tschechischen Maschinenpistole vertraut zu machen, die man mir reichte. Sie hatte ein rundes Magazin mit dreißig Schuß Neunmillimetermunition, ließ sich auf Halb- und auf Vollautomatik einstellen und gegebenenfalls wahrscheinlich leichter aus der Hüfte aus dem dahinrasenden

Schlauchboot abfeuern als ein Sturmgewehr. Doch nicht einmal stundenlanges Training konnte den Erfolg einer solchen Operation garantieren.

Die Schlauchboote wurden über Bord gehievt und beladen, einen wasserdichten Karton am anderen. Als nächstes kamen wir selbst, sechs Mann in jedes Boot. Eugenio Martínez erschien an der Reling, um goodbye zu sagen.

»*Suerte*«, flüsterte er, und wir drückten einander die Hand. Ich fühlte mich geläutert; ich brach auf ins Ungewisse.

Das erhebende Gefühl hielt nur so lange an, wie ich brauchte, um ins Boot zu springen und mich hinzusetzen. Die Dünung kam mit einem Schlag, und wir stampften, schaukelten und schwankten zu sehr, als daß für irgendeine spirituelle Erleuchtung noch Zeit geblieben wäre. »Gerade rein, genau nach Süden«, sagte Martínez zuletzt. Er wollte uns in zwanzig Stunden annähernd an der gleichen Stelle erwarten – das heißt um elf Uhr nachts – jetzt war es drei Uhr früh am Morgen. Wenn wir nicht erschienen, würde er die ganze Nacht hindurch regelmäßig alle sechzig Minuten zum Treffpunkt zurückkommen.

Das Schlauchboot war mit einem Kompaß und einem Steuerrad auf einem Armaturenbrett aus Sperrholz ausgestattet. Butler, der das Boot lenkte, fuhr mit zehn Knoten dahin, langsam genug, daß das gedämpfte Geräusch unserer beiden Auspuffe im Wind unterging. Unser schwarzes Schlauchboot war bei diesem Wellengang aus keiner Entfernung leicht auszumachen, weil die Wellenkämme höher wuchsen, als wir aus dem Wasser ragten. Nur wenn wir gerade selbst oben auf einem Wellenkamm schwebten, konnte man uns sehen. Wir sprachen kein Wort. Worte hörte man weiter als das gedämpfte Tuckern eines Motors. Trotzdem konnte ich schwach wie Wellenschlag am Strand Motorengeräusche hören und begriff, daß es unser zweites Schlauchboot war, das einem anderen Treffpunkt zustrebte. Die Nachtluft war drückend. Wir kamen nur langsam vorwärts und hatten das Gefühl, auf einem Kissen auf dem Meer zu treiben. Denn das Boot war so schwer beladen, daß der Rand keine fünfzehn Zentimeter über die Wasseroberfläche ragte, und bei jedem Auf und Nieder schwappte eine Welle zu uns herein, und wir schöpften das Wasser mit schwarz bemalten Plastikbechern aus, die mit einer Schnur an einem Ring am Gummiboden des

Schlauchboots befestigt waren. Selbst das Geräusch des Ausschöpfens schien verräterisch in der Stille.
Die Küste rückte näher: eine phosphoreszierende Linie – die Brandung, die sich an einem schmalen Strand brach. Warteten dort unsere Leute auf uns, oder würde uns Castros Miliz empfangen? Der Gummiboden kratzte auf dem Sand, ich stand mit den anderen zusammen auf und stieg über den Schlauchbootrand hinweg ins knietiefe Wasser. Meine Muskeln waren so verkrampft wie eine geballte Faust. Geräuschlos zogen wir das Boot zwanzig Fuß weit den Strand hinauf bis zu einem niederhängenden Baum, unter dem wir es verbargen. In der Stille der Nacht fiel ein Trinkbecher zu Boden. Der Aufschlag klang so rauh wie ein Eulenschrei. Aus dem Dickicht hinter dem Strand drang eine Vielzahl von leisen Geräuschen, ein Rascheln, Zischen, Kriechen, endlos, unerschöpflich. In diesem Dickicht wimmelte es von Lebewesen, und zum rasenden Wachstum der Vegetation kamen die Laute der Insekten, die sie zernagten.
»Hubbard«, flüsterte Butler, »ich brauch dich.«
Er hatte das Kissen, auf dem er beim Fahren des Schlauchboots gesessen hatte, mitgebracht und entfaltete es nun zu einem langen schwarzen Sack. Wir steckten die Köpfe hinein, knipsten eine Schreibstiftlampe an und studierten seine Karte. »Wir haben den Punkt nicht genau getroffen«, flüsterte er. »Wir können nicht weiter als vier-, fünfhundert Meter davon entfernt sein, aber ist es nun östlich oder westlich von uns?« Ich starrte auf die Karte. Dort, wo wir hätten landen sollen, floß ein Bach vom Wald herunter und teilte den Strand in zwei Teile. Wo wir gelandet waren, gab es keinen Bach.
»Hm«, sagte ich. »Die Strömung lief von Westen nach Osten.«
»Ich weiß«, sagte er, »aber ich hab' den Kurs vielleicht zu stark korrigiert.«
Beim Heranfahren an die Küste hatte ich ein paar hundert Meter westlich von uns einen niedrigen kleinen Hügel erblickt. Den topographischen Linien unserer Karte nach mußte der Hügel knapp tausend Meter westlich des Baches liegen.
»Wir müssen nach Osten«, entschied ich.
Als wir in dem schwarzen Sack miteinander sprachen, waren unsere Gesichter nur Zentimeter voneinander entfernt. Ich spürte ein dringendes Verlangen, diese Unterredung zu beenden. Butler

besah sich die Karte jedoch weiter, als bezweifle er meine Schlußfolgerung. »Vielleicht hast du recht«, sagte er schließlich, und wir zogen die Köpfe heraus.

Nun mußten wir uns entscheiden, ob wir einen Mann nach Osten schicken wollten, der die Gegend erkunden, den Strand finden und im Idealfall dort unsere wartenden Guerilleros treffen sollte, oder ob es besser war, wieder ins Boot zu steigen, durch die Brandung hinaus und die Küste entlang zu fahren. Wenn ich das Kommando gehabt hätte, hätte ich einen Mann losgeschickt. Er würde weniger Aufmerksamkeit erregen, und wenn man ihn abfing, waren wir durch den Lärm gewarnt. Butler aber entschied, daß wir wieder ins Boot steigen sollten. Die Leute, die uns erwarteten, rechneten mit dem Eintreffen eines Schlauchboots, nicht eines Fußgängers.

»Noch etwas«, sagte Butler. »Wenn es zu einem Feuergefecht kommt, und wir werden gefangengenommen: Laß dich nicht mit dem Gewehr in der Hand erwischen.«

»Das weiß ich«, sagte ich. Harvey hatte es mir nicht nur erklärt, sondern zur Verdeutlichung auch noch mit dem Zeigefinger über die Kehle gestrichen. Vor unserer Abfahrt hatte er mir unsere Legende eingeschärft, die sich gegebenenfalls als ausreichend erweisen mochte. Wir waren als Reporter des *Life*-Magazins hier in Kuba, um über einen Angriff zu berichten; Butler war der Fotograf – in der Tat hatte er eine Kamera dabei, und ich war der Berichterstatter. Unsere JM/WAVE-Spezialwerkstatt hatte uns über Nacht Presseausweise von *Life* geliefert. Wenn man uns gefangennahm, würde Wild Bill einen Redakteur bei *Life* anrufen, den er kannte. Dort würde man unsere Geschichte bestätigen. So waren wir gedeckt. Ja, hier am Strand, gerade angekommen: zwei junge Leute aus New York, Frank Castle und Robert Charles, freie Mitarbeiter auf der Jagd nach einer verrückten Story. Die Legende war nicht besonders gut, und ich hatte keine Zeit gehabt, mir meine Lebensgeschichte zu erarbeiten, aber es konnte ausreichen. Wer beim DGI wußte schon so genau, wer alles für *Life* arbeitete.

Als wir das Boot zurück in die Brandung zogen, arbeitete ich weiter mein Szenario aus. Wenn sie mich schnappten, würde ich dem DGI erzählen, ich wäre nur eine Woche lang in Miami gewesen – aber lange genug, um ein paar »Kojoten« kennenzulernen. Ich würde diese Burschen beschreiben. Das würde dann zweifellos mit dem übereinstimmen, was der DGI bereits wußte. Während der folgenden Minuten, als wir in fünfzig Meter Abstand die Küste entlangfuhren und den Strand nach der Mündung eines Bachs absuchten, kam ich mir so kreativ wie ein Schauspieler vor, der die in seiner Rolle enthaltene subtilere Persönlichkeit entdeckt. Ich dachte mir eine geeignete Kindheit aus. Ich hatte sie in Ellsworth, Maine verbracht. Mein Vater war Tischler, meine Mutter Hausfrau. Ich hatte die Highschool von Ellsworth absolviert, eine weitere schulische Ausbildung hatte ich nicht genossen. Der DGI dürfte kein Jahrbuch von Ellsworth High besitzen – der KGB vielleicht, aber nicht der DGI.

Es war ganz gut, daß ich mich meines Szenarios erfreute, denn dies erwies sich vorläufig als die letzte fruchtbare Meditation, der ich mich hingeben konnte. Hinter einer kleinen Biegung der Küste erblickten wir einen Bach, Butler klopfte mir anerkennend auf die Schulter und steuerte den Strand an. Wieder landeten wir, wieder zogen wir das Boot unter einen überhängenden, niedrigen Baum, warteten und lauschten den Geräuschen der wachsenden Vegetation.

Da kein Weg in das Dickicht hinaufführte, nur der Bach, der jedoch nicht mehr als ein Rinnsal war, erkundeten wir das Bachbett bis zur nächsten Biegung, wo wir einen *Práctico* als Posten aufstellten. Er kam allerdings nach zwanzig Minuten wieder. Die Moskitos waren zu blutgierig gewesen. Butler gab dem Mann ein Insektenschutzmittel und schickte ihn wieder zurück.

Wir warteten. Die Parole hieß *Paragón* (Vorbild). Die Antwort darauf lautete: *incompetente*. Ich lauschte angestrengt. *Paragón!* Würde es eine heisere Stimme sein oder ein Flüstern? Statt der Parole kamen die Insekten. Ich zog mein Schutzmittel heraus und teilte es mit Butler. Er war ungeduldig, ertrug das Warten nicht. Wieder steckten wir die Köpfe in den Dunkelsack und sahen uns noch einmal die Karte an. Angenommen, wir hatten uns bei unserer Annäherung an die Küste beim erstenmal um mehr als eine halbe Meile geirrt, dann konnte es sich bei dem kleinen, flachen Hügel, von dem ich in meinen Berechnungen ausgegangen war, um eine Landzunge irgendwo anders an der Küste gehandelt haben. Unsere Gesichter waren fünfzehn Zentimeter voneinander entfernt, wir atmeten stoßweise vor Angst, die Karte völlig falsch zu interpretieren, und stritten uns.

Ich weigerte mich, meine Auslegung aufzugeben. Wir zogen die Köpfe erst im allerletzten Augenblick aus dem Sack. Denn plötzlich tauchten in Begleitung unseres *Práctico* aus dem Bachlauf die vermißten Kubaner auf, und in der Dunkelheit wurden unter den Bäumen, die den Strand säumten, flüsternd Worte zur Begrüßung gewechselt. Ich staunte, wie schnell doch im Krieg Bangigkeit in ein glückseliges Gefühl umschlagen kann! Ich hatte selten eine solche Zuneigung für fremde Menschen empfunden wie für diese sechs Kubaner, die an der Mündung des Baches auf uns zugekommen waren, und deren Gesichter ich in der Finsternis nicht einmal sehen konnte.

Am Anfang wurde viel übersetzt. Unsere neuen Freunde sprachen einen Dialekt, den ich nicht verstand. So mußten sie ihre Worte an einen *Práctico* richten, der den Inhalt an mich weitergab. Das kostete Zeit. Geflüsterte Bemerkungen mußten wiederholt werden, und es gab eine Reihe von Problemen zu besprechen. Nachdem wir das Boot entladen hatten, überlegten wir, ob wir es den Bachlauf hinaufziehen sollten, bis wir eine Lichtung fanden, wo wir es verbergen konnten, oder ob wir die Luft herauslassen, die Hülle ins Dickicht stecken und bei der Rückkehr mit der Fußpumpe wieder aufblasen sollten. Als es sich herausstellte, daß es bachaufwärts keine geeignete Stelle gab, entschieden wir uns zu letzterem, rollten die Schlauchboothülle zu einem Paket zusammen, suchten eine geeignete Höhle dafür und warfen es hinein.

Nun waren wir bereit, die Leuchtmunition zu transportieren. Sie war in Vierzigpfundkartons verpackt. Da die Führer, die gekommen waren, uns abzuholen, alle Biegungen des Rinnsals kannten, an denen Castros Miliz einen Hinterhalt legen konnte, setzte sich einer von ihnen an die Spitze, ein anderer an den Schluß, und wir alle, Butler, ich selbst, die vier *Prácticos* und die sechs Einheimischen, schultern je einen Vierzigpfundkarton. Nun blieben nur noch zwei Kartons übrig. Als der Kräftigste von den Einheimischen seine Machete einem Freund reichte und auf beide Schultern einen Karton nahm, entschied sich Butler, es ihm nachzutun, und reichte mir seine Maschinenpistole. Mit einem Karton und zwei Waffen beladen schloß ich mich den anderen an, als wir im Dunkeln den Bach hinaufwanderten.

Wir schleppten uns im Wasser voran, das uns bis zu den Knien reichte, kletterten über die Felsen von einer Sandbank zur nächsten, glitten im Schlamm aus, setzten uns in den Dreck, ließen von Zeit zu Zeit einen Karton fallen. An manchen Stellen wurde der Bach zu einem Teich, und das Wasser reichte uns bis zur Taille. Ich weiß nicht, ob wir auf diese Weise eine Meile zurückgelegt hatten, aber es kam mir vor wie fünf und kostete uns über eine Stunde, bevor wir keuchend eine Art Feldweg erreichten, der bis zum Wasserlauf führte, und eine Lichtung fanden, auf der wir die Kisten stapeln konnten. Ein Lastwagen, so versprach man uns, werde noch vor dem Morgengrauen eintreffen, um die Leuchtmunition abzuholen. Die Leute, mit denen wir zu tun hatten, wußten auch nicht mehr, als daß sie uns zu der Lichtung führen sollten. Nun rieten sie uns dringend, zum Strand zurückzukehren. Auf diesem Feldweg müsse man stets mit einer Patrouille der Miliz rechnen.

»Ich bleibe hier«, entschied Butler, »bis der Lastwagen kommt.«

Einer der Kubaner erging sich in weitschweifigen Erklärungen. Wenn die Miliz vorbeikam und die Kartons entdeckte, war das nicht gut für die Leute, die in der Umgebung wohnten. Andererseits mußte es für sie nicht unbedingt zur Katastrophe werden, weil ja auch eine Gang aus Matanzas ihr Material hier versteckt haben konnte. Wenn wir aber hier blieben, könnte es zu einem Gefecht mit der Miliz kommen, bei dem vielleicht ein paar Männer fallen würden. Es sei daher für alle besser, wenn wir sofort zurückgingen.

»Sag diesem Lackaffen«, sagte Butler, »es gibt nichts Wichtigeres als unsere Leuchtkugeln. Wir bleiben hier, bis der Lastwagen kommt.«

Ich brauchte es nicht mehr zu übersetzen. Unser Fahrzeug kam herangefahren. Es war kein Lastwagen, sondern ein alter, sehr großer Lincoln, der im Morgengrauen einen verblaßten grünen Anstrich aufwies.

Wir luden die vierzehn schlammigen Kartons hinten in den Kofferraum und auf den Rücksitz, darüber wurde einfach eine Decke gebreitet, und der Fahrer, wohl ein Student, verzog das Gesicht zu einem bemerkenswerten Lächeln – schneeweiße Zähne unter einem pechschwarzen Schnurrbart –, und er verschwand in die Richtung, aus der er gekommen war.

Nun gab es nichts mehr zu tun als den Bachlauf wieder hinunterzuwandern. Den Tag über mußten wir uns im Dickicht verstecken,

und es blieb nur zu hoffen, daß wir ein Plätzchen fanden, an dem uns die Insekten nicht allzusehr quälten. Nachts würden wir dann unser Schlauchboot aufpumpen und zur *Princesa* zurückkehren. Ich spürte Butlers Enttäuschung, daß nicht mehr geschehen war.
Ich verstand ihn. Es sollte mehr zu berichten geben. Wir brauchten nur zwanzig Minuten zurück zum Strand. Wir steckten in einem tropischen Gebüsch, übergossen uns mit Insektenschutzmittel und versuchten zu schlafen – ein elender Zustand, da wir fortwährend bei dem geringsten Geräusch aus dem Urwald zusammenzuckten. Draußen auf See konnten wir Patrouillenboote hören, und über uns hinweg, durch das Spinnengewebe des Himmels, das zwischen dem herabhängenden Blattwerk zu sehen war, zogen Jets. Am Morgen und am Nachmittag surrte ein Hubschrauber den Strand entlang. Die Zeit verging in brütender Hitze, und es gab Insekten, die abgebrüht genug waren, dem Schutzmittel zu trotzen und ihre Stiche anzubringen. Ich machte die Entdeckung, daß das Geheimnis der Geduld darin besteht, sich nicht gegen die phlegmatische Wesensart der Zeit aufzubäumen.
Als die Abenddämmerung kam, senkte sich im Westen zwischen grünen und purpurnen Wolken ein glühendes Feuer herab. Mit zunehmender Dunkelheit wurden die Moskitos erbarmungsloser. Butler wollte nicht länger warten und ließ uns das Schlauchboot zu einer Sandbank nahe der Mündung des Bachs hinaustragen. Immer noch im Schutz des Blattwerks wechselten wir uns an der Fußpumpe ab, und nach einer halben Stunde war das Boot prall aufgeblasen. Wir luden gerade unsere letzten Gewehre, Munitionskästen und Macheten ein, als ein vielleicht zehn Meter langes Kanonenboot den Strand entlangglitt. Wenn es nicht so dunkel gewesen wäre, hätte es uns vermutlich entdeckt.
Fünfzehn Minuten später liefen wir aufs Meer hinaus. Wir brauchten nur dreißig Minuten, um unseren Treffpunkt zu erreichen, aber wir wollten nicht länger an Land bleiben. Die Rückkehr machte mir nun nicht mehr soviel Angst wie das zurückliegende Abenteuer. Ich wollte Kuba verlassen, das mir zu fruchtbar und zu fremdartig war. Ich kam mir auf dieser feuchten Erde selbst wie ein Insekt vor, das sich in das dicke Fell einer riesigen Bestie vergraben hatte und von dessen Kopf, Schwanz und Gliedern nichts zu sehen war.
Wir fuhren tief geduckt hinaus, um ein niedriges Profil zu bewah-

ren, ich saß neben Butler, behielt den Kompaß im Auge und die Strömung und murmelte ihm von Zeit zu Zeit winzige Kurskorrekturen zu. Obwohl er nie auf die Vorschläge anderer hörte, wenn er sich selbst für sachkundig hielt – und er hielt sich auf fast allen Gebieten für sachkundig, was wohl auch dazu beigetragen haben mochte, daß seine Fußballerlaufbahn ein vorzeitiges Ende gefunden hatte –, war ihm trotzdem klargeworden, daß ich mehr von der Seefahrt verstand als er. Das war ja auch kein Wunder, da ich als Kind meine Sommerferien stets in Maine verbracht hatte, obschon ich dort mit Blubbermotoren und Stinkpötten wie diesem kaum in Berührung gekommen war. Aber ich kannte mich in der Navigation aus, und er spürte das. Wir kamen dreißig Minuten zu früh am Treffpunkt an. Kein Martínez, keine *Princesa* in Sicht, aber wir hatten wenigstens die Korallenriffe und Mangrovensumpfinseln hinter uns, und wenn sich uns jetzt drohend ein Patrouillenboot näherte, würde es sich nicht von der nahen Leeseite einer dunklen Insel anschleichen können.

Da Martínez nirgendwo zu sehen war, fuhren wir weiter aufs Meer hinaus. Es konnte sein – so hatte man uns jedenfalls in Miami gesagt –, daß die kubanische Küstenwache die ›Freiheit der Meere‹ außerhalb ihrer Dreimeilenzone nicht respektieren würde, wenn keine amerikanischen Kriegsschiffe in Sicht waren. Wir ragten nun auch höher aus dem Wasser, denn unser Gewicht hatte sich um die 560 Pfund der gelieferten Munition verringert, und weitere vierzig Pfund Lebendgewicht hatten wir acht mit Sicherheit bei unseren Bemühungen verloren. Wenn die beiden Außenbordmotoren nicht schlappmachten, konnte unser Schlauchboot es sicher mit jedem der alten kubanischen Schrottkähne aufnehmen.

Eine halbe Stunde später, nachdem wir die vier Kehrtwendungen eines nautischen Quadrats vollendet hatten, kamen wir an die Stelle zurück, an der wir die *Princesa* anzutreffen hofften. Es war wieder pechschwarze Nacht bei klarem Himmel, aber fern im Osten wurden Wolken vom Wind getrieben.

Butler fing an, mein navigatorisches Können zu bezweifeln. Hatte ich uns womöglich ein Trapezoid ausführen lassen? Ob ich beschwören könnte, daß wir uns an der richtigen Stelle befänden?

»Wir sind an den Koordinaten des Treffpunkts«, sagte ich mit all der Zuversicht, die ich aufzubringen vermochte – obwohl das nicht mehr allzuviel war, aber ich wußte, daß wir den richtigen Kurs nicht aushandeln konnten, also überredete ich ihn, noch ein Quadrat zu fahren, diesmal aber nur mit einer Seitenlänge von einer halben Meile. Um 11 Uhr 15 kam die *Princesa* auf uns zu und sah dabei so riesig aus wie eine Galeone. Butler schüttelte mir die Hand. »Wir werden doch noch ein Team«, sagte er, und während die *Princesa* wartete, kamen wir längsseits, entluden das Schlauchboot, zogen es hinter uns herauf und gingen in die Kabine, um einen Kaffee zu trinken. Ich fragte mich, ob ich mich nach einer Klettertour mit Harlot je großartiger gefühlt hatte.

Und dann fragte Butler nach dem Stand der Blockade. »Ist schon vorbei«, sagte Martínez. »Die russischen Schiffe sind umgekehrt.« Er wiederholte diese Nachricht für die *Prácticos* auf Spanisch, und wir sahen ihre Enttäuschung. Nun würde es keine Invasion Kubas geben. Unsere Leuchtkugeln würden an dem zweifelhaften Ort vermodern, an den man sie gebracht hatte.

Martínez hatte aber eine unmittelbare Sorge. Das zweite Boot war nicht am Treffpunkt erschienen. »Deshalb kommen wir so spät«, erklärte er. »Wir haben auf die anderen gewartet. Jetzt fahren wir wieder hin, um nach ihnen Ausschau zu halten.«

Eine Stunde lang warteten wir. Wir fuhren mit halber Kraft und schlingerten in der Dünung, die ein frischer Ostwind aufpeitschte. Ein Tropenregen folgte. Ich konnte an unserer Nähe zu den Mangroveninseln sehen, daß wir uns wahrscheinlich innerhalb der Dreimeilenzone befanden.

Martínez sagte: »Wenn man sie vom Strand verjagt hat, verbergen sie sich in den Mangroven«, und er deutete mit dem Lichtpunkt seiner Schreibstiftlampe auf einige der Sumpfinseln auf der Karte. »Ich kenne den *Práctico*, der sie anführt. Er kennt sich in diesen Lagunen aus. Da drin ist das Wasser zu flach für Wachboote.«

»Was haben Sie von Mr. O'Brien gehört?« fragte Butler.

»Er hat mir von den Russen erzählt.«

»Was hat er sonst noch gesagt?«

»Er sagte: Kommen Sie gut nach Miami zurück. *Pronto.*«

»Warum?«

»Er sagte, ich solle Ihnen ausrichten, er hätte höllisch viel zu tun.«

Martínez zuckte die Achseln. »Das mag ja sein, aber wie kann ich die Männer im Stich lassen?«

Butler nickte. Er sah sehr zufrieden aus. »Hubbard«, sagte er, »du und ich müssen los und sie suchen.«

Martínez nickte.
Das war verdammt leichtsinnig. Wir wollten in unbekannten Lagunen nach Kubanern suchen, die vielleicht nicht einmal dort waren, aber ich erhob keinen Einwand. Es war leichter, in diese Sümpfe zurückzugehen als mit dem Bewußtsein weiterzuleben, daß Butler mir moralisch überlegen war.
Wir machten uns fertig. Wenn wir wiederkamen, wollten wir uns mit Martínez an einem Punkt in der Mitte zwischen zwei Mangrovensumpfinseln treffen, die wir auf der Karte identifiziert hatten. Der Treffpunkt befand sich innerhalb der Dreimeilenzone, und das konnte für ihn gefährlich werden, aber es war einfacher für uns. Während der nächsten vier Stunden würde er viermal pünktlich hindurchfahren, ohne anzuhalten, und wenn wir bis dahin nicht zurück waren, hieß das für uns alle, daß wir in der Tinte saßen, denn dann würde es bald hell werden. In der Kajüte über die Karten gebeugt, gingen wir noch einmal zwanzig Minuten lang alle Sumpfinseln und Riffe durch, die wir aufsuchen wollten und studierten die Wassertiefen.
Da nun nur noch Butler und ich im Schlauchboot saßen, kamen wir schnell voran. Wir flogen mit zwanzig Knoten von Welle zu Welle, bis uns das Krachen der Wellen am Bootsrumpf veranlaßte, die Geschwindigkeit wieder zu drosseln. Aber nun wußten wir, wie schnell unser Boot war.
Die Gegend, von der Martínez gesprochen hatte und die wir durchsuchen wollten, enthielt innerhalb von drei Quadratmeilen fünf Sumpfinseln und vier von Korallenriffen umgebene Lagunen. Methodisch, unsere beiden Außenbordmotoren anhebend, bis wir nur noch fünfzehn Zentimeter Wasser unter uns hatten, drangen wir nacheinander in jeden einzelnen Teich und in jede Wasserrinne ein, die wir in der Dunkelheit finden konnten, liefen auf Sand auf, blieben im Schlamm stecken, setzten zurück, nur um aufs neue steckenzubleiben. Unser Gummibug verfing sich in unterirdischen Wurzeln, der Boden schabte über Sandbänke – es war, als ob wir Blinde wären, die in einer Höhle herumtasteten.
Es war sonderbar. Je tiefer wir die einzelnen Untiefen erforschten, um so ferner schien Castros Küstenwache zu sein. Ich hatte allmählich das Gefühl, daß wir in einen Organismus eindrangen. Insektenschwärme hießen uns in jeder Lagune willkommen, und wir fuhren die Korallenriffe zentimeterweise ab, meine Augen

fingen an, ein Spektrum von verschiedenen Grautönen in der Dunkelheit zu unterscheiden, so daß ich es schließlich vermied, die Schreibstiftlampe anzuschalten, um einen Blick auf die Karte zu werfen. Denn dadurch verlor ich für einen Augenblick diese Nachtsicht. Mir wurde klar, daß ich allmählich fast so etwas wie Zuneigung für Butler empfand. Er hatte mich zu diesem Abenteuer gezwungen, aber es war den Einsatz wert. In diese Wildnis aus Sümpfen, wildem Pflanzenwuchs und Wasser einzudringen, war genauso, als ob man jede Höhle in sich selbst erforschte, besonders jene, in der die erniedrigende Angst zu Hause war.

Es gab nur wenige Öffnungen zwischen den Mangroveninseln und viele Eingänge verloren sich in undurchdringlichen Sümpfen, aber wir erwarteten immer noch, in einem dieser seichten Gewässer auf unsere Leute zu stoßen. So dachten wir, und am Endpunkt jeder dieser Forschungsreisen rief einer von uns wie ein trauernder Vogel: »*Paragón.*«

In der dritten Stunde, in der heller werdenden Luft vor der letzten dunklen Stunde, die dem Tagesanbruch vorausgeht, hörten wir einen Mann zurückkrächzen: »*Incompetente.*« So fanden wir ihn. Eine schwache Stimme. Er lag mit einem blutverkrusteten Fuß auf dem Gummiboden seines zerfetzten Schlauchboots. Er hatte das Boot an einem Korallenriff aufgerissen, hatte diesen Bach erreicht und sich, während er das Boot hinter sich herzog, den Fuß verletzt. Wo waren die anderen?

»Tot«, sagte er, »oder gefangen.« Sie waren in einen Hinterhalt geraten – alle. Nur er und sein Freund seien zum Boot entkommen. Wo war sein Freund?

Tot. Ein Patrouillenboot hatte sie gejagt. Seinen Freund hatte eine Maschinengewehrkugel erwischt und aus dem Boot geschleudert. Mitten während der Verfolgungsjagd.

»Bullshit«, flüsterte Butler mir zu. »Er hat den toten Mann sicher über Bord geworfen, damit das Schlauchboot schneller wird.«

»Die ganze Geschichte ist faul.«

Sie war faul! Unter dem Vorwand, mir das Blut ansehen zu wollen, das durch seinen Stiefel sickerte, betrachtete ich im Licht der Schreibstiftlampe sein Gesicht. Er hatte einen struppigen Bart, einen ungepflegten Schnauzer, ein hohläugiges und fahles Gesicht – er sah nicht aus wie ein Mann, dem man vertrauen konnte.

Spielte es nun noch eine Rolle, was er getan oder nicht getan hatte?

Auch wenn er mit dem Boot geflohen war, während die anderen an Land um ihr Leben kämpften, stimmte seine Geschichte – welche Feigheit sich auch immer dahinter verbergen mochte – wahrscheinlich insofern mit der Wahrheit überein, daß seine Kameraden verloren waren. Er sah wirklich so aus wie ein Mann, der seine Truppe verloren hatte.
Aber da gab es noch eine entscheidende Frage: Umkreiste das Patrouillenboot, das ihn in diesen schmalen Meeresarm gejagt hatte, immer noch die Insel?
Wir fanden die Antwort. Wir liefen gerade aus diesem Sumpf heraus, als ein Kabinenkreuzer mit einem Suchscheinwerfer auf dem Bug um eine niedrige Landzunge herumkam und auf uns zuhielt. Das Licht blendete, und sofort ratterte ein Maschinengewehr los. Die Leuchtspurmunition schlug erst rechts, dann links von uns ins Wasser. Denn wir rasten in Schlangenlinien davon. Waren wir sechzig, siebzig Meter von dem Patrouillenboot entfernt, oder war es noch näher?
Ich weiß noch, daß ich keine Angst hatte zu sterben. Das Adrenalin hielt mir das Gebet vom Leib. Ich war ungeheuer erregt. Ein großer Schrecken hatte mich ergriffen. Der Tod war ein großer Tempel, und wir standen am Tor – das Licht von der Mündung des Maschinengewehrs zuckte bläulich wie der Funke einer riesigen Zündkerze. Der Himmel schien zu springen, oder war es unser Boot? Die Sterne zuckten ebenfalls wie Feuerwerkskörper. Ich erinnere mich, einen gellenden Juchzer ausgestoßen zu haben: »*Whoop!*« Butler schrie unsere Verfolger an: »Leckt uns am Arsch!« Er stand von Zeit zu Zeit auf, damit sie höher zielten, ließ sich aber sofort wieder fallen und brach blitzartig nach der Seite aus. Jedesmal, wenn er sich aufrichtete, feuerte das Maschinengewehr auf seinen Kopf und die Leuchtspur ging in die Luft. Wenn die Leuchtspur nicht mehr links oder rechts von uns ins Wasser schlug, verlor der Schütze sein Ziel aus den Augen, und Butler riß das Steuer wild herum, um ihm für ein paar Sekunden zu entrinnen. Schließlich entkamen wir sogar dem Scheinwerferlicht und strichen in der Dunkelheit um die Krümmung einer Insel herum und weiter über ein Korallenriff, das wir schon erforscht hatten, und dessen Lagune uns Schutz bot. Vor dieser Untiefe mußte das Patrouillenboot abdrehen. Wutentbrannt ließ es sein Hupsignal ertönen. Es hatte uns verloren. Die Sirene heulte so laut durch die

Dunkelheit, als hätte die Invasion von Kuba schließlich doch noch begonnen. Butler schluchzte, weil er sich vor Lachen nicht mehr halten konnte. »Alle Bullen sind gleich«, sagte er. »Überall auf der Welt.«

Wir fuhren in einen weiteren Kanal auf der anderen Seite des Riffs, ließen die Motoren im Leerlauf tuckern und peilten den Kurs, um zum Treffpunkt zu kommen. Eine Meile östlich von uns konnte ich beobachten, wie unsere Verfolger alle Lagunen und Strände mit dem Scheinwerfer absuchten. Ich boxte Butler übermütig auf den Arm. Es mußte sein. Keiner war gerissener als Butler.

»Du Hurensohn hast sie ausgetrickst«, sagte ich. Es ging im Gebrüll der Außenbordmotoren unter. Ich weiß nicht, ob er es gehört hat.

21

30. Oktober 1962

Liebe Kittredge,

wir haben alle in diesen letzten zehn Tagen Außerordentliches durchlebt. Ich stückele immer noch die verschiedenen Krisen mit den Russen zusammen, und natürlich warte ich auf das, was Du hinzuzufügen hast. Ich muß sagen, daß ich wieder einmal von Deinen psychischen Kräften beeindruckt bin. In Deinem letzten Brief an mich – es kommt mir vor, als ob es ein Jahr her wäre – hast Du geschrieben, ich solle mich nicht mit Leuten wie Dix Butler auf irgendwelche verrückten Abenteuer einlassen.

Ich habe es getan und bedaure es nicht. Ich würde Dir gern von unserem Abenteuer in den Sümpfen berichten, wenn ich nicht völlig erschöpft wäre. Hier möge es genügen zu erwähnen, daß es uns nach zwei Fahrten in einem Schlauchboot durch kubanisches Territorium gelang, zu unserem Mutterschiff, der *Princesa* zurückzufinden. Ich möchte Dir jetzt von deren Kapitän, einem bemerkenswerten Mann namens Eugenio Martínez berichten.

Die Rückfahrt war übrigens sehr traurig. Wir hatten fünf Männer verloren, und Eugenio wollte nicht zurück, ohne noch einen Tag nach ihnen zu suchen, aber Harvey befahl uns per Funk zurückzukehren.

Martínez gehorchte diesem Befehl, obwohl sich alles in ihm dagegen sträubte. Er verfiel geradezu in eine Depression. Die Verluste waren schrecklich. In Havanna sind ganze Netzwerke aufgerollt worden, aber unsere Überseeaktionen gehen gewöhnlich mit leichteren Verlusten recht glimpflich aus. Also haben wir eine Menge Rum getrunken, um uns gegen den Schock der Rückkehr nach Havanna zu wappnen, und bevor wir ankamen, erzählte uns Martínez eine tragische Geschichte, die ich an Dich weitergeben möchte. Dadurch verstand ich, warum er auf einen Rückschlag mit Depressionen reagiert.

Die Geschichte, die er erzählte, betrifft einen alten Freund namens Cubela, Roland Cubela. So wie Martínez ihn beschrieb, war Cubela damals Anfang der fünfziger Jahre einer jener Studentenführer, die bereit waren, Batista zu stürzen. Fidel Castro ist zufällig der, der daraus als Sieger hervorgegangen ist, aber es gab auch viele andere. Cubela war einer von ihnen. Rolando Cubela de Cuba. Martínez ist in seiner Erzählung nicht im einzelnen auf Cubelas Aussehen eingegangen, und ich wagte ihn auch nicht zu unterbrechen, da Eugenio mit einer solchen inneren Würde zu reden versteht, daß einem dabei unweigerlich selbst feierlich und ernst zumute wird. Aber ich hatte doch den Eindruck, daß Cubela ein eindrucksvoller Mann ist, ausgesprochen gut aussieht und Menschen, denen er begegnet, sehr beeindruckt (nicht unähnlich Castro). Und tatsächlich ist Cubela auch einer der engsten Vertrauten Castros geworden.

Laß es mich der Reihe nach erzählen. Damals, 1956, gehörten Martínez und Cubela zu einer Studentengruppe, die über eine kalkulierte Ermordung von Regierungsbeamten nachdachte. Unter Batista gab es eine Menge sadistischer Offiziere, aber das Martínez-Cubela-Konzept besagte, daß man die schlimmsten Ungeheuer am Leben lassen müsse, weil sie die Aversionen der Bevölkerung gegenüber dem Regime weckten. Dagegen müßten die integren Beamten Batistas beseitigt werden – sie verwischten die im übrigen klaren Fronten! Das ausersehene Opfer war deshalb der Chef des militärischen Geheimdienstes, ein Gentleman namens Blanco Rico, der nicht nur die Folter ablehnte, sondern der auch in dem Ruf stand, seine Gefangenen höflich zu behandeln.

Durch eine Abstimmung ihrer Zelle wurde Cubela ausersehen, den Mord zu begehen. Die politische Richtung dieser Gruppe ist für mich undurchschaubar – irgendeine Art Anarchosyndikalismus vielleicht mit Wurzeln in der Mittelschicht. Cubela zum Beispiel studierte Medizin – furchtbar, diese Kubaner! In einer Oktobernacht des Jahres 1956 – zu einer Zeit, da Castro schon in der Sierra Maestra war – gelang es Cubela, Blanco Rico in einem Nachtklub in Havanna namens Montmartre (zu Ehren von Toulouse-Lautrec!) zu stellen, und er schoß ihm eine Kugel durch den Kopf.

»Rico starb«, erzählte Martínez, »aber er lebte noch lange genug, um Cubela ins Auge zu blicken und zu lächeln. Dieses Lächeln hat man mir hundertmal beschrieben. Es war großzügig. Es sagte zu Cubela: ›Mein Freund, du hast einen schweren Fehler gemacht, und ich vergebe dir. Aber mein Geist wird dir nicht vergeben.‹

Natürlich verweilte Cubela nicht am Tatort. Er rannte hinaus, sprang in ein wartendes Auto und raste davon zu einem Versteck, wo er sich verbarg, und eine Woche später schmuggelten wir ihn hinaus nach Miami. Ich stieß in der folgenden Woche zu Rolando. Havanna war kein gutes Pflaster mehr für unsere Leute. Denn nach Blanco Ricos Tod lief Batistas Polizei Amok.

Einer in unserer Gruppe kam aus einer Familie, die Geld in Miami hatte. Alemán. Ihm gehörte das Miami Stadion und ein billiges Motel. Dort lebten wir. In seinem Motel, den ›Royal Palms‹.«

An dieser Stelle habe ich Martínez unterbrochen. »Im Royal Palms«, sagte ich, »habe ich gewohnt, als ich zum erstenmal nach Miami kam.«

»Das, Robert Charles, mag der Grund sein, weshalb ich diese Geschichte erzähle.« Er kippte einen Rum. »Salud.«

Wir tranken und redeten. Ich will nicht länger versuchen, seinen Bericht wörtlich zu zitieren. Selbst wenn ich es versuche, merke ich, daß ich seinen Ton nicht immer treffe. Laß mich zusammenfassen, was er sagte, und wo ich mich wirklich noch genau an seine Wortwahl erinnere, werde ich sie natürlich verwenden. Wie es scheint, hausten damals eine ganze Menge Revolutionäre im Royal Palms, Miete brauchte keiner zu bezahlen, und Cubela und Martínez bewohnten zusammen ein Zimmer. Cubela galt als Held, aber seine Träume wurden von Blanco Rico beherrscht.

»Blanco Rico lächelt immer noch«, erzählte Cubela Martínez. »Es geht so weit in mich hinein, daß sich ein Krebs in meinen Gedärmen bildet.«

Cubela erholte sich aber. Rico verschwand aus seinen Träumen. Also beschloß er, nach Kuba zurückzukehren und für Castro in der Sierra Escambray zu kämpfen. Da das eine andere Front, getrennt von der in der Sierra Maestra war, verlieh ihm Castro, froh, einen Mann von Cubelas Kaliber zu haben, den Rang eines *Comandante*, den höchsten, den es in Fidels Armee gab. Cubela zog mit seinen Männern sogar drei Tage, bevor Castro seinen Triumphzug durch Kuba vollendet hatte, in Havanna ein, ja, Cubela befehligte die Streitmacht, die den Präsidentenpalast besetzte.

Er fuhr in einer großartigen Limousine in Havanna umher. In einer Nacht, nachdem er viel getrunken hatte, »nicht fähig, genügend zwischen Glücksgefühl und den hochmütigen Anwandlungen eines Verrückten zu unterscheiden, verursachte er einen Frontalzusammenstoß. Er tötete ein junges Mädchen.« Durch diesen Tod kam das Gespenst von Blanco Rico zu ihm zurück. Es dauerte nicht mehr lange, und Cubela erzählte alles einem Psychiater, der wiederum – da er für eine andere revolutionäre Gruppe arbeitete – Cubela davon zu überzeugen versuchte, daß er das Gespenst Blanco Ricos nur dadurch versöhnen könne, daß er Fidel Castro tötete. »In Kuba«, sagte Martínez, »haben sogar die Psychiater *Pistoleros*.«

Kittredge, ich wollte diese Geschichte nicht unterbrechen, um die Umgebung zu beschreiben, in der sie erzählt wurde: Wir hörten sie auf der Brücke der *Princesa*. Die Takelage knarrte bei jeder rollenden Bewegung des Schiffs. Da Martínez einen großen Teil des Tages im Golfstrom gewartet hatte in der Hoffnung, daß Harvey seinen Befehl widerrufen würde und wir noch einmal nach den Vermißten suchen konnten, war es schon später Nachmittag, bevor wir nach Norden fuhren und unser Treibstoffvorrat ging zur Neige. Der größte Teil der Geschichte wurde deshalb nachts erzählt. Es fällt nicht schwer, sich in diesen Gewässern Gespenster vorzustellen. Während ich ihm lauschte, erinnerte ich mich, daß unser berüchtigter Geist in der Keep, Augustus Farr, seine Piratenstücke auch in der Karibik begangen hat, und ich muß sagen, ich spürte seine Nähe. Allerdings hatte ich achtundvierzig Stunden lang nicht richtig geschlafen.

Etwas abrupt schloß Martínez seine Geschichte. Es scheint, daß Cubela Martínez gesagt hat: »Weißt du, eines Tages werde ich Fidel Castro töten.«
Ich werde die Kubaner niemals verstehen. Obwohl Cubela jetzt einen hohen Posten im Außenministerium bekleidet und sicherlich mit seinem alten Freund Martínez nichts mehr zu tun haben will, »bin ich«, sagt Eugenio, »überzeugt, daß er Fidel in der Tat umbringen wird«.
Wir kehrten nach Miami zurück, um festzustellen, daß Harveys Tage hier gezählt sind. Es scheint, daß der Fettsack in dieser letzten Woche, während die russischen Schiffe sich unserer Blockadelinie näherten, sechzig Mann zu verschiedenen Operationen nach Kuba losgeschickt hat, obwohl Bobby Kennedy ausdrücklich befohlen hatte, sämtliche Aktionen einzustellen.
Ja, Harvey ist ein Mann der alten Schule: Sie zwingen dich, Farbe zu bekennen, und du verdoppelst noch deinen Einsatz. Sein Haß auf die Kennedys – den ich Dir bisher so gut wie erspart habe – hat sich in den letzten sechs Monaten so sehr gesteigert, daß er in ihnen die Wurzel alles Bösen zu sehen beginnt. Ich wollte, nur er würde unter dieser geistigen Verirrung leiden, aber die Raketenkrise hat bei JM/WAVE ungeheuer böses Blut gemacht. Unsere Kubaner fühlen sich im Stich gelassen, und unser eigenes Personal ist derselben Meinung. Es wird immer wieder betont, daß wir Castro und Chruschtschow gegenüber zu lax gewesen sind. Wie Du gemerkt haben wirst, ist schon immer darüber geredet worden, daß Castro liquidiert werden solle; die Kubaner in Miami tischen die Idee täglich auf. Der neueste Witz hier aber geht in eine andere Richtung: »Wann findet die Eliminierung statt?« »Von wem, Fidel?« »Nein«, lautet die Antwort, »Jack.«
Solche Gefühle treffen durchaus auf eine Minderheit des Personals bei JM/WAVE zu. Wir haben hier auch – wie jede Station der Agency – unsere Doktoren der Philosophie aus dem Mittleren Westen mit ihren Gattinnen, Kindern und Plastikfahrrädern auf dem Rasen, aber in Wahrheit, Kittredge, ist die Stimmung sehr übel. Eine Menge Leute sagen, sie wären letzte Woche bereit gewesen, in den Krieg zu ziehen (vor allem jetzt, wo sie merken, daß sie es nicht zu tun brauchen), aber ich kenne die Heftigkeit dieses Grundgefühls. Als ich selbst ein wenig geschmeckt habe, was Krieg bedeutet (wir mußten Maschinengewehrfeuer ausweichen), fand ich es durchaus erfri-

schend. Jetzt aber wache ich in manch einer Nacht auf und möchte zurückschießen. Wenn schon ich solche kriegerischen Gefühle hege, kannst Du sicher sein, daß andere vor Haß außer sich sind. Jedenfalls hat Harvey sich nicht nur über Kennedys Anordnung, keine Überfälle auszuführen, hinweggesetzt, sondern er hat sich auch noch erwischen lassen. Als Bobby bei Harvey direkt anfragte, schickte Wild Bill die folgende Stellungnahme zurück: »Habe mich an Ihre Direktive gehalten, aber drei meiner Teams werden vermißt.«

Das löste beim folgenden Meeting des Exekutivkomitees einen unglaublichen Krach aus. Harvey schrieb ein Gedächtnisprotokoll für seine eigenen Akten, nachdem es vorbei war, und zeigte es einigen wenigen Auserwählten in seiner Truppe, unter anderem auch mir. Er muß sehr aufgeregt gewesen sein, daß er sogar meine Stellungnahme wissen wollte. Das Memorandum ist weitschweifig und zeugt von dem inneren Aufruhr, in dem es geschrieben wurde, aber in Anbetracht der Tatsache, daß Harvey nicht gut dabei wegkommt, konnte ich sagen, daß ich seinen peinlich gewissenhaften Bericht für korrekt halte.

KENNEDY: Sie setzen das Leben von Menschen aufs Spiel mit einem schwachsinnigen Unternehmen wie diesem? In einer derart hochexplosiven Situation lassen Sie sechzig tapfere Männer nach Kuba? Wer hat Ihnen die Vollmacht dazu gegeben in einem Augenblick, in dem die geringste Provokation einen nuklearen Holocaust hätte auslösen können?

HARVEY: Diese Operationen stellten militärische Erfordernisse dar, die sich für mich im Zusammenhang mit Invasionsszenarien ergaben.

KENNEDY: Wollen Sie damit sagen, daß das Pentagon Sie damit beauftragt hat?

HARVEY: Im Sinne einer wechselseitigen Unterstützung koordinierter Vorhaben, ja.

KENNEDY: Bullshit.

Sofort befragte Bobby alle im Raum anwesenden Militärs – McNamara, Maxwell Taylor, General Lemnitzer und Curtis LeMay –, ob sie davon gewußt hätten. Alle antworteten sie mit einem klaren Nein.

KENNEDY: Mr. Harvey, wir brauchen eine bessere Erklärung. Sie haben zwei Minuten Zeit.
HARVEY: Mit dem gebührenden Respekt gegenüber dem hohen Rang der hier versammelten Persönlichkeiten und ohne in irgendeiner Weise den Informationen, die diesen Herren hier zugänglich waren, widersprechen zu wollen: Die Anordnung militärischer Entscheidungen deckt nicht in allen Fällen Unvorhersehbarkeiten und neue Situationen, da die gerade geltenden Direktiven oft vorangegangenen Entscheidungen widersprechen ...
KENNEDY: Würden Sie sich bitte deutlicher ausdrücken.
HARVEY: Sie haben einen sofortigen Stop für alle gegen Kuba laufenden Operationen angeordnet. Ich habe deutlich zwischen Operationen und Agenten unterschieden. Ich habe keine Operationen veranlaßt. Aber ich wollte auch nicht, daß die Vereinigten Staaten in einen Schießkrieg verwickelt würden, ohne dann über alle möglichen ordentlichen Informationen zu verfügen. Ich beschloß daher, noch einmal in letzter Minute eine Reihe von Agenten hinüberzuschicken.

An diesem Punkt heißt es in Harveys Protokoll:
Auf diese meine Anmerkungen hin raffte der Generalstaatsanwalt seine Papiere zusammen und verließ den Raum. Mehrere andere folgten ihm. John McCone, der ebenfalls anwesend war, ging, ohne mich beiseite zu nehmen und wie üblich meine Darlegungen zu kritisieren. Später erfuhr ich durch Mitteilungen mehrerer besorgter hochrangiger Freunde in der Agency und enge Mitarbeiter, daß Direktor McCone zu Ray Cline, dem Stellvertretenden Direktor der Intelligence Division gesagt hat – ich zitiere wörtlich –, »Harvey hat sich heute selbst erledigt. Man kann ihn nicht mehr brauchen.«
Dank der Fürsprache durch Richard Helms und Hugh Montague wurde die Ausführung dieser Entscheidung noch einmal aufgeschoben. Ich neige hier zu der Einschätzung, daß Direktor McCones derzeitig geachtete Position als Hauptentdecker der Mittelstrekkenraketenabschußrampen in Kuba auf meinen gewissenhaften Bemühungen beruht, ihn hinsichtlich der kommunistischen Aktivitäten in den uns angrenzenden Gewässern aufzuklären.
Niedergeschrieben im Zustand deutlichen Erinnerungsvermögens zwei Stunden nach der Sitzung des Exekutivkomitees des Nationa-

len Sicherheitsrats im Joint Chiefs of Staff War Room an 26. Oktober 1962.

WKH

An diesem Morgen hätte Harvey sein Büro an ein Bestattungsunternehmen vermieten können. Er tut mir irgendwie leid. Zweifellos bin ich zu tolerant, als daß ich einen idealen Agency-Mann abgeben könnte. Widersprich mir bitte, ich beschwöre Dich.

Ergebenst,
Herrick

Als ich diesen Brief noch einmal durchlas, beschloß ich, meinen Bericht über Rolando Cubela herauszunehmen. Wenn wir noch einmal einen Versuch gegen Castro unternehmen sollten, könnte Cubela von besonderem Wert sein. Deshalb schrieb ich an diesem Abend noch eine kurzgefaßte Biographie Cubelas nieder, erwähnte seinen gegenwärtigen hohen Rang in der kubanischen Regierung und schickte sie sowohl an Harlot als auch an meinen Vater in Tokio. Ich benachrichtigte beide, daß der jeweils andere dieselbe Mitteilung erhalten hatte.
Harlots Antwort traf zuerst ein:

Gute Nase. Wir brauchen so einen Kerl. Buddha, vielleicht interessiert es Dich, das zu erfahren, taucht mit seinem enormen Bauch jetzt in Deines Vaters alter Kneipe auf. Für sofortigen Verzehr durch Reißwolf bestimmte folgende Nachricht von J. Edgar an Robert K., datiert 29. Oktober, darf ich an Dich weiterreichen. J. Edgar mochte nicht mal die Beerdigung der Raketenkrise abwarten.
Ein Unterweltinformant des FBI hat mir vertraulich mitgeteilt, daß er Castros Ermordung arrangieren kann. Während ich mit dem Generalstaatsanwalt zweifellos einer Meinung sein würde, daß der CIA-Versuch mit der Mafia unsinnig war, fühle ich mich jetzt bereit, wenn gewünscht, die guten Dienste des FBI anzubieten. Dem Informanten wurde natürlich gesagt, daß dieses Angebot außerhalb unseres Zuständigkeitsbereichs liegt und daß keinerlei Verpflichtungen ihm gegenüber eingegangen werden können. Zur Zeit beabsichtigen wir die Angelegenheit nicht weiterzuverfolgen. Unsere Beziehung zu diesem Informanten wurde jedoch

sorgfältig gesichert, und wir wären gern bereit, jederzeit erneut Kontakt mit ihm aufzunehmen, wenn die Angelegenheit als solche gewünscht wird. – JEH

Erzähle deshalb niemandem sonst von Deiner Entdeckung. Von jetzt an beziehe Dich auf AM/LASH, wenn Du von ihm sprichst.
GOLIATH

P. S. Schade um Harvey. Ein unersetzlicher Verlust für mich. Ich wiederhole: Vernichte diese Nachricht. OTI.

OTI hieß *on the instant* – augenblicklich. Ich legte sie jedoch in mein Bankschließfach in Miami.
Am nächsten Tag kam per Kurierpost ein kurzer Brief von meinem Vater aus Tokio:

Hugh und ich stimmen endlich mal in etwas überein. Wir werden bei der Kontaktaufnahme mit AM/LASH zusammenarbeiten. (Eine verdammt peinliche Satteltasche – lash gleich Peitsche –, aber wir haben noch so einen Agenten namens AM/BLOOD. Wir versuchen ja doch nur unser Bestes.)
Vielleicht interessiert es Dich: McCone hat mir schon gesagt, ich solle Wild Bill versetzen, wenn auch nur in eine reduzierte und höchst diskrete Version der Task Force W, die bald einen neuen Namen erhalten soll. Ich würde gern wieder in den Grabenkrieg einsteigen, wenn diese Geschichte mit Bill Harvey nicht wäre. Was für ein tragischer Lapsus! Dieser arme Mann, der so hart arbeitet.

Dein HALIFAX

22

15. November 1962

Liebe Kittredge,

Du sagst, Du hättest meinen letzten Brief »eigenartig« gefunden, sogar »bestürzend«. Ich würde Dich gern daran erinnern, daß Dein versprochener Bericht über die Raketenkrise noch immer nicht da ist, und je länger Du damit wartest, um so mehr wird das alles nur mehr Geschichte sein.

Ich muß feststellen, daß mein kurzer Aufenthalt in Kuba in mir eine starke und anhaltende Antipathie gegen Castro hervorgerufen hat. Ich würde von Chruschtschow das Schlimmste erwarten, ganz gleich wie weich er geworden ist, aber von Castro fühle ich mich hintergangen. Wie konnte er nur sein Land und meines in Gefahr bringen und sich auf solch ein Abenteuer einlassen?

Neulich hatte ich in dieser Sache eine kleine Erleuchtung, die ich gern an Dich weitergeben würde. Seit unserer Expedition kommen Butler und ich ganz gut miteinander aus. Wir essen und trinken jetzt oft zusammen. Ein Großteil der alten beiderseitigen Spannung – ein so ungemütliches Gefühl, als lebte man auf der Schneide einer Rasierklinge – ist abgebaut. Und so habe ich denn sogar etwas zu reklamieren gewagt. Harvey, mußt Du wissen, hat ihm, Butler, vor einigen Monaten Chevi Fuertes zugeteilt, und die beiden verstehen sich nicht. Fuertes ist in meinen Augen brillant, und ich versuche Butler das klarzumachen, denn Chevi arbeitet noch besser, wenn man ihn liebt. Neulich abend habe ich ihn also zu uns in ein teures Restaurant in Fort Lauderdale eingeladen, wo normalerweise kein Kubaner aus unserem Bekanntenkreis hinkommt. Ich dachte mir, Chevi würde sich freuen, mit seinem alten Agentenführer und seinem neuen einmal anständig zu tafeln. Nur damit Du mal eine Vorstellung davon bekommst, wie unhöflich Butler sein kann: Als Chevi zu uns an den Tisch trat, erklärte er ihm als erstes: »Merken Sie sich: Sie kommen selbst für Ihre Rechnung auf. Wir zahlen Ihnen weiß Gott genug.«

»Heute abend sind Sie beide meine Gäste«, erwiderte Chevi ein bißchen zu pompös und brachte Butler damit nur noch mehr in Rage. In Dix' Augen versuchte Chevi sich aufzuspielen, und Dix ist so schrecklich eifersüchtig auf jeden, der das außer ihm versucht, daß ich mir bezüglich seines Geisteszustandes Sorgen machen würde, wenn mir seine Beweggründe nicht so klar wären. Er hält sich nämlich für großartig genug, um Präsident der Vereinigten Staaten zu werden. Wenn er Kennedy verachtet, dann deshalb, weil Jack in Butlers Augen ein reicher Angeber ist. Wenn Dix jemals in die Politik geht, dann wird er alles aus eigener Kraft erreichen.

Jedenfalls war das schon mal kein guter Anfang. Ich wollte Fuertes' Analyse der Raketenkrise hören, denn er hat einen Einblick in Chruschtschows und Castros Motive, über den die Leute in der Agency und auch die Exilkubaner nicht verfügen, aber Dix hörte bestenfalls mit einem Ohr zu. Es regte ihn auf, daß Fuertes mehr als er über Lateinamerika weiß. Butler hat auch einen kritischen Verstand, aber er kann es nicht vertragen, Leuten zu begegnen, die irgendein Thema besser als er selbst verstehen. Chevi wiederum, der sich bei den Jobs, die er für uns erledigt, von Butler allerhand Schikanen gefallen lassen muß, war durchaus froh, einmal seine intellektuellen Federn spreizen zu können.

Ich half ihm, und während Butler mürrisch, aber doch interessiert dazu brummte, gelang es Fuertes, eine Einschätzung zu geben, die ich samt den gelegentlichen Unterbrechungen in aller Kürze referieren möchte.

Der Schlüssel zu der ganzen Episode ist, so sagte Fuertes, daß Castro die Raketen zuerst nicht haben wollte. Er stritt sich mit Chruschtschow darüber und sagte, sie seien militärisch sinnlos. Die USA würden stets übermächtig sein. Nein, sagte Castro, geben Sie uns gute Ausbilder und moderne Geschütze. Sollen die Amerikaner ruhig mal feststellen, daß auch ein konventioneller Landkrieg verdammt viele Opfer kosten kann.

»Woher wollen Sie das denn alles wissen?« fragte Butler.

»Sie kennen ja die Art meiner Quellen.«

Fuertes bezog sich auf seine Kontakte zum DGI in Miami. Butler aber schüttelte den Kopf. »Sie haben doch gar keine Möglichkeit, das alles zweifelsfrei in Erfahrung zu bringen.«

»Auch auf kultureller Grundlage kann man Dinge erfahren«, sagte Fuertes. »Ich habe seit Jahren über Castros Charakter nachgedacht. Ich verstehe die kommunistische Psychologie. Ich habe eine natürliche Begabung für die Synthese.«

»Ich habe nie jemanden mit einer ›natürlichen Begabung für die

Synthese‹ getroffen«, sagte Butler sehr deutlich, »der nicht bereit gewesen wäre, sie zu mißbrauchen.«
»Sagen wir«, unterbrach ich sie, »daß Chevi uns seine Hypothese mitteilen will.«
Es kam noch zu weiteren Unterbrechungen dieser Art, aber diese Beispiele mögen genügen. Ich will Dir nun die Interpretation mitteilen, die Fuertes vortrug. Er ist der Ansicht, es sei Chruschtschow schließlich gelungen, Castro die Raketen aufzuschwatzen, aber nur indem er an seine Ehre appellierte.
»Das ist das Geheimnis, wie man Fidel manipulieren kann«, sagte Chevi. »Castro hält sich für einen phänomenal großzügigen Menschen.«
Bisher, so erklärte Chruschtschow, hätte er Castro geholfen. Nun könne Fidel ihm helfen. Sein eigenes Politbüro betrachte den gemäßigten Kurs des sowjetischen Ministerpräsidenten gegenüber den Vereinigten Staaten mit kritischen Augen. Aus ihrer Perspektive ist das Gleichgewicht in der Welt eine Farce, solange die Vereinigten Staaten in der Türkei gleich an der Grenze zur Sowjetunion Raketenstützpunkte unterhalten können, während die Sowjets über nichts Vergleichbares verfügten. Also wollte Chruschtschow eine dramatische Veränderung herbeiführen und diesen Vorsprung aufholen. Verlaß dich darauf, lieber Fidel, die Vereinigten Staaten werden nie wegen dieser paar Raketen auf Kuba in den Krieg ziehen. Er, Chruschtschow, wisse das. Schließlich hatten die Russen die Undurchführbarkeit eines Showdowns wegen der Türkei gesehen. Gemeinsam, meinte Chruschtschow, könnten Fidel und er den strategischen Vorteil der Imperialisten wettmachen.
»Das wollen Sie aus Ihren Quellen erfahren haben?« fragte Butler.
»So haben es meine Informanten gehört. Sie kennen Leute, die Castro nahestehen.«
»So etwas nenne ich Klatsch.«
»Ja, Mr. Castle«, sagte Fuertes. »Aber es ist Klatsch, der durch genaue Beobachtung bestätigt wird. Niemand ist für die Habañeros von größerem Interesse als Fidel. Seine beiläufigen Bemerkungen, seine privaten Geständnisse, seine Stimmungen – das alles ist für die ihm Nahestehenden ein offenes Buch.«
»Und auf der Grundlage Ihrer tiefschürfenden Erkenntnis, was Castro und die kubanische Kultur angeht, wollen Sie mir erzählen,

was Sie *persönlich* über Castros Haltung hinsichtlich der Raketen denken?«

»Ja, das will ich gern«, fuhr Fuertes fort. »Meiner Meinung nach hat Castro, moralisch gesehen, einen schweren Fehler gemacht. Castro hatte ursprünglich recht; Kuba braucht keine Raketen.«

»Sie behaupten, er hätte nur nachgegeben«, fragte Butler, »um sich bei Chruschtschow für irgendwelche Gefälligkeiten zu revanchieren?«

Fuertes hatte nun die Eröffnung, die er brauchte. Er hielt eine kleine Rede. Man müsse das riesige Prestige verstehen, den ungeheuren Zauber, der mit dem Besitz von Atomwaffen verbunden sei. Es gäbe nicht einen Führer in der dritten Welt, der sie nicht begehre. »Es ist vergleichbar mit dem sexuellen Besitz eines Filmstars. Als Chruschtschow sich einverstanden erklärte, die Raketen abzuziehen, wenn die Vereinigten Staaten jeder weiteren Invasion Kubas abschworen, war Castro darüber nicht erfreut, sondern empört. Er verlor seine Raketen.«

»Man hat ihn aber hereingelegt«, sagte Butler. »Zuerst hat Chruschtschow Kennedy angelogen, dann Fidel. Alles, was Chruschtschow will, ist, die Raketen aus der Türkei heraus haben. Wir wissen, daß das Weiße Haus ihm das zugestehen wird. Wir haben ein Waschweib als Präsidenten.«

»Es heißt doch«, sagte Chevi, »Demokratie in Aktion.«

»Darauf können Sie wetten«, sagte Dix. »Nun erzählen Sie mir mal: Warum habe ich den Eindruck, daß Sie immer noch an Castro hängen?«

»Ich arbeite vielleicht für Sie, aber ich brauche mir nicht Ihre Vorurteile zu eigen zu machen. Ich mag Fidel, ja. Er ist sympathisch. Ja! Er ist wie wir alle in Lateinamerika, die wir gern die Gegebenheiten ändern würden. Aber es gibt einen Unterschied: Er ist männlicher.«

Hinsichtlich des Zwecks des Abends verhielt sich Chevi unverantwortlich. Ich unterbrach ihn, um zu fragen: »Wenn Sie Fidel bewundern, warum schließen Sie sich ihm dann nicht an?«

»Weil ich die Sowjets verabscheue. Anders als Fidel habe ich meine Jugend in der kommunistischen Partei zugebracht. Ich weiß, worauf er sich eingelassen hat. Und wenn ich das sagen darf: Sie alle sind daran schuld.«

Butler schlug so laut mit der Hand auf den Tisch, daß sich ein paar

Leute im Restaurant zu uns umdrehten. »Haben Sie nicht gelernt, Chevi, wie man mit Amerikanern redet? Wischen Sie sich erst mal sorgfältig den Arsch ab! Ich hab's satt, erzählt zu bekommen, was mit diesem Land alles nicht stimmt.«

Meine Mission war damit gestorben. Wir tranken unseren Kaffee, zahlten und fuhren dann, jeder in seinem eigenen Wagen. Zehn Minuten, nachdem ich zu Haus angekommen war, läutete es, und Chevi stand an der Tür.

»Ist es nicht unklug von dir, dich hier sehen zu lassen?« fragte ich ihn.

Er zuckte die Achseln.

Ich goß einen Brandy ein, und er sprach. Er litt unter Butler; er hatte Angst vor ihm; er wartete darauf, daß Dix ihn körperlich angriff. »Das ist keine stabile Umgebung.«

»Weshalb provozierst du ihn?«

»Weil ich jede Selbstachtung verlieren würde, wenn ich es nicht täte. Miami ist schlimmer als Uruguay. Dort habe ich nur Leute hereingelegt, mit denen ich zusammen aufgewachsen bin. Einige von ihnen haben es verdient. Hier betrüge ich anständige Männer.«

»Den DGI?«

Er nickte. »Sie schweben täglich in Lebensgefahr. Die Exilkubaner zerreißen sie, sobald sie erfahren, wer sie sind.«

»Besuchst du mich, damit der DGI dich umbringt?«

Wieder zuckte er die Schultern. Jetzt verstand ich diese Geste. Es war ein ganz trauriger Ausdruck seines Zustandes. Es war ihm alles egal.

Ich groß ihm mehr Brandy ein, und er redete ununterbrochen die nächsten beiden Stunden hindurch. Ich war müde, aber ich muß auch sagen, Kittredge, ich begann mich zu fragen, ob unser guter Doppelagent Fuertes dem DGI nicht ergebener diente als uns. Die Tatsache, daß er zu mir in die Wohnung gekommen war, beunruhigte mich. Das konnte bedeuten, daß er sich nicht mehr um sein eigenes Wohlergehen kümmerte oder daß – genausogut möglich – der DGI genau über seine Arbeit für uns informiert war. Es deprimierte mich, daß es meine Pflicht war, Butler von meinem Verdacht zu unterrichten.

Trotzdem hörte ich Chevi zu. Ich mußte es tun. Er hat Einsicht in Dinge, die ich rätselhaft finde.

Nach einigen Schlucken verbesserte sich Chevis Stimmung. Er sprach sehr viel von Kuba. Es erstaunte mich, wie ähnlich Deinem Ehemann er zeitweilig klang. »Was kann man von einem Land erwarten«, erklärte Fuertes, »das seine Wirtschaft auf Sklaven aus Afrika und Zucker aufgebaut hat? Sieh dir seine anderen Produkte an: Rum, Tabak, Bordelle. Sexuelle Spezialakte. *Santería.* Wenn du in einem Land lebst, in dem du dich jeden Tag fragen mußt, ob du so übel wie deine historischen Wurzeln bist, dann entwickelst du natürlich, um es zu kompensieren, einen übermenschlichen Stolz. Deshalb sucht Fidel immer das fast Unerreichbare, den in der Geschichte verborgenen Edelstein.«

»Den in der Geschichte verborgenen Edelstein?« wiederholte ich.

»Manche von uns suchen eine Vision, die jenseits der Grenzen der Gefahr liegt.«

»Ich kann dir nicht folgen.« (Kittredge, ich konnte es aber trotzdem.)

»Fidel sucht das Unerreichbare.« Chevi rülpste diskret über seinem Brandy. Es war ein absonderlicher Zischlaut. Vielleicht hatte sein Dämon gerade durch die falsche Öffnung einen Wind fahren lassen. »Ja, ihr alle wollt Fidel töten«, sagte er, »aber nur ich weiß, wie man es machen muß.«

»Wieso du? Du liebst ihn doch.«

»Ich bin von Natur aus gespalten. Dostojewskieartig. Ich würde ihn töten, um den Ungeheuerlichkeiten in mir etwas näherzukommen. Dann würde ich um ihn weinen. Jetzt aber lache ich euch alle aus. So viele Versuche, so viele Mißerfolge.«

»Wie kommst du auf den Gedanken, daß wir so etwas versuchten?«

»Es ist allgemein bekannt beim DGI, Robert Charles oder wie du dieses Jahr auch heißen magst.« Er lachte unangenehm. »Ich weiß nicht, warum ihr es immer wieder versucht. Ich könnte das viel besser machen.«

»Ja. Wie würdest du es anstellen?«

»Ich wiederhole: Dadurch, daß ich an das appelliere, was am besten in ihm ist.«

»Das ist ein Prinzip, aber kein Plan.«

»Du suchst eine Methode. Warum suchst du dir nicht eine Muschel von außergewöhnlicher Schönheit. Fidel ist ein begeisterter Sporttaucher.«

»Ich verstehe«, nickte ich.
»Nein, du verstehst nicht. Du würdest eine solche Muschel mit Plastiksprengstoff füllen und auf ein Riff legen, an dem Fidel speerfischen geht. Du würdest einen Komplizen anheuern, der Fidel genau zu dem Ort hinführt. Dann würdest du glauben, daß er danach greift. Ziemlich raffiniert, Chico, aber trotzdem nicht richtig. Sein inneres Warnsystem – das absolut untrüglich ist – würde ihn zögern lassen. Der große Rationalist des Materialismus Fidel Castro, der gegen eine Wand tritt, sich den Zeh bricht und einen Spiegel zerschlägt, wenn er hört, daß die Russen ihm seine Raketen wegnehmen werden, ist trotzdem den amerikanischen Anschlägen gegenüber so sensibel, daß er die Hand, die er nach einer außergewöhnlichen Muschel ausstreckt, noch im letzten Augenblick zurückziehen wird. Du brauchst mehr als Schönheit, um den Kerl zu fassen.«
»Und weiter? Du erzählst ganze Opern!« Ich war allmählich ebenfalls etwas betrunken. Auch entwickelte sich in mir Fuertes gegenüber ein ganz niedriges Gefühl, das ich gar nicht beschreiben kann. Er war so korrupt, und er war so verdammt selbstsicher.
»Ja, ja, Opern. Ausgezeichnet! Hier ist ein Konzept für ein Libretto: Ich würde nicht nur eine schöne große Muschel in eine Korallenhöhle legen und einen bezahlten Diener des CIA dazu benutzen, daß er Fidel hinführt, sondern ich würde auch einen hervorragenden *Mayombero* – jemanden, der die schwarze Magie des Kongo praktiziert – einen Zauberspruch über einem Manta Ray oder Teufelsfisch sprechen lassen. Das Tier würde sich in die schöne, große Muschel verlieben und sie nie mehr verlassen. Da sitzt es und bewacht die Muschel. Dadurch könnte Castros Wachsamkeit soweit nachlassen, und er könnte übersehen, daß es sich um eine Provokation handelt. Und um den schönen Gegenstand zu erobern, müßte er die Mobulida, diesen bösen, verhexten Mantelfisch töten, der die schöne Muschel so eifersüchtig hütet.« Fuertes brach in schallendes Gelächter aus. »Ja«, sagte er, »ihr braucht nur einen *Mayombero* in Miami zu finden – oder einen Dompteur für Meerestiere in Langley.«
Ich wartete, bis er ausgetrunken hatte und warf ihn hinaus.
Bitte schreibe bald und ausführlich.

Ergebenst,
Harry

Chevis Szenarium hatte mich doch nachdenklich gestimmt und ich teilte es meinem Vater mit. In seinem Antwortbrief aus Tokio schrieb er:

Die Manta-Ray-Geschichte klingt blöder als Schweinequieken, aber ich muß sagen, ich verspüre jetzt ein persönliches Interesse, aus dem großen kubanischen Bart jedes Haar herauszureißen. Wir werden ihn uns schon noch schnappen, Du und ich. Bald!

HLFX

23

28. November 1962

Liebster Harry,

ja, ich habe es versäumt, Dir über Jack und Bobbys Verhandlungen mit Chruschtschow und Dobrynin zu berichten, und jetzt ist es zu spät. Du hattest recht. Der Gedanke, daß ich all die vielen kleinen, feinen Bewegungen rekonstruieren sollte, hat mich abgeschreckt. Was für mich lebendig bleibt, ist die Seelenruhe, mit der Jack darauf wartete, daß die russischen Frachter die Blockadelinie erreichten. Es gibt Augenblicke, in denen große politische Führer nicht nur den Lohn der Götter, sondern auch ihre Schrecken empfangen. Ist das zu großartig ausgedrückt? Mir gleich. Ich liebe Jack Kennedy, weil er das richtige Gleichgewicht zwischen zwei Schrecken, Unterwerfung oder Auslöschung, gefunden und durch all die Tricks hindurch gehalten hat, die Chruschtschow nach dem Rückzug der Frachter noch versuchte. Ich will Dir sagen, Harry, daß ich nicht so recht an Kennedys Führungsqualitäten geglaubt habe, bevor dies geschah. Ich mochte ihn ungeheuer gern, weil er im Innern nicht, wie die meisten großen Politiker, gestorben ist – aber genau aus diesem Grund fürchtete ich insgeheim, er würde diesen Sowjet-Ungeheuern nicht gewachsen sein, die durch ein Blutbad an die Macht gekommen sind. Bobby ebenso. Wie konnte es zwei guterzogenen, unbedarften (wie die Wohlhabenden es immer sind) Amerikanern gelingen, nicht in Panik auszubrechen? Was haben sie im Kern für eine Tapferkeit gezeigt, so lange am

Rande des Abgrunds auszuharren! Sogar Hugh, der findet, daß Chruschtschow bei diesem Spiel, das er nur verlieren konnte, viel zu gut abgeschnitten hat, respektiert Jack jetzt ein bißchen mehr. Ich bin im Gegensatz zu Hugh tief bewegt. Zwei Brüder, die einander lieben, sind vor der Geschichte mehr wert als ein gerissenes, schmutziges Tier.

Vielleicht wirst Du enttäuscht sein, aber ich kann Dir nur einen kurzen Abriß der Verhandlungen geben. Unsere Seite wollte natürlich, daß die Raketen herauskamen, dazu die fünfzig Iljuschin-Bomber, die Chruschtschow Kuba »verkauft« hatte. Wir verlangten auch, daß UN-Teams ermächtigt würden, die Raketen am Boden zu untersuchen. Dafür wollten wir uns verpflichten, Kuba nicht anzugreifen, vorausgesetzt daß Castro nicht versuchen würde, Lateinamerika zu unterwandern. Auf dem Papier war das klar genug, aber es kam sehr auf das Timing eines jeden Vorschlags an. Jack mußte ja weiter zwischen seinen eigenen Falken hindurchsteuern, die überhaupt keinen Vertrag wollten, wenn nicht all unsere Bedingungen erfüllt wurden, und Tauben wie Adlai Stevenson, der meinte, es genüge schon, daß Chruschtschow seine Frachter zurückzog. Außerdem wollte Castro sich auf nichts einlassen. Er wollte seine Iljuschin-Bomber nicht aufgeben, er wollte keine Inspektion der Raketenstellungen gestatten, er wollte nicht einmal die Raketen hergeben.

Harry, ich werde Dir nichts weiter davon erzählen. Bei diesen Dingen kommt es darauf an, das habe ich gelernt, das Wesentliche herauszufiltern. Wesentlich war die Entfernung der Raketen aus Kuba. Und es gelang Jack, indem er nicht unmittelbar auf dem Abzug der fünfzig Bomber bestand, die in der militärischen Gesamtbalance ohnehin nur von geringem Gewicht sind, und Castros Weigerung, UN-Teams zuzulassen, akzeptierte (da unsere U-2-Luftaufnahmen ja ohnehin jede Bodeninspektion überflüssig machen), Chruschtschow in eine Position zu manövrieren, in der er diese Nukleargeschosse trotz Castros Wutanfällen aus Kuba abziehen mußte.

Genug. Wenn ich mich nicht auf diese knappe Darstellung des Problems beschränken wollte, hätte ich Dir eine Woche lang jeden Tag einen Zehnseitenbrief schicken müssen. Und danach steht mir nicht der Sinn. Ich möchte Dir heute lieber von Bobby Kennedy erzählen.

Ich muß jetzt dauernd an ihn denken. Seit dem Sommer hat uns Bobby ziemlich regelmäßig nach Hickory Hill eingeladen, und dies, obwohl wir eindeutig nicht zu Ethels Lieblingen gehören. Sie ist eine gute Seele, dessen bin ich sicher, herzlich, voll Mitgefühl für die Wunden, die sie den Leuten um sich herum ansehen kann, wenn auch ein bißchen anmaßend und rechthaberisch, was jene Wunden angeht, von denen sie nichts weiß, aber sie ist eben *so* katholisch, und dann sind da all die Kinder. Wäre ich an ihrer Stelle, ich hätte mich längst dem Trunk ergeben.
Hugh lädt man, glaube ich, ein, weil er so gut Tennis spielt: präzise, elegant, unbarmherzig. Alle wollen ihn zum Partner beim Doppel. Ich, die ich in den alten Zeiten in Radcliffe keine schlechte Hockeyspielerin war, stehe mit einer gemeinen, zähneknirschenden, Wartet-das-zahle-ich-euch-zurück-Haltung auf dem Platz. Aber ich verliere nicht einmal so oft gegen die anderen Frauen. Christopher, furchtbar schüchtern mit seinen sechs Jahren, amüsiert sich prächtig mit all den Kennedykindern, und sie gehen so nett auf ihn ein, daß er sich zum Mitspielen überreden läßt. Trotzdem macht es mir keine Freude, denn ich weiß, daß er an diesen Sonntagen dort leidet – aber: »Es ist sein erster Initiationsritus, seit er Deine pränatalen Auspizien verlassen hat«, sagt Hugh. Und dann muß er stets noch hinzufügen: »Du hast ihn grauenvoll verwöhnt.«
Genau betrachtet macht Hickory Hill Deiner Kittredge weniger Spaß, als es sollte, aber da ich Bobby anbete, und er mir gern von seinen Sorgen erzählt, sind wir doch ganz vergnügt. Es geht dort alles sehr anständig und moralisch zu. Insgeheim, glaube ich, sehnt sich Bobby nach einer heißen Liebesaffaire, aber mein Gott, wohin käme er da? *Time* hat ihn zum Vater des Jahres erklärt. So läßt er sich denn auch nur auf streng platonische Kommunikation mit Damen wie mir ein. Wir diskutieren sogar am Telefon über irgendwelche Probleme. Er ist ein prima Kerl, so ehrlich und direkt. Man lernt seine Gedanken kennen. Seine Energie ist beeindruckend. Niemand, den ich kenne, von Hugh vielleicht abgesehen, hat soviel intellektuelle Kapazität, als daß er all die unzähligen verschiedenen Aktivitäten überblicken könnte. Von den Bürgerrechtsfragen und dem Theater an der Universität von Mississippi abgesehen, der Raketenkrise und der niemals endenden Jagd auf Hoffa und die Mafia; dazu den ganzen Routinekram im Justizmini-

sterium und mit den Green Berets und Eurem Mongoose (welches das erfolgloseste Unternehmen sein muß, auf das er sich jemals eingelassen hat), gibt's dann immer noch gelegentlich irgend so ein Mordsding, mit dem niemand gerechnet hat. Letzten Monat hat er sich rührend um die Auslieferung der gefangenen Brigadiere bemüht. Er hat sich dabei wirklich ausgezeichnet verhalten. Erinnerst Du Dich noch an Harry Ruiz-Williams, diesen großartigen Kubaner mit den zerschmetterten Füßen, der all die Monate dafür gearbeitet hat, bei Amerikanern und unseren Kubanern hier die für das Lösegeld nötigen Millionen Dollar zusammenzubekommen? Ich weiß nicht, ob Du es so genau verfolgt hast, aber damals haben eine Menge Republikaner die Kennedys angegriffen, daß sie es wagten, einen Austausch von Gefangenen gegen Traktoren in Erwägung zu ziehen. Widerlich! Da verfaulen all diese Kubaner im Gefängnis, während unsere Politiker aus dem billigsten ›antikommunistischen‹ Schwachsinn Kapital schlagen. Ja, nun sitzt diese Brigade schon seit über anderthalb Jahren im Gefängnis. Bobby erzählt mir, daß ein wohlhabender Exilkubaner, der in Miami lebt und früher eine Ranch in Kuba besessen hat, als Lösegeldemissär hinübergeflogen ist und entsetzt war über den Zustand, in dem die Männer sich befanden. »Wenn Sie diese Männer retten wollen, Herr Generalstaatsanwalt, dann ist jetzt die letzte Gelegenheit dazu. Wenn Sie noch länger warten, werden Sie Leichen befreien.«

»Sie haben recht«, sagte Bobby, »wir haben sie da hineingebracht, und wir werden sie bis Weihnachten herausholen.«

Ich glaube, nur Bobby war fähig, die Operation durchzuziehen, die dann folgte. Castro wollte 62 Millionen Dollar Lösegeld für ungefähr 1150 Männer. Mit ihrem Angriff hätten sie große Schäden angerichtet, behauptete er, und Tausende von kubanischen Millizionären seien im Kampf gefallen. Nun, nach eineinhalb Jahren seien 50 000 Dollar pro Mann keine exzessive Entschädigung. Und wenn er keine 62 Millionen in Dollar bekommen könne, dann würde er auch Waren dafür nehmen. Wenn nicht Traktoren, dann Medikamente, medizinisches Gerät und Babynahrung.

Ursprünglich sollte dieses Lösegeld vom Cuban Families Committee, einer Gruppe von Müttern in Miami und Havanna gesammelt werden, deren Söhne zu den Gefangenen gehören. Auf Bobbys Empfehlung wählten sie einen gerissenen Anwalt namens James Donovan, der Castro schon kannte, zu ihrem Verhandlungsfüh-

rer. Donovan als New Yorker hat natürlich eine ziemlich rauhe und direkte Art am Leib. Bobby erzählte mir: Bei seinem ersten Besuch in Havanna hätte Donovan Castro ins Gesicht gesagt, er könne die Gefangenen nicht meistbietend versteigern. »Wenn Sie die Burschen loswerden wollen, müssen Sie sie mir verkaufen. Es gibt keinen Weltmarkt für Gefangene.«
Castro liegt diese Art natürlich. »O. K.«, erwiderte er, »aber wie will das Cuban Families Committee das Geld aufbringen? Sie versuchen es seit über einem Jahr, und sie haben noch nicht einmal die erste Million zusammen. Ich hätte Ihnen das gleich sagen können. Reiche Kubaner sind die schlimmsten Geizkrägen der Welt. Deshalb bin ich hier, und deshalb sind die reichen Kubaner in Miami.«
»Wir kriegen vielleicht nicht das Geld zusammen«, entgegnete Donovan, »aber wir werden Medikamente und medizinisches Gerät bekommen.«
Nun war Bobby dran. Er mußte die Pharmazeutische Industrie bewegen, ihre Erzeugnisse zu spenden – keine leichte Aufgabe. Bevor er damit anfing, sagte er zu mir am Telefon: »Ich weiß nicht, wie wir es schaffen werden, Kittredge, aber wir werden es schaffen.« Sein Problem war, daß die Arzneimittelindustrie beim Kongreß, beim Justizministerium und der Federal Trade Commission wegen Verletzung der Antirustgesetze in Untersuchungsverfahren verwickelt ist. Einige dieser Pharmariesen haben vielleicht wirklich gegen die Gesetze verstoßen. Wie alle halbunehrlichen Manager platzen sie natürlich (fast) vor Selbstgerechtigkeit und Selbstmitleid. So was wie Unrechtsbewußtsein kennen die nicht. Sie hassen die Kennedy-Administration, weil sie ihrer Meinung nach die Wirtschaft schädigt. Doch aus patriotischen Gründen hassen sie Castro sogar noch mehr. Natürlich haben sie keine Lust, einem von beiden einen Gefallen zu tun. Von den gefangenen Brigadieren wissen sie entweder nichts, oder sie betrachten sie als Versager.
Trotzdem hat Bobby die führenden Leute der Pharmaindustrie in Washington zusammengebracht und eine überaus bewegende Ansprache gehalten, von der ich aus verschiedenen Quellen gehört habe. Er sagte, die Brigade bestünde aus tapferen und loyalen Männern, die sich trotz ihrer Niederlage niemals gegen Amerika gewandt hätten. Waren wir nicht dazu verpflichtet, diese Männer

– die ersten, die in unserer Hemisphäre gegen den Kommunismus gekämpft hätten – zu retten, bevor sie an den fürchterlichen Zuständen in Castros Gefängnissen zugrunde gingen?
Nun, diese Big-Businessmen waren so bewegt, daß sie Verhandlungen mit Bobby aufnahmen. Als ich ihn fragte, ob sie seiner bewegenden Ansprache wegen ihre Meinung geändert hätten, lachte er: »Bei diesen Leuten muß man den Bauch genauso füttern wie das Herz.« Also fand das Finanzamt eine Möglichkeit, ihnen für die Arzneimittelspenden riesige Steuernachlässe zuzuschanzen. Manche dieser Companies schlugen aus ihren Wohltätigkeitsaktionen sogar noch einen anständigen Gewinn heraus, und natürlich druckten sie ein kleines Sternenbanner auf jedes Päckchen ihrer Spende. Ebenso selbstverständlich versuchten einige dabei auch gleich ihre Lager von den Produkten zu räumen, deren Verfallsdatum überschritten oder die vom Stand der medizinischen Wissenschaft aus gesehen überholt waren. Aber Bobby mit seiner empfindlichen Spürnase bekam es auf die eine oder die andere Weise immer heraus. In dem Augenblick, da ich dies schreibe, ist es noch nicht sicher, ob die Brigade vor Weihnachten in Miami eintreffen wird, aber ich selbst zweifle nicht daran. Vielleicht muß noch in letzter Minute kreuz und quer über das Firmament geflitzt werden, aber Bobby holt die Gefangenen zurück. Du kannst Dich da unten auf eine hektische, aber frohe Woche gefaßt machen.

Deine liebe Kusine
Kittredge

Am 24. Dezember wurde die Brigade von Havanna nach Miami eingeflogen, und am 29. sprach Präsident Kennedy in der Orange Bowl zu den Männern. Ich nahm als einer der vierzigtausend Gäste an der Veranstaltung teil.
Meine Gedanken gingen wirr durcheinander. Das Podium lag weit entfernt, und Jack Kennedy war nur eine kleine Figur in einem Tal voller Höhlen, ein Mann, der zu einer Batterie von Mikrofonen sprach, die aussah wie die Beine eines Einsiedlerkrebses, die aus einem Schneckenhaus ragten. Wenn ich ein so surrealistisches Bild wähle, dann deshalb, weil die Situation so grotesk war. Ich war nur gekommen, um mir Modenes Exliebhaber anzusehen – ihn, der sie schließlich doch nicht so wahnsinnig geliebt hatte. Da sie mir kurz

zuvor den Laufpaß gegeben hatte, fragte ich mich ständig, ob mich als einzigen Mann in der ganzen Orange Bowl eine so unglückliche, wenn auch intime Beziehung mit dem Präsidenten verband. Auch die Menschenmenge in der Arena empfand ich als aufdringlich und lästig. Nachdem ich die letzten beiden Monate in der gedämpften Büroatmosphäre von Zenith gearbeitet hatte, war ich auf den überwältigenden Eindruck eines Stadions voller freudig erregter Kubaner nicht vorbereitet. Ekstatische Ovationen wegen der Rückkehr der verlorenen Söhne brandeten auf, und Ströme bitterer Klagen erinnerten an den Verlust eines Landes, das sie niemals so geliebt hätten, wenn sie dort geblieben wären.

Vom Beginn der Zeremonie an, als alle 1150 Männer der Brigade auf das Feld marschiert kamen und in exakt geordneten Reihen Rührt-euch-Positionen einnahmen, übertraf der stürmische Beifall der Väter, Mütter, Ehefrauen und Söhne, Töchter, Nichten, Neffen, Onkel, Tanten, Vettern und Kusinen ersten, zweiten, dritten und vierten Grades alles, was ich je in einem Stadion an Lautstärke vernommen hatte – einer Lautstärke, die noch anschwoll, als der Präsident und Jacqueline Kennedy in einem offenen, weißen Cadillac einfuhren. Myriaden kubanischer und amerikanischer Fähnchen wurden geschwenkt, als der Präsident und seine First Lady ausstiegen, um sich in Habt-acht-Stellung neben Pepe San Román, Manuel Artime und Tony Olivia aufzustellen. Die kubanische Nationalhymne wurde gespielt und das Star-Spangled Banner. Dann ging der Präsident die Reihen der Brigade entlang und schüttelte persönlich jedem Soldaten die Hand, und dabei brach ein Beifall los, als ob wir uns auf dem größten Freudenfest aller Zeiten befänden. Jeder einzelne Handschlag des Präsidenten begründete natürlich eine Familiensaga.

Pepe San Román sprach zuerst: »Wir bieten uns Gott und der freien Welt als Kämpfer im Krieg gegen den Kommunismus an.« Dann wandte er sich an Jack Kennedy und sagte: »Herr Präsident, die Männer der Brigade 2506 übergeben Ihnen ihr Banner zur sicheren Aufbewahrung.«

Die Zeitungen in Miami hatten davon berichtet, daß man die Flagge der Brigade in einem der wenigen vorhandenen Boote von der Schweinebucht evakuiert hatte, und Kennedy entfaltete sie nun, wobei wieder operettenhafte Beifallsstürme losbrachen. Dann wandte er sich an die Soldaten und erwiderte: »Ich möchte

meiner Hochachtung gegenüber der Brigade Ausdruck verleihen. Diese Fahne werden Sie in einem freien Havanna zurückerhalten.«
Ich dachte, ein neuer Krieg wäre ausgebrochen. *»Guerra, guerra, guerra«*, schrien sie begeistert darüber, daß einer der höchsten Würdenträger der Welt ihrer Sache seinen hochheiligen Segen gegeben hatte. Zurück in den Krieg! Für den Krieg!
Und ich, ein Agent, beruflich tätig für die Sache der Intelligence, hatte dabei eine Einsicht: *Sie* waren in diesem Augenblick frei von den fortwährenden ermüdenden Grabenkriegen einer gespaltenen Seele, wie diese sie gestern noch gequält hatte. *Guerra!* Der Krieg war die Stunde, in der Alpha und Omega sich vereinigen konnten. Wenigstens muß das bei manchen Menschen so sein.
Ich mußte Jack Kennedy im nächsten Augenblick bewundern. Der Mann würde noch mitten in einer Lawine Gelegenheit für publikumswirksame Auftritte finden. Er fragte: »Ich bitte Señor Facundo Miranda, der diese Fahne während der letzten zwanzig Monate aufbewahrt hat, vorzutreten, damit wir ihn kennenlernen.« Señor Miranda und er schüttelten einander die Hand, und dann sagte Jack Kennedy: »Ich wollte Sie kennenlernen, damit ich weiß, wem ich diese Fahne zurückgeben werde.«
Und wieder brachen Ovationen aus, die kein Ende nehmen wollten. Von diesen Emotionen bewegt, hielt Kennedy seine Rede: »Castro und andere Diktatoren wie er mögen Nationen regieren, aber Völker regieren sie nicht; sie mögen die Körper der Menschen in ihre Gefängnisse einsperren, aber ihre Seelen und ihren Geist können sie nicht einsperren; sie mögen die Freiheitsrechte beseitigen, aber sie können nicht die Entschlossenheit ersticken, die Freiheit wieder zu erringen.«
Meine wachsende patriotische Erbauung wurde durch den Anblick von Toto Barbaro unterbrochen. Er arbeitete sich möglichst unauffällig immer näher an das Podium heran. Vermutlich wollte auch er sich beim großen Händeschütteln angemessen in Szene setzen.
»Ich darf Ihnen versichern«, fuhr Kennedy fort, »daß es der größte Wunsch der Bevölkerung dieses Landes wie auch der Bevölkerung dieser Hemisphäre ist, daß Kuba eines Tages wieder frei wird; und diese Brigade wird an der Spitze des Heeres der Freiheit einziehen.«
Was ging da vor? fragte ich mich beunruhigt. Was war mit der

Vereinbarung, die Kennedy mit Chruschtschow getroffen hatte – die Kittredge so beeindruckend fand? Hatte die Leidenschaft des Politikers das kühle Blut des Präsidenten überwältigt? Oder wohnte ich einer neuerlichen Kriegserklärung an Kuba bei?

Am Morgen rief mich mein Vater aus Washington an. »Ich hoffe«, sagte er, »daß wir durch all das neuen Auftrieb bekommen.«

24

15. Januar 1963

Liebe Kittredge,

hiermit kündige ich Dir den nächsten Auftritt von Howard Hunt an. Ich hatte seit fünfzehn Monaten nichts mehr von ihm gehört, aber neulich haben wir abends zusammen gespeist. Als ich ihn das letztemal sah, war er in der Domestic Operations Division unter Tracy Barnes begraben und schrieb entweder, so seine Legende, Spionageromane für die New American Library oder war mehr mit Mantel-und-Degen-Aktionen beschäftigt.

Ich vermute, er hat einen Parallelkurs zu Bill Harvey gesteuert, obschon er wohl mehr mit den ultrarechten Typen des kubanischen Exils zu tun gehabt hat – aber dessen bin ich nicht sicher. Er will nichts erzählen. Ich habe ihn auch nur an diesem einen Abend gesehen, und dazu kam es durch seinen Anruf, als er mir sagte, er fände es schön mit mir und Manuel Artime zu Abend zu essen. Dieser Brief soll also über das berichten, was ich von Artime über die Erfahrungen der Brigade in den kubanischen Gefängnissen gehört habe.

Es war ein guter Abend. Eigentlich bin ich ja zur Agency gegangen, weil ich Abenteuer erleben wollte, aber nun habe ich nach einem Tag am Schreibtisch das Gefühl, daß das Aufregendste die Abendessen gewesen sind. *Mein Leben bei der Central Intelligence oder meine hundert denkwürdigsten Dinners.*

Nun, das war eines von ihnen. Howard, immer noch in Washington stationiert, hat für seine exklusiven Zwecke in Miami eines unserer besten Safe houses bekommen, ein Juwel von einer Villa

draußen auf Key Biscayne namens *La Nevisca*. Ich habe sie selber gelegentlich während der Vor-Schweinebuchtzeit benutzt, aber jetzt hat Hunt sie besetzt und er beweist mir damit, daß das Leben in der Agency auch mit gewissen Annehmlichkeiten verbunden sein kann. Das Essen war erstklassig, dazu ein paar Flaschen Château Yquem, serviert – ich erfahre erst jetzt, daß es so etwas gibt – von zwei Agency-eigenen Lieferanten (Kontraktbasis), die für besondere Gelegenheiten einkaufen, Speisen à la grande cuisine selbst zubereiten und bedienen.
Es war ein Fünf-Sterne-Erlebnis. Howard hat offenbar das alte Niveau seiner Selbstachtung wieder erreicht. Soweit ich weiß, gilt seine Hauptleidenschaft dem Wunsch, jeden Abend in genau so einem Haus zu dinieren.
Ich kam mir jedenfalls wie ein Eindringling vor. Wenn Hunt und Artime einander nicht mögen, so sind sie jedenfalls fabelhafte Schauspieler. Ich wüßte nicht, daß ich Howard jemals irgend jemandem gegenüber mehr Herzenswärme habe ausdrücken sehen, und lernte auf diese Art den ganzen Bilder- und Gestenreichtum der echten kubanischen Trinksprüche kennen. Die Kunst, das erfuhr ich, besteht darin, das Glas zu heben, als ob man hundert Menschen zutränke.
»Ich trinke auf einen bemerkenswerten Mann«, sagte Howard, »auf einen kubanischen Gentleman, dessen Vaterlandsliebe unerschöpflich ist. Ich trinke auf einen Mann, den ich so hoch schätze, daß ich ihn, obwohl ich nie wußte, ob ich ihn wiedersehen würde, trotzdem *in absentia* zum Paten meines Sohnes David auserkor.«
Artime antwortete in klingenden Worten – nun weiß ich, was klingende Worte sind! Er würde seinen Patensohn, wenn nötig, unter Einsatz seines Lebens verteidigen. Weiß Du, Kittredge, ich habe nie einen Mann gehört, der ehrlicher klang. Artime, auf feine Art verhärmt nach zwanzig Monaten im Gefängnis, hat dadurch nur gewonnen, da er jetzt persönlich noch mehr beeindruckt als zuvor. Früher war er charmant, aber ein bißchen knabenhaft und viel zu emotional für meinen Geschmack. Jetzt ist er zwar emotionaler als je zuvor, aber sein Charisma ist stärker. Du mußt ihn immerzu anschauen. Du weißt nicht, ob Du einen Killer oder einen Heiligen vor Dir hast. Er scheint mit einer inneren Hingabe gesegnet, die keine menschliche Gewalt überwinden kann. Diese wirkt freilich *nicht* nur anziehend – weit gefehlt. Meine Großmutter, die

Mutter meines Vaters, war ebenso begnadet für kirchliche Arbeit – ich übertreibe nicht! – und sie starb mit achtzig Jahren an Darmkrebs. Man spürt die Bestie der Ideologie in solchen Eiferern. Trotzdem wünschte ich mir nach diesem Abend mit Artime Castro zwischen die Fäuste zu bekommen.

Doch weiter mit Artimes Erwiderung auf Howards Trinkspruch: »Im Gefängnis gab es Stunden«, sagte er, »in denen Verzweiflung das einzige Gefühl darstellte, das wir empfinden konnten. Trotzdem, in der Tiefe unserer Gefangenschaft waren wir bereit, die Verzweiflung willkommen zu heißen, denn das war wenigstens ein starkes Gefühl, und alle Gefühle, ob edel oder gering, sind nur Ströme und Bäche und Flüßchen« – *Riachuelas* war das Wort, das er benutzte –, »die in das universale Medium fließen, das die Liebe ist. Die Liebe war es, zu der wir zurückzukehren wünschten. Die Liebe zum Mitmenschen, ganz gleich wie böse er sein mochte. Ich wollte im Lichte Gottes stehen, damit ich meine Kraft wiedergewönne, um noch einen Tag zu kämpfen. Ich war deshalb dankbar für die Kraft meiner Verzweiflung. Sie erlaubte es mir, mich über die Apathie zu erheben.

Ja, die Verzweiflung ist ein Übel für die Seele. Man muß aus ihr emporsteigen, oder man wird sich für immer verlieren. Also braucht man Stufen, Kletterpfade, die Sprossen einer Leiter. Wenn man im schwarzen Strom des grenzenlosen Elends verloren ist, kann die Erinnerung an die Freunde manchmal die einzige Brücke sein, die zu den höheren Emotionen zurückführt. Während ich im Gefängnis schmachtete, erschien kein amerikanischer Freund klarer und schöner vor meinem Auge als du, Don Eduardo, du, *Caballero espléndido*, den ich heute abend im vollen Bewußtsein der Ehre begrüße, die Patenschaft für seinen Sohn David zu übernehmen.«

Und so ging es weiter. Mir wurde schnell klar, daß sie mich nur meiner Spanischkenntnisse wegen eingeladen hatten, denn zwei erwachsene Männer können unmöglich auf so hochtrabende Art und Weise miteinander reden, ohne wenigstens einen Zuhörer zu haben.

Dann begann Artime von seiner Gefangenschaft zu erzählen, und das interessierte mich ja am meisten. Allerdings gab es in seinem Bericht gewisse Widersprüche. Während das Essen in dem einen Gefängnis anständig war, erwies es sich in einem anderen als

ungenießbar; nachdem man die Brigadeführer eine Zeitlang in Einzelzellen gesperrt hatte, brachte man sie bald wieder in Gefangenenschlafsäle zurück; obwohl die Behandlung eine Zeitlang höflich war, wurde sie später gemein. Mag sein, daß sich die Verhältnisse in den kubanischen Gefängnissen stark unterscheiden. Die Gefangenen sind wohl auch häufig verlegt worden.
Daraus läßt sich natürlich auch auf den Wirrwarr außerhalb der Gefängnismauern schließen. Theorie und Praxis müssen in Kuba gerade heftig divergieren, denn die Behandlung der Gefangenen ließ keine klare Linie erkennen.
Nach dem, was Artime uns erzählte, waren die ersten Stunden der Gefangenschaft die schlimmsten. Nach dem bitteren Ende an der Schweinbucht versuchte er sich der Gefangennahme zu entziehen und floh mit einigen Männern in einen weglosen Sumpf namens Zapata. Er habe gehofft, sich irgendwie die achtzig Meilen zur Sierra Escambray durchzuschlagen, wo er eine Guerillabewegung ins Leben rufen wollte.
Artime war der wichtigste Brigadeführer, den Castros Abwehr bisher gefangen hatte. Da ich annehme, daß Du mit seiner Lebensgeschichte nicht so vertraut bist, hier eine kurze Zusammenfassung, auch wenn Samuel Johnson – glaube ich – einmal gesagt hat: »Nur ein talentloser armer Teufel versucht sich an kurzen Zusammenfassungen.« Artime, der an Jesuitenschulen zum Psychiater ausgebildet worden ist, hatte nicht einmal das achtundzwanzigste Lebensjahr vollendet, als er sich Castro in der Sierra Maestra anschloß. Im ersten Jahr nach dem Sieg aber kam er sich wie »ein demokratischer Spion in einer kommunistischen Regierung« vor und begann mit dem Aufbau einer Untergrundbewegung. Es dauerte nicht lange, und er befand sich auf der Flucht vor der Polizei. In die Kutte eines Mönchs gekleidet, im ausgehöhlten Meßbuch eine Pistole, schritt Artime eines Morgens die Treppe der amerikanischen Botschaft in Havanna hinauf und wurde kurz darauf an Bord eines honduranischen Frachters nach Tampa hinausgeschmuggelt. Zweifellos hast Du von ihm zuerst als Führer in der Frente und dann in der Brigade gehört. Artime gelang es aber auch, seine Untergrundtruppe in Kuba zu halten. Dergestalt dreifach ausgewiesen, unterzog man ihn nach der Gefangennahme sicherlich einem gründlichen Verhör.
Natürlich war er in schlechtem körperlichen Zustand. Der Sumpf

war ausgetrocknet und von einem Dickicht aus Dornenbüschen bedeckt. Es gab so gut wie kein Wasser, und nach vierzehn Tagen Durst konnte keiner von ihnen mehr sprechen. Sie waren einfach nicht mehr fähig, die Zungen zu bewegen. »Ich hatte immer geglaubt«, sagte Artime, »ich würde zu denen gehören, die berufen sind, Kuba zu befreien. Gott würde mich als Sein Schwert benutzen. Nach meiner Gefangennahme aber kam ich zu der Überzeugung, daß Gott mein Opfer wollte und daß ich mich auf den Tod vorbereiten mußte, wenn Kuba je befreit werden sollte.

In Girón aber sagte mir jemand von der Abwehr, sobald sie mein Tagebuch gelesen und erkannt hatten, wer ich war: ›Artime, für all das, was Sie getan haben, werden Sie zahlen müssen. Möchten Sie wie ein Held sterben, rasch und durch eine Kugel? Dann helfen Sie uns. Erklären Sie, daß die Amerikaner die Brigade betrogen haben. Wenn Sie das nicht tun, werden Sie elend umkommen.‹«

Als Artime eine solche Erklärung nicht unterschreiben wollte, fuhren ihn die Polizisten nach Havanna und brachten ihn dort in einen Keller, dessen Wände mit alten Matratzen gepolstert waren. Dort mußte er sein Hemd ausziehen, man fesselte ihn mit Armen und Beinen an einen Stuhl, ein Scheinwerferstrahl wurde auf seine Augen gerichtet und er wurde drei Tage lang verhört.

Nicht alle Stimmen klangen zornig. Manchmal sagte ihm ein Beamter, die Revolution sei bereit, Fehler zu verzeihen, doch wechselten solche sanfteren Töne mit ausgesprochen barschen ab. Gezwungen, ins Scheinwerferlicht zu starren, sah Artime nie ihre Gesichter. Einmal brüllte ihn eine wütende Stimme an: »Unschuldige Kubaner sind für den blinden Ehrgeiz dieses Mannes gestorben.« Einer der Polizisten hielt ihm dann ein Foto vor die Augen, das ein leichenübersätes Schlachtfeld zeigte.

»Ich bringe dich um, du Schwanzlutscher«, schrie die wütende Stimme weiter. Artime spürte die Mündung einer Pistole auf den Lippen. Er machte eine Pause und sah Hunt und mich an: »Ich war ganz ruhig. Ich glaubte nicht, daß er mich erschießen würde. Ein grotesker Gedanke schoß mir durch den Kopf: ›So muß Wildpferden zumute sein, wenn man ihnen das Zaumzeug ins Maul stopft. Aber dieses Zaumzeug ist Gottes Wille.‹ Dann sagte der Mann mit der sanften Stimme zu dem Mann mit der wütenden Stimme: ›Verschwinde. Du machst alles nur noch schlimmer.‹ ›Ich gehe nicht‹, rief der wütende Mann. ›Die Revolution gibt mir genausoviel Recht hier zu sein wie dir.‹ Sie stritten sich weiter, bis der böse Kerl verschwand. Dann sagte der freundliche Polizist: ›Er ist völlig durcheinander. Sein Bruder ist in Girón gefallen.‹«

»Waren Sie denn nicht nahe daran aufzugeben?« fragte Hunt.

»Niemals«, antwortete Artime. »Ich sah keine Chance zu überleben. Wozu hätte ich aufgeben sollen. Am dritten Tag brachten sie mich in eine Einzelzelle, und ein Mann namens Ramiro Valdes besuchte mich; er ist der Chef von Castros G-2.« Valdes schien besorgt über Artimes Zustand, vor allem wegen der Brandwunden, die man ihm mit Zigaretten beigebracht hatte. »Wer hat Sie verhört?« fragte er. »Wir werden sie bestrafen. Die Revolution will Revolutionäre, keine Fanatiker. Bitte beschreiben Sie sie mir, Manuel.«

»Comandante«, sagte Artime. »Ich habe ihre Gesichter niemals gesehen. Vergessen wir die Sache.«

Hunt sagte mit heiserer Stimme: »Ich hätte versucht, diese Hundesöhne festzunageln.«

»Nein«, sagte Artime. »Ich habe Valdes kein Wort abgenommen. Ich wußte, daß er nur ein Vertrauensverhältnis zu mir herstellen wollte. Dann sollte die Bekehrung beginnen. Aber ich bin nicht der Richtige für solche Versuche. Meine Situation als Gefangener erschien mir weniger real als mein innerer seelischer Zustand. Ich spürte, daß Gott Manuel Artime auf die Probe stellen wollte. Wenn ich Seine Probe bestand, würde das ehrenvolle Ziel der Befreiung Kubas näherrücken.«

»Was war die schwierigste Prüfung?« fragte ich.

Er nickte, als gefiele ihm diese Frage. »Valdes befahl, mir eine gute Mahlzeit in die Zelle zu bringen. Es war ein Hähnchen mit Reis und schwarzen Bohnen. Ich wußte gar nicht mehr, wie gern ich gut esse. Nichts hatte ich lieber gemocht, und einen Augenblick schwand meine Todesbereitschaft. Die Schönheit des Lebens zog meine Aufmerksamkeit auf sich. Ich dachte an das weiße Brustfleisch. Aber dann sagte ich mir: ›Nein, man stellt mich nur auf die Probe‹, und nicht länger verspürte ich diesen zärtlichen, herzhaften Appetit. Plötzlich dachte ich: ›Ich habe eine unsterbliche Seele, und dies ist die Stunde, in der der Teufel mich versuchen will.‹«

Eine zweite und noch schwerere Probe mußte Artime bestehen, nachdem er ein Jahr im Gefängnis zugebracht, vor Gericht gestanden hatte und nun auf das Urteil wartete. Inzwischen hatte er die verschiedenen Gefängnisse kennengelernt und durchlitten, sich aber auch daran gewöhnt, noch immer am Leben zu sein, und so drängte sich ihm quälend der Gedanke auf, daß seine Weigerung, auf die Fragen der Richter einzugehen, für ihn ein Todesurteil zur Folge haben mußte.

»In diesem Augenblick begriff ich, daß ich niemals einen Sohn haben würde. Für einen Kubaner ist das ein trauriger Gedanke. Wenn ein Mann sich unerfüllt fühlt, ist er nicht bereit zu sterben. Deshalb bat ich einen Wächter um Bleistift und Papier. Ich wollte mir genau aufschreiben, was ich sagen würde, wenn man mich erschoß. Durch die Konzentration auf dieses Ereignis würde es mir vielleicht gelingen, den Wunsch nach Leben zu überwinden. Also beschloß ich, meinen Henkern zu sagen: ›Ich verzeihe euch, und ich erinnere euch daran, daß es Gott gibt. Seine Liebe macht es mir möglich, durch euere Hand zu sterben und euch doch zu lieben. Es lebe Christus, der König. Es lebe das freie Kuba.‹ So überstand ich die Versuchung.«

Bald darauf besuchte ihn Fidel Castro selbst. Nach Artimes Beschreibung kam er um zwei Uhr morgens ins Gefängnis, sechs Tage nach dem Gerichtsverfahren, und weckte Pepe San Román auf, der sich lässig von seiner Pritsche erhob, Castro ins Gesicht gähnte und dann in seiner Unterwäsche vor ihm stand.

»Was seid ihr bloß für Leute?« fragte Castro. »Ich verstehe euch nicht. Wie könnt ihr den Nordamerikanern vertrauen? Sie machen aus unseren Frauen Huren und aus unseren Politikern Gangster. Was würde geschehen, wenn ihr gewonnen hättet? Dann wären die Amerikaner hier, und wir könnten ihnen nur noch beibringen, wie man fickt, wenn sie oft genug kommen.«

»Ich habe lieber mit den Amerikanern als mit den Russen zu tun«, erklärte San Román.

»Ich sage dir: Vergeude nicht dein Leben. Die Revolution braucht dich. Wir haben gegen euch gekämpft, also wissen wir, wie viele Helden in deiner Brigade sind.«

»Warum hast du das nicht bei der Gerichtsverhandlung gesagt?« fragte ihn Pepe San Román. »Du hast uns ›Würmer‹ genannt. Und jetzt weckst du mich auf und erzählst mir, wir seien tapfer. Warum gehst du nicht? Genug ist genug.«

»Genug ist genug? Mein Gott, Mann, willst du denn nicht leben?«

»Wir sind uns in einem Punkt einig. Ich will nicht mehr leben. Die

USA haben ihr Spiel mit mir getrieben, und jetzt spielst du mit mir. Töte uns, aber höre auf, mit uns zu spielen.«
Castro ging. Artimes Zelle war die nächste. Als er den Maximo Leader im Eingang stehen sah, meinte er, er käme, um ihn hinzurichten. »Kommst du mich besuchen«, fragte Artime, »um vor deinen Männern einen Narren aus mir zu machen?«
»Nein«, sagte Castro. »Ich bin nur deshalb nicht früher zu dir gekommen, weil ich wußte, daß du noch schwach von den Sümpfen her warst. Du solltest nicht glauben, ich wollte mich über dich lustig machen. Nein, ich wollte dich nur fragen, wie es dir geht.«
»Sehr gut. Nicht so gut wie dir allerdings. Du hast zugenommen seit der Zeit damals in den Bergen.«
Castro lächelte. »Bisher haben in unserer Revolution noch nicht alle gleichviel zu essen. Chico, ich bin hier, um dich zu fragen, worauf du wartest?«
»Auf den Tod.«
»Auf den Tod? Ist das deine Interpretation von ›Revolution‹? Im Gegenteil, wir sind hier, um die Möglichkeiten zu erforschen, die in uns stecken. Deine Seite möchte die Lebensumstände der Leute verbessern, die schon sehr viel gewonnen haben. Meine Seite hofft das Schicksal derer zu verbessern, die nichts haben. Meine Seite ist christlicher als deine. Wie schade, daß du kein Kommunist bist.«
»Wie schade, daß du kein Demokrat bist.«
»Artime, ich will dir beweisen, daß du unrecht hast. Sieh mal, wir werden dich nicht töten. Unter diesen Umständen ist das sehr demokratisch. Wir akzeptieren sogar eine Ansicht, die uns vernichten möchte. Sag mir, ist das nicht großzügig? Die Revolution schenkt euch das Leben. Man hat dich vielleicht zu dreißig Jahren Gefängnis verurteilt, aber du wirst sie nicht einmal absitzen müssen. Da du den Amerikanern soviel wert bist, sind wir bereit, dich gegen ein Lösegeld freizulassen. In vier Monaten werdet ihr alle fort sein.«
Nun, wie wir wissen, dauerte es acht.
Gegen Ende des Abends wechselte Artime das Thema.
»Der wahre Kampf beginnt erst«, erklärte er Howard und mir.
»Sie können doch nicht schon so rasch wieder am Krieg teilnehmen«, erwiderte Hunt.
»Körperlich muß ich mich erst noch erholen, ja. Aber es wird

nicht lange dauern, bis wir bereit sind. Mir tut jeder leid, der glaubt, er könne uns aufhalten.«
»Jack Kennedy kann Sie aufhalten«, sagte Hunt. »Er ist ein mit allen Wassern gewaschener Politiker. Er hält es für kriminell, nicht nach beiden Seiten zugleich die Fühler auszustrecken. Ich warne Sie, Manuel. Ich habe Gerüchte gehört, daß das Weiße Haus bereit sei, sich mit Castro zu einigen.«
»Der Teufel«, sagte Artime, »ist ein Mann, dessen Kopf rückwärts schaut.«
Hunt nickte tief. »Der lächelnde Jack«, sagte er.
Hunt hat sich verändert, Kittredge. Er war schon immer haßerfüllt, wobei er seinen Zorn auf die Kommunisten und jene verteilt, die seine Leistungen nicht genügend anerkannt haben. Jetzt aber durchbricht der Zorn die Schale seiner ehedem bemerkenswerten Kultiviertheit. Wenn der rabiate Inhalt herausplatzt, wird es recht unangenehm. Hunt gehört zu den Leuten, die diese Seite ihres Charakters besser verbergen sollten.
»Viele von uns«, sagte Artime, »haben keine klare Vorstellung von den Kennedys. Zum Beispiel hat mich Bobby, der Bruder, letzte Woche zum Skilaufen eingeladen. Ich kann nicht sagen, daß ich ihn nicht mag. Als er sah, daß ich zwar nicht Skilaufen kann, aber bereit war, mich jeden Hang hinabzustürzen, bis ich hinfiel, lachte er und rief mir zu: ›Jetzt habe ich Feuer auf Eis gesehen.‹«
»Die Kennedys verstehen sich darauf, diejenigen zu bezaubern, die sie auf ihre Seite hinüberziehen wollen«, sagte Hunt.
»Mit allem gebührenden Respekt, Don Eduardo, ich glaube, dem Bruder des Präsidenten ist es ernst mit Kuba. Er hat neue Pläne, sagt er, und möchte, daß ich dabei eine führende Rolle spiele.«
Hunt schüttelte den Kopf: »Ich würde Ihnen raten, ein eigenes Unternehmen aufzubauen. Sobald Sie aus privaten Quellen finanziert werden und unabhängig von der Regierung sind, kenne ich Leute, die Sie mehr unterstützen werden, als wenn Sie direkt unter Kennedys Nase aktiv werden.«
Artime seufzte. »Komplizierte Dinge machen mich nicht glücklich. Ich habe den Präsidenten sagen hören: ›Diese Fahne wird einmal in ein freies Havanna zurückkehren.‹ In meinen Augen ist das eine absolute Verpflichtung, uns zu unterstützen.«
Hunt lächelte. Er nippte an seinem Brandy. »Ich wiederhole Ihre Worte: ›Der Teufel ist ein Mann, dessen Kopf rückwärts schaut.‹«

Artime seufzte wieder. »Ich kann nicht behaupten, daß meine Leute über die Kennedys einer Meinung sind.«
»Ich habe gehört, daß einige von Ihnen die Brigadefahne Kennedy nicht überreichen wollten.«
»Wir waren uneins. Das stimmt.«
»Ich habe sogar gehört, daß es am Tag vor der Veranstaltung in der Orange Bowl zu einem großen Streit gekommen sei.«
»Ich war selbst unsicher«, sagte Artime. »Ich muß aber zugeben, daß ich die Kennedys jetzt besser leiden kann, nachdem mich Bobby zum Skilaufen mitgenommen hat.«
»Stimmt es eigentlich«, bohrte Hunt weiter, »daß die Fahne, die man Jack übergeben hat, gar nicht das Original, sondern ein Duplikat war?«
Artime sah sehr unglücklich drein. Er warf mir einen unsicheren Blick zu, woraufhin Howard abwinkte, als ob er sagen wollte: »Ist schon gut. Er gehört ja zu uns.« Das frappierte mich. Hunt gehört nicht zu jenen Enthusiasten, die jemandem, der nur eine Randfigur in seinen Plänen darstellt, unbesehen vertrauen. »War es nun eine Kopie?« wollte er wissen.
Artime neigte den Kopf vornüber. »Wir schlossen einen Kompromiß. Wir fertigten ein Duplikat an. Es war diese Fälschung, die dem Präsidenten überreicht wurde. Ich bin nicht glücklich über diesen Betrug. Ein Teil der Kraft, die wir unserer Fahne gegeben haben, geht damit vielleicht verloren.«
Es ist seltsam, aber mir schien, als sei Hunt angenehm berührt. Während ich dies jetzt schreibe, glaube ich auch zu verstehen, warum. Da Artime ihm die Geschichte nicht unter vier Augen, sondern in meinem Beisein erzählt hat, fühlt er sich, glaube ich, berechtigt, sei zu kolportieren. Kittredge, ich habe schon Jack gegenüber gemischte Gefühle, aber Hunt macht mir regelrecht Angst.
Später in derselben Nacht hatte ich einen ungewöhnlichen Traum, in dem Fidel Castro und Manuel Artime sich stritten. Artime sagte: »Du, Castro, verstehst nicht den Charakter des Glaubens. Ich bin nicht hier, um die Reichen zu verteidigen. Aber ich muß Mitleid ihnen gegenüber haben, da Gott ihnen ihrer Habsucht wegen nicht gnädig sein wird. Gott spart sich Seine besondere Barmherzigkeit für die Armen auf: Im Himmel wird jede Ungerechtigkeit gesühnt. Du, Fidel, behauptest für die Armen zu arbeiten, aber du mordest

in ihrem Namen. Du besiegelst deine Revolution mit Blut. Du blendest die Armen mit deinem Materialismus und nimmst ihnen so ihre Vision von Gott.«
»Chico«, antwortete Castro, »es ist klar, daß wir verschiedener Ansicht sind. Einer von uns beiden muß sich aber irren. Laß mich deshalb auf dieser Basis auf deine Ansicht eingehen. Wenn ich mich irre, dann wird man alle menschlichen Wesen, denen ich in diesem Leben Unrecht getan habe, im Himmel gnädig empfangen. Wenn aber kein Gott existiert, um die Reichen und die Ungerechten in einem Leben nach dem Tode zu bestrafen, wie kannst du, Artime, dich dann vor all unseren armen Bauern rechtfertigen, die deine Soldaten hingemetzelt haben? Du hast sie auf der Straße nach Girón getötet, weil du den Erfolg des Kommunismus in Kuba fürchtest. In diesem Fall haben eure Streitkräfte nicht nur eure, sondern auch unsere Menschenleben vergeudet.
Also, Manuel«, sagte Castro, »entscheide dich für meinen Weg. Denn logischerweise kommst du dabei, ganz gleich, wer von uns recht hat, besser weg.«
Der Traum, Kittredge, hatte ein ganz sonderbares Ende. Plötzlich hörte ich Bill Harveys Stimme losbrüllen: »Keiner von euch beiden hat recht«, schrie er. »Es gibt keine Gerechtigkeit. Es gibt nur DAS SPIEL.« Diese letzten beiden Worte hallten immer noch in meinen Ohren, als ich aufwachte.
Hast Du Nachrichten über Wild Bill? Hier unten wird gemunkelt, man hätte ihn kaltgestellt – oder degradiert? – und als Stationschef nach Italien abgeschoben.

Ewig der Deine,
Harry

25

15. Februar 1962

Liebster Harry,
es überrascht mich nicht, daß Du von Bill Harvey geträumt hast, denn was ihn angeht, hat sich viel zugetragen. Direktor McCone wollte ihn schon, wie Du ja weißt, aus der Agency hinauswerfen, bis Dick Helms sich für ihn verwendete. Helms mag der kälteste Charakter sein, den ich kenne, aber seiner Truppe gegenüber ist er loyal, und das ist in der Praxis genausoviel wert wie Mitleid. Jedenfalls hat er allerlei unternommen, um zu verhindern, daß McCone Harvey auf der Stelle hinauswarf: Er argumentierte, KGB und DGI würden Harvey mit Kußhand anheuern, wenn man ihn abzudanken zwänge, und wies auf die demoralisierende Wirkung hin, die solch ein Vorgang bei den Junior Officers haben müsse. Um auch McCones Herz und nicht nur seinen Verstand zufriedenzustellen, hob Helms die inneren Spannungen hervor, die sich in der Psyche hart arbeitender Führungsoffiziere im Laufe einer Karriere ansammeln mußten, die nur aus fortwährenden Krisen und bedeutenden persönlichen finanziellen Opfern bestehe. McCone, der von seinen Jahren bei der Firma Bechtel her sicherlich recht wohlhabend ist, schwächte das Urteil schließlich so weit ab, daß eine vorläufige Beurlaubung dabei herauskam. Dick riet Harvey dann, für einen Monat auszuspannen und sich über die klare Vereinbarung zu freuen, daß man ihm eine angemessene Aufgabe übertragen werde. Unser neuer Director of Intelligence reist gern mit der ihm frisch angetrauten Gattin in fernen Ländern von Station zu Station. Dort empfängt man ihn wie einen Maharadscha. In einer Suite im besten Hotel untergebracht, spielt er an sieben Tagen in der Woche Golf, hört sich von den Stationsmitarbeitern an, was er hören möchte – nun kann er sich auf seinen wunderbaren Raketen-Lorbeeren ausruhen –, und überläßt die kleinen Details Dick Helms. Reineke Fuchs im Hühnerstall! Helms leitet die Agency (von Hugh unterstützt), aber so diskret, daß Du und die anderen Junioren noch nichts davon erfahren haben. Harvey war, genau wie Helms es ihm versprochen hatte, schon vor Weihnachten wieder in Langley und saß hübsch gemütlich in einem versteckten Winkel der Italienabteilung. Dort wird er so

lange bleiben, bis er rudimentäre Kenntnisse von seinem neuen Posten erworben hat, und das wird (sobald McCone wieder nach Afrika, Asien oder Australien verschwunden ist) der eines Stationschefs in Rom sein – nicht so bedeutend wie der eines Chefs der Sowjetrußlandabteilung, aber unter diesen Umständen kann er sich eigentlich nicht beklagen.
Hugh ist allerdings sehr unglücklich darüber, daß Harvey verschwindet. Ich bin ungeheuer indiskret, aber ich habe eine verrückte kleine Information, die ich unbedingt an Dich weiterreichen muß. Seit der Raketenkrise habe ich immer wieder herauszukriegen versucht, warum Hugh so entschlossen Harvey verteidigte. Wild Bill hat Hugh schließlich schon immer Magenschmerzen bereitet. Der Fettsack pflegt zum Beispiel Hugh bei offenen Konferenzbegegnungen *Monty* zu nennen, und das ist nur ein Punkt von vielen bösen Reibereien. Genaues weiß ich leider nicht, aber mir ist klar, daß Hugh Harvey irgendwie in der Hand haben muß. Bei einem Showdown gibt Bill *immer* nach. Der eigentliche Grund ist mir, wie gesagt, noch verborgen, aber ich habe kürzlich mitbekommen, daß Wild Bill für meinen Montague tatsächlich von ungeheurem Wert sein muß. Im Rahmen unserer Vereinbarung – er muß der unglücklichen Kittredge jedes Vierteljahr etwas Neues, besonders Interessantes verraten – so wie andere Frauen zu jedem Geburtstag einen neuen Pelzmantel bekommen – füttert mich Hugh von Zeit zu Zeit mit köstlichen Happen. Das letzte war ein echter Leckerbissen. Harry, weißt Du, daß der Mann, der Hugh all die wundervollen FBI-Transkripte über Modene & Co. besorgt hat, niemand anderer als Bill Harvey war? Anscheinend fand sich ein alter, an der Quelle sitzender Bekannter im Bureau bereit, dem Fettsack dieses tolle Zeugs zu überlassen – der es dann exklusiv an Hugh weitergab. Natürlich fängt mein Hugh jetzt bei der Nachricht, daß Wild Bill nach Rom versetzt werden soll, an zu bibbern, aber wie ich meinen Gatten kenne, hat er sicher schon eine neue Route für seine Untergrundbahn ausbaldowert.
Ist das nicht ein Heuler? Bill füttert Hugh nun schon seit Jahren mit dem Besten, was das FBI zu bieten hat. Harry, bitte behalte das alles streng für Dich. Mir wird erst allmählich klar, während ich das zu Papier bringe, was sich hier für ein Abgrund auftut. Doch wenn ich mich frage, warum ich Hugh betrüge, komme ich automatisch auf die Antwort: um keinen noch schlimmeren Verrat zu begehen.

Ich komme mir vor wie ein zum Tode verurteilter Killer, der die Frage, warum er die beiden netten alten Damen ermordet hätte, so beantwortete: »Ich wollte nicht die drei kleinen Kinder aufschlitzen, die daneben wohnen.« Findest Du nicht auch, daß eine schreckliche Tat oft nur deshalb begangen wird, um eine noch schlimmere zu verhüten? »Meine Religion verbietet mir den Selbstmord«, erklärt der Alkoholiker, »deshalb will ich heute abend nur einen Dreiviertelliter trinken.« Trotzdem habe ich das Gefühl, daß meine Tat an anderen Stellen, die ich nicht einmal zu benennen vermag, einen furchtbaren Zorn heraufbeschwört.
Also gut, jetzt, da Harvey nach Rom geht – kannst Du Dir das vorstellen? –, läßt er jede Vorsicht außer acht. Er hat sich mit Johnny Roselli in einem öffentlichen Restaurant zu einem Abschiedsessen getroffen, und das Bureau hat ihr Gespräch mitgeschnitten. Woher wir das wissen? Weil das Transkript aus Harveys immer noch aktiver Quelle im Bureau sofort zu ihm zurückgekommen ist. Der Fettsack war so erschüttert, daß er es Hugh gebracht und ihn um Rat gebeten hat. Das muß dem Dicken äußerst unangenehm gewesen sein! Hugh sagte ihm, er solle sich sofort mit seiner Quelle in Verbindung setzen. Harvey fuhr deshalb gleich am nächsten Tag an die Ostküste von Maryland hinunter, um sich mit seinem Mann in einem weitabgelegenen Bootsschuppen zu treffen. Dann ruderten sie so weit hinaus, bis sie sicher sein konnten, daß niemand sie abhörte. Dort, in einer der Buchten des Chesapeake, überzeugte Harvey seinen FBI-Freund davon, daß dieses Transkript unbedingt vernichtet werden mußte. Die Quelle war schließlich damit einverstanden, es nicht an die FBI-Mühle weiterzugeben – für die Quelle ein möglicherweise gefährliches Versäumnis, aber anderenfalls wäre Harveys Schicksal letzte Woche auf McCones Schreibtisch besiegelt worden, sofern J. Edgar diese Karte ausgespielt hätte, statt sie in Reserve zu behalten. Aber: Könntest Du schlafen, wenn Buddha Deinen Joker im Hemd hat?
Möchtest Du wissen, was in dem Transkript steht? Ich will Deine Neugier sofort befriedigen. Das Dinner mit Roselli fand in Miami in einem stadtbekannten Restaurant namens Joe's Stone Crabs statt, aber die Aufnahme ist nicht nur wegen des Restaurantgeklappers und Bill Harveys verdammt leiser Stimme, sondern auch wegen irgendeiner elektronischen Störung in der zweiten Hälfte schwer zu verstehen. Kritische Passagen sind unklar. Du kennst Bill

inzwischen so gut, daß ich Dich bitten möchte, die wenigen fehlenden Worte zu ergänzen. Wahrscheinlich, meint Hugh, lassen Harvey und Roselli nur gegenseitig ein bißchen Dampf ab, aber der Oberhofmeister würde gern einen besseren Überblick über das Ganze bekommen, und ich will Dir ehrlich sagen: Ich habe dazu keine Lust.

Schicke mir keine langen Erörterungen zurück, keine Fußnoten für alternative Möglichkeiten (das kann ich selbst), sondern gib so deutlich Du kannst das wieder, was Deiner Meinung nach gesagt worden ist. Ich möchte nur sicher sein, daß es lediglich die Halluzinationen eines Alkoholikers und keine Details zu irgendeinem Schurkenstreich sind. Die Chancen stehen nach unserer Auffassung fifty-fifty, daß Harvey auf die andere Seite hinübergerutscht ist.

Helms aber bereitet ihn für Rom vor. »Das ist keine kritische Station mehr«, sagt Helms zu Hugh. Ja, lassen wir die verdammten italienischen Empfindlichkeiten doch beiseite. Hugh will Harvey, wenn auch zögernd, unterstützen, aber zuerst möchte ich Deine rekonstruierte Version sehen.

Love,
Kittredge

2. März 1963

Liebste Kittredge,

ich habe das unwichtige Zeugs – Bestellen der Getränke, Geschwafel, betrunkenes Gelaber et cetera – weggelassen. Ich habe auch dort, wo Lücken im Transkript auszufüllen waren, Klammern gesetzt. Die meisten folgen gegen Ende. Ich muß sagen: Der größte Teil dessen, was ich eingefügt habe, dürfte dem, was geredet wurde, ziemlich nahekommen. Ja wirklich, ich finde es selbst erstaunlich, wie vertraut mir Wild Bills Syntax inzwischen ist.

ROSELLI: Kann uns das Bureau in diesem Laden abhören?
HARVEY: Wenn sie ein Tele-Richtmikrofon haben, ja.
ROSELLI: Woher wissen Sie, daß sie keins haben?
HARVEY: Hol sie der Teufel. Ich trinke, und ich entspanne mich.
ROSELLI: Und dann passiert's.
HARVEY: Wer sollte uns denn in diesem Lärm abhören? Wenn Sie was zu sagen haben, sagen Sie es.

ROSELLI: Sie sind ein Bulle. Könnte sein, daß Sie mir eine Falle stellen.
HARVEY: Soll ich Ihnen mal die Fresse polieren?
ROSELLI: Irgendwie mag ich Sie. Ich könnte Sie gern haben, Bill O'Brien, wenn Sie ein angenehmer Mensch wären. Aber seien wir ehrlich: Sie haben das nicht drauf, mir die Fresse zu polieren.
HARVEY: Ich könnt' Sie zwischen die Augen schießen.
ROSELLI: Ja, wir warten ja alle darauf, daß Sie mal jemanden erschießen.
HARVEY: Ich habe Zeit. Wissen Sie, wieviel ich auf meiner schwarzen Liste habe?
ROSELLI: Nein.
HARVEY: Meyer Lansky. Ich habe sogar Meyer Lansky drauf.
ROSELLI: Unmöglich. Nicht mal Einstein wäre schlau genug für Meyer.
HARVEY: Shit. Ich habe die halbe US-Regierung auf dem Kieker.
ROSELLI: Vermutlich die Hälfte, auf der Uncle Sam sitzt.
HARVEY: Diesmal haben Sie recht.
ROSELLI: Danke.
HARVEY: Sie haben Mumm in den Knochen.
ROSELLI: Ich lasse mir nur nichts gefallen.
HARVEY: Wirklich nicht, was? Hm. Warum haben Sie unseren kleinen Auftrag denn nicht ausgeführt?
ROSELLI: Wenn ich's Ihnen sage, werden Sie's nicht glauben.
HARVEY: Ich kann mir vorstellen: [Sie haben die Nerven verloren.]
ROSELLI: Was sagen Sie? Nehmen Sie das zurück, oder [wir essen nicht] zusammen.
HARVEY: Lassen Sie uns lieber doch was zusammen essen.
ROSELLI: Ich soll das wohl als Ihre lahmarschige Art von Entschuldigung hinnehmen.
HARVEY: Was macht denn Sammy G.?
ROSELLI: Er bumst das, was früher mal 'ne süße Klassebraut namens Modene Murphy war, und er zieht auch mit Phyllis McGuire 'rum und bettelt sie an, daß sie ihn heiraten soll.
HARVEY: Hat die Murphy-Braut sonst noch irgendwas mit Sam am Hut?
ROSELLI: Sie dreht nur still und leise durch.
HARVEY: Das ist alles, was Sie über Giancana wissen?
ROSELLI: Und dann noch so ein paar Kleinigkeiten.

HARVEY: Kleinigkeiten?
ROSELLI: Er ist ziemlich auf den Hund gekommen.
HARVEY: Hund?
ROSELLI: Ja, das FBI war bei Sammy. Auf dem Golfplatz. Das muß ich ihnen lassen. Sie sind echte Schweinehunde. [Sie waren vier Spieler] vor ihm und vier Spieler hinter ihm. Ich werde Ihnen ein offenes Geheimnis verraten: Sammy G. kann nicht Golf spielen, er stellt sich unendlich dämlich dabei an. Deshalb nimmt er immer ein paar schwere Jungs mit, die garantiert verlieren, ganz gleich wie schlecht Sam spielt. [Er geht nie mit anderen Leuten auf den Golfplatz.] Also vergißt Sammy, daß er kein Golfer ist. Aber gestern stehen die Feds auf dem Rasen herum und warten auf seinen Putt. Und er trifft das Loch einfach nicht. Sie lassen sich zu Boden und lachen sich halbtot. »Hey, Sammy«, sagen sie, »wir hören, unsere Meisterspione haben dir 'ne Hundemarke verpaßt. Zeig sie uns doch mal, deine kleine Hundemarke. Zeig uns die deine, und wir zeigen dir die unseren. Komm, Bubi«, sagen sie, »laß uns mal dein CIA-Ding sehen. Und wir salutieren.« Er wird verrückt. Er kriegt gleich einen Schlag.
HARVEY: Woher wissen Sie denn, daß das so war?
ROSELLI: Auch schwere Jungs sind mitunter recht mitteilsam.
HARVEY: Wollen Sie damit sagen, daß nicht mal seine Helfershelfer den Kerl mögen?
ROSELLI: Er ist eine Niete. Er ist geisteskrank.
In einem der Kasinos in Vegas gab es mal einen Manager, der Sam übers Ohr gehauen hat – einer von denen, die es besser hätten wissen müssen. Okay, Todesstrafe! Aber Sam sagt: »Wir statuieren ein Exempel, das niemand so leicht vergißt. Legt den Hundesohn *und* seine Frau um.« Das haben sie getan. Sam taugt nichts. Er ist das, was ich einen gemeinen Hund nenne. Er hat dem Hausdetektiv in Vegas befohlen, sie abzuknallen.
HARVEY: Das können Sie nicht beweisen.
ROSELLI: Hören Sie mir mal zu. Ich wollte Nixon dabeihaben. Sam wollte Kennedy. Wenn er ein bißchen Grips gehabt hätte statt heißer Luft, hätte er sich für Nixon entschieden. Aber nein, Sam wollte sich von den Kennedys reinlegen lassen. [Sobald sie zwischen] J. Edgar und Frank Sinatra [wählen mußten, war] das Spiel für ihn aus.

HARVEY: Ich dachte immer, Sie und Sam [wären beide in Vegas im Geschäft.]
ROSELLI: Warum sollte ich meinen eigenen Ast absägen? [Wissen Sie, was ich] an dem Tag in Vegas verloren habe? Eine amerikanische Staatsbürgerschaft. Seit ich neun Jahre alt bin, hab' ich nicht einen Tag echte Papiere gehabt.
HARVEY: Ich höre Geigen.
ROSELLI: Sie wissen gar nicht mehr, was anständige Gefühle sind. Für Sie bin ich ein Ganove, also verstehen Sie mich nicht. Ich bin ein Kerl, der bereit ist, fürs Vaterland zu sterben. Ich bin ein Patriot.
HARVEY: Beruhigen Sie sich. [Mir ist es gleich, was Sie sind.] Ich habe vielleicht selbst kriminelle Neigungen.
ROSELLI: Sie sind verrückt. Sie sind doch absolut unbestechlich.
HARVEY: Das stimmt. Ich habe mich nie drauf eingelassen. Nicht gegen Geld. Aber ich hätte im Prinzip auch auf eurer Seite sein können, und wenn ich's getan hätte, wäre Meyer Lansky jetzt ein Dreck. Ich wäre der reichste Mann der Welt.
ROSELLI: Es ist nie zu spät, an Bord zu kommen.
HARVEY: Sie sind nicht [groß genug] für meine Idee.
ROSELLI: Ich mag Leute, die lockere Reden gegen kalte Pisse tauschen.
HARVEY: Warten Sie nur bis wir [betrunken genug sind. Dann] erzähle ich Ihnen was.
ROSELLI: Wir sind besoffen genug.
HARVEY: Cheers.
ROSELLI: Wie würde Ihre Idee aussehen? Erzählen Sie mir von dem dicken Job, Uncle Bill.
HARVEY: Vegas. Ich möchte ein Ding in Vegas abziehen.
ROSELLI: Da wären Sie sofort ein toter Mann. Nennen Sie mir einen Laden in der Stadt, wo Sie nicht sofort hochgehen.
HARVEY: Zwei Ganoven gehen immer hoch – oder drei Cowboys. Keiner hat das Problem jemals richtig durchdacht: Ich sage ja nicht: [der oder der Laden wird] abkassiert. Ich sage: nehmen wir die Stadt ein. In der Wüste geht das. Wir landen [mit einer kleinen Armee.] Fünf Flugzeuge. Darin sitzen dreihundert [Mann. Ein paar] Panzer. Leichte Artillerie.
ROSELLI: Sie sind'n Gedicht. Verdammter Bulle. Das ist doch Wahnsinn!

HARVEY: Sie übernehmen den Flughafen. Ein Mann in den Kontrollturm! Der ganze Flugverkehr wird nach Prescott, nach Phoenix umgeleitet. Alle parkenden Wagen beschlagnahmen, [die Stadt besetzen, alles ausschalten:] Telefon, Fernsehen, Radio. Polizeiquartiere einkreisen. [Vegas ist wie] ein künstliches Herz auf einem Operationstisch. Alles, was Sie zu tun brauchen, ist, die Drähte, die es versorgen [, in Besitz zu nehmen.]

ROSELLI: Sie haben eine goldige Phantasie. Woher soll denn Ihre Armee kommen?

HARVEY: Aus Nikaragua. Nehmen wir die fünfhundert Kubaner, die drüben jeweils in der Ausbildung sind, sagen wir ihnen, es geht los gegen Castro, und dann am letzten Tag erfahren sie, es [ist verschoben worden], wir brauchen Freiwillige für was anderes. Dreihundert Freiwillige. [Wir sagen ihnen, Castro] hat den Mob übernommen. Vegas zahlt jetzt an Castro. [Also gehen wir los und nehmen] Castro das Geld in Vegas weg. Wir können einen Kubaner dazu bringen, daß er alles glaubt, Hauptsache, er kann mit einer Bazooka umgehen.

ROSELLI: Kampfhähne braucht man nur an den Schwanzfedern zu ziehen.

HARVEY: Alles [vorher] ausbaldowert. In neunzig [Minuten können wir] den größten Teil des Bargeldes [in der Stadt zusammen] mit den Verwundeten [zurück zum] Flugplatz schaffen, die Flugzeuge beladen, raus zum Pazifik [und zurück zum Stützpunkt] in Nikaragua fliegen.

ROSELLI: Und fünfzehn Minuten nach der Landung hätten Sie die Air Force am Arsch.

HARVEY: Glauben Sie nur das nicht. Die Air Force ist die Regierung, und die Regierung braucht [, wenn sie] durcheinander ist, vierundzwanzig Stunden Zeit zum Überlegen. Tausend Ärsche [müssen sich erst einmal absichern, bevor sie] einen Hosenstall aufsperren können.

ROSELLI: Wie gut, daß Sie unbestechlich sind.

HARVEY: Ja, nicht wahr?

ROSELLI: Sie sind wahnsinnig. Woher wollen Sie das Geld holen, um den Job zu finanzieren?

HARVEY: [Dazu braucht man nur einen] Carlos Marcello, einen Santos Trafficante.

ROSELLI: Ha, ha. Was würden Sie mit der Beute machen?

HARVEY: Einen tollen Jungen adoptieren. Aufbauen. Zum Präsidenten machen.

ROSELLI: Ihre Dachkammer brennt. Ich habe eine Menge gute Freunde in Las Vegas.

HARVEY: [Richten Sie Ihren Freunden aus, daß die] Sicherung ihrer Läden [ein Witz ist.]

ROSELLI: Das habe ich ihnen schon gesagt. Was wir für eine Sicherung [brauchen, das sind Leute,] die denken können wie Sie. Vorausblickend. Sehe größere Operationen gegen [unsere Kasinos in Vegas] voraus. Unbestechliche brauchen wir. Eine Elitetruppe. [Ich würde eine ganze Klasse] West-Point-Absolventen [einstellen], um die [Geldmengen] zu schützen, die da jede Nacht über den Tisch gehen.

HARVEY: *Arriba.*

ROSELLI: Ich habe das Gefühl, daß mein Kopf brennt.

HARVEY: Nehmen Sie sich ein Beispiel an dem Buddhistenmönch!

ROSELLI: Was für'n Mönch?

HARVEY: Dem Kerl, der sich letzte Woche mit Benzin übergossen hat.

ROSELLI: Den Kerl in den Tüchern, der sich selbst angesteckt hat? Den Priester? In Asien?

HARVEY: Saigon.

ROSELLI: Genau. Die brennende Fackel. Was für'n Einfall. Ich hab' den Kerl immer noch nicht vergessen.

HARVEY: Denk mal drüber nach. Das ist Patriotismus.

ROSELLI: Was hat ein brennendes Schaschlik mit Patriotismus zu tun?

HARVEY: Ich seh' schon, Sie sind ein toller Patriot.

ROSELLI: Wir feiern schließlich Abschied. Da versucht man halt ein bißchen Spaß zu machen. Ich trinke auf Ihren neuen Job.

HARVEY: Danke.

ROSELLI: Wohin gehen Sie?

HARVEY: Geht Sie nichts an.

ROSELLI: Richtig. Mantel-und-Degen.

HARVEY: Rom. O'Brian wird der König der Spaghettifresser.

ROSELLI: Sparen Sie sich solche Reden in meiner Gegenwart!

HARVEY: Ich vergesse immer, daß Sie auch ein Spaghettifresser sind.

ROSELLI: Wie Sie wollen. Ich merke mir alles.

HARVEY: Die schieben mich in eine zweitklassige Klitsche ab, Kamerad!
ROSELLI: Klar. Ich hab's schon kapiert. Sie laufen rum und nennen andere Leute Spaghettifresser, aber Sie jaulen auf, wenn Ihnen ein anderer auf die Zehen steigt. Und Sie wollen Vegas abkassieren? Seien Sie bloß vorsichtig! Da fallen Sie auf die Nase. Tun Sie sich lieber selbst einen Gefallen und lernen Sie, wie man mit Italienern redet, bevor Sie rübergehen. Versuchen Sie nicht, ihnen den Stolz zu nehmen.
HARVEY: Die Welt ist voller Bullshit. Wußten Sie das? Bullshit, Rosy. Kommen Sie, trinken wir was.

Liebe Kittredge, der Rest des Transkripts ist nicht von Bedeutung. Ich hoffe, das hier gefällt Dir. Ich überlasse Dir die Interpretation.

In Eile,
Harry

P. S. Ich gebe zu, daß mich Rosellis beiläufiger Hinweis auf Modene getroffen hat. Kannst Du mir nicht noch etwas darüber schicken?

26

8. März 1963

Harry, lieber,
Du hast gute Arbeit geleistet, auch wenn das, was sie da beredet haben, auf nichts als heiße Luft herausläuft. Wegen der Hinweise auf Modene habe ich gezögert, Dir diese Aufgabe zu schicken. Ich wußte, daß sie Dich traurig stimmen würde, aber andererseits bist eben Du derjenige, der beide Männer schon sprechen gehört hat.
Ich muß zugeben, auch ich habe mir Gedanken über Modene gemacht. Vor ein paar Wochen gab Hugh mir einen neuen Stapel AURAL-BLAUBART-Transkripte und sagte: »Ich habe den Eindruck, diese Damen sind nicht mehr relevant. Aber sieh es trotzdem mal durch.«
Bei Hugh weiß man nie. Es kann immer sein, daß er einem gerade

eine Falle stellt. Deshalb habe ich an die hundert Seiten Geplapper zwischen Modene und Willie gelesen. Da Modene von einer Telefonzelle aus anruft, kannst Du Dir vorstellen, daß sich ein großer Teil des Gesprächs um die Unannehmlichkeiten einer solchen Zelle dreht. Harry, ich will Dir die Transkripte gern schicken, wenn Du darauf bestehst, aber sie werden sich kaum von meiner Zusammenfassung unterscheiden. Und jetzt solltest Du Dir einen Drink genehmigen, bevor Du weiterliest.

Modene ist seit Monaten nicht mehr mit Jack in Kontakt. Sie hat erwiesenermaßen seit dem Geburtstagstechtelmechtel mit Marilyn Monroe im Madison Square Garden nicht mehr mit ihm gesprochen. Wie Du schon Rosellis Bemerkungen entnommen hast, ist Modene unglücklich. Sie trinkt sehr viel. Auf Sams Vorschlag hin hat sie ihre Arbeit bei Eastern Airways aufgegeben und lebt jetzt in Chicago. Giancana kommt für ihren Lebensunterhalt auf, und sie tut nicht viel mehr als darauf zu warten, daß er wieder mal in der Stadt auftaucht. Sie klagt ständig darüber, daß sie zu dick würde, aber im nächsten Augenblick erzählt sie Willie, Sam spräche nicht mehr davon, daß er sie heiraten wolle. Sie forscht die Klatschspalten auf der Suche nach dem Namen Phyllis McGuire durch und streitet sich mit Sam. Sie fragt Willie: »Wie kämst du dir denn vor als Nummer zwei?« »Willst du dich von ihm trennen?« fragt Willie. Modenes Antwort: »Ich weiß es nicht.« Sie ist schwanger. Sie und Sam sind sich einig, daß sie eine Abtreibung vornehmen wird. Es kommt zu Komplikationen. Ein weiterer Eingriff ist erforderlich. Sie glaubt, daß Sam den Ärzten gesagt hat, sie sollten die Operation verpfuschen.

Das FBI wiederum hat Modene pausenlos schikaniert. An manchen Tagen traut sie sich nicht um die Ecke, um eine Tüte Sahne für ihren Kaffee zu holen, weil sie das Gefühl hat, daß sie auf sie lauern. Weshalb? Nur weil es bei ihr morgens geläutet hat, und sie ist nicht an die Tür gegangen. Sie macht niemandem auf, den sie nicht erwartet. Sogar die ihr so ergebene Willie wird ihrer scheinbar allmählich überdrüssig. Sie vergleichen, wieviel sie beide zugenommen haben. Wie ich schon vermutete, ist Willie ziemlich rundlich. Sie ist durchschnittlich groß und wiegt jetzt 155 Pfund. Modene, fünf Zentimeter größer, wiegt 145 Pfund. Aus ihren Unterhaltungen gewinnt man den Eindruck, daß Modene sie im Moment ein bißchen zuviel beansprucht.

Ich glaube, ich werde das Transkript eines Gesprächs zwischen Modene und Sam beilegen. Wie Buddhas Gehilfen an dieses Juwel gelangt sind, weiß ich auch nicht. Wir wissen, wie genau Giancana Modenes Wohnung von Wanzen säubern läßt, aber nehmen wir mal an, der Kammerjäger hatte an dem Tag einen Kater oder das Bureau hatte ihn wegen des einen oder anderen Vergehens am Schlafittchen, so daß er ihm einen Gefallen tun mußte.

MODENE: Warum willst du mich nicht nach San Francisco mitnehmen. Ich würde so gern mitkommen.
GIANCANA: Es würde dir keinen Spaß machen. Es ist rein geschäftlich.
MODENE: Du triffst dich mit Phyllis.
GIANCANA: Die McGuire-Sisters sind auf Tournee in Europa. Phyllis ist in Madrid. Ich habe dir doch die Zeitungsausschnitte gezeigt.
MODENE: Ja, aber du hängst so sehr an ihr, daß du das ausschneidest und in der Tasche mit dir herumträgst.
GIANCANA: Es ist die einzige Möglichkeit, dir zu beweisen, daß sie da ist, wo sie ist.
MODENE: Sie ist deine Nummer eins. Das ist sie. Weißt du, was ich bin?
GIANCANA: Laß die häßlichen Ausdrücke.
MODENE: Ich bin leergeputzt. Sie haben alles herausgeholt, was weiblich ist.
GIANCANA: Sprich nicht so.
MODENE: Ich bin nur realistisch. Wenn ich eine Nummer eins hätte, wärst du meine Nummer zwei. Aber ich habe keine Nummer eins. Ich bin eine leere Flasche.
GIANCANA: Würdest du bitte leiser sein?
MODENE: Warum nimmst du Nummer zwei jetzt nicht mit nach San Francisco? Nummer eins ist doch weg.
GIANCANA: Ich kann's nicht, Baby.
MODENE: Weil du nicht willst.
GIANCANA: Nein. Weil du so dumme Bedingungen stellst.
MODENE: Wovon redest du?
GIANCANA: Von dem Abend, als ich dich nach Denver mitgenommen habe. Du hast da dieses Zimmer haben wollen. Keine Suite. Nur ein Zimmer. Ich kann nicht eine Woche in einem Zimmer zubringen. Ich brauche Platz.

MODENE: Und ich kann nicht allein in einer Suite herumpoltern. Ich habe dir das doch erklärt. Ich höre immer Geräusche aus dem Zimmer nebenan. Wenn wir übers Wochenende zusammen wegfahren, läßt du mich immer stundenlang allein. Also möchte ich mich in einem Zimmer in Sicherheit wissen. Und hinter einer Tür mit doppeltem Riegel.

GIANCANA: Wir können im Moment nirgendwo zusammen hingehen, Modene. Du bist nicht in der Verfassung. Was ist, wenn das FBI uns am Flugplatz anspringt?

MODENE: Laß mich los.

GIANCANA: Laß mich eine Suite im St. Francis nehmen, und du darfst mitkommen.

MODENE: Nein, es muß ein Einzelzimmer sein.

GIANCANA: Ich nehme eine Suite für mich und ein Einzelzimmer für dich. Wenn ich weggehe, um mich mit Geschäftsfreunden zu treffen, kannst du in dem Einzelzimmer bleiben. Und wir schlafen in der Suite.

MODENE: Ich will nicht in einer Suite schlafen. Da höre ich Geräusche aus dem anderen Zimmer.

GIANCANA: Dann bleib doch hier und besauf dich.

MODENE: Da du mir die Wahl läßt, bleibe ich lieber hier. Aber ich brauche Geld für den Umzug.

GIANCANA: Yeah. Wohin willst du denn ziehen?

MODENE: Ich bleibe in Chicago. Aber ich ziehe in ein Studioapartment mit einem Einzelzimmer. (15. November 1962)

Harry, ich weiß nicht, ob Du Kontakt mit Modene aufnehmen willst, aber ich habe nach einigem Nachdenken ihre neue Adresse und Telefonnummer beigefügt. Sie ist in dem kleinen verschlossenen Kuvert im selben Umschlag. Ich hoffe, Du wirst sie nur anrufen, wenn Du wirklich das Bedürfnis danach hast.

Du fehlst mir wirklich. Wenn wir doch nur eine Möglichkeit finden könnten, einander zu sehen, ohne unsere ganze innere Disziplin aufs Spiel zu setzen.

K.

27

Eines Abends in einer Bar in Miami stand mir ständig das Bild vor Augen, wie Modene immer den Zwischenraum unter ihren langen Fingernägeln zugespachtelt und dann Heftpflaster darumgeklebt hatte, bevor wir Tennis spielen gingen. Vielleicht war es der Alkohol, aber mir traten Tränen in die Augen. Ich hätte sie vielleicht angerufen, wenn ihre Nummer in meiner Brieftasche und nicht in dem verschlossenen Kuvert in meinem verschlossenen Schreibtisch gewesen wäre.

Während dieser Periode führte ich ein eher kümmerliches Privatleben. Ich verabredete mich gelegentlich mit einigen der attraktiveren Sekretärinnen, die bei JM/WAVE arbeiteten, doch all die Damen waren nur auf der Suche nach einem Ehemann, während ich nur ein Abenteuer suchte; es dauerte dann nie lange, bis ich mich wieder bei meinen Kollegen von Zenith zum Trinken einfand. Wenn die Sauferei überhand nahm, setzte ich einen Tag oder länger aus und schrieb einen langen Brief an Kittredge.

Es war eine seltsame, untätige Zeit. Erst als mein Vater aus Tokio zurückkam, um die Leitung zu übernehmen, ging es wieder weiter, aber er hatte den Auftrag erhalten, JM/WAVE auf einen kleineren Umfang zurückzuschrauben. Bis zum März waren wir plangemäß geschrumpft – was beinahe ebensoviel Zeit und Arbeit kostete wie zuvor der Aufbau. Die vielen Versetzungen bedrückten das Gewissen meines Vaters, da man ihn selbst gelegentlich in Weltgegenden hinausgeschickt hatte, die ihm im Hinblick auf seine Fähigkeiten unpassend erschienen waren. So prüfte er nun sorgfältig die 201 eines jeden Offiziers, den er an eine unbeliebte Station versetzen mußte, und durchforschte die Akte ein weiteres Mal, wenn der Mann seine Familie mitnahm. Ich fand das überaus aufmerksam und rücksichtsvoll von ihm, bis mir klar wurde, daß sich mein Dad damit auch selbst absicherte, denn er wollte nicht, daß eine übermäßige Anzahl von Beschwerden einen Schatten auf seine Urteilsfähigkeit warf.

Die Einsätze gegen Kuba während der ersten Monate des Jahres 1963 wurden gewöhnlich in Hinblick auf unseren Haushalt gewählt. Ein Projekt, das schon so lange verfolgt worden war, daß es bereits ansehnliche Kosten verursacht hatte, fand leichter meines

Vaters Billigung als eine neue Operation, bei der nicht mehr viel herauskommen konnte, wenn man sie so zusammenstrich. Da infolge dieser Praxis gewöhnlich Bill Harveys Vorhaben weitergeführt wurden, während die neuen, die mein Vater geplant hatte, nicht zur Ausführung gelangten, fand ich auch das zuerst ganz besonders fair von ihm, bis ich wiederum begriff, daß mein Vater seine niedrigen fein säuberlich mit seinen edlen Motiven abzustimmen pflegte. »Ich kann den Buchprüfern nicht andauernd erklären, daß eine Operation, die viel Geld verschlingt und keine Resultate bringt und die ich deshalb beendet habe, unter Bill Harvey begonnen worden ist und daß mich deshalb keine Schuld trifft. Diese Buchprüfer hören einem niemals zu. Sie sind genauso faul, wie das Gesetz es erlaubt.« Meine Erziehung machte Fortschritte.

Unser größtes Problem in dieser Periode stellten aber die laufenden Verhandlungen zwischen dem Weißen Haus und dem Kreml dar. Denn im Zuge des schrittweisen Rückzugs der Raketen kam es immer wieder zu Stockungen, und von Zeit zu Zeit stachelte uns Bobby Kennedy zu einem Überfall an – nichts so Schwerwiegendes, daß es die Entwicklung ins Stocken gebracht hätte, aber wenn Castro gewisse Versprechen, die Chruschtschow uns gegeben hatte, nicht einhalten wollte, dann wollten wir unsererseits auch nicht auf Landungen in Kuba verzichten. Es war eine sehr komplizierte Feinabstimmung. Das Problem aber waren die Exilkubaner, die mit ihren eigenen, sehr unerwünschten Überfällen immer wieder für grobe Mißtöne sorgten, Alpha 66, Commando 77, Zweite Front, MIRR oder wie die unzähligen schäbigeren Unternehmungen auch heißen mochten (sie änderten oft ihre Namen schneller, als wir die Schildchen auf ihren Ordnern auswechseln konnten), gelang es oft, eine Rakete auf ein sowjetisches Schiff abzufeuern oder irgendeine Brücke dritter Ordnung an der Küste Kubas in die Luft zu sprengen. Das war Feinabstimmung mit einer chinesischen Stimmpfeife. Die Russen warfen uns vor, wir steckten hinter diesen Aktionen, und genau das wollten die Exilgruppen auch erreichen.

Kennedy wiederum hatte für diese Art von Irritationen wenig Verständnis. Senator Keating von New York, der nun in der republikanischen Fraktion einen kometenhaften Aufstieg erlebte, behauptete, die Sowjets hätten eine Anzahl von Höhlen auf Kuba

mit nicht registrierten Raketen gefüllt, und Helms schickte laufend Memoranden an meinen Vater, in denen er nähere Einzelheiten darüber verlangte. Trotzdem war es nicht möglich, diese Behauptungen zu verifizieren. Wir bekamen zwar fortwährend Berichte von unseren Agenten in Kuba, daß Castro Panzer, Munition, sogar Flugzeuge in Höhlen verberge für den Fall, daß wir Kuba wieder bombardieren würden. Wenn es am Eingang der Höhle ein Tor und ein Wächterhaus gab, womit zu rechnen war, konnte jeder kubanische Bauer, der solche Beobachtungen an eine Untergrundgruppe weitergab, sehr leicht einen großen Gas- oder Öltank mit einer Rakete verwechseln. Und wenn sie es nicht taten – die Exilkubaner frisierten alle Meldungen, die sie an Keating weiterleiteten, damit sie die gewünschte Wirkung hatten.
Ja, es war eine unsichere Balance, und am 31. März gab das Weiße Haus bekannt, es werde »alle nötigen Schritte unternehmen, um die Angriffe der Exilkubaner zu unterbinden«. Mit diesen Schritten waren denn auch bald die Küstenwache, die Einwanderungsbehörde, das FBI, der Zoll und JM/WAVE befaßt. Die Kennedy-Regierung, das entdeckte ich nun, blickte nicht zurück. Das FBI durchsuchte viele Exilcamps im Süden Floridas und kam mit Bombenmänteln und Lastwagen voll Dynamit heraus. Ansässige Kubaner wurden unter Anklage gestellt. Unsere finanzielle Unterstützung für Miro Cardona und das kubanische Revolutionskomitee wurde eingestellt, und die Überfälle meines Vaters wurden vom Nationalen Sicherheitsrat völlig unterbunden. »Die Politik ist wie das Wetter«, lautete Dads Reaktion. »Wir warten einfach ab, bis es sich wieder ändert.« Er reichte mir über seinen Schreibtisch hinweg eine »Wetterwarnung«. »Das nächste Mal, wenn du unten in Florida bist, kümmere dich sofort mal um das hier. Habe ich von einem Gentleman namens Sapp erhalten. Charlie Sapp. Chief of Police Intelligence in Miami. In Anbetracht der Art seiner Arbeit ist Sapp ein bezeichnender Familienname, würdest du nicht auch sagen?«
Wir lachten herzlich, weil *sap* ja Trottel bedeutet, aber die Wetterwarnung lag immer noch auf dem Tisch. Sie lautete: *Bisher gegen Castros Kuba gerichtete Gewalt kann sich nun gegen Regierungseinrichtungen in den Vereinigten Staaten richten.*
»Ich habe Mr. Sapp angerufen«, sagte mein Vater. »Er hat aber dauernd nur von Anti-Castro-Extremisten geredet, erhitzten Ge-

mütern, wütenden Leuten, wilden Kojoten. Er sagt, eine neue, verrückte extremistische Randgruppe hätte sich seit Oktober herausgebildet, nachdem wir es versäumt haben, in den Krieg zu ziehen. Zur Zeit wird dieser Handzettel in die Briefkästen von Little Havana, Coral Gables und Cocoanut Grove gestopft. Ich habe es mir sofort am Telefon notiert.« Mein Vater las vor: »Kubanische Patrioten – seht der Wahrheit ins Auge. Nur eine Entwicklung kann es den kubanischen Patrioten ermöglichen, triumphierend in ihre Heimat zurückzukehren. Das ist eine gottgefällige Aktion. Dadurch würde ein Texaner in das Weiße Haus kommen, der ein Freund aller Lateinamerikaner ist.«

»Von wem soll das denn sein?« fragte ich.

»Es steht kein Name darauf. Signiert ist es: ›Von einem Texaner, der den orientalischen Einfluß bedauert, dem sein Volk immer mehr ausgesetzt ist und der es beherrscht, entwürdigt, beschmutzt und versklavt.‹ Der Rhetorik nach dürfte es von der John Birch Society stammen.«

»Ja«, grinste ich, »wir armen versklavten Amerikaner.«

»Nun, du brauchst dich gar nicht darüber lustig zu machen wie ein alberner Collegejunge«, rügte mein Vater. »Sich der John Birch Society überlegen zu fühlen, hilft überhaupt nicht.«

»Wovon zum Teufel redest du?«

Noch nie hatte ich es gewagt, in diesem Ton mit ihm zu sprechen. Ich hatte seinen Jähzorn vergessen. Sein Blick war, als ob auf der anderen Seite des Schreibtischs eine Ofentür aufgesprungen wäre.

»All right«, sagte ich schnell, »ich bitte um Entschuldigung.«

»Akzeptiert.« Er schnappte zu wie ein Wolfshund, der einen Fleischbrocken, den man ihm zuwirft, mitten in der Luft abfängt und herunterwürgt.

Aber auch ich war zornig. »Glaubst du wirklich, daß wir versklavt sind?«

Er räusperte sich. »Wir sind jedenfalls beschmutzt.«

»Durch wen?«

»Das ist eine komplizierte Frage! Aber frag dich selbst, ob die Kennedys irgendein Gefühl für einen Wert an sich haben.«

»Und was ist, wenn nicht?«

Er atmete immer noch heftig. »In St. Matt's hat mein Vater uns immer gesagt, ein Mann ohne Werte geht bald einen Pakt mit dem Teufel ein.«

»Und das glaubst du?«
»Natürlich tue ich das. Du nicht?«
»Ich würde sagen: höchstens zur Hälfte.«
»Das ist eine verdammt unbefriedigende Bemerkung«, knurrte mein Vater. »Halb gläubig. Warum bist du dann eigentlich in der Agency?«
Das ging mir allmählich zu weit. »Weil mir die Arbeit gefällt«, sagte ich ihm.
»Deine Antwort ist unzulänglich. Erkennst du nicht, daß wir es im Fall Castro mit einem ausgeprägten Macho-Kommunismus zu tun haben? Er kommt bei den drei Vierteln der Weltbevölkerung, die dreckig arm ist, hervorragend an. Ein überaus gefährlicher Mann.«
Ich antwortete nicht. Ich glaubte, daß die Beschreibung meines Vaters nur auf eine Hälfte Castros zutraf. Die andere Hälfte mochte durchaus derjenigen Hälfte Kennedys ebenbürtig sein, die, wie ich annahm, den Dialog mit Fidel Castro suchte. Aber auch ich war in diesen Fragen gespalten. Die eine Hälfte war zur Koexistenz mit dem Bärtigen bereit und die andere lechzte nach seiner sofortigen Beseitigung. Nein, ich konnte meinem Vater keine Antwort geben.
»Würde es dich überraschen«, fuhr dieser fort, »wenn unser lieber Freund Hugh Montague diesen John-Birch-Brief geschrieben hätte?«
»Nein«, sagte ich, »niemals. Der Stil würde ihn anwidern.«
»Trotzdem«, sagte mein Vater, »findet er auch, daß die männlichen Tugenden und Werte des freien Bauern, die dieses Land einmal besessen hat, heute auf fast unmerkliche, aber diabolische Weise von oben her entwürdigt, beschmutzt und, ja – ich will es sagen – *versklavt* werden.«
»Haßt Hugh Kennedy denn so sehr?«
»Möglich, daß er's tut.«
»Das ist nicht der Eindruck, den ich von Kittredge bekomme.«
»Kittredge muß vielleicht noch eine Menge über Hugh lernen.«
»Yessir.«
Damit war das Gespräch beendet. Das Licht in seinen Augen erlosch und seine starken Gesichtszüge wirkten so unerbittlich, wie sie in seinen skrupellosen Collegejahren ausgesehen haben mochten, als er auf dem Weg zur zweiten Staffel der All-American-Liga gewesen war. »Paß auf dich auf in Florida«, sagte er zum Abschied.

Miami erwies sich während der nächsten paar Wochen als ruhig, aber in der Southwest 8th Street – Calle Ocho – herrschte unbestreitbar eine mürrische, düstere und irgendwie rebellische Stimmung. Wenn wir in unseren *Cantinas* tranken, kamen Witze über Satteltaschenchargen zum Fenster hereingeflogen. Die Situation erinnerte mich an heiße Sommernachmittage in meiner Kindheit, wenn die Luft vor Hitze stand und alles auf ein abendliches Donnerwetter wartete, das dann doch nicht kam.

10. April 1963

Lieber Harry,
ich glaube allmählich, daß Jack Kennedy ein so aktives Alpha (und ebenso kräftiges Omega) besitzt, daß er nicht nur dazu neigt, zwei entgegengesetzte Richtungen zugleich zu erforschen, sondern dieses Verfahren sogar zum Prinzip erhebt. Und ich glaube, das gleiche gilt für Castro. Ich habe aus einem Agency-Protokoll über die Aussagen von James Donovan, der nach einer neuen Reihe von Verhandlungen gerade aus Havanna zurück ist, ein paar ganz spezielle Details über den Maximo Leader erfahren.
Donovans Aufgabe war es, die Freilassung einer erklecklichen Anzahl von Amerikanern zu erwirken, die sich derzeit in kubanischen Gefängnissen befinden. Als Bobby Donovan bat, das zu übernehmen, rief er entsetzt: »Jesus Christus, ich habe gerade das mit den Broten und den Fischen gemacht. Jetzt wollen Sie auch noch, daß ich auf dem Wasser wandle.«
Ich glaube, es ist genau dieser irische Humor, der es Donovan ermöglicht, mit Castro klarzukommen. Natürlich kannten sie sich schon und hatten bereits erfolgreich verhandelt. Castro nahm Donovan und dessen Assistenten Nolan sogar zur Schweinebucht hinaus, wo ihnen auf einer Bootsanlegestelle ein Lunch gereicht wurde, und sie verbrachten einen großen Teil des Tages mit Tauchen und Fischen. Die ganze Zeit lang wurden sie – das finde ich köstlich – von einem russischen Patrouillenboot bewacht.
Hier ist der Teil ihres Gesprächs, den Du, glaube ich, interessant finden wirst. Hugh jedenfalls hat das sehr interessiert.
»Letzten November«, sagte Donovan, »als ich mich zur Wahl als Gouverneur von New York State beworben habe, bin ich hinten runtergefallen. Ich glaube allmählich, hier unten bin ich populärer.«

»Stimmt, Sie sind hier sehr populär«, nickte Castro.
»Warum halten Sie«, fragte Donovan, »keine freien Wahlen ab? Dann könnte ich gegen Sie antreten. Vielleicht würden die Leute mich wählen.«
»Das«, lachte Castro, »ist genau der Grund, warum wir keine freien Wahlen haben.«
Von dort bewegten sie sich weiter auf den Abgrund eines sehr ernsten politischen Gesprächs zu. Wie es scheint, will Bobby erreichen, daß das Außenministerium die Reisebeschränkungen für Trips nach Kuba aufhebt – *will*, sage ich, denn Jack hat die Sache offengelassen –, Außenamt und Generalstaatsanwalt sollen sich einigen, was Bobby sehr ärgert. »Es ist grotesk«, sagt er, »daß wir amerikanische Studenten strafverfolgen müssen, weil sie sich mal Castros Revolution ansehen möchten. Ist das ein Verbrechen? Wenn ich zweiundzwanzig Jahre alt wäre, würde ich doch auch da hinfahren wollen.« Jedenfalls hat Donovan Castro die Geschichte so erzählt.
Als er von diesen Gefühlen hörte, schien Fidel interessiert. »Kann das irgendeinen Einfluß auf die künftige amerikanische Politik haben?« fragte er.
»Nun«, sagte Donovan, »die Sache könnte sich etwas mehr zu einer Öffnung hin entwickeln. Wir sind ja ziemlich scharf gegen die Exilgruppen vorgegangen. Von Ihrem Standpunkt aus gesehen könnten Sie das als einen positiven Schritt betrachten. Jetzt wären Sie vielleicht dran. Wenn Sie Ihre amerikanischen Gefangenen freilassen, räumen Sie einen riesengroßen Stolperstein aus dem Weg.«
»Eine rein hypothetische Frage«, sagte Castro. »Wie meinen Sie, daß die diplomatischen Beziehungen wieder angeknüpft werden könnten?«
»Nun«, sagte Donovan, »auf genau dieselbe Weise, wie ein Stachelschwein Liebe macht.«
»Ich habe den Witz schon mal gehört, aber ich erinnere mich nicht mehr an die Pointe. Wie machen Stachelschweine denn Liebe?«
Donovan grinste: »Sehr vorsichtig!«
Castro fand das sehr lustig, und bevor die Sitzung vorbei war, erklärte er: »Wenn ich eine ideale Regierung in Kuba haben könnte, wäre sie nicht an den Sowjets orientiert.«
»Sie müssen ein bißchen mehr als nur das anbieten«, sagte Do-

novan. »Es muß klar sein, daß Kuba von Mittel- und Südamerika die Finger lassen wird.«
Sie verfolgten das Thema nicht weiter, aber später während des Besuchs nahm ein Arzt namens René Vallejo, der Castros Freund und Arzt ist, Donovan beiseite. »Fidel«, sagte er ihm, »möchte die Beziehungen, von denen Sie gesprochen haben, fortsetzen. Er meint, es ließe sich ein Weg finden. Wir müssen dazu aber auch einige Hindernisse beseitigen. Denn gewisse hohe kommunistische Beamte in der kubanischen Regierung werden strikt gegen diese Idee sein.«
Nach seiner Rückkehr gab Donovan zu Protokoll, er schätze Castro als »höchst intelligent, schlau und relativ stabil« ein. Sein Assistent Nolan berichtete später Bobby, Fidel sei »kein schwieriger Verhandlungspartner. Unsere Eindrücke stimmen nicht mit dem allgemein anerkannten Image überein. Castro war niemals irrational, niemals betrunken, niemals schmutzig.«
»Was meinen Sie?« fragte Bobby Kennedy Nolan. »Können wir mit dem Kerl ins Geschäft kommen?«
Die Frage war ironisch – nicht mehr als Bobbys Art anzuzeigen, daß er gerade ein Stück Information absorbiert hat, auf das er vielleicht später einmal zurückkommen wird. Castro scheint aber ernsthaft an weiteren Annäherungsversuchen interessiert. Auf Donovans Vorschlag hin hat Lisa Howard vom ABC ein Zehn-Stunden-Interview mit Fidel gemacht und ist sehr in den Mann verliebt zurückgekehrt. Ich nehme sogar an, obwohl sie es nicht zugeben würde, daß sie sich mit ihm eingelassen hat.
Wenn Du Dich wunderst, wie ich zu so intimen Erkenntnissen komme, dann ziehe die naheliegende Schlußfolgerung: Ich war ja bei der Befragung anwesend. Ich kann Dir nebenbei sagen, daß Hugh eine Möglichkeit gefunden hat, mein Agency-Stipendium zu erhöhen, das seit Jahren stagnierte. Ich hatte vorübergehend Urlaub genommen und wurde prompt als Kontraktagentin wieder eingesetzt. Die Tageshonorare sind hervorragend, ich kann, ganz wie ich will, zwischen hundert und zweihundert Tagen im Jahr arbeiten, verdiene mehr als früher, bekomme interessante Aufträge und, springender Punkt unserer Vereinbarung, bin für Hugh eine größere Hilfe. Es klappt ausgezeichnet. Arnie Rosen hat in Hughs Auftrag das erste Protokoll mit Donovan aufgenommen, ich habe mir die Ergebnisse angesehen, und es hat mich so interes-

siert, daß ich dann bei der Vernehmung von Lisa Howard dazugestoßen bin.
Sie ist klein, zierlich, blond und würde auf Männer gewiß sehr anziehend wirken, litte sie nicht unter dem, was ich »Medien-Hohlheit« nenne. Diese Fernsehinterviewer kommen mir alle innerlich ausgeschabt vor – alle oberflächlich sehr angenehm, aber innerlich blaß. Sie sind einfach nicht so wie andere Leute. Vielleicht kommt es daher, daß sie ständig mit diesen elektronischen Apparaten zusammenleben müssen. Oder daher, daß sie jeden Tag die Intimsphäre eines Menschen verletzen. Lisa Howard war klug, lebhaft, sehr darauf aus, uns bei der ›Vernehmung‹ zu gefallen und noch mehr darauf aus, ihre Castro-freundlichen Ansichten an den Mann zu bringen. Trotzdem war sie hohl. Weißt Du, je mehr ich zu der Ansicht gelangte, daß sie eine Affaire mit ihm gehabt haben mußte, um so mehr verlor ich den Respekt vor diesem fabelhaften Fidel. Ich glaube, daß er absolut geschmacklos ist – du weißt schon: »Ich bin ein dunkler Typ, und du bist 'ne amerikanische Blondine, also spring mal zu mir ins Bett!« Solch ein Mann legt niemals Wert auf das innerliche Wesen, aber schließlich ist's ja ein Zeichen von Vulgarität, sich nur am Bild zu orientieren. Tut mit leid für Sie, Mr. Castro, dachte ich.
Trotzdem hatte Lisa Howard doch auch ein paar mehr oder weniger stichhaltige politische Fakten zu berichten, und sie hat sich auch um Objektivität bemüht. Knappe, einfache und brauchbare Details von dem, was er gesagt hatte und was sie gesagt hatte, waren aus ihr allerdings kaum herauszuholen. Soviel wir auch danach bohrten, fast alles, was wir hörten, stellte sich als ein Gebräu aus Fakten und von ihr selbst hinzugemischten Interpretationen dar.
Eine interessante Nachricht brachte sie uns allerdings doch mit. René Vallejo und der neue Außenminister Raul Roa sind für eine Einigung mit den USA; Che Guevara und Raul Castro sind strikt dagegen. Ich sehe Hugh und Deinen Vater sich schon die Finger lecken. Castro ist offenbar in Schwulitäten. »Präsident John F. Kennedy wird wohl den ersten Zug machen müssen«, hat er Lisa Howard beim Abschied gesagt.
Ja, Nixon und Keaton genau in die Fresse!
Ich lehnte mich zurück und sah zu. Darin bin ich am besten. Trotzdem habe ich ihr auch eine Frage gestellt. Das war äußerst

unprofessionell, da ich den Boden nicht vorbereitet hatte, aber schließlich nahmen Rosen und ein paar prominente Spezialisten der Agency die ganze Zeit in Anspruch, und ich hatte kein Recht, die Regie an mich zu reißen. Mir blieb also nur Zeit, sie zu fragen: »Inwieweit, Miss Howard, spielt bei Castros Wunsch nach einer Annäherung an uns Ihrer Meinung nach sein persönlicher Groll auf Chruschtschow eine Rolle?«

»Überhaupt keine«, sagte sie entschieden. »Er ist viel zu intelligent.«

Ihre und meine Vorstellungen von Intelligenz stimmen natürlich nicht unbedingt miteinander überein. Ich glaube nicht, daß ein Mann, der in der armen, überforderten Lisa Howard einen blonden Filmstar zu erkennen glaubt, über persönliche und Rachegefühle erhaben ist.

Chruschtschow, der geriebene alte Bauer, muß eine gute Nase für Castro haben, denn er hat ihn zu einem ausgedehnten Besuch – vielleicht bis zu einem Monat – in die UdSSR eingeladen. Ich schätze, sie werden Castro großartig bewirten und wirtschaftliche Unterstützung angedeihen lassen (um ihn für seine katastrophale Zuckerrohrernte zu entschädigen), und er wird nach ideologischen Exerzitien als gefestigter Kommunist zurückkommen. Ja, diese Herumtändelei mit Donovan und Howard war vielleicht nur dazu bestimmt, Chruschtschow nervös zu machen.

Trotzdem beginnt jetzt wohl eine Zeit, in der neue Faktoren eine Rolle spielen werden.

Ergebenst,
Kittredge

28

Wenn ich auch von Castro fasziniert war – womit ich sagen will, daß ich ihn zugleich attraktiv und abstoßend fand –, so war ich dennoch in politischer Hinsicht der gleichen Ansicht wie mein Vater: Fidel war gefährlich, und man konnte ihm nicht trauen. Geschah es aus diesem Grund, daß mein Vater und ich Anfang Mai

1963 eine Phase durchmachten, für die mir nur der Ausdruck ›Manie im Zustand äußerster Beherrschung‹ einfällt? Vielleicht ist diese Bezeichnung etwas übertrieben, aber mein Vater hatte den gesamten Special Affairs Staff (die Nachfolgeorganisation der Task Force W) unter sich, sein Büro im siebten Stock in Langley war geräumig, sein Sessel eindrucksvoll, das Licht in seine Augen zurückgekehrt, und Neuerungen gab es nicht. Da ihm nun auch schwante, daß eine Verbesserung der Beziehungen mit Kuba auf Kennedys Tagesordnung stand, wurde Chevis phantastisches Szenario mit der schönen, großen Muschel und dem Manta Ray, die er doch einstmals verlacht hatte, plötzlich der Betrachtung eines ernsthaften Mannes würdig. Zwar glaubten wir nicht so recht daran, daß es klappen würde, aber die Möglichkeit verlockte uns trotzdem. Als eine Nachricht eintraf, AM/LASH sei mit Castro Ende April sporttauchen gewesen, stärkte dies die Überzeugung meines Vaters: Wir wollten es wenigstens versuchen. Da ich wegen anderer Aufgaben, die für ihn zu erledigen waren, ohnehin für ein paar Wochen nach Washington mußte, wollte ich dort auch zugleich dafür sorgen, daß sich die Labors des Technischen Dienstes unseres Vorhabens liebevoll annahmen.

Nachdem ich einige Stunden beim Technischen Dienst verbracht hatte, bereitete mir der Gedanke eines eventuellen in der Familie Hubbard erbbiologisch verankerten seelischen Ungleichgewichts von nun an keine Sorgen mehr. Denn das Personal beim Technischen Dienst unterschied sich auffällig von den anderen Leuten in der Agency. Ich würde nicht sagen, daß die Rechenschieber-Gang kindischer war als der Rest der Firma, aber dort hingen allenthalben girlandenartig an langen Fäden aus Papier geschnittene Buchstaben von der Decke, die aneinandergereiht gewisse Parolen ergaben: »Schrei nicht, wenn es in die Luft fliegt« ist eine, deren ich mich noch erinnere. Eine andere lautete: »Die ungeschlechtliche Vermehrung ist nur eine Form von Genialität« – was immer das auch bedeuten mochte. Ich fand die Laboratorien wirklich interessant. Während es in vielen anderen Abteilungen der Agency, vor allem bei der Intelligence, Arbeitsgruppen gab, in denen die Hälfte der Männer kahl waren und alle Brillen trugen, sahen hier beim Technischen Dienst alle Leute glücklich aus. Manche schritten Opernarien trällernd durch die Hallen; andere waren in einen Bericht vertieft.

Man hatte mir einen Techniker zugeteilt, den man »Doc« nannte. Er war jung, schlank, hatte aber einen Schmerbauch, eine Brille und schütteres Haar. In einer Gruppe war er nur schwer von den anderen zu unterscheiden, aber darauf kam es ja auch nicht an. Es ging darum, daß er sich unserem Projekt widmete. Wir wollten eine schöne, große Muschel haben und einen Manta zu ihrem Liebhaber. Ich sah, daß dieser Auftrag Doc richtig glücklich machte. »Dadurch kommen wir ja in Bereiche hinein, von denen wir bisher nicht einmal zu träumen gewagt haben. Erst mal müssen wir wissen, ob wir uns ein paar Exemplare in unseren Tank holen, oder ob wir Anlagen und Geräte hinunter nach Miami schaffen wollen.« Er hob die Hände, wie um sich zu entschuldigen. »Ich denke nur laut. Verzeihen Sie, aber die Fragen sind kompliziert. Wir müssen mit einem klaren Konzept an das Problem herangehen, bevor wir irgend etwas entscheiden, denn das könnte eine verdammt teure Geschichte werden. Ich weiß, wir brauchen hier wohl kein Hindernisrennen zu veranstalten, um oben jede Summe genehmigt zu bekommen – schließlich kommen Sie ja von oben! –, aber wir müssen trotzdem erst einmal verschiedene mögliche Versionen und Machbarkeitsprofile ausarbeiten. Und natürlich müssen wir eine geeignete Muschel finden. Können wir genug Suppe hineinpacken, daß sich das dann auch entsprechend auszahlt? Oder sollen wir nicht doch lieber eine Seemine darunter installieren? Aber Seeminen können kitzlige Geschöpfe sein.«

Als ich ihn das nächstemal besuchte, war die Frage gelöst. »In den Windungen einer Wellhornschnecke oder Buccinida läßt sich genügend Suppe unterbringen«, sagte Doc, »um ein schwarzes Loch in den Weltraum zu schießen. Totale Vernichtung in einem Umkreis von dreieinhalb Metern.« Aber mit dem Teufelsfisch war das so eine Sache. Sollten wir es mit einem lebendigen versuchen?

»Von der Machbarkeit her eher unwahrscheinlich«, sagte Doc. »Wir müßten den Burschen in einen Drogenrausch versetzen, und dann reagiert er wahrscheinlich nicht. Wie wir die Sache sehen, muß der Manta angriffslustig sein und sich in den Speer aus der Harpune stürzen.«

»Genau.«

»Wenn Sie zustimmen: Wir sind alle dafür, uns unseren Manta-Prototyp aus Kunststoff selbst zu bauen. Sagen wir vorsichtig:

Unser Ziel ist die Konstruktion eines Manta-Dummies. Ich behaupte noch nicht, daß sich ein solches Faksimile so bauen läßt, daß es lebensecht funktioniert.«
»Also zuerst quicklebendig und dann tödlich verwundet?«
»Exakt. Darum werden wir an Ort und Stelle eine wasserdichte Steuereinheit eingraben, die durch ein Kabel mit dem Manta-Faksimile verbunden ist. So können wir ihn programmieren, daß der Manta die ganze Zeit, während er untätig im Wasser liegt, mit den Flossen wedelt. Vielleicht gelingt es uns sogar, eine mantatypische Körpersprache zu erarbeiten, die dem Schwimmer signalisiert: ›Bitte komme mir mit deiner Harpune nicht zu nahe. Das könnte auch für dich ins Auge gehen.‹ Darauf könnten wir unseren Manta programmieren. Aber ich muß auch an Ihren kühnen Schwimmer denken. Wenn er auf unseren Manta schießt – können wir davon ausgehen, daß er nicht danebentrifft?«
»Der nicht. Der trifft bestimmt.«
»Super. Aber um ganz sicherzugehen, sollten wir auch die Option einprogrammieren: Wenn kein Speereintritt registriert wird, können wir den Todestanz blockieren. Läßt sich innerhalb dieser Parameter leicht machen. Aber wie sollen wir den Manta programmieren, nachdem der Speer danebengegangen ist? Soll er dann immer noch angreifen, oder sagt er nur: ›Ich hab' genug, vielen Dank‹, und haut ab? Die Option können wir nur einarbeiten, wenn wir die Kapazität des Steuerrechners um zwei Größenordnungen erhöhen. Und das wird zuviel! Es ist weitaus besser, wir gehen davon aus, daß der kühne Schwimmer nicht danebenschießt.«
»Davon wollen wir ausgehen«, nickte ich.
»Also gut«, fuhr Doc fort. »Wir werden sehen, wo wir Filmmaterial über das Verhalten eines Manta während der ersten zehn bis zwanzig Sekunden nach Verwundung durch Speereintritt herbekommen. Wenn uns die Filmsuchabteilung nichts liefern kann, werden wir einfach ein oder zwei Mantas in unserem Tank in Florida mit der Harpune beschießen und den Vorgang filmen. Dadurch bekommen wir auf jeden Fall eine Riesenmenge Material.« Aber vorsorglich hob er doch den Zeigefinger. »Sollte sich jedoch bei unserer Projektgestaltung ein negativer Wahrscheinlichkeitsfaktor ergeben, müssen wir Ihnen ein Nichtmachbarkeitsattest überreichen. Das wollen wir natürlich alle nicht, aber die Verantwortung hat bei uns allerhöchste Priorität.«

»Wann werden wir die Antwort wissen?«
»Bis wir die Parameter durch haben – zwei Wochen.«
Währenddessen sammelte mein Vater unser Material. Der Kontakt zu AM/LASH, ein AM/BLOOD getaufter Gentleman, erwies sich als ein kubanischer Anwalt, Kommunist in guter Position in Havanna. Er und Rolando Cubela kannten sich seit ihrer Universitätszeit. Auf meines Vaters Anordnung hin setzte sich nun ein anderer Kubaner (der nachts mit dem Fallschirm über Kuba absprang) mit AM/BLOOD in Verbindung, um Vorgespräche aufzunehmen; AM/BLOOD wiederum sprach mit AM/LASH, der, wie wir nun erfuhren, im Außenministerium höchst unglücklich und infolgedessen bereit war, die Muschel-Option in Betracht zu ziehen.
Nun mußte mein Vater sich entscheiden. Sollten wir Cubela mit dem gesamten Umfang seiner Mission vertraut machen? Es war nicht unsere Firmenpolitik, einen Agenten bewußt zu opfern, aber mein Vater in seiner Position konnte sich eine Ausnahme von der Regel gestatten. AM/LASH, so entschied mein Vater darum, sollte nur eins erfahren: Castro war zu einer bestimmten Stelle am Korallenriff zu locken.
Andererseits wurde damit ein scheußlicher Präzedenzfall geschaffen – einen Agenten auf diese Weise in den Tod zu schicken. Doppelt scheußlich, wenn die Geschichte jemals herauskäme. Doch mein Vater entschied: »Ich muß es trotzdem versuchen. Der Hundesohn Castro wollte uns mit Raketen fertigmachen. Zum Teufel, wenn ich wüßte, daß es funktioniert – ich glaube, ich würde mein eigenes Leben hingeben, um ihn zu erwischen.«
»Beantwortet das die Frage?« wollte ich von ihm wissen.
»Ja, was meinst du? Weihen wir AM/LASH ein, oder brauchen wir ihn nicht mehr?«
»Es gibt keine Wahl«, sagte ich. »Er kann unmöglich so naiv sein, daß er Castro zu einem ihm vorher bekanntgegebenen Punkt am Riff lockt und dann glaubt, es würde nichts passieren.«
»Bursche, du hast noch nicht genügend Erfahrung, als daß du das wissen könntest«, knurrte mein Vater. »Verrate einem Agenten zu viele Details, und er gerät bei der Durchführung seines Auftrags garantiert in Panik. Der Kellner, den sich Rosellis Leute ausgesucht hatten und der Castro den vergifteten Drink servieren sollte, wußte Bescheid – ein schwerwiegender Fehler. Seine Hand zitterte so stark, daß Castro den Mann aufforderte, selbst davon zu trin-

ken. Ja und deshalb frage ich mich auch, ob AM/LASH der richtige Mann für diesen Job ist. Er faselt schon von Garantien. Er hat AM/BLOOD gesagt, so sehr liebe er Castro nicht, daß er mit ihm zusammen in die Ewigkeit eingehen wolle. Das klingt verdammt noch mal so, als ob er ein Scharfschützengewehr mit Zielfernrohr verlangt.«

»Laß uns doch warten«, warf ich ein, »bis wir wissen, ob der Technische Dienst den Mantelfisch bauen kann.«

Mein Vater nickte traurig. »Ich habe einen alten Freund in Hollywood, der früher ein guter Freund von Irving Thalberg war, du weißt schon, dem großartigen Produzenten in den dreißiger Jahren. Und Thalberg hat ihm einmal folgendes gesagt: ›Weißt du eigentlich, wie verschwenderisch wir mit unseren Ressourcen umgehen? Nicht eines von zwanzig unserer Projekte wird je zu einem Film. Nicht eines in zwanzig!‹ Rick, ich frage mich, ob wir hier bei uns wirklich besser sind?«

29

Und in der Tat kam ein Nichtmachbarkeitsattest heraus, aber da schrieben wir bereits die dritte Woche im Mai, und andere Möglichkeiten schienen sich zu eröffnen. Unsere Mitarbeiter von der amerikanischen Botschaft in Moskau teilten uns mit, Castro reagiere sehr freundlich auf seine sowjetischen Gastgeber, was wiederum McCone erzürnte. Er schlug Bobby Kennedy und der Standing Group des Nationalen Sicherheitsrats alsbald vor, wir sollten »die militärische Führung in Kuba mit dem Ziel unterwandern, daß sie bereit ist, Castro zu stürzen«.

Als mein Vater diese Nachricht von Helms erhielt, zwinkerte er mir zu. Er hatte sich während des letzten Monats ein sonderbares Zwinkern angewöhnt – wie ein alter Wüstling, dessen Objekt der Begierde gerade ins Zimmer kommt. Obwohl es mit dem Manta Ray nun nichts mehr werden würde, stand uns AM/LASH natürlich immer noch zur Verfügung. Und in der Tat bezog sich das Zwinkern auf AM/LASH. Mein Vater und Helms hatten einen Monat lang gearbeitet, um McCone auf seinen letzten Vorschlag zu bringen. »Sieh dir immer genau die Formulierung an«, sagte mein Vater. »Damit haben wir uns eine Grundlage geschaffen, die fast so gut wie eine Präsidentendirektive ist. *›Die militärische Führung in Kuba mit dem Ziel zu unterwandern, daß sie bereit ist, Castro zu stürzen.‹* Nun sag mir, mein Sohn: Wie willst du so etwas schaffen? Du kannst dir den Offizier einer ausländischen Macht vielleicht kaufen, aber du kannst nicht jeden seiner Schritte überwachen. Gelingt es Cubela, Castro ein großes Loch in den Kopf zu praktizieren, dann können wir auf McCones Erklärung hinweisen. Niemand in der Standing Group hat seinem Vorschlag widersprochen. Wir arbeiten also unter dem Schutz einer Anordnung von oben. Achte immer genau auf die Formulierung.«

Zwei Wochen darauf, am 19. Juni, schickte Jack Kennedy ein Kuba betreffendes Memorandum an die Special Group: »Geist des Widerstandes anfachen, der zum Abfall wesentlicher Teile des Apparats und zu anderen Nebenprodukten des Aufruhrs führen könnte.«

»Nebenprodukte des Aufruhrs«, stellte mein Vater fest, »ist eine weitere Formulierung, die unsere Strategie absichert.«

Von Helms hatte mein Vater inzwischen eine so hohe Meinung wie noch nie zuvor. »Dick hat sich als ein absolutes As herausgestellt«, erklärte er mir. »Es gehört Schneid dazu, AM/LASH grünes Licht zu geben. Helms weiß genau wie du und ich, wie instabil Cubela in der Vergangenheit gewesen ist, aber er weiß auch, daß wir Castro endgültig erledigen müssen, weil sonst eine Menge Dritte-Welt-Führer einen falschen Eindruck bekommen. Ja, Helms sieht diese Notwendigkeit wirklich ein und riskiert seine eigene politische Zukunft dafür. Er muß der nächste Direktor werden, sobald McCone geht, aber er geht nicht auf Nummer Sicher, nicht bei Cubela. Und deshalb gehört ihm meine Hochachtung.«

»Yessir.«

Ich weiß nicht, ob meine eigenen Vorahnungen der kommenden Ereignisse mein Wahrnehmungsvermögen während dieses ganzen Sommers beeinträchtigt haben, aber ich fragte mich in der Tat, ob wir nicht alle ein wenig die Übersicht verloren. Ich weiß noch, daß ich fast eine Woche darauf verschwendete, die Antwort auf eine ganz einfache Frage zu finden: »Wo«, begehrte mein

Vater zu wissen, »ist Artime jetzt? Ich möchte wissen, wo er sich derzeit aufhält.«
Hunt wollte es mir nicht verraten. »Ich kann nicht die Sicherheit eines anderen Menschen gefährden«, erklärte er mir. Ich ging Hinweisen nach, daß Artime sich in New Orleans bei Carlos Marcello und Sergio Arcacha aufhalte – bei der US-Army in Fort Belvoir – in Guatemala – in Costa Rica, Mexiko, Miami, Madrid und Venezuela. Schließlich brachte mich Chevi Fuertes auf die richtige Spur: Artime war in Nikaragua. Von Somoza wohlwollend geduldet, bildete Artime dort eine Streitmacht von einigen hundert Kubanern aus, und die Rechnung bezahlte die Agency – oder wer? Das letztere Detail mußte ich allein herausbekommen. Mein Vater schickte Harlot eine entsprechende Anfrage, der folgendes erwiderte: »Suche nicht weiter, sondern wähle eine der folgenden Persönlichkeiten: Bill Pawley, Howard Hughes, José Alemán, Luis Somoza, Prio Socarras, Henry Luce, Carlos Marcello, Santos Trafficante oder Freunde von Richard Nixon. Gott führt Artime zum Geld hin, und Howard Hunt ist vielleicht das Licht, das ihm auf diesem Weg vorangeht. Anders als Artime trage ich Gott nicht in meinem Herzen. Auch nicht Howards engelhafte Gewißheit. Gott wohnt statt dessen in meinem Gewissen. Er fragt: Lohnt es sich, das zu verfolgen? Artime hat dreihundert Mann. Er wird mit ihnen den Hügel hinauf-, er wird mit ihnen den Hügel hinuntermarschieren, während Du und ich und Dein Wunderknabe uns mal auslabern sollten. Denn ich bin zu Deiner Überzeugung gekommen, daß etwas mit dem Großen Unaussprechlichen geschehen muß.«
Nun, das war wirklich etwas Neues. Bisher hatte Harlot in Kuba nur einen belanglosen Nebenkriegsschauplatz im großen Miltonschen Kampf zwischen dem Guten (dem CIA) und dem Bösen (dem KGB) gesehen. »Ich frage mich, wieso Hugh seine Meinung geändert hat«, sagte mein Vater nachdenklich.
Zu einem Dinner mit ihm kam es aber erst Anfang August. Ich hatte mich der Illusion hingegeben, daß Kittredge auch da sein würde, aber als mein Vater und ich eintrafen, erfuhren wir, daß sie in Maine in der Keep weilte. Merlinda, die Köchin der Montagues, servierte uns Roastbeef und Yorkshire Pudding – einen gebackenen Eierteig, der zum Rinderbraten gegessen wird, dazu, wenn ich mich recht erinnere, einen Haut Brion '55 in einer Zweiliterflasche. Wir wurden von Glenfiddich erleuchtet, bevor wir uns setzten,

Harlot war in glänzender Stimmung und entwickelte seinen infamen Humor. Nicht einmal Helms blieb verschont. »Er wäre perfekt, wenn man nicht das Gefühl hätte, daß er sich ständig vor Wut auf die Lippen beißt, wenn er allein ist.« Mein Vater – trotz seiner neuerlich erwachten Liebe zu Helms – brüllte vor Vergnügen. Ich konnte mir allerdings auch ebensogut vorstellen, daß Harlot sagte: »Wenn Cal Hubbard durch den Wald trabt, feuert man die Bäume an.« Ich konnte nur hoffen, daß er nicht auf mich zu sprechen kam. Wenn er sich mit den Fehlern anderer beschäftigte, sah man in seinen Augen das ferne Glimmen, das ein Zahnarzt oft zu verbergen vergißt, wenn er seinen Bohrer auf den morschen Zahn ansetzt. Dean Rusk wurde unter die Lupe genommen – »Unfähig aus dem Haus zu gehen, wenn eine Wolke am Himmel ist.« Nixon erging es noch schlimmer. »Hätte eine Beute des Teufels werden können, aber der Gute konnte ihn schließlich nicht mehr sehen.« Eisenhower war »ein großer Ballon, vom Edelgas hinaufgetrieben« und Kennedy ist »ein geschickter Lügner, hinreichend erfahren, um einen guten Stationschef abzugeben«.

Auch Rosen wurde bald die Ehre zuteil, daß man sich ihm hinlänglich widmete. Harlot war betrunken und glücklich. Er mußte also eine Geschichte erzählen.

»Arnolds wohlgehütetes Geheimnis ist euch natürlich nicht verborgen geblieben?« fragte er.

»Nein«, sagte ich.

»Ich weiß nicht, wie du das mitansehen kannst«, brach es aus meinem Vater heraus. »Rosen könnte eines Morgens nach einer Nacht im öffentlichen Pissoir auf einer Polizeiwache landen.«

»Natürlich, Rosen ist in Gefahr«, nickte Hugh, »aber um Gottes willen doch nicht im Pissoir. Schon eher in einem türkischen Bad. Oder in einem Hotelzimmer mit dem falschen Jungen. Trotzdem mag ich Arnie. Er lebt in seiner Art von Gefahr, und dadurch bleibt er ein guter Beobachter. So etwas können wir alle gut gebrauchen.«

Als hätte man ihn damit beschuldigt, diese lebenswichtige Gabe nicht zu besitzen, fragte mein Vater etwas ärgerlich: »Warum bringst du diesen Namen denn überhaupt aufs Tapet?«

»Weil ich zu Indiskretionen aufgelegt bin. Also möchte ich euch ein kleines Geheimnis preisgeben. Ihr müßt mir aber beide versprechen, es nicht zu verraten.«

»Ich verspreche es«, sagte mein Vater und hob die Hand wie zum

Schwur. Diese Geste geschah automatisch, und ich merkte, daß sie dieses Ritual schon mehr als einmal durchgespielt hatten.

»Ich verspreche es auch«, sagte ich und schloß mich ihnen an.

»›Rosens Überfall‹ nenne ich es«, sagte Harlot. »Er kam vor ein paar Monaten zu mir und fragte mich, was ich von seinen Aussichten auf eine Beförderung hielte. ›Oder dem Mangel daran‹, erwiderte ich. Ich wollte aber nicht seine Zeit vergeuden. ›Rosen, Sie können weit kommen‹, so fing ich an, ›aber nur, wenn Sie sich eine Frau nehmen und heiraten.‹ ›Würden Sie‹, fragte er, ›von Harry Hubbard nicht dasselbe sagen?‹ ›Nein‹, sagte ich, ›er ist weder ehrgeizig noch homosexuell.‹«

Als ich mich entschloß, nicht zu reagieren, fuhr Harlot fort.

»Nun, ich möchte nicht eure Zeit vergeuden mit der traurigen, liederlichen kleinen Geschichte, die Rosen mir dann erzählt hat. Seine Sündhaftigkeit ist wie ein Kerker für ihn, und er ist höchst unglücklich über das, was er treibt. Er würde gern ausbrechen. Aber er ist verdammt empfänglich für etwas, das er seine ›unterschwelligen Regungen‹ nennt, und die hat er im Beisein des anderen Geschlechts noch niemals verspürt. Ich sagte ihm, es wäre keine schlechte Idee, mal mit einem anderen sündhaften Treiben zu beginnen. ›Sex‹, sagte ich ihm, ›ist für diejenigen, die die ganze Sache nüchtern betrachten, nichts als eine bemerkenswert angenehme Friktion in einem bekannten Kanal.‹ ›Soll ich es mit Huren probieren?‹ fragte er naiv und bekannte sich interessanterweise prompt zu dem Glauben, er könnte mit einer so ausgesprochen promisken Partnerin zusammen vielleicht den tiefen Graben überwinden. Denn dadurch käme er ja all den anderen Männern nahe, die vor ihm diesen Weg gegangen waren.

»›Halten Sie sich bloß von Huren fern‹, sagte ich. ›Da wir ja offen miteinander reden – ich glaube, Sie sind viel zu sehr Jude, als daß Sie deren Spott ertragen könnten.‹ ›Das ist die Hälfte dessen, was ich immer im Sex gefunden habe‹, seufzte Rosen. ›Spott und Hohn, daran bin ich gewöhnt.‹

›Ja‹, sagte ich, ›aber wenn Sie einen Hang zu Huren entwickeln, werden Sie niemals die Art Frau finden, die nicht nur zu Ihnen, sondern – sehen Sie sich Ihr Gefängnis mal genau an – auch zur Agency passen würde. Jedenfalls, wenn Sie aufsteigen möchten!‹ ›Ja, vielleicht haben Sie recht‹, sagte er. ›Aber anständige Frauen reizen mich nicht.‹ ›Unsinn‹, sagte ich, ›es gibt kein größeres

Vergnügen als das durch überwundenen Widerwillen gewonnene.‹ ›Sie zitieren den Marquis de Sade‹, sagte Rosen. ›In der Tat‹, sagte ich, und dann haben wir gelacht. Ich wußte, daß ich seine Argumentation auf den Kopf gestellt hatte, und hieb weiter in dieselbe Kerbe: ›Erarbeiten Sie sich mal eine ganz neue Sündhaftigkeit auf jungfräulichem Grund und Boden.‹ ›Meinen Sie das buchstäblich: mit einer Jungfrau?‹ fragte er. ›Warum nicht?‹ meinte ich. ›Ich glaube, ich kenne eine.‹ ›Wer ist es denn?‹ wollte er wissen, ›kenne ich sie?‹ ›Wenn ja, dann nur flüchtig‹, sagte ich. ›Sie ist vor ein paar Jahren aus Südamerika zurückgekommen, um für mich zu arbeiten. Sie saß von Ihnen aus gesehen am anderen Ende des Korridors. Sie war nicht dumm, aber nicht das Richtige für die Arbeit, die ich anzubieten hatte. Ich ermunterte sie, die Agency zu verlassen, und brachte sie im Außenministerium unter. Jetzt arbeitet sie für Rusk.‹ Rosens Augen leuchteten bei dieser Arbeitsplatzbeschreibung auf. Er ist ja so ehrgeizig. ›Was für ein Mensch ist sie?‹ fragte er. ›Eine Kirchgängerin‹, erklärte ich ihm, ›absolut reizlos. Oder sagen wir lieber: häßlich wie die Nacht.‹ ›Nun‹, sagte er, ›das klingt verdammt nach einer arrangierten Ehe.‹ ›So ist es‹, sagte ich ihm. ›Wir wollen aber keine Zeit vertrödeln, nicht? Ihre Glaubensbrüder haben sich doch früher im *Schtetl* auch die Ehen arrangieren lassen. In Ihrer Familie muß es von solchen Arrangements geradezu wimmeln.‹ ›Ja‹, antwortete er, ›aber die Bräute waren keine Kirchgängerinnen.‹ ›Nein, aber Sie sind ja auch kaum noch ein Jude, nicht wahr?‹ konterte ich. ›Nein‹, sagte er, ›kaum noch. Die emotionale Bindung ist allerdings sehr stark.‹ ›Wie stark?‹ ›Nun, nicht so stark, als daß ich sie mir nicht mal ansehen könnte.‹ ›Bevor Sie das tun‹, sagte ich, ›muß ich Ihnen erklären, daß Sie die Verbindung nicht umsonst bekommen.‹ ›Nein?‹ ›Nein‹, sagte ich. ›Sie werden sie nicht nur freien, sondern ihre Loyalität gegenüber Rusk auch auf sich selbst umleiten, so daß Sie beide für mich zu einer ergiebigen Quelle werden.‹ Wißt ihr was? Ich mag Rosen. Er sah mich fest an und sagte mit dem freundlichsten Lächeln. ›Gut, dann kann ich wenigstens mal ein paar der schmutzigen Tricks anwenden, die Sie uns an den Niedrigen Donnerstagen gelehrt haben.‹ Was für eine herrliche Antwort! Ein aufgeweckter Bursche, dieser Rosen. Seitdem ist er fleißig am Werk. Ich habe ihm ein paar Fotos von der Dame gegeben und von der Kirche, die sie besucht, Old First Presbyterian nahe beim Judiciary Square. J. Edgar Buddhas erste Kommunion hat dort stattgefunden. Darauf ist Rosen sofort angesprungen. Er saß einen Sonntag hinter ihr, an einem anderen auf der anderen Seite des Gangs, stieß auf dem Weg hinaus mit ihr zusammen, stellte sich vor, sie sich ihm auch – sie war sofort begeistert: Ein potentieller jüdischer Konvertit war in ihren Augen ebenso aufregend wie ein italienischer Tenor für eine englische Lady. Sie kamen überein, sich beim Gemeindedinner am Freitagabend wiederzusehen. Am darauffolgenden Dienstagabend gingen sie gemeinsam in ein Restaurant. Am Freitag danach brachte er sie vom Gemeindedinner nach Haus, und es gelang ihm, sie im Hausflur zu küssen. Natürlich hatte ich die Rolle des Agentenführers übernommen und fragte ihn: ›Fanden Sie es nicht angebracht, sie noch etwas mehr zu bedrängen?‹ ›Ich war nicht so wild auf ihren Atem‹, sagte er. ›Sie müssen die unwichtigen Dinge überwinden‹, erklärte ich ihm. Seitdem haben wir die Angelegenheit vorangetrieben.«

»Heißt die Dame Nancy Waterston?« fragte ich.

»Natürlich«, sagte Harlot. »Ja, in der Tat, Nancy hat sehr freundlich von dir gesprochen und von dem Abend, den sie mit dir zusammen in Montevideo erlebt hat. Ich hätte beinahe dich statt Rosen bei diesem Job eingesetzt.«

»Wäre es mit Harry nicht noch etwas leichter gewesen?« fragte mein Vater.

»Bis zu einem gewissen Punkt ja«, sagte Harlot. »Aber Rosen, denke ich, wird recht bald bereit sein, die Zerreißprobe zu wagen. Und danach wird er vielleicht nicht umhin können, das Mädchen zu ehelichen. Ich glaube, daß es so laufen wird. Und sie hat ihr eigenes Geld, ist treu wie eine Hundedame jedem gegenüber, der gerade ihr Boss ist, und so müssen wir – in Umkehrung der gewöhnlichen Regel – versuchen, eine massive sexuelle Verstrikkung zu fördern. Dabei waren einige kuriose Hindernisse zu überwinden, wie ich zugeben muß. An drei Abenden hintereinander konnte sich Rosen nicht überwinden, über das Stadium hinauszugehen, daß er Miss Waterston auf die Lippen küßte. ›Alles sträubt sich in mir dagegen‹, sagte er. ›Oder sind Sie nicht vielleicht doch nur zu schüchtern?‹ fragte ich. ›Ja, ich habe Angst‹, stimmte er zu. ›Führen Sie sie in ein Filmtheater aus‹, sagte ich.

›Legen Sie Ihren Arm um die Schulter des Mädchens. Dann, in einem ganz bestimmten Augenblick, legen Sie sie ihr auf die Brust.‹«

Harlot sah uns nun an. »Ein Phänomen erstaunt mich immer wieder. So gewitzt der Agent auch sein mag, mit dem man es zu tun hat – früher oder später stößt man auf einen unentwickelten Aspekt, der einen elementaren Nachhilfeunterricht verlangt. So auch bei Rosen, dem ich beibringen mußte, was Petting heißt. ›Wenn Sie sich nicht dazu überwinden können, die Hand zu bewegen‹, erklärte ich ihm, ›zählen Sie langsam und natürlich leise bis zehn und konzentrieren Sie sich in dieser Zeit auf die Tatsache, daß Sie Ihre Selbstachtung verlieren werden, wenn Sie diese Herausforderung nicht bestehen. Dann, bei zehn, lassen Sie sie fallen.‹ Rosen nahm es in sich auf und antwortete: ›Das ist die Technik, die Julien Sorel in *Rot und Schwarz* angewendet hat.‹ ›So ist es‹, sagte ich, ›und Stendhal war schließlich ein Meister der Psychologie.‹ Und was soll ich euch sagen: Von dem Augenblick an, in dem er sich in die Rolle eines Julien Sorel hineinversetzen konnte, ging es mit den beiden voran. Man braucht bei jedem Agenten einen anderen Schlüssel, um das Schloß zu öffnen. Rosen machte Fortschritte. Inzwischen, kann ich euch sagen, liegen sie in einem wirren Knäuel bei ihr auf dem Fußboden des Wohnzimmers. Sie sind zwar immer noch nicht zum Koitus gekommen, aber Rosen bewegt sich darauf zu. Sie verzehrt sich vor Leidenschaft in stundenlangen polymorph-perversen Umschlingungen, was für Sumpflebewesen wohl auch die passendste Ebene von Sexualität ist. Fleischliche Begierde, die niemals ganz zum Vollzug des Geschlechtsaktes führt, ist nun die Quelle ihrer Glückseligkeit. Ich glaube, es wird was draus. Rosen trifft sich jetzt jede Nacht mit ihr, hat ihr seine bisherigen homosexuellen Neigungen gestanden, und sie ist völlig hingerissen. In ihrer Vorstellung sind sie beide noch unschuldig. Da er außerdem Jude ist und sie beschlossen hat, ihn zu bekehren, haben wir ein effektives Quidproquo: Rosen gibt seine Religion und sein Junggesellenleben auf, sie beschafft uns Informationen von bester Qualität aus dem Außenministerium.«

»Ich weiß nicht, ob die Rechnung aufgeht«, sagte mein Vater zweifelnd.

»Kleine Wette gefällig?«

»Ja. Einer von uns zahlt innerhalb von sechzig Tagen ein Essen im Sans Souci.«

»Einverstanden«, sagte Harlot. »Ich werde essen und trinken ohne zu zahlen. *Rot und Schwarz* hat sich als ausgesprochen nützlich erwiesen, wie ihr seht. Nicht anders als Madame de Rênal ist auch Miss Waterston hungrig auf leidenschaftliche Umarmungen und Küsse. Auf mein Anraten hin hat sich Arnold ein paar Tage lang nicht sehen lassen, und sie ist völlig aus dem Häuschen. Ich bin sicher, es dauert nicht mehr lange, und er wird zu ehrlichen priapischen Vergnügungen vordringen. Schließlich gibt sie ihm ein ungeheures Machtgefühl.«

»Warte, bis er aufwacht und merkt, daß sie, wie du selbst sagst, völlig reizlos, nein, häßlich wie die Nacht ist«, sagte mein Vater.

»Ich bedaure, daß ich mich so ungalant ausgedrückt habe«, sagte Hugh. »Arnold zeigt mir jetzt Fotos von ihr in Sommerkleidern. Sie ist geradezu aufgeblüht. Ich sage dir, bevor sie ihr kleines bißchen Glück aufs Spiel setzt, wird sie begreifen, daß seine Karriere für sie beide von größter Bedeutung und daß die Agency eine bessere Wächterin über das Wohl des Vaterlands als das Außenministerium ist. Überlassen wir das Arnold. Er kommt bestimmt groß heraus, und er weiß, wie man manövriert. Ein anderer Mann hätte die Frau vielleicht innerhalb einer Woche verführt und dann ein Jahr gebraucht, um zu überlegen, was nun zu tun ist.«

»Wir werden dich jedenfalls anfeuern, damit du gewinnst«, sagte mein Vater, »selbst wenn ich den Wein bezahlen muß.«

»Zu wissen, was Rusk vorhat, kann eine ganze Menge wert sein«, sagte Harlot.

»Ja, das könnte sein.«

»Natürlich«, sagte Hugh. »Da Kuba jetzt für mich von Interesse ist. Rusk kann ein Faktor sein. Vor ein paar Jahren, als alle einschließlich dir, Cal, die Karibik als wichtigsten Spielplatz ansahen, wußte ich, daß sie keine so große Rolle spielte. Jetzt, nach Schweinebucht und Mongoose, hat man ihr in der Tat nur eine Nebenrolle zugeteilt. Aber ich mache mir wahnsinnig Sorgen: Chruschtschow und Mao können sich Kubas jetzt sehr geschickt bedienen.«

»Ich weiß nicht recht«, sagte mein Vater. »Chruschtschow und Mao sind zwei Herren, die mir im Augenblick ziemlich weit auseinanderzuliegen scheinen.«

»Im Gegenteil«, sagte Hugh. »Ich sehe sie als Akteure in einem Szenario, das auf von langer Hand vorbereitete Desinformation hindeutet. Ich will dir mal die Chronologie nennen – hör gut zu, ja? Im Mai, genau als Castro in Moskau war, erklärte Peking seine Bereitschaft, mit der UdSSR zu verhandeln. Erklärtes Ziel: Alle ideologischen Streitigkeiten beizulegen. Dann, letzten Monat, fanden höchst geheime Verhandlungen zwischen Sowjets und Chinesen in Moskau statt. Woher wir das wissen? Weil diese höchst geheimen Verhandlungen für die Weltpresse kein Geheimnis waren. Am 21. Juli, als sie endeten, wurde der Versuch einer Verständigung für gescheitert erklärt. Die Sowjetunion bekannte sich zur ›friedlichen Koexistenz mit den USA‹, und die Volksrepublik China nannte diesen Kurs öffentlich eine elende Kapitulation vor dem Kapitalismus. Wir wurden Zeugen – darin stimmten die westlichen Korrespondenten und Diplomaten generell überein – einer endgültigen Spaltung der internationalen kommunistischen Bewegung. Ich dagegen sage, wir fallen auf ein Szenario herein.«

»Wozu soll das dienen?«

»Man will uns spalten. Wenn wir zu der Überzeugung kommen, daß die UdSSR und China untereinander heillos zerstritten sind, werden wir keinen von beiden mehr besonders ernst nehmen. Ich sage euch, sie ziehen einen gigantischen Bluff ab. Der wird Dzierzynskis Manipulation des Trusts noch weit in den Schatten stellen.«

»Es wird ihnen niemals gelingen, so etwas geheimzuhalten«, sagte mein Vater. »Zu viele ihrer eigenen Leute müssen früher oder später dahinterkommen.«

»Längst nicht so viele, wie du glaubst. Ich denke, daß nicht mehr als hundert Chinesen und hundert Russen informiert werden müssen, daß es im Kern gar keine interne Spaltung gibt. Ja, zum Teufel, sie haben nun mal keine öffentliche Meinung, also brauchen sie sich auch keine Sorgen um ihre mittleren Kader zu machen, die sich natürlich von ihrem Glauben leiten lassen und nicht von irgendeiner Logik. Sag einem guten Kommunisten, er soll Rotchina am Montag verachten und am Dienstag anlächeln – dann wird er das ohne größere Bauchschmerzen schaffen. Außerdem wird es auch dann klappen, wenn sie es nicht absolut geheimhalten können. Die Weltmeinung folgt mehr der Form, die die Dinge annehmen, als der Substanz. Dieses Meisterwerk der Desinformation ist einigen wenigen von uns Agency-Leuten bereits bekannt. Nun versuchen wir unsere eigenen Führer davon zu überzeugen. Es ist sehr fraglich, ob uns das gelingen wird. Unser Argument klingt ja sogar in unseren eigenen Ohren ein bißchen verrückt. Nicht einmal Helms hat die Gefährlichkeit der Situation begriffen. Währenddessen arbeiten die wenigen in das Geheimnis eingeweihten Kommunisten ihr Szenario weiter aus. Man wird russisch-chinesische ›Grenzzwischenfälle‹ inszenieren, mit den wildesten Schmähungen übereinander herfallen. Es werden sich in der kommunistischen Welt zwei voneinander fein säuberlich getrennte Einflußsphären entwickeln. Natürlich werden wir darauf hereinfallen. Sie werden uns nach Strich und Faden übers Ohr hauen.«

»Und was spielt Kuba dabei für eine Rolle?« fragte ich.

»Kuba ist das Zugpferd. Castro wird uns Frieden anbieten. Rußland wird nicht weit dahinter zurückstehen. ›Kommunismus mit menschlichem Gesicht‹, so wird die Parole lauten. Ein bißchen wird das sogar zutreffen. Können nicht auch Christen mit Feinden Frieden schließen, die sich bekehrt haben? Ich sage euch: Sie werden in unseren Ausschüssen sitzen und leitende Positionen in unserer Wirtschaft erobern. Während wir zwar dem Kommunismus an sich nicht trauen, werden wir uns aber doch mit denen einlassen, die wir für die bekehrte Hälfte halten Wir werden sogar in dem Gefühl schwelgen, wir hätten die Machtbalance im Griff. Darum bin ich zu der Überzeugung gelangt, daß Castro verschwinden muß. Bevor Mao und Chruschtschow ihre Einwilligung zu diesem raffinierten Kasperltheater gaben, war Kuba für die Sowjets nur eine Narretei; jetzt könnte es zur wichtigsten Figur auf ihrem Schachbrett werden.«

»Ist Castro in dieses Szenario eingeweiht?« fragte ich.

»Ich denke mir«, sagte Harlot, »daß er zu jung und zu gefühlsbetont ist, als daß die Älteren ihn zu ihren Beratungen hinzuzögen. Nur wenn die Leidenschaft bereit ist, sich in Willfährigkeit zu verwandeln, läßt sich das Vertrauen der Oberen erringen.«

Seine Augen drückten aus, daß er glaubte, was er gesagt hatte. Ein begeistertes Leuchten ging von der stahlblauen Iris aus.

30

The Keep, 20. August 1963

Liebster Harry,
ich mache mir schreckliche Sorgen um Hugh. Hast Du je daran gedacht, daß er verrückt sein könnte? Oder daß ich verrückt sein könnte? Armer Christopher. Manchmal, wenn ich gegen die einstweilige Verfügung rebelliere, die ich uns beiden auferlegt habe – daß wir einander nicht sehen, nicht einmal miteinander telefonieren dürfen, überkommt mich der Wunsch, daß Du doch Christopher einmal anschauen könntest! Seine Augen sind so blau, so leuchtend blau, als ob Blau die beste Farbe für ein Feuer ist. Sonst ist mein Christopher ein stilles und liebes Kind von sechs Jahren, das einen gewaltigen Respekt vor seinem maßlos strengen Vater hat (der ihn noch immer behandelt, als wäre er ein kleines, schmutziges Wesen in einer großen, nassen Windel). Aber ich fürchte, mein Sohn hat ebenfalls Angst vor seiner Mutter. Ich glaube, ich schreie ihn zuviel an. Vielleicht wartet er auch darauf, weil er dem Frieden nicht traut.
Lieber Harry, laß mich noch einmal anfangen. Hugh hat irgendeinen Tunnel absoluter Logik betreten und weigert sich nun strikt, die Welt so zu sehen, wie sie vielleicht in Wirklichkeit ist. Ich weiß, daß er Dir und Deinem Vater seine Theorie vom Großen Chinesisch-Sowjetischen Schwindel, der zu unserer völligen Desinformation führen soll, schon mitgeteilt hat. Denn er schrieb mir, daß ihr beide am Abend nach meiner Abreise zum Essen bei ihm wart. Er ergeht sich schon den ganzen Sommer in dieser prachtvollen Theorie, und (schlimmer noch!) er hat den Juni und Juli zu Prophezeiungen genutzt, was die Russen und die Chinesen als nächstes unternehmen würden. Aber meiner Ansicht nach ist es absurd zu glauben, daß einhundert Menschen eine Welt von mehreren Milliarden Menschen manipulieren. »Du vergißt die Vielfalt der Wahlmöglichkeiten, die Gott uns gegeben hat«, sagte ich ihm. Aber mit Argumenten kann man ihn nicht erreichen. Hugh hat sein Leben lang darauf gewartet, daß der geisterhafte Schatten Dzierzynskis ihn besuchen kommt. Er hat offensichtlich das Gefühl, er sei der einzige Sterbliche im CIA, der den KGB auf einer transzendentalen Ebene verstehen kann.

Ich versuche ihm immer wieder begreiflich zu machen, daß Rußland und China nicht *so tun* können, als ob ein tiefes Schisma sie voneinander trennt. Menschliche Wesen sind – was auch immer sie sonst sein mögen – zu pervers, als daß sie so einen komplizierten Plan, der ihnen selbst so ungeheure, unmittelbare Nachteile bringt, durchzuführen in der Lage wären. Aber ich will Dir nicht mit den teleologischen und dialektischen Modellen, die Hugh mir akribisch expliziert, auf den Geist gehen. Für den Augenblick möge es genügen zu sagen, daß er alle möglichen Leute, die Schlüsselpositionen in der Agency bekleiden, zu der neuen Religion zu bekehren versucht hat und annehmen muß, ich gehörte zu diesen Leuten, denn wir haben uns fürchterlich über die Folgen gestritten, die diese neue These für ihn hat. Zum Beispiel war Hugh so unbedacht, die kostbare halbe Stunde, die er etwa einmal im Monat bei Jack Kennedy zu einem Gespräch unter vier Augen hat, auf den sinnlosen Versuch zu verschwenden, den Präsidenten über die wahre Natur der chinesisch-sowjetischen Politik aufzuklären. Jack ist der letzte, der sich von so einem Konzept überzeugen ließe. Er ist ein scharfer, sarkastischer Geist, der die menschlichen Schwächen und die subtilen Fallen, die überall lauern, ganz genau kennt. Ich sah die beiden am anderen Ende des Zimmers miteinander reden – im Wohnzimmer der Familie oben im ersten Stock –, und ich muß Dir sagen: Am Ende dieses Gesprächs saß Jack einen halben Meter weiter von ihm entfernt als am Anfang.
Doch statt zu beklagen, daß er eine Riesenchance leichtsinnig verspielt hat, steigerte er sich in eine Riesenwut auf Jack Kennedy.
»Dieser Mensch«, sagte er immer wieder, »ist ein oberflächlicher Charakter. Es ist grauenvoll, zu erkennen, wie oberflächlich er ist.«
Zwei Tage später erklärte mir Hugh, wir müßten die Beziehungen zu Jack und Bobby Kennedy abbrechen.
»Das kommt überhaupt nicht in Frage!« widersprach ich.
»Doch. Es muß sein. Wenn du dich weigerst, werde ich sie beide beschimpfen.«
»Wenn du das tust, verlasse ich dich.«
»Du bist auch oberflächlich.«
So schlimm war es mit uns noch nie. In dieser Form haben wir noch nie miteinander geredet. Es dauerte achtundvierzig Stunden, aber dann entschuldigte sich Hugh, und ich gab zu, daß ich ihn nicht würde verlassen können. Natürlich war das Thema deshalb noch

immer nicht vom Tisch. Ach, wir haben den Abgrund erforscht, der sich zwischen uns aufgetan hat. Es war einer der wenigen Augenblicke im Laufe unserer Ehe, in dem wir über Facetten unserer Charaktere zu sprechen vermochten, deren Enthüllung kein Vergnügen war. Hugh gestand, er käme sich, wenn wir bei den Kennedys wären, immer wie ein Betrüger vor. »Stets tue ich so, als ob ich es amüsant fände, dort zu verkehren, obwohl das meistens nicht der Fall ist. Eine Zeitlang meinte ich, es sei meine Pflicht, ihre Nähe zu suchen, weil ich dann Einfluß ausüben könnte. Aber diese Kennedys haben keine Ahnung, wovon ich spreche. Sie kommen aus einer intellektuellen Tradition, die umfassend, humanistisch und fünfzehn Zentimeter tief ist. Im Grunde gibt es nichts, in dem wir übereinstimmen können. Wenn sie die Diener irgendeiner Macht sind, die höher wäre als sie selbst, dann ist das nicht der Gott, der mir nahe ist.«

»Sie sind gute Menschen«, erklärte ich ihm. »Sie haben Fehler, dir sind sie nicht tief genug. Aber begreifst du denn nicht, wie selten so intelligente und vernünftige Menschen, die zugleich so etwas wie eine Vision haben, eine derartige Position bekleiden?«

»In meinen Augen«, sagte er, »ist eine Seele lasterhaft, die nicht unter ihrem Mangel an Tiefe leidet. Ist der Geist nicht von Geburt mit Schwachsinn geschlagen und die Oberflächlichkeit entspringt der freien Wahl, so kündet sie von einem schändlichen Charakter. Es ist äußerst schmerzhaft, Fragen aushalten zu müssen und keine Antworten zu wissen. Aber nur dieser Weg ist der intellektuell ehrenhafte. Ich kann diesen putzmunteren Bobby Kennedy nicht ausstehen, diesen stillvergnügten Biber, der sich mit immer neuen Fakten sein Nest baut. Er muß mal in den Abgrund hinunterblikken.«

»Wie du es getan hast.« Nein – das konnte ich ihm nicht sagen. Aber es stimmt. Hugh muß sich nicht nur fragen, ob seine Mutter eine Mörderin ist, sondern auch, ob er nicht Hunderte – oder sind es Tausende? – von polnischen Kommunisten auf dem Gewissen hat, die Stalin liquidieren ließ, nachdem Hugh und Allen Dulles Noel Field so übel mitgespielt hatten. Ja, Hugh schläft über einem Abgrund. Aber ich fürchte, daß er wahnsinnig ist. Er sagte nämlich zu mir: »Ich weiß, daß meine Thesen wahr sind. Ich habe sie letzte Woche verifiziert.«

»Wie hast du denn das geschafft?«

»Durch meine Reise zu den Shawangunks. Zuerst hatte ich einen ganz schönen Bammel. Ich bin ja schließlich seit langer Zeit nicht mehr geklettert. In der Nacht vor der Abfahrt habe ich nicht schlafen können. Ich sah meinen Tod voraus. Ich hätte beinahe Lebewohl zu dir gesagt. Und als ich im Camp unten ankam, wurde es noch schlimmer. Ich traf eine Gruppe von jungen Kletterern, die nicht nur gut waren, sondern mich auch noch Opa nannten. Wenn man mit solchen jungen Füchsen zusammen ist, dann verletzt einen jede kleine Stichelei. Sie kletterten verdammt gut. Das war ein Kräftemessen für mich. Also mußte ich besser sein als sie. Und ich war's. Ich bin freihändig, ohne Seil, einen Zweitausender hinaufgeklettert.
Ich wußte, wenn ich nicht den Kopf verlor, waren meine Chancen besser – trotzdem ist es nie einsamer, als wenn man freihändig klettert. ›Wenn ich es schaffe‹, sagte ich mir, ›dann ist das eine Bestätigung für den sowjetisch-chinesischen Betrugsversuch. Ich werde es als Zeichen verstehen.‹«
Harry, mir war zum Heulen. Sind alle guten Männer solche verrückten Idioten? Denn wenn das stimmt, dann muß die Welt ja doch vielleicht in jede Falle hineinstolpern, die auf diese verdammten Blinden lauert. Und trotzdem kann ich diese seine Vision nicht beiseiteschieben.
Nun, ich habe nicht mehr mit ihm darüber geredet. Ich habe ihm erklärt, daß ich ein aufgeblasenes, gieriges, welthungriges Geschöpf geworden sei, das sich nach nichts so sehr sehnt wie nach Dinnereinladungen ins Weiße Haus oder nach einem Nachmittag in Hickory Hill. Wenn er bei seiner Drohung bliebe, würde ich aus Angst davor, daß er Bobby oder Jack beleidigen könnte, solche Einladungen nicht mehr annehmen. Bevor ich ein derartiges Risiko einginge, wollte ich sie lieber nicht mehr wiedersehen. Ich könnte ihm das aber auch nicht verzeihen. Niemals. Am nächsten Morgen beschloß ich, mit Christopher wegzufahren zur Keep.
Und seitdem bin ich hier. Ich habe eine fürchterliche Wut auf Hugh. Ich könnte ihm auch nicht die Wahrheit sagen, weil er sie nicht verstehen würde: wie es mich hat aufleben lassen zu erfahren, daß ich weder ein verrücktes Genie noch ein überkandideltes Mädchen mit viel zuwenig Erfahrung, sondern eine so attraktive und geistreiche Frau bin, daß ein Präsident ihr zuhört und gern mit ihr redet. Ich glaube, ich hatte Einfluß auf ihn. Ich sage mir selbst:

»Das ist Hybris«, aber weißt Du, Harry, auf nichts in der Welt fällt der Verzicht so schwer wie auf eine überzogene Selbsteinschätzung. Allmählich begreife ich die Größe der Griechen: Sie schicken sich nicht einfach in die dunklen Urteilssprüche des Himmels, sondern geben auch dem menschlichen Zorn – wenn auch nur für einen Augenblick – mehr Gewicht als den Göttern, deren Hände alles entscheiden.

Ich liebe Dich,
Kittredge

P. S.: Wenn ich von Liebe spreche – spürst Du nicht auch die volle Gewalt von deren Gegenteil? Ich hätte ebenso leicht schreiben können: Ich hasse Dich.

K.

31

Ich weiß nicht, ob es wegen dieses Abschiedschusses war, daß ich die Antwort auf ihren Brief so lange aufgeschoben habe. Die Einsamkeit quälte mich wie eine leere Brieftasche. Oft trieb es mich dazu, das Kuvert zu öffnen, in dem Modenes Telefonnummer steckte, und einmal war ich so nahe daran, sie anzurufen, daß ich mich erst zurückpfiff, als ich die Wählscheibe berührte.

Die Arbeit überwältigte mich. Nie habe ich mich ihr mehr hingegeben. In der Tat: Ich entdeckte, daß ich meinem Vater von Nutzen sein konnte. Er hatte einen unglaublich scharfen Verstand, aber dieser stand ihm nicht jeden Tag in gleicher Weise zu Gebote. Sein Schreibtisch sah oft aus wie ein ungemachtes Bett, nicht weiterverfolgte Angelegenheiten quälten ihn bei seinen gelegentlichen Anfällen von Ordnungswut so sehr, wie unangenehme Erinnerungen an einen Kater. Ich liebte ihn, aber er deckte mich ein bis zum Umfallen. Ich mußte ja ein weites Feld beackern. Manchmal schickte ich sogar seine Wäsche in die Wäscherei. Ich sah seine an McCone, Helms, Montague und die fünfzig anderen noch bei JM/WAVE tätigen Offiziere gerichteten Memos durch, ich bewertete eintreffende Telegramme, entschied über die Prioritäten und Abläufe der von uns initiierten Kommunikationen. Ich fand sogar Gefallen an den tausend kleinen Pflichten eines Verwaltungsmannes, und da meines Vaters Sekretärin Eleanor seit Jahren überlastet war, sprang ich ein und wurde sozusagen ihr Assistent. Erstaunlicherweise verstand ich mich mit Eleanor gut. Es war eine Zeit, in der mir die Inhalte meines Schreibtischs vertrauter waren als mein Wohnzimmer, ja der Unterschied zwischen Miami und Washington reduzierte sich für mich im wesentlichen auf den zwischen den beiden Büroquadraten in Langley und Zenith. Wieder überkam mich von Zeit zu Zeit die Verwunderung, wie wenig ich von alledem wußte, das ich beaufsichtigte. In der Tat, je mehr Macht ich bekam – die an sich recht bedeutungslos war – und je mehr ich infolgedessen über die Vorgänge wußte, desto weniger schienen sie sich mir zu sinnvollen Abläufen zu verbinden. Abends, wenn ich allein war, las ich deshalb Spionageromane, und sie befriedigten mich in der Tat auf eine Weise, wie das die Arbeit mit all ihren bruchstückhaft geschauten Projekten, Operationen, Kapriolen, Nachforschungen, Meisterleistungen und Szenarien niemals vermocht hatte. Aber schließlich hatten die Spionageromane ja auch nie etwas mit dem wirklichen Leben zu tun. Ich brütete sogar sehr lange an einer für mich verbindlichen Definition der Begriffe Handlung, Fabel, Intrige, Anschlag, Verschwörung, Plan und Komplott. Im Leben schienen sie sich immer nur zum Teil zu verwirklichen. Und doch konzentrieren wir unsere Bemühungen stets auf irgendeinen solchen Punkt. Nie mühen wir uns geduldiger und zäher, als wenn wir uns als Protagonisten irgendeiner Handlung sehen. Denn was ist die andere Hälfte unserer persönlichen Lebensgeschichte schon mehr als ein Sammelsurium aus Gewohnheiten, Irrtümern, Glück und Zufällen? Ich war deshalb froh, daß ich einmal einen Sommer erlebte, in dem ich mich nur um wenige persönliche Dinge zu kümmern brauchte, mit einer Riesenmenge äußerlicher Einzelheiten ausgelastet war und im Grunde wußte, daß mein Vater und ich ein ganz respektables Team darstellten.

Manche Aspekte seiner Arbeit hielt er allerdings vor mir verborgen. Ich wußte, daß er seine Beziehungen zu AM/LASH ausbaute, hätte aber kaum mehr darüber erfahren, wenn es nicht am 8. September zu einer kleineren Aufregung im Blätterwald gekommen wäre, die ihn veranlaßte, mich endlich einzuweihen. An diesem

Morgen drückte er mir, als ich zu ihm ins Büro trat, einen Ausschnitt aus der *Washington Post* in die Hand. Die Nachricht kam aus Havanna. Am Abend des 7. September hatte Castro einen Empfang in der brasilianischen Botschaft besucht, dort einen Reporter von Associated Press beiseite genommen und ihm gegenüber erklärt: »Kennedy ist der Batista unserer Zeit. Wir haben terroristische Pläne entdeckt, kubanische Führer zu eliminieren. Wenn Führer in den USA solche terroristischen Pläne unterstützen, werden sie selbst nicht mehr sicher sein.«

»Ich würde darin«, sagte mein Vater, »eine Botschaft sehen, die an uns gerichtet ist.«

»Aus welchem Umfeld?« fragte ich.

»AM/LASH sitzt jetzt im kubanischen Konsulat in São Paolo, Brasilien. Einer unserer dortigen Leute hat sich mit ihm getroffen.«

»Ich glaube, mehr brauchst du nicht zu sagen«, entgegnete ich. Man stelle sich vor, an wieviel Orten in Havanna Castro mit dem Associated-Press-Typen hätte reden können. Und wo tat er's? Ausgerechnet in der brasilianischen Botschaft!«

»Ja«, sagte mein Vater. »Unsere Gegenspionageabteilung trifft sich heute morgen in Richard Helms' Büro.«

So geschah es. Es folgten mehrere solcher Treffen im Monat September, und am Ende des Monats konnte mir mein Vater mitteilen: »Wir operieren immer noch.«

Ich las eine Kopie des letzten Memorandums, das die Gegenspionage von Helms bekommen hatte: »Wenn AM/LASH nicht als Doppelagent für Castro arbeitet und aus den bisher vorliegenden Beweisen geht das nicht endgültig und klar hervor, dann würden wir einen der – wenn nicht den – vielversprechendsten kubanischen Aktivposten aufgeben, über den wir zur Zeit verfügen. Niemand im Bereich der Karibik, mit dem wir in Sprachkontakt sind, steht dem kubanischen Führer auch nur annähernd so nahe wie AM/LASH. Bei ausgewogener Betrachtung beantwortet sich die Frage von selbst. Wir werden den Kontakt mit AM/LASH fortsetzen.«

Ich glaubte zu wissen, warum Helms meinen Vater unterstützte. Um die Mitte des Monats September hatten wir von geheimen Friedensgesprächen zwischen den USA und Kuba bei den Vereinten Nationen erfahren. Harlot hatte nach wie vor seine Kontakte beim FBI, und so bekamen wir die Transkripte von den Telefongesprächen der kubanischen Botschaft in Washington und der kubanischen UNO-Delegation zu lesen. Das FBI hörte auch Adlai Stevensons Büro im UNO-Gebäude ab, so nahm ich jedenfalls an, denn jeden Morgen trafen von GHOUL kommend Umschläge mit Transkripten von allen drei Quellen ein. Mehrfach schoß es mir durch den Kopf, auf welcher Rechtsgrundlage das FBI UNO-Botschafter Stevensons Büro eigentlich abhörte – aber wer würde es wagen, Mr. Hoover so etwas zu sagen? Jedenfalls traf Material in Hülle und Fülle ein. Nach all meinen Meditationen über Handlung, Intrige, Fabel usw. bekam ich es hier endlich mit einer einigermaßen nahrhaften, geschmacklich abgerundeten Suppe aus Fakten zu tun.

Am 18. September schickte William Atwood, Special Advisor der amerikanischen Delegation bei der UNO, ein vertrauliches Memorandum an Averell Harriman, den damaligen Stellvertreter des Außenministers:

Die Politik einer Isolierung Kubas hat nach meiner Einschätzung Castros Verlangen, Unruhen und Konflikte in Lateinamerika zu schüren, verstärkt. Wir befinden uns seither in der unattraktiven Position eines, wie die Weltmeinung uns sieht, großen Landes, das ein kleines Land tyrannisiert und sind in dieser Position erstarrt.
Neutralen Diplomaten bei der UNO zufolge ... gibt es Grund zu der Annahme, daß Castro ... ziemlich viel daran liegt, eine Normalisierung der Beziehungen mit uns zu erreichen – obwohl der ganz harte kommunistische Kern in seiner Umgebung das nicht begrüßen würde.
All das mag wahr sein oder auch nicht wahr sein. Aber es scheint, als ob wir etwas zu gewinnen hätten und nichts dabei verlieren könnten, wenn wir herausfinden, ob Castro in der Tat zu Verhandlungen bereit ist und welche Konzessionen er machen würde. Wenn Castro interessiert ist, könnte ich als Privatmann nach Kuba reisen, würde dem Präsidenten aber natürlich vor und nach dem Besuch Bericht erstatten.

Einige Tage später kamen wir in den Besitz einer Zusammenfassung. Darin teilte Attwood Stevenson mit, wie Harriman seinen Vorschlag aufgenommen hatte: Man befürchtete, die Kennedys könnten dadurch sehr in Gefahr geraten: »Wenn irgendwelche

Republikaner davon Wind kriegen sollten, ist die Hölle los.« Trotzdem erklärte Harriman Attwood gegenüber, er hätte »Lust auf solch ein Abenteuer«, und schlug vor, man solle sich damit an Robert Kennedy wenden. Bobby schrieb auf den Rand von Attwoods Memorandum: »Ist es wert, daß man es weiterverfolgt. Nehmen Sie Kontakt mit McGeorge Bundy auf.« Bundy wiederum erklärte Attwood, »der Präsident würde Castro gern aus der engen Bindung an die Sowjets herauslösen«. Attwood wurde durch diese sehr positive Reaktion offenbar ermutigt, die Situation mit dem kubanischen Botschafter bei der UNO, Carlos Lechuga, zu erörtern.

Diese Entwicklung hatte alsbald einige Meetings zwischen Helms, Harlot und meinem Vater zur Folge. Die Strategie zielte nun darauf ab, Direktor McCone dahingehend zu beeinflussen, daß er die Special Group zur Genehmigung neuer Sabotageoperationen gegen Kuba ermunterte. Unterdessen bereitete mein Vater einen blitzartigen Schlag gegen eine Ölraffinerie vor, der ausgeführt werden sollte, sobald eine solche Genehmigung da war. Im unmittelbaren Gefolge eines Wirbelsturms, der am 6. Oktober in der Karibik einige Verwüstungen anrichtete, wurden die Männer in ihren Booten losgeschickt. Sie verfehlten jedoch ihr Ziel, und zwei der sechzehn Männer, die in Kuba landeten, gerieten in Gefangenschaft.

Meinem Vater schien das nicht übermäßig viel auszumachen. Natürlich hatte er die Männer nicht gekannt. Ich ebensowenig. Dix Butler hatte die Operation auf einen Anruf von mir – ich saß in Washington, er in Miami – in aller Eile gedeichselt. Ob es Pech war oder an seiner schlechten Vorbereitung lag, konnten wir ohne eingehende Untersuchung nicht feststellen, aber die Zeit, in der uns bei JM/WAVE Personal für solche Untersuchungen zur Verfügung gestanden hätte, war ohnehin vorbei.

Butler freilich war außer sich vor Wut. Von Miami aus überschüttete er die Agency in Langley mit bissigen Bemerkungen, bis ich mich nicht mehr zurückhalten konnte und ihm erklärte: »Also gut. Mein Vater ist verantwortlich. Ich bin verantwortlich. Und du? Kannst du irgendeinen Fehler auf dich nehmen?«

»Nein«, sagte er. »Du hast mir diesen Chevi Fuertes aufgehalst. Ich mußte ihn als Verbindungsmann einsetzen.«

»Du warst nicht berechtigt, ihn dafür zu verwenden. Nicht für so einen Job.«

»Es blieb keine Zeit. Ich wiederhole: *keine Zeit*. Ich *mußte* mich seiner bedienen. Ich glaube, er hat der kubanischen Küstenwache einen Wink gegeben.«
»Wie hätte er denn das tun sollen? Du hast ihm doch nicht etwa gesagt, wohin die Männer wollten, oder?«
»Er hat vielleicht eine allgemeine Warnung losgeschickt.«
»Wo ist er jetzt?«
»Ich weiß es nicht. Er versteckt sich vor mir. Er ist nicht an seinem Arbeitsplatz in der Bank erschienen.«
»Ist er gänzlich verschwunden?«
»Er hat mich angerufen. Er sagte, er käme wieder, wenn ich mich beruhigt hätte. Ich bereite mich auf einen Krach mit Fuertes vor, den er nie vergessen wird.«
»Hast du ihm das gesagt?«
»Ich habe ihm gesagt, daß es nichts zu beruhigen gibt. Es sei Zeit für eine Umgruppierung, nicht für gegenseitige Vorwürfe.«
Ich wußte nicht, ob ich Chevi warnen, ihn zu einem Meeting überreden oder alle Schuld auf Butler schieben sollte. Das waren drei gleich unangenehme Möglichkeiten, aber mir blieb gar keine Zeit, mich weiter mit dem Thema zu beschäftigen. Am 13. Oktober prangerte Castro unsere Operation öffentlich an: »Was tun die Amerikaner, wenn wir Kubaner uns von einem Wirbelsturm zu erholen versuchen, der über tausend von unseren Leuten getötet hat? Sie schicken bewaffnete Saboteure los.«
Wir konnten aber trotzdem einen gewissen Erfolg verzeichnen. Fidel Castro war ungehalten, und Attwoods Bemühungen würden natürlich darunter leiden. Dann traf – über Harlot – ein Transkript des FBI bei uns ein: Man hatte eine Diskussion im Büro der kubanischen UNO-Delegation mitgeschnitten. Dabei wurde ein geheimes Gespräch mit Castro vorgeschlagen: Ob es möglich wäre, Attwood zu einem kleinen Flugplatz in der Nähe von Havanna zu fliegen?
Adlai Stevenson, der jetzt von Attwood unterrichtet wurde, schien besorgt. »Zu viele Einzelpersonen wissen jetzt schon von dieser neuen Linie einer Kubapolitik«, sagte er. Attwood erwiderte, die einzigen Leute in der Regierung, die seiner Ansicht nach von diesen Kontakten mit den Kubanern wissen konnten, seien der Präsident, der Generalstaatsanwalt, Botschafter Harriman, McGeorge Bundy, Stevenson und er selbst.

Da mein Vater und Harlot den Samen ausgewählter Passagen aus unseren Transkripten in die Ackerfurchen von Langley gestreut hatten und das FBI mit Bergen von UNO-Berichten versorgt war, aus denen Hoover etwas durchsickern ließ, wann immer er es für richtig hielt, und nachdem auch die kubanischen Exilführer von allen Seiten informiert wurden, schien mir mitunter, daß von allen maßgeblichen Persönlichkeiten nur noch Außenminister Rusk und unser Direktor John McCone ahnungslos waren. Manchmal trafen im Büro meines Vaters an einem einzigen Morgen vier oder fünf verschiedene Memoranden aus diversen Abteilungen in Langley ein, die uns auf Attwoods Annäherungsversuche in Richtung Kuba aufmerksam machten, und alle diese Memoranden beruhten auf Gerüchten, die mein Vater und ich am Tag zuvor insgeheim ausgestreut hatten.

Hunt nahm mich sogar zum Lunch in die Cafeteria für das Führungspersonal in Langley mit, um über das zu wettern, was er gehört hatte. »Ich wußte schon immer, daß dieser Frohnatur Jack Kennedy nicht zu trauen ist, aber an so einen ungeheuerlichen Betrug hätte ich nie gedacht! Kann dein Vater bei Dick Helms etwas erreichen?«

»Er kann's nur versuchen«, sagte ich zu Hunt.

»Wenn dein Vater nicht bereit ist, den direkten Weg einzuschlagen, werde ich vielleicht selbst einmal mit Helms reden müssen.«

»Riskieren Sie das lieber nicht. Mein Vater kann das besser.«

»Grüße deinen Vater von mir. Geht es ihm gut?«

»Sehr gut sogar.«

Es ging ihm tatsächlich sehr gut. Denn am Nachmittag zuvor, dem 24. Oktober, war es John McCone, begleitet von Richard Helms, Hugh Montague und Boardman Hubbard, gelungen, Bobby Kennedy und die Special Group zu überzeugen: dreizehn größere Sabotageoperationen wurden genehmigt, im Durchschnitt eine pro Woche für den Zeitraum vom November 1963 bis zum Januar 1964. Zu den ausgewählten Zielen gehörten ein Elektrizitätswerk, eine Ölraffinerie und eine Zuckerfabrik. »Das Timing ist zufriedenstellend«, erklärte mein Vater. »Jetzt wird es nicht mehr so ruhig bleiben, daß Castro und Attwood sich hinsetzen und Händchen halten könnten. Wir werden ein Magengeschwür in das bärtige Ungeheuer brennen. Dieser Hundesohn! Wagt es, mit sowjetischen Raketen zu spielen! Ich könnte mich wie ein Kamikazeflieger

selbst aufopfern, mein lieber Rick, wenn ich wüßte, daß ich Fidel, Raul und Che Guevara mit der Detonation einer einzigen Handgranate in den Orkus befördern könnte.«
Er meinte es ernst. Während er älter wurde, entwickelte mein Vater so seine kleinen Fehler, die vielversprechende Ansätze zeigten, sich zu größeren auszuwachsen. Aber wenn man seiner törichten Äußerungen wegen auch betreten schwieg, so konnte man doch nicht über ihn lachen. Er hatte wirklich keine Angst vor dem Sterben. Der Tod war für ihn eine Umarmung, die man am besten so drehte, daß man noch einen Feind mitnahm.
Das war der wichtigere Teil im Charakter meines Vaters, aber jeder Löwe hat auch einen geisterhaften Schatten, der ihn begleitet. Wie ich feststellen mußte, war er, was Intrigen seiner Gegner anging, so empfindlich wie eine alte Dame. Am 25. Oktober, dem Tag, an dem die Special Group unsere dreizehn Angriffe genehmigt hatte – und keine zwanzig Minuten nach meiner Rückkehr von dem Lunch mit Hunt –, traf ich ihn in einer ganz üblen Stimmung an. Am Nachmittag zuvor – während er sich vor der Special Group für seine Sache einsetzte, hatte Präsident Kennedy dem französischen Journalisten Jean Daniel ein Interview von einer halben Stunde Dauer gewährt. Attwood hatte es arrangiert, und wegen der fehlenden Abhöranlagen im Oval Office hatte man es leider nicht mitschneiden können. Und dieser Franzose befand sich nun bereits auf dem Weg nach Havanna. Allerdings besaßen wir einen Bericht des FBI über ein Gespräch, das am 24. Oktober in der UNO stattgefunden hatte:

Attwood informierte Botschafter Stevenson, Jean Daniel hätte zwar erklärt, er sei ein professioneller Journalist und würde sein Gespräch mit Präsident Kennedy nicht wiederholen, hätte es aber »höchst stimulierend« gefunden und weiterhin festgestellt, daß es »geeignet sein könnte, Fidel Castro eine produktive Erwiderung zu entlocken«.

»Ja«, knurrte mein Vater. »Das kann man sich lebhaft vorstellen. Der Lächelnde Jack stellt Jean Daniel Mrs. Kennedy vor. Schließlich hat Paris unsere First Lady ja so zauberhaft gefunden. Da läßt man so einen französischen Starreporter natürlich nicht nach Haus fliegen, bevor er sie kennengelernt hat. Und dann erklärt Jack

Monsieur Daniel, er sei ja nicht gegen den Kollektivismus an sich, nur gegen dessen Mißbrauch durch die Sowjets. Wahrscheinlich sagt er, er könne schon eine Möglichkeit finden, mit Kuba als Nachbarn auszukommen. Jack Kennedy versteht sich darauf, fundamentale Gegensätze so herunterzuspielen, daß sie wie kleine Familiendifferenzen klingen.«

»Woher weißt du das alles?«

»Verbring mal eine Saison in Washington und beobachte die Schlangen bei ihren Paarungsriten, und du wirst dich wundern, was du alles erfährst.«

Sage niemand, mein Vater besäße keine seherischen Gaben. Fünfzig Tage nach Jean Daniels Begegnung mit Jack Kennedy erschien der Bericht des Journalisten über seine Unterredung in der *New Republic* vom 14. Dezember 1963.

Präsident Kennedy empfing mich am Donnerstag, dem 24. Oktober im Weißen Haus ... Als wir durch den kleinen Raum kamen, in dem seine Sekretärin arbeitet, sahen wir Mrs. Kennedy gerade durch eine Flügeltür in einen Privatgarten am Weißen Haus hinausgehen. Der Präsident rief sie zurück, um mich vorzustellen.

Es war immer noch Altweibersommer in Washington. Das Wetter war sehr warm, und der Präsident und Mrs. Kennedy waren beide sehr leicht gekleidet, was ihre Jugend, ihren Charme und ihre Einfachheit recht vorteilhaft zur Geltung brachte – ein ziemlich überraschender Kontrast zu dem feierlichen Ernst der prunkvollen Räume. Nachdem sie gegangen war, bat mich der Präsident auf dem halbkreisförmigen Sofa Platz zu nehmen, das sich in der Mitte seines Büros befindet. Er saß in einem Schaukelstuhl gegenüber dem Sofa. Das Interview sollte 20 bis 25 Minuten dauern und wurde nur von einem kurzen Telefonanruf unterbrochen ...

Meine Notizen sind sehr präzise, und ich werde die Worte des Präsidenten Kennedy zitieren: »Ich möchte gern mit Ihnen über Kuba reden ...« John F. Kennedy bot dann seine ganze Überredungskraft auf. Er betonte jeden Satz mit dieser knappen, mechanischen Geste, die berühmt geworden ist.

»Ich will Ihnen folgendes sagen: Ich glaube, es gibt kein Land in der Welt ..., in dem die wirtschaftliche Kolonisierung, Ausbeutung und Erniedrigung schlimmer waren als in Kuba, zum Teil aufgrund der Politik meines Landes gegenüber dem Batista-Regime.

Ich glaube, wir selbst haben die Castrobewegung geschaffen, aufgebaut und an die Macht gebracht, ohne es zu merken. Ich glaube, daß diese Ansammlung von Fehlern ganz Lateinamerika in Gefahr gebracht hat. Das ist eines der wichtigsten Probleme in der amerikanischen Außenpolitik. Ich kann Ihnen versichern, daß ich die Kubaner verstanden habe. Ich habe die Proklamation gutgeheißen, die Castro in der Sierra Maestra gemacht hat, als er mit Recht zur Gerechtigkeit aufrief und sich inbesondere dafür aussprach, Kuba von der Korruption zu befreien. Ich will sogar noch weiter gehen: In gewissem Grade ist es, als ob Batista die Inkarnation einer Anzahl von Sünden der Vereinigten Staaten war. Was das Batistaregime angeht, stimme ich mit den ersten kubanischen Revolutionären überein. Das ist völlig klar.«
Nach einem Schweigen, während dessen ich meine Überraschung und mein Interesse äußern konnte, fuhr der Präsident fort: »Aber es ist auch klar, daß das Problem aufgehört hat, ein kubanisches zu sein und ein internationales geworden ist. Das heißt, es ist ein Sowjetproblem geworden. Ich bin der Präsident der Vereinigten Staaten und kein Soziologe; ich bin der Präsident einer freien Nation, die der freien Welt gegenüber eine gewisse Verantwortung hat. Ich weiß, daß Castro die Versprechen, die er in der Sierra Maestra gemacht hat, gebrochen hat und daß er einverstanden war, ein sowjetischer Agent in Lateinamerika zu werden. Ich weiß, daß die Welt sich durch seine Schuld – entweder wegen seines ›Willens zur Unabhängigkeit‹, seines Wahnsinns oder seines Kommunismus – im Oktober 1962 am Rande eines Atomkriegs befunden hat. Die Russen haben das sehr wohl verstanden, wenigstens nach unserer Reaktion; aber was Fidel Castro angeht, muß ich sagen, daß ich nicht weiß, ob er das begreift oder ob er sich darüber überhaupt Gedanken macht.« Ein Lächeln, dann: »Sie können es mir sagen, ob er es tut, wenn Sie zurückkommen. Jedenfalls werden die Nationen Lateinamerikas auf diesem Wege nicht Gerechtigkeit und Fortschritt erreichen – durch kommunistische Subversion. Sie werden es nicht schaffen, indem sie von der wirtschaftlichen Unterdrückung zu einer marxistischen Diktatur übergehen, wie sie Castro noch vor ein paar Jahren selbst verurteilt hat. Die Vereinigten Staaten haben jetzt die Möglichkeit, soviel Gutes in Lateinamerika zu tun, wie sie in der Vergangenheit Böses getan

haben; ich würde sogar sagen, daß wir allein diese Chance haben – unter der wesentlichen Bedingung, daß der Kommunismus dort nicht die Macht übernimmt.«

Mr. Kennedy stand auf, um anzuzeigen, daß das Interview vorüber war . . .

32

Ende Oktober flog mein Vater für drei Tage nach Paris, aber erst nach seiner Rückkehr erfuhr ich, daß er sich mit Rolando Cubela getroffen hatte. Er teilte mir jedoch nur wenige Einzelheiten mit, und ich brauchte die ganze folgende Woche im Büro, um eine Ahnung davon zu bekommen, worum es bei dieser Begegnung gegangen war.

Anfang Oktober hatte Cubela LYME, seinen Agentenführer in Brasilien, informiert, daß er demnächst nach Paris versetzt würde. Er hatte sich um diesen Wechsel bemüht, denn er hielt Paris für passender hinsichtlich seiner Position als »Nummer zwei innerhalb der Auslandsabteilung des Innenministeriums«. Während dieser Titel unsere Überzeugung bestätigte, daß er enge Beziehungen zum DGI unterhielt, sagte es nichts aus gegen die Möglichkeit, daß er auch bereit sein mochte, ein Scharfschützengewehr auf Fidel Castro zu richten.

Es war nicht leicht, sich mit Cubela in Paris zu treffen. Nominell zwar bereit, mit uns zu reden, bestand er aber darauf, daß Bobby Kennedy dabei sein müsse. Es sei seine Absicht, so sagte er, der nächste Führer Kubas zu werden, und er wolle sich der politischen Unterstützung durch die Brüder Kennedy versichern.

Mein Vater und Harlot überbrachten Helms diese Forderung: Natürlich gab es keine Möglichkeit, Bobby Kennedy hinzuzurufen – ein völlig untragbares Sicherheitsrisiko! Aber es war ebensowenig Neigung vorhanden, ihn auch nur zu informieren. Man konnte mit Sicherheit ein Gespräch mit Cubela führen, ohne es Bobby oder McCone mitzuteilen. Das eigentliche Problem war in diesem Augenblick, wen man als persönlichen Repräsentanten des General-

staatsanwalts nach Paris schicken wollte. Cal meldete sich freiwillig.
Perfekt. Niemand zweifelte daran, daß mein Vater einen engen Freund der Kennedys perfekt verkörpern würde.
Als nächstes wurde absolute Diskretion, auch gegenüber der Station in Paris, beschlossen. Im Gegenteil wäre es effektiver, LYME von São Paolo nach Paris hinüberzufliegen. Er würde Cubela dann zu jenem unscheinbaren Café tief im 12. Arrondissement führen, das mein Vater ausgesucht hatte. »Ich mag das Zwölfte für diese Art von Zusammenkunft«, sagte mein Vater. »Da gibt es einen Haufen Bistros, wo du niemals jemandem begegnen wirst, den du seit deiner Geburt irgendwann einmal gesehen hast.« Ja, diese schlichte Zusammenkunft war der Aufregung vorzuziehen, die sich ergeben mußte, wenn man der Pariser Station mitteilte, daß der Führungsoffizier HALIFAX unterwegs war, um sich mit einem Mann zu treffen, der sich als Problem herausstellen und eine Kanone bei sich tragen könnte. »Die Station«, sagte mein Vater, »würde so ein Trara wegen der Hygiene machen, daß Cubela Reißaus nehmen würde.«
Mein Vater flog am 28. Oktober nach Paris ab und kehrte am 30. wieder zurück. Am 29. war Cubela innerhalb einer Stunde stockbesoffen. Er würde nur mit einem persönlichen Repräsentanten des Generalstaatsanwalts sprechen, erklärte er meinem Vater. Dabei wußte er, daß der Bruder des Präsidenten ein sehr beschäftigter Mann war. Bei ihrer nächsten Begegnung verlange er aber einen handschriftlichen Brief vom Generalstaatsanwalt. Der müßte das persönliche Versprechen enthalten, daß die Regierung der Vereinigten Staaten den Präsidentschaftskandidaten Rolando Cubela bei den ersten freien Wahlen in Kuba unter Aufbietung aller Kräfte unterstützen werde, wenn die vorgeschlagene Mission erfolgreich wäre. »Andererseits«, fügte Cubela hinzu, »werden Sie mir nichts schulden, wenn ich es nicht schaffe – außer meinen Unkosten, die einen beträchtlichen Umfang erreichen können.«
»Wie sieht er aus?« fragte ich.
»Wie man ihn sich vorstellt«, brummte mein Vater. »Er ist groß, schwarzer Schnauzbart, wirkt auf Frauen bestimmt attraktiv, hat Ringe unter den Augen, nimmt wahrscheinlich Kokain und ist ein grauenhafter Armleuchter.«
Das war eine bittere Enttäuschung. Nach dem, was mein Vater

über ihn berichtete, kam er für uns wohl kaum in Frage. »Hat er sich denn«, fragte ich, »nur über seine politischen Aussichten verbreitet?«

»Nun, wir haben auch bereits die handwerklichen Aspekte berührt. Bei meinem nächsten Besuch soll ich ihm die hochpräzise Technologie mitbringen. Er hat von unseren ›technischen Meisterwerken‹ herumsalbadert, bis ich nicht mehr wußte, ob er von Richtmikros oder von Scharfschützenladungen redete, also entschloß ich mich, deutlich zu werden: ›Sprechen Sie von den Dingen, die Sie für das Attentat brauchen?‹ fragte ich ihn. Da drehte er beinahe durch. ›Gebrauchen Sie dieses Wort nicht noch einmal in meiner Gegenwart‹, schrie er mich an. Mein Gott, wir waren im Grunde genommen allein in dem Café, aber seine Stimme wurde immer lauter. Ich mußte ihm die Hand auf die Schulter legen. Aber er schüttelte sie ab. Immerhin hatte er sich dadurch einigermaßen beruhigt. Aber er zischte mir wütend zu: ›*Eliminieren* heißt das! Man eliminiert ein Problem, das ist alles!‹ Vielleicht war es ein Fehler von mir, so deutlich zu werden, aber ich wollte, daß der Kerl endlich Klartext redete. Er laberte immer so vages, größenwahnsinniges Zeugs. Außerdem ist er ein Quartalsäufer. Natürlich braucht sich nicht jeder erfolgreiche Attentäter vorher einem Alkoholtest zu unterziehen. Ich nenne John Wilkes Booth als klassisches Beispiel.«

»Du bist nicht glücklich mit Rolando Cubela?«

»Der Kerl ist zum Kotzen. Hugh und Dick sind allerdings mit mir einer Meinung darin, daß wir niemanden haben außer ihm.« Mein Vater nickte. »Sieh ihn dir selbst mal an. Ich habe beschlossen, dich nächstesmal mitzunehmen.«

»Das freut mich.«

»Ich wollte dich beim erstenmal nicht dabeihaben. Wenn irgend etwas schiefging, wollte ich nicht, daß du mittendrin bist. Ich achte immer gern darauf, meinen Anteil an einem Fehler kalkulieren zu können.«

Wollte er damit freundlicherweise kaschieren, daß die anderen gegen meine Teilnahme an der Parisreise gewesen waren? Es gab aber noch mehr offene Fragen, und wir waren an einem Punkt angelangt, von dem an es, so schien mir, keine Antworten mehr geben würde. Mein Vater würde mir gegenüber kaum zugeben wollen, daß Cubela mit größter Wahrscheinlichkeit ein Doppelagent war. Und Helms und Harlot verfolgten dieses Vorhaben vielleicht gerade deshalb weiter. Fidel sollte merken: Nicht nur die Agency war darauf aus, ihn zu töten, sondern es sollte sogar ein *persönlicher Repräsentant* der Kennedys in dem Komplott eine wichtige Rolle spielen. Der kälteste Teil in mir bewunderte diesen Gedankengang: Castros Mißtrauen unseren Friedensofferten gegenüber wurde erregt. Fing ich allmählich an, das Spiel zu begreifen? Ich verspürte sogar eine kühle Zufriedenheit. Ich war von mir selbst so weit entfernt, daß mir diese feine Distanz zum eigenen Gewissen geradezu elegant vorkam. Wie Harlot würde es auch mir vielleicht noch gelingen, allein zum Werkzeug meines Willens zu werden.

Auf der kubanischen Seite wurde die Friedensoffensive fortgesetzt. Ein FBI-Bericht informierte uns: Dr. Vallejo hatte Lisa Howard am 31. Oktober gebeten, bei den Amerikanern anzufragen, ob Attwood bereit wäre, mit einem Privatflugzeug nach Havanna zu kommen? Vallejo sagte, Fidel selbst würde eines herüberschikken. Allerdings mußte man mit der Wahrscheinlichkeit rechnen, daß Vallejo hier nur seine eigenen, von Castro nicht autorisierten Hoffnungen verfolgte, denn am selben Tag, dem 31. Oktober, präsentierte Castro im Fernsehen die beiden Kommandos, die wir nach dem Wirbelsturm, drei Wochen zuvor, nach Kuba hinübergeschickt hatten. Im Scheinwerferlicht der Fernsehkameras nannten die gefangenen Exilkubaner den Namen ihres Agentenführers, und Dix Butler ging auf diese Weise als Frank Castle in die Geschichte ein. Sie nannten auch die genaue Adresse des Stützpunkts: 6312 Riviera Drive in Miami, und beschrieben außerdem unser JM/WAVE-Waffenarsenal. Castro muß mit einer großen Medienreaktion in den Vereinigten Staaten gerechnet haben, aber die Agency behauptete sofort, die Kubaner hätten die Kommandos wahrscheinlich einer Gehirnwäsche unterzogen. So wurde die Meldung kaum beachtet. Castro war natürlich wütend darüber: »Die amerikanische Presse weigert sich, über diese Angriffe zu berichten, obwohl wir ihr Beweise dafür gegeben haben, die sie leicht hätte nachprüfen können. Man sieht, daß die Nachrichtenagenturen und der CIA in dieser freien Presse, deren sie sich rühmen, eng zusammenwirken und dieselben Lügen entwickeln, um die Wahrheit zu verschleiern.«

Mein Vater lächelte. »Der Ochse nimmt sich selbst auf die Hörner«, erklärte er.

Das überzeugte mich. Ich fand nicht, daß wir Castro eine faire Behandlung schuldeten – nicht nach den Raketen –, außerdem tat es gut, sich wiederum im Recht zu wissen.
Inzwischen verbesserte sich unser Zugang zum Büro des Außenministers. Nancy Waterston kam zwar kaum an wirklich wichtige Akten heran, aber einige interessante Memoranden gingen trotzdem über ihren Schreibtisch. Insgesamt aber waren ihre Grenzen als Agentin – wir nannten sie EUPHONY – augenfälliger als ihre diesbezüglichen Tugenden. Sie weigerte sich, Dokumente zu fotografieren, weil sie die Gewissensqualen nicht aushalten könnte. Entschädigt wurden wir jedoch durch ihr ausgezeichnetes Erinnerungsvermögen an alles, was sie gelesen hatte, und so tippte sie denn abends, wenn sie heimkam, für Rosen ausführliche, detaillierte Inhaltsangaben vertraulichen Schriftguts auf ihrer Maschine. Da wir ihre Aufmerksamkeit bewußt nicht auf Kuba lenkten, damit sie nichts von unseren Absichten erfuhr, bevor sie sich als zuverlässig erwiesen hatte, bekamen wir den größten Teil des Monats Oktober hindurch fast ausschließlich Nachrichten über Rusks Reaktionen auf einen Putsch in Honduras, Weizenverkäufe an die UdSSR und den Rücktritt von Premierminister Harold Macmillan, die uns alle nicht sehr interessierten. Harlot sprach in bezug auf Nancys Lieferungen von einer »Arbeitsgrundlage«.
Anfang November begannen unsere Anstrengungen jedoch Früchte zu tragen. Außenminister Rusk fing nun an, auf das kubanische Friedensangebot zu reagieren, und EUPHONY versorgte Rosen fleißig mit ihren Gedächtnisprotokollen der Memoranden, die Rusk an einige seiner Mitarbeiter im Außenministerium geschickt hatte. »Diplomatische Investitionen vieler Jahre in der Karibik dürfen nicht durch Verhandlungen von Außenseitern zunichte gemacht werden.« Und so weiter.
Durch EUPHONY erfuhren wir bald: Bundy hatte den Auftrag erhalten, Attwood zu informieren, daß das Interesse des Außenministeriums an der kubanischen Friedensofferte mit einem Wort »beschränkt« war. Ein am 7. November aus Rusks Büro herausgegangenes Memorandum (von dem EUPHONY schwor, daß sie es auswendig gelernt hätte) lautete wie folgt:

»Bevor die Regierung der Vereinigten Staaten auch nur daran denken kann, minimale Beziehungen zur kubanischen Regierung aufzunehmen, muß jede politische, ökonomische und militärische Abhängigkeit vom chinesisch-sowjetischen Block und die ganze Unterwanderung der Hemisphäre aufhören. Castro müßte der Ideologie des Marxismus-Leninismus abschwören, sämtliche Kommunisten aus einflußreichen Positionen entfernen, bereit sein, eine Entschädigung für alles seit 1959 enteignete Eigentum anzubieten und sämtliche Produktionsbetriebe, Anlagen der Ölindustrie, Bergbauunternehmen und Handelsfirmen an die privaten Besitzer zurückzugeben.«

»Klingt, als ob Rusk nichts gegen eine kleine bedingungslose Kapitulation hätte«, erlaubte ich mir zu bemerken.
»Ja«, sagte mein Vater, »das ist vielleicht das beste an dem alten Redekünstler. Er haßt unvorhergesehene Bewegungen. Wenn er lange genug auf einer Position beharrt, so meint er, wird er Kennedy irgendwann davon überzeugen können.«
In Havanna ließen wir Jean Daniels überwachen (was ziemlich hohe Anforderungen an die bescheidenen Kräfte und Ressourcen stellte, über die wir dort verfügten), aber unsere Beobachter teilten uns mit, sie seien sicher, daß Daniel während seines wochenlangen Aufenthalts in Kuba nicht zu Castro vorgelassen worden sei und sich mit Besichtigungsreisen durch Bergwerke, Zuckerraffinerien und Schulen in den Provinzen habe begnügen müssen. Das kubanische Friedensangebot sah aus, als ob es – wie mein Vater es ausdrückte – »in Eisen« läge.
Trotzdem, verlassen darauf wollten wir uns nicht. Das nächste Meeting mit AM/LASH wurde nun auf den 22. November anberaumt, und ich verbrachte die Zeit in gespannter und freudiger Erwartung. Wenn ich in Washington war, besuchte ich am Abend Sprachkurse der Agency, um meine Französischkenntnisse zu verbessern, aber das war wohl unnötig. Wenn alles gutging, würden mein Vater und ich nur einen Tag in Paris sein. Dennoch unterzog ich mich der Disziplin in feierlichem Ernst; die Strenge der französischen Syntax schien mir zu dem sakralen Ritus zu passen, der meiner harrte. Es ist seltsam: Je näher wir dem Datum kamen, um so deutlicher schälte sich in meinen Augen aus dem vermeintlichen Doppelagenten Cubela ein strahlender, untadeliger Attentäter heraus.

33

Am 18. November hielt der Präsident bei einem Dinner der Inter-American Press Association von Miami eine Rede, die im Fernsehen übertragen wurde, und Dix und ich sahen sie uns in einer Bar an.

Mir fiel der Unterschied zwischen diesem Abend und dem frenetischen Jubel elf Monate zuvor auf, mit dem man ihn – im Dezember 1962 – in der Orange Bowl empfangen hatte. An diesem Abend erhob sich niemand zu Standing ovations, als er geendet hatte, und viele der Sätze, die er wohl in Erwartung von Beifallsbekundungen betont hatte, wurden mit eisigem Schweigen aufgenommen. Die Zuhörerschar, die zu einem großen Teil aus in Miami lebenden Exilkubanern bestand, schien mürrisch und mißtrauisch. Als Kennedy von der »kleinen Bande von Verschwörern« auf Kuba sprach, deren sich »externe Kräfte« bedienten, »um die anderen amerikanischen Republiken zu unterwandern« und hinzufügte: »Dies und dies allein trennt uns, und solange dies so ist, ist nichts möglich – ohne es ist alles möglich«, gab es darauf keine große Reaktion im Publikum. »Sobald die kubanische Souveränität wiederhergestellt ist«, fuhr er fort, »ist die Nation frei, ihre eigenen ökonomischen Einrichtungen zu formen, und wir werden eine Hand der Freundschaft und des Beistandes ausstrecken.«

»›Werde die UdSSR los‹«, höhnte Dix, »›und du kannst deinen Sozialismus behalten, Castro‹, hat er so ungefähr gesagt. Ich kenne eine Menge Kubaner, die heute nacht Nadeln in ihre Wachsfiguren von Jack Kennedy bohren.«

»Ich habe nicht mehr so viele Bekannte unter den Kubanern«, sagte ich.

»Hast du auch nie gehabt.«

Einen Augenblick lang wollte ich zahlen und gehen, teils aus Zorn über seine Taktlosigkeit, teils in der schwermütig düsteren Einsicht, daß er ja recht hatte, aber er legte mir den Arm um die Schulter. »Kopf hoch, Junge, du und ich, wir fahren schon wieder mal in einem Boot.«

»Vielleicht kommt man mit dir besser zurecht«, maulte ich, »wenn alles so schnell abläuft, daß du den Mund nicht mehr aufkriegst.«

»Bin ich deiner Meinung. Auf ins Land der Wildgänse.« Er nickte.

»Hubbard, diese Gläser trinken wir auf meinen Abschied. Ich habe mich nach Indochina versetzen lassen. Ich gehe zurück zum besten Haschisch der Welt.« »Diese Gläser«, das war in seinem Fall ein Bierglas, gestrichen voll mit Bourbon on the rocks. »Grüß Chevi Fuertes von mir«, sagte er.

Bei Gesprächen mit Butler kam man immer wieder schnell auf den Kern der Rede zurück.

»Wo ist Chevi?« fragte ich.

»Weiß ich nicht.«

»Hast du ihn wieder getroffen?«

»Seit wir das letzte Mal über ihn geredet haben, ja. Also kurz und gut, ja. Ich habe ihn getroffen. Ich habe ihn mir vorgeknöpft.« Er nickte, weil das eine harte, solide Tatsache war. »Ich hatte ihn allein in meinem Hotelzimmer, und ich habe ihm auf den Kopf zugesagt, daß er für den DGI arbeitet.«

»Wie hast du ihn in dein Zimmer hineinbekommen?«

»Das ist eine interessante Frage. Wie auch immer. Der Junge mag mich eben, ob du's glaubst oder nicht. Er war richtig hübsch zurechtgemacht. Hellblauer Anzug, gelbes Hemd, orangefarbene Krawatte. Du und ich, wir würden wie schwule Schwanzlutscher aussehen, Hubbard, aber Chevi hat ein Auge für gefällige Pastelltöne. Er sah reizend aus. Für so einen fetten Betrüger sah er richtig nett aus. Er könnte ein Herrenmodengeschäft in der City aufmachen. ›Entschuldige bitte‹, sagte ich. ›Von deinem Anblick bin ich so hingerissen, daß ich auf den Topf muß.‹ Hubbard, das stimmte sogar. Ich hatte eine volle Ladung unter der Gürtellinie.«

Ich widerstand der Versuchung, Butler anzudeuten, daß er hinsichtlich der periodischen Bewegungen seiner Gedärme Diskretion walten lassen sollte, wenn er vorhatte, je in die höheren Ränge der Agency aufzusteigen. Es war vielleicht ganz gut. Er wollte reden. Er sagte: »Jetzt hör zu! Als ich rauskam, habe ich Chevi auf einen Stuhl gesetzt und ihn hin und her bearbeitet.«

»Hin und her?«

»Ich hab' ihm welche reingehauen, klatsch-klatsch. Einmal links, einmal rechts. Zack-zack ist der Kopf hin- und hergeflogen. Ich hatte meinen Ring auf, was entscheidend für den Erfolg war. Er fing an wie ein Schwein zu bluten – das schöne gelbe Hemd und die orangene Krawatte wurden ganz fleckig. ›Du bist ein Idiot und eine Sau‹, sagte er zu mir.

›Nein, Chevi‹, hab' ich ihm gesagt, ›es ist noch ein bißchen schlimmer. Heute abend will ich dein Geständnis hören, daß du beim DGI bist.‹ Was hat der feine Kerl geredet. Wie kompliziert seine Tätigkeit wäre. Wenn ich's aufgezeichnet hätte, könnte ich Vorlesungen in Langley drüber halten. Ja, er hätte Kontakte angeknüpft, gab er zu. Schließlich hätte er für mich ja auch alle Exilgruppen bearbeitet: MIRR, Alpha 66, Commandos L, DRE, Dreizehnter November, MDC, Interpen, Kreuzzug zur Befreiung Kubas, Antikommunistische Liga der Karibik. Er hat nicht aufgehört. Er muß gedacht haben, solange er redet, würde ich ihn nicht verdreschen. Er hat mindestens dreihundert Gründe angeführt, warum er unser bestbezahlter Agent in Miami ist, und ich habe gesagt: ›Nun mal raus mit der Sprache. Du bist auch beim DGI beschäftigt.‹ ›Du weißt doch, daß ich beim DGI beschäftigt bin‹, sagte er zu mir, ›du hast mich doch selbst dazu aufgefordert.‹ ›Ja‹, sag' ich, ›vorausgesetzt, du richtest dich genau nach meinen Anweisungen.‹ ›Hab' ich doch‹, sagte er. ›Nein‹, sage ich, ›hast du nicht. Du hast ein paar sehr gefährliche Kurven geschnitten. Du hast dem DGI viel mehr gegeben, als du ihm hättest geben sollen.‹ Er hat sogar genickt. ›Ich habe die Grenzen des Erlaubten vielleicht überschritten‹, stotterte er.«

»Chevi hat das zugegeben?« fragte ich.

»Natürlich hat er. Er hatte schließlich die Kanone am Hals. ›Wußt' ich's doch‹, sag' ich, › wie weit überschritten?‹ ›Du kennst doch die Spielregeln, wie so etwas läuft‹, sagt er. ›Die kenn ich‹, nicke ich. ›Dann verstehst du das doch‹, sagt er. ›Ich hab dem DGI Material gegeben, damit sie mehr Vertrauen zu mir hatten.‹ ›Ja‹, sage ich zu ihm, ›wir glauben, daß du ein Doppelagent bist, der für uns arbeitet. Aber vielleicht glauben sie, daß du für sie arbeitest.‹ ›Ja‹, sagt er, ›aber sie täuschen sich.‹ ›Nein‹, sage ich, ›der DGI ist nicht dumm. Vielleicht gibst du denen soviel wie uns oder vielleicht sogar noch etwas mehr als uns.‹ ›Nein‹, sagt er. ›Nein?‹ frage ich. ›Im schlimmsten Fall‹, sagt er, ›bin ich ein neutraler Marktplatz.‹ ›Gehört dazu auch die Überschreitung der Grenzen des Erlaubten‹, frage ich ihn, ›daß du ihnen gesagt hast, in welcher Nacht wir angreifen? Haben sie deshalb zwei meiner Leute geschnappt und meinen Namen in Havanna im Fernsehen genannt?‹ ›Nein‹, sagt er, ›ich bin ein neutraler Marktplatz. Ich gebe saubere Informationen an beide Seiten.‹ Darauf kannst du Gift nehmen. Er taxiert

genau den Wert dessen, was er dem DGI und dessen, was er uns gibt. Ich sage dir, jetzt hab' ich den Kerl durchschaut. ›Du‹, sag' ich zu ihm, ›du hast *deinen* Mann beim DGI. Mit dem bist du dick im Geschäft, und er ist mit dir dick im Geschäft. Ihr beide habt einen Zwei-Mann-Marktplatz. Ihr grabscht euch gegenseitig ab, was? Ihr schwulen Säue!‹ ›Nein‹, sagt er. ›Ja‹, sag' ich. ›Das ist schlimm genug, aber warum hast du dem DGI den Zeitpunkt meines Angriffs verraten?‹ ›Nein‹, sagt er. ›Das würde ich nicht tun.‹«
Butler gab einen Stoßseufzer von sich und sah mich an. Mein Vater hatte mir einmal erzählt, bei der Großwildjagd sähe man, daß sich der Ausdruck in den Visagen der Tiere überraschend veränderte, wenn sie nach einem Treffer aus der Büchse des Jägers langsam verendeten. Die Bosheit in Butlers Gesicht verwandelte sich innerhalb von zwanzig Sekunden in Wehleidigkeit, Belustigung, Entsetzen und schließlich Selbstzufriedenheit. »Hubbard«, fuhr er fort, »ich hab' ihn hochgehoben von seinem Stuhl und aufs Klo geschleppt und seinen Kopf über die Kloschüssel gehalten, nachdem ich vorher – nun erschrick mal nicht gleich, Hubbard – nicht gespült hatte, nein, mit Absicht nicht gespült hatte – ich bin nämlich ein berechnender Agentenführer –, und ich sagte zu Chevi: ›Sag's mir jetzt, oder du kannst die Wahrheit schmecken.‹ ›Nein‹, stöhnte er, ›niemals, hab's nicht getan, Dix, glaub mir.‹ Nun, ich wollte die Angelegenheit nicht forcieren. Die Drohung, das weiß ich, ist immer stärker als die Durchführung – ich kenne auch meinen Clausewitz –, aber die Versuchung, es zu vollenden, überkam mich, und ich steckte seinen Kopf in die dreckige, stinkende Kloschüssel und rieb ihn da unten herum. Und ich kreischte immerzu: ›Cuba, *si*! Yeah? Castro, *si*! Yeah?‹«
Der Barkeeper kam herüber. »Können die Gentlemen das mit dem Castro bitte etwas leiser sagen. Ein paar von meinen Stammgästen sind Kubaner«, aber als er Butlers Gesicht sah, fügte er hinzu: »Danke!« und verschwand eilig.
»Das nächste Mal«, sagte Butler zu mir, »soll er sich bei mir mal lieber nicht ohne Bleirohr sehen lassen.«
Ich war still. Ich war in Butlers Gegenwart meistens still. »Hat er ein Geständnis abgelegt?« fragte ich schließlich.
»Nein«, sagte Butler. »Jedesmal, wenn ich seinen Kopf hochhob, schrie er: ›Was ich für mich behalte, das kriegst du nie.‹ Er war sagenhaft. ›Was ich für mich behalte, das kriegst du nie!‹ Schließ-

lich habe ich ihn unter die Dusche geworfen. Ich bin sogar mit ihm zusammen unter die Dusche gegangen. Ich hab' angefangen, ihn abzuschrubben, und er ist wahnsinnig geworden. Es war so, als ob man einen Waschbären in einer Mülltonne zu fangen versucht. Ich bin aus der Duschkabine gesprungen. Hab' ich gelacht! Aber mir war zum Heulen zumute. Ich habe Chevi Fuertes nämlich geliebt. Ich liebe ihn jetzt.«

»Was?«

»Ja, ich bin ein Scheißkerl, so besoffen. Aber da war er ein Scheißkerl – durch äußere Einwirkung – aus Zwang. Ich bin ein Scheißkerl, weil ich das mit ihm gemacht habe. Aber es hat mir solchen Spaß gemacht, und ich leide gern unter Gewissensbissen. Aber jetzt, Hubbard, bin ich verdammt unruhig, weil er verschwunden ist zusammen mit seinem schwulen Freund vom DGI. Ich weiß, er muß jetzt schon in Kuba sein, und ich bin auf dem Weg nach Indochina. Die Lust am Kampf ist das einzige Geschenk, das Gott mir hat zuteil werden lassen.«

»Laß uns hier verschwinden«, sagte ich.

»War das richtig oder falsch mit Fuertes?«

»Du weißt, was ich darauf antworten werde.«

»Aber was ist, wenn er mich betrogen hat?«

»Was ist, wenn du dich getäuscht hast?«

»Deine Wut sitzt da oben über deinem Bauchnabel. Die sitzt in deinem Mund«, sagte Butler. »Also ist es mir egal, wie du über mich urteilst. Daumen rauf, Daumen runter, spielt keine Rolle. Was ich mit Chevi getan habe, das habe ich getan, weil ich es tun mußte. Ich wollte es einfach tun. Hubbard, du wirst mir das nicht glauben, aber ich würde gern so ein berechnendes Arschloch wie du werden.« Er lachte gellend auf. »Glaub mir das, du Schleimscheißer, und ich werde Opium nach Hongkong exportieren.«

Es gelang mir, ihn nach Haus zu bringen, ohne daß es zu weiteren Zwischenfällen gekommen wäre. Das ist die einzige Leistung, deren ich mich an diesem Abend rühmen konnte. Als ich aber in meine Wohnung zurückkehrte, hatte jemand einen Briefumschlag unter der Tür durchgeschoben.

18. November

Lieber Peter (alias Robert Charles),

darf ich mit den Worten beginnen: »Ich kannte Dich als?« Das war einer der ersten amerikanischen Sätze, die ich gelernt habe. Ja, ich kannte Dich als einen anständigen Kerl in Montevideo, wenn auch als einen Ignoranten. Ja, erstaunlich unbedarft warst Du in nahezu allen weltlichen Dingen, Peter, aber Deine Ignoranz war auch nicht größer als die Deiner Kollegen in Miami – die ignoranten Cowboys vom CIA. Ich habe genug. Wenn Du dies liest, werde ich in Kuba sein, wohin ich gehöre, obwohl diese Entscheidung mich durch eine persönliche Pilgerfahrt von Enttäuschungen mit mir selbst und Verführungen Deiner Welt geführt hat, der ich übermäßig verhaftet war. Ich habe früher die Kommunisten verachtet, weil ich zuerst zu ihnen gehörte und wußte, daß sie geistige Heuchler sind. Wenn ich mit ihnen zusammen war, konnte ich fühlen, wie die ganze Ehrlichkeit in mir starb, die mir in Uruguay näher war als sonst, und ich habe ihre geistige Heuchelei verabscheut. Sie haben nie irgend etwas mit dem einfachen Gefühl getan, daß es für sie selbst ist. Sie haben zum Beispiel nie ein gutes Essen genossen, nur weil sie sich gern den Wanst vollschlagen, sondern sie taten es, weil es ihre Pflicht war, ihre Moral aufrechtzuerhalten um der Sache willen. Bullshit! Meine Frau in Uruguay ist am schlimmsten. Macht, Anstand, Selbstgerechtigkeit. Ich habe sie so gehaßt, daß ich alle Kommunisten gehaßt habe. Ich habe mir gewünscht, wieder in Harlem zu sein, wo ich mit einer Negerhure zusammengelebt habe. Sie war gierig und sie hatte einen flachen Bauch und eine schnurgerade Muschi. Wenn sie ein einfacher Mann mit lauter Stimme ansprach, war ihr das lieber als ein nobler Lackaffe mit einer netten, leisen Stimme. Sie war ganz einfach. Sie war der Kapitalismus. Ich stellte fest, daß der Kapitalismus das geringere Übel ist. Wenn du etwas tatest, tatest du es nur für Dich selbst, und es funktionierte. Minus mal minus ist plus. Lauter gierige Leute ergeben zusammen eine gute Gesellschaft. Der Kapitalismus ist surrealistisch. Das hat mir gefallen.

Aber jetzt habe ich viele Monate lang unter dem Daumen eines weißen Kapitalisten, Dix Butler, gelebt, der eines Tages reich sein wird, denn er ist der Stoff, aus dem die Vermögen gebildet werden. Was er tut, tut er immer und ausschließlich für sich selbst, und ich bin zu dem Schluß gelangt, daß das sogar noch schlimmer ist. »Gut ist, was mir guttut!« Ernest Hemingway, stimmt's? Infolge dieses Prinzips fand ich meinen Kopf in einer Scheißschüssel wieder. Wegen der näheren Einzelheiten wende Dich bitte an Dix Butler – Pardon: Frank Castle. Sag ruhig Frank Castle, aber der DGI kennt seinen richtigen Namen, Dix Butler. Ich habe ihnen den Namen gestern verraten. Und woher kenne ich ihn? Weil er ihn mir genannt hat, als wir Liebe gemacht haben. Ja, ich hatte eine Affaire mit Dix Butler. Wundert Dich das? Ich, der ich einer der führenden weißen Hengste in Harlem und ein hundertprozentiger Mann in Montevideo war, habe die Beziehung zu meiner Männlichkeit verloren. Das geschah in den letzten paar Jahren, *nachdem ich für Dich gearbeitet hatte*. Aber dann habe ich Uruguay in Panik mit eingezogenem Schwanz verlassen – ein Verräter und Hundesohn. In Miami bin ich dann zum Gewohnheitsverräter geworden. Mein Arschloch bekam für meine Seele einen höheren Status als mein Schwanz – warum? Das ist vielleicht gar kein so großes Geheimnis. Männlichkeit ist Stolz. Und ich war ein Sack voll Scheiße. Was ist der Augapfel in einem Sack voll Scheiße? Das Arschloch, Señor. Ich sage Dir das alles, Peter, ich meine Robert Charles, weil es Dich schockieren wird. Ich möchte Dich schockieren. Du bist so naiv. Unheimlich naiv, aber Du versuchst die Welt zu regieren: anmaßend, dumm, unfähig, selbstgerecht. Du wirst mich verachten, weil ich ein Schwuler bin, aber Du bist viel schwuler als irgendeiner von uns, obwohl Du es Dir selbst gegenüber nie zugeben wirst, weil Du es nie treibst! Du bist ein Schwuler, so wie Amerikaner Barbaren sind, obwohl sie die Barbarei nicht offen betreiben. Sie halten sich die Zeitung vors Gesicht. Sie gehen in die Kirche, um den Tod nicht zu sehen, und Du arbeitest für Deine Leute, damit Du Dich nicht selbst im Spiegel ansehen mußt. Nein, Du blickst gleich durch deinen CIA-Doppelspiegel, um andere auszuspionieren.

Ich gehe nicht ohne Angst nach Kuba. Was ist, wenn die durchschnittlichen kubanischen Kommunisten genau so dumm sind wie die Parteimitglieder in Uruguay? Amerika ist ein besseres Land für miese Typen. Sogar für so miese Typen wie mich. Und ich fürchte mich davor, daß Fidel Castro seine eigene Schlechtigkeit noch nicht überwunden und noch nicht erkannt hat, daß es falsch war, die Raketen zu nehmen. Aber ich werde ja sehen. Ich werde nicht länger den beiden Seiten meiner Natur frönen können. Verstehe es

darum als ein persönliches Opfer. Der Kommunismus wird in dem Maße triumphieren, in dem sich die menschliche Natur in ihrer eigenen Scheiße suhlt. Ich fühle mich wie ein Pionier.
Suerte, guter Junge. Wisse, daß ich Dich immer lieben werde. Despite all, wie die Engländer sagen.

Adios,
Chevi

Ich legte den Brief zur Seite, und mein Blut kochte. Da läutete das Telefon, und ich wußte, daß Señor Eusebio Fuertes mich anrief.
»Wo bist du?«
»Ich spreche von gegenüber auf der anderen Straßenseite. Ich hab' dich nach Haus kommen sehen. Ich habe auf dich gewartet. Hast du meinen Brief gelesen?«
»Ja.«
»Kann ich dich besuchen?«
»Ja.« Das war alles, was ich herausbrachte. Ich begann zu zittern. In Maine, an einer Steilwand neben den Precipices, hatten meine Knie in ähnlicher Weise geschlottert, und Harlot hatte gleich den Ausdruck »Nähmaschinenbein« dafür geprägt. Nun zitterten meine Hände. Ich wußte, was Chevi wollte.
Er sah sehr vergnügt aus, als er durch die Tür kam. Er schien jenen Zustand erreicht zu haben, in dem man sich frei fühlt und keine Konsequenzen mehr fürchtet. Ich aber mußte mich entscheiden: Ich konnte ihn festnehmen oder ihn nach Kuba fliehen lassen. Jede dieser beiden Möglichkeiten war unerträglich.
»Ich bin gekommen«, sagte er, »um dir Lebewohl zu sagen. Die ganze Zeit lang, als ich an dem Brief schrieb, dachte ich nicht, daß ich's tun würde. Ich habe dich verachtet. Ich wollte dich nicht mehr sehen. Aber jetzt bin ich mit alldem fertig.« Er sah sich um. »Hast du einen *Añejo*?« Er lächelte tückisch. »Einen kubanischen Rum?«
Ich reichte ihm eine Flasche mit einem puertoricanischen Etikett und ein Glas. Meine Hände waren der Aufgabe zum Glück gewachsen.
»Weißt du, weshalb ich gekommen bin?« fragte er.
»Ich glaube, ja.«
»Darf ich einen Gedanken hinzufügen? Du bist lasterhaft, Roberto, und hast viele Fehler, aber ich sehe in dir jetzt, da ich meine Ressentiments beiseite lasse, immer noch einen anständigen Kerl.

Deshalb kann ich nicht fortgehen, ohne mich von dir zu verabschieden. Sonst würde ich deine Anständigkeit verletzen. Damit würde ich auch die meine verletzen. Ich glaube, du siehst, daß eine Ordnung des guten Willens im Universum herrscht. Eine Ordnung mit Ressourcen, die nicht unerschöpflich sind.«

»Nein«, sagte ich, »du willst, daß ich dich verhafte. Dann kannst du ein wenig Frieden finden. Denn du wirst verbittert sein und kannst dich endlich im Recht fühlen. Sonst möchtest du, daß ich dir meinen Segen mit auf den Weg gebe. Dann kannst du dir einbilden, du hättest mich endlich so weit gekriegt ...« Ich wußte nicht, wie ich es ausdrücken sollte, »... das Vertrauen meiner Vorgesetzten zu mißbrauchen.«

»Ja«, sagte er, »du bist mir ebenbürtig.«

»Zum Teufel, verschwinde!« sagte ich.

»Du kannst mich nicht festnehmen. Ich sehe, daß du's nicht kannst.«

»Verschwinde!« sagte ich. »Lerne Kuba gründlich kennen. Du kommst irgendwann zurück zu uns, und dann bist du mehr wert.«

»Du irrst dich«, sagte er. »Ich werde ein entschiedener Feind deines Landes werden. Wenn du mich jetzt gehen läßt, dann weiß ich, daß du nicht mehr an eure Sache glaubst.«

Hatte er vielleicht recht? Eine unerträgliche Wut stieg in mir auf. Ich war in dieser Zeit körperlich wahrscheinlich so kräftig wie mein Vater. Ich hatte mit Sicherheit keine Angst vor Chevi, außer der, daß ich ihn – echter Sohn Boardman Hubbards – mit bloßen Händen umbringen würde. Ja, ich konnte ihn vernichten, aber ich konnte ihn nicht in Gewahrsam nehmen. Er war mein Geschöpf. Trotzdem vermochte ich mich nicht von der Vorstellung zu befreien, daß er mit dem Kopf in Butlers Abortschüssel steckte – während ich ihn gleichzeitig, adrett gekleidet, in meinem Wohnzimmer stehen sah.

»Verschwinde«, knurrte ich. »Ich halte dich nicht.«

Er kippte den Rum hinunter und stand auf. Er sah blaß aus.

»Salud, caballero«, sagte er und ging.

Ich verfluchte ihn, nachdem er gegangen war. Ich fühlte mich elend bei dem Gedanken, daß ich meine Pflicht verletzt hatte. Als ich wenige Tage darauf nach Washington zurückkam, lag ein so drückendes Gefühl in der Luft wie in Miami vor einem Wirbelsturm, und das will etwas heißen. Wie selbstgefällig und lasterhaft die Hauptstadt auch sein mochte, so hatte man doch nie den Eindruck gehabt, daß es darin spukte. Aber jetzt ging dort etwas Schauriges, unheimlich Quälendes um, etwas Beklemmendes, das mich verfolgte, wenn ich mich mit gehetztem Blick umsah. Ich hatte die Agency verraten! Meinen Treueid hatte ich gebrochen! Dieses Gefühl wurde so übermächtig, daß ich mich schließlich in die Logik des Glaubens flüchtete. Sünde und Sühne trafen sich in den Gleichungen, die ich für mein Gewissen aufstellte. Und ich schwor mir, daß ich von diesem Tage an mein Leben der Ermordung Fidel Castros weihen wollte.

34

Am Tag vor unserem Flug nach Paris erhielt mein Vater über eine Kurzwellenfrequenz eine Nachricht von einem seiner Agenten aus Havanna. Er erfuhr, daß Fidel Castro in der Nacht zuvor, am 19. November, Jean Daniel in dessen Hotel besucht und die folgenden sechs Stunden dort verbracht hatte, um dem Journalisten ein Interview zu geben.

Während wir keine Vorstellung davon hatten, was für Gedanken die beiden Männer ausgetauscht hatten, bis Jean Daniels Reportage am 7. und 14. Dezember in der *New Republic* erschien, erging sich mein Vater sogleich in allerlei Spekulationen.

»Diese Begegnung fand nur statt«, sagte mein Vater, »weil Kennedy zwei Abend zuvor in Miami gesagt hat: ›Dies und dies allein trennt uns.‹ Deswegen hat Castro Daniel aufgesucht.«

Als ich nichts darauf erwiderte, fügte er hinzu »Bist du auch so unglücklich über das alles wie ich?«

»Nun, diese Nachricht trägt sicher zu der Entschlossenheit bei, mit der wir zu unserer Reise aufbrechen werden.«

»Ja«, sagte mein Vater. »Wir werden nicht lange um den heißen Brei herumreden, nicht wahr?«

Mehrere Wochen später las ich jedes einzelne Wort, das Fidel Castro am 19. November Jean Daniels Bericht zufolge gesagt haben soll. Inzwischen war es Mitte Dezember, und ich hatte mein

Gelübde abgelegt. Ich fragte mich, mit welchen Gefühlen ich wohl nach Paris geflogen wäre, wenn ich den Inhalt von Daniels Interview gekannt hätte. Hätte ich geglaubt, was Castro sagte? Wenn ja, wäre ich bereit gewesen, meinem Vater zu sagen, daß ich nicht guten Gewissens mit Cubela verhandeln könne und wäre ich, wenn mein Vater es verlangt hätte, aus der Agency ausgeschieden? Im Dezember wußte ich nicht mehr, welche Gefühle mich im November beherrscht hatten, denn alle Perspektiven hatten sich verändert. Alle Gedanken an ein Ausscheiden waren nun nur noch ein dumpfer Schmerz. Einen Beruf an den Nagel zu hängen, ist so schmerzhaft wie der Verlust eines Gliedes.

Aus dem Artikel von Jean Daniel in der *New Republic*, 14. Dezember 1963

In der »nach Rum duftenden und in triumphierende Sinnlichkeit getauchten Perle der Antillen«, wie Kuba in den amerikanischen Touristenprospekten genannt wird, die immer noch in den Hotels von Havanna herumliegen, verbrachte ich drei an intensiven Erlebnissen reiche Wochen und hatte trotzdem die ganze Zeit das Gefühl, daß ich nie mit Fidel Castro zusammenkommen würde. Ich redete mit Bauern, Schriftstellern und Malern, Militanten und Konterrevolutionären, Ministern und Botschaftern – aber Fidel blieb unerreichbar. Man hatte mich gewarnt: Er habe keine Lust mehr, Journalisten zu empfangen, am allerwenigsten westliche Zeitungsleute. Ich hatte die Hoffnung praktisch aufgegeben, als Fidel an dem Abend, an dem ich eigentlich hatte abreisen wollen, in mein Hotel kam. Er hatte von meinem Interview mit dem Präsidenten gehört. Wir gingen um zehn Uhr abends in mein Zimmer hinauf und verließen es erst am folgenden Morgen. Hier nur der Teil des Interviews, der eine Erwiderung auf die Bemerkungen von John F. Kennedy darstellt.

Fidel hörte mit lebhaftem, leidenschaftlichem Interesse zu: Er zupfte an seinem Bart, zog sich sein Fallschirmjägerbarett über die Augen, strich seine Kampfbluse zurecht und warf mir die ganze Zeit tausend boshaft blitzende Blicke aus seinen tief eingesunkenen lebhaften Augen zu ... Er ließ mich gewisse Bemerkungen wiederholen, vor allem diejenigen, in denen Kennedy seine Kritik über das Batistaregime geäußert hatte, und zuletzt

die, in denen Kennedy ihn, Castro, beschuldigte, beinahe einen für die ganze Menschheit schicksalhaften Krieg heraufbeschworen zu haben.
Als ich zu sprechen aufhörte, erwartete ich einen Wutausbruch. Statt dessen wurde ich mit einem langen Schweigen, einer ruhigen, gefaßten, oft humorvollen und immer nachdenklichen Erklärung belohnt. Ich weiß nicht, ob Castro sich verändert hat oder ob die Karikaturen in der westlichen Presse, die ihn als eifernden Wahnsinnigen darstellen, vielleicht einer früheren Realität entsprechen. Ich weiß nur, daß Castro während der beiden vollen Tage, die ich mit ihm verbrachte (und während denen eine Menge geschah), nicht einmal seine Fassung und Gelassenheit verlor ...
»Ich glaube, daß Kennedy aufrichtig ist«, erklärte Fidel. »Ich glaube auch, daß der Ausdruck seiner Aufrichtigkeit heute politisch von Bedeutung sein könnte. Ich will erklären, was ich meine. Ich habe die machiavellistische Taktik und Worteverdreherei, die Invasionsversuche, den Druck, die Erpressungsversuche, die Organisation einer Gegenrevolution, die Blockade und vor allem all die Sabotagemaßnahmen nicht vergessen, denen wir schon ausgesetzt waren, lange bevor es den Vorwand und das Alibi des Kommunismus gab. Aber mir scheint, er hat eine schwierige Situation geerbt: Ich glaube nicht, daß ein Präsident der Vereinigten Staaten jemals wirklich frei ist, und ich glaube, gegenwärtig spürt Kennedy den Druck dieses Mangels an Freiheit. Ich glaube auch, daß er jetzt erkennt, wie sehr man ihn zum Beispiel hinsichtlich der kubanischen Reaktion zur Zeit der versuchten Schweinebuchtinvasion irregeführt hat. Ich denke auch, daß er ein Realist ist; er stellt jetzt fest, daß es unmöglich ist, einfach mit einem Zauberstab zu winken und uns und die explosive Situation in ganz Lateinamerika zum Verschwinden zu bringen ...
Das mag die heutige Situation sein. Aber vor über einem Jahr, sechs Monate bevor die Raketen in Kuba aufgestellt wurden, hatten wir einen Berg von Informationen erhalten, die uns übereinstimmend vor einer neuen Invasion der Insel warnten.
Was sollten wir tun? Wie konnten wir die Invasion verhindern? Chruschtschow fragte uns, was wir wollten. Wir antworteten: *Tun Sie, was auch immer nötig ist, um die Vereinigten Staaten davon zu überzeugen, daß jeder Angriff auf Kuba als ein Angriff auf die Sowjetunion angesehen wird.* Wir dachten an eine Proklamation, ein Bündnis,

konventionelle Militärhilfe. Die Russen erklärten uns ihre Sorgen: Erstens wollten sie die kubanische Revolution retten (mit anderen Worten: ihre sozialistische Ehre in den Augen der Welt), und zugleich wollten sie einen Weltkonflikt verhindern. Sie argumentierten, wenn ihre Militärhilfe nur konventioneller Art wäre, würde sie die Vereinigten Staaten vielleicht nicht von einer Invasion abhalten. In diesem Fall würde Rußland Vergeltung üben, und daraus würde sich unweigerlich ein Weltkrieg entwickeln ...
Ich darf Ihnen versichern, daß die Russen keinen Krieg wollten und auch heute keinen Krieg wollen. Man braucht sie nur in ihrer Heimat zu besuchen, ihnen bei der Arbeit zuzusehen, ihre wirtschaftlichen Sorgen mit ihnen zu teilen, ihre intensiven Bemühungen zu bewundern, den Lebensstandard ihrer Arbeiter zu erhöhen, um sofort zu verstehen, daß sie weit, sehr weit von jedem Gedanken an eine Provokation oder Vorherrschaft entfernt sind.
Trotzdem war Sowjetrußland mit zwei Alternativen konfrontiert: einem unvermeidbaren Krieg, wenn die kubanische Revolution angegriffen wurde, oder einem erhöhten Kriegsrisiko, wenn die Vereinigten Staaten nicht bereit waren, sich vor den Raketen zurückzuziehen. Sie wählten die sozialistische Solidarität und die Gefahr eines Krieges.
Wie konnten wir Kubaner uns unter diesen Umständen weigern, mit den anderen gemeinsam die Risiken auf uns zu nehmen, die unserer Rettung dienen sollten? Es war letzten Endes eine Frage der Ehre, finden Sie nicht? Meinen Sie nicht, daß die Ehre eine Rolle in der Politik spielt? Sie halten uns für Romantiker, nicht wahr? Vielleicht sind wir das. Warum auch nicht? Jedenfalls sind wir militant. Mit einem Wort also, wir waren mit der Aufstellung der Raketen einverstanden. Und ich möchte hier für uns Kubaner hinzufügen, es ist gar kein so großer Unterschied, ob man durch ein konventionelles Bombardement oder durch eine Wasserstoffbombe stirbt. Trotzdem haben wir nicht den Frieden der Welt aufs Spiel gesetzt. Die Vereinigten Staaten waren es, die den Frieden der Menschheit in Gefahr brachten, indem sie mit Krieg drohten, um eine Revolution zu ersticken ...«
Das Gespräch wandte sich nun Kennedys ›Alliance for Progress in Latin America‹ zu. »Auf eine Art«, sagte Castro, »war das eine gute Idee. Sie stellt einen gewissen Fortschritt dar, ein Bemühen, sich an die extrem rasche Entwicklung der Ereignisse in Latein-

amerika anzupassen. Aber Kennedys gute Ideen werden keine Resultate erbringen ... Seit so vielen Jahren unterstützt die amerikanische Politik schon die Oligarchien in Lateinamerika. Plötzlich taucht ein Präsident auf, der bei den verschiedenen lateinamerikanischen Ländern den Eindruck zu erwecken versucht, die Vereinigten Staaten ständen nicht mehr hinter den Diktatoren. Was geschieht dann? Die Trusts sehen, daß ihre Interessen ein bißchen kompromittiert werden; das Pentagon denkt, die strategischen Basen seien in Gefahr; die mächtigen Oligarchien in allen lateinamerikanischen Ländern alarmieren ihre Freunde in den Vereinigten Staaten; sie sabotieren die neue Politik, und es wird nicht lange dauern, bis Kennedy alle gegen sich hat.«

Ich fragte Fidel, wo das alles enden wird. Wie wird sich die Situation entwickeln? Selbst wenn die Vereinigten Staaten gegen Sie das einsetzten, was Sie das Alibi des Kommunismus nennen, *bleibt immer noch die Tatsache, daß Sie den Kommunismus gewählt haben.* Denn Ihre Wirtschaft und Ihre Sicherheit hängen von der Sowjetunion ab – in einer Welt, in der der Frieden vom gegenseitigen Respekt vor einer stillschweigenden Aufteilung der Welt in Einflußzonen abhängt.

»Ich möchte nicht über unsere Bindungen an die Sowjetunion sprechen«, schnitt mir Fidel Castro das Wort ab. »Ich finde das unanständig. Wir haben nur Gefühle der Brüderlichkeit und der tiefen, großen Dankbarkeit gegenüber der UdSSR. Die Russen unternehmen zu unseren Gunsten außerordentliche Anstrengungen, die sie manchmal teuer zu stehen kommen. Aber wir haben unsere eigene Politik, die vielleicht nicht immer (das haben wir bewiesen!) dieselbe wie die der UdSSR ist. Ich weigere mich auch, länger auf diesen Punkt einzugehen, denn wenn Sie mich auffordern, ich solle sagen, ich sei kein Bauer auf einem sowjetischen Schachbrett, dann ist das so, als ob Sie von einer Frau verlangten, sie solle laut auf einem öffentlichen Platz verkünden, daß sie keine Prostituierte sei.

Wenn die Vereinigten Staaten das Problem so sehen, wie Sie es dargestellt haben, dann haben Sie recht, dann gibt es keinen Ausweg. Aber wer ist letzten Endes der Verlierer? Sie haben alles, absolut alles gegen uns versucht, und wir leben immer noch ... Sind wir in Gefahr? Wir haben immer mit der Gefahr gelebt. Aber es ist eine interessante Erfahrung zu erleben, wie viele Freunde

man auf der Welt entdeckt, wenn man von den Vereinigten Staaten verfolgt wird. Aus all diesen Gründen sind wir auch keine Bittsteller. Wir bitten um nichts.
Ich habe gerade als ein kubanischer Revolutionär zu Ihnen gesprochen. Aber ich sollte auch als friedliebender Mensch zu Ihnen sprechen, und von diesem Standpunkt aus betrachtet glaube ich, daß die Vereinigten Staaten ein zu wichtiges Land sind, als daß sie nicht einen Einfluß auf den Weltfrieden haben sollten. Ich hoffe deshalb, daß in Nordamerika ein Führer hervortreten wird, (warum nicht ein Kennedy, es spricht vieles zu seinen Gunsten), der bereit sein wird, der Unpopularität die Stirn zu bieten, gegen die Trusts zu kämpfen, die Wahrheit zu sagen und, am wichtigsten, die verschiedenen Nationen so handeln zu lassen, wie sie es selbst für richtig halten. Wir bitten um nichts, weder um Dollars noch um Unterstützung noch um Diplomaten noch um Banker noch um Militärs – nur um Frieden und darum, daß man uns so akzeptiert, wie wir sind! Warum sollte es unmöglich sein, den Amerikanern begreiflich zu machen, daß der Sozialismus nicht zur Feindschaft, sondern zur Koexistenz führt?«
Abschließend bat mich Fidel Castro: »Da Sie Kennedy wiedersehen werden, seien Sie ein Botschafter des Friedens. Ich möchte mich hier ganz klar ausdrücken: Ich will nichts. Ich erwarte nichts, und mir als Revolutionär mißfällt die gegenwärtige Situation nicht. Aber als Mann und Staatsmann ist es meine Pflicht, auf die Kriterien hinzuweisen, die Grundlage einer Übereinkunft sein könnten. Um Frieden zu schaffen, müßte in den Vereinigten Staaten ein Führer an die Macht kommen, der fähig ist, den explosiven Realitäten dadurch zu begegnen, daß er sich halbwegs entgegenkommend zeigt; Kennedy könnte immer noch dieser Mann sein. Er kann immer noch in den Augen der Geschichte der größte Präsident der Vereinigten Staaten werden, der Führer, der vielleicht endlich begreift, daß es eine friedliche Koexistenz zwischen Sozialisten und Kapitalisten – sogar in unserer Hemisphäre – geben kann. Er würde dann sogar ein noch größerer Präsident als Lincoln sein. Ich weiß zum Beispiel, daß Kennedy für Chruschtschow ein Mann ist, mit dem man reden kann. Andere Führer unseres Lagers sind der Auffassung, wir müßten zuerst seine Wiederwahl abwarten. Ich persönlich bin der Auffassung, daß er für die gegenwärtige Situation voll verantwortlich ist, aber ich will

zugeben, er hat in den letzten paar Monaten vieles begriffen. Und letzten Endes bin ich überzeugt, daß jeder andere schlimmer sein würde.« Dann fügte Fidel mit einem breiten, jungenhaften Grinsen hinzu: »Wenn Sie ihn wiedersehen, sagen Sie ihm, daß ich Goldwater zu meinem Freund erklären werde, wenn er Kennedys Wiederwahl garantiert.«

35

Hôtel Palais Royal
22. November 1963

Liebe Kittredge,
es ist so lange her, seit ich Dir geschrieben habe, und ich bin mir dessen auch bewußt. Ich sitze in meinem Zimmer im Palais Royal, einem schwülstig dekorierten Jugendstilzimmerchen – Truman Capote hat sich sogar mit den Worten »My home away from home!« in ihrem Gästebuch verewigt. (Tut er wahrscheinlich überall.) Es ist drei Uhr nachmittags an diesem Freitag, und in etwas weniger als zwei Stunden werden Halifax und ich aufbrechen, um uns mit der *speziellen* Person zu treffen, derentwegen wir diese Reise unternommen haben. Ich bin allein hier und versuche nachzudenken über alles und sehne mich doch die ganze Zeit danach, mit Dir reden zu können. Wenn ich hier also zum Beispiel über ein Projekt von *Halifax* spreche, so deshalb, weil ich diesen Brief sofort per Post abschicken möchte und ein Kurier nicht zur Verfügung steht. Er muß somit den normalen Postweg nehmen.
Genug! Ich möchte Dir vorab sagen, daß ich Dich liebe und Dich immer lieben werde. Doch obgleich ich diese Tatsache auch niemals auch nur für einen Augenblick und nicht einmal – da die unstatthafte Wahrheit gesagt werden muß – in den Armen einer anderen Frau vergessen kann, so habe ich mich doch noch nie überwinden können, es Dir zu gestehen. Aber jetzt bin ich hier in Paris auf einer richtigen, echten Mission, und das Gefühl, das mich erfüllt, ist das der Vorfreude mit einem ganz leichten Beigeschmack von Angst. Mein Begleiter, Veteran Halifax, nennt diesen

Zustand einen der »zärtlichen Schmetterlinge – es gibt kein besseres Gefühl«. Ich kann den Augenblick kaum erwarten, daß er an meine Tür klopft und wir hinausfahren zu unserer Verabredung.
Trotzdem beseelt mich auch eine heitere Gemütsruhe, als könnte ich den ganzen Tag hier weilen, um Dir zu schreiben. In dieser Stunde scheinen Alpha und Omega in Frieden und Eintracht miteinander zu sein, als ob das Morgengrauen und der Abend Seite an Seite in mir lebten, und so kann ich Dir sagen, daß ich Dich nicht nur liebe, sondern auch mein Lebtag auf Dich warten will und bereit bin, in einem solchen Zustand und dennoch in völligem Einverständnis mit der tiefen Loyalität anderen gegenüber, die in Dein Leben hineinverwoben sind, zu leben. Ich werde, indem ich Dich liebe, keine größeren Ansprüche an Dich stellen als jene, und ich hoffe, daß Du mir, der ich Dir eine solche Bürde auferlegt habe, verzeihen mögest.
Kann es an dem ehrwürdigen, wenn auch feinen Zauber von Paris liegen, daß ich mich zu einem solchen Bekenntnis hinreißen lasse? Heute ist der Himmel bedeckt, und Paris ist die einzige Stadt, die ich kenne, die bei einem solchen Wetter graulila schimmert. Der Himmel, die steinernen Bauwerke, die Seine selbst sprechen von den Symphonien in Moll, denen man im reichen Schmuck der Grautöne begegnet, ja, diese Mollakkorde rufen die besinnlichsten, harmonischsten und übermächtigsten Gefühle hervor. Als ich heute früh am linken Seineufer entlangschlenderte, wurde mir klar, daß dies der Tag ist, an dem ich Dir sagen muß, wie sehr ich, ja, von der ersten Stunde, in der ich Dir begegnete, Deine Schönheit und Dein wildes, leidenschaftliches Herz geliebt habe.
Mehr will ich nicht sagen. Ist es vermessen von mir zu hoffen, daß Du Dir diese meine Blätter vor Augen führen wirst, wann immer Dich ein Zweifel an mir überkommen sollte? Ich komme mir so uncharakteristisch weise vor (nun, da ich dieses Bekenntnis abgelegt habe), daß ich Dir gern von Myriaden absurder kleiner Nebensächlichkeiten erzählen würde. Halifax und ich haben zum Beispiel in der Tour d'Argent außerordentlich gut zu Mittag gespeist. Es genügt zu erwähnen, daß man nicht fehlgehen kann, wenn Halifax ausgehungert und in Paris ist. Statt Dich mit den Einzelheiten eines Mahls zu langweilen, dem Du nicht beigewohnt hast, will ich Dir nur sagen, daß wir mit *champignons farcis duxelles* und einer Flasche St. Emilion '53 begannen. Ich hatte nie zuvor geahnt,

welch ein Glanz von den Hüten gewisser Pilze ausgehen kann, wenn man sie mit Schalotten, Knoblauch, Butter und geriebener Muskatnuß serviert. Eine Ahnung von jener Freude überkam mich, die mir zuteil werden könnte, brächen wir jemals das Brot gemeinsam in einem solchen Restaurant.

Laß mich Dir gestehen, daß wir mitten in diesen himmlischen Gaumenfreuden höchst irdische Dinge besprachen, die das feierliche Zeremoniell unserer Mahlzeit störten. Ich will nur soviel sagen – wir werden mit einem feindlichen Agenten zu einem Gespräch zusammentreffen. Natürlich findet dies in einer neutralen, sogar freundlichen Umgebung statt, also sollte ich nicht zuviel davon hermachen, aber dies ist doch mein erstes, legitimes, von ernstem Pflichtbewußtsein getragenes, internationales Gespräch nach all den Jahren! Ich muß sagen, das erzeugt ein Gefühl der Schwerelosigkeit und *zugleich* der Erhabenheit und des heiligen Eifers.

Halifax versteht es immer, das Beste aus so einer Mischung zu machen. Seine Männer beim OSS müssen ihn geliebt haben. Gestern hat er mich während des ganzen Fluges in einer Pan-Am-Maschine mit lebhaften Anekdoten unterhalten. Er fürchtet sich ein bißchen vor dem Fliegen, was mich an eine Theorie erinnerte, die Dix Butler einmal vertreten hat – daß starke männliche Charaktere die zaghaftesten Fluggäste sind, weil sie fürchten, daß ihre zerstörerischen Energien auf die Technik einwirken könnten. Als auch Halifax seine These von einem dank parapsychologischer Kräfte verursachten Absturz darlegte, fügte er hinzu: »Es ist faszinierend, einen Mitmenschen zu beseitigen. Man tritt damit in eine auserwählte Bruderschaft ein. Der Mann, mit dem wir uns morgen treffen werden, ist ein gutes Beispiel dafür.« Und dann erzählte er mir – gerüchteweise hatte ich bereits davon gehört –, daß er sich in Italien bei den Partisanen einmal in einen wahren Blutrausch hineingesteigert habe. Dort hat Halifax in drei Tagen fünf Deutsche getötet – zwei mit dem Gewehr, zwei mit der erbeuteten Luger und einen mit bloßen Händen. »Ich habe mich danach nie mehr so richtig beruhigen können«, sagte er. »Mein ganzes Leben hat sich darum gedreht. Und weißt du was? Es hat mir zu einem beträchtlichen Überlegenheitsgefühl verholfen. Ich habe den Eindruck, persönlich zu etwas Besonderem ermächtigt zu sein – und frage mich manchmal, ob ich nicht wahnsinnig bin.«

»Warum denn wahnsinnig?«

»Weil ich diese drei Tage eigentlich ziemlich genossen habe. Mein Vater, der Schuldirektor, hat mich einmal überrascht, als er sagte: ›Die schwerste Aufgabe, die Gott der Herr einem Mann stellen könne, sei, den Verdorbenen, den Verdammten, den Bösen als Todesengel ins Jenseits zu befördern. Nur wenige Männer besäßen diese Fähigkeit‹, versicherte er mir. Ich konnte es nicht fassen. Mein Vater, der Theologe, sprach zustimmend von der Vernichtung menschlichen Lebens! Natürlich hatte er neben allem übrigen auch dieses besondere, lustvolle Glitzern in den Augen, diese animalische Kraft, die viele Yankees auszeichnet. Ich weiß, daß sie auch mir zu eigen ist.«
Laß Dich nicht von dem Begriff »animalisch« stören. Wie Halifax es gebraucht, ist es nicht abschätzig gemeint, nein, er meint den Geschlechtstrieb. »Ich bin ein in der Wolle gefärbter Yankee, wenn es um den Sex geht«, hat er mir gestanden. »Harry, ich glaube nicht, daß ich je eine Erektion hatte, bei der mir nicht so war, als ob ich sie mir verdient hätte.«
»Das würde mich eher konfus machen«, sagte ich, und wir mußten beide lachen. Gerade in diesem Augenblick blieb eine ziemlich attraktive Stewardeß, die Halifax schon seit dem Abflug beäugt und die uns schon mehrfach zugelächelt hatte, endlich stehen, um mit uns zu plaudern. Halifax sah darin ausschließlich die Zauberkraft seiner erotischen Ausstrahlung, aber zu seinem Leidwesen galt ihr Interesse mir: »Sind Sie nicht ein Freund von Modene Murphy?« fragte sie. Als ich nickte, fuhr sie fort: »Ich habe früher mit ihr bei Eastern Airlines gearbeitet, und Modene hat dauernd von Ihnen erzählt. Ich habe Sie von dem Foto her wiedererkannt, das sie immer bei sich trug. Sie haben ihr gut gefallen.«
»Ach«, sagte ich, »wenn sie mir das nur einmal gesagt hätte!«
Wir einigten uns darauf, daß derjenige von uns beiden, der Modene zuerst träfe, ihr Grüße vom anderen ausrichten würde.
Nun, Halifax sah und hörte das alles in Ruhe, und dann teilte er mir mit, daß er von Modene gewußt und sich immer gewünscht habe, sie einmal kennenzulernen, aber durch vorsichtige Rückfragen konnte ich erkennen, daß er nur bei der Agency gerüchteweise gehört hatte, ich triebe mich mit einer gutaussehenden Stewardeß herum, also alle Achtung.
Ich will Deine Geduld nicht auf die Probe stellen. Denn ich weiß, daß eine schöne Frau nicht immer von einer anderen hören

möchte, aber ich appelliere ja aus gutem Grund an Deine Großherzigkeit. Halifax machte mir nun ein erstaunliches Geständnis. Er litte unter »lapsi erectionum«. Ich erwähne dies nicht, um ihn bloßzustellen, sondern um ihn zu erklären. Mir ist, als begriffe ich allmählich die ungeheuere Niedergeschlagenheit, die ihn wegen Mary überkommen hatte – ihre letzten Jahre müssen voll solcher *lapsi* gewesen sein. Doch in welch starkem Gegensatz dazu steht seine gegenwärtige Erregung wegen dieser Mission. Er war vor ein paar Wochen in Paris, um »mal nachzusehen«, und kam von sich selbst begeistert zurück. »Ich fühle mich bereit«, erzählte er mir, »mal wieder ein paar Extraspesen zu machen.« Ich dachte, er hätte nur die Beziehungen mit seiner Sekretärin Eleanor wieder aufgenommen (die ihn anbetet), aber die »alte Freundin«, die er sich wieder angelacht hat, ist – bitte Sicherheitsgurt anlegen, ich wette, sie hat Dir's nicht gesagt – Polly Galen Smith. Sie findet wirklich immer die richtigen Leute!

Ja, Halifax war guter Dinge. Er sorgt für seine Gesundheit, indem er sich ab und zu einer Gefahr aussetzt und sie besteht. Aber ich glaube nicht, daß die bevorstehende Begegnung physisch gefährlich werden könnte. Aber alle möglichen kleineren und größeren Katastrophen können sich ereignen, die Sicherheit und Karriere gefährden. Da darf man nicht zu flattern anfangen. Aber Halifax ist, wenn er auf eine Gefahr zusteuert, in Hochstimmung. Als hätte er mediterranes Blut in seinen Adern, spricht er mit schwerer Zunge von dem Genuß, den Mord und Tod ihm bereiten, und dabei begeistern wir uns an *Filet de bœuf au poivre* und einer Flasche Pommard '56. Die bringt ihn wieder auf seine fixe Idee: Wurde Marilyn Monroe ermordet?

Während er sich darüber ausläßt, schweifen meine Gedanken ab. Ich hatte wirklich nicht damit gerechnet, daß er diesen alten Unsinn wieder aufwärmt. Wir waren natürlich bereits die verschiedenen Szenarien durchgegangen, um vorbereitet zu sein, wenn während der Begegnung irgendeine unerwartete Entwicklung eintreten sollte. Wir hatten alles im Büro und im Flugzeug besprochen. Trotzdem war ich davon ausgegangen, daß er die Zeit während des Essens wenigstens zum Teil noch einmal dazu nutzen würde, aber nein: »Das haben wir *intus*«, sagt er mir. »Laß uns von was anderem reden.« Und schon legt er mit seiner These los.

Ich finde es entsetzlich, denn der Gedanke an einen Mord im

Zusammenhang mit dieser süßen, traurigen und lustigen Komödiantin wird mir den Appetit verderben. Aber ich glaube, Halifax versteht mich vielleicht besser als ich mich selbst. Ich denke mir, er spürt instinktiv, daß es, um die Spannung zu lockern, anregend sein kann, sich mit anderen Dingen zu beschäftigen, selbst wenn es sich, wie in diesem Fall, um ein gräßliches und abscheuliches Verbrechen handelt.

Ich will versuchen, die Theorie in seinen Worten wiederzugeben. Ich habe dem guten, würdigen Halifax ja oft genug gelauscht, um seine Stimme in meinem Ohr zu hören, wenn ich von ihm schreibe, und er hat bei dieser Gelegenheit kein Blatt vor den Mund genommen. »Weißt du«, sagte er zu mir, »ich war am Anfang absolut davon überzeugt, daß sie entweder durch ein Wort von den Kennedys oder möglicherweise sogar durch deren unmittelbare Tat ins Jenseits befördert wurde. Es ist nicht schwer, einem Menschen, der einem vertraut, eine Injektion zu verabreichen. Sowohl Jack als auch Bobby könnte zu ihr gesagt haben: ›Das ist eine Vitaminmischung, reines Dynamit. Wirkt Wunder.‹ Das arme Mädel nahm alles gern, was nach einer Pille oder einer Spritze aussah.«

Kittredge, ich muß vorausschicken, daß mein Vater sich seit fünfzehn Monaten damit beschäftigt, und er hat nicht nur alle möglichen Indizien gesammelt, darunter vor allem den Autopsiebericht. Außerdem hat er ja schließlich mehr als sein halbes Leben beim Geheimdienst verbracht. Er versichert mir, alle Fakten im Autopsiebericht deuteten auf einen Mord. Wenn man den Barbituratspiegel in ihrem Blut aus der Einnahme von Tabletten erklären wollte, dann hätte sie mindestens fünfzig Kapseln Nembutol und Chloralhydrat einnehmen müssen. Das hätte in ihrem Magen und Dünndarm einen beträchtlichen Rückstand hinterlassen müssen. In ihrem Magen hätte sich aber nur eine minimale Menge an Flüssigkeit gefunden, berichtet der Gerichtsmediziner.

Ich möchte hier keine weiteren Einzelheiten dieser Art zu Papier bringen, weil Du sie, glaube ich, abstoßend finden würdest. Außerdem hat er nun schon so oft davon gesprochen, daß ich fürchte, es stimmt irgend etwas nicht in seinem Dachstübchen. Neu war bei diesem Lunch nur, daß er endlich seine Schlußfolgerung geändert hat. Er hat während dieser ganzen letzten fünfzehn Monate hartnäckig Jack verdächtigt. Das zeigt nicht zuletzt, welche Feindseligkeit gegenüber unserem Präsidenten sich inzwischen in der Agency aufgestaut hat. Auch ich finde mich Nacht für Nacht auf dem einsamen Friedhof der abscheulichen Vermutungen wieder und denke darüber nach, was wäre, wenn er recht hätte mit Jack und Marilyn Monroe.«

Und stell dir vor, während Halifax diese unappetitlichen klinischen Einzelheiten zum besten gibt, schneidet er präzise sein Fleisch – jedesmal einen zentimeterbreiten Streifen, tunkt diesen sanft in die Au-poivre-Soße und steckt ihn mit einem eleganten Schwung der Gabel in den Mund. Er hat sich auch als Reporter ausgegeben und mit dem Gerichtsmediziner ein Telefoninterview durchgeführt. Einer seiner Freunde bei der *Washington Post* hatte ihm erlaubt, dessen Namen zu verwenden.

»Glaub mir«, sagt mein Vater, »für mich stand *vom ersten Augenblick an* fest, daß es die Kennedys gewesen sein müssen. Ich wollte es so. Ich hätte diese verdammte Administration liebend gern in Atome zertrümmert.« Und bei diesen Worten lief sein Gesicht so rot an, als ob seine Kinnladen auf einer Elchhaut herumkauen müßten. »Ich will dich nur daran erinnern, daß Kennedy dem CIA an der Schweinebucht einen Schlag versetzt hat, von dem er sich vielleicht nie mehr erholen wird. Man hat uns mit Schande besudelt. Nein, ich werde Jack Kennedy seine Unentschlossenheit niemals verzeihen. Andererseits bin ich ein Geheimdienstoffizier, und ich setze nicht leichtsinnig Gerüchte in die Welt. Also begann ich die Wahrscheinlichkeit auszutesten und kam zu dem Schluß, daß die Angst der Kennedys, Marilyn Monroe könnte Bettgeschichten ausplaudern, wohl nicht so überwältigend groß gewesen sein kann. Mein Gott, als Jack zur Präsidentschaft kam, zog er ja einen ganzen Rattenschwanz an kleinen und großen Liebschaften hinter sich her. Aber trotzdem stand nie eine Andeutung davon in irgendeiner Zeitung. Ein Mann, der sich um ein so hohes Amt bewirbt, ist eben unantastbar – und er ist doppelt unantastbar, wenn er die Präsidentschaft angetreten hat. Wenn Marilyn mit ihrer Geschichte an die Öffentlichkeit gegangen wäre, hätten die Kennedys wahrscheinlich erwidert, sie sei eine Freundin der Familie und eine bemerkenswert begabte Frau, und sie beklagten zusammen mit all ihren anderen Fans, daß sie offenbar einen Nervenzusammenbruch erlitten hätte. Ergo, warum sollten die Kennedys alles für einen überflüssigen Mord aufs Spiel setzen?

Man mußte der Sache ins Auge sehen, wenn man eine wenig stichhaltige These verficht.
Dann erfuhr ich aus einer von Bill Harveys weniger appetitlichen Quellen – diese Kontakte gehen noch auf unsere Arbeit mit Maheu zurück –, daß Jimmy Hoffa es geschafft hatte, ein Mikro in Marilyns Schlafzimmer zu schmuggeln *und* all ihre Telefonkabel anschleifen zu lassen. Das hat für Hoffa offensichtlich die Nummer eins der Branche, Bernard Spindel, erledigt – und damit sicher mehr erreicht, als wir mit unserer Pfuscharbeit in Vegas.
Und so kam ich wieder auf meinen Verdacht gegen die Kennedys zurück. Denn wenn man die Leitung erfolgreich angezapft hat, muß man auch Bettgeflüster aufgenommen haben. Damit ließe sich die Behauptung erhärten, daß jemand fleischlichen Verkehr mit der Dame gepflogen hatte. Aber wiederum siegte die Vernunft über den Zorn. Ich mußte einsehen, daß die Medien sich niemals darauf einlassen würden, die Macht der Präsidentschaft – durch welche Anschuldigung auch immer – zu besudeln. Eine neurotische Schauspielerin, die mit einem Tonband ankommt, das ein krimineller Gewerkschaftsboß aufgenommen hat, kann einen Präsidenten der USA nicht treffen.
Dann kam ich drauf: Es muß Jimmy Hoffa selbst gewesen sein, der die kaltblütige, kalkulierte Beseitigung von Marilyn Monroe angeordnet hat. Niemand auf der Welt haßt Bobby Kennedy so sehr wie Jimmy Hoffa. Da Marilyn mindestens fünf Spezialisten an der Hand hatte, die ich nennen kann und die ihr Tabletten verschreiben konnten – und es muß noch zwanzig andere geben, die ich nicht kenne –, fand Hoffa einen Weg, einen dieser Ärzte für die Tat zu gewinnen – zweifellos indem er ihn mit irgend etwas erpreßte. Hoffa hat eine Menge Privatdetektive, die jede Art von Material für ihn besorgen.
Voilà! Hoffas Arzt besuchte Marilyn und gab ihr die tödliche Injektion. Da alle Welt wußte, was sie für ein Nervenbündel war, würde man die Selbstmordgeschichte glauben. Jedenfalls würden das die ersten fetten Schlagzeilen verkünden. Wenn sich allerdings später herausstellte, daß die Indizien nicht damit übereinstimmten, würde die Presse anfangen zu bohren und gegen Ende der Woche mußte aufgrund des Beweismaterials eindeutig feststehen, daß man ihr eine Injektion gegeben, das heißt sie ermordet hatte.«

»Du meinst nicht, daß man die Kennedys in den Schlagzeilen genannt hätte?«
»Nein. Aber denk dran, daß ein paar tausend Leute in Washington, in L. A. und in New York schon darüber klatschten: Marilyn hat etwas angefangen mit Jack und Bobby. Kannst du dir das Geflüster vorstellen, nachdem sie tot ist? Ich wette, Hoffa dachte, die halbe Nation würde glauben, daß Marilyn nicht nur ermordet worden war, sondern daß auch gewisse Leute ein elementares Interesse daran hatten, daß es nach einem Selbstmord aussah. Dann wäre es Hoffa gelungen, eine Flüsterkampagne in Gang zu bringen, die sich gegen die Kennedys richtete. Versuch mal eine Wahl zu gewinnen, wenn da unten so eine Eiterbeule schwärt.«
»Warum denken denn«, fragte ich, »immer noch alle, es sei ein Selbstmord gewesen?«
»Weil Hoffa sich verkalkuliert hat. Er hat alle Einzelheiten vorausgesehen außer einer: Seit er Präsident ist, hat Jack die Polizeichefs aller großen Städte umgarnt, die er besucht. Denn er läßt überall durchblicken: Wenn die Wahlen von 1964 erst einmal hinter uns liegen, dann werde ich J. Edgar Hoover zum Rücktritt bewegen. Und schon fängt der Spitzenbulle in jeder größeren Stadt an zu glauben, er könnte der nächste FBI-Chef werden. Ich glaube, als der Polizeichef in Los Angeles sah, daß die Indizien im Fall Marilyn auf Mord deuteten, war er sehr darum bemüht, den Fall als einen Selbstmord auszugeben. Er wollte nicht, daß der Name Kennedy hineingezogen wurde. Auf einen Schlag alle Chancen auf den Spitzenjob des FBI-Chefs einbüßen? Ja, ich glaube, Hoffa haßt Bobby genug, daß er allein aus diesem Grund eine unschuldige blonde junge Dame umbringen konnte, aber er hat ganz bestimmt die Kennedys unterschätzt.«
Kittredge, es war ein unglaublicher Lunch. Bevor er vorbei war, kamen ein Mann und eine Frau, zwei der größten, schlanksten, elegantesten Engländer herein, die ich je gesehen habe. Die Frau trug einen weißen Spielzeugpudel, und als der Empfangschef sie begrüßte, überreichte sie ihm das Kerlchen. »Passen Sie gut auf Bouffant auf, mein lieber Romain«, befahl sie mit jenem absolut arroganten englischen Akzent, den man niemals erlernen, nicht einmal erheiraten kann. Und Romain, bis dahin ein verdammt aufgeblasener Ober, setzte das Biest auf den geheiligten Teppich der Tour d'Argent und fing an, in einer schweren französischen

Variante von *baby talk* mit ihm zu reden »Ow, Bouffie, how are *you*, delightful *dog*!« Dann richtete er sich auf, winkte einem seiner Kellner, sich (vermutlich für die nächsten beiden Stunden) mit dem Geschöpf zu beschäftigen und geleitete den Viscount und die Viscountess – oder wer oder was sie auch sein mochten – hinüber zu einem Fenster mit Blick über die Seine. Halifax flüsterte mir zu: »Würdest du mit der nicht auch gern mal Zuckerbrot und Peitsche spielen?« In diesem Augenblick war bei ihm von *lapsi erectionum* nichts zu spüren.

Ich habe diesen langen Brief aus einer Art Freude heraus geschrieben, auf diese Weise mit Dir reden zu können. In wenigen Minuten wird Halifax, dessen Zimmer unten am anderen Ende der Halle liegt, an meine Tür klopfen, und wir werden losfahren, um unseren Mann zu treffen. Ich wollte, ich könnte Dir mehr erzählen. Werde ich eines Tages mit Sicherheit tun.

Ich bin glücklich, und ich liebe Dich! Das allein erhebt meine Seele über Furchtbarkeiten, Abenteuer und Unwägbarkeiten.

36

Cubela trug ein beigefarbenes Sportjackett und braune Hosen. Er kam in das Bistro de la Mairie, begleitet von einem Mann in einer blauen Yachtjacke, grauen Flanellhosen und einer Hornbrille – LYME –, der uns zunickte und hinausging. Von drei Arbeitern abgesehen, die am Eingang an der Bar standen, hatten wir das ganze Lokal – dunkler Fußboden, dunkle Wände, runde kleine Tische und einen uninteressierten Kellner – für uns.

Cubela kam auf uns zu wie ein Schwergewichtler, der den Ring betritt. Mein Vater hatte ihn mir als »groß« beschrieben, aber er war kräftiger, als ich ihn mir vorgestellt hatte, und sein Schnauzbart war voll, mächtig und pessimistisch. Er hätte gut ausgesehen, wenn sein Gesicht nicht vom Alkohol aufgedunsen gewesen wäre.

»Mr. Scott«, sagte Cubela zu meinem Vater, der prompt erwiderte: »Señor General, dies ist Mr. Edgar.« Ich nickte.

Cubela setzte sich mit feierlichem Ernst. Er nähme einen Arma-

gnac, erklärte er. Wir schwiegen, bis der Kellner ihn brachte, woraufhin Cubela daran nippte und mit einem harten spanischen Akzent fragte: *»Il n'a rien de mieux?«* Woraufhin unser Kellner zugab, daß dies die Hausmarke sei, die in diesem Café serviert werde. Cubela nickte angeekelt und winkte ihn weg.
»Haben Sie den Brief mitgebracht?« fragte er. Mein Vater nickte.
»Ich würde ihn gern sehen, Mr. Scott.« Sein Englisch war besser als sein Französisch.
Der Brief war kurz, aber wir hatten uns viel Mühe damit gegeben. Einer der Experten bei GOUHL hatte die Handschrift auf Original-Briefpapier gefälscht, auf dem das Siegel des Büros des Generalstaatsanwalts eingeprägt war.

20. November 1963

Hiermit wird dem Überbringer versichert, daß diese Behörde sowie alle ihr angeschlossenen Amtsstellen, Zweige und Agenturen sich, in Anerkennung seiner erfolgreichen Bemühungen, eine wesentliche und unumkehrbare Veränderung in der gegenwärtigen Regierung in Kuba herbeizuführen, mit ganzer Kraft für die Unterstützung seiner hohen politischen Ziele einsetzen werden.

Robert F. Kennedy

Cubela las ihn durch, holte ein englisches Taschenwörterbuch heraus, sah die Bedeutung mehrerer Wörter nach und runzelte die Stirn. »Dieser Brief erfüllt nicht die bei unserem letzten Treffen erzielte Vereinbarung, Mr. Scott.«
»Ich würde sagen, er geht vollständig auf Ihre speziellen Forderungen ein, Señor General. Sie brauchen sich nur die Bedeutung des Ausdrucks ›unumkehrbare Veränderung‹ vor Augen zu führen.«
»Ja«, sagte Cubela, »das betrifft die eine Hälfte der getroffenen Vereinbarung, aber wo steht, daß mir der ältere Bruder des Unterzeichneten ebenso wohlgesinnt ist?«
Mein Vater nahm den Brief zurück und las laut: »›... daß diese Behörde *sowie alle ihr angeschlossenen Amtsstellen, Zweige und Agenturen* ...‹ Sie werden gewiß zugeben, daß hierin ein ganz klarer Hinweis auf den Geschwisterteil enthalten ist.«
»Geschwisterteil? Geschwisterteil?«
»El hermano«, sagte ich.

»Das ist sehr abstrakt. Sie erwarten von mir, daß ich Ihrer mündlichen Versicherung Glauben schenke.«
»Genau wie wir das in Ihrem Fall auch tun«, entgegnete mein Vater.
Cubela zeigte sich wenig erfreut über diese Antwort. »Ob Sie mir trauen oder nicht – Sie gehen zurück nach Washington. Für mich aber bedeutet es, daß ich mein Leben riskiere, wenn ich Ihnen vertraue.« Er zog eine Lupe aus der Jackentasche und einen Ausschnitt aus einer Zeitschrift. Ich konnte erkennen, daß es sich um ein abgedrucktes Muster von Robert Kennedys Handschrift handelte.
Mehrere Minuten lang verglich Cubela die Schrift in dem Brief mit dem Muster auf seinem Ausschnitt. »Gut«, sagte er endlich und starrte uns aufmerksam an. »Ich möchte Ihnen eine Frage stellen, Mr. Scott. Wie Sie wissen, habe ich einmal einen Mann in einem Nachtklub erschossen. Ja, ich habe ihn ermordet.«
»Ich dachte, Sie verabscheuen das Wort.«
»So ist es. Und jetzt«, sagte er auf Spanisch, »will ich Ihnen sagen warum. Nicht etwa weil irgendeine schwache Stelle in meinem Nervensystem den Klang solcher Silben nicht ertragen könnte, weil sie mich an den Ausdruck im Gesicht eines sterbenden Mannes erinnern – nein, das behaupten nur die, die mich herabsetzen und verunglimpfen wollen, aber daran ist kein wahres Wort. Ich bin ein ruhiger Mann mit *Pundonor*. Ich habe einen festen Entschluß gefaßt. Ich sehe mich als künftiger *Comandante* dieser tragischen Insel, die meine Heimat ist. Aus diesen Gründen verabscheue ich das Wort. Der Mörder, sehen Sie, vernichtet nicht nur sein Opfer, sondern auch einen Teil seiner selbst. Wie soll ich Ihnen glauben, daß der Präsident der Vereinigten Staaten und sein Bruder bereit sind, die politische Laufbahn eines Mannes zu unterstützen, den sie insgeheim bei ihren Sitzungen als einen halbverrückten gedungenen Killer bezeichnen?«
»In einer Zeit des Aufruhrs«, sagte mein Vater, »wird Ihre Vergangenheit eine weniger große Rolle spielen als Ihr Heldentum. Ihre heroischen Handlungen in den nächsten paar Monaten werden die Menschen aufhorchen lassen.«
»Sie sagen, daß Ihre Sponsoren mich unter solchen Umständen akzeptieren werden?«
»Genau das will ich damit sagen.«

Er seufzte schwer. »Nein«, flüsterte er, »Sie sagen, auf dem Gipfel des Bergs gibt es keine Garantien.«
Mein Vater war still. Nach einer Weile stellte er fest: »Als Mann von Intelligenz wissen Sie, daß man das politische Wetter nicht absolut kontrollieren kann.«
»Ja«, nickte Cubela. »Ich muß bereit sein, alle Risiken auf mich zu nehmen. Notwendigerweise. Ja, ich bin dazu bereit.« Dabei stieß er den Atem mit solcher Gewalt aus, daß mir klar wurde: Er war schon heute zur Ausführung dieses Mordes fähig.
»Lassen Sie uns über die Ausrüstung sprechen«, sagte er.
»Das Zielfernrohr ist vorhanden«, nickte mein Vater.
»Sie sprechen sicher von dem Gewehr, das ich Ihnen beschrieben habe und das eine Treffsicherheit über fünfhundert Yards besitzt, ausgerüstet mit einem Zielsucher der Marke Bausch und Lomb mit zweieinhalbfacher Vergrößerung.«
Reflexartig klopfte mein Vater während dieser Worte auf seinem Glas herum. Als Cubela fertig war, streckte mein Vater den Arm aus über den Tisch, legte die Hand auf den Arm seines Gegenübers und nickte mehrere Male, sagte aber kein Wort.
»Ich will Ihre Sorge um Sicherheit akzeptieren«, sagte Cubela. »Verzeihen Sie mir. Darf ich nun etwas über die Art der Lieferung erfahren?«
»Mr. Lyme wird Sie bedienen.«
»Ich schätze Mr. Lyme«, sagte Cubela.
»Freut mich zu hören, daß er Ihnen sympathisch ist«, sagte mein Vater.
»Das Zielsuchgerät wird in einen Diplomatenkoffer passen?«
»Nein«, sagte mein Vater, fügte aber hinzu: »Spielen Sie Pool?«
»Billard?«
»Der Behälter, den wir Ihnen überreichen werden, entspricht dem eines Billardstocks – natürlich eines geteilten.«
»Ausgezeichnet«, sagte Cubela.
»Außerdem habe ich Ihnen eine kleine Überraschung mitgebracht: ein technisches Meisterwerk.«
»Darf ich es sehen?«
Mein Vater zog einen Kugelschreiber aus seiner Tweedjacke und drückte auf den Knopf, so daß es klickte und eine feine Injektionsnadel hervorkam. Er drückte ein zweitesmal auf den Knopf, und ein dünner Faden Flüssigkeit spritzte heraus wie eine Eidech-

senzunge. »Es ist nur Wasser«, sagte mein Vater, »aber dieser ›Kugelschreiber‹ ist für die Verwendung mit dem üblichen Reagens entwickelt ...« Er zog ein Karteikärtchen aus der Tasche und hielt es hoch. Darauf stand: BLACKLEAF 40.

»Woher bekomme ich so etwas?« fragte Cubela.

»In jedem Chemiehandel. Es ist ein bekanntes Insektenvertilgungsmittel.«

»Jeder Größe?«

Mein Vater nickte wiederum. »Hochwirksam.«

Cubela nahm den Kugelschreiber und drückte mehrmals auf den Knopf, bis alles Wasser herausgespritzt war. »Das ist ein Spielzeug«, sagte er ein wenig gereizt.

»Nein«, antwortete mein Vater. »Es ist ein hochentwickeltes Gerät. Die Nadel ist so fein, daß man ihr Eindringen in die Haut nicht spürt.«

»Sie meinen, ich soll auf die Person zugehen und injizieren?«

»Die Nadel ist so fein, daß sie keinen Schmerz hervorruft. Die Injektion wird überhaupt nicht bemerkt.«

Cubela betrachtete uns beide voller Verachtung. »Ihr Geschenk ist etwas für ein Weib. Sie steckt dem Mann die Zunge in den Mund und die Nadel in den Rücken. Ich werde mich einer solchen Taktik nicht bedienen. Es ist schändlich, einen Feind auf diese Weise zu beseitigen. Man greift einen anständigen Kubaner nicht mit einer Hutnadel an. Ich würde mich lächerlich machen.«

Er stand auf. »Ich werde den Behälter mit dem Billardstock von Mr. Lyme entgegennehmen. Aber das hier lehne ich ab.« Er wollte gehen, zögerte, blieb stehen. »Nein«, sagte er, »ich will es lieber doch an mich nehmen« und steckte es in die Brusttasche seines Jacketts.

Mein Vater überraschte mich mit seiner nächsten Bemerkung. »Für Sie selbst?« fragte er.

Cubela nickte. »Wenn der große Versuch mißlingt, wünsche ich die unmittelbaren Folgen nicht mehr zu erleben.«

»Cómo no«, sagte mein Vater.

Cubela schüttelte ihm die Hand, dann mir. Seine Hände waren kalt. *»Salud!«* sagte er und ging hinaus.

»Wir bringen ihm den Billardstock nach Veradero«, sagte mein Vater. »Er hat eine kleine Villa am Strand, dreihundert Yards entfernt von dem Strandhaus, in dem ›die Person‹ – wie er ihn nennt – seine Ferientage verbringt. Ich sage so etwas nicht gern, aber ich hoffe, daß er es schafft. Er könnte uns damit ein Weihnachtsgeschenk machen.« Mein Vater atmete tief aus. »Macht's dir etwas aus, die Rechnung zu bezahlen? Ich muß mir mal etwas die Beine vertreten.« Er zögerte. »Wir sollten auf jeden Fall einzeln weggehen.«

»Ja, gut«, sagte ich. »Ich folge dir zurück zum Hotel.«

Durch die Fenster des Cafés konnte ich die Lichter auf der Straße sehen. Die Novemberdämmerung war lange schon vorüber, und jetzt, um 19 Uhr, war es so dunkel, daß es Mitternaht hätte sein können.

Meine Empfindungen gingen wirr durcheinander, aber das war nach einem solchen Gespräch auch kein Wunder. Ich wollte wirklich, daß Rolando Cubela Fidel Castro tötete. Ich hoffte, daß Helms, Harlot und mein Vater nicht nur eine Provokation für den DGI ausheckten. Nein, ich wollte, daß es am Ende zur Hinrichtung kam. Doch ich fühlte längst nicht den mächtigen Haß auf den ›Maximo Leader‹, wie ihn Hunt oder Harlot oder Harvey oder Helms oder Allen Dulles oder Richard Bissell oder Richard Nixon oder mein Vater oder Bobby Kennedy hegten. Nein, in manchen meiner Empfindungen war Castro immer noch Fidel für mich, und trotzdem wollte ich seinen Tod. Ich würde um Fidel trauern, wenn es uns glückte, würde ihn genauso betrauern wie ein Jäger über eine besonders prachtvolle Trophäe trauert. Ja, man feuert eine Kugel auf schöne Tiere ab, um sich Gott näher zu fühlen: Je mehr wir zu Verbrechern wurden, desto weniger konnten wir uns dem Herrn des Kosmos nähern wie andere Menschen. Wir fühlten uns ihm näher, wenn wir ein Stück der Schöpfung stahlen. Ja, ich verstand das alles und wünschte sehnlichst, daß Cubela ein effektiver Mörder und kein Trick des DGI war, den wir umgekehrt wiederum als Trick gegen den DGI einsetzen würden. Ein erfolgreicher Mörder war hundert Provokationen wert.

Ich saß allein an meinem Tisch und trank meinen Cognac, den ich während des Gesprächs nicht angerührt hatte. Dann fiel mir auf, daß die wenigen Arbeitergestalten, die an der Bar gestanden hatten, sich um das Radio versammelt hatten. Es hatte während der letzten Stunde Tanzmusik gespielt, aber jetzt konnte man die Stimme eines Rundfunksprechers hören. Ich konnte nicht verstehen, was sie sagte. Die Stimme klang aber so, als ob es sich um eine dringende Meldung handelte.

Nach einer Minute trat der Kellner auf mich zu. »Monsieur«, fragte er, »vous-êtes américain?«

»Mais oui.«

Er war ein müder, trauriger, graugesichtiger Kellner, weit über fünfzig und völlig unscheinbar, aber seine Augen sahen mich mitleidig an.

»Monsieur, il y a de mauvaises nouvelles. Des nouvelles étonnantes.« Jetzt legte er seine Hand sanft auf meine. »Votre Président Kennedy a été frappé par un assassin à Dallas, Texas.«

»Lebt er?« fragte ich. Und wiederholte dann: »Est-il vivant?«

Der Kellner sagte: »On ne sait rien de plus, monsieur, sauf qu'il y avait un grand bouleversement.«

37

Aus einem Artikel von Jean Daniel in der *New Republic*, 7. Dezember 1963:

Havanna, 22. November 1963

Es war etwa 1 Uhr 30 nachmittags kubanischer Zeit. Wir nahmen gerade den Lunch im Wohnzimmer der bescheidenen Sommerresidenz ein, die Castro am herrlichen Strand von Veradero, 120 Kilometer von Havanna besitzt. Das Telefon läutete, ein Sekretär in Guerillabekleidung meldete, Señor Dorticos, Präsident der Republik Kuba, hätte eine wichtige Nachricht für den Premierminister. Fidel hob den Hörer auf und ich hörte ihn sagen: *»Cómo? Un atentado?«* (»Was? Ein Attentat?«) Er wandte sich zu uns um und sagte, Kennedy sei gerade in Dallas niedergeschossen worden. Dann drehte er sich wieder um und rief mit lauter Stimme in den Hörer: *»Herido? Muy gravemente?«* (»Verwundet? Sehr schwer?«)

Er kam zurück, setzte sich hin und wiederholte dreimal die Worte: *»Es una mala noticia.«* (»Das sind schlechte Neuigkeiten.«) Er blieb einen Augenblick still, als erwartete er noch einen Anruf mit weiteren Nachrichten. Dann meinte er nachdenklich, es gäbe in der amerikanischen Gesellschaft einen alarmierend großen Anteil gefährlicher politischer Fanatiker, und diese Tat könne ebensogut ein Wahnsinniger wie auch ein Terrorist ausgeführt haben. Vielleicht ein Vietnamese? Oder ein Mitglied des Ku Klux Klan? Der zweite Anruf kam durch: Der Präsident der Vereinigten Staaten sei noch am Leben. Es bestehe Hoffnung, daß man ihn retten könne. Fidels unmittelbare Reaktion war: »Wenn sie es können, ist er schon wiedergewählt.« Er sprach diese Worte mit sichtlicher Zufriedenheit.

Jetzt war es fast zwei Uhr, und wir standen vom Tisch auf und nahmen vor einem Radio Platz, um den Sender NBC in Miami zu hören. Während die Nachrichten hereinkamen, übersetzte sie sein Arzt René Vallejo für Fidel: Kennedy habe einen Kopfschuß erlitten, Verfolgung des Attentäters; Mord an einem Polizisten; schließlich die schicksalhafte Meldung: Präsident Kennedy ist tot.

Jetzt stand Fidel auf und sagte zu mir: »Alles hat sich verändert. Alles wird sich ändern ... Alles muß neu durchdacht werden. Ich sage Ihnen eins: Kennedy war wenigstens ein Feind, an den wir uns gewöhnt hatten. Das ist eine ernste Angelegenheit; eine äußerst ernste Angelegenheit.«

Nach der Viertelstunde Schweigen, die bei allen amerikanischen Rundfunksendern angeordnet wurde, stellten wir den Sender in Miami wieder ein; das Schweigen war nur wiederholt von der amerikanischen Nationalhymne unterbrochen worden. Seltsam war es in der Tat, diese Hymne im Hause Fidel Castros inmitten eines Kreises sorgenvoller Gesichter zu hören. »Jetzt«, sagte Fidel, »werden sie den Attentäter schnell finden müssen, aber sehr schnell, sonst, warten Sie mal ab, werden sie uns die Schuld an dieser Sache in die Schuhe zu schieben versuchen.«

38

Die Frau an der Rezeption des Palais Royal weinte. In meinem Zimmer schien das Telefon eine größere Bedeutung zu haben als das Bett, das Fenster, die Tür oder ich selbst. Ich nahm einen zusammengefalteten Zettel aus einem Winkel meiner Brieftasche und gab die Nummer der Telefonistin, die mir sagte, die Überseeleitung sei seit einer halben Stunde *accomblé*, aber sie würde es versuchen. Nicht einmal eine Minute darauf läutete mein Telefon. Das Gespräch wartete. Die Leitung war nicht länger *accomblé*.

»Modene«, sagte ich, »hier ist Harry.«

»Wer ist da?«

»Harry Field. Tom!«

»Oh, Tom.«

»Ich rufe dich an, um dir zu sagen, daß es mir leid tut.«

»Wegen Jack?«

»Wegen Jack.«

»Es geht schon, Harry. Ich hab' noch drei Valium mehr genommen, als ich es hörte. Jetzt fühle ich mich ganz gut. Es ist so vielleicht am besten. Jack war müde. Früher hat er mir immer leid getan, aber ich glaube, es geht ihm gut jetzt, weil ich auch so müde bin. Ich verstehe, daß man seine Ruhe haben will.«

»Wie geht es dir?« fragte ich, als ob ich dieses Gespräch unbedingt noch einmal von vorn anfangen müßte.

»Es geht mir wunderbar«, sagte sie, »abgesehen von den Einschränkungen durch meinen Zustand. Aber ich weiß nicht, ob du das überhaupt hören willst.«

»Doch, ja!« sagte ich. »Ich habe dich sofort zu erreichen versucht, als ich die Nachrichten über Jack gehört hatte.«

»Weißt du, ich habe gerade hier gelegen. Ich habe aus dem Fenster geblickt. Es ist ein schöner Tag in Chicago. Es ist sonderbar, daß so etwas an einem sonnigen Tag geschieht.«

Ich wollte sie fragen, wie es Sam Giancana ginge, und zögerte, aber dann fiel mir ein, daß es ohnehin nicht sehr viel ausmachen würde, was ich sagte, weil sie soviel Valium genommen hatte. »Was macht denn Sam?« fragte ich.

»Ich sehe ihn nicht mehr. Er schickt mir jede Woche einen Scheck, aber ich sehe ihn nicht. Er wurde so wütend auf mich, daß wir nicht mehr miteinander reden. Ich glaube, das kommt daher, daß ich mir mein Haar immer kürzer geschnitten habe.«

»Warum hast du das getan?«

»Ich weiß nicht warum. Na ja, ich weiß es schon. Eine Freundin von mir namens Willie sagt, langes Haar verbrauche übermäßig viel Lebenskraft. Ich kann es mir nicht leisten, übermäßig viel von meiner Vitalität zu verschwenden. Darum habe ich mir mein Haar immer weiter abgeschnitten. Schließlich habe ich es mir abrasiert. Es kommt mir einfacher vor, eine Perücke zu tragen. Es ist eine blonde Perücke. Ich glaube, sie würde mir stehen, wenn ich nicht so dick wäre. Nächste Woche lasse ich mir auch die Gebärmutter herausnehmen.«

»Ach, Modene.«

»Hast du Tränen in den Augen, Harry? Ich schon. Ich schätze, das ist was für das *Guinness Buch der Rekorde*: Tränen zu vergießen, nachdem man drei Extravalium geschluckt hat.«

»Ja, ich habe Tränen in den Augen«, sagte ich. Es war beinahe wahr.

»Du warst sehr süß, Harry. Ich hab' manchmal gedacht, wir beide hätten vielleicht eine Chance, aber Jack stand immer dazwischen. Ich möchte, daß du ein gutes Gefühl dabei hast, Harry. Sieh mal, wir haben uns einfach zu spät kennengelernt. Die Sterne von Jack und mir hatten einander schon gekreuzt. Jetzt ist er tot. Ich empfinde das nicht mal als Schock. Ich wußte, daß er nicht mehr lange leben würde.«

»Woher wußtest du das, Modene?«

»Weil ich auch nicht mehr lange lebe. Meine Handlinien sagen es mir und die Sterne, und in mir fühle ich es auch. Ich wußte immer, daß ich schnell alt werden würde. Ich hatte stets das Gefühl, daß ich fürs Leben nur halb soviel Zeit habe wie andere.«

Wir schwiegen. Mir fiel nichts mehr ein, was ich noch hätte sagen können. Schließlich sagte ich: »Wenn ich mal nach Chicago komme, soll ich dich besuchen?«

»Nein«, sagte sie. »Ich möchte nicht, daß du mich jetzt siehst. Es ist zu spät. Wenn es nicht zu spät wäre, würde ich dich vielleicht wiedersehen wollen, aber, Harry, es ist zu spät. Ich bin unterwegs zum Ende der Straße. Wo die Schatten sind.« Sie zögerte. »Weißt du«, sagte sie, »mir ist gerade eingefallen, daß Jack tot ist. Der schöne Mann. Er ist tot. Es war so fein von dir, charakterlich meine ich, mich anzurufen, Harry, und zu kondolieren. Sonst wäre ich die einzige, die weiß, daß ich Witwe bin. Sozusagen bin ich das. Findest du nicht auch?«

»Ja«, sagte ich.

»Du bist ein feiner Mann«, sagte sie und legte auf.

39

Aus einem Artikel von Jean Daniel in der *New Republik*, 7. Dezember 1963:

Gegen drei Uhr erklärte Fidel Castro, da wir nichts tun könnten, um die Tragödie zu ändern, müßten wir versuchen, unsere Zeit trotzdem gut zu nutzen. Er wollte mich persönlich zu einem Besuch einer *Granja de pueblo* begleiten, wo er mit einigen Experimenten begonnen hatte.

Wir fuhren mit dem Wagen, während das Radio spielte. Die Polizei von Dallas verfolge bereits eine heiße Spur, hieß es. Der Mörder sei ein russischer Spion. Fünf Minuten später eine Korrektur: Der Mörder sei ein Spion, der mit einer Russin verheiratet ist. Fidel sagte: »Da, habe ich es Ihnen nicht gesagt? Beim nächsten Mal bin ich dran.«

Aber ganz so schnell ging es dann doch nicht. Die nächste Meldung war: Der Attentäter sei ein marxistischer Deserteur. Dann kam die Nachricht durch, der Attentäter sei ein junger Mann, der ein Mitglied des »Fair Play for Cuba Committee« sei, er sei ein Bewunderer von Fidel Castro.

»Wenn sie einen Beweis hätten, hätten sie gesagt, er sei ein Agent, ein Komplize, ein gedungener Mörder. So stellen sie einfach fest, daß er ein Bewunderer ist, und stellen auf diese Weise in den Köpfen der Leute eine Verbindung zwischen dem Namen Castro und dem Attentat her. Das ist ein Propagandamittel. Es ist schrecklich. Aber wissen Sie, das wird alles bald schon vergessen sein. Es gibt in den Vereinigten Staaten zu viele miteinander konkurrierende politische Richtungen, als daß eine einzige sich sehr lange behaupten könnte.«

Wir kamen an der *Granja de pueblo* an, wo die Bauern Fidel willkommen hießen. Genau in diesem Augenblick gab ein Sprecher im Radio bekannt, man wisse jetzt, daß der Attentäter ein »Pro-Castro-Marxist« sei. Ein Kommentator folgte dem anderen. Ihre Thesen wurden immer emotionaler, immer aggressiver. Fidel entschuldigte sich dann: »Wir werden den Besuch der Staatsfarm abbrechen müssen.« Wir fuhren weiter nach Matanzas, wo er Präsident Dorticos anrufen konnte. Auf dem Weg stellte er mir einige Fragen: »Wer ist Lyndon Johnson? Wie ist sein Ruf? Wie waren seine Beziehungen zu Kennedy? Zu Chruschtschow? Welche Position hatte er zum Zeitpunkt der versuchten Invasion von Kuba?« Schließlich und am wichtigsten von allem: »Wie ist sein Einfluß auf den CIA?« Dann blickte er plötzlich auf seine Armbanduhr, sah, daß es eine halbe Stunde dauern würde, bis wir in Matanzas ankämen, und schlief praktisch sofort ein.

40

12. August 1964

Lieber Harry,
ist dies die längste Periode, in der wir uns nicht geschrieben haben? Es ist seltsam. Monatelang hatte ich keine Lust, brieflich Kontakt mit Dir aufzunehmen, aber oft war ich wirklich drauf und dran, Dich anzurufen. Ich konnte es aber nicht. Sollte ich einfach »Hallo, Harry« zu Dir sagen, als hätte ich Deine entzückende Liebeserklärung gar nicht gelesen? Das brachte ich nicht über mich. Ich konnte aber auch nicht sagen: »Ich liebe Dich ebenso.« Denn das ist nicht der Fall. Das war mit Sicherheit nicht der Fall. Dein letzter Brief kam am Montag, dem 25. November, an, ziemlich genau zu der Zeit, als sich der Trauerzug mit Jack Kennedys Leichnam quälend langsam die Pennsylvania Avenue hinunter auf St. Matthew's Cathedral zubewegte. Dein armer Brief! Ich las ihn in der denkbar wehmütigsten Stimmung. An jenem Abend war ich sicher, daß Lyndon Johnson eine Katastrophe werden würde, und ich denke, früher oder später wird er diese Vorhersage bestätigen.
Kein Wunder also, daß mich eine bange Stimmung beschlich. Einen Mann zu verlieren, den man schätzt, und ihn durch einen ersetzt zu sehen, den man verachtet, das paßt so recht zur bitteren Melancholie dieses Worts. Am nächsten Tag erkannte ich, daß diese Trübsal wie eine Art Schicht war, die mich vor dem allergrößten Entsetzen schützte. Denn Dein Brief war eine Ungeheuerlichkeit. Ich dachte: Was wäre, wenn es für all diese unaussprechlich grauenvollen Spekulationen über Marilyn Monroe, in denen Ihr, Du und Dein Vater, zu schwelgen schient, bei Oswalds Tat eine

Parallele gäbe? Ein Kirchenmann, den ich kenne, hat einmal gesagt, die amerikanische Gesellschaft werde durch Gottes Segen zusammengehalten. Nur Gottes Gnade hindere uns daran, in unsere ganz und gar rudimentären Einzelteile zu zerfallen. Man muß sich fragen, ob wir Gottes Geduld nicht erschöpft haben. Wie vieler Missetaten bedarf es noch? Ich dachte an Allen und Hugh und wie übel sie Noel Field und den polnischen Kommunisten mitgespielt haben, und dann fiel mir mein eigenes grausames Spielchen in Paraguay wieder ein, das ich Dir immer noch nicht eingestehen kann und auch mir noch nicht ganz und gar. Ich ekelte mich vor dem bösen Streich, den Du auf Hughs Wunsch hin der armen Modene Murphy spielen mußtest, und vor dem schmutzigen Geschäft, das Dich und Deinen Vater nach Paris gebracht hat – aber darüber möchte ich lieber gar nicht nachdenken. Nun multipliziere man mal alle diese Taten, und man muß sich fragen, was Jack überhaupt so lange am Leben erhalten hat – vor allem, wenn man dessen eigene Vergehen hinzufügt. So hat es mir auch nicht gefallen, daß Du schriebst, Du gehörtest nun gänzlich mir, und dann praktisch erklärtest: »Also, das wäre abgehakt, auf zum nächsten Punkt!« Ich habe, wie Du siehst, an jenem Abend nicht gerade glücklich auf Deinen Brief reagiert, aber ich habe ja auch an meinem eigenen armseligen Anteil Witwenschmerz gelitten. Denn nachdem ich immer geglaubt hatte, ich empfände Sympathie für Jack Kennedy, mußte ich am Abend nach der Leichenfeier erkennen, daß ich ihn in meinen keuschen, von gestärkten Blusen knisternden Fieberträumen geliebt habe – was für eine vollkommene Närrin ich doch gewesen bin! Wie sehr ich mich doch in meinen eigenen Motiven getäuscht habe! Natürlich ist meine Naivität ein Schutz gegen Daddys Wahnsinn, der in meinen Schädel eindringen will, und gegen Hughs irrsinnigen Willen, der meinen Schoß in Besitz zu nehmen versucht. Ich habe Hugh die größte Schuld an Jack Kennedys Tod gegeben – ich war nahe daran, verrückt zu werden.

Weißt Du, was mich gerettet hat? Es war der Gedanke an Bobby. Wieder habe ich mich verliebt, aber diesmal bekannte ich mich offen zu meinem fleischlichen Begehren. Ich glaube, ich habe mich in Bobby Kennedy verliebt, weil er so schrecklich leidet. Ich habe niemals einen Mann gekannt, der so tief verwundet war. Es heißt, er hätte kurz vor dem Zubettgehen an diesem furchtbaren Freitagabend im Lincoln-Schlafzimmer im Weißen Haus gesagt: »Gott, es ist so schrecklich. Und alles lief gerade so gut« und dann die Tür geschlossen. Der, der es mir erzählt hat, stand draußen in der Halle und hörte, wie er einen Nervenzusammenbruch bekam, hörte wie dieser kleine Monolith aus Granit, Bobby Kennedy, zu schluchzen anfing. »Warum, Gott?« hat er geschrien.

Wenn Bobby »Warum, Gott?« fragt, dann stehen die Fundamente seines Lebens auf dem Spiel. Er ist schließlich ein so ernster Mensch. Ich glaube, er zweifelte in diesem Augenblick erstmals daran, daß es wirklich eine Antwort gibt und spielte mit dem Gedanken, daß das Universum, in dem wir leben, absurd sein könnte.

In den folgenden Monaten ist er zwar regelmäßig in sein Büro gegangen, hat sich mit seinen Assistenten getroffen und die Amtsgeschäfte wahrzunehmen versucht, aber er war wie tot. Es kümmerte ihn nichts mehr. Er wußte, daß er mehr als einen Bruder verloren hatte. Das private Telefon, das er einmal auf J. Edgar Hoovers Schreibtisch hatte installieren lassen, so daß der FBI-Direktor seine Anrufe persönlich entgegennehmen mußte, wurde nun in Buddhas Vorzimmer verlegt, wo seine strenge Sekretärin es so gut versteht, alle jene abzuwimmeln, die nicht so majestätisch sind wie ihr hochmögender Boß. Bobby hat seinen Einfluß verloren. Lyndon Johnson und Buddha sind alte Freunde, und das Büro des Generalstaatsanwalts spielte nun keine Rolle mehr im hohen Spiel. Der große Krieg gegen die Mafia, den Bobby als seine wichtigste Aufgabe angesehen hatte, steht auch nicht mehr auf dem Programm. Weder Hoover noch Johnson haben große Lust, sich mit der Mafia anzulegen. Hoover läßt sich nie auf einen Krieg ein, von dem er nicht weiß, daß er ihn gewinnen wird, und die amerikanischen Kommunisten sind viel leichter zu besiegen; Lyndon Johnson wird nicht die Jungens bekämpfen, die seine Maschine ölen. So blüht, wächst und gedeiht das Syndikat, und Bobby ist Schnee von gestern. Hoover redet nicht mal mehr mit Bobby, und Johnson macht bei Hoover sogar eine Ausnahme von der gesetzlichen Regelung, daß alte Regierungsbullen mit siebzig Jahren in Pension gehen müssen. »Die Nation kann es sich nicht leisten, Sie zu verlieren«, hat er vor der Presse und den Fernseh-

kameras im Rosengarten gesagt. Vielleicht hast Du diesen bewegenden Augenblick in der Geschichte unserer Republik am Bildschirm mitverfolgt.
So war der Bruder verloren und die Macht. In der Stunde nach dem Attentat auf Jack hat Bobby gestanden: »Ich dachte, es würde mich treffen.« Es hat ihn nicht getroffen. Er ist derjenige, der weiterleben muß. Jimmy Hoffa erklärte einem Reporter gegenüber hämisch: »Jetzt ist Bobby Kennedy nur noch einer unter vielen Juristen.« Und tatsächlich stellt er für seine Feinde keine Gefahr mehr da. Ein Sekretär und Kassierer aus der Zweigstelle von Hoffas Organisation hat sich sogar erdreistet, Bobby Kennedy um eine Spende zur Pflege von Lee Harvey Oswalds Grab anzugehen.
Trotzdem ist Bobby nicht frei von Schuld. Ein Schatten von Marilyn Monroe liegt auch auf seiner Vergangenheit und auch von Jacks Modene, und all den anderen, die sein katholisches Gewissen wegen Verletzung des Sakraments der Ehe beunruhigen müssen. Ich weiß nicht, was zwischen Deinem Vater und Dir und Hugh in Sachen Castro ausgeheckt wurde, aber ich kann's mir vorstellen, und ich weiß nicht, ob es Bobby wirklich klar war, was er in Gang setzt, als er General Lansdale und Harvey und Helms immer wieder angefeuert hat, Ergebnisse zu bringen. Bobby kennt uns viel zuwenig. Eines Abends fing er an, über vage Verdachtsmomente und böse Ahnungen zu reden, die er in sich nach Kräften zu unterdrücken versuchte. Er sagte zu mir: »Ich hatte so meine Zweifel, was ein paar Leute in deiner Agency angeht, aber jetzt nicht mehr. Ich kann mich auf John McCone verlassen, und ich habe ihn gefragt, ob sie meinen Bruder getötet hätten – und ich fragte ihn so, daß er mich nicht belügen konnte –, und er sagte, er hätte es nachgeprüft, und sie hätten es nicht getan.«
Diese Geschichte habe ich Hugh erzählt. Du weißt, wie selten er laut lacht. Er hat sich vor Vergnügen auf den Schenkel geschlagen. »Ja«, sagte er. »McCone ist genau der Mann, den man fragen muß.«
»Was«, fragte ich ihn, »hättest du geantwortet?«
»Ich hätte Bobby gesagt: Wenn der Job richtig ausgeführt worden ist, könnte ich keine korrekte Antwort geben.«
Ach, es ist alles so traurig! Bobby geht von diesem Schmerz gepeinigt umher. Auf seinen blauen Augen liegt so ein milchigtrüber Schimmer, als ob er ein krankes Hundebaby wär. Er strengt

sich an, die Wunde zu verbergen, aber sein Gesicht sagt mir: ›Ich muß weiterleben, aber wann hört dieser Schmerz auf?‹

Auch Jacqueline Kennedy zeigt Dimensionen menschlicher Größe, die ich nicht erwartet hätte. Sie las *The Greek Way* von Edith Hamilton, suchte wohl nach ihren eigenen Antworten, und dann hat sie Bobby das Buch geliehen. Er verbrachte zu Ostern Stunden, schließlich Tage damit, es zu lesen und Passagen auswendig zu lernen. Die, die ihm am meisten bedeutete, war aus *Agamemnon*. Bobby las sie mir vor: »Äschylos sagt: *Wer lernt, muß leiden. Und selbst in unserem Schlaf fällt Schmerz, der nicht vergessen kann, Tropfen für Tropfen, auf das Herz, und in unserer Verzweiflung, gegen unseren Willen, kommt Weisheit zu uns durch die fürchterliche Gnade Gottes*.«

In jedem Leben gibt es eine literarische Passage, die nur für einen von uns allein bestimmt ist. Bobby gelangt nicht wie Du oder ich oder Hugh kraft seiner Intelligenz zum Verständnis. Bobby erwirbt sich neue Erkenntnisse durch sein Mitleid. Ich glaube, daran ist er reicher als irgend jemand, dem ich je begegnet bin. (Jedenfalls innerhalb seines Omega.) Das Mitleid, »die schreckliche Summe des Schmerzes (Euripides, Mein Freund), ist ihm nah. Er hat Passage auf Passage in *The Greek Way* unterstrichen. »Wisse, du mußt allen helfen, denen Unrecht geschehen ist«, entnimmt er den *Bittstellerinnen*. Ja, er wird vielleicht noch einmal ein Experte werden. Er zitiert auch Camus: »Vielleicht können wir nicht verhindern, daß diese Welt eine Welt ist, in der Kinder gefoltert werden. Aber wir können die Anzahl der gefolterten Kinder verringern.«

Weißt Du, daß sein erster öffentlicher Auftritt nach Jacks Tod eine Weihnachtsfeier in einem Waisenhaus war? Ja, ein Politiker läßt sich niemals ganz von der PR-Show abkoppeln. Aber trotzdem muß es für ihn schmerzlich gewesen sein. Du konntest sehen, wie schwer ihm das Gehen fiel. Er betrat das Spielzimmer des Waisenhauses, in dem die Kinder ihn erwarteten, und obwohl sie bis dahin getobt hatten, waren sie nun still. Es war für sie schließlich ein außergewöhnliches Ereignis. Plötzlich rannte ein kleiner, schwarzer, etwa sechs Jahre alter Junge auf ihn zu und schrie: »Dein Bruder ist tot. Dein Bruder ist tot.« Ich glaube, der Junge wollte nur dafür gelobt werden, daß er sich an das erinnerte, was man ihm gesagt hatte: Ein großer Mann würde kommen, dessen Bruder gestorben war.

Ich befand mich auch in diesem Waisenhaus, Harry. Du kannst Dir das peinliche Schweigen vorstellen. »Dein Bruder ist tot!« Wir wandten uns alle von dem Kleinen ab. Eine fürchterliche Welle der Mißbilligung muß von uns ausgegangen und über ihn hinweggerollt sein, denn er fing an zu weinen. Doch Bobby hob ihn auf und drückte ihn an sich, als ob er sein Bruder wäre und sagte: »Es ist schon gut. Ich habe noch einen anderen Bruder.« Da habe ich mich in Bobby Kennedy verliebt.

Harry, ich erzähle Dir das alles nicht, um mich um die Beschäftigung mit der ersten Seite Deines Briefs herumzumogeln, sondern weil ich versuchen will, Dir zu erklären, daß ich mich im Laufe der Entwicklung meiner Liebesbeziehung zu Bobby endlich auch einigen Mitleidsregungen anderen gegenüber geöffnet habe und Dir nähergekommen bin. Ich habe Gefühle, was uns beide angeht. Ich weiß nicht, wie sie sich entwickeln werden oder in welchem Jahr, hoffe auch nicht, daß es zu bald geschieht. Denn ich gestehe, daß ich eine Angst davor habe, die an Entsetzen grenzt. Da ich um die Grenzen unserer Weisheit und Leidensfähigkeit weiß, fürchte ich, daß uns unsere Qualen überwältigend erscheinen werden. Aber soviel will ich hier gestehen: Ich liebe Hugh nicht mehr. Das heißt, ich schätze ihn, ich respektiere ihn ungeheuerlich, und allzu viele meiner physischen Reflexe gehorchen ihm sozusagen sklavisch. Sie reagieren auf ihn. Mein Körper gehört ihm mehr, als ich will. Aber ich mag ihn nicht mehr. Er verachtet die Kennedys, den toten und den lebenden, so sehr; und da habe ich einen Strich gezogen. Ich kann kein Mitleid mehr mit dieser entsetzlichen Kindheit empfinden. Ich bin eine Ehefrau in demselben Kerker, in dem alle unglücklichen Gattinnen sitzen – ich bin halb verheiratet. Ich bin eine von unzähligen Frauen, die an der Seite ungeliebter Ehemänner leiden.

Also glaub daran, daß unser Tag kommen wird. Du mußt aber warten und Geduld haben – *wir können uns keine einzige falsche Bewegung leisten*. Ich hätte zu große Angst um Dich, um mich und um Christopher. Aber ich vergesse die erste Seite Deines Briefs nicht, und vielleicht wird eine Zeit kommen, die uns gehören wird. Ich habe das noch nie zuvor gesagt. Ich sage es jetzt. Ich liebe Dich. Ich liebe Dich mit all deinen Fehlern und, Gott, sie sind riesig, Harry, Du Rüpel.

Küßchen,
Kittredge

NACHWORT

WASHINGTON, ROM

1964–1965

1

Geduld war das richtige Stichwort. Auf den Beginn meiner Liebesbeziehung mit Kittredge mußte ich noch einmal sechs weitere Jahre warten, und dann trafen wir uns mehrere Jahre hindurch nur einmal in der Woche oder manchmal, wenn die Vorsichtsmaßnahmen es verlangten, auch nur einmal im Monat – bis zu dem furchtbaren Augenblick, da Hugh und Christopher auf tragische Weise abstürzten und wir uns in der unheiligen Schlucht dieses Mißgeschicks vermählten.

All das lag vor uns. Ich lebte noch lange mit dem Schock des Attentats in den Knochen, und es lag sogar in der Luft von Langley, die ich atmete, bis sich mit der Zeit der Eindruck dieser folgenschweren Katastrophe verwischte und in die Geschichte und die Flüsterstimmen auf den Korridoren einging und die Tatsache selbst auf einen kleinen dunklen Fleck auf unserem Gewissen zusammenschrumpfte.

Harlot aber wurde gnadenlos in seiner Kunst der Übertreibung. Er wußte um die Alpträume, die das Attentat manch altgedientem Agencymann verursachte, und er lernte die Ereignisse jenes Tages auswendig. Dann hielt er einen Monolog, den ich mehr als einmal gehört habe, wenn auch gemeinsam mit immer anderen und stets sorgfältig ausgewählten Mitarbeitern.

»An dem einzigartigen Freitagnachmittag, dem 22. November 1963«, so fing Harlot gewöhnlich an, »versammelten wir uns alle im Konferenzraum des Direktors im siebten Stock zu einem kleinen Gipfeltreffen, wir alle, Satrapen, Mandarine, Oberherren, Padischahs, Maharadschas, Großmoguln, Duodezfürsten, der ganze Laden.

Und wir saßen da«, sagte Harlot. »Es war das einzige Mal in all den Jahren, daß ich so viele glänzende, ehrgeizige, einfallsreiche Männer – einfach nur dasitzen sah. Schließlich fragte McCone: ›Wer ist dieser Oswald?‹ Und dann folgte dieses tödliche *Schweigen*. Wie bei der World Series, wenn die Gästemannschaft beim ersten Inning *acht Läufe* erzielt hat.

Versuchen wir nicht die Angst dieser Augenblicke zu ermessen. Wir hätten Bankdirektoren sein können, die soeben erfahren haben, daß eine Zeitbombe im Tresorraum tickt. Alle Safefächer müssen geleert werden. Aber man weiß in diesem Augenblick nicht einmal, wieviel man zu verbergen hat. Ich fing an, an einige unserer schlimmsten Figuren zu denken: Bill Harvey drüben in Rom. Boardman Hubbard in Paris mit AM/LASH. Angenommen, Fidel stellt Cubela der Presse vor. In solchen Augenblicken läuft der Geist Amok. Alle atmeten wir die Gespenster der anderen ein.

Wir warteten auf weitere Einzelheiten über Oswald, um unseren Grips anzustrengen. Mein Gott, dieser Oswald hat auf dem Luftwaffenstützpunkt von Atsugi in Japan gearbeitet? Haben sie da nicht den U-2-Höhenaufklärer getestet? Und dann ist er nach Rußland gegangen! Und danach wagt er es zurückzukommen? Wer hat ihn da vernommen? Wer von uns hat sich mit ihm beschäftigt? Spielt das überhaupt eine Rolle? Die Gefahr, in der wir alle gemeinsam schweben, mag sogar noch größer sein als unsere individuelle Komplizenschaft. Kann denn niemand etwas gegen diesen Oswald *tun*? Niemand spricht es laut aus. Wir sind zu viele. Wir brechen unser Meeting ab. Herausgekommen ist dabei schließlich nichts. Nur Schweigen. Zu zweit und zu dritt stecken wir die ganze Nacht die Köpfe zusammen. Weitere Informationen kommen herein. Schlimmer und schlimmer. Marina Oswald, die russische Frau – so neu war das alles, wir sagten nicht ›Marina‹, sondern ›Marina Oswald, die russische Frau‹ –, hat einen Onkel, der Oberstleutnant beim MVD ist. Dann hören wir, daß George de Mohrenschildt, den einige von uns kennen, ein höchst vielseitiger, *kultivierter* Mensch, Oswalds bester Freund in Dallas gewesen ist. Mein Gott, George de Mohrenschildt kann seine Brötchen ja bei den Franzosen, den Deutschen, den Kubanern verdienen – vielleicht sogar bei uns. Doch wer bezahlt ihn? Wo war Oswald beschäftigt? Keiner von uns fährt über das Wochenende nach Haus. Mag sein, daß es unsere letzten Stunden in Langley sind. Dann kommt der Sonntagnachmittag. Die Nachricht breitet sich wie ein Lauffeuer durch die Korridore aus. Ein Aufatmen. Erleichterung. Ein Segen. Ein wundervoller Ganove mit dem köstlichen

Namen Jack Ruby hat Oswald soeben getötet. Der dicke Jack Ruby erträgt den Gedanken nicht, daß Jacqueline Kennedy sich bei einem öffentlichen Gerichtsverfahren herumquälen soll. So einem ritterlichen Kerl sind wir seit den Rosenkriegen nicht mehr begegnet. Die Stimmung im siebten Stock ist jetzt wie während der letzten zehn Minuten eines Films von Lubitsch. Wir können uns das Lächeln kaum mehr verbeißen. Ich habe seither immer gesagt: Ich *mag* Ruby. Das ist ein Bursche, der seine Schulden bezahlt hat. Die einzige Frage, die für mich jetzt noch offen bleibt, lautet: Hat Trafficante oder Marcello oder Hoffa oder Giancana oder Roselli die Rechnung geschickt.

Jedenfalls sind wir nun endlich frei, können nach Haus. Da wird schon noch ein genügend großes Durcheinander bleiben, daß man die Spuren für immer verwischen kann. Ich weiß noch, wie ich an jenem Sonntagabend über das zu erwartende Ergebnis nachdachte. Ich fragte mich: Wer hat nichts zu befürchten, falls die Wahrheit herauskommen sollte? Das ist eine interessante Frage. Die Republikaner müssen sich Sorgen machen: ihre rechtslastigen Ölmagnaten in Texas könnten in das Attentat verwickelt sein. Die Liberalen dürften eine Heidenangst haben. Castro? Selbst wenn er unschuldig ist, hat er vielleicht nicht alle DGI-Elemente unter Kontrolle. Helms muß an die Mafia denken, auch an ein paar bösartige alte Einzelgängerelefanten, dazu kommen unsere Unzufriedenen beim JM/WAVE. Können wir für unsere Enklaven bürgen? Schon der Ausdruck besagt ja, daß man für eine Enklave nicht bürgen kann. Ja, der CIA hat vielleicht viel zu verlieren. Auch das Pentagon möglicherweise. Und was ist, wenn wir feststellen, daß die Sowjets Oswald gesteuert haben? Man kann keinen Atomkrieg vom Zaun brechen, bloß weil die Roten einen irischen Musterschüler umlegen. Und wenn es die Anti-Castro-Kubaner in Miami waren? Verdammt gut möglich nach alldem. Das bringt uns wieder zu den Republikanern, zu Nixon, dem Club zurück. Nein, paßt nicht so gut. Ein geschickter vietnamesischer Freischärler wollte vielleicht seinen toten Herrscher Diem rächen. Was den angeht, kann sich die Kennedygang schließlich keine Enthüllungen leisten, oder? Rostfraß an der Legende könnte sich bis auf die Bahre des Märtyrers hinunter ausbreiten. Und dann ist da das FBI. Wie kann es zulassen, daß irgendwer irgendeines dieser Verdachtsmomente verfolgt? Jedes dürfte auf eine Verschwörung hindeuten. Liegt es nicht in Buddhas Interesse, die Welt darauf hinzuweisen, daß das FBI einzigartig leistungsfähig im Aufdekken von Verschwörungen ist, die es nicht selbst anzettelt? Nein, nichts von alledem liegt im Interesse des angeblich allwissenden Buddha mit der breiten Sitzfläche. Oswald der Einzeltäter ist deshalb für alle die beste Lösung – ob KGB, FBI, CIA, DGI, die Kennedys, die Johnsons, Nixons, Mafia, Miamikubaner, Castrokubaner oder die Goldwatergang. Was ist, wenn es einer von der John-Birch-Society getan hat? Ich kann das Blut in den Adern eines jeden Verschwörers kochen sehen, der je davon gesprochen hat, daß er Jack Kennedy gern umbringen würde. Weiß er denn jetzt selbst noch, ob er unschuldig ist, selbst wenn er es nicht getan hat? Oder weiß er so genau, was seine Freunde treiben? Seither brodelt die dicke Suppe aus Desinformationen vor sich hin. Ich wußte, daß wir eine äußerst gewissenhafte Untersuchung durchführen würden, die riesige Mengen Klärschlamm bewältigen und ergebnislos verlaufen mußte. Sozusagen ein Modellfall. Also beschloß ich mir das Topfgucken zu ersparen und zu meiner ernsthafteren Arbeit zurückzukehren, mit der wertvollere Resultate zu erzielen sind.«

Ob Harlot wirklich an jenem Sonntagabend, sechzig Stunden nach dem Attentat, schon fähig war, von dem Ereignis Abstand zu gewinnen, oder ob er nur das, was er in den vergangenen Monaten erfahren hatte, für uns zusammenfaßte – ich selbst vermochte mir jedenfalls keinen Überblick über die Situation zu verschaffen. Ich hatte das Gefühl, in einem Sumpf aus Zweifeln herumzustrampeln, und kam mir von diesem Tod besudelt vor. Wenn die Zwangsvorstellung eine Form der Trauer ist um all die Ängste, die wir in ungeweihter Erde – das heißt im unheiligen Abgrund unserer Seele – verscharren, dann litt ich unter diesem Zwang. So mußte ich immer weiter an den Tod von Marilyn Monroe denken. Wenn, wie mein Vater gemeint hatte, Hoffa zu einem solchen Verbrechen fähig war, um den beiden Kennedys eine tödliche politische Wunde zuzufügen – wie viele Leute konnte ich dann nennen, die bereit gewesen wären, Jack zu töten, um einen Krieg gegen Fidel Castro auszulösen?

Harlot mag sehr wohl erkannt haben, daß sich aus dem Haferbrei im Kochtopf kein Muster herauslesen läßt, aber mir fehlte diese Einsicht. Ich lag da wie ein Gefangener meines Bewußtseins, in

dem die Gedanken Nacht für Nacht im Kreis herumrasten. Oft dachte ich an Howard Hunt und die herzliche Freundschaft, die ihn mit Manuel Artime verband. Hunt hatte Zeit für so etwas, auch Gelegenheit – aber war sein Zorn groß genug für die Ausführung eines solchen Unterfangens? Durch Artime konnte er über die gewalttätigsten Mitglieder der Brigade verfügen. Wenn ich mich in meinen Fragen bezüglich Hunt erschöpft hatte, fing ich an, über Bill Harvey zu brüten. Ich prüfte sogar nach, ob er Rom an dem betreffenden Freitag im November 1963 verlassen hatte, doch das hatte er nicht. Dann sah ich ein, daß es auch gar nichts bedeutete. Man konnte eine solche Operation ohne weiteres von Rom aus organisieren. Und wo hatte Dix Butler gesteckt? War er bereits in Vietnam oder hatte er einen Zwischenstop in Dallas eingelegt? Das konnte ich nicht feststellen. Ich fragte mich auch, ob Castro vielleicht über Trafficante ein Attentat gelungen war, nachdem wir auf diesem Gebiet so oft versagt hatten.
In manchen Nächten sah ich immer nur Oswalds schmales, verhärmtes Arbeitergesicht vor mir. Oswald war im September in Mexico City gewesen. Mein Vater zeigte mir ein Memorandum: Das Hauptquartier in Langley hatte die Station in Mexico telegrafisch um eine Liste aller Namen der Personen gebeten, die mit den führenden KGB-Leuten in der russischen Botschaft in Mexico City Kontakt gehabt hatten. Die Station antwortete darauf. Abhörvorrichtungen in der kubanischen und der russischen Botschaft hatten Oswalds und Rolando Cubelas Namen registriert. Oswald habe sogar von der kubanischen Botschaft aus mit der sowjetischen Botschaft telefoniert. In hartem und grammatikalisch mangelhaftem Russisch habe der Mann, der sich Oswald nannte, darauf bestanden, mit »Towaritsch Kostikow« zu sprechen.
»Das ist sonderbar«, sagte mein Vater. »Wir wissen, daß Oswald gut Russisch sprach.«
»Und Cubela?«
»Ach, Cubela. Er hat mit dem Genossen Kostikow geredet. Wir wissen nicht, worüber. Ich nehme an, er hält mit allen Kontakt.«
»Wir haben ihn natürlich fallengelassen, nicht wahr?«
»Natürlich.« Mein Vater zuckte die Schultern. »Jedenfalls ist es vorbei. Die Untersuchung ist abgeschlossen. Das FBI wird uns mitteilen, daß Oswald auf eigene Faust gehandelt hat.«
Hatte J. Edgar Hoover es getan?

Meine Gedanken kamen nicht zur Ruhe. Eines Tages während der Hearings der Warren Commission fragte Chief Justice Warren Allen Dulles: »Das FBI und der CIA beschäftigen doch Geheimagenten, die furchtbare Charaktere sind?«
Und Allen Dulles erwiderte mit der Jovialität eines Herren, der sich auf die Dienste seiner Schlägertrupps verlassen kann, wenn er sie braucht: »Ja, schrecklich schlechte Charaktere.«
»Das muß einer von Allens besseren Augenblicken gewesen sein«, lachte Hugh Montague.
Ich befand mich an einem Punkt, an dem ich sogar geglaubt hätte, daß Allen Dulles der Täter war. Oder Harlot. Auch mein Vater und ich selbst mochten in dieses größere Netz hineinverwickelt sein. Schuldig! Meine Gedanken rasten. Ich hatte meine erste universelle Lektion noch nicht gelernt: Es gibt nur Fragen, aber keine Antworten. Aber einige Fragen müssen natürlich besser sein als andere.

2

12. September 1964

Liebster Harry,
war es nicht Fidel Castro, der gesagt hat, eine Revolution müsse mit Blut besiegelt werden? Das Äquivalent – wenn auch auf einer persönlichen Ebene – ist wohl der *nicht unbedingt fleischliche* Betrug an ihrem Gatten, mit dem eine verheiratete Frau ihrem Liebhaber gegenüber ihre Ernsthaftigkeit beweist. Heute möchte ich eine solche Tat begehen. In diesem Brief findest Du außergewöhnliches Material über Bill Harvey. Es ist in der Tat das strengst geheime Zeug, das Hugh mir jemals anvertraut hat, und jetzt, da ich es mit Dir teile, wird der Kreis der Eingeweihten auf Hugh und Harvey, Dich und mich – und niemanden sonst – beschränkt sein.
Hier also eines von Hughs speziellen Geheimnissen: Vier Seiten Transkript von einem Gespräch, das er mit Harvey in Berlin geführt hat. Da Du King William von der Arbeit her gut kennst, wird es Dir zweifellos etwas schwerfallen, Dich von gewissen

Vorstellungen zu lösen. Ich aber habe nur den Stolz, der mit neuem Besitz einhergeht und die damit oft verbundene innere Leere verspürt. Beklagenswert war meine Reaktion. Ich dachte: Ein Jahr herumgekeift und nun – was soll's? Ich habe ein dunkles Geheimnis erfahren über diesen bodenlos triebhaften Kerl, Bill Harvey. Aber in Wirklichkeit bin ich dankbar für dieses Geschenk, das ich so abschätzig charakterisiere. Ich bin mehr als fasziniert.
Als ich die vier Seiten der Abschrift gelesen hatte (von der nur ein Exemplar existiert, und Du gehst richtig in der Annahme, daß Hugh es mir sofort nach dem Lesen wieder weggenommen hat), fragte ich ihn, wer sonst noch davon wisse, und dabei stellte sich heraus, daß Du vor über acht Jahren einen Blick auf die ersten beiden Blätter hast werfen dürfen. »Natürlich«, sagte Hugh, »sind die ersten beiden Blätter nicht viel wert. Der arme Junge war halb tot vor Enttäuschung.«
Nun, Harry, will ich mein Bestes tun, Deine tote Hälfte wieder zum Leben zu erwecken. Da ich das Transkript nicht besitze, werde ich zusammenfassen müssen, woran ich mich erinnere. Gleich oben auf Seite drei erwähnt Hugh Harvey gegenüber, daß er sich mit Bills erster Frau Libby unterhalten und daraus viel erfahren hätte. Erinnerst Du Dich noch an die Geschichte mit dem Auto in der Regenlache, das nicht mehr fahren wollte? Libby rief das FBI an, weil ihr Gatte nicht nach Haus gekommen war und sie sich Sorgen machte. Nach der Legende, die Harvey 1947 der Agency liefert, hat er sich entschlossen, beim FBI auszuscheiden, weil Buddha ihn nach Indianapolis versetzen wollte als Strafe dafür, daß er die ganze Nacht in einem Pannenfahrzeug geschlafen und nicht beim Bureau angerufen hatte. Nun, als Hugh sich etwa neun Jahre später mit Libby über diesen Vorgang unterhielt, war sie noch immer so verbittert, wie es eine Ex-Ehefrau nur immer sein kann. Sie habe das Bureau nicht angerufen, sagte sie. Wieso hätte sie das auch tun sollen? Bill sei jede Nacht bis 3 oder 4 Uhr morgens aus gewesen. Hugh überprüfte ihre Geschichte mit Hilfe seiner Kontaktperson im Bureau, die Zugang zu den Tagebüchern hatte. In der Tat hatte Libby an jenem Morgen 1947 nicht im Bureau angerufen. Hughs Schlußfolgerung: Harveys Geschichte war Teilstück eines Komplotts von Buddha, der King Bill in die Agency einschleusen wollte. Hugh berichtete mir, Hoover sei es auf verschiedenen Wegen gelungen, ein Dutzend seiner besten Männer bei

uns unterzubringen, damit sie ihm als ganz besondere Special Agents dienten – damals am Anfang, als »wir gut, lieb, einfach und unschuldig waren«, wie Hugh sich ausdrückt, sei das ein Kinderspiel gewesen. Von ihnen allen war Harvey der beste. Er hat Hoover an die zehn Jahre lang Agency-Material von unschätzbarem Wert zugespielt.

Am Ende des vierseitigen Transkripts kannst Du spüren, daß Harvey so klein ist, wie man ihn überhaupt nur kriegen kann. Ich erinnere mich wörtlich an das, was folgt.

»Sie werden es nicht glauben«, sagte er zu Hugh, »aber ich hasse Buddha wirklich.«

»Ja«, höhnt Hugh. »J. Edgar Hoover ist nichts wert, und Sie lieben uns Arschlöcher, nicht wahr, selbst wenn Sie sich all die Jahre bemüht haben, Buddha unsere besten Karten zuzuspielen!«

»Ich habe da drüben mehr gute Freunde als hier«, knurrte Bill.

»Ja, welcher gute Doppelagent hat das nicht?« erwidert Hugh. Worauf er ihm seine Karten auf den Tisch legt. »Jetzt kommt der bittere Ernst, Bill. Ich werde Sie beim Wort nehmen: Sie mögen uns mehr als Buddha. Also werden Sie uns Spitzenmaterial aus seinen Spezialakten beschaffen. Es ist mir gleich, wie Sie es anstellen. Und wenn J. Edgar jemals entdeckt, was Sie da treiben, und Sie fallenläßt – nun, Tripleagenten gehen schnell unter. Da komme ich mit den Riesengorillas. Ist das klar, Mann?«

»Klar«, antwortet er.

Damit endet das Transkript. Natürlich kannst Du Dir meine erste Frage an Hugh vorstellen. »Hast du Bill seither geführt?« fragte ich ihn.

»Seit meiner Reise nach Berlin 1956. Ja. Es war ein äußerst erfolgreiches Frühstück. Der arme Bill! Da hat er all die Jahre mit zwei Gesichtern leben und deshalb doppelt soviel trinken müssen.«

Siehst Du, Harry, viel Stoff zum Nachdenken. Die Verräterei läßt mich schaudern. Ich habe gerade einem meiner ernsthaften ehelichen Gelübde Lebewohl gesagt. Das sollte Dir für eine Weile genügen, gierige Weiblichkeit.

Deine Kittredge

3

Eine Zeitlang schrieb ich Kittredge leidenschaftliche Briefe, aber sie antwortete nicht. Schließlich zitierte sie mir etwas aus dem Talmud. »Hier, Harry, ist Weisheit für den kleinen Teil von Dir, der Jude ist. Wenn die alten Hebräer sich einer mächtigen Versuchung nicht hingeben wollten, bauten sie einen Zaun um das herum, was sie begehrten. Da ein Zaun nie stark genug ist, um den leidenschaftlichen Trieb zurückzuhalten, bauten sie einen Zaun um den Zaun herum. Deshalb treffe ich mich nicht mit Dir und ermutige Dich nicht zu Liebesbriefen. Sag mir lieber, was du lernst.«
Zögernd tat ich, was sie von mir verlangte. Der folgende Brief kann als Beispiel dienen.

12. September 1965

Liebe Kittredge,
Ich stelle fest, daß es auf den Tag ein Jahr her ist, seit Du mir die spezielle Information über William Harvey geschickt hast, und ich denke noch immer über ihn nach. Ja, ich höre von meinem Vater, was Harvey so treibt und was für eine Schweinerei er in der Station in Rom anrichtet. Je mehr Lorbeeren sich mein Vater als Helms' Troubleshooter verdient, desto mehr muß er sich fragen, ob Helms ihn, wenn er unser nächster Direktor wird, zu seinem Stellvertreter machen wird. So haben sich wohl gewisse Beförderungswünsche in das Denken meines Vaters eingeschlichen. Er wird allmählich so autoritär, wie ich ihn aus meiner Kindheit in Erinnerung habe. Wir geraten aneinander. Ich glaube, er hat eine Stinkwut, weil ich nicht mehr sein Assistent sein will. Denn ich habe mich entschlossen, für Hugh zu arbeiten. Aber nach unserer Parisreise können mein Vater und ich auch nicht mehr miteinander auskommen. Einen konkreten Grund dafür gib es nicht, aber zwischen uns steht so etwas wie ein schlechtes Gewissen. Und mein Vater ist dieser Tage wieder sehr niedergeschlagen und pessimistisch. Ich weiß nicht, ob Harvey der Grund ist, aber er ist von ihm besessen. Weißt Du, Helms ist nun, wenn auch zögernd, bereit, den Fettsack wieder von Rom abzuziehen und endgültig auf die Weide zu schicken. Wer aber soll zu dem Mann hinfliegen und ihm sagen, daß es mit ihm vorbei ist? Helms möchte, daß mein Vater das

übernimmt. »Dann wird er's sich nicht gar so zu Herzen nehmen«, sagt er zur Begründung. »Einer von uns muß bei ihm sein und ihn die Treppe hinunterführen.«

Mein Vater aber bekommt etwas, das ich fast eine Nervenkrise zu nennen versucht bin. »Ich kann's nicht tun«, hat er mir mehr als einmal gesagt. »Ich würde es Bill Harvey umgekehrt niemals verzeihen, wenn er ankäme, um mir zu sagen, daß es mit mir aus ist. Ich würde annehmen, daß der Mann sich mächtig darüber freut, und das könnte ich nicht ertragen.«

»Trotzdem«, sagte ich. »Wenn Helms will, daß du es machst, kannst du es wohl kaum ablehnen.«

»Nun, ich kann dich bitten, daß du mich vertrittst. Wenn ich meinen Sohn schicke, zeigt das Respekt.«

»Ich könnte mit Bill aneinandergeraten.«

»Rick, ich würde dir diesen Superjob nicht anbieten, wenn ich nicht der Meinung wäre, daß du es schaffen kannst. Eine oder zwei unangenehme Stunden, ja, aber du bist mein Sohn. Wenn die Zeit reif ist, wirst du's vielleicht tun müssen. Laß uns hoffen, daß er freiwillig abtritt.«

Wir ließen es auf sich beruhen, aber zum erstenmal in meinem Leben traue ich meinem Vater nicht. Ich glaube, seine Angst hat etwas mit seiner Karriere zu tun. Ich glaube, er fürchtet, Harvey stellt noch irgendeine große Sauerei an, mit der Boardman Hubbard, der künftige Stellvertretende Direktor, nichts zu tun haben will. Ich hoffe, ich täusche mich. Ich hoffe immer noch, daß Bill Harvey zurücktritt oder sich ändert. Der ganze Ärger kommt von den Umständen, glaube ich, unter denen er auf diesen Posten gelangt ist. Das Problem war ja, wenn Du Dich erinnerst, daß Helms Harvey McCone aus den Augen schaffen mußte. Nur die Position in Rom war frei. Um Harvey Appetit zu machen, legte Helms ihm eine anspruchsvolle Speisekarte vor. »Sehen Sie«, sagte er. »Rom ist jetzt wie ein Konditoreiladen voller Windbeutel. Was wir an Informationen erhalten, wird uns mit dem Löffel von den italienischen Diensten eingetrichtert. Es ist eine Schande. Wir haben da unten in zehn Jahren nicht einen einzigen KGB-Mann umgedreht. Die Situation schreit nach jemandem mit Ihrer Begabung, Bill. Gehen Sie hin, seien Sie ganz Sie selbst, rauh wie eine Gewitterwolke, gerissen wie Lorenzo de' Medici. Räumen Sie dort einmal gründlich auf.«

Mein Vater sagt, Helms hätte den Kerl nur deshalb auf diese Art ein bißchen angefeuert, weil er nicht wollte, daß Bill sich degradiert vorkam. Aber Harvey hat sich mit Begeisterung auf die neue Aufgabe gestürzt. Nun stimmt es zwar, daß selbst unsere besten Leute in Rom wenig mehr als trainierte Beigaben zum diplomatischen Dienstleistungsgewerbe waren und die geheimdienstliche Arbeit darniederlag, aber Harvey hat den Leuten dort wirklich die Hölle heiß gemacht. Schließlich war Rom seit Jahren ein Dorado für ältliche Agentenführer geworden, die endlich einmal ausspannen wollten. Harvey teilte sie zu Überwachungsarbeiten ein. Er stachelte die alten Herren zu immer neuen Hochleistungen an. »Habt ihr heute schon euern Russen angeworben?« Natürlich wurden keine Russen gewonnen. Überdies verletzte Harvey den stolzen Sinn der Römer. Er bemühte sich heftig, einen Italiener seiner Wahl in den Spitzenjob eines dortigen Geheimdienstes einzusetzen. Als ihm das schließlich auch gelungen war, stellte sich der neue Mann im Kreis seiner Mitarbeiter als derart lächerliche Figur heraus, daß der Streich auf Harvey zurückfiel. Er fing an, Harvey bei dessen Arbeit zu behindern. Schließlich teilte er ihm mit, das Anschleifen der Telefonleitungen östlicher Botschaften sei nicht mehr erlaubt. Bill hatte eine Katastrophe heraufbeschworen. Noch ein paar solche Schnitzer und Bill würde als Versager und Schlafmütze in die Geschichte des CIA eingehen. Er schnarchte, bis man ihn wachrüttelte. Als er beim Lunch saß, versuchte ihn jemand mit einer Bombe zu erledigen.
Dann hatte er einen Herzanfall. Doch er erholte sich wieder. Vom Saufen hat's ihn nicht abgehalten. Eines Morgens, die Tür zu seinem Büro war abgeschlossen, ging drinnen eine Kanone los. Keiner wagte es, einen Blick hineinzuwerfen. Wer konnte schon die Schweinerei ertragen, die William Harveys Wände einem vielleicht bieten würden? Eine tapfere Sekretärin nahm schließlich all ihren Mut zusammen und stieß die Tür auf. Da saß Harvey an seinem Schreibtisch und reinigte seine Kanone. Sie war aus Versehen losgegangen. Harvey zwinkerte.
Kittredge, ich glaube, es wird allmählich Zeit. Neulich sagte mir mein Vater, Helms habe gesagt: »Ich könnte Harveys Dickschädel durch eine Wand knallen.«
Ja, es sieht so aus, als ob ich derjenige sein werde, der den Job

bekommt. Meine Chancen, lebendig zurückzukehren, sollten wenigstens hundert zu eins stehen.

Meine Liebe Dir und Christopher,
Harry

4

Ein halbes Jahr verging, bis mein Auftrag kam, aber dann war er da.

Harvey wußte, weshalb ich nach Rom kam. Er hatte mir eine Limousine zum Flugplatz geschickt und einen Mann, der mich durch die Zollkontrollen schleuste. Als ich an jenem Abend sein Büro betrat, war er, wie ich mich erinnere, fast genauso gekleidet wie ich. Beide trugen wir Einreiher aus dunkelgrauem Flanell, dazu weiße Hemden und Ripskrawatten. Meine war rot und blau, die seine grün und schwarz. Wir setzten uns um 20 Uhr in seinem Büro nieder, und es war ausgemacht, daß wir um 21 Uhr essen gehen würden. Eine Flasche Bourbon, ein Eiskübel und zwei Gläser standen auf einem Tablett. Wir tranken die nächsten sieben Stunden durch und kamen nicht zum Essen. Eine zweite Flasche wurde geleert. Es mag sehr wohl die fürchterlichste Sauferei gewesen sein, die ich je erlebt habe, und ich flog mit einem so grauenvollen Kater in die USA zurück, daß ich die nächsten Monate keine harten Sachen mehr anrührte.

In Rom aber rann mir der Stoff wie Wasser – oder besser: wie Benzin – durch die Kehle. Mein Adrenalinausstoß war beträchtlich. Indem ich den Alkohol fast so schnell verbrannte, wie ich ihn trank, brachte ich mein Nervensystem vielleicht in jenen hochoktanigen Erregungszustand, der William Harvey auszeichnete. Ich begriff nun, wie er diese enormen Mengen trinken konnte: William Harvey hatte noch keine einzige Stunde in seinem Erdendasein erlebt, in der er nicht fürchtete, von irgend jemandem bedroht zu sein.

Wir fingen aber ganz ruhig an. »Ich weiß, warum du hier bist«, sagte er mit seiner leisen Stimme, »und das ist in Ordnung. Sie

haben dich hergeschickt, damit du die Arbeit eines anderen erledigst.«
»Ich bin nicht freiwillig hier«, antwortete ich, »aber ich weiß, warum man mich damit beauftragt hat: weil ich wenigstens weiß, was Sie geleistet haben und welche Bedeutung Ihnen zukommt.«
»Mit dieser Pferdescheiße warst du schon immer gut.« Er kicherte, ein ungewohnter Laut, der da aus ihm herauskam. »Damals in Berlin hast du mir das Fell über die Arschbacken ziehen wollen, SMALL ONION.«
»Ich hatte eine Höllenangst dabei.«
»Natürlich. Die hat jeder, der für Hugh Montague arbeitet.«
»Yessir.«
»Jetzt bist du hier, um mich zu feuern.«
»Das ist nicht das richtige Wort.«
»Das wird aber das richtige Wort werden, wenn ich dir sage, daß ich nicht abtrete.«
»Ich glaube, die Entscheidung ist bereits gefallen.« Ich wartete mit meinen Antworten immer so lange, wie ich konnte.
»Falls du es noch nicht weißt«, sagte er, »du bist nur ein Handtuchträger in einem Hurenhaus.«
»Ich habe mich immer gefragt, was ich bin.«
»Ha, ha. Jetzt in diesem Augenblick versucht Cal Hubbard in Washington gerade seinen königlichen Durchfall zurückzuhalten. Er hat dir gesagt, du sollst ihn sofort anrufen, wenn du mit mir durch bist, stimmt's? Egal wie spät es ist, hab' ich recht?«
»Natürlich. Er macht sich Ihretwegen Sorgen.«
»Versuch nie Horseshit mit Bullshit zu übertrumpfen. Cal Hubbard ist grün vor Angst. Er fürchtet, daß ich meine Pistole heraushole und mir eine Kugel durchs Auge in den Hinterkopf schieße. Dann wirft man ihm den Selbstmord vor.«
»Man sucht nach einem geeigneten Posten für Sie. Die richtige Position auf höherer Ebene. Mein Vater mehr noch als alle anderen findet, daß John McCone Sie äußerst unfair behandelt hat.«
Harvey grinste. »Kann ich den Brief sehen, den er an John McCone geschrieben hat?«
So ging das eine Stunde lang. Ich ließ mir seine Beleidigungen gefallen und seinen Zynismus und seine Gleichgültigkeit, was unser Dinner anbetraf. Irgendwann in der zweiten Stunde begann er sich in längeren Wortkaskaden zu entladen. »Du bist hier, um

meine Einwilligung zu bekommen, daß ich zurückgehe«, erklärte er, »und ich bin hier, um festzustellen, daß ich bereit bin, im ersten Leichensack zurückzukommen, der durch ein Schweinearschoch paßt. Es ist schwerer, Hubbard, durch ein Schweinearschloch zu gehen als durch ein Nadelöhr. Also gibt es nicht viel zwischen uns zu verhandeln. Andererseits, laß uns reden. Ich möchte der Sache auf den Grund gehen, warum es Meinungsverschiedenheiten in der Frage gibt, wie ich den Job hier mache. Weißt du, mir hat nie irgend jemand geholfen. Ich bin zu der Ansicht gelangt, daß man mich absichtlich an den falschen Ort geschickt hat – soll sich Wild Bill doch selbst fertigmachen, bis er reif ist, in Pension zu gehen. Zum Teufel mit euch. Ich bleibe auf diesem Posten. Man hat mir nicht die Unterstützung gegeben, die man mir versprochen hat, und deshalb kann Rom keine Erfolge vorweisen. Wußtest du, daß Hugh Montague hier über italienische Topagenten auf höchster Ebene verfügt?« – er hob die Handfläche hoch über seinen Kopf –, »Spitzenkräfte, die er schon vor Jahren ins Innenministerium und Außenministerium eingeschleust und aufgebaut hat? Makkaronis mit einem Geschäftsbereich, eigenem Etat und völlig unabhängig von dieser Station? Hugh Montague hat mich nicht mit ihnen in Kontakt gebracht. ›Sie müssen mit den Fotzen auskommen, die Sie haben‹, hat er nur gesagt – Hugh Montague, für den ich mehr getan habe als je für irgend jemand sonst. Der Mann ist ein Beispiel für die ungeheure Undankbarkeit der führenden Leute, und du, Hubbard, bist schon immer sein Wasserträger gewesen.«

»Trinken Sie noch etwas«, sagte ich. »Das heitert Sie auf.«

»Zum Teufel mit dir. Bei diesem weltweiten Geplausche darüber, wie tief ich gesunken bin, mache ich nicht mit. Ich sehe das nämlich ganz anders.« Er griff ins Schulterhalfter und zog eine Magnum heraus. Ich wußte nicht, ob es ein Colt oder ein Smith-&-Wesson-Revolver war und überlegte, ob ich ihn fragen sollte, aber was hätte das für einen Sinn gehabt? Er peilte durchs Visier, dann klappte er die Waffe auf, inspizierte die Trommel. Mit seinem Taschentuch, einem sauberen, wischte er sie ab.

»Die Leute sagen«, erklärte Harvey, »›da fängt er schon wieder an.‹« Er zog den Hahn zurück und richtete den Lauf des Revolvers in Gedanken auf mich. »Sie sind zu der Überzeugung gekommen, daß das alles nur Theater ist, und sie kapieren nicht, daß ich

wirklich Lust habe, und das meine ich wirklich ehrlich, den Abzug abzudrücken und jemand den Namen geradewegs aus der Birne zu pusten. Zurück mit dem Kerl auf den großen Komposthaufen. Der einzige Grund, weshalb ich diese kleine Nutte bis heute noch nicht durchgedrückt habe, ist, daß es sich noch nie richtig gelohnt hat. Wenn ich den ganz starken Drang verspüre, so wie jetzt, war der Empfänger es nicht wert, mit mir in die Geschichte einzugehen. Also habe ich nicht abgedrückt. Wenn Hugh Montague allerdings heute abend hier säße, wäre er ein toter Mann.« Harvey zielte jetzt auf mich und drückte ab, aber der Bolzen schlug auf die leere Kammer. »Wenn dein Vater da säße, würde ich vielleicht eine Münze darüber entscheiden lassen. Aber du – bist relativ sicher.« Er legte die Waffe auf den Schreibtisch. »Entspann dich«, sagte er. »Laß uns über etwas anderes reden.«
Es war das erste, aber nicht das letzte Mal, daß er in dieser Nacht auf mich zielte, und je länger der Revolver auf seinem Schreibtisch lag, desto mehr nahm er das Aussehen eines dritten Gesprächsteilnehmers an, der es vorzog zu schweigen.
»Ich möchte dich fragen«, sagte Harvey, »was du von Lee Harvey Oswald hältst.«
»Ich denke, da gibt's ein paar Sachen, die man noch über ihn erfahren könnte.«
»Scheiße, Hubbard, das nennst du eine Antwort? Trink mal 'n Bourbon.« Er goß uns beiden ein. »Ich habe dich gefragt, weil ich mich für Oswalds Namen interessiere. Wie du vielleicht weißt, hasse ich den Hundesohn Bobby Kennedy, und dieses Gefühl reißt mich mitten aus dem Schlaf, und ich springe auf, die Kanone in der Hand – ein alter Reflex aus FBI-Zeiten. Ich könnte Bobby Kennedy abknallen, wo er steht, wenn er da stände, wo du jetzt stehst. Und dieser Lee Harvey Oswald – er hat Bobby auch gehaßt. Der Bruder, der noch übrig ist, kriegt den vollen Haß und die Kugel ab. Also hab' ich mit Oswalds Idee gespielt, aber nicht als Agency-Mann – ich hab' mich nicht gefragt, wer ihn losgeschickt hat oder ob er ein *Espontáneo* war –, nein, ich hab' nur mit den Namen herumgespielt, Lee Harvey Oswald, ein komischer Name, dachte ich. Und da wurde es mir klar. Nimm mal Oswald weg, das ist kein Name, den ich verstehen kann, aber behalte Lee Harvey. Als ich ein Junge war, haben sie mich Willie Harvey genannt. Meinst du, Gott will mir damit etwas sagen? Ich hab' mir die Geschichte von Lee Harvey

angeguckt. Tolle Sache, weißt du, was er sich als Junge am liebsten im Fernsehen reingezogen hat? *I Led Three Lives*, das war dieser Philbrickdreck über das FBI. Ja, Mist, was? Ich, William King Harvey, habe ja auch *drei Leben geführt* für das FBI. Ich sage, das kann kein reiner Zufall sein, Hubbard. Ich habe darüber nachgedacht und ich bin zu einem hochinteressanten Schluß gekommen. Es gibt eine Kraft, die der Entropie entgegenwirkt. Das Universum muß nicht unbedingt in sich zusammenfallen. Es bildet sich etwas heraus, das ich die neue Verkörperung nennen möchte. Entropie und Verkörperung hängen vielleicht miteinander zusammen wie Materie und Antimaterie.« Er rülpste nachdenklich. »Ja«, sagte er, »die Formen fallen in sich zusammen, und sie fließen alle ins Meer, aber andere Möglichkeiten tauchen im Kielwasser auf und suchen ihre *Verkörperung*. Ein Klumpen Materie versucht sich immer in einem höheren Klumpen Materie zu artikulieren. Es gibt einen Tropismus zur Form hin, Hubbard. Der wirkt dem Zerfall entgegen. Ich sage dir das, weil ich eine unsichtbare Bindung zwischen Lee Harvey und mir sehe, eine Bindung, die meine Interpretation der Verkörperung bestätigt. Eine Verkörperung im Entwicklungszustand. Diese Form will noch einmal wahr werden. Ist das klar, Hubbard?« Er genehmigte sich noch einen Bourbon.

Er redete und redete. Nach Mitternacht redete er eine ganze Stunde lang ohne aufzuhören. Er sprach davon, was es für ein Gefühl sei zu wissen, daß man ein Genie gewesen und bestohlen worden sei – »Tropfen für Tropfen, Millimeter um Millimeter hat mich dein Pate ausgelaugt, Hugh Montague – bei Gott, das ist fast ein Grund, dich zu erschießen«, und er hob die Kanone wieder auf.

Es geschah in dieser Nacht noch zweimal. Beim letzten Mal zielte er zehn Minuten lang auf meinen Kopf. Ich konzentrierte mich aufs Ausatmen, um die ganze verbrauchte Luft aus mir herauszubekommen. Doch unverbrauchte war nicht viel übrig. Während ich ihm als Zielscheibe diente, kehrte ich in Gedanken zu einem der letzten Tage während der beiden Kletterwochen mit Harlot vor einem halben Leben zurück, als ich fast eine halbe Stunde lang auf einem fünfzehn Zentimeter breiten Felsensims gestanden hatte, derweil Harlot in einer fast ausweglosen Situation an einer überhängenden Felswand über mir versucht hatte, einen Weg hinauf zu finden. Die ganze Zeit hatte ich gefürchtet, ihn nicht halten zu können, wenn er abstürzte. Ich hatte meinen Haken in die Wand geschlagen, aber ich traute ihm nicht

In dieser halben Stunde lernte ich, was es heißt, auf einer vertikalen statt auf einer horizontalen Ebene zu existieren. Ich weiß noch, wie ich auf all das flache Land unten hinaussah, und es war so weit von mir entfernt wie der verschwundene Kontinent Atlantis. Jetzt, während ich Bill Harvey gegenübersaß, der die Kanone auf mich richtete, wußte ich, was es heißt, Zielscheibe zu sein, und ich war nicht sicher, ob ich den Morgen noch erleben würde. Doch diese Unsicherheit war wohl meine große Chance, daß Bill Harvey nicht den Abzug durchdrückte. Ich fand die Atmosphäre zu beklemmend, als daß ich hätte lächeln können.

In der sechsten Stunde fing Harvey an, Fidel Castro zu imitieren. Seine Darbietungen waren hoffnungslos plump, und keine zwei Männer konnten einander unähnlicher sein, aber Harvey suchte vielleicht eine neue Verkörperung. Oder kamen die nachtschlafende Zeit, der Bourbon und unser beider Adrenalin zusammen? Ich konnte den Augenblick fühlen, in dem er bereit war, mich lachen zu lassen, und ich konnte auch tatsächlich über die verrückte Farce glucksen, als William Harvey sich als Fidel Castro präsentierte: »›Ich kann euch verzeihen‹«, sagte Harvey und steckte das Profil seiner FBI-Nase zu seinem unsichtbaren Zeugen im Himmel empor, »›euch von den Vereinigten Staaten, daß ihr versucht habt, mich zu töten. Denn ich habe im Verlauf eurer fehlgeschlagenen Experimente feststellen können, daß der Kapitalismus unfähiger ist, als ich angenommen hatte.‹ Klingt das echt, Hubbard?«

»Reden Sie weiter.«

»›Ich bin bereit, diese konzentrierten, aber hilflosen Anstrengungen zu verzeihen, aber ich kann nicht darüber hinwegsehen, daß ihr eure imperialistischen Kollegen dazu angestiftet habt, uns Schiffsladungen voll verdorbenen Motorenöls zu schicken, das unsere Maschinen korrodieren ließ, woraufhin ihr euch dann über die Ineffizienz unseres sozialistischen Systems lustig zu machen anfingt.‹ Hab' ich den Hundesohn richtig getroffen?«

»Kommt ihm ziemlich nahe.«

»›Ja, ich kann euch eure Versuche verzeihen, mich ermorden zu wollen, aber ich muß euch sagen, daß der amerikanische Geist von

unserer kubanischen Perspektive aus betrachtet absonderlich ist. Man versprüht in einem Fernsehstudio LSD in der Hoffnung, daß ich es einatme und meinem Volk lächerliche Dinge sage, Pläne werden gemacht, Tuberkelbazillen in meinen Taucheranzug zu stäuben, man spricht von in Gift getauchten Zigarren und explodierenden Meeresmuscheln. Wer war der Ahnherr all dieser Ideen? Meine Freunde, ich habe die Quelle dieser Inspirationen entdeckt. Sie stammen von der britischen literarischen Figur James Bond. Ich wurde neugierig auf diesen Agenten James Bond, der ein solcher Narr, ein solcher hochstaplerischer Imitator eines Mannes der Tat zu sein schien. Ich ließ deshalb in unserer hervorragenden Universität zu Havanna Nachforschungen über die Person des Autors von James Bond anstellen und entdeckte, daß dieser Gentleman, Ian Fleming, ein todmüder, asthmatischer Lebemann mit einem Herzfehler und erschöpften Lenden ist. Von solchen Männern werden eure amerikanischen Legenden ausgeheckt‹«, schloß Harvey und beugte sich in einem schrecklichen Hustenanfall vornüber. Als er fertig war, legte er die Kanone weg.
Er nahm sie noch ein zweites Mal in die Hand, aber die Höhepunkte dieser Nacht waren bereits überschritten. Zuletzt stand er auf und erklärte: »Laß uns spazierengehen. Ich will es mir beim Spazierengehen überlegen.«
Wir schlenderten durch das Tor der Botschaft. Harvey sagte: »Der KGB beschattet mich ununterbrochen. Wenn es um kleine Gemeinheiten geht, sind sie so produktiv wie Ziegenkacke. Ja, ich glaube sogar, sie waren es, die neulich die Luft aus meinen Reifen gelassen haben, als ich an der Spanischen Treppe geparkt hatte.« Er nieste. »Jemand könnte jetzt in diesem Augenblick auf mich schießen! Ich stelle immer noch eine Zielscheibe dar. Aber das ist in Ordnung.« Er nieste noch einmal. »Okay, Hubbard«, sagte er. »Ich gehe zurück. Aber zuerst möchte ich mir selbst noch 'ne Höllenparty geben. Ich hab' einen Springbrunnen – ich hab' mir das ausgedacht –, einen Springbrunnen, der Champagner hochspritzt, dann wieder sammelt und wieder hochspritzt. Damit er weitersprudelt, stecken wir eine CO^2-Patrone in die Rohrleitung.« Er strahlte. »Morgen schicke ich ein Telegramm weltweit an alle Stationen ab, daß ich nach Washington zurückkehre. Aber ich werde dich oder jeden andern verfolgen, der behauptet, ich wäre in Ungnade gefallen.«

»Das wird niemand behaupten«, sagte ich.
»Besser nicht.« Er legte mir den Arm auf die Schulter. »Du hältst deinen Alkohol, Hubbard. Scheinst eine anständige Blase zu haben. Vielleicht hast du den Mumm von deinem Vater.«
»Bestimmt nicht.«
»Ich wollte, ich hätte einen Sohn«, seufzte er. Wir waren zur amerikanischen Botschaft zurückgekehrt und schlenderten durch das Tor am Wachtposten vorbei. Harvey führte mich durch den Garten zur rückwärtigen Mauer. »Ich muß dir was erzählen«, fügte er hinzu.
»Yessir.«
»Ich bin es, der Philby enttarnt hat.«
»Das wissen wir alle.«
»Aber nachdem ich ihn enttarnt hatte, fing ich an, mich zu fragen, ob die Russen ihn absichtlich geopfert hatten. Wenn ja, sagte ich mir, gibt es darauf nur eine Antwort. Sie wollen *jemanden schützen, der noch größer ist*. Nun frage ich mich *wen*. Die Frage ist noch immer nicht beantwortet. Ich werde dich bitten zu raten, wer der große Maulwurf ist.«
Er sagte nichts weiter, aber in meinem Gehirn hämmerte die Angst, daß es Harlot sein könnte.
Harvey beendete diese Stunden alkoholischer Ausschweifungen, indem er einen Teil der rückwärtigen Mauer der amerikanischen Botschaft in Rom kreuz und quer bepinkelte. Mittendrin sagte er: »Hubbard, du wirst nie wissen, wie nahe ich mich Jesus Christus fühle, wenn ich mich mal richtig so wie hier auspisse.« Dann stießen wir mit den Köpfen zusammen, weil er mir good bye sagen wollte – ein letztes Geschenk, ein Kopfschmerz, den ich mit dem Kater zusammen nach Haus brachte.

Dieser einmalig enttäuschende Schlußsatz, »ein Kopfschmerz, den ich mit dem Kater zusammen nach Haus brachte«, hatte mich zur letzten Seite meines Alpha-Manuskripts geführt. Weiter hatte ich die Memoiren nicht geschrieben. Ich saß auf dem Bett in meinem engen Hotelzimmer am Lichtschacht im vierten Stock des alten Metropol in Moskau und starrte zur absurd hohen Decke empor, an deren Proportionen man noch ermessen konnte, wie groß dieser Saal während der Regierungszeit des letzten Zaren einmal gewesen sein mußte. Ich wollte nicht, daß mein Manuskript hier endete, ich wollte nicht fertig werden. Diese zweitausend und mehr Seiten auf dem Mikrofilm waren wie Geld in meiner Tasche gewesen: eine erste, elementare Sicherheit in einem fremden und feindlichen Land. Jetzt hatte ich mein Kapital verbraucht. Ich war nun ganz auf mich allein gestellt, befand mich auf einer Mission, deren Sinn ich nicht anzugeben vermochte, obwohl ich ihn im Grunde kannte. Denn wenn die Antwort nicht in irgendeinem verborgenen Winkel meines Bewußtseins existieren würde, warum wäre ich dann hier?

Dann dachte ich an Harlot und seine grenzenlose Eitelkeit. Eine alte Legende fiel mir wieder ein. Damals in der Zeit des Spiegelteichs hatte Harlot einmal das Büro eines Assistenten betreten, der im I-J-K-L einquartiert war, und als er dort drinnen im Dunkeln stand und über die freie Fläche hinweg zum gegenüberliegenden Gebäude sah, entdeckte er in einem erleuchteten Fenster, wie einer seiner Kollegen eine Sekretärin küßte. Harlot rief augenblicklich jenes Büro an und sah zu, wie der Mann sich aus der Umarmung löste, um den Hörer aufzuheben.

»Sind Sie nicht entsetzt über sich selbst?« fragte Harlot.

»Wer ist am Apparat?« kam es zurück.

»Gott«, sagte Harlot und legte auf.

Das letzte Mal, das Hugh Montague mir von Gott gesprochen hatte, war auch das letzte Mal, daß ich von Langley zu seinem Farmhaus an der Abzweigung der Schnellstraße gefahren war. Er hatte sich an jenem Nachmittag über die Theorie des Kreationismus ausgelassen, und seine geistige Brillanz hatte sich in keiner Weise verringert.

»Würdest du sagen, Harry«, fragte er mich, »daß zwei solche Worte wie ›intelligente Fundamentalisten‹ ein Oxymoron darstellen?«

»Wüßte nicht, wieso«, antwortete ich.

»Intellektueller Snobismus«, erwiderte Harlot, »ist deine schwache Seite. Du solltest dich lieber mit den Hinweisen beschäftigen, die man scheinbaren Torheiten entnehmen kann.«

Wie so oft, mußte man für eine seiner Erkenntnisse mit einem Tadel bezahlen.

»Ja«, sagte er, »die Kreationisten erzählen uns, die Welt hätte, so wie es in der Bibel steht, vor fünftausend und ein paar hundert Jahren ihren Anfang genommen. Das ist ein Witz, nicht wahr? Fundamentalisten sind solche Narren. Trotzdem sagte ich mir eines Tages: ›Was würde ich tun, wenn ich Jehova wäre und gerade dieses Lebewesen, den Menschen, schaffen wollte, der sich, sobald Ich ihn erzeuge, dem Satan zuwendet – da Ich Satan nun einmal Chancengleichheit geboten habe –, um herauszukriegen, wer oder was Ich bin. Das muß sich bei ihm ja zu einer Leidenschaft entwickeln. Ich

habe ihn schließlich nach Meinem Bilde erschaffen, also wird er ergründen wollen, wer Ich bin, um Mir Meinen Thron zu rauben. Hätte Ich mich denn jemals auf einen solchen Kontrakt eingelassen, ohne Mir zu Meiner Tarnung eine Legende auszudenken?

»Eine Legende?« Ich wollte seine Worte nicht wiederholen, aber ich tat es.

»Eine majestätische Legende! Kein Märchen, das der Gegner sofort durchschaut. Keine windige Geschichte, sondern etwas, das in unzählige Einzelheiten zergliedert und fabelhaft komplett ist. Nimm einmal an, Gott hätte in dem Augenblick, da Er den Vertrag mit Satan schloß, die Welt vollständig hervorgebracht. Vor fünftausend und ein paar hundert Jahren wurde die Welt bis ins letzte ausgetüftelt präsentiert. Gott schuf sie aus dem Nichts, übergab sie uns mit allem, was dazugehört. Alle fingen im selben Augenblick der Schöpfung an zu leben. Trotzdem bekam jeder eine höchst detaillierte Vorgeschichte mit auf den Weg. Erschaffen war natürlich alles ex nihilo, *indem Gottes Geist hinzukam. Die Schöpfung dieser imaginären Vergangenheit war Gottes Kunstwerk. Alle, die da lebten, alle Männer, Frauen und Kinder der verschiedenen Stämme in den verschiedenen Klimazonen, die Achtzigjährigen, die Fünfundvierzigjährigen, die jungen Liebespaare und die Zweijährigen, waren alle in dem einen Augenblick erschaffen worden, in dem Er das halbgekochte Essen auf das Herdfeuer gestellt hatte. Alles erschien auf einmal, die Tiere in ihren Habitaten genauso wie die Menschen, jedes Lebewesen besaß seine eigenen Erinnerungen, die Pflanzen waren im Besitz der für ihr Wachstum notwendigen Instinkte, die Erde bot hier ihren Reichtum, dort war sie noch unfruchtbar, manches konnte schon geerntet werden. Alle fossilen Überbleibsel waren sorgfältig in den Stein eingelagert worden. Gott gab uns eine Welt, die all die sachdienlichen Hinweise enthielt, die Darwin fünfzig und noch ein paar Jahrhunderte später brauchen würde, um seine Evolutionstheorie zu entwickeln. Die geologischen Erdschichten waren alle da. Das Sonnensystem am Himmel. Alles war in Umlaufbahnen versetzt worden, um Astronomen fünftausend und mehr Jahre später die Theorie nahezulegen, daß die Erde etwa fünf Milliarden Jahre alt sei. Dieser Gedanke gefällt mir ungemein«, sagte Harlot. »Das Universum als ein glänzend ausgearbeitetes Desinformationssystem, das uns vortäuschen soll, es hätte eine Entwicklung stattgefunden, ein raffiniertes Ablenkungsmanöver Gottes. Genauso würde ich es machen, wenn ich Gott wäre und meiner eigenen Schöpfung nicht trauen könnte.«*

Was hatte Harlot doch einmal an einem Niedrigen Donnerstag gesagt? »Diese Zusammenkünfte sollen Sie mit der Faktologie der Fakten vertraut machen. Man muß wissen, ob man es mit essentiellen oder peripheren Fakten zu tun hat. Historische Daten sind als Fakten meistens nicht sehr zuverlässig und werden von späteren Forschergenerationen gewöhnlich revidiert. Sie müssen Ihre Arbeit deshalb auf ein Faktum aufzubauen versuchen, das sich nicht in Faktenbruchstücke zerschmettern läßt.«

Ja, ich hatte das Buch der Dokumente zur Welt gebracht, und ganz Rußland lag vor mir. Aber noch ein essentielles Faktum war in meinem Besitz, auch wenn es sich nur um eine Hypothese handeln mochte, daß Harlot in der Tat hier in Rußland war. Ein Mann, der das Universum als eine Entstellung anzusehen fähig war, die Gott geschaffen hatte, um sich zu verbergen, mußte selbst auch ein grandioses Täuschungsmanöver inszeniert haben, das alles übertraf, was irgendein Geheimdienst jemals eingefädelt hatte. Nein, auf die Frage, weshalb ich mich in Rußland befand, konnte es keine andere Antwort geben: Meiner Ansicht nach war Hugh Montague hier und am Leben, und meine Chancen ihn zu finden, standen gar nicht so schlecht. Denn wenn er hier war, würde er als hochgeehrter Gast des KGB in Moskau leben. Ja. In Anbetracht der Tatsache, daß er im Rollstuhl sitzen mußte, hauste er vielleicht sogar nur einen Steinwurf von der Statue Dzierzynski entfernt. Mir war, als wäre ich dem verborgenen Leben meines Bewußtseins einen Schritt nähergekommen. Der Gedanke, daß Harlot womöglich ein Zimmer bewohnte, das von meinem nur ein paar Meter entfernt lag, ließ mich endlich begreifen, was Harvey vor neunzehn Jahren gemeint hatte, als er von einer Verkörperung sprach. Harlot, der im Schatten des Dzierzynskiplatzes lebte, war meine Verkörperung.

Ich würde das Buch über Harry Hubbard und seine Jahre in Saigon und den Dienst im Weißen Haus, als Watergate durchgestanden werden mußte, und auch den Anfang meiner Liebesbeziehung zu Kittredge vielleicht nie beenden. Nein, das alles lag so fern wie die Kindheit. Anders als Gott war es mir nicht gelungen, meine ganze Schöpfung zu präsentieren. Ich besaß nun keine Dokumente mehr, war auf mich allein gestellt, und mein Leben war so nackt und ungeschützt wie nie zuvor, denn ich hatte einen Riesensatz gemacht. Und sollte ich meinen Paten finden und zur Rede stellen können, dann würde ich ihn unter anderem mit den unsterblichen Worten Wladimir Iljitsch Lenins fragen: »Wer wen? Wer hat das alles mit wem inszeniert, und zu welchem Zweck?«

FORTSETZUNG FOLGT

NACHBEMERKUNG DES VERFASSERS

Wann immer ich in den letzten sieben Jahren erwähnte, daß ich einen CIA-Roman schrieb, sagte fast jeder – und ich glaube, dies ist eher ein Kompliment für die Agency als für den Autor –: »Ich kann's kaum erwarten.«

Die nächste Reaktion kleidete sich, besonders bei Menschen, die nicht damit vertraut sind, wie ein Roman in täglicher Kleinarbeit entsteht, in die folgende höfliche Form: »Kennen Sie denn jemanden vom CIA besonders gut?« Was wohl ein Ersatz für die Frage »Wie das? Haben Sie soviel Ahnung, daß Sie über dieses Thema schreiben können?« sein sollte.

Ich antwortete meist vage, ja, ich hätte ein paar Informanten vom CIA, könne aber natürlich nicht viel mehr sagen. Das entsprach in gewisser Weise auch der Wahrheit. Und doch ist die verbreitete Annahme, die Bekanntschaft mit ein paar Leuten vom Geheimdienst bereite den Weg dafür, über etliche Leute vom Geheimdienst zu schreiben, letzten Endes so naiv, als fragte man einen Trainer im Profifußball, ob er sich Aufstellung und Taktik der Mannschaft besorgt habe, gegen die am Wochenende gespielt wird. Ich nehme an, er würde antworten: »Das haben wir gar nicht nötig. Der Fußball ist eine eigene Kultur, mein Freund, und mit der sind wir intensiv beschäftigt. Außerdem haben wir genug Phantasie, um die Taktik der Jungs vom gegnerischen Team mit einzukalkulieren.«

Und so hätte ich antworten können, daß ich dieses Buch mit dem Teil meiner Phantasie geschrieben habe, der seit vierzig Jahren beim CIA ein- und ausgeht. »Gespenster« ist das Produkt einer wahrhaft altgedienten Phantasie, und sie hat mit dem ebenso problematischen wie faszinierenden moralischen Druck gelebt, den der CIA in den letzten vier Jahrzehnten auf uns ausübte. Ich brauchte der Agency weder anzugehören noch ihre Mitarbeiter gut zu kennen und konnte doch zuversichtlich glauben, daß ich begriffen habe, wie sie im Innersten funktionierte.

Ein russischer Jude des frühen 19. Jahrhunderts, der sich für das Wesen der orthodoxen Kirche interessierte, brauchte keinen vertrauten Umgang mit Popen zu pflegen, wenn er über die russische Orthodoxie Bescheid wissen wollte. Schon eher mußte er eine Art Wahlverwandtschaft empfinden, mußte es für möglich halten, daß er, der Jude, in die russische Orthodoxie hineingeboren worden wäre, die mönchischen Gelübde abgelegt hätte. Bei mir wiederum wäre es nicht ausgeschlossen gewesen, daß ich mein Leben beim CIA verbracht hätte – vorausgesetzt, ich wäre aus anderen Verhältnissen gekommen und hätte andere politische Neigungen gehabt.

Womit ich folgendes sagen möchte: Gute Romane können sich thematisch weit vom persönlichen Erfahrungshorizont des Verfassers entfernen und sich statt dessen aus der kulturellen Erfahrung und der Vorstellungskraft speisen, die dieser hat. Im Laufe der Jahre kann diese Vorstellungskraft gleichsam kontextuelle Nester in Themen bauen, die sie fesseln. Die Phantasie mag dann in mehrere Richtungen zugleich ausgreifen – das Leben eines Präsidenten der Vereinigten Staaten und der Alltag eines Obdachlosen können nebeneinander auf heimliche Weise verschiedene Teile des Gehirns bewohnen. Der Romancier lebt nicht nur sein eigenes Leben, sondern er entwickelt auch Gestalten in sich, die ihre ureigene Intelligenz seinem Bewußtsein vielleicht nie offenbaren – bis zu dem Tag, an dem sie in die literarische Arbeit eintreten.

Nun ist der Prozeß natürlich nicht immer so magisch. Für einen Roman wie »Gespenster« recherchiert man viel. Ich habe hundert, wenn nicht zweihundert Bücher über den CIA gelesen, und ich hatte das große Glück, daß, während ich schrieb, immer wieder neue Arbeiten über die geheimen Dienste erschienen – zum Teil sehr gute. Wäre dies ein Sachbuch, so hätte ich an vielen Stellen Fußnoten und Literaturangaben gebracht, dazu ein Register und eine Bibliographie, und in der Tat werden die Bände, die mich in den letzten sieben Jahren begleitet haben, am Ende dieser Nachbemerkung angeführt.

Gleichwohl ist »Gespenster« ein belletristisches Werk, und die meisten seiner Hauptgestalten sind ebenso fiktive Figuren wie die Mehrheit des Begleitpersonals. Da sie sich zwischen realen Persönlichkeiten bewegen, die zum Teil eine maßgebliche Rolle in unserer

Geschichte spielen, mag es nicht unwichtig sein zu erklären, wie ich die von mir durchgearbeiteten Bücher verwendet habe.
Manche Sachliteratur weckte die Phantasie. Ihre Figuren nehmen den Glanz überzeugender Romangestalten an, will heißen, sie erscheinen so wirklich und vielfältig wie Menschen, die wir gut kennen. Der größte Teil der Sachliteratur indes lähmt die Phantasie. Dennoch können, wenn man sich glühend für ein Thema interessiert, auch mediokre Abhandlungen die Phantasie beleben, liest man sie nur mit hinreichender Konzentration. Sobald die Phantasie geweckt und zielgerichtet ist, durchdringt sie die Verdunklungen, Bemäntelungen, Ausflüchte und Fehlinterpretationen all der mittelmäßigen Wälzer, die so schlecht geschrieben sind, daß man erst nach den Fakten hinter all den schlechten und unpräzisen Formulierungen suchen muß. Ein Fußballtrainer mit vierzig Jahren Praxis braucht einen Nachwuchsspieler nur bei ein paar Begegnungen zu beobachten, dann weiß er, ob der Junge entwicklungsfähig ist oder nicht. Das gleiche gilt für einen guten Boxmanager, der beobachtet, wie ein Amateur seine linken Haken schlägt. Und das gleiche gilt für den engagierten Romancier, der sein ganzes Leben in den Dienst der Literatur gestellt hat.
Ich habe selbst im Laufe der Jahre soviel Laues geschrieben und soviel Zeit mit der Überlegung verbracht, warum es schlecht war, daß ich, wenn ich die Arbeiten eines anderen Autors lese, manchmal zu dem vordringen kann, was er wirklich sagen will, oder, wichtiger noch, verschweigt. Dies ähnelt den Verfahren der Spionageabwehr, mit denen man versucht, Lüge und Wahrheit im Angebot der Gegenseite voneinander zu scheiden.
Man könnte bis zu einem gewissen Grad sagen, daß sich meine Auffassung vom CIA ebenso aus Büchern ableitet, die ich für meine Zwecke interpretiert habe, wie aus Werken, die mich direkter informierten. Das Ergebnis – und auf mehr erhebe ich keinen Anspruch: Ich vermittle dem Leser meinen Eindruck von dem, was die Agency zwischen 1955 und 1963 gewesen sein mag, zumindest in den Augen eines privilegierten jungen Mannes, der in ihrem Bannkreis groß geworden ist. Es handelt sich um einen imaginierten CIA. Real existiert er nur in meinem Kopf, aber ich würde geltend machen, daß dies auch auf Männer und Frauen zutrifft, die vierzig Jahre lang für die Agency gearbeitet haben. Sie kennen nur ihren Ausschnitt vom CIA – genauso wie jeder von uns sein

Amerika hat und keine zwei Amerikaner in diesem Punkt übereinstimmen werden. Wenn ich eine These aufzustellen habe, dann möchte ich behaupten, daß mein imaginierter CIA mit großer Wahrscheinlichkeit so real ist wie fast jeder erlebte – vielleicht auch realer.

Im Laufe der Entwicklung dieses Projekts waren viele Entscheidungen zu treffen, wie sich die Annäherung an die formale Wirklichkeit vollziehen soll. Die früheste und gewichtigste war der Beschluß, der gesamten Prominenz, die in meinem Buch auftaucht, keine erfundenen Namen zu geben. Andernfalls wäre man mit Barbareien wie James Fitzpatrick Fennerly, dem jüngsten Präsidenten der Vereinigten Staaten, konfrontiert worden.

Und so lag es auf der Hand, John Fitzgerald Kennedy seinen wahren Namen zu geben. Es würde dem Roman nicht schaden. John F. Kennedy würde ebenso intensiv und imaginiert wirken wie nur je eine Kunstfigur; man konnte ihn seiner Magie nur berauben, wenn man ihm einen falschen Namen gab; dann nämlich hätte der Leser folgenden Eindruck bekommen: »Ach ja, President Fennerly ist John F. Kennedy, und jetzt werde ich erfahren, was in dem Mann vorgegangen ist.«

Dasselbe galt in weniger dramatischer Form auch für E. Howard Hunt und Allen Dulles. Was Dulles betrifft, war es kein allzu großes Problem, da er keine zentrale Figur ist; bei Hunt, der in diesem Buch eine wichtige Rolle spielt, fand sich die Rechtfertigung nicht so leicht. Ich überlegte mir eine Weile, ob ich ihn Charley »Stunt« Stevens nennen sollte, und kam zu dem Schluß, daß dies ein Fehler wäre, da mancher informierte Leser nur zu bald »Das ist Howard Hunt« sagen und, vertraut mit dem falschen Namen, glauben würde, jedes der Worte, die ich dem fiktiven Hunt in den Mund gelegt habe, sei wahr. Wenn ich ihn dagegen offen beim Namen nenne, steht es dem Leser frei, anderer Meinung zu sein. Er kann ohne weiteres sagen: »Das entspricht absolut nicht meiner Vorstellung von Howard Hunt.«

Auf der Suche nach Rechtfertigung vor mir selbst wurde ich in zwei von Hunts autobiographischen Arbeiten, »Give Us This Day« und »Undercover«, fündig. Sie steckten den Rahmen seines Charakters ab und ermöglichten es mir, innerhalb der Erkenntnisse, die ich aus ihnen gewonnen hatte, über Howard Hunt zu schreiben. Natürlich habe ich – abgesehen von den seltenen Gelegenheiten, bei denen ich ein, zwei Sätze aus seinen gedruckten Äußerungen zitiere – frei erfunden, was er hier sagt. Meine Richtschnur war, die charakterologischen Grenzen seiner Selbstdarstellung nicht zu überschreiten – ich habe ihm keineswegs, nur weil ich mehr Leben in meine Darstellung bringen wollte, arglistige Aufgaben unterschoben, die er meiner Ansicht nach nicht übernommen hätte.

Die authentische Figur, bei der ich mir die wohl größten Freiheiten genommen habe, ist William Harvey. Es gibt ein gutgeschriebenes und höchst unterhaltsames Buch von David C Martin, »Wilderness of Mirrors«, und fairerweise muß hier festgehalten werden, daß mich das Bild, das darin von Harvey gezeichnet wird, gefesselt und dazu angeregt hat, über die Sachliteratur-Einschränkungen von Martins Arbeit hinauszugehen. Mein William Harvey steht durchaus in Beziehung zu dem Verstorbenen gleichen Namens und folgt gewiß den Stationen seiner Laufbahn – Berliner Tunnel, die Ehen, Operation Mongoose, die Fehden mit dem authentischen General Lansdale und dem authentischen Robert Kennedy, das Ende der Karriere in Rom. Nichts davon ist erfunden. Da Martins Buch jedoch die Quelle zu sein scheint, aus der andere Harvey-Darstellungen in anderen Büchern stammen, beschloß ich, meinen Harvey in stärkerem Maße zur Kunstfigur zu machen, nicht so dicht am Vorbild wie Howard Hunt.

Mit Harlot tun wir einen weiteren Schritt ins Grenzenlose und Fiktive. James Jesus Angleton – »Mother« im Sprachgebrauch des CIA – gab das Modell für Hugh Montague ab, doch weil zu der Zeit, da ich diesen Roman begann, öffentlich nur wenig über Angleton bekannt war und er ein höchst komplexer und komplizierter Charakter zu sein schien, beschloß ich, mein eigenes feinziseliertes Werkstück zu schaffen, den frei erfundenen Hugh Montague und seine gleichermaßen frei erfundene Frau Kittredge.

Ähnlich verhält es sich mit Cal Hubbard. Man kann Züge von Tracy Barnes und Desmond FitzGerald an ihm entdecken, doch weil ich sehr wenig über diese beiden Herren wußte, soll hier fairerweise gesagt werden, daß Hubbard wie Montague, im großen und ganzen eine Kunstfigur ist.

Harry Hubbard, Dix Butler, Arnold Rosen, Chevi Fuertes, die Masarows, die Porringers, die Belegschaft der Farm und alle anderen Nebengestalten sind frei erfunden.

Der Entscheidung, authentische und fiktive Nebengestalten zu mischen, lag nicht der Wunsch zugrunde, im Quasidokumentarischen zu versinken, sondern sich wenigstens versuchsweise darüber zu erheben.
Auch um den Preis der Wiederholung des Themas dieser Nachbemerkung: Der Autor behauptet, daß gute Belletristik realer, und das heißt stärkere Nahrung für unseren Wirklichkeitssinn ist als Sachliteratur. Und so habe ich Dichtung und Wahrheit gemischt, um folgendes zu beweisen: Wenn die Phantasie des Lesers mit einem großen und detaillierten Panorama eines sozialen Organismus belohnt wird, der sich durch reale historische Ereignisse bewegt, dann ist es seine geringste Sorge, in jedem Augenblick Rechenschaft darüber zu erhalten, was tatsächlich geschah und was erfunden wurde. Ich hoffe, daß die imaginierte Welt von »Gespenster« mehr Bezug zur Wirklichkeit hat als das Spektrum von Fakten und Fehlinformationen, das sie gegenwärtig umgibt. Das ist ein beträchtlicher Anspruch, aber ich glaube, und sei es auch nur zu meinem Vorteil, Romanciers haben eine einzigartige Chance: Sie können aus der Überhöhung von Realem, Unbewiesenem und ganz und gar Fiktivem imaginierte und gleichwohl der Wirklichkeit überlegene Geschichte schaffen.

BIBLIOGRAPHIE

Agee, Philip: CIA intern. Tagebuch 1956–1974. Hamburg 1979

Agee, Philip u. Louis Wolf (Hrsg.): Die CIA in Westeuropa. Berlin 1981

Barron, John: KGB. Arbeit und Organisation des sowjetischen Geheimdienstes in Ost und West. Bern, München 1974

Hougan, Jim: Spooks. Die dienstbaren Geister der Macht. München 1979

Lane, Mark: Kritik am Warren-Bericht. Wien 1967

Marchetti, Victor u. John D. Marks: CIA. Stuttgart 1974

Masterman, John C.: Unternehmen Doppelspiel. Sir John Mastermans Geheimbericht an die Regierung Seiner Majestät. Wien, München, Zürich 1972

Philby, Kim u. Harold. A. Russel: Mein Doppelspiel. Autobiographie eines Meisterspions. Gütersloh 1968

Popov, Dusko: Superspion. Der Doppelagent im II. Weltkrieg. München 1981

Powers, Thomas: CIA. Geschichte der Methoden, der Komplotte. Ein Insider-Bericht. Bergisch-Gladbach 1983

Schlesinger, Stephen: Bananen-Krieg. Das Exempel Guatemala. München 1986

Sheehan, Neil (Hrsg.): Die Pentagon-Papiere. Die geheime Geschichte des Vietnamkrieges. Stuttgart, Hamburg, München 1971

Shevchenko, Arkady Nikolaevich: Mein Bruch mit Moskau. Bergisch-Gladbach 1987

Steven, Stewart: Die Operation splinter factor der CIA. Stuttgart 1975

Summers, Anthony: Die Wahrheit über den Kennedy-Mord. München, Berlin 1983

Wise, David u. Thomas Ross: Die unsichtbare Regierung. Frankfurt a M. 1966

Zolling, Hermann u. Heinz Höhne: Pullach intern General Gehlen und die Geschichte des Bundesnachrichtendienstes. Gütersloh 1972